JOËL TAN

Die Tochter des Ratsherrn

Joël Tan

Die Tochter des Ratsherrn

Historischer Roman

blanvalet

MIX
Papier aus verantwortungsvollen Quellen
FSC® C014496

Verlagsgruppe Random House FSC-DEU-0100
Das für dieses Buch verwendete FSC®-zertifizierte Papier
Holmen Book Cream liefert Holmen Paper, Hallstavik, Schweden.

1. Auflage
Originalausgabe November 2012 bei Blanvalet Verlag,
einem Unternehmen der Verlagsgruppe Random House GmbH, München

Dieses Werk wurde vermittelt durch die Literarische Agentur
Thomas Schlück GmbH, 30827 Garbsen
Umschlaggestaltung: © Johannes Wiebel | punchdesign,
unter Verwendung von Motiven von Bridgeman Art Library und
Ricardo Demurez/Demurez Cover Arts
LH · Herstellung: sam
Satz: Uhl + Massopust, Aalen
Druck und Bindung: GGP Media GmbH, Pößneck
Printed in Germany
ISBN: 978-3-442-38047-3

www.blanvalet.de

Für Lara

Wer Freude genießen will, muss sie teilen.
Das Glück wurde als Zwilling geboren.

GEORGE GORDON LORD BYRON

DRAMATIS PERSONAE

*Es folgt eine Aufstellung der wichtigsten Figuren, wobei die historisch verbürgten Personen mit einem * gekennzeichnet sind.*

Adolf V.*	Schauenburger Graf von Segeberg
Adolf VI.*	Schauenburger Graf von Pinneberg
Agatha v. d. Mühlenbrücke	Ehefrau des Gewandschneiders Voltseco, Freundin von Ragnhild
Agnes	Magd im Hause von Sandstedt
Albert von Holdenstede*	Ratsherr, Ehemann Ragnhilds, Bruder Conrads, Vater von Runa, Margareta, Godeke und Johannes
Alheid Salsnak(*)	Ratsherrnfrau
Alusch	Großtante von Ritter Eccard
Ava von Holdenstede*	Ehefrau Thiderichs
Bodo	Bote, Geliebter von Luburgis
Conrad von Holdenstede*	Ratsherr, Bruder Alberts, Ehemann Luburgis'
Conrad Salsnak(*)	Ratsherr
Eccard Ribe*	Ritter der Riepenburg, Gefolgsmann von Graf Gerhard II.

Ella	Magd von Hildegard von Horborg, Freundin Margas
Everard	Geistlicher, Ziehvater von Walther
Freyja von Sandstedt	Tochter von Walther und Runa
Godeke von Holdenstede	Ehemann von Oda, Sohn Ragnhilds und Alberts
Gerhard II.*	Schauenburger Graf von Plön
Hartwic von Erteneborg*	Ratsherr
Heinrich I.*	Schauenburger Graf von Rendsburg
Hereward von Rokesberghe*	Ratsherr, Verlobter von Margareta von Holdenstede
Heseke vom Berge*	Ehefrau von Johannes vom Berge
Hilda	Magd im Hause von Holdenstede, Mutter Margas
Hildegard von Horborg	Ratsherrnfrau, Freundin von Ragnhild
Jons	Page von Eccard Ribe
Johann II.*	Schauenburger Graf von Kiel, Ehemann von Margarete von Dänemark
Johann Schinkel*	Domherr, Hamburger Ratsnotar von 1269 bis 1299
Johannes von Holdenstede	Sohn Ragnhilds und Alberts
Johannes vom Berge*	Ratsherr, Ehemann Heseskes, Bruder Luburgis'
Kethe Mugghele	Begine, Freundin von Runa
Luburgis von Holdenstede*	Ehefrau Conrads, Schwester von Johannes vom Berge

Marga	Magd im Hause von Holdenstede, Tochter Hildas, Freundin Ellas
Margareta von Holdenstede	Tochter Alberts, Verlobte von Hereward von Rokesberghe
Margarete von Dänemark*	Ehefrau von Graf Johann II., Gräfin von Kiel
Marquardus Scarpenbergh*	Raubritter, Gefolgsmann von Graf Gerhard II.
Oda von Holdenstede*	Ehefrau Godekes
Olric Amedas*	Ratsherr
Ragnhild von Holdenstede	Ehefrau Alberts, Mutter von Runa, Godeke und Johannes
Runa von Holdenstede	Ehefrau Walthers, Mutter von Freyja und Thymmo, Tochter Ragnhilds und Alberts
Thiderich Schifkneht	Ehemann Avas, Freund von Albert und Walther
Thymmo von Sandstedt	Sohn von Walther und Runa
Voltseco v. d. Mühlenbrücke*	Hamburger Gewandschneider
Walther von Sandstedt	Ehemann Runas, Vater von Freyja und Thymmo, Freund von Albert und Thiderich
Willekin Aios*	Bürgermeister Hamburgs von 1286 bis 1293

STAMMBAUM DER SCHAUENBURGER GRAFEN

- **Adolf IV.** *†1261*
  - **Johann I. von Kiel** **1229 †1263*
    - **Adolf V. von Segeberg** **1252 †1308*
    - **Johann II. der Einäugige, von Kiel** **1253 †1321*
  - **Gerhard I. von Itzehoe** **1232 †1290*
    - **Gerhard II. der Blinde, von Plön** **1254 †1312*
    - **Adolf VI. von Pinneberg** **1256 †1315*
    - **Heinrich I. von Rendsburg** **1258 †1304*

TEIL I

Hamburg
Winter, im Jahre des Herrn 1290

PROLOG

Ein Monat vorher

»Sie sind da, Herr«, verkündete ein Diener leise durch den schmalen Türspalt und zwinkerte ein paarmal in die Dunkelheit, um seine Augen daran zu gewöhnen. Als er keine Antwort erhielt, trat er nahezu geräuschlos an den übergroßen Sessel seines Herrn heran und wiederholte seine Worte mit etwas lauterer Stimme. »Sie sind da, Herr.« In der Hoffnung, dass der Graf ihn diesmal gehört hatte, verharrte er schweigend hinter der hohen Lehne, bis er das geflüsterte Wort »Amen« vernahm.

Das Gehör Graf Gerhards I. hatte merklich nachgelassen, trotzdem wünschte er seit einigen Tagen, dass niemand um ihn herum mehr unnötig lärmte. Er wollte pausenlos beten, und sein Zwiegespräch mit Gott sollte nicht durch das Klappern von Geschirr, das Stampfen von Stiefeln oder den unflätigen Gesprächen der Dienerschaft unterbrochen werden.

»Bring sie alle herein«, erwiderte der alte Graf mit unbewegtem Blick in das Kaminfeuer und zog den edlen Pelz noch enger um sich. Trotz der Nähe zu den wärmenden Flammen fror er bitterlich. Seine Glieder waren dünn geworden und sein Haar grau und schütter. Es war höchste Zeit gewesen, seine Kinder zu sich zu bestellen.

Die Tür öffnete sich, und allen voran kam der fast blinde Gerhard II., der älteste noch lebende Sohn. Gleich dahinter betraten die übrigen zwei Söhne und die letzte Tochter Gerhards I. das drückend warme Schlafgemach.

»Vater, wie schön es ist, Euch zu sehen«, sprach Hedwig mit aufrichtiger Stimme.

Der Graf lächelte ihr entgegen und winkte sie gleichzeitig mit einer müden Handbewegung an seine rechte Seite.

Die sanftmütige Tochter ergriff des Vaters faltige Hand und lauschte aufmerksam seinen Worten.

»Meine Kinder. Ich danke Gott, dass ich euch noch einmal sehen darf. Dies wird wohl unsere letzte Zusammenkunft sein.« Es war unüblich, dass Söhne und Töchter gleichzeitig zu ihrem sterbenden Vater gerufen wurden, doch der früher so hartherzige Graf schien mit den Jahren weich geworden zu sein. »Schaut euch nur um, die Reihen sind gelichtet. Sieben meiner elf Kinder habe ich schon überleben müssen, doch wenigstens ihr vier seid mir geblieben. Luitgard, Johann, Elisabeth, Albrecht, Bruno, Otto und Mechthild«, zählte der Vater mit trauergeschwängerter Stimme die Namen seiner verstorbenen Kinder auf. Sein Gedächtnis war nicht mehr das beste, doch diese Namen entfielen ihm niemals.

Hedwig begann leise zu weinen. Auch wenn sie seit ihrem zwölften Lebensjahr mit König Magnus von Schweden verheiratet war und den Hof ihrer Eltern seither nur noch selten besucht hatte, schmerzten sie die Wahrheit und die Endgültigkeit der väterlichen Worte sehr.

»Vater«, begann Gerhard II. weit gefestigter. »Gibt es etwas, das Ihr von uns verlangt, bevor Gott Euch an seine Seite ruft? Sagt es nur, und wir werden es gerne tun.« Diese Frage war eigentlich unnötig, da der Grund ihres Besuchs von vornherein klar gewesen war.

»Mein Sohn, ich will euch etwas erzählen. Also hört mir zu.« Der Graf nahm einen Schluck Wein, bevor er weitersprach. Dann ließ er seine kehlige Stimme erklingen. »Euer Großvater, mein Vater, ist mir in den letzten Wochen unzählige Male im Traum erschienen. Ich sah ihn kämpfen – in seinen Schlachten bei Mölln und Bornhöved. Immer wieder trug er diesen einen Mantel über seiner Rüstung. Er war aus grüner Seide und wurde von seinem edelsteinbesetzten Fürspann zusammengehalten.« Während er das sagte, tippte er sich mit seiner rechten Hand gegen die Brust, genau dorthin, wo sich für gewöhnlich ein Fürspann befand.

»Was sagt Euch dieser Traum, Vater?«, fragte sein Zweitgeborener, Adolf VI., mit wahrem Interesse.

Der Graf schaute seinen Sohn an und grinste schmallippig. Es war bekannt, dass er etwas für Traumdeutungen übrig hatte. »Zunächst war ich nicht ganz sicher, doch dann ist mir die Botschaft klar geworden. Euer Großvater hatte niemals einen grünen Mantel besessen. Ich und meine Berater sind uns aus diesem Grunde einig, dass es also die Farbe Grün ist, welche von Bedeutung ist.«

»Euer Scharfsinn ist bemerkenswert«, lobte Adolf VI., der sichtlich darauf brannte, mehr zu erfahren. »Doch was genau konnte Großvater damit gemeint haben?«

»Mein Sohn, es bedarf vieler Jahre Erfahrung, um Botschaften aus Träumen zu lesen. Die Astrologie ist ein weites Feld. Wie ihr wisst, steht die Farbe Grün für Erneuerung und Liebe. Doch meint mein Vater nicht die Liebe eines Mannes zu den Weibern, sondern er meint die Liebe eines Herrschers zu seinem Volk. Nun, da mein Tod naht, soll ich dafür Sorge tragen, dass mein Reich unter einer neuen Herrschaft weiterblüht – geführt von meinen Söhnen, die mein Land regieren in brüderlicher Liebe.«

Die drei Männer schwiegen. Auch wenn sich viele Herrscher dieser Methoden bedienten, war jene Deutung seines Traums für sie einfach zu weit hergeholt.

»Ich verstehe nicht ganz, Vater«, warf der Erstgeborene ungeduldig ein.

»Dann werde ich eben deutlicher. Die Itzehoer Linie wird nach meinem Ableben unter euch aufgeteilt. Doch ich werde euch mit

Absicht nicht sagen, welcher Teil des Landes auf wen von euch fällt. Stattdessen bestimme ich bloß, auf welche Weise mein Reich geteilt wird. Es liegt dann an euch zu entscheiden, wo ihr euch in Zukunft niederlasst.« Der Graf ging über die verblüfften Gesichter seiner Söhne hinweg und fuhr unbeirrt fort: »Es wird die Grafschaft Holstein-Plön, Holstein-Pinneberg und Holstein-Rendsburg geben. Die Grenzen habe ich bereits in eine Karte einzeichnen lassen. Sie alle erbringen ungefähr dieselben Einkünfte. Entscheidet selbst, wer von euch welchen Teil erhält, und seid weise in eurer Entscheidung. Macht meinem Namen Ehre, und verhindert das Vergießen von brüderlichem Blut.« Nach dieser Verkündigung faltete er die Hände und nickte abschließend. Er wusste, was nun folgen würde.

»Vater, das kannst du nicht verlangen. Warum teilst du das Land in drei gleiche Teile? Ich bin dein Erstgeborener, und ich sollte mehr Land bekommen als meine Brüder.« Gerhard II. gestikulierte wütend mit den Armen, um seinem Verdruss Ausdruck zu verleihen. Er dachte gar nicht daran, sich vor seinem Vater, geschweige denn vor seinen Brüdern, mit derartigen Äußerungen zurückzuhalten. Schon immer war er der hitzköpfigste unter ihnen gewesen, und das ließ er auch jetzt wieder jeden um sich herum spüren.

Graf Gerhard I. hob seinen dürren Arm und sprach in herrischem Ton: »Schweig, Sohn! Nicht einmal in meiner letzten Stunde kannst du dich edel und folgsam verhalten, wie es einem Grafensohn würdig wäre. Ich habe diese Art der Verteilung meines Erbes mit Absicht gewählt, damit ihr daran erinnert werdet, gerecht untereinander zu sein. Führt keinen Krieg gegeneinander, ansonsten zerbricht das Land. Vergesst niemals, dass ihr Brüder seid!« Nachdem sein letztes Wort verklungen war, sackte der Körper des Grafen noch tiefer in sich zusammen. Seine Kräfte näherten sich mehr und mehr ihrem Ende.

»Vater …!«, riefen Heinrich I. und Adolf VI. erschrocken fast wie aus einem Mund und eilten an seine Seite. Einzig ihr Bruder,

der nicht sehen konnte, wie schlecht es um seinen Vater stand, und den es auch am wenigsten scherte, saß still auf seinem Sessel.

»Sollen wir vielleicht nach dem Heiler schicken lassen?«, fragte Hedwig besorgt und griff nach der eiskalten Hand des Alten.

»Nein, ich will keinen Heiler mehr. Ich hatte ein gutes Leben, und meine Zeit ist gekommen. Schon bald werde ich meinen beiden Ehefrauen, meinen Geschwistern und meinen Kindern ins Himmelreich nachfolgen. Ich will zufrieden damit sein, da ich euch noch ein letztes Mal habe sehen dürfen. Und nun geht, meine Kinder. Trauert nicht um mich, wenn ich sterbe. Sucht Trost im Gebet, und vertraut auf Gott.«

Alle vier taten, was der Vater von ihnen verlangte, und verließen das edle Schlafgemach, nachdem sie dem Grafen für immer Lebewohl gesagt hatten.

Als Gerhard I. wieder allein war, blickte er abermals eine ganze Weile ins Feuer. Die Stille, die er dieser Tage so sehr liebte, war zurückgekehrt. Nur das Knacken und Zischen des trockenen Kaminholzes war zu vernehmen. Dann plötzlich regten sich seine Finger. Spinnenartig krabbelten sie an ihm entlang und holten etwas unter seinem wärmenden Pelz hervor, das tief darunter verborgen lag.

Es war der große goldene Fürspann aus seinem Traum. Schweren Herzens nahm er ihn in beide Hände und fuhr mit den Daumen über den langen Dorn und das verzierte Kleeblattmuster. Die roten, blauen und grünen Edelsteine glänzten gülden im Schein des Feuers. Dieses Meisterstück der Goldschmiedekunst war ihm das Wertvollste unter all seinem Geschmeide. Heute hatte er sich eigentlich davon trennen wollen, indem er das Erbstück seinem ältesten Sohn vermachte, so wie es auch sein Vater vor vielen Jahren getan hatte. Für ebendiesen Moment hatte er die goldene Mantelspange bereits den ganzen Tag an seinem Körper getragen. Doch es war alles anders gekommen.

Sein Erstgeborener hatte zum unendlichen Bedauern des Vaters auch dieses Mal wieder gezeigt, dass er unwürdig war. Tiefe Traurigkeit erfasste den Grafen. Auch er war im Leben nicht ohne Fehl gewesen, doch hatte der nahende Tod ihn – im Gegensatz zu seinem Sohn – geläutert. Gott musste gewusst haben, dass das Wesen seines Erstgeborenen fehlerhaft war, weshalb er ihn mit Blindheit gestraft hatte. Aber selbst dieses harte Schicksal hatte seinem unbotmäßigen Sohn nicht dazu verholfen, endlich mit dem Herzen zu sehen.

Der alternde Graf hob den Blick, und wie erwartet stand vor ihm sein treuer Diener Gottfried, der es wie kein Zweiter verstand, sich nahezu lautlos anzuschleichen.

»Ihr habt ihm den Fürspann nicht gegeben, Herr?«, fragte der Grauhaarige mit einfühlsamer Stimme.

»Nein, Gottfried. Ich habe es nicht getan. Mein Herz war dagegen.«

»Dann war es auch richtig so.«

»Nun denn ... ich will es hoffen«, zweifelte der Graf müde.

»Was soll nun damit geschehen?«, fragte der Diener und ruckte sein Kinn in Richtung der gräflichen Hände.

Gerhard I. senkte den Blick auf den Fürspann und kniff nachdenklich die Augen zusammen. »Hmm ... Ich denke, ich werde ihn meinem Vater zurückgeben.«

Gottfried lächelte. »Das ist eine gute Idee, Herr.«

Die Entscheidung war gefallen. Der Graf betrachtete das prunkvolle Stück ein letztes Mal, dann führte er die Spange an seine runzligen Lippen und übergab sie seinem Diener. »Nimm den Fürspann an dich, Gottfried, und reite, so schnell du kannst, nach Bornhöved. Dort, an der Wiese der Schlacht, stellst du dich zwischen den Königsbarg und das Fiendsmoor, schließt deine Augen und wirfst ihn, so weit du kannst. Dies wird mein letzter Befehl an dich sein, treuer Freund.«

»Und ich werde ihn ausführen, Herr. Auch wenn es mein Leben kosten sollte!«

1

Es war einer dieser sonnigen Wintertage, an denen fortwährend ein glitzernder Nebel aus kleinen Schneestäubchen in der Luft lag. Friedlich war es und still. Bis das Donnern von galoppierenden Hufen die Stille durchschnitt. Schnee stob auf und wurde weit in die Höhe gewirbelt, um von da aus tanzend zurück auf den Boden zu rieseln. Einen kurzen Augenblick später war der Reiter wieder verschwunden, und erneut wurde es ruhig auf dem Weg von Itzehoe nach Hamburg.

Schon seit dem Morgengrauen war der Bote unterwegs. Der Weg war weit, doch er ritt ein schnelles Pferd und war ein guter Reiter. Wenn sich das Wetter hielt, konnte er die Strecke an einem Tag bewältigen. Er musste es einfach schaffen, denn seine Nachricht für den Hamburger Rat war zu wichtig, um sie auch nur einen Tag länger zurückzuhalten.

Als er endlich das Stadttor vor sich sah, waren er und sein Pferd trotz der winterlichen Kälte nass geschwitzt. Der Mann ignorierte seine steifen Glieder und steuerte seinen schäumenden und schnaufenden Rappen gezielt in Richtung der Domkurien. Mit forschen Rufen bahnte er sich im Galopp einen Weg durch die schmalen Gassen.

Hastig sprangen die Menschen zur Seite und drängten sich furchtsam an die Wände der schiefen Fachwerkhäuser, um den wirbelnden Hufen auszuweichen – wohl wissend, dass der Reiter nicht anhalten würde. Wo sich vor ihm die Menge teilte, schloss sie sich hinter ihm schimpfend wieder zusammen. Dennoch ließen alle den Reiter passieren. Nur ein einziger schwarz gewandeter Mann stand auf dem Weg wie ein Baum.

Erst als sie fast zusammenstießen, sah der Bote, wen er vor sich hatte. Hastig griff er die Zügel nach und zerrte daran, bis sein Wallach den Kopf nach hinten riss und erschrocken wieherte. Bloß eine Handbreit vor dem Mann kamen Pferd und Reiter zum Stehen. Noch im selben Moment nutzte der Bote den abrupten Schwung seines Rappen und sprang von dessen Rücken herunter. Gleich darauf fiel er vor dem Edlen auf die Knie in den Schnee; sei es aus Ehrerbietung oder aus Erschöpfung.

Große Erleichterung überkam den Boten – er hatte sein Ziel erreicht. Gesenkten Hauptes übergab er dem Mann einen gesiegelten Brief mit dem Schauenburger Nesselblatt darauf. »Herr, ich wusste nicht, dass Ihr es seid. Bitte verzeiht, wenn ich Euch beschmutzt habe. Ich bringe wichtige Kunde aus Itzehoe.«

Johann Schinkel erwiderte nichts darauf und nahm das beschriebene Pergament zur Hand. Er erkannte das Siegel der Landesherren sofort, was die Denkfalte zwischen seinen Augen noch vertiefte. An Ort und Stelle brach er das Wachs und überflog das Schreiben. Nach nur wenigen Zeilen wurde ihm die Wichtigkeit der Nachricht bewusst. »Heilige Mutter Gottes, es ist so weit …!« Ohne ein weiteres Wort drehte er sich um, hastete an der Petri-Kirche vorbei über den freien Platz in der Stadtmitte, der nur Berg genannt wurde, da er auf einer Anhöhe lag, Richtung Süden. Der Weg zum Rathaus war ihm so vertraut wie die Gänge im Mariendom, denn als Mitglied des Domkapitels und Ratsnotar der Stadt Hamburg war er in beiden Gebäuden gleichermaßen zu Hause. Von der Pelzerstraße bog er rechts in den Dornbusch ein und passierte die gräfliche Münze und das Eimbecksche Haus, welches vor dem großen Brand vor sechs Jahren noch das Rathaus gewesen war. Nun hatte Hamburg ein neues Rathaus, und nachdem er zwei weitere Straßen entlanggeeilt war, konnte er es bereits sehen.

Gott selbst musste seine schützende Hand über dieses Haus gehalten haben, so schnell waren die Bauarbeiten vorangegangen. Noch war das mächtige Steingebäude nicht fertig, doch der Rat ließ es sich nicht nehmen, schon jetzt in seinem Inneren zu tagen. Normalerweise hielt auch Johann Schinkel stets an dieser Stelle der Straße inne, um das Rathaus jedes Mal aufs Neue zu bestaunen, doch heute hatte er keinen Sinn für die Schönheiten des Mauerwerks. Er sah nicht die bläulich schimmernden, großen Steine der Außenfassade oder die rechteckigen Zwillingsfenster mit ihren Kleeblattbögen. Wort- und grußlos schoss er an den eifrig werkelnden Bauarbeitern und Steinmetzen vorbei, mied jedes ihm bekannte Gesicht und schritt geradewegs durch das spitz zulaufende, links angeordnete Steinportal. Kurz bevor er es passierte, fiel sein Blick auf das in Stein gemeißelte Wappen der Schauenburger Grafen neben dem der Hamburger. Er wusste, dass dieser Tag für alle Zeit mit dem Nesselblatt des Fürstenhauses verbunden sein würde. Gütiger Herr, bitte führe die Stadt durch die Zeit, die sie nun erwartet, flehte er innerlich.

Bereits beim Durchqueren der Vorhalle konnte er die Ratsherren hören. Sie diskutierten wie immer laut und heftig. Nur einer von ihnen übertönte sie alle – Bürgermeister Willekin Aios. Als Johann Schinkel die Versammlungshalle betrat, hallten seine Schritte laut auf den gemusterten Tonfliesen, was alle zum Verstummen brachte. Die schweren grünen Vorhänge waren weit zurückgezogen und ließen buntes Licht durch die bemalten Fenster fallen. Alle Köpfe drehten sich ihm zu, als er durch die verzierte hölzerne Abtrennung des ratsherrlichen Geheges trat, in dem die Herren stets tagten.

»Soeben hat mich ein Schreiben aus Itzehoe erreicht, meine Herren. Unser Stadtherr, Graf Gerhard I., ist tot. Ich befürchte, es kommen dunkle Zeiten auf uns zu.«

Sofort setzte aufgebrachtes Gemurmel ein. Alle Anwesenden wussten, was diese Nachricht zu bedeuten hatte: Es würde einen Machtwechsel geben!

Auch wenn Graf Gerhard I. stets als launischer und machthungriger Herrscher gegolten hatte, der sich wegen Auseinandersetzungen mit Lübeck und Fehden mit zahlreichen Adeligen schlecht um die Anliegen der Hamburger gekümmert hatte, war die Aussicht auf das Kommende fast noch schlimmer.

Willekin Aios war der Erste, der das Wort an den Ratsnotar richtete. »Sagt uns, Schinkel, steht in dem Brief geschrieben, wie die Nachfolge geregelt ist?«

»Nein, Bürgermeister. Und das deute ich als kein gutes Zeichen. Wäre die Nachfolge auf den Erstgeborenen, Gerhard II., übergegangen, wüssten wir es sicher schon. Wie es scheint, sind die Fürsten noch zu keiner Einigung gekommen. Doch nach meinem Dafürhalten ist es unwahrscheinlich, dass die drei Grafensöhne einem unter ihnen freiwillig den Vortritt gewähren werden.«

Aios nickte betrübt.

Der Ratsnotar sprach aus, was auch den übrigen Anwesenden nur allzu klar war: Im schlimmsten aller Fälle gedachten die drei Söhne Gerhards in Zukunft nebeneinander zu regieren. Schon jetzt gab es keine Einigkeit unter ihnen, und auch künftig schien es fast unmöglich, dass es einem der Brüder ohne Streit gelingen konnte, die alleinige Herrschaft über das väterliche Erbe zu erlangen. Obwohl der Erstgeborene Gerhard II. der Machthungrigste unter ihnen war, galten alle drei Söhne als ebenso gefallsüchtig wie ihr Vater, der die Stadt zu seiner Zeit stets mit hohen Kosten für Hochzeiten und Kriege geschröpft hatte. War es in der Vergangenheit schon schwer genug gewesen, Gerhard I. und seinen Neffen gleichermaßen zu dienen, so würde es noch schwerer werden, wenn die Grafschaft weiter zerfiel. Schon heute spaltete sich das Land in die Kieler Linie, die den beiden Söhnen von Gerhards

Bruder Johann I. zustand, und die Itzehoer Linie, die Gerhard I. selbst zugestanden hatte. Auch Hamburg war von der Teilung betroffen, denn in den siebzehn Jahren, die seitdem vergangen waren, wurden die Einkünfte der Stadt in zwei Hälften geteilt – ein Teil ging an Gerhard I., der andere an die beiden Söhne des damals verstorbenen Grafen Johann I.

Doch nun, nach Gerhards Tod, bestand die Möglichkeit, dass es zu einer weiteren Teilung kommen könnte – unter Umständen würde das Land sogar in fünf Teilfürstentümer zerfallen, deren Herrscher alle ein Stück Hamburg begehrten. Mit jedem neuen Herrscher ging die Gefahr einher, dass die Hamburger einen Teil ihrer hart erkämpften Selbstbestimmtheit einbüßten, sollte dieser versuchen, die Geschicke des Rates zu beschneiden. Alle Befürchtungen vor dem anstehenden Machtwechsel waren darum durchaus berechtigt.

Die Aussicht auf derlei Probleme ließ den hitzköpfigen Kaufmann Henric Longhe vom hölzernen Ratsgestühl aufspringen. »Die neuen Grafen werden Hamburg gnadenlos ausbeuten. Es wird noch weit schlimmer kommen als unter ihrem Vater. Wir müssen die Stadt vor der Willkür der Schauenburger schützen! Der Rat ist den Bürgern Hamburgs verpflichtet.«

Auch Olric Amedas stimmte in die wutgeschwängerten Reden mit ein. »Bei einer weiteren Landesteilung wird es außerdem zu einem Streit zwischen den Söhnen Johanns I. und Gerhards I. kommen. Wenn wir uns nicht endlich vom Grafenhaus abspalten, wird Hamburg zum Spielball der Schauenburger.«

»Genau«, pflichtete Hartwic von Erteneborg ihm bei. »Jedermann weiß, dass Gerhard I. seine Neffen stets übervorteilt hat, indem er ihnen ihr rechtmäßiges Erbe viel zu lange vorenthalten und in der Vergangenheit nicht einmal versucht hat, geeignete Eheverbindungen für sie auszuhandeln. Sie werden nun Rache nehmen wollen – und zwar an seinen drei Söhnen. Lösen wir uns ganz von unseren Landesherren, bevor die Stadt ein Teil ihrer Fehde wird, das ist mein Vorschlag!«

»Jawohl!«

»Freiheit von den Landesherren!«

Fast alle bekundeten ihre Zustimmung. Die Forderung war gewagt, doch der Wunsch nach Unabhängigkeit gärte bereits viel zu lange in den Köpfen der Anwesenden, als dass dieser nun noch zurückzuhalten gewesen wäre. Was in den letzten Jahren schleichend begonnen hatte, wurde an diesem Tag zu einem festen Entschluss der klügsten Köpfe der Stadt. Hamburg sollte die absolute Unabhängigkeit erlangen!

In der folgenden Stunde wurde ein Plan zur Entmachtung der gräflichen Beamten geboren, und als das letzte Wort gesprochen war, begann einer der Ratsherren als Ausdruck seiner Zustimmung rhythmisch mit der Faust auf den Tisch zu pochen. Schnell gesellte sich eine weitere Faust hinzu, dann noch eine und noch eine. Bald waren das Gehege, die Versammlungshalle und alle Kammern des Hauses erfüllt von dem Hämmern der Ratsherren. Das Gepolter hallte laut durch alle Flure bis nach draußen, wo es mit dem Klopfen der Steinmetze verschmolz.

Als Johann Schinkel das Rathaus in der abendlichen Dämmerung verließ, war auch er erfüllt von dem Tatendrang der Ratsmitglieder. Der Zeitpunkt war gekommen. Es gab keinen Weg zurück, nur noch einen nach vorne. Tief in sich verspürte er die Gewissheit, es könne dem Rat tatsächlich gelingen, sich vom Grafenhaus zu lösen. Auch wenn der Weg dahin beschwerlich sein würde und die endgültige Freiheit von den Landesherren noch in weiter Ferne lag, war er zuversichtlich. Sie mussten es einfach schaffen! Nur sie als Ratsherren hatten die Macht dazu. Sollten sie scheitern, wäre Hamburg der unbändigen Ausbeutung ihrer neuen Herrscher und somit seinem sicheren Untergang geweiht.

Ragnhild saß auf einem gemütlichen Sessel in ihrer Wohnstube und betrachtete ihre Tochter Runa und ihre Stieftochter Margareta beim Sticken. Wie sehr sie es doch genoss, diese Handarbeit nur noch selten ausüben zu müssen! Ungern erinnerte sie sich an eine Zeit, da sie mit ihrem Schwager Conrad und dessen Frau Luburgis unter einem Dach gewohnt hatte. Damals war es ihrer herrschsüchtigen Schwägerin eine wahre Freude gewesen, dabei zuzusehen, wie sich Ragnhild beim Sticken quälte. Sie besaß einfach nicht die nötige Fingerfertigkeit für diese Arbeit. Umso mehr wunderte sie sich darüber, wie flink ihre Tochter mit der Sticknadel umging. Liebevoll blickte sie zu ihr hinüber.

Runa war wieder schwanger, doch man sah es bisher kaum. Es sollte bereits ihr drittes Kind sein, und Ragnhild konnte es kaum erwarten. Doch auch wenn sie es liebte, Großmutter zu sein, fürchtete sie sich schon jetzt vor dem Tag der Niederkunft.

Bereits kurz nach der Hochzeit mit Walther hatte Runa verkündet, dass sie schwanger sei. Nur neun Monate später wurde Thymmo nach unendlichen Stunden und unter heftigen Schmerzen geboren. Er war genauso blond wie seine Eltern und mit seinen fünf Jahren schon ein kluger Bursche. Nur ein Jahr später bekam er eine Schwester, und genauso wie Runa und Ragnhild sollte dieses Mädchen einen dänischen Namen tragen. Freyja war der ganze Stolz ihrer Eltern. Das Wesen von Mutter und Tochter war so auffallend ähnlich, dass man nicht umhin kam, sich über Freyjas kastanienbraune Haare und bernsteinfarbene Augen zu wundern, die so gar nicht ins Bild passen wollten.

Wie immer, wenn die drei Frauen sich am Freitag trafen, waren die beiden Kinder in Windeseile verschwunden. Es bestand kein Zweifel über ihren Verbleib – Marga war ihre liebste Spielgefährtin, und auch die Magd liebte die Kinder, als wären es ihre eigenen. Sie selbst war mit ihren fünfunddreißig Jahren noch immer unverheiratet. Trotz ihrer Liebe zu Kindern hatte sie niemals einen Mann haben wollen. Sie schätzte sich glücklich, im Hause von Ragnhild und Albert von Holdenstede dienen zu dürfen. Hier fühlte sie sich zu Hause; nirgendwo anders wollte sie sein. Während sie den Kindern in der Küche eine Geschichte erzählte, ertönte im oberen Teil des Hauses lautes Geschnatter, das in alle Kammern drang. Obwohl die Frauen nur zu dritt in Ragnhilds Wohnstube waren, lärmten sie mindestens für drei weitere. Wie so oft lachten sie auch heute wieder herzlich über die immer gleichen Dinge. Soeben ging es um eine Angelegenheit, welche die Frauen bereits seit über einem Jahr beschäftigte.

»Bald ist es so weit, liebste Schwester«, neckte Runa die Jüngere mal wieder, die alsgleich die Augen verdrehte. »Sag schon, bist du aufgeregt, ihn kennenzulernen? Was denkst du, wie er sein wird? Sanft oder eher stolz, großzügig oder eher …?«

»O Runa, nicht schon wieder«, gab Margareta leicht ungeduldig zurück. »Er wird sein, wie Gott ihn geschaffen hat, und es wird kommen, wie Gott es will. Du weißt genau, dass ich deine dreisten Fragen nicht beantworten kann, und selbst wenn ich es könnte, würde ich es nicht tun.«

Lachend warf Ragnhild ein: »Deine Geduld will ich haben, mein Schatz. Du wartest nun schon seit über einem Jahr auf deinen Zukünftigen. Wenn er nicht bald von seiner Reise heimkehrt, dann wirst du einen Krückstock brauchen, um vor den Altar zu treten.«

Jetzt stimmte selbst Margareta in das Gelächter mit ein. Sie hatte sich eigentlich vorgenommen, jedes Gespräch über ihre bevorstehende Hochzeit zu meiden, doch es gelang ihr nie – nicht heute und nicht in der Vergangenheit. Es fiel ihr einfach schwer, sich gegen die Neckereien der beiden Frauen durchzusetzen, doch vielleicht war es auch besser so. Tatsächlich war es zwecklos zu leugnen, dass Margareta ihrer Hochzeit mit Hereward von Rokesberghe sehnsüchtig entgegenfieberte, und tatsächlich erschien ihr die Warterei auf den in Nowgorod weilenden Verlobten mit Scherz und Heiterkeit erträglicher. Margareta war Hereward schon seit einigen Jahren versprochen, doch als sie endlich das heiratsfähige Alter erreicht hatte, begann der Handelsmann seine Geschäfte im fernen Russland. Wo andere Kaufleute sich stets von ihren Nunciis vertreten ließen, machte sich Hereward jedes Mal selbst auf die Reise. In der Vergangenheit war er oft schwer beladen mit fremdartigen Waren heimgekehrt, dieses Mal jedoch hatte er eigens ein paar vielversprechende Sprachschüler an den Peterhof begleitet, damit sie in Zukunft seine Geschäfte in der Landessprache führen konnten. Er hatte schon vor Monaten zurück in Hamburg sein wollen, um Margareta zu heiraten, doch der harte russische Winter und der Handel hatten ihn bisher davon abgehalten. So blieb der Zwanzigjährigen nur übrig zu warten, den immer lauter werdenden Spott der verheirateten Hamburger Damen zu ertragen und über die nicht böse gemeinte Fragerei ihrer Stiefschwester und Stiefmutter zu lachen. Sie war ihnen nicht gram, denn sie liebte Runa und Ragnhild, als wären sie blutsverwandt; was sich auch stets in der Anrede bemerkbar machte.

»Mutter?«, fragte Margareta mit einem gewissen Unterton, der vermuten ließ, dass sie etwas begehrte.

»Ja, Liebes«, gab Ragnhild zurück, ohne von Runas Handarbeit aufzublicken, welche sie gerade bewundernd betrachtete.

»Meinst du… ich meine, würdest du… mir dein Kleid für meine Hochzeit borgen? Das Kleid, das du zu deiner eigenen Hochzeit getragen hast?«

Sofort ließ Ragnhild die bestickte Haube in den Schoß gleiten und schaute zu Margareta auf. Dann legte sie ihren Kopf schief und lächelte warmherzig. Sie wusste genau, dass Margareta sich ein eigenes, viel prächtigeres Kleid schneidern lassen konnte, wenn sie es denn wollte. Ragnhild verstand, dass es eine Geste sein sollte, ein Zeichen dafür, dass Margareta sie als Mutter schätzte, obwohl sie dies nicht war. »Aber natürlich gebe ich dir mein Kleid. Mit Freuden sogar. Du wirst wunderschön darin aussehen, Liebes.« Dann stand sie auf und schloss ihre Stieftochter in die Arme.

Runa war ebenso gerührt wie ihre Mutter. Es gab keine Eifersucht zwischen den Stiefschwestern. Beide liebten sich aufrichtig. Bewegt von Margaretas Worten erstrahlte auch Runas Gesicht, die eifrig aufsprang und zur Tür stürmte. »Ha, ich gehe das Kleid gleich holen! Wollen wir doch mal sehen, ob es dir überhaupt passt.«

Noch bevor Margareta protestieren konnte, war die Stiefschwester auch schon aus der Wohnstube verschwunden. Gerade wollte sie zur Kammer ihrer Eltern eilen, als sie Walther direkt in die Arme lief.

»Runa, Liebling. Was treibt dich denn so zur Eile an?« Zärtlich nahm er seine Frau bei den Schultern und betrachtete sie lächelnd. Wie sehr er seine Frau doch liebte! Ihre Augen, ihr Haar, ihre Haut. Einem aufkeimenden Wunsch nach Nähe folgend zog er sie an sich, um sie zu küssen. Doch Runa wandte im entscheidenden Moment das Gesicht ab, sodass sein Mund lediglich ihre Wange streifte.

Er hätte es wissen müssen – das tat sie nämlich häufig. Wo immer sie konnte, entzog sie sich ihm. Ernüchtert entließ er sie aus seiner Umarmung.

»Ich wollte gerade Mutters Hochzeitskleid holen«, sagte Runa tonlos, den Blick zu Boden gerichtet. »Sie will es Margareta für ihre Vermählung borgen.«

Einen kurzen Moment herrschte Stille zwischen dem Ehepaar, jene Stille, die nur dann entstand, wenn Reue und Verletztheit aufeinandertrafen.

»Geh nur«, sagte Walther schließlich mit einem ernsten Nicken und trat einen Schritt zurück. »Wir sehen uns dann heute Abend beim Mahl.«

»Ja, beim Mahl…«, murmelte Runa und lief an ihm vorbei, ohne aufzusehen. Nur wenig später drückte sie die Tür der elterlichen Kammer hinter sich zu und setzte sich gedankenversunken auf die Truhe ihrer Mutter. Beinahe fühlte sie sich befreit. Hier konnte sie Walther zumindest kurzzeitig entkommen. Seine stete Freundlichkeit machte es für Runa bloß noch schwerer. Fast wünschte sie, er würde endlich aufhören, sie zu lieben, damit ihr Gewissen sie nicht länger plagte. Dabei verdiente ihr Gemahl wahrlich Dankbarkeit und nicht etwa Runas Verdruss. Sie schämte sich für ihr Verhalten und für ihre Gedanken und fühlte sich ihm gegenüber schuldig, doch sie konnte nicht anders. Es war ihr in den sechs Jahren nach ihrer Hochzeit einfach nicht gelungen, Walther lieben zu lernen. Obwohl sie es sich so sehr gewünscht und er es nicht minder verdient hatte, war die Liebe ausgeblieben. Sie wusste, dass er das spürte. Es war in seinen Augen zu lesen, immer dann, wenn sie ihn abwies.

Unendlich weit weg schien die Zeit, da es noch Hoffnung für sie gegeben hatte. Runa erinnerte sich genau an den Tag ihrer Hochzeit – sah die Ereignisse jenes Augusttages wieder vor sich: Walther hatte ihr vor allen Gästen ein selbst erdachtes Lied gesungen. Geradezu wundervoll war die Dichtung gewesen und so wohlklingend seine Stimme. In diesem Moment hatte sie tatsächlich geglaubt, ihn eines Tages lieben zu können. In der Hoffnung, die Gefühle für ihren Gemahl würden sich schon irgendwann von alleine einstellen, hatte sie der Zukunft frohgemut entgegengesehen, überzeugt, seine unsterbliche Liebe würde für sie beide ausreichen. Doch das war ein Irrtum gewesen, ein schrecklicher Irrtum.

Manches Mal fragte Runa sich, was sie wohl mehr gefangen hielt – die Ehe, die sie nicht wollte, oder die heimliche Liebe, die nicht sein durfte? Es war eine Schmach, es sich einzugestehen, doch damals wie heute gehörte ihr Herz einem anderen Mann.

Obwohl sie in den vergangenen sechs Jahren kein einziges Wort mit Johann Schinkel hatte wechseln können, lag sie doch jede einzelne Nacht in Gedanken bei ihm. Wie häufig hatte sie sich schon gefragt, ob auch er gerade an sie dachte. Erinnerte sich Johann noch an die junge Begine, die sie einst gewesen war, oder hatte er sie bereits vergessen? Womöglich würde sie es niemals erfahren, denn was für einen Grund konnte es geben, der es einer Frau erlaubte, eine intime Unterredung mit dem Ratsnotar von Hamburg zu führen? Sie kannte die Antwort – keinen!

Müde von ihren trüben Gedanken erhob sie sich von der mütterlichen Truhe und öffnete diese. Einen Moment starrte sie reglos auf die ordentlich gefalteten Berge von roter, grüner und blauer Seide, dann straffte sie entschlossen den Rücken und atmete tief ein, um nicht weiter ins Grübeln zu verfallen. Sie wollte die schmerzhaften Gedanken an ihre verloren gegangene Liebe nicht zulassen, und so griff sie zielsicher nach dem Hochzeitskleid ihrer Mutter. Mit beiden Händen hob sie es vor sich in die Höhe. Es wog schwer in ihren Armen.

Der Anblick des Kleides zauberte ihr ein Lächeln aufs Gesicht. Das schimmernde Tuch war über und über von Gold- und Silberfäden durchzogen, und der Ausschnitt und die Ärmel wurden von kunstvollen Ziernähten gesäumt. Es war von den Jahren in der Truhe zwar zerknittert, doch ansonsten schien es makellos.

In Runas Gedanken blitzte das Bild ihrer Mutter auf, wie sie dieses Kleid getragen hatte. Sie erinnerte sich noch genau daran, wie schön ihre Mutter darin ausgesehen hatte. Anmutig und vor allem glücklich. Wie gerne würde sie das Gleiche von sich behaupten. Doch ihr Hochzeitstag war kein Tag des Glücks gewesen. Wieder schweiften ihre Gedanken ab, ohne dass sie es wollte oder etwas dagegen tun konnte.

Runa hatte Walther nicht aus Liebe geheiratet, sondern nur deshalb, weil ihr keine andere Wahl geblieben war. Was sonst hätte sie auch tun können? Sie war eine Begine gewesen, noch dazu schwanger und obendrein unsterblich verliebt in den Ratsnotar und Domherrn Johann Schinkel – den Vater des Kindes, welches sie in ihrem Leibe trug! Bis heute wusste er nichts von seinem Sohn, genauso wenig wie alle anderen um sie herum, und Runa würde ihr Geheimnis weiter hüten müssen, selbst wenn sie glaubte, mit den Jahren daran zu ersticken.

Walther hatte ihr in der Stunde ihrer größten Not ein Angebot unterbreitet, welches ihr damals als einziger Ausweg aus ihrer Lage erschienen war und sie vor Schimpf und Schande bewahrt hatte – vielleicht sogar vor dem Tode. Er, der sich schon seit ehedem als Nuncius ihres Vaters verdingte, stellte eine unstandesgemäße, aber ungefährliche Verbindung dar. Seine unsterbliche Liebe zu Runa hatte im Gegensatz zu Johann Schinkels Gefühlen nichts Anstößiges, und diese Tatsache machte er sich zunutze. Obwohl er wusste, dass sie das Kind des Ratsnotars unter ihrem Herzen trug, hatte er um ihre Hand angehalten, und Runa war darauf eingegangen. Alles hätte gut werden können, doch Gott wollte es anders. Auch nach all den Jahren und trotz all seiner glühenden Versprechungen war es Walther nämlich bis heute nicht gelungen, Thymmo als seinen Sohn anzunehmen.

Nichts von alledem, was sie sich damals erhofft hatten, war eingetroffen. Heute waren sie beide die Verlierer dieses geheimen Spiels, wie sie sich insgeheim eingestanden, auch wenn sie es nie laut aussprachen.

Verärgert darüber, dass sie sich nun doch grämte, schüttelte Runa den Kopf. Sie wollte diese quälenden Gedanken vertreiben – wenigstens für einen einzigen Tag. Heute sollte es um ihre Schwester gehen, die ihre Ehe mit Hereward noch vor sich hatte.

Margareta war zwar viel zu sittsam, als dass sie sich jemals dazu geäußert hätte, doch Runa sah es ihr an: Sie hegte bereits zarte Gefühle für ihren stattlichen Verlobten und sah ihrer Hochzeit freudig entgegen.

Auch wenn Runa selbst dieses Glück in ihrer Ehe nicht gefunden hatte, wollte sie doch alles dafür tun, dass es ihrer Schwester anders erging. Und so legte sie sich das Kleid über den Arm, zwang sich zu einem Lächeln und ging zurück zu Ragnhild und Margareta.

Walther und Albert hatten sich gerade über das Kaufmannsbuch gebeugt, um die Zahlen der vergangenen Tage durchzugehen, als Thiderich ins Kontor platzte. Mit hochrotem Kopf und kurzem Atem stieß er aus: »Du hast heute offenbar eine interessante Ratssitzung verpasst, Albert. Graf Gerhard I. ist tot. Ich habe es eben von Olric erfahren.«

»Was sagst du da? Der Graf ist tot?«, fragte Albert verwirrt.

»Du hast mich leider richtig verstanden«, erwiderte Thiderich, der wie selbstverständlich Alberts Becher an sich nahm und diesen in einem Zug leerte. »Ein Bote hat Johann Schinkel die Nachricht gestern Abend überbracht.«

Weder Albert noch Thiderich bemerkten, dass der Name des Ratsnotars Walthers Herz einen Stich versetzte. Sein heimlicher Rivale war in der Stadt überall zugegen. Ein ums andere Mal wünschte er sich, dass Johann Schinkel aus Hamburg verschwand, was in Anbetracht seiner Stellung natürlich undenkbar war. Um einen ruhigen Ton bemüht fragte er: »Wer wird die Nachfolge antreten?«

Thiderich wandte sich Walther zu. »Das steht noch nicht fest. Der Erbfolge nach müsste es Gerhard II. sein, doch es scheint auch nicht ausgeschlossen, dass alle drei Grafensöhne berücksichtigt werden.«

»Gotte bewahre!«, stieß Albert aus und strich sich übers Haar. Dann begann er im Kontor auf und ab zu schreiten, während er laut dachte. Seine Freunde kannten dieses Verhalten schon; Albert tat das immer, wenn er versuchte Probleme zu lösen. »Sollte sich das tatsächlich bewahrheiten, dann bekommen wir mit Sicherheit Schwierigkeiten. Es wird uns wohl kaum möglich sein, fünf Herren gleichzeitig zu dienen. Nur weil Gerhard I. seine beiden Neffen stets unterdrückt hat, sind wir allein ihm Abgaben aus unserem Holzhandel schuldig gewesen. Aber nun, da er tot ist, werden sich seine Neffen sicher nicht mehr so großzügig verhalten. Ich sehe es bereits kommen, Freunde. Es wird Streit zwischen den Grafen ausbrechen, und wir drei befinden uns genau in der Mitte.«

Albert hatte bloß ausgesprochen, was Thiderich und Walther längst wussten. Ihre einst so geniale Handelsidee konnte ihnen nun zum Verhängnis werden.

Nachdem die Stadt vor sechs Jahren den Flammen zum Opfer gefallen war, war ein Streit zwischen Hamburg und dem Grafenhaus entbrannt. Um den aufsässigen Städtern einen Schlag zu versetzen, verboten die Grafen ihrem Vogt damals, das dringend benötigte Holz zum Wiederaufbau der Stadt zu liefern. In dieser Zeit hatten Albert und Thiderich eine rettende Idee: Sie schlugen dem verarmten Grafen Gerhard I. einen Handel vor, den er nicht ausschlagen konnte. Wenn er Albert und Thiderich das Recht gewährte, Holz aus Friesland einzuführen, dann sollte der Graf für jede Ladung Wagenschrott die Hälfte des erzielten Wertes erhalten. Zu Anfang wurden Albert und Thiderich für verrückt erklärt, doch die Idee zahlte sich schließlich aus. Der Graf ließ die beiden Freunde gewähren und verhalf Albert, Thiderich und Walther somit zu erheblichem Reichtum.

So gerne der Rat jeden Handel mit dem Grafenhaus in dieser Zeit auch verboten hätte, er konnte es nicht. Die Bürger der Stadt brauchten das Holz zum Aufbau ihrer Häuser, und schlussendlich war es ihnen lieber, dass einer der ihren das Holz brachte und nicht der verhasste gräfliche Vogt.

Mit dem Tod Gerhards I. drohte dieser wohldurchdachte Handel in Gefahr zu geraten und Thiderich, Walther und Albert gleich mit dazu. Die Tatsache, dass sie bei möglichen Streitigkeiten zwischen den Grafen nur einem unter ihnen würden dienen können, machte sie wie von selbst zu den Feinden der anderen. Dieses Schicksal galt es abzuwenden – doch solange die Nachfolge des Verstorbenen nicht geregelt war, konnten die Freunde nur abwarten.

2

Der Schnee unter den Hufen der Pferde knirschte mindestens genauso laut wie die ledernen Geschirre. Es war so kalt, dass den Männern die Bärte einfroren – trotzdem genoss Godeke den Ritt. Er trug gute Stiefel und einen warmen Mantel, der den Großteil der Kälte von ihm fernhielt.

Die Geschäfte in Friesland waren zufriedenstellend verlaufen, und das stimmte ihn heiter, doch galten seine Gedanken nicht dem väterlichen Holzhandel, in dem er seit Jahren tätig war. Vielmehr beschäftigte ihn der Gefallen, den er seiner Schwester getan hatte, indem er kürzlich einen ganz bestimmten Ort aufgesucht hatte. Noch war er sich nicht sicher, ob sein Handeln richtig gewesen war. Bis Hamburg würde er darüber nachdenken und dann entscheiden, ob er ihr von den erschreckenden Neuigkeiten berichten sollte oder nicht – doch Hamburg lag nur mehr eine Tagesreise entfernt.

Die Kaufleute, denen er sich vor drei Tagen angeschlossen hatte, redeten nicht viel, was ihm durchaus recht war. Alles, was Godeke von den elf Männern wusste, war, dass sich ein Teil von ihnen auf dem Weg nach Lübeck und der andere Teil auf dem Weg nach Hamburg befand. Sie hatten sich erst kurz vor seinem Dazustoßen zusammengefunden und ihn gerne in die Gruppe aufgenommen. Je mehr Männer sich zusammenschlossen, umso sicherer war die Reise auf den Handelswegen.

Obwohl der Wald dicht bewachsen war, lag überall eine dicke

Schicht Schnee zwischen den Bäumen. Die Zweige der immergrünen Tannen hingen so tief, dass Godeke manches Mal den Kopf einziehen musste, um nicht dagegenzustoßen und eine volle Ladung Schnee abzubekommen.

Der Reiter vor ihm stellte sich in dieser Hinsicht weniger geschickt an. Irgendwie schaffte er es immer, die schneebedeckten Äste gerade noch zu streifen, sodass die weiße Pracht genau auf den dahinter reitenden Godeke hinabrieselte. Als dies zum wiederholten Male geschah, wurde Godeke wütend. Kurz erwog er, den fremden Kaufmann barsch anzufahren, doch so kurz vor Ende seiner Reise wollte er keinen Ärger mehr. Deshalb gab er seinem Pferd die Sporen und trabte bei der nächsten Gelegenheit einfach an seinem unachtsamen Reisegefährten vorbei.

Nachdem er eine Zeit lang an der Spitze der Gruppe geritten war, vernahm er plötzlich ein dumpfes Geräusch. Godeke sah seinen Nebenmann an, doch der saß unverändert auf seinem Pferd, den Kopf zwischen die Schultern gezogen, und hauchte sich immer wieder in die hohlen Hände, um diese zu wärmen. Niemand sonst schien etwas bemerkt zu haben, doch er selbst blieb stutzig.

»Habt Ihr nichts gehört?«, sprach er den neben ihm Reitenden an.

»Was soll ich denn gehört haben?«, fragte der Kaufmann verwundert zurück und rieb sich weiter die schmerzenden Finger.

»Hmm, vielleicht täusche ich mich auch …«, räumte Godeke ein, doch er drehte sich trotzdem noch einmal zu den anderen Reitern um.

Sein Nebenmann folgte dem Blick seines Reisegefährten, doch alles, was sie sahen, waren die anderen Männer, die durch die vielen Lagen Kleidung allesamt etwas fettleibig aussahen. Ihre Mützen hatten sie so tief in ihre Gesichter gezogen, dass ihre Augen kaum mehr zu erkennen waren. »Da war nichts. Es ist der Wald. Er täuscht einem Geräusche vor«, entschied der Mann.

»Vermutlich habt Ihr recht.«

Gerade als sie sich beide wieder umdrehen wollten, blieben ihre Blicke an dem letzten Reiter der Gruppe hängen. Mit jedem Schritt, den sein Pferd tat, rutschte sein Körper ein Stück weiter zur Seite. Der Anblick war so grotesk, dass zunächst weder Godeke noch der andere Kaufmann etwas dazu sagten. Erst als der Mann wie ein nasser Sack aus dem Sattel glitt und mit einem vom Schnee gedämpften Geräusch zu Boden plumpste, zügelten sie ihre Pferde und zwangen so auch die anderen zum Anhalten.

»Was ist los?«, fragte einer der Kaufleute erstaunt.

»Lutold ist gestürzt«, antwortete Godekes Nebenmann. »Sicher die Kälte, der jammert doch schon seit Tagen, dass er friert.«

»Kommt, wir legen ihn zurück auf sein Pferd. Später am Feuer wird er schon wieder wach.«

Doch noch bevor die Kaufleute absteigen konnten, war Godeke von seinem Pferd gesprungen und zu dem Mann geeilt, der noch immer reglos mit dem Gesicht im Schnee lag. Gerade als er ihn umdrehen wollte, machte Godeke eine Entdeckung. Neben dem Kopf des Fremden breitete sich eine immer größer werdende rote Pfütze aus, die den Schnee um ihn herum augenblicklich zum Schmelzen brachte.

Godeke wich zurück und hob ruckartig den Kopf in Richtung Wald. Noch während er mit einer Hand nach seinem Dolch griff, rief er in befehlendem Ton: »Sofort auf die Pferde! Das ist nicht die Kälte, das ist ein Überfall!«

Schon wenige Schritte nachdem sie die Stadt verlassen und den Wald betreten hatte, taten Heseke die Beine weh. Als Frau eines Ratsherrn war sie es nicht gewohnt, so lange zu laufen – schon gar nicht bei diesem Wetter.

Es war zwei Tage vor Weihnachten, und der Himmel zeigte sich überzogen mit dicken weißen Wolken, die nur darauf warteten, ihre Fracht zur Erde rieseln zu lassen. Je tiefer sie in den Wald vordrang, desto höher schien der Schnee zu liegen. Sie kam nur langsam voran. Bei jedem Schritt musste sie ihren Fuß zunächst aus der weißen Masse herausziehen, weit ausholen, um dann erneut knietief darin zu versinken. Trotz des guten Schuhwerks waren ihre Füße nach kurzer Zeit durchnässt und schmerzten vor Kälte. Zu der Kälte kam die Angst. Immer wieder vernahm sie das Heulen eines Wolfes oder ein Knacken im Geäst, und jedes Mal schien ihr Herz einen Schlag auszusetzen.

Nach einer schieren Unendlichkeit sah sie endlich ihr Ziel. Friedlich, fast schön lag die Hütte vor ihr. Selten zuvor hatte sich Heseke so sehr darauf gefreut.

Wie immer trat Luburgis aus der Tür, bevor ihr Besuch auch nur die Schwelle erreicht hatte. Heseke war nicht überrascht, hatte ihr die Schwägerin doch einst erzählt, das stille Leben im Wald schärfe das Gehör.

»Heseke! Dich schickt der Himmel. Ich habe die letzten Tage schon sehnsüchtig auf deinen Besuch gewartet. Komm schnell herein, und wärme deine Glieder.«

Ohne weitere Worte folgte die Ratsherrnfrau der Einladung. Kurz darauf saßen beide Frauen am Feuer.

Mit einem prüfenden Blick durch den einzigen Raum der Hütte fragte Heseke: »Wo ist Johannes?«

»Zur Jagd«, erwiderte Luburgis gleichgültig. »Doch es würde mich stark wundern, wenn er dieses Mal etwas fangen würde. Ich sage dir: Ohne deine Vorräte wären wir in den letzten sechs Jahren unzählige Male elendig verhungert. Ich liebe meinen Jungen, doch er ist weder zum Feuermachen noch zum Jagen zu gebrauchen. Manchmal kommt es mir vor, als wäre ich der Mann von uns beiden.«

Heseke kannte diese Reden auswendig. Luburgis beklagte sich jedes Mal über ihren weibischen Stiefsohn – und sie hatte recht.

Johannes war seit seiner Geburt klein und schmächtig gewesen. Wider Erwarten hatte sich das auch später nicht geändert. Selbst die Jahre im Wald hatten ihn nicht abhärten können. Er war seiner Stiefmutter keine rechte Hilfe.

Schon einige Male hatte sich Luburgis dabei ertappt, wie sie sich wünschte, es wäre sein starker Zwillingsbruder Godeke gewesen, der damals bei ihr geblieben wäre. Nachdem man ihren Mann Conrad wegen Mordes zum Tode durch das Rad verurteilt hatte, war sie selbst aus der Stadt gejagt worden. Ihren Stiefsöhnen Godeke und Johannes wurde es damals freigestellt, in Hamburg zu bleiben oder mit ihr zu gehen. Anfänglich hatten beide es vorgezogen, die Stadt zu verlassen, doch Godeke war ihr nach kurzer Zeit abtrünnig geworden. Er hatte sich seiner Wurzeln besonnen und war reumütig zu seiner Mutter Ragnhild und seinem Vater Albert zurückgekehrt. Seither lebte Luburgis mit Johannes versteckt und geächtet im Wald. Ihr altes Leben als Frau eines angesehenen Ratsherrn war für alle Zeit vorbei. Niemals mehr würde sie ein schönes Kleid tragen, niemals mehr eine Kirche von innen sehen, niemals mehr zurückkehren können. Häufig schon hatte sie sich heimlich an den Waldrand geschlichen, nur um die Stadtmauer oder die Spitze des Doms eine Weile betrachten zu können. Weiter durfte sie sich nicht wagen, sonst wäre sie des Todes. Alles, was ihr von ihrem alten Leben geblieben war, befand sich in dieser Hütte. Ein paar Kleider, die heute nicht viel mehr als bloße Lumpen waren, ihre Schwägerin Heseke, die sie mit Essen und Kunde aus der Stadt versorgte, und Johannes, der in genau diesem Moment ihre ärmliche Behausung betrat.

»Tante Heseke, gut, dass du uns wieder besuchen kommst. Wir leiden seit Tagen Hunger.«

Heseke drehte sich um und schaute verächtlich auf den dürren, abgerissenen Kerl vor sich. »Diese Begrüßung sieht dir ähnlich. Hast du denn schon wieder nichts für den Kochtopf deiner Mutter gefangen?«, fragte sie streng.

»Nein, habe ich nicht«, antwortete dieser schuldbewusst und senkte den Kopf. Seine piepsige Stimme verwandelte sich in ein trotziges Gemurmel. »Ich kann bei diesem Wetter nicht jagen. Es ist kalt, und der Schnee blendet mich.«

»Was soll das heißen, *bei diesem Wetter*?«, gab Heseke schroff zurück. »Ich bezweifle, dass du in deinem Leben überhaupt schon einmal etwas erlegt hast, das nicht sowieso im nächsten Moment vor Krankheit oder Schwäche tot umgekippt wäre, du Nichtsnutz.«

Johannes lief vor Scham rot an, erwiderte jedoch nichts. Es wäre sinnlos gewesen – gegen seine resolute Tante war er machtlos.

»Ach, Heseke, sei doch nicht so streng zu dem Jungen«, versuchte Luburgis zu schlichten. »Erzähle mir lieber, ob es Neuigkeiten aus der Stadt gibt.«

Heseke wandte sich von Johannes ab, atmete tief ein und wieder aus und versuchte zu ignorieren, dass Luburgis ihren einundzwanzigjährigen Stiefsohn mal wieder *ihren Jungen* nannte, als wäre er ein kleines Kind. Dann sagte sie: »Ja, es gibt tatsächlich Neuigkeiten aus der Stadt. Graf Gerhard I. ist tot.«

Luburgis' Augen verengten sich umgehend zu schmalen Schlitzen. »Soso. Was du nicht sagst«, zischte sie mit einem boshaften Unterton. »Endlich mal erfreuliche Nachrichten.«

Heseke wusste, dass es nicht der Graf war, der das Interesse der Schwägerin weckte. Weder seine Todesumstände noch die Nachfolge waren für sie von Belang. Vielmehr freute sich Luburgis über die Veränderungen, die sein Tod mit sich bringen würde. Ihre alten Feinde Albert und Ragnhild waren Günstlinge des Grafen gewesen. Jetzt, nach seinem Tode, war nichts mehr sicher. So war es immer, wenn ein Herrscher starb. Manchmal wurden sich die Günstlinge mit den Nachfolgern einig, sodass Einfluss und Ansehen unangetastet blieben, manchmal jedoch blieb ihnen die Gunst des Nachfolgers verwehrt. Sollte Letzteres eintreten, würde mit den von Holdenstedes endlich das passieren, was sich Luburgis, Heseke und Johannes vom Berge am meisten wünschten: Sie würden in Ungnade fallen und wären dann ein leichtes Ziel für sie. Alles Handeln in den letzten sechs Jahren, jeder Schritt, jeder Atemzug wurde stets begleitet von diesem unauslöschlichen Wunsch nach Rache. Viel zu lange warteten die drei Überlebenden des alten Geheimbundes schon darauf, beenden zu können, was sie damals begonnen hatten. Nun schien die Gelegenheit günstig zu sein.

Nachdem sich Heseke verabschiedet hatte, um noch vor Anbruch der Dunkelheit und vor allem vor der Schließung der Stadttore zurück zu sein, flüchtete Luburgis sich in ihre Gedanken. In ihr hatte sich eine unglaubliche Ruhe ausgebreitet. Ihr sonst so eintöniges, sinnloses Leben im Wald erfüllte auf einmal wieder einen Zweck. Auch wenn sie mittlerweile einundfünfzig Jahre alt war, wusste sie, dass ihre Seele erst zur Ruhe kommen würde, wenn sie all ihren Dämonen die Stirn geboten hatte.

Ihr Gemahl Conrad hatte seine Strafe schon erhalten. Nachdem er ihr vor vielen Jahren mit seinen Fausthieben das Gesicht entstellt hatte, wurde durch seine Hinrichtung diese Schuld an ihr gesühnt.

Ragnhild und Albert hingegen hatten ihr das einzige Leben genommen, welches sie je gekannt hatte: das einer Tochter aus angesehenem Hause und Frau eines Ratsherrn. Auch wenn sie dieses Leben niemals mehr zurückerhalten und sehr wahrscheinlich eines Tages einsam in ihrer Hütte im Wald würde sterben müssen, so wollte sie doch wenigstens bis zum letzten Atemzug darum kämpfen, ihre Feinde ins Unglück zu stürzen. Der Tod Gerhards I. war ein Anfang. Noch wusste sie zwar nicht, wie sie die verdiente Rache an ihren Feinden nehmen konnte, doch sie war bereit, dafür zu sterben!

3

Walther konnte sich an diesem Tag schlecht konzentrieren. Immer wieder fuhr sein Blick auf – weg von dem Kaufmannsbuch vor ihm und hin zu Albert und Thiderich, die auf der anderen Seite des Kontors saßen und sich lachend unterhielten.

»… ich sage dir, mein Sohn wird später eher ein Schwert führen denn eine Schreibfeder«, sprach Thiderich belustigt. »Es ist ganz gleich, wie häufig sein Lehrer ihn ermahnt, seine Schreibübungen zu machen. Immer wenn keiner hinschaut, stiehlt er sich davon und schlägt alles kurz und klein.«

»O ja, ich habe davon gehört. Ava hat uns gestern besucht und erzählt, dass dein Junge abermals einen Krug in der Küche zerbrochen hat, als er ihn mit seinem Stock zu bekämpfen versuchte. Ich würde dir ja gerne raten, strenger mit ihm zu sein, doch Godeke war genauso verrückt nach seinem Holzschwert. Heute ist er mir ein guter Partner in den Geschäften *und* kann kämpfen – was keine schlechte Mischung ist.«

»Wie recht du hast, doch erkläre das mal Ava …«

In diesem Moment sprang Walther ruckartig auf. Er klemmte sich das schwere Kaufmannsbuch unter den Arm, griff nach seiner Laute, die ihn überallhin begleitete, und sagte: »Bei eurem Geplapper kann ja kein Mensch arbeiten. Ich komme später zurück.«

Die beiden Freunde schauten dem Nuncius verwundert hinterher. Noch bevor er aus dem Haus war, rief Thiderich: »Was hast du denn für eine Laune?«

»Wo gehst du überhaupt hin?«, wollte Albert wissen.

»Zu Nicolaus von Rokesberghe. Bei ihm steht seit dem Martinifest noch eine Zahlung aus!«, gab Walther zur Antwort. Dann hörten die Freunde die Türe knallen.

Schon als Walther auf die Straße trat, bereute er sein Verhalten. Er hatte seine Freunde nicht so anfahren wollen, doch die Arbeit als Alberts Nuncius erfüllte ihn mit den Jahren immer weniger – zumal seine eigentliche Leidenschaft seit jeher dem Minnesang galt –, und das machte ihn dünnhäutig. Außerdem hatte das fröhliche Gespräch über Thiderichs Sohn und dessen Frau ihm mal wieder allzu schmerzlich aufgezeigt, was ihm verwehrt blieb: eine glückliche Ehe und ein eigener Sohn!

Auch wenn Runa wieder schwanger war und somit die Möglichkeit auf einen eigenen Sohn bestand, würde Thymmo stets von ihrer einstigen Liebe zu Johann Schinkel zeugen. Vorbei waren die Tage, da er fest geglaubt hatte, Runas Herz eines Tages für sich zu gewinnen. Mit den Jahren war ihm dieser Irrtum schmerzlich bewusst geworden, weshalb er mehr und mehr Zeit außerhalb des Hauses verbrachte. Wann immer sich die Möglichkeit bot, ging er in Alberts Auftrag auf Reisen oder beugte sich stundenlang über die Kaufmannsbücher.

Die Nähe zu seinen beiden besten Freunden Thiderich und Albert empfand er mittlerweile als heilend und schmerzhaft zugleich. Albert und Ragnhild waren überaus glücklich miteinander, und Thiderich hatte die schöne Ava von Staden geheiratet, um die er allerorts beneidet wurde. Ja, manches Mal kam ihm die Gegenwart seiner Freunde vor wie eine Folter, und dann reagierte er so ungehalten wie gerade eben.

Er hatte diesen Gedanken just zu Ende gedacht, da stand er auch schon vor dem Hause der Rokesberghes im Kirchspiel St. Nicolai. Eine Magd öffnete ihm und führte ihn ins Kontor des Hausherrn, wo sich Walther erst einmal den Schnee von seinem Mantel klopfte.

Erst die tiefe Stimme hinter ihm ließ ihn herumfahren. »Nuncius, wie erfreulich, Euch zu sehen. Was ist der Grund für Euren Besuch, der Euch durch diese ungastliche Kälte geführt hat?«

»Ratsherr«, gab Walther zurück und beugte respektvoll den Kopf. »Ich danke Euch, dass Ihr etwas Zeit für mich erübrigen könnt.«

»Nicht doch, für meine Freunde habe ich immer Zeit«, schmeichelte der Ratsherr in dem Wissen, dass er Albert noch Geld schuldete. »Möchtet Ihr Wein?«

»Habt Dank, doch ich habe nicht vor, Euch lange aufzuhalten. Ich bin gekommen, um Euch an die Zahlung zu erinnern, die seit dem elften November aussteht. Ihr erinnert Euch? Das Martinifest?«

Nicolaus von Rokesberghe griff sich an den Kopf und setzte ein betroffenes Gesicht auf. »Es ist noch eine Zahlung offen? Ja richtig, für die Fuhren Holz, welche ich für die Bebauung meines Grundstückes benötigt habe.«

»So ist es. Doch ich habe keinen Zweifel daran, dass Ihr die Frist nur deshalb versäumt habt, da Ihr ein so überaus vielbeschäftigter Mann seid. Seht meine Erinnerung demnach als einen Freundschaftsdienst, der keines Danks bedarf.« Walther wählte seine Worte mit Bedacht. Nun, da sein Gegenüber zugegeben hatte, dass es sich um ein Versehen handelte, und Walther sich so verständnisvoll zeigte, konnte der säumige Ratsherr nicht anders als die offene Zahlung sofort zu begleichen.

»Nuncius, ich bin ein Ehrenmann und werde meine Schuld natürlich umgehend bezahlen. Wollt Ihr nicht doch einen Wein?« Er wartete die Antwort Walthers gar nicht mehr ab, sondern rief unverzüglich nach seiner Frau. »Greta, Greta!« Dann erhob er sich und verkündete: »Meine Gemahlin wird sich gleich um Euer Wohl kümmern. Ich werde derweil die Münzen für Euch holen gehen.«

Kurze Zeit später kam die zierliche Frau des Ratsherrn herein, einen Krug in den Händen und ein Lächeln auf den Lippen. Wortlos füllte sie zwei Becher und warf dabei verstohlene Blicke auf Walthers Laute.

»Ich danke Euch für den Wein, Domina Greta«, sagte Walther und lächelte ebenfalls. Er kannte die Frau von früheren Besuchen, bei denen sie jedes Mal sichtlich angetan von seiner Laute gewesen war.

»Er wird Eurer Stimme guttun, singender Nuncius. Ich habe den Wein mit Ingwer, Honig, Zimt und Nelken angereichert.«

»Wie recht Ihr habt, gute Frau. Warmer Würzwein verträgt sich gut mit dem Singen und Dichten. Doch nur Gott weiß, wann ich das nächste Mal dazu kommen werde, bei all der Arbeit.«

»Nun, wenn es Euch gefällt, dann spielt doch jetzt gleich. Ich wäre hocherfreut …«

»Greta! Du vergisst dich«, tadelte Nicolaus von Rokesberghe, der gerade wieder hereingekommen war, seine Frau streng.

»Bitte entschuldige, mein Gemahl«, sagte die Ratsherrnfrau plötzlich eingeschüchtert. Dann nahm sie den Krug vom Schreibpult und ging gesenkten Blickes hinaus.

Walther schaute ihr betrübt nach. Er wusste genau, warum der Ratsherr seine Frau getadelt hatte. Nicht zum ersten Mal erfuhr er am eigenen Leib, dass Spielleute zu den am wenigsten geachteten Männern und Frauen des Landes gehörten. Auch wenn jedermann gerne der Musik lauschte, wollte sich doch niemand mit ihnen umgeben.

»Hier ist das Geld für Albert von Holdenstede«, sprach der Ratsherr und drückte Walther ein ledernes Säckchen mit Münzen in die Hand. »Bitte entschuldigt mich nun, die Arbeit kann nicht länger warten.«

»Natürlich, Ratsherr. Gehabt Euch wohl«, sagte Walther, dem der unterkühlte Ton sehr wohl aufgefallen war, und machte sich wieder auf den Heimweg.

»Vergesst nicht euer Gebet, meine lieben Schätze.«

»Nein, Mutter.«

Runa wünschte ihren Kindern nacheinander eine gute Nacht und drückte jedem von ihnen einen Kuss auf den Kopf. Dann suchte sie mit einem Talglicht in der Hand Walthers und ihre Schlafkammer auf. Wie erwartet war sie leer.

Walther war noch nicht nach Hause gekommen. Auch wenn er sonst ein verlässlicher Gemahl war, der sich äußerst selten in den Schenken herumtrieb, konnte es schon mal passieren, dass er von wichtigen Angelegenheiten im Hause ihrer Eltern aufgehalten wurde. Häufig schlief er dann sogar im Kontor – sei es der Arbeit wegen oder weil er sein Zuhause mied.

Es fiel Runa schwer zu leugnen, dass sie es begrüßte, alleine zu sein. Walther war ein stürmischer Liebhaber, der sie häufig in die eheliche Pflicht nahm. Nicht selten vermutete sie hinter den ständigen Liebesakten eine Art wiederholtes Feststellen seines Besitzes. Wenn er schon nicht ihre Liebe haben konnte, dann wenigstens ihren Körper – und zwar so häufig, wie es ihn danach verlangte!

Als Runa am nächsten Tag erwachte, war sie allein in der Kammer, wenngleich der Zustand ihrer Bettstatt verriet, dass Walther in der Nacht neben ihr gelegen hatte. Schnell kleidete sie sich an und lief hinunter. Der heutige Tag würde ihr viel Arbeit bescheren, denn morgen war Weihnachten.

Gleich nachdem sie einen Fuß in die Küche gesetzt hatte, kam ihr Poppo entgegen. Das pechschwarze Fell des Katers zeigte sich makellos, und sein Gang war aufrecht und stolz. Wie immer begann er sofort damit, sich an Runas Bein zu reiben. Er wusste nur allzu genau, dass sie sich seinen Liebkosungen nicht entziehen konnte.

Mit einem weichen Lächeln auf dem Gesicht hob sie ihren Kater hoch und drückte ihre Wange an die seine. Schnurrend ließ Poppo sich ihre Zärtlichkeiten gefallen, stets in der Hoffnung, dass danach etwas Futter für ihn abfiel. »Hallo, Poppo, mein Hübscher. Hast du dich am Feuer gewärmt? Wie bist du denn schon wieder ins Haus gelangt?«

In diesem Moment betrat Agnes, die Magd, die Küche.

»Guten Morgen, Herrin.«

»Guten Morgen, Agnes«, erwiderte Runa, ohne den Blick von ihrem geliebten Kater zu nehmen. Etwas halbherzig erkundigte sie sich: »Hast du Poppo hereingelassen?«

»Ja, Herrin. Ich weiß, der Herr wünscht das nicht, aber Ihr wisst doch, wie laut dieser kleine Quälgeist maunzen kann, wenn es ihm zu kalt und zu nass draußen ist.«

»Ja«, seufzte Runa lächelnd, »das weiß ich. Aber sieh zu, dass du ihn nicht aus Versehen aus der Küche entwischen lässt. Du weißt, dass Walther es nicht schätzt, wenn Poppo frei herumläuft.«

»Ich werde achtgeben«, versprach Agnes und wuchtete einen großen Kessel Wasser über die Feuerstelle. »Wenn dieses störrische Tier doch nur wüsste, was für ein nettes Leben es führen könnte …«

Runa stimmte Agnes stumm zu. Aus einem unerklärlichen Grunde hasste Poppo Männer. Ausnahmslos verachtete er jeden einzelnen Vertreter dieses Geschlechts, so auch Walther. Wann immer die beiden aufeinandertrafen, fuhr der schwarze Kater seine Krallen aus. Runa wusste, dass Poppo nur deshalb von ihrem Mann geduldet wurde, weil er seiner Frau einfach keinen Wunsch abschlagen konnte. Noch hatte sie die Hoffnung nicht aufgegeben, dass der ihr einst zugelaufene Streuner sich irgendwann bessern würde. »So, nun ist es genug«, sagte sie mehr zu sich selbst als zu ihrem Kater und ließ ihn wieder zu Boden.

Sie wandte sich ihrer Magd zu, die gerade dabei war, das offene Feuer unter dem Wasserkessel zu schüren. »Agnes, wir haben heute viel zu tun. Ich werde mich gleich zu Agatha aufmachen, um den Stoff zu holen, den ich für Freyjas Kleidersaum benötige. Wenn du hier fertig bist, dann gehe bitte zur Niedermühle und forme danach den Teig, der zur Backstube muss, damit wir morgen genügend Fastenbrezeln haben. Ach ja, und wenn du damit fertig bist, besorge bitte gleich den Karpfen.«

Mit einem angedeuteten Knicks erwiderte Agnes folgsam: »Jawohl, Herrin.«

Allein bei dem Wort »Fastenbrezeln« musste Runa innehalten, um nicht den Mund zu verziehen. Nach Weihnachten war die vierzigtägige Fastenzeit endlich vorüber. Runa konnte nicht leugnen, dass sie sich wie jedes Jahr darüber freute.

Gerade wollte sie die Küche verlassen, als sie bemerkte, dass ihre Magd offenbar noch etwas auf dem Herzen hatte. Agnes war erst wenige Monate bei Runa und wusste ganz offensichtlich noch nicht, was sie sich bei ihrer neuen Herrin erlauben konnte. Doch Runa mochte das Mädchen und fragte daher freundlich: »Was gibt es noch?«

»Ich … ich würde morgen gerne mit meiner Familie das Krippenspiel besuchen, wenn Ihr erlaubt. Meine arme Mutter kann nicht ohne Hilfe gehen, aber wenn ich sie stütze …«

Runa schaute Agnes verwundert an. »Aber natürlich kannst du morgen zum Krippenspiel gehen. Ich wäre erbost, wenn du das nicht tun würdest. Als gute Christenfrau ist es deine Pflicht und als gute Tochter nicht weniger. Sobald du die Kinder morgen für den Kirchgang angekleidet hast, darfst du dich auf den Weg machen.«

Agnes lächelte erleichtert. »Ich danke Euch. Ihr seid so gut zu mir.«

Mit einem freundlichen Nicken verschwand Runa kurz darauf aus der Küche. Wie schon so oft in der Vergangenheit musste sie sich über Agnes wundern. Die Magd hatte vorher offensichtlich unter einer grausamen Herrschaft gedient. Jede noch so kleine freundliche Geste ließ sie aus Dankbarkeit über das ganze Gesicht strahlen. Agnes war ein gutes Mädchen. Diese Tatsache stimmte Runa glücklich. Bislang hatte sie nur Pech mit ihren Mägden gehabt. Eine war am Fieber gestorben, die andere im Kindbett, und eine dritte war so faul gewesen, dass Runa sie davongejagt hatte. Nun sah es fast so aus, als hätte sie endlich einmal ein gutes Händchen bewiesen.

Beschwingt verließ sie das Haus in Richtung Westen. Seit Tagen schneite es unaufhörlich, und auch diese Nacht waren wieder dicke Flocken vom Himmel gefallen. Auf jedem Weg und jedem Haus lag eine weiße, weiche Decke. Selbst die vielen Füße der Hamburger und die schweren Wagenräder hatten es diesmal nicht geschafft, den Schnee in den sonst braunen Matsch zu verwandeln. So mochte Runa den Winter. Die Stadt war weiß und eisig und sie selbst in viele Lagen Stoff gehüllt, sodass ihr die durchdringende Kälte nichts anhaben konnte.

Es war nur ein kurzer Weg bis in die Johannisstraße, in der das Schneiderehepaar Agatha und Voltseco von der Mühlenbrücke lebte. Die beiden besaßen ein großes Steinhaus, in dem stets ein reges Kommen und Gehen herrschte. Gerade Voltseco war weit über die Stadtmauern hinaus für seine Künste bekannt. Doch leider nicht ausschließlich dafür. Er war ein Frauenheld, der kein Geheimnis daraus machte, wie sehr er die Schmeicheleien der Damenwelt genoss.

Runa empfand großes Mitleid mit seiner Frau und brachte keinerlei Verständnis für ein solches Verhalten auf. Vielleicht bevorzugte sie deshalb den Umgang mit Agatha, welche zudem noch eine alte Freundin ihrer Mutter war.

So oft es ihr möglich war, besuchte sie die Gewandschneiderei. Runa liebte schöne Tuche, und im Gegensatz zu ihrer Mutter liebte sie auch das Sticken und Nähen. Manches Mal war es schon vorgekommen, dass sie bloß hatte schauen wollen, was die Tuchhändler an neuen Stoffen und Farben über das Meer in die Stadt gebracht hatten, und schließlich doch mit vollen Armen heimgekehrt war. Mehrfach hatte Walther sie deswegen schon getadelt und damit gedroht, Voltseco zu verbieten, ihr etwas zu verkaufen, doch bisher hatte sie es stets verstanden, ihren Gemahl mit einem hübschen Untergewand oder einem neuen Wams zu besänftigen.

Außerdem kam ihr der Umstand zugute, dass ihre Tochter ein echter Wildfang war. Freyjas Kleider sauber und heil zu halten war ein aufwendiger Zeitvertreib, dessen die Magd im Hause häufig alleine nicht Herr zu werden schien. Auch vergangenen Sonntag hatte es das Mädchen beim letzten Kirchgang geschafft, den Saum seines feinen Kleides so zu zerreißen, dass er unmöglich zu nähen war. Bereits vor einigen Tagen hatte Runa deshalb beschlossen, ein hübsches Stück Tuch auszusuchen, mit dem sie das untere Stück des Rocks ersetzen wollte. Auch wenn morgen schon Weihnachten war und ihr somit nur noch ein Tag Zeit blieb, wusste sie, dass sie es mit Leichtigkeit schaffen würde. Ihre Finger arbeiteten schnell – besonders des Nachts. Dass sie dafür mal wieder eine der teuren Wachskerzen würde opfern müssen, um etwas sehen zu können, verschwieg sie Walther besser.

Mit einem ächzenden Laut schulterte Agnes das Mehl und verließ darauf hastig die Niedermühle in Richtung Reichenstraße. Beim Müller war eine lange Schlange von wartenden Mägden gewesen. Sie hatten angestanden, um das zuvor erworbene Korn mahlen zu lassen. Keine von ihnen hatte Zeit zu vertrödeln – schon gar nicht vor Weihnachten –, und deshalb waren alle früh aufgestanden, um zu den Ersten zu gehören. Agnes selbst hatte sich entschieden, zunächst zum Fischmarkt zu gehen, um den Weihnachtskarpfen zu besorgen, doch das hatte sich als Fehler herausgestellt.

Eine halbe Ewigkeit hatte sie nun anstehen müssen, um ihr Mehl zu erhalten. Nun würde sie zu spät in das Haus ihrer Herrschaft zurückkehren, wo sie schon längst den Teig für die Fastenbrezeln hätte bereiten sollen. An Tagen wie diesem folgte unweigerlich ein Ärgernis dem anderen. Wie sie es hasste, dass sich nun alle anderen Tätigkeiten verzögerten und sie sich bis zum Abend durch ihr Tagwerk würde hetzen müssen! Bei ihrem Glück würde sie wahrscheinlich genau dann die Bäckerei betreten, wenn der erste Backvorgang bereits beendet war und der Ofen zunächst neu angeheizt werden musste.

O heilige Mutter Gottes, dachte die Magd bei sich, das hieße nochmals warten. Wann sollte sie nur den Hof und das Haus reinigen, wie es zu Weihnachten immer getan wurde? Nun ja, da half kein Jammern. Die Arbeit musste getan werden, und es würde kommen, wie es kommen sollte. Schließlich stand sogar in der Heiligen Schrift geschrieben: *Alles hat seine Zeit.* Sie würde ganz einfach mit den vielen Fastenbrezeln beginnen, die es noch zu kneten galt. Gleich zwanzig Stück sollte Agnes backen, denn in dieser Zeit zeigte sich jedermann großherzig, und so bekamen auch die Lahmen und Blinden auf den Stufen der Kirchen etwas von dem Gebäck.

Hinter der Tür des Schneiderhauses prallten Mutter und Tochter beinahe zusammen. Die Frauen lachten verwundert über den freudigen Zufall und umarmten sich herzlich.

Doch so zufällig war ihre ungeplante Begegnung gar nicht, denn Agatha und Ragnhild verbrachten viel Zeit miteinander.

Runas Meinung nach waren diese übermäßig häufigen Besuche noch immer ein Zeichen dafür, wie sehr ihre Mutter ihr vor sechs Jahren neu begonnenes Leben und die damit gewonnene Freiheit genoss.

Nachdem man Runas Vater vor nunmehr zwanzig Jahren während einer Flandernreise fälschlicherweise für tot erklärt hatte, wurde Ragnhild zunächst zur Witwe und daraufhin zur Ehefrau von Symon von Alevelde. Er war ihr ein grausamer Gemahl gewesen, der sie jahrelang wie eine Gefangene im eigenen Hause gehalten hatte. Doch mit dem großen Brand war diese schlimme Zeit endlich zu Ende gegangen. Nachdem Symon in den Flammen sein Leben gelassen und Albert sein zweites Weib im Kindbett verloren hatte, heirateten Ragnhild und Albert erneut.

Seitdem hielt es Runas Mutter nie lange im Haus. Kein noch so unbehagliches Wetter konnte sie davon abbringen, wenigstens einmal am Tage in den Hof zu gehen oder aber ihre Freundin Agatha zu besuchen. Niemals mehr wollte sie sich eingesperrt fühlen!

»Weiß dein Gemahl, dass du seine Münzen wieder in Agathas Tuche steckst, mein Kind?«, fragte Ragnhild ihre Tochter mit gespieltem Ernst.

Runa lächelte ertappt. »Ich bin nur wegen Freyja hier. Du kennst sie ja. Kaum lässt man sie aus den Augen, kriecht sie auch schon auf dem Boden herum. Ihr Saum ist wie so oft total zerschlissen.« Dann wandte sie sich an Agatha, die wie immer ein makelloses Kleid mit hübschen Verzierungen trug, welches ihre Schneiderkunst in bester Weise bewarb. Es war ganz in Blau gehalten und hatte weite Ärmel, deren untere Enden fast bis zum Boden reichten. Um besser arbeiten zu können, knotete sie die Spitzen stets auf dem Rücken zusammen.

»Sag, Agatha, hast du vielleicht noch ein Tuch, das zu Freyjas Kleidchen passt?« Runa zog es aus ihrem Beutel hervor und reichte es Agatha. Kurz darauf war diese schon zwischen ihren Rollen verschwunden, die überall herumstanden. Es war Runa unverständlich, wie sich die Schneidersfrau in diesem Gewühle merken konnte, wo sie welche Tuche aufbewahrte, doch nur wenig später kam sie tatsächlich mit einem feinen Wollstoff in ähnlicher Farbe wie Freyjas Kleidchen zurück.

»Was hältst du davon, Runa?«, fragte Agatha sichtlich stolz darüber, wieder einmal das Passende gefunden zu haben. Dann schaute sie sich prüfend um. Ihr Mann Voltseco war gerade mit einem reichen Kaufmann beschäftigt, sodass er nicht hören konnte, was sie ihren Freundinnen zuflüsterte. »Von dieser Rolle habe ich nur noch einen Rest. Ich gebe ihn dir einfach so mit. Und nun geht schnell, bevor mein Voltseco etwas mitbekommt. Wir sehen uns morgen in der Kirche.«

Nachdem Runa durch den überstürzten Aufbruch erfolgreich davon abgehalten wurde, Agathas halben Tuchbestand aufzukaufen, schlenderten Mutter und Tochter Arm in Arm zurück. Sie hatten denselben Weg, wohnten sie doch beide in der Reichenstraße.

Einst hatte Albert das abgebrannte Grundstück auf der Grimm-Insel, welches er von seinem Vater geerbt hatte, an Thiderich verkauft und war mit Ragnhild, Margareta und der Magd Marga zurück ins St.-Petri-Kirchspiel gezogen, wo er aufgewachsen war. Der Brand hatte nichts von dem Familiensitz verschont. Dort, wo früher das prächtige Fachwerkhaus der Eltern gestanden hatte, ragten nur noch die verkohlten Fundamentbohlen und Tangen heraus, die ehedem das Wandfundament gehalten hatten.

Alberts Familie hatte dieses Schicksal mit allen Bewohnern der Reichenstraße geteilt, und viele hatten beschlossen, dass sie so ein Unglück nicht noch einmal zulassen würden. So baute Albert sein nächstes Haus aus Stein, und zahlreiche Hamburger taten es ihm gleich. Heute war die Reichenstraße gesäumt von den Steinhäusern der vermögenden Familien, die es geschafft hatten, ihre Geschäfte nach dem Brand wieder aufzunehmen. Auch Albert war dies mithilfe seiner Freunde gelungen, und so konnten sich auch Walther und Thiderich ein festes Steinhaus leisten.

Runas und Walthers Heim bestand aus einem recht schmalen, dafür aber hohen Sandsteinbau mit abschließendem Treppengiebel und einem kleinen Hof zum Reichenstraßenfleet. Nur zwei Häuser weiter befand sich das Haus von Ragnhild und Albert, das ebenfalls aus Sandstein, doch fast doppelt so groß war. Das dreigeschossige Haupthaus hatte seine tonnengewölbten Lagerräume im unteren Bereich. Links neben dem Eingang stand eine Tormauer mit rundbogiger Einfahrt, durch die man direkt in den Innenhof gelangte, welcher von zwei weiteren, kleineren Gebäuden flankiert wurde. Am Ende des Hofs befand sich das Reichenstraßenfleet mit dem hauseigenen Bootsanleger.

Auch wenn das Fleet bei warmem Wetter oft stank, war hier Ragnhilds Lieblingsplatz. Albert hatte ihr eigens für diese Stelle einen Schemel und ein kleines Tischchen anfertigen lassen, an dem sie im Sommer sitzen konnte. Sie mochte das Rauschen des Wassers, und sie mochte es, draußen zu sein. Zu dieser Jahreszeit allerdings war der Platz am Fleet wie alles andere von jener dicken weißen Schneeschicht bedeckt, durch die sich Mutter und Tochter gerade kämpften.

Dicht nebeneinander durchschritten sie die Pelzerstraße, überquerten eine Brücke und bogen nach links in die Reichenstraße ein. Sie kamen nur langsam voran, denn die Schneemengen auf den Straßen schienen während ihrer Zeit bei Agatha weiter angewachsen zu sein. Doch keine von beiden wollte sich beeilen, zu sehr genossen sie die gemeinsame Zeit, die ihnen blieb. Auch wenn sie sich mindestens jeden Freitag sahen, fiel ihnen immer etwas ein, über das es sich zu reden lohnte.

»Weißt du, wer morgen das Jesuskind beim Krippenspiel ist?«, fragte Runa verschmitzt.

»Nein«, gab Ragnhild zunächst einsilbig zurück, dann jedoch bemerkte sie das schelmische Lächeln ihrer Tochter. »Sag nicht, du weißt es. Wie hast du es rausbekommen?«

»Ha, das verrate ich nicht, Mutter!«, rief Runa lachend und ergänzte gespielt wohlerzogen: »Ich will doch nicht von dir getadelt werden!«

»Als ob dich Dickkopf das je gekümmert hätte. Los, erzähle es mir. Welches Kind wird es sein?« Ragnhilds Neugierde war nicht mehr zu bremsen. Jedes Jahr war diese Frage erneut Gegenstand von Tratschereien, denn jedes Jahr bestimmten die Pfarrvikare aller vier Hauptkirchen ein Kind für das Krippenspiel. Natürlich waren alle Mütter darauf bedacht, dass ihr eigenes Kind erwählt wurde, das heilige Jesuskind zu spielen, und so kam es, dass sich mit den Jahren eine Art Wettstreit daraus entwickelt hatte. Je nach Gesinnung des Pfarrvikars konnte die Wahl durch entsprechende Spenden beeinflusst werden. Vielen Hamburger Familien war keine Summe zu hoch, um ihrem Kind diesen Segen zuteil werden zu lassen und somit selber eine Art fromme Weihe zu erhalten, was sich für die Kirchen als durchaus einträgliches Geschäft erwies.

Runa hakte sich noch fester bei ihrer Mutter unter und rückte näher an sie heran. Dann verkündete sie mit gedämpfter Stimme: »Es soll tatsächlich das hässliche Kind der reichen Alheid Salsnak werden, kannst du dir das vorstellen?«

Ragnhild schlug erschrocken die Hand vor den Mund und erstickte so jedes Geräusch. »Du großer Gott, was für eine schlechte Wahl. Ich glaube kaum, dass das Jesuskind abstehende Ohren hatte.«

Runa sah ihre Mutter zunächst erschrocken an. Dann aber begann sie lauthals über die allzu ehrlichen Worte zu lachen und rief: »Du bist ja noch viel bissiger, als ich es bin! Jetzt weiß ich, woher ich das habe.«

Ragnhild fiel mit in das Gelächter ein und zog ihre Tochter rasch weiter, da einige Nachbarn schon argwöhnisch blickten.

Ohne dass sie es bemerkt hatten, waren sie vor Runas und Walthers Haus angelangt. Gerade wollten sich die beiden Frauen voneinander verabschieden, als drinnen lautes Gepolter und ein gellender, nicht enden wollender Schrei ertönte, der ihnen die Nackenhaare aufstellte.

»Agnes«, sagten Mutter und Tochter fast gleichzeitig und stürmten ins Haus, wo sie zielsicher die gleiche Richtung einschlugen.

Das qualvolle Stöhnen und Weinen führte sie direkt in die Küche. Hier bot sich ihnen ein Bild des Entsetzens.

Die Magd lag mit schreckgeweiteten Augen auf dem Boden und schrie mit sich überschlagender Stimme. Der Rock ihres Kleides war durchnässt – und er dampfte!

Es dauerte einen Moment, bis die Frauen begriffen, was passiert war, doch der abgerissene Henkel des Kessels und die fast kochende Pfütze auf dem Boden gaben ihnen Aufschluss.

»Agnes! Agnes! Beruhige dich«, versuchte Ragnhild zu dem Mädchen durchzudringen, das fortwährend schrie. »Wir müssen ihr das Kleid ausziehen, Runa.«

Sofort fasste diese den kochendheißen Stoff am Saum, um ihr den Rock hochzuziehen. Doch sobald sie sehen konnte, was sich darunter verbarg, ließ sie das Kleid erschrocken aus den Fingern gleiten und wich zurück. »Mutter, ihre Beine«, stammelte Runa, ohne den Blick abzuwenden.

Nur mit Mühe konnte Ragnhild einen Schrei unterdrücken. Die Beine des Mädchens waren fast vollständig mit roten, blutigen Blasen übersät, von ihrem Fleisch löste sich bereits die Haut. Die Magd musste unerträgliche Schmerzen leiden; sie wälzte sich wild herum und warf ihren Kopf hin und her. Ragnhild zwang sich zur Ruhe, ging hinter Agnes auf die Knie und zog deren Oberkörper auf ihren Schoß. Dann umschloss sie die Verletzte mit ihren Armen und wiegte sie wie ein Kind. »Runa, lauf los, und hole Hilfe. Wir können Agnes nicht alleine zum Beginenkloster tragen. Ich bleibe solange bei ihr.«

Runa starrte noch immer auf die verbrühten Beine. Sie hörte nicht, was ihre Mutter sagte, bis diese einen strengeren Ton anschlug.

»Runa! Hast du nicht verstanden? Lauf los, und beeile dich!«

Nur wenig später kam sie tatsächlich mit Walther zurück, der die bedauernswerte Magd durch die halbe Stadt zu den Konventsschwestern trug. Irgendwo auf dem Weg dorthin wurde Agnes schließlich von der erlösenden Ohnmacht erfasst.

Erst spät am Abend kehrten die Frauen aus dem Kloster zurück. Ragnhild hatte Marga zu Runa geschickt, damit diese ihrer Tochter mit den Kindern und dem Haushalt zur Hand ging. Sie selbst hatte sich nach dem Vorfall in die Kirche St. Petri begeben, um für Agnes zu beten. Auch wenn es äußerst selten vorkam, dass sie häufiger als nötig in die Kirche ging, kam es ihr heute ganz selbstverständlich vor. Ihr Glaube war von jeher eher schwach gewesen, und sie begegnete den Geistlichen stets mit Skepsis, doch sie mochte die Ruhe, die in den Kirchen herrschte.

Runa saß der Schreck auch nach Stunden noch in den Gliedern. Keiner um sie herum wusste, wie er sich verhalten sollte. In der Regel war der Tag vor Weihnachten stets ein Tag der Freude und der Zusammenkunft, doch heute war die Stimmung gedrückt.

Nahezu wortlos saß Runa mit der Magd ihrer Mutter in der Wohnstube. Marga hatte sich des Saums von Freyjas Kleid angenommen. Für gewöhnlich tätigte die Magd des Hauses die Handarbeiten in der Küche, doch bislang wollte keiner diesen Ort des Schreckens mehr betreten. Noch immer stand die Wasserpfütze auf dem Boden, und auch der kaputte Kessel lag noch genau dort, wo er nach dem Unglück hingerollt war.

Als sich die Tür zur Wohnstube öffnete, zuckte Runa zusammen. Es war Walther, der sofort erkannte, wie schlecht es seiner Frau ging.

Auch Marga schien das nicht entgangen zu sein, denn sie huschte wie ein Schatten aus der Tür und murmelte, sie wolle nun die Küche aufräumen. Nur einen Wimpernschlag später fiel Runa ihrem Mann in die starken Arme. Sie weinte leise und presste sich an ihn, wie sie es schon lange nicht mehr getan hatte.

Obwohl die Umstände schrecklich waren, kam Walther nicht umhin, den Moment zu genießen. Immer wieder hatte er in der

Vergangenheit versucht, ihr außerhalb des Ehebettes nahezukommen, doch sie war immer geschickter darin geworden, diese Momente zu vermeiden. Es musste scheinbar erst ein solches Unglück geschehen, dass sie sich freiwillig von ihm in die Arme schließen ließ. Diese Erkenntnis traf ihn hart, doch schlussendlich zählte nur eins: Jetzt, in diesem Augenblick, wollte sie bei ihm sein! Und so küsste er sie auf die Stirn und sog ihren wunderbaren Duft ein.

Nie könnte er eine andere Frau so lieben wie seine Runa. Warum nur fühlte sie nicht das Gleiche?

Wie erwartet wurde die Freude der Weihnachtsfeierlichkeiten durch das Unglück von Agnes getrübt. Runa und Walther versuchten sich der Kinder zuliebe zusammenzunehmen, doch selbst die Heiterkeit des sonst so schönen Krippenspiels wurde dieses Jahr von dem ungnädigen und durchdringenden Schreien des Salsnak-Kindes gemindert. Runa fragte sich, ob all das möglicherweise ein schlechtes Zeichen für das kommende Jahr sein mochte.

Wie sich nach wenigen Tagen herausstellte, ging es Agnes immer schlechter. Die Blauen Schwestern – wie die Beginen wegen ihrer blauen Kutten auch genannt wurden – wandten all ihr Können an, um der Magd zu helfen, trotzdem war das Fieber gekommen.

Runa besuchte sie regelmäßig. Nicht selten kniete sie sich sogar betend an Agnes' Bett, und das, obwohl sie einen ähnlich schwachen Glauben wie ihre Mutter besaß. Auch wenn es sonst nichts gab, das sie für die Magd tun konnte, so war sie doch sicher, dass es keinen besseren Ort für das verwundete Mädchen gab. Die Gemäuer des Beginenklosters hatten etwas Heiliges an sich, das spürten sogar Runa und Ragnhild.

Vor vielen Jahren einmal hatten Mutter und Tochter selbst hier gelebt, doch die Erinnerungen daran waren von wechselhaften Gefühlen begleitet. Bevor Ragnhild Symon von Alevelde geheiratet hatte, war das Kloster für wenige Monate ihr Zuhause gewesen. Runa hingegen hatte ganze zehn Jahre innerhalb der Mauern verbracht. Erst die Hochzeit mit Walther hatte ihre Zeit als Begine beendet.

Es war schon später Mittag, als Runa sich von dem wackeligen Holzschemel erhob, der neben dem Bett der schlafenden Agnes stand. Sie hatte ein wenig mit ihr sprechen wollen, doch in letzter Zeit schlief sie immerzu. Gerade als sie sich zum Gehen wenden wollte, ertönte hinter ihr eine Stimme.

»Es ist der Mohnsaft.«

Runa drehte sich um. Vor ihr stand eine junge Begine, die ihr irgendwie bekannt vorkam. »Ich verstehe nicht ganz …«

»Deswegen ist sie nicht bei sich«, erklärte die Schwester und deutete mit dem Finger auf Agnes. »Verbrühungen sind äußerst schmerzhaft. Wir geben den Verletzten Mohnsaft, damit sie viel schlafen und Gott sie währenddessen heilen kann.«

Runa nickte.

Die Begine vor ihr war klein und dicklich, und sie lächelte Runa freundlich an. »Erkennst du mich denn nicht mehr?«, fragte sie plötzlich und legte den Kopf schief.

Erstaunt musterte Runa die junge Frau in der Beginentracht von Kopf bis Fuß. »Sollte ich denn …?«

»Kethe Mugghele!«

Runa kniff kurz die Augen zu und riss sie alsgleich überrascht wieder auf. »Aber natürlich … Kethe!«, platzte sie heraus. »Du bist es wirklich. Wie lange ist das schon her?« Dann trat sie einen Schritt auf die Begine zu und fasste sie an den Händen. Es waren sicher schon zwölf Jahre vergangen, seit sich die einstigen Freundinnen das letzte Mal gesehen hatte. »Sieh dich an. Du bist zur Frau geworden …«

Kethe begann zu kichern. »Was hast du erwartet, Runa? Dass wir zwei ewig die kleinen Nachbarsmädchen bleiben?«

Stürmisch zog Runa die Begine an sich. »Du musst mir einfach alles erzählen. Was ist passiert, seitdem du fortgegangen bist? Warum lebst du nicht mehr in Lübeck und was…«, noch während sie sprach, wurde ihr bewusst, wie dumm und grobschlächtig die Frage war. Ihre Stimme wurde leiser. »Was ist mit deinem Mann passiert?«

Die Begine ließ das Kinn auf die Brust sinken. »Er ist gestorben – Gott hab ihn selig. Es war letztes Jahr. Lothar bekam die Schwindsucht, und dann ging alles so schnell. Er ist mir ein guter Gemahl gewesen, obwohl ich ihm keine Kinder schenken konnte.« Dann schaute sie wieder auf und sagte: »Nach seinem Tod bin ich zurück nach Hamburg gekommen und lebe seitdem im Kloster. Hier fühle ich mich meinem Lothar nahe und kann jeden Tag für ihn beten.«

Runa lächelte sie warm an. Kethe hatte nichts von ihrem freundlichen und aufgeweckten Wesen eingebüßt. Schon damals schien es keinen einzigen Tag zu geben, an dem sie nichts fand, über das es sich zu lachen lohnte. Diese Eigenschaft hatte Runa an ihr geliebt. Erst jetzt wurde ihr bewusst, wie sehr ihr die einstige Freundin in der Vergangenheit gefehlt hatte.

»Wie ist es dir ergangen, Runa? Wie viele Kinder hast du? Ich hörte, du bist schwanger, meine Liebe. Erzähle mir alles ganz genau. Wollen wir in den Klostergarten gehen?«

Nebeneinander schlenderten die Frauen durch die Flure bis hin zu den ordentlich angelegten Wegen zwischen den Kräutern. Auch hier war alles vom Schnee bedeckt, was dem Garten etwas Zauberhaftes verlieh. Mit einem Mal war Runa das Kloster so vertraut. Sie konnte einfach nicht glauben, dass seit ihrer Zeit als Begine bereits sechs Lenze vergangen waren. Es fühlte sich fast an, als käme sie nach Hause.

4

Eine seltsame Stimmung hatte sich über die Trauergemeinde gelegt, die dem Sarg mit Gerhard I. darin folgte. Angeführt wurde die Gemeinde von Domdekan Gottschalk von Travemünde. Gleich dahinter folgten die Söhne des Grafen und seine Neffen. Auch wenn der Trauerzug lang war und fast alle Bürger der Stadt, geordnet nach Rang und Reichtum, durch ihre Anwesenheit ihren offenkundigen Respekt zeigten, wusste ein jeder, dass niemand den Tod des Grafen wirklich beweinen würde. Gerhard I. war bei den Bürgern nicht gerade beliebt gewesen. Allein das reine Pflichtgefühl und die Furcht vor seinen herrischen Söhnen waren Grund für ihre bedrückten Gesichter.

Unweigerlich kam einigen der älteren Ratsherren an diesem Tag eine längst vergangene Beerdigung in den Sinn. Damals waren fast genauso viele Menschen durch die Straßen gezogen, um gebührend Abschied von einem wichtigen Mann der Stadt zu nehmen, dem einstigen Ratsnotar Jordan von Boizenburg. Die Trauer der Hamburger damals war ehrlich gewesen. Jeder hatte Jordan geachtet, niemand Zweifel an der Ehrbarkeit seiner Verdienste für die Stadt gehegt. Frauen wie Männer kämpften an diesem Tage vor zwanzig Jahren aufrichtig mit den Tränen. Die beiden Beerdigungen hätten nicht unterschiedlicher sein können.

Walther, Albert und Thiderich gingen nebeneinander. Dicht hinter ihnen folgten ihre Frauen. Die Position, die sie in der Menge einnahmen, machte deutlich, dass sie es in den letzten Jahren geschafft hatten, vermögende und achtbare Kaufleute zu werden. Auch wenn vor ihnen einige andere Familien schritten, war die Menge dahinter doch erheblich größer.

Obwohl Stolz eine Todsünde war, trugen die Frauen der Kaufleute in den ersten Reihen ihre Häupter hocherhoben, und auch Ragnhild konnte sich nicht gänzlich frei davon machen. Sie war stolz auf ihren Gemahl, und sie hatte auch wahrhaft Grund dazu.

Nachdem Albert sich vor vielen Jahren aus den Fesseln seines machthungrigen Bruders Conrad befreit hatte, war er mehr und mehr in die Fußstapfen seines einst sehr erfolgreichen Vaters getreten, welcher als Tuchhändler und Mitglied des Rates hoch geschätzt gewesen war. Nun tat Albert es ihm mit seinem Holzhandel gleich.

Doch es waren nicht nur sein Erfolg und sein Handelsgeschick, das Ragnhild schätzte. Nein, auch seine Großherzigkeit und die Liebe, die er für sie empfand, waren mit den Jahren unverzichtbar für sie geworden. Ragnhild konnte sich einfach nicht mehr vorstellen, auch nur einen Tag ohne ihn zu sein. Zu ihrem Glück übernahmen Walther und Thiderich mittlerweile beinahe sämtliche von Alberts Handelsreisen, sodass sie ihren Mann fast immer für sich hatte.

Anfangs hatte Ragnhild ein schlechtes Gewissen gehabt, dass sie ihrer Tochter so oft den Gemahl entzog, doch schon seit einigen Jahren befiel sie immer häufiger das Gefühl, dass Runa keineswegs unter Walthers Abwesenheit litt. Diese Gedanken bereiteten ihr Sorge, die nun jedoch wegen der jüngsten Ereignisse von einer anderen überdeckt wurde. Ragnhild konnte es nicht leugnen: Der Tod des Grafen beunruhigte sie zutiefst. Möglicherweise war das Handelsgeschäft, welches die Truhen ihrer Familie in den letzten Jahren immer prall gefüllt hatte, nun in Gefahr und mit ihm das Leben und das Ansehen Thiderichs, Walthers und Alberts.

Als hätte Margareta ihre Gedanken gelesen, hakte sie sich plötzlich bei Ragnhild unter und sagte im Flüsterton: »Sorge dich nicht, Mutter. Vater ist klug und wird schon einen Ausweg finden.«

Ragnhild schaute ihre Stieftochter verwirrt an. »Woher weißt du, was ich …?«

»Ich weiß es, weil du den Söhnen des Grafen seit einer Ewigkeit auf den Rücken starrst. Es ist wahrlich nicht schwer, deine Gedanken zu lesen; sie stehen dir förmlich ins Gesicht geschrieben.«

Mehr zu sich selbst als zu ihrer Stieftochter sagte Ragnhild: »Du liebe Güte, ich muss vorsichtiger sein.«

Margareta ging nicht weiter auf die Worte ihrer Stiefmutter ein. Sie wirkte nicht annähernd so besorgt wie Ragnhild. In leisem Plauderton fragte sie: »Findest du nicht auch, dass die drei Grafensöhne unglaubliche Ähnlichkeit miteinander haben? Wer von ihnen ist wer? Kannst du sie auseinanderhalten?«

Ragnhild schaute wieder nach vorne und suchte die Fürsten mit den Augen. Es war ihr bisher nicht bewusst aufgefallen, aber Margareta hatte recht: Die drei Männer hatten alle das gleiche braune Haar und die gleichen braunen Augen. Keiner von ihnen stach auf den ersten Blick besonders hervor. Selbst an Körperlänge konnte keiner mehr als der andere aufweisen.

Zunächst war Ragnhild etwas verwundert über die Frage ihrer Tochter, doch dann fiel ihr ein, dass die Grafensöhne bislang überwiegend in Itzehoe gelebt hatten. Auch wenn die Schauenburger eine Residenz in der Stadt besaßen, waren die drei Brüder schon seit einer Ewigkeit nicht mehr gemeinsam in Hamburg gewesen. Es war höchste Zeit, dass Margareta lernte, ihre Gesichter auseinanderzuhalten.

»Pass auf, Liebes. Die Söhne des Grafen gehen ihrem Alter entsprechend nebeneinander. Der ganz rechts ist Gerhard II. Er soll der grausamste unter den Brüdern sein. Wenn ich mich nicht irre, zählt er jetzt sechsunddreißig Lenze und ist somit der Älteste. Ich finde, man kann ihn leicht an seinem Blick erkennen. Schau nur die trüben Augen! Man sagt, dass er fast nichts mehr sehen kann. Hinter vorgehaltener Hand heißt er deshalb auch Gerhard der Blinde. Der in der Mitte ist Adolf VI. Er ist zwei Jahre jünger. Ich merke mir sein Gesicht an seinen dichten, dunklen Augenbrauen. Ganz links geht Heinrich I. Er ist mit zweiunddreißig Jahren der Jüngste unter ihnen und, wie ich finde, auch der Hübscheste.«

Margareta konnte sich ein Kichern nicht verkneifen. »Du hast recht, Mutter. Er ist wahrhaft ansehnlich. Und wer sind die zwei Männer hinter den Grafensöhnen?«

»Das sind die Söhne Johanns I., des Bruders des verstorbenen Gerhards I. Links geht Johann II. von Kiel und daneben sein etwas älterer Bruder Adolf V. von Segeberg. Du musst wissen, dass beide nicht besonders gut auf die Grafensöhne zu sprechen sind. Viele Jahre hatte Graf Gerhard I. als ihr Vormund die Besitztümer seiner damals noch unmündigen Neffen verwaltet. Als beide dann dem Kindesalter entwachsen waren, wollte ihr Oheim das Erbe seiner Neffen nicht mehr zurückgeben. Doch nach der Hochzeit Adolfs V. mit Euphemia, der Tochter des Herzogs von Pommern, war Gerhard I. dann gezwungen, das berechtigte Erbe herauszugeben. Adolf V. entschied sich daraufhin für das Gebiet Segeberg mit der mächtigen Festung Siegesburg, und sein Bruder Johann II. erhielt die Kieler Stammlande. Doch damit hatten sie ihren Oheim noch lange nicht besiegt. Gerhard I. behielt die Gebiete, welche an die Grafschaft Itzehoe grenzten, einfach für sich. Bis zum Tode Gerhards I. hat es ständig Streit zwischen ihm und seinen Neffen gegeben, und nun wird sich dieser Streit mit seinen Söhnen sehr wahrscheinlich fortsetzen.«

Als Ragnhild zu ihrer Stieftochter hinübersah, konnte sie deutlich erkennen, dass sie mit dem eben Erzählten überfordert war. Ihr selbst wäre es in Margaretas Alter wohl ähnlich gegangen. Erst mit den Jahren hatte sie angefangen, sich für die Machenschaften der Grafen zu interessieren. Zu ihrem Glück sah ihr Gemahl keinen Grund, sein Weib nicht in derlei Gedanken mit einzubeziehen. Unzählige Abende hatten sie beide schon damit zugebracht, allein in ihrer Kammer über die Geschehnisse im Rathaus zu reden. Ragnhild fragte sich, ob Margaretas Zukünftiger, Hereward von Rokesberghe, wohl ähnlich großherzig mit seiner Frau umgehen würde. Sie wünschte es ihrer Stieftochter von ganzem Herzen. Um die Verwirrung, die sie gestiftet hatte, etwas abzuschwächen, fügte sie hinzu: »Wir werden sehen, was geschieht, Liebes. Erst wenn die Nachfolge geregelt ist, wissen wir mehr.«

Als der Trauerzug endlich den mächtigen, westlich gelegenen Turm des Mariendoms erreichte, schlossen auch Runa und Ava auf, die bisweilen weiter hinten gegangen waren. Gemeinsam traten sie durch das kunstvoll mit steinernen Bögen verzierte Eingangsportal ins Innere des Doms.

Dort verschlug es allen Gläubigen gleichsam die Sprache: Die grauen Gemäuer erstrahlten im Licht unzähliger Kerzen. Noch nie zuvor hatten die Hamburger das Langhaus in einer solchen Pracht gesehen. Immer mehr Bürger drängten hinein, sodass die Kaufmannsfamilien am Anfang des Trauerzuges weit ins Innere geschoben wurden, vorbei an den mächtigen Kreuzpfeilern der einzelnen Joche, die das hohe Kreuzgewölbe trugen, und den spitz zulaufenden Dreifenstergruppen Richtung Norden und Süden. Es duftete betörend nach Weihrauch, und vom östlichen Ende des Doms scholl laut der Gesang des Mönchschors zu ihnen herüber. Allein die hölzernen Gerüste, die überall im Dom herumstanden, da sich das Innere der einstigen Emporenbasilika noch immer im Umbau zu einer dreischiffigen Hallenkirche befand, störten das anmutige Bild des glanzvollen Spektakels.

Als es schien, dass kein Einziger mehr hineinpasste, begann die Messe. In überschwänglichen Reden wurden die Taten Gerhards I. gelobt. Immer wieder folgten Gesänge auf Gebete und Gebete auf Gesänge. Nach einer nicht enden wollenden Predigt des Domdekans wurde der prunkvolle Sarg des Grafen im Boden des Mariendoms neben dem Vater des Verstorbenen, Adolf IV., versenkt. Um das ausgehobene Loch herum lagen immergrüne Zweige, da es um diese Jahreszeit keine Blumen gab.

Erst als die Lippen der vermeintlich Trauernden blau vor Kälte waren, entließ Gottschalk von Travemünde die Gemeinde mit einem letzten Segensspruch. Kurz darauf strömten die Trauergäste wieder nach draußen, froh, die lange Messe hinter sich gebracht zu haben.

Runa war das Stehen besonders schwergefallen. Auch wenn ihr Kind noch lange nicht zur Welt kommen würde, taten ihr in letzter Zeit häufig die Beine und der Rücken weh. Mit schmerzverzerrtem Gesicht stützte sie ihre Arme in die Seiten und streckte sich. Dann stöhnte sie ohne jede weibliche Zurückhaltung: »Wenn die Messe auch nur einen Moment länger gedauert hätte, wäre ich entweder vor Schwäche umgekippt oder am Weihrauch erstickt.«

»Runa, so kannst du doch nicht reden«, tadelte Ragnhild ihre Tochter. »Komm, hake dich bei mir unter. Gleich kannst du dich ausruhen.«

Die Frauen kämpften sich durch die Menge, die sich mehr und mehr verlor, je weiter sie sich vom Dom wegbewegten. Ihre Männer standen bereits um den Brunnen auf dem freien Platz herum und unterhielten sich angeregt.

Obwohl soeben ein Mensch zu Grabe getragen worden war, verhielten sich alle wie immer. Hier und da wurde ein Gruß ausgetauscht oder eine kurze Unterhaltung mit einem Nachbarn geführt, andere huschten schnell zurück in ihre Häuser, um sich aufzuwärmen. Dombesuche boten allgemein eine gute Gelegenheit, mit denen zu reden, die man nicht so häufig sah, weil sie einem anderen Kirchspiel angehörten und deshalb der Messe in dem entsprechenden Gotteshaus beizuwohnen hatten, oder auch jene zu treffen, die gar nicht mehr innerhalb der Stadtmauern lebten.

»Sieh mal, Runa. Da ist Hildegard von Horborg!«, rief Margareta ihrer Stiefschwester plötzlich zu.

Sofort glitten Runas Augen suchend über die Menge. Es dauerte nicht lange, bis sie die Freundin ihrer Mutter entdeckte. Wie immer war Hildegard von Kopf bis Fuß in edelste Stoffe gehüllt. Im gleichen Moment erblickte auch die ehemalige Ratsherrngemahlin die Frauen und kam mit einem breiten Lächeln zu ihnen herüber.

»Meine Lieben, lasst euch anschauen. Wir haben uns schon wieder viel zu lange nicht gesehen.« Herzlich umarmte sie jede Einzelne von ihnen. »Runa, was ist mir da zu Ohren gekommen? Stimmt es, dass du guter Hoffnung bist?«

»Es ist mir zwar unerklärlich, wie du das schon wieder herausbekommen hast, obwohl du nicht in der Stadt wohnst, aber ja, es stimmt.« Runa wunderte sich nicht wirklich darüber, dass die ehemalige Nachbarin so gut Bescheid wusste. Es war bekannt, dass sie noch immer über gute Verbindungen in der Stadt verfügte.

Hildegard war bereits eine Frau gestandenen Alters, doch ihre Geschichte war so eng mit der Familie von Holdenstede verbunden, dass der Altersunterschied für die Frauen nicht weiter wichtig war. Nachdem ihr Mann bei dem großen Brand ums Leben gekommen war, hatte sich Hildegard aus der Stadt zurückgezogen. Sie verkaufte ihr Erbe in der Reichenstraße und tauschte es gegen ein ländliches Gut in Eppendorf ein. Niemand hätte geahnt, dass die frühere Ratsherrnfrau ein derart einfaches Leben auf dem Land dem in der Stadt vorzog – vielleicht nicht einmal sie selbst. Ebenso hatte sie es vorgezogen, nicht noch einmal zu heiraten. Zu schmerzlich war für sie die Erkenntnis gewesen, dass ihr Gemahl Teil des Geheimbundes war, der Albert und ihre Freundin Ragnhild vor vielen Jahren zu stürzen versucht hatte. Nein, sie wollte die letzten ihr verbliebenen Jahre in Frieden mit Gott verbringen, das stand für sie fest. Umso größer war jedes Mal die Freude darüber, ihre alten Freundinnen wiederzutreffen. »Erzählt, mein Lieben. Was gibt es Neues zu berichten?«

»Ach, Hildegard«, stöhnte Ragnhild bestürzt. »Leider ist etwas Schlimmes passiert. Runas Magd Agnes ist ein Unglück widerfahren.«

»Wirklich? Ja, aber was ist denn genau geschehen…?«, fragte die einstige Nachbarin und stieß dabei kleine weiße Wölkchen aus ihrem Mund aus.

Noch während die Frauen beisammenstanden und mit großer Betroffenheit von den Ereignissen berichteten, bemerkte Albert, der mit Thiderich und Walther nur wenige Schritte entfernt stand, wie jemand sich ihnen näherte. Es war Nicolaus von Rokesberghe mit seiner Gemahlin Greta.

»Seid gegrüßt, Albert von Holdenstede.«

»Domina Greta«, Albert deutete eine Verbeugung in Richtung der Ratsherrnfrau an und wandte sich dann wieder Nicolaus von Rokesberghe zu. »Ist es nicht bedauerlich, dass das diesjährige Weihnachtsfest vom Tode unseres Stadtherrn überschattet wird?«

»Ja, mindestens so bedauerlich wie die Umstände seines Todes selbst. Welcher Graf wünscht sich schon, an Altersschwäche dahinzuscheiden? Ich bin mir sicher, Gerhard I. hätte es vorgezogen, im Kampf zu sterben.«

»Gewiss doch. Dennoch reichen seine Taten aus, um seinen Namen auch nach seinem Tode mit dem Glanz vergangener Tage zu schmücken.«

Nach dem Austausch angemessener Höflichkeiten über den Toten und belanglosem, aber unvermeidlichem Gerede über dessen Beerdigung offenbarte Nicolaus von Rokesberghe endlich sein eigentliches Anliegen Albert gegenüber.

»Ich habe Nachricht von Hereward aus Nowgorod erhalten. Er bat mich, diese an Euch und vor allem an die Jungfrau Margareta weiterzugeben. Wenn Gott es will, wird er zur Zeit des St. Veitsmarkts zurück sein, um seine Braut wie vorgesehen im August am Tage des Marienfestes heimzuführen.«

»Das sind wahrhaft erfreuliche Nachrichten. Meine Tochter wird hocherfreut sein zu hören, dass ihr künftiger Gemahl in naher Zukunft heimkehren wird, und ich bin es nicht minder. Wir werden für sein Wohlergehen beten.«

Die Männer verabschiedeten sich, und Albert richtete das Wort an seine Freunde. »Na, endlich kehrt er heim. Fast habe ich befürchtet, ich müsse Margareta eines Tages nach Nowgorod bringen, damit sie endlich einen Ring an den Finger bekommt.«

»Es ist gut zu wissen, dass er noch dieses Jahr wieder da sein wird, da stimme ich dir zu, aber bis zum St. Veitsmarkt sind es noch über sechs Monate und bis Mariä Himmelfahrt gar über sieben. Die arme Margareta muss wirklich Geduld beweisen«, bemerkte Thiderich mitfühlend.

»Nun, eine gute Verbindung sollte einem das wert sein«, schloss Walther höhnisch und stieß Albert den Ellenbogen in die Seite. Er kannte seinen Freund gut. Tatsächlich war Albert mit der Heirat Margaretas in das angesehene Hause der Rokesberghe eine vorzügliche Verbindung gelungen, welche das Ansehen seiner Familie noch einmal vergrößern würde, doch dass Hereward nun schon seit so langer Zeit in Nowgorod weilte und die Hochzeit auf diese Weise immer weiter verschoben wurde, stimmte ihn zu Recht missmutig. Margareta war bereits zwanzig Jahre alt und somit schon lange im heiratsfähigen Alter. Es wurde Zeit, dass sie das elterliche Haus verließ, um einen eigenen Haushalt zu führen.

Der Tag der Beerdigung hatte den entscheidenden Anstoß gebracht. Es war nur ein kleiner Moment gewesen. Abgehackte Sätze. Aufgefangen im Vorbeigehen. Ihre Augen hatten sich vor Aufregung geweitet, und sie hatte sofort verstanden, was diese Neuigkeit für sie bedeutete. Wie lange schon hatte Heseke auf eine

Möglichkeit wie diese gewartet? Zu lange. Doch sie hatte Geduld bewiesen. Und das wurde nun belohnt.

Zum zweiten Male innerhalb kürzester Zeit war sie jetzt auf dem Weg zur einsamen Hütte im Wald. Obwohl der Schnee noch immer genauso hoch lag wie beim letzten Mal, kam ihr die Strecke heute längst nicht so beschwerlich vor. Beschwingt von ihrem boshaften Plan trugen ihre Füße sie durch den Wald. Mit jedem Schritt reiften in ihr neue Ränke. Sie wusste, dass ihr Vorhaben riskant war, doch sie musste es einfach versuchen. So eine Gelegenheit würde sich kein zweites Mal ergeben. Nun galt es vor allem, schnell zu handeln und Luburgis und Johannes von ihrem Plan zu überzeugen.

Die Besprechungen über die Nachfolge Gerhards I. zogen sich unerträglich in die Länge. Wie erwartet war es nach kürzester Zeit zum Streit zwischen den Edlen gekommen. Doch was zunächst bloß wie das übliche Gehabe der Adeligen ausgesehen hatte, drohte nun sogar den Stadtfrieden zu erschüttern.

Den neugierigen Hamburgern verwehrte man in dieser Zeit jedweden Einblick. Nur wenige Wortfetzen drangen aus den Gemächern der Fürsten nach außen, welche stets zu spärlich waren, als dass diese sich ein Bild von den Auseinandersetzungen machen konnten.

Selbst der ehrenwerte Rat der Stadt war von den Gesprächen nahezu ausgeschlossen. Geschickt erlaubten die Grafen dem Rat und den Wittigesten, den Sitzungen nur so häufig beizuwohnen, wie es gerade nötig war, um nicht mit den Herren zu brechen.

Die Lage war beunruhigend und drohte sich noch zu verschärfen. Die grafentreuen Kaufmannsfamilien begannen sich zusammenzurotten und spalteten sich langsam von den unabhängigen Familien ab. Der Zustand der Ungewissheit über die Zukunft der Stadt war eigentlich schon aufreibend genug, doch die unangenehmen Nebenwirkungen der Verhandlungen verschlimmerten die Lage weiter.

Obwohl es Rittern durch das Stadtrecht verboten war, im Weichbild Hamburgs zu wohnen, kamen dieser Tage immer mehr von ihnen durch die Tore zur gräflichen Residenz Hamburgs – dem Kunzenhof. Mit ihrer bloßen Anwesenheit wollten sie dem jeweiligen gegnerischen Grafen die Macht des eigenen Grafen aufzeigen, doch ihre Anwesenheit brachte zahlreiche Probleme mit sich. Die Männer waren streitsüchtig, und sie waren hungrig. Es kostete den Rat viele Silbermark, die großen Gefolge der Fürsten zu verköstigen. Vorräte, die eigentlich für die Bürger gedacht waren, wurden regelrecht geplündert, was wiederum die einfachen Leute aufbrachte.

Erst als ein Aufstand kurz bevorstand, wurde verkündet, dass tatsächlich eine Entscheidung gefallen sei, und zu Ehren dieser frohen Botschaft sollte es ein rauschendes Fest geben. Fast schien es, als hätten die Grafen es darauf abgesehen, die reicheren Hamburger mit diesem Mahl wieder etwas gnädiger zu stimmen – auch wenn die einfachen Bürger dafür hungern mussten. Denn eines war klar: Egal, wer die Nachfolge antreten mochte, die Grafen waren weiterhin auf die Einkünfte der Stadt angewiesen, und diese wurden größtenteils von den Ratsherren und Kaufleuten erbracht.

Das Fest sollte unüblicherweise nicht im Rathaus, sondern auf dem Kunzenhof stattfinden. Der gräfliche Versammlungssaal mit all seinen Gemälden, von denen die schauenburgischen Ahnen herabblickten, erschien dafür ideal.

Der Kunzenhof befand sich südlich des Beginenklosters und bestand aus etlichen Häusern an der Steinstraße und mindestens doppelt so vielen Buden. Der Hof wurde dominiert von einem großen Steinbau, der komplett von einem Graben umgeben war. Durch den Hof führte eine schmale, abschüssige Gasse zur Niedernstraße, welche die Altstädter Fuhlentwiete genannt wurde.

Seitdem verkündet worden war, dass ein Fest stattfinden würde, rollten nahezu unaufhörlich neue Ochsenwagen, beladen mit dicken Weinfässern und Käfigen voller Hühner und Schweine durch das Jacobi-Kirchspiel zu den Kellergewölben des Kunzenhofs. Die unzähligen Diener und Mägde flitzten atemlos zwischen den Häusern und Buden des Platzes hin und her – es sollte den hochrangigen Gästen der Stadt an nichts fehlen.

Am Tage des Festes wurde der Saal des Kunzenhofs von unzähligen Fackeln und Kerzen in hohen Leuchtern erhellt, deren Flammen ein gelbliches Licht auf das Treiben warfen. In einem mannshohen Kamin loderte ein Feuer, das von zwei eigens dafür aufgestellten Dienern am Brennen gehalten wurde. Der Boden war mit frischem Stroh ausgelegt, und die langen Tafeln mit ihren weißen Laken bogen sich fast unter der Last der Speisen.

Als Albert, Walther und Thiderich den Saal betraten, schlug ihnen sofort der Duft von Gebratenem, Gekochtem und Gebackenem entgegen. Die Luft schien an diesem Tage gleichermaßen erfüllt von den betörenden Düften der vielen Köstlichkeiten und der mühsam unterdrückten Spannung der Hamburger zu sein, die mit ihnen am Mahl teilnahmen. Die Freunde waren ganz offensichtlich unter den letzten Gästen, denn der Saal war bereits über und über mit den einflussreichsten und vermögendsten Kaufleuten und Ratsherren der Stadt gefüllt. Obwohl ein Festmahl eigentlich ein Grund zur Freude war und von keinem Mann verschmäht wurde, konnte man deutlich spüren, dass heute wohl ein jeder der Anwesenden eine sofortige Verkündung der Nachfolge den vielfältigen Speisen vorgezogen hätte, mochten sie auch noch so verlockend sein.

Thiderich stieß beim Anblick der gedeckten Tische einen anerkennenden Pfiff aus. »Wenigstens kann man nicht behaupten, die Grafen ließen sich die Gunst der Hamburger nichts kosten.«

Albert winkte mit einem schiefen Lächeln ab. »Sei dir sicher, mein Freund, die Schauenburger werden einen Weg finden, um dieses Festmahl nicht selbst bezahlen zu müssen. In dieser Hinsicht sind die Fürsten äußerst einfallsreich.«

Die Freunde schritten aufmerksam die langen Tafeln entlang. Hier und da nickten sie jemandem zu oder ließen sich gar auf ein kurzes Gespräch ein. Der gebührende Anstand ließ es einfach nicht zu, an gewissen Männern wortlos vorbeizugehen. Dennoch mussten sie zusehen, dass sie noch einen Platz auf den übervollen Holzbänken bekamen. Schon jetzt drängten sich die Herren dicht an dicht. Zu Alberts großem Bedauern war der offenbar letzte noch verbliebene Platz in unmittelbarer Nähe von Johannes vom Berge, der den Neuankömmlingen mit einer steifen Kopfbewegung und arrogant hochgezogenen Augenbrauen zunickte.

Albert rang sich eine unterkühlte Begrüßung ab, obzwar er vom Berge viel lieber missachtet hätte. Seit vielen Jahren schon herrschte zwischen den Männern eine tiefsitzende Feindschaft. Niemals redeten sie mehr als nötig, und immer dann, wenn sie sich während der Ratssitzungen begegneten, warfen sie einander hasserfüllte Blicke zu. Die Anfänge dieser Feindschaft lagen schon zwanzig Jahre zurück, und sie betraf auch Ragnhild und Runa.

Während Alberts monatelanger Abwesenheit in Flandern hatte Johannes vom Berge alles getan, um Alberts Familie zu schaden und sich selbst zu bereichern. Zu gerne würde Albert ihm diese Missetaten heute noch heimzahlen, doch wann immer er die Gelegenheit dazu bekam, forderten Runa, Margareta und Ragnhild, die Vergangenheit endlich ruhen zu lassen – und sie hatten recht. Zu viele Ungerechtigkeiten waren bereits begangen worden. Die Frauen wollten endlich in Frieden leben und vergessen. Einmal Geschehenes ließ sich nicht mehr ändern. Alles, was für Mutter und Töchter zählte, war, dass sie dieser Tage glücklich waren. Und so schritt Albert auch heute wieder unverrichteter Dinge an Johannes vorbei.

Als alle Herren einen Platz gefunden hatten, betraten endlich die fünf prunkvoll gekleideten Grafen den Saal. Hocherhobenen Hauptes und mit würdevollen Blicken nahmen sie auffallend langsam an der erhöhten Ehrentafel Platz. Augenblicklich wurde es still. Alle Anwesenden drehten sich in Richtung der Schauenburger, die umringt wurden von ihren Rittern und Gefolgsleuten. Erst als auch der letzte Sessel mit einem scharrenden Geräusch zurechtgerückt war, gab der älteste Grafensohn ein Zeichen, auf das sich einer seiner Ministerialen erhob. In den Händen hielt der Mann ein gerolltes Pergament. Der Augenblick der Verkündung war gekommen.

Die dröhnende Stimme des Ritters hallte mühelos bis in den hintersten Winkel des Saals. Wie immer, wenn die Schauenburger etwas verkünden ließen, wurden zunächst ihre Grafentitel sowie die rühmlichen Taten des Fürstenhauses verlesen, worauf die Anwesenden gut und gerne hätten verzichten können. Erst nach einer schieren Ewigkeit fiel endlich der entscheidende Satz.

»Wir, die direkten Nachkommen des edlen Stadt- und Landesherrn Graf Gerhard I. von Holstein-Itzehoe zu Gottes Gnaden, geben bekannt, dass die Nachfolge wie folgt entschieden worden ist: Des Dahingeschiedenen Söhne Gerhard II., Adolf VI. und Heinrich I. sollen die Grafschaft Itzehoe zunächst gemeinsam neben der bereits bestehenden Regentschaft von Johann II. und Adolf V. führen. Die Einkünfte der Stadt Hamburg fallen den Söhnen Gerhards I. und deren Vettern zu drei gleichen Teilen zu …«

Diesen entscheidenden Worten folgte eine Aufzählung kleinerer Zusprüche und Aufteilungen, die niemanden mehr interessierte.

Als der Ministeriale endlich zu einem Ende kam, legte sich für einen kurzen Moment ein bedrohliches Schweigen über die Festgemeinde.

Es war tatsächlich das eingetreten, was die Ratsherren am meisten befürchtet hatten. Die Grafschaft war weiter gespalten worden, und Hamburg hatte nun fünf Machthabern zu dienen. Auch wenn soeben verlesen worden war, dass die drei Brüder gedachten, die Ländereien ihres Vaters gemeinschaftlich zu regieren, war es nur allzu klar, dass es in nicht sonderlich ferner Zukunft auch zu einer gebietsmäßigen Fünfteilung des Erbes kommen musste – und diese Teilung würde nicht friedlich verlaufen. Eine unter Brüdern vereinigte Regierung war äußerst unüblich, und das aus gutem Grunde. Fast immer kam es zu Familienfehden, weil sich einer oder gleich mehrere Männer benachteiligt fühlten. Um Schlimmeres abzuwenden, wurde in diesen Fällen das Land für gewöhnlich aufgeteilt, doch offenbar hatte diese erste Aufgabe bereits den ersten Streit zwischen den Erben hervorgerufen – was ein schlechtes Zeichen war. Noch immer sagte keiner im Saal ein Wort, zu tief saß der Verdruss über das eben Vernommene. Den Gesichtern der Grafen war abzulesen, was sie von diesem Verhalten hielten.

Ulrich von Hummersbüttel, einer der Ritter Gerhards II., konnte schließlich nicht mehr an sich halten. In einem Anflug tiefer Verbundenheit zu seinem Herrn und in der Hoffnung, das drohende Unheil so vielleicht noch abwenden zu können, donnerte er seine Faust so heftig auf die Tafel, dass einige der Männer erschrocken zusammenfuhren. »Was ist mit euch? Könnt ihr etwa nicht eure Becher erheben wie Ritter?« Der Ministeriale erhob darauf gleich einen ganzen Krug und dröhnte: »Gott schütze die neuen Stadtherren!«

Dann endlich fielen auch die ersten Kaufleute und Ratsherren mit ein. Die Gesichter der Grafen wurden wieder versöhnlicher, und jeder kurz aufgeflammte Kampfeswille verflog. Das Mahl begann.

Natürlich war es unmöglich, sich hier und jetzt über die Entscheidung der Fürsten auszulassen. Viel zu groß war die Gefahr, dass die vielen Ohren der Grafenfreundlichen etwas Falsches aufschnappten, was einem hinterher zum Verhängnis wurde. So mussten sich auch Albert, Thiderich und Walther gedulden, bis sie in ihren eigenen Wänden waren. Währenddessen erfreuten sie sich mit halben Herzen an dem, was ihnen hier geboten wurde. Auch wenn keiner der Anwesenden jemals in seinem Leben Hunger gelitten hatte, war der Anblick einer derart reich gedeckten Tafel doch etwas Besonderes.

Es gab Speisen in Mandelmilch und eingedickte Früchte wie Feigen, Äpfel und Rosinen mit Ingwer und Nüssen, außerdem Brei aus Weizenmehl mit Honig und Aniskuchen. Weißes, gesalzenes Brot wurde mit Saucen gereicht, die so dick waren, dass die Gäste diese mit Messern schneiden mussten. Doch all das wurde noch übertroffen von den Unmengen an Wildbret, Geflügel und Fisch. Die unzähligen Tauben, Wachteln, Hühner und Fasane waren zunächst von ihrem Fleisch befreit worden, das, zerkleinert und mit Mehl und Ei vermengt, fertig zubereitet zurück in sein Federkleid gesteckt wurde. Ähnlich verfuhr man mit den Hechten, Aalen, Forellen und Karpfen sowie den Rehen und Hasen. Die dampfenden Platten mit den königlich angerichteten Speisen erstrahlten in allen Farben; hervorgerufen durch Petersilie für Grün, rote Beete für Rot, Safran für Gelb und Nelken für Schwarz. Vieles war zudem reich verziert mit dem Wappen der Schauenburger und duftete nach Pfeffer, Muskatnuss, Zimt und Kardamon. Auf jedem Platz diente ein flaches, ausgehöhltes Brot als Unterlage, und der gewürzte Wein floss in Strömen.

Das Mahl war bereits in vollem Gange, als Thiderich mit dem Kinn in eine Richtung deutete. Sein Mund war so prall gefüllt, dass er nicht sagen konnte, was er entdeckt hatte. Als Walther und Albert sich umwandten, erblickten sie Godeke, der direkt auf sie zukam.

Mit einem freudigen Strahlen auf den Gesichtern erhoben sich die Männer und begrüßten den weit Gereisten mit kräftigen Hieben auf die Schulter.

»Mein Sohn, ich habe dich nicht so schnell zurückerwartet. Was für ein freudiger Umstand, dass du es zum Festmahl geschafft hast. Setz dich zu uns, und stärke dich. Hast du schon von den Ereignissen in der Stadt gehört?«, fragte Albert.

»Ja, Vater«, gab Godeke nur knapp zurück. Er war sichtlich erschöpft von der Reise und kam der Aufforderung, sich zu setzen, nur zu gern nach.

Walther war weniger geduldig. Noch bevor Godeke einen Bissen zu sich nehmen konnte, fragte er seinen Schwager: »Wie war es in Friesland? Hast du die erforderlichen Fuhren Wagenschrott für das kommende Frühjahr angefordert?«

Der Angesprochene nickte. »Ja, ich habe insgesamt zehn Fuhren bestellt. Sie werden um den St. Peterstag in Hamburg erwartet. Die Frage ist nur, welchem der Grafen wir nun Abgaben schuldig sind. Allen fünfen?«

»Wahrscheinlich nicht, doch Genaueres wird sich wohl erst am Tage der Eiderneuerung zeigen«, gab Albert verdrießlich zurück. »Wie wir eben gehört haben, wollen die Grafen die Einkünfte aus der Stadt unter sich aufteilen, die Regierung aber gemeinsam führen. Ich bin gespannt, wer von ihnen den Anteil an unseren Geschäften einfordern wird.«

Wieder bekam Albert nur ein Nicken von seinem Sohn, der nicht weiter auf das Gesagte einging. Die Männer wurden stutzig.

»Wie war die Reise? Gab es Schwierigkeiten?«, fragte Walther plötzlich mit zusammengekniffenen Augen. Ihm war nicht entgangen, dass Godeke eine Verletzung an der Hand hatte.

»Auf dem Rückweg habe ich mich einer größeren Gruppe berittener Kaufleute angeschlossen. Kurz vor Hamburg wurden wir überfallen. Die Angreifer waren weit in der Unterzahl, und so konnten wir sie recht schnell in die Flucht schlagen. Einen der Kaufleute hat es jedoch schwer erwischt.«

»Diese verdammten Überfälle!«, fluchte Albert ungehalten.

»Und die Grafen unternehmen nichts dagegen! *Dat unrecht mochte greve Alph myd eyme worde bewaret hebben*«, zitierte er jene Worte, die sich in zahlreichen Urkunden wiederfanden und welche den vermeintlichen Schutz der Kaufleute durch die Grafen zusicherten. »Die feinen Fürsten sollten sich lieber mal darum kümmern, ihr Wort zu halten, anstatt ...«

»Vater«, unterbrach Godeke Albert abrupt. »Nicht hier.«

Sein Sohn hatte recht. Dies war natürlich nicht der rechte Ort, um sich über die vernachlässigten Pflichten der Landesfürsten zu unterhalten. Also fragte Albert stattdessen: »Hast du die Angreifer erkannt? Waren es Placker oder einfache Wegelagerer?«

»Zunächst war ich mir nicht sicher, denn sie trugen keine Rüstungen, doch dann fand ich das hier im Schnee, nachdem wir sie in die Flucht geschlagen hatten.« Unauffällig holte Godeke einen zerrissenen, blutigen Stofffetzen aus seinem Ärmel hervor. Die drei Männer brauchten nur einen flüchtigen Blick darauf werfen, um zu erkennen, dass darauf die Hälfte eines Wappens prangte.

»Die Scarpenberghs«, spie Thiderich verächtlich aus. »Du hast Glück gehabt, dass du ihnen entkommen bist.«

Godeke wusste, was Thiderich damit meinte. Das Rittergeschlecht der Scarpenberghs war im ganzen Land bekannt für seine brutalen Überfälle. Kaufmänner, wie er einer war, galten als leichte Beute. Sie wurden nicht im Kampf ausgebildet und hatten in der Regel keine Möglichkeit, den tödlichen Klingen der geübten Kämpfer zu entkommen. Doch Godeke bildete hier eine Ausnahme. Schon als junger Bursche hatte er sich ein Holzschwert von seinem Vater schnitzen lassen, mit dem er tagtäglich die Bäume im Wald bekämpft hatte. Es dauerte nicht lange, da war er schneller und geschickter mit dem Schwert als jeder andere seines Alters. Nun, da er ein Mann war, führte er jegliche Hieb- und Stichwaffe mit Leichtigkeit.

Mit einem verächtlichen Kopfnicken in Richtung der Grafentafel fügte Thiderich leise hinzu: »Es ist zum Verrücktwerden. Die Edlen halten uns doch nur zum Narren. Während an ihrem Tisch die eine Hälfte der Scarpenberghs speist, überfällt die andere Hälfte unbescholtene Bürger der Stadt.«

»Pah, wenn es nur die Scarpenberghs wären, dann könnten wir uns ja glücklich schätzen«, ergänzte Albert verächtlich. »Die anderen Ritter an der Grafentafel sind auch nicht viel besser. Welcher von ihnen lebt schon nach den ritterlichen Tugenden? Schaut euch doch um: Lüder von Bockwolde, Heinrich von Borstel, Ulrich von Hummersbüttel. Keinem von ihnen traue ich über den Weg. Und mit Sicherheit fließen auch beachtliche Teile ihrer Beute in die fürstlichen Truhen.«

Godeke nickte zustimmend und fügte mit ebenso leisen, aber nicht weniger wütenden Worten hinzu: »Und die Gefolgsleute der Grafen sind bei Weitem nicht die Einzigen, die sich mit Morden und Überfällen ihren Wein verdienen. Was ist mit Johannes Balk, mit Hermann Ribe, Reynber von Karlow oder den Rittern von Hude? Auch gegen sie müssten die Stadtherren endlich etwas unternehmen, selbst wenn sie nicht von ihnen belehnt wurden.«

Wie von selbst drehten sich die Köpfe der Männer in Richtung der lärmenden Ritterschaft. Die machthungrigen Schauenburger saßen in der Tat in passender Gesellschaft. Schon seit einigen Jahren waren die Überfälle auf Hamburger und Lübecker Bürger ein großes Problem, mit deren Lösung sich die Grafen ganz offensichtlich schwertaten.

Gerade als Walther noch etwas hinzufügen wollte, kam auf ein kaum merkliches Zeichen Graf Johanns II. eine Gruppe von kleinwüchsigen Hofnarren und Spielleuten in den Saal. Sofort vergaß Walther seine Worte und schaute wie gebannt auf die Szenerie. Sosehr er das Treiben der Schauenburger auch verachtete – er und Graf Johann II. hatten dennoch etwas gemeinsam: Sie beide liebten das Minnespiel und die Musik.

Die Gruppe bestand aus sechs Männern. Zwei davon waren bunt gekleidete Winzlinge mit Keulen, in die Gesichter geschnitzt waren. Sofort begannen sie, wilde Grimassen zu schneiden und anzügliche Witze über einzelne Anwesende zu machen. Sie genossen die Narrenfreiheit, die es ihnen erlaubte, derbe Späße zu machen, ohne dabei allzu ernst genommen zu werden. Die vier übrigen Männer trugen Instrumente bei sich: eine Laute, eine Trommel, eine Drehleier und eine Flöte. Nachdem sie sich so platziert hatten, dass jeder im Saal sie sehen konnte, begannen sie zu spielen, ein schnelles Lied mit einem fröhlichen Klang. Die Männer verstanden ihr Handwerk wohl, und so dauerte es nicht lange, bis die Ritter und Kaufleute in heitere Stimmung verfielen. Viele der Gäste waren mittlerweile besoffen und begannen, sich lauthals zuzuprosten oder grölend zu lachen.

Walther schien der Einzige zu sein, der wie gebannt den Klängen lauschte. Der andauernde Ton der Drehleier hatte stets eine berauschende Wirkung auf ihn, und die Trommel ließ sein Bein wie von selbst auf und ab wippen. Er konnte sich der Musik nicht entziehen. Obwohl er sehr wohl wusste, dass Spielleute wegen ihres Vagabundenlebens verachtet wurden und bei der Kirche als Diener des Satans verschrien waren, verachtete er selbst sie nicht. So absurd es auch war, er beneidete sie sogar. Was hätte er darum gegeben, nun bei ihnen stehen und mit ihnen musizieren zu können! Wie froh es ihn stets machte zu singen, konnte er kaum beschreiben. Nichts anderes verschaffte ihm ein solches Wohlgefühl.

Thiderich bemerkte Walthers Blick und stieß ihm lachend den Ellenbogen in die Seite. »Wach auf, du Spielmann!«

Gleich darauf fielen auch Albert und Godeke in sein Gelächter mit ein. Alle wussten um Walthers Leidenschaft. Wann immer sich die Gelegenheit dazu bot, gab er seine wohlklingende Stimme zum Besten. Schon längst genoss er den Ruf, ein hervorragender Minnesänger zu sein.

Nun kamen die Hofnarren auch zu ihnen herüber. Die Gesichter zu Fratzen verzerrt schlichen sie wie lauernde Tiere um die Gäste herum. Immer wieder wurden sie mit irgendwelchen Speisen beworfen oder gar derb gestoßen, sodass sie der Länge nach ins Stroh fielen. Die Besoffenen grölten vor Lachen, während die Narren unermüdlich ihre nicht verebben wollenden, dreisten Scherze abgaben. Von einem guten Narren wurde einfach erwartet, dass er niemals schwieg.

Nachdem die Musikanten eine Weile gespielt und die Narren ihre Späße getrieben hatten, gab Johann II. erneut ein Zeichen. Kurz darauf betraten zwei Männer und eine Frau den Saal. Sie trugen eine Fidel und eine Harfe bei sich.

Walthers Aufregung stieg weiter an; die Spötteleien der Freunde interessierten ihn nicht. Er heftete den Blick auf den Mann, der ohne ein Instrument dastand.

Zunächst hörte man nur die wundervollen Klänge der Harfe. Dann kam die Fidel hinzu. Die Gäste lauschten erwartungsvoll, denn nun folgte eine Minne über die Grafensöhne. Ein solches Lied hatte große Bedeutung. Gefiel es dem besungenen Herrscher, konnte es vorkommen, dass er die Spielleute den Winter über bei sich behielt. Mühsames Herumziehen, Hunger und alle Nöte hatten für das Trüppchen zumindest eine Zeit lang ein Ende. Doch fand der Gesang keinen Gefallen, war es ebenso möglich, dass die Gaukler noch am selben Tag aus der Stadt getrieben wurden oder gar am Galgen endeten.

Der Minnesänger war aufgeregt und zitterte sichtlich. Kurz nachdem die ersten Worte erklungen waren, wich jede Farbe aus seinem Gesicht. Dann passierte es. Die Harfe und die Fidel spielten hinter ihm, doch kein einziger Laut drang mehr aus seinem Munde. Es dauerte nicht lange, da fingen die Hofnarren an, sich einen Spaß mit ihm zu erlauben. Sie stellten sich rechts und links von ihm auf und ahmten ihn in überzogener Weise nach. Der eine tat so, als könne er plötzlich nicht mehr sprechen, und fiel auf die Knie, den Blick nach oben gerichtet, die Hände gefaltet. Stumm schien er Gott um Hilfe anzuflehen, während der andere zu flennen begann und auf den Knien hinüber zu den Grafen rutschte. Mit ausladenden Gesten flehte er um Vergebung, wofür er einen Tritt erntete.

Plötzlich sprang einer der Ritter von den Holzbänken auf. Er war voll des Weines und konnte fast nicht mehr stehen, doch der Jubel und das Geschrei seiner Gefolgsleute ließen ihn direkt auf den Minnesänger zutorkeln. Mit einem kräftigen Fausthieb streckte er den Unglücklichen zu Boden, worauf ein wildes Gegröle ausbrach.

Als das Johlen endlich abebbte, erhob sich Graf Johann II., worauf sich alle Köpfe in seine Richtung wandten. »Edler Marquardus Scarpenbergh. Ich danke Euch, dass Ihr uns so kühn von diesem Übel befreit habt.«

Gleich nach diesen Worten brachen die Ritter erneut in lautes Gelächter aus, doch auf einen Wink des Grafen hin verstummten sie wieder.

»Ich frage mich allerdings, ob ein schlechter Minnesänger nicht besser gewesen wäre als gar keiner.«

Auf diese Worte wusste nun niemand mehr etwas zu erwidern. Johann II. fuhr fort. »Mich gelüstet es nach Gesang«, sprach der Graf mit bedrohlich ruhiger Stimme. »Sagt, edle Ritter, ist einer unter Euch, der es versteht, eine Minne vorzutragen? Wenn dem so sei, dann tretet vor und singt.«

Niemand rührte sich. Nur das Knurren zweier Hunde, die in einer Ecke des Saals um ein Stück Knochen kämpften, durchbrach die Stille. Der Augenblick war erfüllt von einer unangenehmen Spannung. Jeder, der sich nun zu Wort meldete, musste mindestens genauso verrückt sein wie die beiden Hofnarren. Die Laune der Grafen war sichtlich getrübt. Plötzlich stand einer der Männer auf – es war Johannes vom Berge.

»Mein Fürst, ich selber habe mich noch nicht davon überzeugen können, doch man hört, dass es einen Nuncius unter uns gibt, der im Herzen ein Spielmann ist.«

Walther schaute abrupt zu Albert hinüber, der seinen Feind mit verengten Augen musterte. Was hatte Johannes vor?

»So?«, fragte der Graf knapp. »Dann sagt mir, wo befindet sich dieser Mann, und wie ist sein Name?«

Sogleich zeigte Johannes vom Berge tatsächlich auf den verdutzten Walther und verkündete: »Sein Name ist Walther von Sandstedt, und er sitzt genau hier.«

Nur einen winzigen Moment später wurde Walther von Graf Johann II. aufgefordert, eine Minne vorzutragen. Sein Ton ließ keinen Widerstand gelten.

Walther konnte kaum glauben, was gerade geschah. Es bestand kein Zweifel daran, dass Johannes vom Berge nur eines im Sinn hatte: Albert Schaden zuzufügen. Es war ihm gleich, ob der Graf gut unterhalten wurde, er hoffte nur, dass sein Feind durch Walthers mögliches Versagen vielleicht in Ungnade fiel. Schließlich brauchte es nicht viel, um genauso zu enden wie der bedauernswerte Minnesänger, der noch immer blutend und ohnmächtig auf dem Boden lag. Alles würde jetzt davon abhängen, wie gut Walther seine Minne vortrug.

Als die Musik zu spielen begann, schloss Walther die Augen. Noch nie zuvor hatte er vor einem derart erlauchten Publikum gesungen. Er hätte sich fürchten müssen vor dem, was nun folgen sollte, doch das Minnespiel und die Dichtkunst waren ihm einfach zu vertraut, um ihn zu ängstigen. Obwohl seine Knie weich und seine Hände feucht waren, erklang seine Stimme so hell und klar wie der Ton der Domglocken. Da er keine höhere Minne zur Verehrung der Grafen kannte, sang er kurzerhand eine niedere Minne, die eigentlich zur Verehrung von Frauen gedacht war, und dichtete die Worte um. Nun kamen ihm die vielen Stunden zugute, die er darauf verwendet hatte, sich Reimverse zu erdenken. Die Klänge der Harfe und der Fidel verschmolzen mit seiner Stimme, und es dauerte nicht lange, da schlug er alle durch seine geschickte Dichtkunst in den Bann.

Als er geendet hatte, waren seine Augen noch immer geschlossen, doch nachdem er die ersten Rufe vernahm, öffnete er sie langsam. Dann sah er zu den Grafen hinüber.

In ihren Gesichtern war Wohlwollen zu lesen. Graf Johann II. war der Erste, der zu klatschen begann, und kurz darauf fielen die anderen mit ein.

Walther konnte sich ein Lächeln nicht verkneifen. Galant verbeugte er sich vor seinem Publikum, dann noch einmal vor der Ehrentafel. Er war überglücklich.

»Wohldann. Eine gelungene Darbietung, Walther von Sandstedt. Mir scheint, wir teilen eine Leidenschaft.« Johann II. war sichtlich erfreut. »Ich denke, Ihr habt tatsächlich das Herz eines Spielmanns. Eines sehr begnadeten Spielmanns, würde ich sogar sagen!«

Nach diesen Worten gab es für die beiden Hofnarren kein Halten mehr. Wie von Sinnen sprangen sie um den Grafen herum. Sie klatschten und schrien und sammelten allerlei Dinge vom Boden auf, mit denen sie sich bewarfen. Niemand würdigte sie eines Blickes, denn alle waren damit beschäftigt, ihre Becher auf den strahlenden Walther zu erheben. Plötzlich bekam einer der Narren ein abgekautes Hühnerknöchelchen zu fassen, das wohl einer der Hunde liegen gelassen hatte. Es war in der Mitte gebrochen und wies ein spitz gezacktes Ende auf. Der Hofnarr achtete nicht darauf, für ihn zählte nur, dass er die Männer im Saal fortwährend am Lachen hielt. Und so nahm er das Knöchelchen und warf es mit einer schnellen Bewegung nach dem anderen Hofnarren, der direkt hinter Graf Johann II. stand.

Was darauf folgte, waren der spitze Schrei eines Mannes und die

Entsetzensrufe jedes weiteren Anwesenden. Als der Hofnarr begriff, was er getan hatte, war ihm klar, er war des Todes!

Die Stadt kam nur langsam zur Ruhe. Was mit dem Fest auf dem Kunzenhof friedlich und in Eintracht begonnen hatte, endete mit einem großen Unglück.

Der ungeschickte Hofnarr hatte Johann II. mit seinem Wurf ein Auge ausgestochen. Nun erwartete ihn eine grausame Hinrichtung.

Doch so tragisch und bedauerlich der Vorfall auch war, er hätte unter anderen Umständen nicht zur Spaltung führen müssen. Allein die Tatsache, dass der Narr vom Hofe Gerhards II. war, schürte einen bösen Verdacht.

Nachdem feststand, dass Johann II. sein Augenlicht auf einer Seite verloren hatte, beschuldigte dieser seinen Vetter, den Angriff auf ihn geplant zu haben. Der Verdacht lag zu nahe, und die offenkundige Missgunst, mit der Gerhard II. seinen beiden Vettern stets begegnete, schürte diese Bedenken. Es entbrannte ein heftiger Streit zwischen den Vettern, der in einem unwiderruflichen Zerwürfnis endete. Kurz darauf reisten Johann II. und sein Bruder Adolf V. überstürzt mitsamt ihrer Gefolgschaft ab.

Das große Fest, welches nicht zuletzt der Versöhnung der verwandten Grafen dienen sollte, hatte genau das Gegenteil bewirkt. Der Frieden im Lande war ernsthaft in Gefahr.

Im Wissen um diese Drangsal hatten sich die drei Grafensöhne jene Eide, welche die Kaufmänner, Bürger und Ratsherren einst ihrem Vater geschworen hatten, früher als erwartet erneut schwören lassen.

Auch Thiderich und Albert waren vor die Grafen getreten, um den Landesherren im Rathaus ihre Treue zu geloben. Nachdem jeder entsprechende Mann diesen Schwur erneuert hatte, war es an den Grafen, ihren Eid der Stadt gegenüber zu bestätigen. Doch auch wenn die Worte über Sicherheit und Ehre laut und deutlich durch das Rathaus hallten, schenkte niemand unter den Anwesenden ihnen Glauben. Zu tief saß die Erinnerung an den verstorbenen Landesherrn, der die Stadt bloß geschröpft hatte, statt sie zu schützen.

Dennoch brachte der Tag der Eiderneuerung auch ein Stück Klarheit mit sich. Endlich erhielten die Kaufleute Kunde über die Verteilung der Einkünfte, so auch Albert und Thiderich. Ihr Handel mit friesischem Holz war im Laufe der Jahre so ertragreich geworden, dass es Graf Gerhard II. viel gekostet haben musste, die Einkünfte für sich allein zu beanspruchen. Von nun an stand fest, wem sie künftig ihre Münzen schuldig waren.

Doch es gab noch weitere Neuerungen für die Kaufleute. All diejenigen, welche wie Albert und Thiderich gemeinsam einen Handel führten, mussten den Grafen zusätzlich geloben, dass jeder von ihnen für den anderen zu bürgen bereit war. Diese Bestimmung zeigte deutlich, wie dringend die Fürsten auf die Einkünfte Hamburgs angewiesen waren und wie sehr sie befürchteten, ihren Einfluss zu verlieren.

Und obwohl die Hamburger durch diese Neuigkeit bereits genug verärgert waren, scheuten die Grafen nicht davor zurück, noch weitere Forderungen zu stellen. Die Abgaben der Bürger an die Söhne Gerhards I. wurden kurzerhand erhöht und die gesamten Kosten für das Fest im Kunzenhof dem Rat vorgelegt.

5

Runa hätte etwas so Blasphemisches niemals laut ausgesprochen, doch sie war dieses Jahr tatsächlich froh darüber, dass die Weihnachtsfeierlichkeiten nun vorbei waren. Ihr Bauch wies bislang zwar kaum eine Wölbung auf, trotzdem fiel ihr jede Bewegung schwer, und sie kämpfte mit immerwährender Übelkeit. Das lange Beten in der klirrend kalten Petri-Kirche war eine Qual für sie gewesen und ebenso das Krippenspiel. Gerade jetzt, da ihre Magd ausgefallen war, musste es ihr so schlecht gehen!

Agnes war zwar mittlerweile wieder erwacht, wie Kethe ihr erzählt hatte, doch es würde wahrscheinlich noch einige Zeit dauern, bis sie in Runas Dienste zurückkehren konnte. Die Wunden an ihren Beinen heilten nur langsam und bereiteten ihr noch immer große Schmerzen.

Schon seit einer ganzen Weile wohnte Marga nun in Runas Haus, um ihr zur Hand zu gehen, doch das konnte nicht für alle Zeit so bleiben. Ihre Mutter war nicht mehr jung, und die Magd fehlte ihr im Haus, das wusste Runa. Doch zumindest für die nächsten Wochen war das Problem gelöst, denn vor zwei Tagen hatte Ragnhild eine Frau bei sich eingestellt, die während einer Pilgerreise in Hamburg eingetroffen war. Ihr Gemahl war bei einem der räuberischen Überfälle rund um die Stadt ums Leben gekommen. Nun musste sie sich alleine verdingen, bis der Schnee geschmolzen war und sie im Frühjahr endlich in ihre Heimat zurückkehren konnte.

Normalerweise hätte Ragnhild eine völlig Fremde nicht bei sich aufgenommen, doch in diesem Fall war es anders. Die Frau war eine Dänin – genau wie Ragnhild selbst. Sie fühlte sich dazu verpflichtet, ihr zu helfen, konnte sie doch nur allzu gut nachvollziehen, wie man sich als Dänin in dieser Stadt fühlte.

In ein paar Wochen allerdings würde Ylva wieder fort sein, das wusste Runa, und bis dahin wollte sie eine andere Magd gefunden haben. In den ersten Tagen nach dem schrecklichen Unfall hatte es ihr davor gegraut, Agnes zu ersetzen. Am liebsten hätte sie auf die Genesung des Mädchens gewartet, doch als sie gestern kaum mehr einen Krug Wein die Stiegen hinaufschleppen konnte, wusste sie, dass es Zeit wurde. Auch wenn es Mägde genug in Hamburg gab, war es nicht einfach, sich für eine von ihnen zu entscheiden. Schließlich lebte diese bestenfalls ein Leben lang in ihrem Haus, speiste an ihrem Tisch und kümmerte sich um ihre Kinder. Die Entscheidung musste wohl überlegt werden.

Den ganzen Tag schon saß Runa an einer ihrer geliebten Stickereien und grübelte darüber nach, wer ihr wohl eine gute Magd empfehlen könnte, als es plötzlich an der Tür zum Handarbeitsraum klopfte. »Wer da?«

»Ich bin's«, antwortete eine dunkle Stimme, dann öffnete sich die Tür, und Godeke kam mit seinem strahlendsten Lächeln herein. »Ich grüße dich, liebe Schwester.«

»Godeke! Endlich bekomme auch ich dich mal zu Gesicht! Seitdem du aus Friesland zurückgekehrt bist, habe ich vergeblich auf deinen Besuch gewartet.« Runa war hocherfreut, ihren geliebten Bruder zu sehen. Innig schloss sie ihn in die Arme, während sie ein ums andere Mal beeindruckt von seiner Erscheinung war: groß und kräftig, mit dunklen Locken und weißen Zähnen. Seine Frau Oda konnte sich glücklich schätzen, dass sie ihn vor zwei Jahren zum Mann bekommen hatte.

»Komm, setz dich zu mir. Vater hat mir von dem Überfall erzählt. Wie geht es dir?«, erkundigte sich Runa etwas besorgt nach der Verletzung, die er sich während des Kampfes mit den Rittern zugezogen hatte.

»Es geht mir gut, sorge dich nicht um mich.«

»Das fällt mir schwer, schließlich bist du ja mein *kleiner* Bruder, aber ich will es versuchen«, neckte ihn Runa mit einem Blick auf seine verbundene Hand.

Godeke winkte ab. »Ach das, es ist fast nichts mehr zu sehen. Außerdem ist das nichts im Vergleich dazu, was noch hätte passieren können. Gott war bei mir, Runa. Am Tage des Überfalls ritt ich immerzu am Schluss der Reisegruppe. Nur kurz nachdem ich mich an die Spitze gesetzt hatte, schlugen die Ritter zu, und es erwischte den Mann, der an jener Stelle ritt, an der zuvor ich gewesen war.«

»O nein, das ist ja schrecklich. Hätten die Placker nur ein wenig früher zugeschlagen, hätte es dich getroffen! Diese furchtbaren Überfälle. Wann hört das endlich auf?« Runa bekreuzigte sich und umfasste Godekes gesunde Hand. Dann fiel ihr ein, weswegen er wohl eigentlich gekommen war. »Bruder, erzähle mir von deiner Reise. Warst du in Sandstedt, wie ich dich gebeten habe?«

»Ja, ich war dort. Und ich sage dir noch einmal, dass ich der Meinung bin, du handelst falsch, wenn du mir hinter Walthers Rücken solche Aufträge erteilst.«

Runa presste die Lippen zusammen und schluckte. Sie wusste, dass er recht hatte, und doch hoffte sie, er würde weitersprechen. Und er tat es.

»Es war nicht leicht, das Dorf ausfindig zu machen. Die Bauern in Friesland sind misstrauisch Fremden gegenüber, musst du wissen. Aber ich hatte Erfolg.«

Runa konnte nicht länger an sich halten. Aufgeregt fragte sie: »Und? Hast du Walthers Vormund von damals gefunden?«

»Auch das ist mir gelungen. Dennoch, liebe Schwester, es ist nicht alles erfreulich, was ich zu berichten habe.«

»Was meinst du damit?«, fragte Runa und schnappte erschrocken nach Luft.

Godeke zögerte kurz. Er kannte ihr Gemüt. Sie hatte ein starkes Wesen, doch ein weiches Herz. Während der ganzen Heimreise von Friesland hatte er überlegt, ob er ihr die Wahrheit erzählen sollte oder besser nicht. Doch jetzt entschied er sich dafür – noch mehr Lug und Trug mussten nicht sein. »Runa, in Sandstedt ist fast niemand mehr am Leben. Erst vor Kurzem haben die Ritter der Grafen von Oldenburg die Dörfer im Stedinger Land verwüstet. Es muss grauenhaft gewesen sein. Noch immer stehen überall die verbrannten Hütten; und mancherorts war kaum eine Menschenseele zu sehen. Die meisten der Bauern haben nichts zu essen und kaum Kleidung.«

Runa hatte die Hand vor den Mund geschlagen. »Großer Gott. Und … und was ist mit Walthers Familie?«

»Ich habe den Priester gefunden. Ihn und seine Kirche haben sie verschont. Doch nahezu alle Männer, Frauen und Kinder im Dorf sind tot. Geschändet, erschlagen oder erstochen von den Rittern. Und die wenigen, die verblieben sind, kämpfen ums Überleben.«

»O heilige Mutter Gottes. Das ist ja furchtbar.« Runa gönnte sich einen kurzen Moment, um tief durchzuatmen. Dann fragte sie: »Hast du dem Priester von Walther erzählt?«

»Ja. Ich habe ihm gesagt, dass Walther lebt und nicht bei seiner Reise mit Thiderich ums Leben gekommen ist, wie er natürlich vermutet hatte. Nachdem ich Walthers Namen genannt hatte, war es zunächst schwierig, ihn zum Zuhören zu überreden. Zunächst wollte er mir keinen Glauben schenken, fast hätte er mich sogar fortgejagt. Ich war schon dabei, das Dorf zu verlassen, als er mir doch noch hinterhergekommen ist. Ich habe ihm alles erzählt. Von dir und Freyja und Thymmo. Anfangs fluchte er nur wütend vor sich hin, doch später war er dankbar, dass er nun über Walthers Verbleib Bescheid wusste.«

»Ich kann ihm seinen Zorn nicht verdenken«, sagte Runa. »Kein Mann gesteht sich gern ein, dass ihm sein Mündel davongerannt ist. Aber sag mir, Godeke: Hat er dir bloß zugehört, oder hat er dir auch mitgeteilt, was ich zu erfahren wünschte?«

»Was deine Fragen angeht, so glaube ich, muss ich dich enttäuschen, liebste Schwester. Als ich mich erkundigte, woher Walther kommt und wer seine Eltern sind, wiederholte er nur immerzu diesen einen Satz: ›Gott hat ihn eines Tages zu mir geführt! Das ist alles, was es dazu zu sagen gibt.‹«

Runa ließ unzufrieden den Kopf hängen.

»Ich weiß, du hast dir mehr erhofft. Aber du solltest glücklich sein, anstatt zu hadern. Ich habe ihm erzählt, was er wissen sollte. Was ich ihm allerdings verschwiegen habe, ist, dass Walther nichts von alldem weiß. Runa, du musst mit ihm reden. Ich habe dir diesen Gefallen getan, weil ich dir einfach keinen Wunsch abschlagen kann, aber nun musst du deinem Mann die Wahrheit sagen, das ist deine Pflicht als Christenfrau.«

Runa nickte nur. Sie wusste, dass er recht hatte. »Ich danke dir, Godeke. Es stimmt, ich sollte zufrieden sein. Nun kann der Mann in Frieden alt werden, da er weiß, dass es Walther gut ergangen ist. Vielleicht hast du recht, und es ist töricht, sich zu fragen, woher Walther wirklich kommt. Was macht es schon für einen Unterschied …?« Runa fühlte sich besser und schlechter zugleich. Sie wusste, dass es ungebührlich gewesen war, hinter dem Rücken ihres Mannes seine Vergangenheit auszukundschaften, aber Walther selbst schwieg beharrlich, wenn es um seine Familie ging. Von Thiderich wusste sie nur, dass er ihren Gemahl seinerzeit auf der Suche nach ihrem Vater im Friesenland in Sandstedt aufgelesen hatte. Damals hatte sich Thiderich aus der Not heraus als ausgeraubter Pilger auf der Suche nach Obdach ausgegeben. Am nächsten Tage bat ihn der Pfarrer des Ortes, der Walthers Vormund war, überraschenderweise darum, sein Mündel auf Pilgerreise mitzunehmen.

Walther hatte Thiderichs Lüge damals durchschaut, doch der junge Heißsporn wollte nichts mehr, als seinem tristen Leben im Dorf und der wenig versprechenden Zukunft als nächster Dorfpfarrer zu entgehen. Seither war Walther nicht mehr dorthin zurückgekehrt und hatte kaum ein Wort über sein früheres Leben verloren, doch Runa wusste, dass ihn das schlechte Gewissen plagte. Sie war sich sicher, dass sie das Richtige getan hatte. Eines stand jedoch außer Frage: Walther würde toben vor Wut, wenn sie ihm von ihrem eigenmächtigen Handeln berichtete, aber danach – dessen war sich Runa gewiss – würde er froh darüber sein.

Gerade als sie Godeke wortreich dafür danken wollte, dass er ihr diese Bitte erfüllt hatte, öffnete Marga die Tür.

»Bitte entschuldigt«, begann sie knapp und ohne die sonst für Bedienstete übliche höfliche Anrede ihrer Herrschaft gegenüber. Schon lange war diese nicht mehr nötig, denn Marga gehörte mittlerweile zur Familie. »Unten stehen zwei Bauersfrauen vor dem Tor. Sie wünschen mit der Hausherrin zu sprechen. Ich habe gesagt, sie sollen später wiederkommen, aber sie lassen sich einfach nicht abweisen.«

Runa schaute Marga verwundert an, dann aber erwiderte sie: »Ist schon gut. Führe sie ruhig in die Diele. Ich komme gleich runter.«

Godeke erhob sich von der hölzernen Bank und sagte: »Ich wollte sowieso gerade gehen. Komm, ich begleite dich nach unten.«

Wenig später traten die Geschwister gemeinsam in die Diele. Wie erwartet standen dort die beiden Bauersfrauen. Die eine war drall und kräftig. Sie schien die Mutter zu sein. Das Mädchen neben ihr bestand fast nur noch aus Haut und Knochen. Mit gesenktem Haupt und hochgezogenen Schultern stand sie da und wirkte so noch schmächtiger – fast zerbrechlich.

»Was kann ich für euch tun?«, fragte Runa freundlich.

»Bitte verzeiht unser Eindringen, Herrin«, sprach die Mutter mit fester Stimme. Der Ton ihrer Worte ließ keinen Zweifel daran, dass sie es gewohnt war, Anweisungen zu erteilen. »Es ist ein harter Winter, und wir haben nicht genug zu essen. Meine Johanna hier sieht nicht danach aus, aber sie kann kräftig zupacken. Ich habe gehört, Ihr sucht eine Magd für Eure Hauswirtschaft. Ich bitt' Euch, nehmt meine Tochter auf, Ihr werdet es sicher nicht bereuen.«

Es war durchaus nicht ungewöhnlich, dass es sich herumsprach, wenn in einem Haushalt eine Magd gebraucht wurde. Dennoch war Runa ein wenig verwundert, wie schnell sich diese Nachricht verbreitet hatte, doch darüber wollte sie jetzt nicht nachdenken. Sie wollte eine Magd, und hier stand eine vor ihr! Entschlossenen Schritts ging sie auf das Mädchen zu, welches seinerseits einen Schritt zurückwich. Noch immer hatte es den Blick gesenkt.

Ehe sich's das Mädchen allerdings versah, versetzte ihm die Mutter einen blitzschnellen Hieb auf den Hinterkopf. »Du dummes Ding! Sei gefälligst fügsam, wenn die Herrin dich anschauen will.«

Wortlos trat das Mädchen vor, während Runa die Hand ausstreckte und der dürren Magd das Kinn hob.

Weder Runa noch Godeke ahnten, dass sie in dem Moment beide das Gleiche dachten: Das Mädchen kam ihnen bekannt vor, doch sie hätten nicht sagen können, warum.

»Wie alt bist du?«, fragte Runa mit zusammengekniffenen Augen.

»Ungefähr achtzehn«, antwortete die Mutter anstelle des Mädchens. Gleich darauf erklärte sie, was Runa mit ihrem skeptischen Blick fragte. »Meine Johanna kann nicht sprechen, Herrin. Aber sie versteht, was Ihr sagt. Seid Euch gewiss, sie ist tüchtig und kann alles tun, was in Eurem Haushalt anfällt.«

Runa stutzte, doch sie verspürte großes Mitleid mit dem ausgezehrten Geschöpf. Viele der Bauern hatten keine Möglichkeit, all ihre Töchter zu verheiraten und ihren Söhnen ein Erbe zu hinterlassen, von dem diese leben konnten. Kam dann auch noch ein harter Winter dazu, starb so manch einer von ihnen an Kälte und Hunger. »Also gut, sie kann bleiben«, entschied sie unvermittelt. »Marga, bitte zeige Johanna ihre Kammer, und weise sie ein.«

Nachdem sich die Bäuerin auf ihre derbe Art bedankt hatte und Marga mit dem Mädchen in der Küche verschwunden war, blieben Runa und Godeke allein in der Vorhalle zurück.

»Ich finde das Mädchen seltsam, Runa. Irgendwas stimmt nicht mit ihm, aber ich kann nicht sagen, was es ist. Vielleicht solltest du es besser wieder fortschicken.«

»Ach, Godeke, du machst dir nur wieder zu viele Sorgen um mich. Ich brauche doch eine Magd, schließlich kann Marga nicht ewig bei mir wohnen. Außerdem solltest du dich daran erinnern, dass unsere Mutter einst auch arm war und nur deshalb überlebte, weil sich unsere gute Großmutter Mechthild ihrer annahm. Wir sollten nun das Gleiche für Johanna tun.«

Darauf wusste Godeke nichts zu erwidern. Seine Schwester hatte recht. Eine innige Umarmung später trat er hinaus auf die kalte weiße Gasse. Dass die dralle Bäuerin von eben nur wenige Straßen von ihm entfernt ein paar Münzen für ihre just erbrachten Dienste erhielt, bekam er nicht mit.

Stumm, wie sie nun mal war, folgte Johanna Marga in die Küche. Dabei sah sie sich mit großen Augen um. Wie lange schon war sie nicht mehr in einem solchen Haus gewesen? Ein Haus aus Stein, in dem es warm und behaglich war und in dessen Küche es so gut nach Essen roch, dass sich ihr augenblicklich schmerzhaft der Magen zusammenzog. Ein lautes Knurren verriet ihre Gedanken.

»Heilige Mutter Gottes, war das dein Bauch?«, fragte Marga besorgt und stemmte die Arme in die Hüften. »Wann hast du denn zuletzt gegessen?«

Johanna zuckte nur mit den Schultern.

»Ach ja, du kannst ja nicht sprechen. Setz dich erst einmal dort drüben hin. Ich werde dir einen Teller Eintopf bringen.« Behutsam schob sie das dürre Mädchen auf eine Holzbank.

Nur wenig später hatte die neue Magd einen dampfenden Teller vor sich stehen, dessen Inhalt sie begierig und ohne Zurückhaltung in sich hineinstopfte.

Marga setzte sich an die andere Seite des Tischs und betrachtete das Mädchen eingehend. Es war sehr blass und hatte ungefähr Margas Größe. Kaum zu glauben, dass es tatsächlich schon achtzehn sein sollte. Doch irgendetwas an der neuen Magd machte Marga stutzig. Waren es die hellen Haarsträhnen, die unter der Haube hervorguckten, oder die hellen Brauen und Wimpern? Der herbe Mund vielleicht oder die etwas zu kräftig geratene Nase? Sie wusste es nicht genau.

Als das Mädchen den Teller geleert hatte, zeigte Marga ihm das Haus. Sie liefen hintereinander die Stiegen hinauf, schauten in jede Kammer und gingen die einzelnen Aufgaben durch, die es tagtäglich zu erledigen galt. Schließlich machten sie sich auf den Weg zurück nach unten, begutachteten eingehend die Küche und die gemeinsame Kammer und liefen dann durch die Diele und in den verschneiten Hinterhof.

»Hierhin gehst du jeden Morgen als Erstes. Du musst ein Loch in das zugefrorene Reichenstraßenfleet stoßen, damit du Wasser zum Kochen und Waschen hast. Es friert jede Nacht wieder zu. Der Brunnen führt schon seit Wochen kein Wasser mehr. Hast du verstanden?«

Johanna nickte.

»Gut, dann lass uns wieder hineingehen, sonst holen wir uns noch den Tod. Ich werde mal sehen, ob ich etwas für dich zum

Anziehen finde. Dein Kleid fällt dir ja gleich vom Leib, und einen Mantel scheinst du auch nicht zu besitzen, oder?«

Sichtlich betrübt senkte Johanna den Kopf, schüttelte ihn.

»Nun schau nicht so. Die Herrschaft wird dich schon nicht frieren lassen. Es sind gute Leute. Ich diene der Familie schon mein Leben lang, und man war immer gut zu mir. Und darum sieh dich vor: Wenn ich merke, dass du nachlässig bist, werde ich keine Gnade mit dir walten lassen. Aber nun komm mit mir. Du kannst vorerst ein altes Kleid von mir tragen.«

Gemeinsam gingen sie zurück ins Haus. Als sie in der Küche standen, erhellte sich plötzlich Margas Blick. »Poppo, mein Guter. Hast du es schon wieder geschafft, dich an mir vorbeizuschleichen? Ist es dir draußen etwa zu kalt geworden?« Liebevoll strich sie dem Kater über das schwarze Fell. »Das ist unser Poppo. Er hält die Mäuse von der Küche fern«, erklärte sie Johanna.

Wieder nickte das Mädchen und setzte ein Lächeln auf. Als es aber auf den Kater zuging und eine Hand nach ihm ausstreckte, fing dieser an, wie wild zu fauchen, und hieb der Magd die Krallen ins Fleisch. Erschrocken zog sie ihre Hand zurück, die sogleich zu bluten begann.

»Was ist denn in dich gefahren, du kleiner Dämon? Wenn du dich so benimmst, dann musst du draußen bleiben.« Marga packte den Kater und warf ihn hinaus auf den Hof. »Das hat er nun davon. Jetzt kann er die Nacht in der Kälte verbringen. Seltsam, so verhält er sich sonst bloß bei Männern. Das ist auch der Grund, warum er nur in die Küche darf. Lass ihn niemals ins Haus, hast du verstanden? Das duldet der Herr nicht.«

Während Marga sich um die blutende Hand von Johanna kümmerte, schwatzte sie weiter: »Man kann es Poppo ja fast nicht übelnehmen, dass er dich für einen Knaben gehalten hat, so dünn, wie du bist. Lass mich nur machen. In ein paar Tagen hast du wieder rosige Wangen.«

6

Noch immer war der Bau des Rathauses in vollem Gange. Von überallher drangen Geräusche. Es wurde geklopft, gehämmert, gezogen, gestrichen, gefeilt. An manchen Tagen wünschte Willekin Aios sich die Ruhe des früheren Rathauses – des Eimbeckschen Hauses – zurück. Er wusste, dass die Arbeiten noch eine ganze Weile andauern würden. Dann aber, wenn alles getan war, würde der Bau mit Sicherheit sämtliche Erwartungen übertreffen und einer Stadt wie Hamburg in seiner Pracht gerecht werden. Willekin Aios sah sich um. Wenigstens das hölzerne Gehege für die Sitzungen des Rates war schon früh fertig geworden, dachte er bei sich.

Das Gehege war ein im Norden des Rathauses befindlicher, mit niedrigen Holzwänden abgetrennter Bereich, der nur den Ratsmitgliedern zugänglich war. Er musste ohne Waffen betreten werden und diente ausschließlich deren Sitzungen. In der Mitte stand ein mächtiger Tisch, an dessen Längsseiten die Ratsherren nach der Dauer ihrer Ratszugehörigkeit Platz nahmen. An seinem Kopfende saßen die Bürgermeister – so auch Willekin Aios.

Er war wie immer einer der Ersten, der das Gehege betrat. Erst nach und nach folgten die übrigen Ratsherren und begaben sich auf ihre Plätze. Am Schluss trafen Johann Schinkel und die Ratssekretäre ein.

Als alle Herren saßen, erhob sich Willekin Aios und schaute in die Runde. Die Sitzung heute würde anstrengend werden. Noch war alles friedlich.

Jeder Einzelne blickte ihn erwartungsvoll an. Weiße Wolken stiegen aus den Mündern nach oben. Trotz der glimmenden Kohlebecken, die im Gehege standen, war es bitterkalt im Rathaus.

»Meine Herren. Ich habe so kurzfristig eine Ratssitzung einberufen, weil es wichtige Neuigkeiten aus dem Grafenhaus gibt. Kürzlich wurde mir angetragen, dass die Söhne Gerhards I. und dessen beide Vettern nun belieben, je einen eigenen Vogt als Vertreter einzusetzen, der die Belange seines Herrn in der Stadt vertritt. Auch wenn noch keine Gewissheit über die wahren Gründe herrscht, wage ich zu behaupten, dass dies eine Folge des Vorfalls auf dem Kunzenhof ist. Das Vertrauen der Grafen zueinander ist stark erschüttert.«

Sofort nach diesen Worten brach ein wilder Tumult aus. Willekin Aios hatte das erwartet. Schon der eine Vogt war nicht sonderlich beliebt in Hamburg, doch das Einsetzen gleich dreier Vögte war in vielerlei Hinsicht töricht. Der bisherige Vogt hatte schon jetzt kaum noch uneingeschränkte Befugnisse. Der Rat hatte in den vergangenen Jahren dafür gesorgt, dass die Geschicke der Stadt dem Grafen und somit seinem Vogt mehr und mehr entzogen wurden. So war zum Beispiel die Leitung der gerichtlichen Verfahren des Vogtgerichts durch zwei Beisitzer aus dem Rat beschnitten worden, und auch die meisten Aufgaben, welche das öffentliche Leben betrafen, lagen mittlerweile fast vollständig beim Rat.

Nachdem sich der erste Ärger etwas gelegt hatte, ergriff der beleibte Hans Wulfhagen das Wort. »Drei Vögte für eine Stadt? Was soll das für einen Sinn ergeben?«

Ungeduldig fiel Hartwic von Erteneborg mit in die Diskussion ein. »Das kann nicht funktionieren. Jedermann weiß doch, dass die Grafensöhne sich untereinander nicht den Dreck unter den Fingernägeln gönnen. Wie also sollten die Aufgaben eines Vogtes dann auf drei Männer aufgeteilt werden?«

Olric Amedas antwortete aufgebracht: »Es ist doch klar, was die Grafen mit diesem Streich erreichen wollen. Der Rat soll zurückgedrängt werden, damit die Vögte wieder größeren Einfluss erlangen. Ich sage Euch, das muss verhindert werden!«

Nun erhob sich Johannes vom Berge, worauf augenblicklich Schweigen einsetzte. Der Ratsherr und Kaufmann hatte sich aufgrund seiner erfolgreichen Handelstätigkeiten mit den Jahren großen Respekt unter seinesgleichen verdient. Sein Wort zählte in der Stadt – sehr zum Missfallen von Albert, der ihn von der Seite aus anschaute. »Meine Herren, für mich liegt der Fall klar und deutlich auf der Hand. Die Stadtherren verlieren seit Jahren ihren Einfluss in Hamburg. Viel zu lange schon fordern die Fehden mit einer Vielzahl von Adeligen ihre Aufmerksamkeit und auch ihre Münzen. Mindestens genauso lange schon vernachlässigen die Grafen die Wahrung der Sicherheit der Bürger auf den Handelswegen.«

»Ihr erzählt uns nichts Neues, vom Berge«, bemerkte Albert spitz, was sein Feind allerdings abzutun versuchte, indem er einfach weitersprach.

»Gebt Euch nicht unwissend, meine Herren. Die Stadt hätte schon längst unabhängig sein können, gäbe es nicht immer noch einige grafenfreundliche Kaufleute und Ratsherren unter uns, die ihnen ihr Silber in den Rachen werfen.« Ganz bewusst schaute er nach diesen Worten in die Runde, sein Blick blieb an Albert hängen.

»Was wollt Ihr damit sagen?«, fragte Willekin Aios mit einem erwartungsvollen Unterton. Er mochte Johannes vom Berge nicht besonders, wusste er doch, dass dieser stets Unruhe mit seinen streitsüchtigen Äußerungen stiftete, die es dann von ihm als Bürgermeister wieder zu schlichten galt.

»Ihr wisst, was ich meine. Ihr alle! Solange Männer wie Folpert Krempe, Bertram von Hemechude, Herman Morsel oder Albert von Holdenstede den Grafen jegliche Besitzungen abkaufen oder sie an ihren Geschäften beteiligen und somit immer wieder stärken, werden sie ihren Einfluss auf die Stadt niemals verlieren.«

Mit jedem Wort, das Johannes sprach, wurde Albert wütender. Zweifellos galt seine flammende Rede ihm. Es war schließlich kein Geheimnis, dass Albert durch seinen geschickten Handel mit Gerhard I. Reichtum erlangt hatte und dass dieser ertragreiche Handel damals wie heute natürlich auch dem Grafenhaus zugutekam. Damals hatte die Lage in der Stadt jedoch noch anders ausgesehen. Es war durchaus üblich gewesen, mit dem Grafen zu handeln; niemand hatte Anstoß daran genommen. Dass Johannes nun versuchte, die Schwierigkeiten, die sich durch das dreigeteilte Erbe ergaben, zu Alberts Nachteil auszulegen, bestätigte nur den Verdacht, der ihn schon vor geraumer Zeit beschlichen hatte: Die alte Feindschaft lebte wieder auf! Albert mahnte sich zur Vorsicht, damit er dem mittlerweile sehr einflussreichen Johannes vom Berge nicht in die Falle ging. Er bemühte sich um ein gelassenes Gesicht, lehnte sich mit verschränkten Unterarmen auf den Tisch und sprach: »Ich bin mir sicher, dass der Rat auch ohne Eure hitzige Darbietung von den Problemen weiß, welche der Machtwechsel mit sich bringt. Deshalb frage ich mich, ob Ihr denn gedenkt, dem ehrenwerten Rat einen Vorschlag zu machen, wie der von Euch genannte Missstand zu lösen sei?«

»Ja, das würde mich auch interessieren, vielmehr noch als bloße Anschuldigungen Eurerseits.« Der ebenfalls aufgezählte Folpert Krempe war hörbar beleidigt.

Doch Johannes vom Berge büßte nichts von seiner Selbstsicherheit ein. Es schien, als hätte er nur auf diese Gelegenheit gewartet. Langsam erhob er sich aus dem Ratsgestühl und legte seine Handflächen flach auf das hölzerne Tischblatt. »Und ob ich einen Vorschlag habe, meine Herren. Die Grafen dürfen keine übermäßigen Zahlungen mehr erhalten. Hamburg muss endlich unabhängig werden!« Der Blick, den er durch die Runde schweifen ließ, duldete keinen Widerspruch. »Warum sonst haben wir uns die Einnahmen des Zollhauses vor langer Zeit einverleibt, und warum sonst ist die Obermühle schon seit über zwanzig Jahren und die Niedermühle seit acht Jahren unter städtischem Einfluss? Der Rat sollte jetzt nicht aufhören, nach Unabhängigkeit zu streben. Im Gegenteil – wir sollten die städtische Münze kaufen und uns gegen zwei weitere Vögte zur Wehr setzen, um auch noch die letzten beiden der gräflichen Amtmänner zu entmachten. Vor allem aber müssen wir verhindern, dass die Truhen der Grafen weiter durch Bürger dieser Stadt gefüllt werden.« Er donnerte die Faust so heftig auf den Tisch, dass einige der Anwesenden zusammenzuckten. »Ich fordere eine sofortige Abstimmung, um diesen Missstand zu beseitigen!«

Nun war es Alberts Faust, die ungehalten auf das Holz krachte. »Das ist unmöglich!«, rief er aufgebracht. »Für eine solche Abstimmung muss der vollständige Rat zusammenkommen. Ihr wisst genauso gut wie ich, dass der hier abwesende alte Rat eine Vielzahl an Kaufleuten enthält, deren Geschäfte nur deshalb Bestand haben, weil die Grafen mit ihren Familien verbandelt sind oder in der Vergangenheit entsprechende Abkommen getroffen wurden. Sie würden einem solchen Beschluss niemals zustimmen.«

»Meint Ihr etwa diejenigen, die genau wie Ihr Hündchen der Schauenburger sind?«, fragte Johannes vom Berge mit einem boshaften Lächeln.

Nach diesen Worten sprang Albert auf, und auch die übrigen Ratsherren schnellten von ihren Bänken. Mit erhobenen Fäusten und hochroten Köpfen brüllten sie einander so laut an, dass niemand mehr auch nur ein Wort verstand.

»Was erlaubt Ihr Euch, vom Berge?«

»Das ist unerhört …!«

»Meine Geschäfte sind rechtens …!«

Nur langsam hob sich eine tiefe, sonore Stimme von den anderen ab. Es war die des Bürgermeisters. »Genug! Aufhören!«, brüllte er und schlug mit der Faust auf den Tisch. »Ich sage, genug jetzt!« Als endlich wieder Ruhe eingekehrt war und alle Männer Platz genommen hatten, sprach er außer Atem: »Ich denke, Ihr habt recht, Albert von Holdenstede. Diese Entscheidung betrifft den gesamten Rat. Ich werde eine entsprechende Versammlung einberufen. Die Ratssitzung ist somit vorerst beendet.«

Eigentlich war es der richtige Augenblick, doch Runa wusste einfach nicht, wie sie beginnen sollte. Seit einer ganzen Weile schon saß Walther ihr schweigend gegenüber. Sie waren allein in der Stube; niemand sollte bei ihnen sein, wenn sie ihrem Mann beichtete, was sie getan hatte. Vor ihnen standen seine liebsten Speisen auf dem Tisch, und auch sie selbst hatte sich hübsch zurechtgemacht. Nun musste sie bloß noch den Mund aufbekommen – das aber war der schwierigste Teil.

»Wie schmeckt es dir?«, fing Runa langsam an.

»Ausgezeichnet. Wie immer«, lautete seine knappe Antwort.

Wieder folgte Schweigen. Es war nicht zu leugnen, Walther hatte schlechte Laune.

Runa wusste, dass ihn die Neuigkeiten der Ratssitzung schon den ganzen Tag beschäftigten. Normalerweise hätte sie den Gedanken, Walther von Godekes Nachforschungen in Friesland zu erzählen, unter diesen Gegebenheiten verworfen, doch sie hatte es ihrem Bruder versprochen. Runa ärgerte sich. Sie war doch sonst nicht so zaghaft, warum heute? Schließlich holte sie tief Luft und gab sich einen Ruck. »Walther, ich …«

Wie der Zufall es wollte, kam Johanna in genau dem Moment mit einem Krug Wein herein.

Walther blickte auf. »Wer ist das denn?«, fragte er sichtlich erstaunt.

O nein, sie hatte vollkommen vergessen, die neue Magd zu erwähnen, und das, wo sie wusste, dass Walther es nicht gern hatte, wenn sie ihn mit irgendetwas überraschte! Um eine feste Stimme bemüht sagte sie: »Das ist unsere neue Magd. Bitte entschuldige, ich habe vergessen, dir davon zu erzählen.«

»Schon gut. Es war schließlich dringend nötig, eine neue Magd einzustellen«, erwiderte er verständnisvoll und richtete dann das Wort an Johanna. »Wie heißt du?«

Runa nahm seine Hand. »Sie kann nicht sprechen.«

Walther fuhr herum und blickte seine Frau fragend an. »Was sagst du da? Warum stellst du eine Magd ein, die nicht sprechen kann?«

»Liebling, ihre Mutter versicherte mir, dass sie alles versteht, was du ihr sagst. Sie wird uns sicher nicht enttäuschen.«

»Was ist bloß in dich gefahren?«, donnerte Walther ungehalten. »Ich sage dir, wenn sie den Haushalt nicht ordentlich führt, wirst du dir eine andere Magd suchen. Hast du mich verstanden? Wir sind doch kein Armenhaus!«

Nun war es auch um Runas Geduld geschehen, die es nicht gewohnt war, dass er so barsch mit ihr redete. »Walther von Sandstedt, wir sind alle Gottes Kinder – auch Johanna. Ich werde nicht zulassen, dass du sie fortjagst, obwohl es keinen Grund dafür gibt. Sie bleibt. Kümmere du dich um deine Bücher. Den Haushalt besorge ich!«

Mit diesen Worten war das Gespräch beendet. Runa wusste, dass die Gelegenheit für eine weitere Beichte nun vertan war, doch sie nahm sich fest vor, es am nächsten Tag noch einmal zu versuchen.

Margareta hätte kaum glücklicher sein können. Zwei der Sprachschüler ihres Verlobten Hereward waren aus Nowgorod heimgekehrt. Die Nachricht ihrer Ankunft hatte die Reichenstraße schon erreicht, bevor sie überhaupt dort auftauchen konnten.

Noch in ihrer verschmutzten Reisekleidung suchten sie Alberts Haus auf, um der Jungfrau eine Nachricht zu überbringen.

»Margareta, komm herunter. Zwei Boten deines Verlobten wünschen dich zu sprechen!«, rief Albert, obwohl er wusste, dass sie bereits am Absatz der Stiegen auf diese Worte lauerte.

»Jawohl, Vater, ich komme schon«, erwiderte sie, so ruhig sie konnte. In Wirklichkeit aber musste sie heftig nach Fassung ringen, als sie die beiden hochgewachsenen Männer in der Halle ihres Elternhauses stehen sah.

»Diese Männer haben eine Nachricht für dich, mein Kind.«

Margareta trat einen Schritt vor. Niemand konnte sehen, dass ihr die Beine zitterten, als die beiden Weitgereisten wie auf ein unsichtbares Zeichen hin vor ihr niederknieten. So musste es sich anfühlen, eine Fürstin zu sein, dachte sie flüchtig und unterdrückte ein freudiges Lächeln.

»Jungfrau Margareta, Euer Verlobter lässt Euch ausrichten, dass er wohlauf ist und seiner Rückkehr freudig entgegensieht. Gleich nach seiner Ankunft wünscht er, Euch vor Gott und der Welt zu ehelichen, auf dass Ihr fortan an seiner Seite weilt und ihm viele Söhne schenkt.«

Während der eine Mann sprach, holte der andere einen ledernen Beutel hervor. Er griff hinein und zog ein kostbares Brusttuch heraus. »Dies ist ein Geschenk Eures Verlobten aus dem fernen Nowgorod. Es soll der Bekräftigung unserer Worte dienen und Euch zieren, wie es einer zukünftigen Ratsherrnfrau würdig ist.«

Albert stieß seine Tochter sanft an, als er bemerkte, dass sie wie erstarrt auf das Tuch blickte. »Ja, willst du dein Geschenk denn gar nicht entgegennehmen, Kind?«

»O doch, natürlich. Ich danke Euch für das Überbringen dieser Nachricht. Richtet meinem Verlobten bitte aus, dass ich schon die Stunden zähle, bis er endlich heimkehrt. Und sagt ihm, bis zu diesem Tage werde ich sein Tuch nicht mehr ablegen.«

Wenig später waren die Männer verschwunden, doch die Aufregung im Hause blieb. Alle Bewohner freuten sich für Margareta, doch sie selbst war am allerglücklichsten. Nie zuvor hatte sie einen so ungewöhnlich gemusterten Stoff zu Gesicht bekommen. Selig vor Glück drückte sie das Tuch an ihr Herz. Bald schon würde Hereward von Rokesberghe eine Ehefrau und Mutter aus ihr machen, so wie Gott es für die Frauen vorgesehen hatte. Margareta hegte keinen größeren Wunsch als den nach einem Ehemann, und so trug sie das Brusttuch ihres Verlobten heute mit dem unverhohlenen Stolz, der eines Kirchganges eigentlich unangemessen war.

Thymmo und Freyja liefen Hand in Hand voraus. Wie so oft neckten sich die Geschwister gegenseitig im Spaß. Obwohl sie Mädchen und Junge waren, verstanden sie sich fast immer prächtig.

Runa und Margareta blickten ihnen mit einem Lächeln hinterher. Sie besuchten häufig zu viert die Kirche. Die Schwestern waren schon eine ganze Weile gegangen, als Runa das neue Tuch bemerkte. Der ungewohnt stolze Gang ihrer Schwester hatte sie verraten, und ihr schelmisches Lächeln ließ Runa bereits ahnen, von wem es stammte. »Du siehst wirklich wunderschön damit aus, liebe Schwester«, sagte sie und zeigte mit dem Kinn auf das Tuch. »Sag, woher hast du es?«

Augenblicklich färbten sich Margaretas Wangen rot. »Hereward hat es mir heute durch zwei seiner Sprachschüler gesandt. Ist es nicht bezaubernd?«

»Wahrlich«, nickte Runa und schaute genauer hin. »Es hat so viele Farben. Himmelblau, Sonnengelb und sogar die deines roten Haars.« Dann rückte sie näher an ihre Schwester heran, damit niemand ihr Getuschel hören konnte. »Zeig es heute in der Kirche ruhig herum. Die neidischen Weiber sollen sehen, dass dein Verlobter in der Ferne sehr wohl an dich denkt. Vielleicht haben die Tratschereien dann endlich ein Ende.«

Margareta hakte sich bei ihrer Schwester unter und lächelte sie dankbar an. Trotz aller Sticheleien verstand Runa ihre Verzweiflung und baute sie stets mit heiteren Worten wieder auf. Wenn Hereward doch nur endlich zurückkäme und die Worte ihrer Schwester überflüssig machte! Manches Mal meinte Margareta, die heimlichen Tratschereien der Frauen nicht mehr auszuhalten. Viele von ihnen schienen zu glauben, dass Hereward gar nicht vorhabe, sie jemals vor den Altar zu führen. Ganz böse Zungen behaupteten sogar, dass er Frauen im Allgemeinen nicht besonders zugetan war. Tatsächlich musste Margareta zugeben, dass es für einen Mann über dreißig und mit seiner Herkunft äußerst ungewöhnlich war, so lange unverheiratet zu bleiben. Der Tod seiner ersten Frau war nunmehr vier Jahre her. Kinder waren ihnen keine vergönnt gewesen. Margareta hoffte, ihre Aufgabe besser erfüllen zu können als ihre Vorgängerin.

Die Schwestern nahmen Freyja und Thymmo bei den Händen und betraten mit ihnen die schon dicht gefüllte Petri-Kirche. Es war kalt in den heiligen Gemäuern. Die Schritte der vielen Gläubigen hallten an den Wänden wider. Endlich fanden sie einen Platz für vier. Normalerweise stand Runa immer so, dass sie Walther auf der Seite der Männer wenigstens sehen konnte, doch nach dem gestrigen Mahl war die Stimmung so eisig zwischen ihnen, dass es ihr ganz recht war, mit Margareta und den Kindern in der Menge der Frauen zu verschwinden.

Sie konnte es schon lange nicht mehr leugnen, und auch anderen war es bereits aufgefallen: Sie und Walther hatten sich voneinander entfremdet. An Tagen wie diesem sehnte sich Runa mehr denn je nach Johanns Armen. Seine Berührungen, seine Stimme und sein Geruch schienen ihr auch nach so vielen Jahren noch allgegenwärtig. Die lieblichen Erinnerungen an ihre gemeinsamen Stunden waren ihr kostbarstes Gut.

Plötzlich durchfuhr es Runa wie ein Blitz. Als hätte sie ihn mit ihren bloßen Gedanken gerufen, tauchte er mit einem Mal aus dem Nichts heraus neben ihr auf und reihte sich nur wenige Schritte von ihr entfernt bei den Männern ein. Runa raubte es fast den Atem. Wie lange schon hatte sie ihn nicht mehr so deutlich zu Gesicht bekommen?

Noch immer war sein Gang aufrecht und sein Haar blond, wenn es mittlerweile auch schon von ein paar grauen Strähnen durchzogen war. Höflich wandte er sich nach links und nach rechts, um hier und da einen Gruß auszutauschen. Dann blieb sein Blick an Runa hängen. Länger, als es schicklich war, starrte er sie mit seinen blauen Augen an. Als er sich dessen jedoch bewusst wurde, deutete er schnell ein Kopfnicken an und wandte sich ab.

Zu flüchtig war der Moment, zu schnell wieder vorüber. Runas Herz frohlockte und schmerzte zugleich.

Margareta hatte von alldem nichts mitbekommen. Noch immer suchte sie förmlich nach den missgünstigen Blicken der lästerlichen Nachbarsweiber. »Siehst du, wie die Cruse schon wieder herüberblickt? Ich sage dir, Runa, die kann an gar nichts anderes mehr denken als an meine Jungfräulichkeit. Am liebsten würde ich der …«

»Ach, ärgere dich nicht«, gab Runa schnell zurück. »Die Nachricht von Herewards Geschenk wird auch sie sicher noch heute erreichen. Und dann vergeht ihr das Lachen.« Runa war froh, dass ihre Schwester abgelenkt von ihren eigenen Gedanken war, sodass sie ihre nur allzu offensichtlichen Gefühle für Johann nicht bemerkt hatte. Doch selbst während sie Margareta abwesend weiter zusprach, konnte sie den Blick nicht von Johanns Rücken losreißen. »Es sind doch nur noch ein paar Monate bis zum St. Veitsmarkt. Dann wird Hereward wieder in Hamburg sein, und alles wird gut. Vergiss nicht, was er dir heute durch die Boten hat ausrichten lassen«, plauderte sie gedankenverloren weiter, »… also ich würde mich sehr geschmeichelt fühlen, wenn mein Johann mir solche Worte ausrichten würde.«

Margareta blickte ihre Schwester fragend an. Diese bemerkte ihr Missgeschick allerdings nicht einmal und starrte fortwährend in eine Richtung – die Richtung, in der Johann Schinkel stand. Gerade als Margareta etwas erwidern wollte, begann die Messe, sodass sie ihre Worte und Fragen für sich behielt, doch vergessen konnte sie diesen kleinen, scheinbar unbedeutenden Vorfall nicht.

Keine der beiden Frauen bemerkte, dass es noch zwei weitere Augen gab, die die Szenerie beobachtet hatten. Walthers starrer Blick bohrte sich in Runas Rücken. Er brauchte keine weitere Erklärung: Seine Frau fühlte noch immer etwas für ihren einstigen Geliebten und Vater ihres ersten Kindes. Wie hatte er nur jemals annehmen können, dass das eines Tages anders sein würde? Er kam sich vor wie ein törichter Narr. Eigentlich hätte Walther rasend vor Wut oder tobend vor Eifersucht sein müssen, doch es waren andere Gefühle, die ihn übermannten. Das Blut pochte in seinem Kopf, und sein Herz krampfte sich schmerzhaft zusammen bei dem Gedanken, Runa an Johann Schinkel zu verlieren.

»Wir müssen handeln, solange der Rat noch unsicher ist, Freunde«, riet Albert energisch.

Thiderich schüttelte leicht den Kopf. »Das ist zu gefährlich, Albert. Wir wissen nicht, wie lange dieser Zustand noch anhalten wird. Was ist, wenn der Rat sich während meiner Abwesenheit für die Forderung von Johannes vom Berge ausspricht und unsere Geschäfte mit dem Grafenhaus nicht länger duldet?«

»Dann musst du eben schneller zurück sein, als der Rat seine Entscheidung treffen kann. Du weißt genauso gut wie ich, dass bisher kein Handelsverbot für die Zeit bis zur endgültigen Bestimmung in dieser Sache ausgesprochen wurde. Warum also sollten wir unsere Geschäfte stoppen?«, fragte Albert in die Runde und schaute zunächst Walther, dann Godeke und dann wieder Thiderich ins Gesicht. Eine Zeit lang sagte niemand etwas. Dann jedoch meldete sich Godeke zu Wort.

»Vater, es ist kein Geheimnis mehr, dass du mit Johannes vom Berge einen mächtigen Feind im Rat hast. Er wird alles versuchen, um dich des Verrates am Rat anzuklagen. Es wird für ihn wie gerufen kommen, wenn du in dieser Zeit Geschäfte mit den Grafen machst.«

Walther war anderer Meinung. »Die Entscheidung des Rates dauert doch nun schon zwei Monate, und sie kann sich noch weiter verzögern. Einige der Mitglieder des alten Rates sind noch immer auf Reisen. Erst wenn sie wieder zurück sind, wird es zu einer Entscheidung kommen. Ich bin der Meinung, wir sollten zusehen, dass wir unser Holzlager leer machen und alles schnell verkaufen, um den gräflichen Anteil zu Gerhard II. zu bringen. So hätten wir etwas Zeit gewonnen, bis die endgültige Entscheidung des Rates fällt, und zudem hätten wir wieder Platz im Lager. Schließlich kommt im Februar am St. Peterstag schon die nächste Lieferung Wagenschrott aus Friesland.«

Sichtlich zufrieden nickte Albert seinem Nuncius zu. »Walther hat recht. Wir können unser Holz schließlich nicht ewig lagern. Seit Wochen liegt es bereits herum, obwohl ich es sofort verkaufen könnte. Wir haben lange genug gewartet. Gerhard II. wird seinen Münzen schon ungeduldig entgegensehen. Ihr wisst genau, dass er in dieser Hinsicht keine Gnade walten lässt. Wir können es uns nicht erlauben, ihn weiterhin warten zu lassen.«

Thiderich war sichtlich angespannt, doch er hatte mit den Jahren gelernt, dass im Zweifel Albert die Entscheidungen traf. »Was also schlägst du vor, Albert? Den Grafen vorerst zu besänftigen ist schließlich keine Lösung für alle Zeit.«

»Das stimmt, mein Freund«, pflichtete Albert ihm bei, ohne ins Stocken zu geraten. Wie immer hatte er bereits alles durchdacht. Er lehnte sich zurück und richtete seine nächsten Worte an die drei Männer. »Wir machen Folgendes: Godeke verkauft noch heute das gesamte Holz in unserem Lager. Sobald wir den Anteil Gerhards II. in den Händen halten, reitet Thiderich nach Plön zum Grafensitz. Ich werde derweil versuchen, Verbündete im Rat gegen die Forderung von Johannes vom Berge zu gewinnen. Es dürfte nicht schwerfallen, Männer zu finden, die wie wir aus der Not der Grafen Gewinn schlagen; umso schwerer allerdings wird es sein, die Ratsherren davon zu überzeugen, sich öffentlich gegen Johannes vom Berge zu stellen. Doch wir müssen es wenigstens versuchen.«

So uneins sie eben auch noch gewesen waren, Alberts Idee stellte, wie so häufig, eine kluge Lösung dar. Sie einigten sich darauf mit einem Handschlag und leerten ihre Becher. Dann verließen Thiderich, Godeke und Albert das Haus von Walther, in dem sie sich versammelt hatten. Jeder wusste, was er zu tun hatte. Es ging nun um ihrer aller Ansehen und Vermögen.

Nur Walther konnte wie immer nichts tun als abwarten. Als Alberts Vertreter und Buchführer war es nicht seine Aufgabe, große Taten zu vollbringen. Einst war er der festen Überzeugung gewesen, auch niemals das Bedürfnis danach zu verspüren, doch das hatte sich mit den Jahren geändert. Er war älter geworden, und mit seinem Geist waren auch seine Erwartungen gereift. Auch wenn er sich wahrhaft glücklich schätzen konnte, als armer Pfarrerssohn eines friesischen Dorfes heute in einem eigenen Haus wohnen zu können und die hübsche Tochter eines Ratsherrn geheiratet zu haben, befiel ihn mit den Jahren eine gewisse Unzufriedenheit. Im Gegensatz zu seinen Freunden tat er nicht das, was er liebte, würde niemals tun können, was er liebte. Er würde für immer der Untergebene Alberts sein und nicht wie Godeke oder Thiderich sein eigener Herr.

7

Marga hatte Johanna gründlich eingearbeitet. Sie war streng mit dem dürren Mädchen verfahren, hatte aber nie das Loben vergessen, sobald es eine Arbeit gut erledigt hatte. Anschließend war sie zu Ragnhild zurückgekehrt, begleitet von dem sicheren Wissen, dass Johanna es nun auch alleine schaffen konnte – und Johanna schaffte es!

Flinker und geschickter als sie es selbst je für möglich gehalten hatte, erledigte sie alle aufgetragenen Arbeiten zu Runas Zufriedenheit. Schon bald empfand sie Johanna als guten Ersatz für die bedauernswerte Agnes.

Doch auch im Beginenkloster geschah ein kleines Wunder: Eines Tages stattete Kethe Mugghele Runa einen Besuch ab, um ihr zu berichten, dass Agnes' Genesung gut voranschritt. Auch wenn ihre Beine wohl steif blieben, würde sie leben und auch wieder laufen können.

Einige Zeit später kam Kethe zusammen mit Agnes in die Reichenstraße, und Runa zögerte nicht, ihre alte Magd kurzerhand wieder bei sich aufzunehmen. Nun konnte Agnes die stumme Johanna anweisen, die Dinge zu erledigen, die sie selbst wegen ihrer Beine nicht schaffte. Runa war überaus zufrieden mit sich und dieser Lösung, doch sie fürchtete, dass Walther ein Problem mit ihrer Entscheidung haben würde. Sie sollte recht behalten. Als sie ihrem Gemahl davon erzählte, schaute er sie an, als wäre sie nicht ganz klar im Kopf, doch Runa war auf einen Streit vorbereitet und ließ den Schwall wüster Worte zunächst einfach über sich ergehen.

»Habe ich dich richtig verstanden? Wir haben nun eine stumme und eine lahme Magd im Hause?«

»Ja«, antwortete Runa knapp.

»Und kannst du mir auch sagen, wer von denen die Hausarbeit übernehmen soll? Mir scheint, dir ist nicht bewusst, dass Mägde zum Arbeiten da sind.«

»Walther, ich bin mir sicher, dass …«

»Vielleicht findest du ja auch noch eine blinde Magd oder eine ohne Hände!«, unterbrach er seine Frau unwirsch. Dann wandte er sich von ihr ab und fuhr sich durch die Haare.

Beide schwiegen eine Zeit lang. Als Runa es nicht mehr aushielt, ging sie auf ihren Gemahl zu, der ihr den Rücken zugekehrt hatte. Sanft legte sie ihm eine Hand auf den Arm und sagte: »Wenn du erlaubst, dass sie beide bleiben, dann werde ich alles tun, damit sie ihre Aufgaben zu deiner Zufriedenheit erledigen. Bitte lass es mich versuchen, Walther.«

Ihr Gemahl sagte nichts, er atmete nur schwer. Es kostete ihn sichtlich Mühe, sich zusammenzunehmen.

»Nur zu, versuche es. Du tust ja ohnehin, was du für richtig hältst«, gab er schroff zurück. Er war zornig auf Runa, doch ganz sicher nicht wegen der Mägde. Noch immer hatte er dieses eine Bild vor Augen, konnte einfach nicht vergessen, wie seine Frau Johann Schinkel in der Kirche angeschaut hatte.

»Ich danke dir.« Auch wenn Runa sehr wohl gehört hatte, dass seinem Tonfall etwas Höhnisches anhaftete, war sie erleichtert. Sie hätte es einfach nicht übers Herz gebracht, eine der Mägde wieder fortzuschicken. Doch auch wenn sie ihren Willen wieder einmal bekommen hatte, stimmte sie das Gespräch mit Walther traurig. Was war nur mit ihnen beiden geschehen? Behutsam legte sie ihre freie Hand auf ihren mittlerweile leicht geschwollenen Bauch und schaute auf ihren Gemahl. In ein paar Monaten würde ihr drittes Kind zur Welt kommen. Es wurde Zeit, dass sie Johann endlich vergaß. Sie wusste, dass sie die Schuld daran trug, dass ihre Ehe mit Walther auf diese Weise verlief. So viele Jahre hatte er nun um ihr Herz gekämpft – vergeblich.

Gerade als sie den Mund öffnete, um ihm nochmals zu danken, schüttelte er ihre Hand ab und schritt wortlos aus der gemeinsamen Schlafkammer. Runa blieb allein zurück. Schmerzlich machte sich bemerkbar, was sie sowieso schon wusste: Sie war dabei, die Liebe ihres Gemahls zu verlieren, wenn es nicht sogar schon zu spät war.

Betrübt verließ auch sie wenig später die Kammer und eilte in Richtung Küche, wo sie ihre beiden Mägde fand. Johanna kehrte, Agnes saß am Tisch und schnitt Rüben. Poppo hatte es sich auf ihrem Schoß bequem gemacht und starrte fortwährend in Johannas Richtung, was Runa sofort bemerkte. »Was hat denn der Kater? Warum starrt er Johanna so an?«

Agnes antwortete mit einem Schulterzucken. »Das weiß nur Gott allein. Wann immer Johanna in seine Nähe kommt, faucht er sie an. Nachdem Marga ihn deshalb an die frische Luft gesetzt hat, benimmt er sich ein wenig besser. Mittlerweile können sie wenigstens zu zweit in der Küche sein, ohne dass er sie anfällt.«

Runa war zu ihrem geliebten Kater gegangen und hatte ihn auf den Arm genommen. Poppo schnurrte und genoss die Streicheleinheiten sichtlich. Runa liebte sein schwarzes Fell und seinen Eigensinn – dennoch durfte er die Mägde nicht anfallen. »Du muss nett zu Johanna sein, Poppo. Ansonsten schläfst du draußen und nicht in der Küche an der warmen Feuerstelle. Hast du verstanden?« Nach ihrer halbherzigen Ermahnung erinnerte sie wieder den eigentlichen Grund ihres Kommens und wandte sich Johanna zu.

»Du hast gut gearbeitet, Johanna. Marga war zufrieden mit dir, und ich bin es auch. Jetzt, da ich Agnes wiederhabe, erlaube ich dir, deine Familie für einen Tag zu besuchen. Du kannst morgen gehen.«

Johanna knickste artig und senkte den Blick. Mit einem Lächeln auf den Lippen dachte sie, dass der Zeitpunkt für diese Nachricht gerade richtig kam.

Kurz nachdem Johanna das Haus ihrer Herrschaft verlassen hatte, erreichte sie das Stadttor. Von anzüglichen Witzen der Wache begleitet verließ sie Hamburg in Richtung Wald. Ihr neues Leben war ihr vor Kurzem noch fremd gewesen, doch sie hatte sich schnell daran gewöhnt. Während sie früher einfach gehen konnte, wohin es ihr beliebte, musste sie heute stets damit rechnen, dass sie nach ihrem Weg gefragt oder gar von Männern belästigt wurde. Zu ihrem Glück war es nicht ungewöhnlich, dass Mägde die Stadt verließen, um Kräuter zu pflücken. Genau aus diesem Grund hatte sie auch einen Korb mitgenommen.

Als sie außerhalb der Sichtweite der Wachen war, die ihr noch lange Zeit hinterhergepfiffen hatten, riss sie sich wütend die Haube vom Kopf. Sie hasste dieses Ding. Der grobe Leinenstoff kratzte, und es war furchtbar warm darunter.

Sie verließ den Trampelpfad und steuerte mitten auf das tiefste Dickicht zu. Alles sah so anders aus als noch vor ein paar Wochen. Damals hatte hier Schnee gelegen, und nun ließen die Sonnenstrahlen das erste zarte Grün sprießen. Fast meinte sie schon, sich verlaufen zu haben, als sie endlich die Hütte sah. Wie erwartet stürzte Luburgis heraus, bevor ihr Besuch auch nur an die Türe klopfen konnte. Johannes war zu Hause!

»Mein Junge, du bist wieder da. Der Herr sei gepriesen!« Mit weit ausgebreiteten Armen rannte Luburgis auf Johannes zu und bedeckte ihn mit Küssen. »Nun sag doch etwas! Geht es dir gut?«

Erst nachdem er sich ein paarmal geräuspert hatte, gelang es ihm zu sprechen. Die vielen Wochen, in denen er kein einziges

Wort gesprochen hatte, waren ihm schwergefallen. »Mir geht es gut, Mutter. Ich habe Durst. Lass uns hineingehen.«

Kurz darauf saßen sie sich in der Hütte gegenüber. Luburgis zitterte vor Aufregung. Seitdem Heseke vor nunmehr drei Monaten das letzte Mal in den Wald gekommen war, um zu verkünden, dass im Haus von Runa und Walther eine Magd gebraucht wurde, hatte sie ihren Stiefsohn nicht mehr gesehen. Sie war in dieser Zeit schrecklich einsam gewesen, doch nun hatte sie ihn endlich wieder.

Johannes hatte sich verändert; er war fülliger geworden und sah nicht mehr so blass aus. Zunächst hatte Luburgis die Befürchtung gehabt, dass er weniger nach einem Mädchen aussehen würde, wenn er besseres Essen bekäme und an Gewicht zunahm, doch sie musste sich jetzt eingestehen, dass diese Angst unbegründet gewesen war. Johannes sah wahrhaftig aus wie eine Johanna. Es war nicht bloß die Kleidung oder das mittlerweile längere Haar, das ihn so fraulich wirken ließ. Nein, alles an ihm schien sich seinem neuen Leben anzupassen. Selbst sein immer schon spärlicher heller Bart, den er jeden Tag heimlich hatte mit einem Küchenmesser rasieren müssen, wuchs kaum mehr.

»Sag, wie haben sie dich behandelt, Junge? Ist es dir gut ergangen?«, fragte Luburgis mit einem weichen Ton.

Doch Johannes ging nicht darauf ein. Wie sollte es ihm als Mann in Frauenkleidern und als Magd schon ergehen? »Mutter, höre mir zu. Ich habe Neuigkeiten.«

Sichtlich erstaunt über den entschlossenen Ton ihres sonst so weinerlichen Stiefsohns setzte Luburgis eine ernste Miene auf und lauschte gebannt, als Johannes zu erzählen begann.

Es stellte sich heraus, dass er seine neue Aufgabe wahrlich beherrschte. Genau wie von Heseke verlangt hatte er zahlreiche Gespräche im Hause von Sandstedt belauscht, so auch jenes, von dem er gerade berichten wollte, als die Tür der Hütte geöffnet wurde.

»Heseke?«, fragte Luburgis erstaunt.

»Ja, ich bin's«, antwortete diese darauf atemlos. »Johannes hat mir eine Nachricht zukommen lassen, bevor er die Stadt verließ. Ich bin durch ein anderes Stadttor gegangen, damit die Wachen keinen Verdacht schöpfen.«

Nachdem sie sich zu dritt an den wackeligen Tisch in der Mitte der Hütte gesetzt hatten, begann Johannes zu erzählen.

Dabei entging auch Heseke nicht, wie sehr er sich seit ihrem letzten Treffen verändert hatte. Seine Worte klangen entschlossen, und seine Haltung war aufrecht. Trotz seiner lächerlich wirkenden Frauenkleider strahlte er eine gewisse Selbstsicherheit aus. Es schien, als täte ihm seine neue Aufgabe gut.

»Ich konnte einiges über Alberts Geschäfte herausbekommen«, begann Johannes an die Frauen gerichtet. »Wie ihr wisst, hängt sein Erfolg untrennbar mit dem Grafenhaus zusammen. Noch immer begründet sich sein Reichtum darauf, dass die Grafen nach dem Feuer vor über sechs Jahren durch den Vogt verboten hatten, Holz in das verbrannte Hamburg zu liefern, um die Städter zu unterwerfen. Damals war Albert schlau genug, Graf Gerhard I. einen Handel vorzuschlagen, der diesem von jeder seiner verkauften Fuhren Wagenschrott die Hälfte des Gewinns zusichert. Aber genau mit diesen Handel könnte es bald schon ein Ende haben.«

»Was willst du damit sagen?«, fragte Luburgis interessiert.

»Das will ich dir gerade erklären, Mutter. Höre nur zu. Dieser Handel ist nun auf den fast blinden Sohn des Verstorbenen, Graf Gerhard II., übergegangen. Albert schuldet neuerdings ihm seine Münzen. Doch seit der letzten Ratssitzung hat er ein großes Problem.«

Heseke wusste bereits, was nun kommen würde, und sie war so ungeduldig, dass sie Johannes einfach ins Wort fiel. An Luburgis gerichtet erklärte sie: »Dein Bruder hat dafür gesorgt, dass der Rat womöglich die meisten Zahlungen an die Grafen verbieten wird, damit Hamburg mehr Unabhängigkeit erlangt und die Grafen nicht noch weiter gestärkt werden. Es soll eine Sitzung mit dem gesamten Rat einberufen werden, bei der darüber entschieden wird, ob Geschäfte mit den Schauenburgern weiterhin erlaubt sind.«

»Ich verstehe noch immer nicht. Was hat das alles mit Albert zu tun?«

Nun war es wieder Johannes, der antwortete. »Mutter, sollte der Rat in Zukunft die Geschäfte mit dem Grafenhaus verbieten, müsste sich Albert entweder gegen den Rat oder aber gegen das Grafenhaus stellen. Beides würde seinen Untergang bedeuten, denn er ist sowohl diesem als auch jenem verpflichtet.« Johannes machte eine bedeutungsschwere Pause und sah die beiden Frauen eindringlich an. Dabei entging ihm nicht, wie sehr es sie nach seinen Worten dürstete. Er genoss diese neue Macht und kostete sie noch einen Moment lang aus, bevor er fortfuhr: »Ich habe belauscht, wie Albert und seine Gefährten einen Plan geschmiedet haben, mit dem sie die Forderung meines Onkels vorerst umgehen wollen. Albert hat Godeke beauftragt, all sein Holz sofort zu verkaufen. Wenn das geschehen ist, soll Thiderich nach Plön zu Graf Gerhard II. reiten, um ihm seinen üblichen Anteil zu geben. Das alles soll stattfinden, bevor der Rat die Entscheidung trifft, ob Geschäfte mit dem Grafenhaus weiterhin rechtens sind oder nicht. Sie wollen Zeit gewinnen. Während Thiderich den Grafen zunächst einmal mit einer Zahlung beruhigt, will Albert Verbündete im Rat suchen, die mit ihm gegen meines Onkels Forderung stimmen.«

Als Godekes Name fiel, füllten sich die Augen von Luburgis mit Tränen. Nur mühsam konnte sie ein hemmungsloses Schluchzen unterdrücken. Wie gerne hätte sie Johannes in diesem Moment nach ihrem zweiten Stiefsohn ausgefragt! Als dieser sie und seinen Zwillingsbruder Johannes vor über sechs Jahren im Wald zurückgelassen hatte, war sie zunächst furchtbar wütend auf ihn gewesen.

Doch der Ärger war mit den Jahren gewichen und bis heute sogar gänzlich verflogen.

Heseke bemerkte zwar die Tränen ihrer Schwägerin, doch sie war im Gegensatz zu Luburgis klaren Kopfes und sah wie immer sofort die Möglichkeiten, die sich ihr boten. »Dieser Narr!«, schimpfte sie boshaft über Albert und ballte die Faust. »Glaubt er tatsächlich, es stehe in seiner Macht, etwas gegen Johannes auszurichten? Wir werden vielleicht nicht verhindern können, dass er sich mit den grafenfreundlichen Ratsmännern vereint, doch uns bleibt noch ein anderer Weg.«

»Was meinst du damit«, fragte Luburgis, die ihre Tränen bereits abgewischt hatte und sich nun wieder der vor ihr liegenden Aufgabe besann.

»Ich meine, Albert ist angreifbar. Wir müssen seine Lage ausnutzen, und ich habe auch schon eine Idee, wie wir ihn zweifach schlagen können. Wir drei werden dafür sorgen, dass Albert und seine Gefährten bei den Grafen in Ungnade fallen, und mein Johannes wird sich darum kümmern, dass Albert die Missbilligung des Rates erregt. Somit wird er alles verlieren – seine Geschäfte und sein Ansehen.« Bereits während Heseke von ihrem Plan berichtete, spürte sie wieder dieses berauschende Gefühl in ihren Gliedern, das sie immer dann befiel, wenn sie dabei war, Ränke zu schmieden. Schon seit jeher hatte sie sich in die Geschicke der Männer gemischt, anfänglich sehr zum Missfallen ihres Gemahls. Doch nachdem sich herausstellte, dass sie in dieser Hinsicht weitaus geschickter war, als er es jemals hätte sein können, ließ Johannes vom Berge sie gewähren. Es war keine Frage, dass er auch diesmal tun würde, was sie von ihm verlangte, um nach so vielen Jahren endlich ihre alten Feinde zu stürzen.

»An dir ist wahrhaft ein Mann verloren gegangen, Weib. Der Plan ist gut, sehr gut sogar. Endlich haben wir Albert dort, wo wir ihn haben wollen. Und das Beste ist, dass er gerade dabei ist, sich selber eine Falle zu stellen. Wenn wir mit ihm fertig sind, wird kein Mann dieser Stadt sich noch mit ihm auf der Straße blicken lassen wollen.« Johannes grinste, während er diese Worte zu seiner Frau sagte. Es war nicht zu übersehen, dass er bereits versuchte sich das erschrockene Gesicht seines Feindes im entscheidenden Moment vorzustellen.

Als Heseke den irren Blick ihres Gemahls sah, verdrehte sie innerlich die Augen. Johannes hörte ihr schon gar nicht mehr zu, so sehr fesselte ihn der Rachedurst. Heseke trug selbst Schuld an seinem Verhalten, das wusste sie, hatte ihr Gemahl in den letzten Jahren doch gelernt, dass stets sie das Denken in solchen Momenten übernahm. Doch sie wollte sich nicht beschweren, schließlich konnte keine Frau weit und breit behaupten, ebensolche Freiheiten in ihrer Ehe zu genießen wie sie. Um Nachsicht bemüht sagte sie deshalb: »Mein Gemahl, wir müssen vorsichtig sein. Es wäre schließlich nicht das erste Mal, dass wir bei dem Versuch, Albert zu stürzen, scheitern.«

Johannes erwachte aus seinen Gedanken und wandte sich Heseke mit fragendem Blick zu.

Mittlerweile doch ungeduldig setzte sie nach: »Hast du auch wirklich verstanden, was genau du zu tun hast? Es ist überaus wichtig, dass du zuallererst abwartest, bis ich meinen Teil erfüllt habe. Erst dann ist dein Handeln erforderlich.«

Auf diese Worte hin straffte Johannes empört den Rücken. »Natürlich habe ich verstanden. Was gibt es da auch nicht zu verstehen? Zunächst werde ich abwarten, und dann wirst du …«, Johannes hielt inne. Er legte die Stirn in Falten und fügte hinzu: »Du kannst das unmöglich alleine tun. Wer wird dir helfen, Frau?«

Na endlich, schoss es Heseke durch den Kopf. Er kann doch noch allein denken. Fast schon erleichtert sagte sie: »Ganz recht, ich kann meinen Teil nicht gänzlich alleine tun. Darum habe ich jemanden hinzugebeten, der sich an meiner Stelle darum kümmert.« Den Blick Richtung Ausgang gewandt rief sie laut: »Du kannst jetzt eintreten!«

Mit einem Ruck wurde die Tür zum Kontor von Johannes vom Berge geöffnet. Herein kam ein baumlanger Kerl.

»Bodo«, stieß Johannes verächtlich hervor. »Was hat dieser Nichtsnutz hier zu suchen?«

Heseke hatte nichts anderes erwartet, und sie konnte Bodo ansehen, dass auch er nicht überrascht war. Seit nunmehr zwanzig Jahren hatte sich der einstige Bote von Johannes vom Berge nicht mehr in Hamburg blicken lassen. Nachdem er und sein damaliger Gefährte, der Missionar Nikolaus, Johannes' letzten Auftrag nicht ausgeführt hatten und Alberts Ermordung im fernen Friesland deshalb gescheitert war, war beiden nichts anderes übrig geblieben, als überstürzt die Stadt zu verlassen, um ihren Kopf zu retten.

Erst auf Hesekes Geheiß hin war der mittlerweile gealterte, aber immer noch kräftige Hüne zurückgekehrt. Es war leicht gewesen, ihn dazu zu bringen. Wegen seines einstigen Versagens lebte er seit Jahren in Armut und ständiger Angst vor Johannes, in dessen tiefer Schuld er stand. Es bestand kein Zweifel daran, dass er dem Geforderten Folge leisten würde – schon allein, um endlich Frieden mit der Vergangenheit zu schließen.

Bodo war der richtige Mann für die Ausführung ihres Plans, wie Heseke fand. Denn sollten sie und Johannes auch dieses Mal scheitern, war das Schlimmste, was passieren konnte, dass Bodo dabei getötet wurde. Dieser Verlust wäre durchaus zu verschmerzen, niemand würde den fremden Hünen vermissen.

Wie immer verstand Johannes vom Berge erst viel später, wie listig die Gedanken seiner Frau waren. Auch wenn Bodos Antlitz noch immer die Wut in ihm hochkochen ließ, willigte er schließlich in ihren Plan ein.

8

Thiderich hatte Ava nicht wecken wollen, doch wie immer war ihr Schlaf nur leicht.

»Musst du schon gehen, Liebling? Die Sonne ist ja noch nicht einmal aufgegangen«, fragte sie mit der weichen Stimme einer gerade Erwachten.

»Ja, je früher ich gehe, umso eher bin ich in Plön. In ein paar Tagen schon kommen der alte und der sitzende Rat zusammen. Ich muss fort sein, bevor die Entscheidung über die Geschäfte mit dem Grafenhaus fällt.«

Trotz der Eile sah er seine Frau noch einmal genau an. Das fahle Licht, das durch die schmale Luke in der Schlafkammer fiel, war spärlich, dennoch konnte er ihre Schönheit erkennen. Zu dieser frühen Stunde bezauberte sie ihn stets am meisten. Ohne Haube fiel ihr das lange dunkle Haar zerzaust über die schmalen Schultern, ihre Haut schien noch blasser und die großen Augen noch dunkler zu sein. Es war nicht verwunderlich, dass die Männer der Stadt ihn heimlich um seine Frau beneideten. »Es wird nicht lange dauern, Ava. Wenn mich der Graf gleich empfängt, bin ich schon in ein paar Tagen zurück.«

Thiderich wollte seiner Frau nichts erzählen, was sie beunruhigen könnte, darum verschwieg er ihr seine Entscheidung, alleine nach Plön zu reiten. Obwohl er auch Walther und Albert versichert hatte, dass er sich einer Gruppe von reisenden Kaufleuten anschließen würde, hatte er sich bereits dagegen entschieden. Alleine wäre er schneller und würde keine lästigen Fragen über das Ziel seiner Reise beantworten müssen. In diesen Zeiten konnte man niemandem trauen. Es war besser, wenn keiner wusste, dass er zu Graf Gerhard II. ritt. Außerdem bot seine prall gefüllte Geldkatze für manch einen harmlos wirkenden Reisegefährten mit Sicherheit Grund genug, Thiderich des Nachts die Kehle durchzuschneiden. Nein, all das wollte er nicht auf sich nehmen, trotz der Gefahr von Strauchdieben und Plackern.

Entschlossen warf er sich den Tasselmantel um und verabschiedete sich von Ava. Wie immer, wenn er ging, hauchte er ihr drei Küsse auf – einen für jedes Kind und einen für sie.

Nur wenig später verließ Thiderich auf Millie die Stadt. Seine fuchsfarbene Stute war bereits fünfundzwanzig Jahre alt, doch außer den tiefen Furchen über ihren Augen wies nichts auf ihr hohes Alter hin. Noch immer konnte sie schnell galoppieren, und noch immer tänzelte sie ungeduldig, wenn man sie zu eng am Zügel fasste.

Damals, bei ihrem ersten gemeinsamen Ritt nach Friesland, hätte Thiderich es zwar niemals für möglich gehalten, doch er hatte sein Herz an dieses Pferd verloren. Trotz ihres störrischen Wesens, ihrer furchtbar schaukeligen Gangarten und ihrer Abneigung gegen Wasser hatte er sie nie verkauft. Der bloße Gedanke daran, sie eines Tages gegen ein jüngeres Pferd austauschen zu müssen, schmerzte ihn gewaltig.

Thiderich war bereits einige Zeit unterwegs, als die Wege enger und der Wald um ihn herum dichter wurde. Er wusste, dass er schon bald die ersten Moore erreichen würde, welche später den kleinen Seen wichen, die das Land um Plön durchzogen. Er kannte die Strecke dorthin im Schlaf, so häufig hatte es ihn in den vergangenen Jahren zur gräflichen Burg geführt.

Zwar war der Boden des Nachts manchmal noch gefroren, doch seit zwei Wochen war der lästige Schnee verschwunden. Es wurde merklich wärmer – endlich! Hätte sein Auftrag dieses Mal keinen so heiklen Hintergrund, wäre es ihm sicher gelungen, den Ritt sogar zu genießen. Schon jetzt zeichnete sich ab, dass es ein sonniger Tag werden würde. Glitzernder Tau lag auf dem Waldboden und ließ die Spinnenweben zwischen den Bäumen sichtbar werden. Der Duft des feuchten Laubes vom Vorjahr lag in der Luft. Es war windstill, und von überallher erklang das Gezwitscher der ersten Vögel, die das bevorstehende Frühjahr mit ihrem Gesang zu begrüßen schienen.

Junge und ungestüme Männer wären womöglich Gefahr gelaufen, sich zeitweilen in Sicherheit zu wiegen, doch Thiderich war zu erfahren, um sich gedankenlos den Schönheiten des Waldes hinzugeben. Er blieb weiter aufmerksam, jederzeit bereit, sein Messer zu zücken oder Millie die Hacken zu geben, um sie in ihren fliegenden Galopp zu treiben. So schön und friedlich sich der Wald auch zeigte, bot er doch gleichzeitig Plackern und Wegelagerern ein gutes Versteck.

Und als ob er es durch seine Gedanken hervorbeschworen hätte, stellten sich Thiderich plötzlich die Nackenhaare auf. Auch seine Stute schien etwas zu bemerken. Immer wieder hob sie achtsam den Kopf und blieb stehen, nur um kurz darauf den Weg in ihrem gewohnt schnellen Schritt fortzusetzen. Thiderich wurde stutzig. Er sah sich um und beobachtete Millies regsame Ohren, auf die er sich in der Vergangenheit stets hatte verlassen können. Wiederholt drehte die Stute eines davon nach hinten. Ihr Gang wurde steifer, der Blick wachsamer, ihre Nüstern blähten sich und sogen lautstark die Luft ein, nur um sie gleich darauf schnaubend wieder auszustoßen.

Es bestand kein Zweifel – sie waren nicht allein!

Schon bevor die Nacht hereingebrochen war, hatte Runa die Erschöpfung in ihren Gliedern gespürt. Die letzten Tage waren anstrengend für sie gewesen. Diese Schwangerschaft war beschwerlicher als die beiden vorangegangenen. Sie musste sich mehr schonen.

Gleich als Johanna von dem Besuch bei ihrer Familie zurückgekehrt war, zog sich Runa zurück in die Kammer, die sie mit Walther teilte. Noch nie zuvor war ihr die Bettstatt so einladend vorgekommen. Mit müden Bewegungen entkleidete sie sich und schlüpfte unter die Laken. Nur wenige Augenblicke später war sie eingeschlafen.

Als sie später erwachte, vermochte sie nicht zu sagen, ob das Donnern des nächtlichen Gewitters sie geweckt hatte oder aber Walther, der gerade die Kammer betreten hatte. Runa brauchte eine Zeit, um zu sich zu kommen. Es war dunkel. Wie lange hatte sie geschlafen? Ihr Blick fiel auf Walther.

Im Schein eines einzelnen Talglichts streifte er sich seine Kleider vom Leib. Sie konnte sehen, dass er versuchte leise zu sein. Scheinbar hatte er noch nicht bemerkt, dass seine Frau ihn bereits beobachtete.

Zum ersten Mal seit langer Zeit fühlte sich Runa ausgeruht und entspannt. Sie genoss die Stille der Kammer ebenso wie den Anblick ihres Mannes, den sie schon eine ganze Weile nicht mehr so eingehend studiert hatte. Weder die Arbeit als Nuncius noch das Spielen auf seiner Laute konnten ihm viele Muskeln eingebracht haben, und dennoch war sein Körper kräftig. Gott hatte es gefallen, ihm starke Arme zu schenken, zwischen deren wohlgeformten Wölbungen sich jetzt ein leichtes Schattenspiel abzeichnete. Es hatte etwas Reizvolles, ihn beim Entkleiden zu betrachten, ohne dass er es bemerkte. Runa kam sich fast ein wenig unanständig vor, und das gefiel ihr. Einer plötzlichen Eingebung folgend schlug sie das Laken, unter dem sie lag, zurück und blickte ihn auffordernd an.

Walther schaute von dem Talglicht auf, das er gerade hatte löschen wollen, hielt inne und ließ seinen Blick stattdessen über die

Rundungen von Runas nacktem Körper schweifen. Ihm gefiel, was er sah. Trotz ihrer Schwangerschaft war sie für ihn immer noch begehrenswert. Die Höfe ihrer Brustwarzen waren größer geworden und die Brüste selbst praller. Die Wölbung ihres Leibes hatte für ihn etwas Verlockendes. Er nahm das Talglicht und stellte es auf eine Truhe neben dem Bett, damit er seine Frau noch deutlicher sehen konnte. Wie lange war es her, dass sie sich ihm auf diese Weise angeboten hatte? Er konnte sich schon fast nicht mehr daran erinnern. Umso mehr genoss er nun den Augenblick.

Nackt, wie er war, stand er jetzt vor ihr – ungeniert, in seiner vollen Pracht. Während draußen dumpf der Donner grollte, glitt er geschmeidig wie ein Raubtier zu seiner Frau ins Bett. Mit einem Ruck schleuderte er die Laken zu Boden, dann begann er, sie sanft zu streicheln. Die Fingerkuppen seiner rechten Hand strichen fast schwerelos über die verführerische Vertiefung ihres Halses, dann glitten sie langsam hinab. Sie umfuhren ihre Brüste, ohne jedoch die empfindlichen Spitzen zu berühren, und tasteten sich weiter vor zu ihrem Bauchnabel. Er ging behutsam vor, denn er wusste, dass seine Frau während ihrer Schwangerschaften immer besonders empfindsam war.

Seine Berührungen erregten Runa genauso, wie sie sie kitzelten. Sie schloss die Augen und gab sich ganz seinen Liebkosungen hin. Ihre Haut begann zu prickeln.

Walther verhielt sich nicht wie sonst. Für gewöhnlich gefiel es ihm, sie einfach zu nehmen, sich ihres Körpers mit sanfter Gewalt zu bemächtigen. Heute jedoch war alles anders. Runa schien ihm auf reizvolle Weise fremd zu sein. Zaghaft, fast wie in der Hochzeitsnacht, als er ihren Körper noch nicht gekannt hatte, erforschte er ihre samtweiche Haut und verlor sich hoffnungslos in ihren Reizen. Es zog in seinen Lenden, sein Glied richtete sich weiter auf. Er ließ von Runas Bauchnabel ab und umschloss darauf mit beiden Händen ihre leicht gerundete Mitte. Voller Leidenschaft grub er seine Finger in ihr zartes Fleisch, während er sich ungeduldig zwischen ihre Schenkel drängte. Dann fuhr er mit beiden Händen an ihren Seiten hinauf, über ihre Achseln zu ihren Handgelenken, und zwang sie die Arme über den Kopf zu nehmen, wo er sie festhielt.

Runa stöhnte leise und hielt die Augen geschlossen; offenbar genoss sie es, sich ihm voll und ganz auszuliefern.

Walther bedeckte ihren Hals mit Küssen und glitt mit seiner Zunge zu ihren Brustspitzen, worauf Runa sich aufbäumte, ihm entgegen, und stumm um Erlösung flehte. Auffordernd spreizte sie die Schenkel.

Auch Walther konnte nicht länger warten. Sein steil nach oben ragendes Gemächt vor ihrer Scham platzierend drang er gleich darauf bis zum Schaft in sie ein.

Runa stieß einen Schrei aus und begann vor Begierde zu zittern. Laut stöhnend vor Lust wölbte sie sich ihm entgegen und verlangte nach schnelleren, noch heftigeren Stößen, doch Walther verwehrte ihr diesen Genuss.

Nicht heute, dachte er und bewegte sich in einem gemächlichen Rhythmus, der ganz anders war als sein kraftvolles Eindringen. Fast schon quälend langsam zog er sein Glied immer wieder zur Hälfte aus ihr heraus, nur um gleich wieder mit sanftem Druck in sie zu gleiten. Er wollte sie diesmal anders lieben als sonst, weniger fordernd und besitzergreifend. Immer tiefer führte er sie beide in jenen leidenschaftlichen Rausch, den sie bisher noch nie miteinander geteilt hatten. Sie küssten sich, wie sich nur Verliebte küssten, und liebten sich, wie es nur ein Ehepaar durfte, bis sie vor Lust laut stöhnten. Schließlich konnte Walther nicht länger an sich halten und gab endlich Runas stummen Forderungen nach: Er stieß drei-, viermal kräftig in sie, bis die Woge der Leidenschaft über ihnen zusammenbrach und sie gemeinsam zum Höhepunkt kamen. Zuckend ergoss sich Walther in seine Frau und spürte, wie sich ihre Muskeln rhythmisch um sein Glied schlossen und wieder entspannten.

Als er sich endlich aus ihr zurückzog, ließen sie sich verschwitzt und schwer atmend auf den Rücken fallen. So verharrten sie eine ganze Weile und lauschten dem Grollen des Unwetters.

Runa war glücklich und trotzdem verwirrt. Wie war es zu diesem Liebesspiel gekommen? Hatten sie in den letzten Wochen nicht immerzu gestritten? Sosehr sie sich manches Mal auch bemüht hatte, es war ihr nicht mehr gelungen, einen Zugang zu Walther zu finden. Sollte diese eine Nacht die Wende gebracht haben? Plötzlich erinnerte sich Runa daran, dass es etwas gab, das sie Walther noch immer nicht erzählt hatte. Godekes Reise zu seinem Vater! Womöglich war dies der richtige Augenblick für ihr Geständnis – wenn es dafür überhaupt einen richtigen Moment geben konnte.

»Walther, bist du noch wach?«, fing sie behutsam an und fuhr ihm mit den Fingerspitzen über die Schulter.

»Hmm«, war seine bereits schläfrige Antwort.

»Ich wollte dir noch etwas erzählen …«

Ein lautes Donnern übertönte Runas Worte. »Was hast du gesagt?«, fragte Walther müde.

Gerade als Runa wieder zum Sprechen ansetzen wollte, hörte sie Freyjas Schluchzen vor ihrer Kammer. Gleich darauf wurde auch schon die Tür geöffnet, beide Kinder kamen herein. Freyja stürzte sich in die Arme ihres Vaters und weinte bitterlich, während sie stockend hervorstieß, dass sie große Angst vor dem Gewitter habe. Thymmo weinte nicht, doch er ging mit schreckgeweiteten Augen zu Runa, um ebenfalls in die Arme geschlossen zu werden. Ohne zu zögern, kam Runa diesem Wunsch nach.

Als Freyja sich in den Armen ihres Vaters etwas beruhigt hatte, schaute dieser zu Thymmo und seiner Mutter hinüber.

Runa konnte es sofort spüren. Wie immer störte sich Walther

an Thymmos Gegenwart, da ihn dieser unweigerlich an Johann Schinkel erinnerte. Entgegen Runas Erwartungen und Walthers Versprechungen am Tage ihrer Verlobung hatten Thymmo und Walther es nie geschafft, einander näherzukommen. Runa wusste, wie sehr der Junge darunter litt, doch sie konnte ihm die Enttäuschung nicht nehmen, die er verspürte, wenn sein vermeintlicher Vater ihn zurückwies. Auch konnte Runa ihren Gemahl nicht deswegen tadeln. Walther hatte trotz allem ihren Dank verdient; Dank dafür, dass er sie geheiratet hatte, obwohl sie das Kind eines anderen in ihrem Leib trug, und Dank dafür, dass er ihr schandvolles Verhalten niemals verraten hatte. Sie konnte ihm nichts vorwerfen, so gerne sie das manchmal auch tun würde.

»Thymmo«, sprach Walther ihren Sohn an. »Du bist ein Mann und solltest dich nicht in die Arme deiner Mutter flüchten, nur weil es gewittert.«

Sofort senkte der Junge schuldbewusst den Kopf, nicht aber ohne zuvor auf seine Schwester zu blicken.

Walther war der Blick nicht entgangen. »Freyja ist ein Mädchen, und sie ist jünger als du. Geh wieder in deine Kammer zurück. Oder willst du, dass die anderen Jungen morgen über dich lachen?«

Thymmo schüttelte den Kopf. Dann verließ er die Schlafkammer seiner Eltern.

Walther legte Freyja behutsam in die Mitte der Bettstatt, wo sie sofort einschlief. Dabei vermied er es, seiner Frau in die Augen zu schauen. Er wusste, dass sie ihn am liebsten wegen seiner Strenge getadelt hätte, doch nach dem eben vollzogenen Liebesspiel konnte er die Gegenwart Thymmos einfach nicht ertragen. Er wollte nicht daran erinnert werden, dass seine Frau vor der Ehe bereits bei einem anderen Mann gelegen hatte – nicht ausgerechnet jetzt, da sich Runa ihm das erste Mal seit langer Zeit wieder freiwillig hingegeben hatte und er sogar meinte, etwas wie Liebe gespürt zu haben.

Runa fühlte sich machtlos. Sie wollte diesen Moment nicht zerstören, auch wenn sie mit ihrem Sohn litt, den sie so sehr liebte. Schon jetzt bevorzugte Walther ihre gemeinsame Tochter maßlos, doch wie würde es erst werden, wenn sie ihr drittes Kind zur Welt gebracht hatte? Dann würde es zwei Geschwister geben, die Thymmo die Liebe des Vaters streitig machten. Sie konnte sehen, wie verwirrt der Junge war, doch tun konnte sie nichts.

Aber wenn sie schon nicht darüber reden konnte, wollte sie wenigstens ihr Herz auf andere Weise erleichtern. Sie wusste, dass Walther außer sich vor Zorn sein würde, wenn sie ihm von Godekes Frieslandreise berichtete, doch irgendwann musste er schließlich davon erfahren. Sie hatte es ihrem Bruder versprochen. Also fasste sie sich ein Herz und drehte sich zu ihrem Gemahl und ihrer Tochter um.

Walther hielt Freyja umarmt und schlief genauso tief wie das kleine dunkelhaarige Mädchen. Es blieb Runa nichts anderes übrig, als es ihnen gleichzutun.

»He du, Bursche. Kennst du einen Walther?«

Der junge Kerl schaute den Fremden verwundert an und umklammerte seine Waffe noch fester, um vor ihm bedeutender auszusehen. Es war sein erster Wachdienst an der Stadtmauer, und er hatte bis eben gehofft, heute nicht angesprochen zu werden. Anders als die anderen jungen Burschen seines Alters war er von eher schüchternem Wesen. Auch jetzt wusste er nicht recht, was er sagen sollte – schon gar nicht zu einem Priester. »Es … es gibt mehr als einen Walther in der Stadt, Vater.«

»Gewiss, mein Sohn. Das habe ich mir gedacht«, sprach der Geistliche mit sakraler Ruhe. »Der Walther, den ich meine, ist blond und verdingt sich als Nuncius bei einem Kaufmann.« Erwartungsvoll starrte er den Wachmann an, doch auch diese Information nutzte nichts. Der junge Kerl schaute ihn nur weiter fragend an. Einer letzten Hoffnung folgend erklärte der Fremde noch, dass der Gesuchte ungefähr fünfunddreißig bis vierzig Lenze zähle, aber auch das konnte seinem Gegenüber nur ein Schulterzucken entlocken. Langsam verlor der Geistliche die Geduld. »Nun starr mich nicht so an, Bursche. Denk nach. Ich bin doch nicht den ganzen weiten Weg aus Sandstedt hierhergekommen, bloß um mich von dir anglotzen zu lassen!«

Plötzlich wurde der Wachmann lebendig. »Sagtet Ihr *Sandstedt*, Vater? Es gibt jemanden hier in der Stadt, den man Walther von Sandstedt nennt.«

Die Augen des Gottesmannes erhellten sich. Zufrieden nickend zog er den linken Mundwinkel in die Höhe. »Siehe da, mein Junge. Der Herrgott hat dir deinen Kopf wohl doch zum Denken geschenkt.«

Auf dem Gesicht des Wachmanns zeichnete sich Erleichterung ab. »Es freut mich, dass ich Euch helfen konnte, Vater.«

»Schon gut. Und nun führe mich zu ihm.«

Das Lächeln des jungen Mannes verschwand. »Vater … ich … das kann ich nicht tun«, stammelte er unbeholfen. »Es ist mir nicht erlaubt, meinen Platz an der Mauer zu verlassen. Bitte verzeiht …«

Diese Antwort war nicht, was der Kirchenmann zu hören wünschte. Ungeduldig verdrehte er die Augen gen Himmel. Diese Geste war allerdings nur gespielt. Er wusste genau, wie er bekam, was er wollte. Mit gefalteten Händen sprach er laut: »Herr, ich weiß, dieser Wachmann lässt es an Gehorsam Dir gegenüber mangeln. Bitte verzeih diesem irregeleiteten Schaf, und verfahre mild mit ihm, wenn er eines Tages an Deine Pforte klopft.«

Mit wachsendem Unwohlsein betrachtete der Junge die Szenerie. Wenn es etwas gab, das ihn noch mehr ängstigte als sein erster Wachdienst, dann waren es Geistliche der heiligen Mutter Kirche, die fortwährend mit dem Fegefeuer drohten. Nur einen Moment später hatte er einen anderen Wachmann aufgetrieben, der seinen

Platz am Millerntor einnahm. Gleich darauf hastete er schnellen Schrittes durch die Stadt, dicht gefolgt von dem Priester.

Ihr Weg führte sie über den Burstah, dann überquerten sie die Mühlenbrücke und bogen rechts in die Bäckerstraße ein. Wenige Schritte später passierten sie schon das Eimbecksche Haus und die Münze, hielten sich rechts und dann wieder links. Der junge Mann war sich sicher, dass hier der Walther wohnte, den der Geistliche zu sehen wünschte.

Mit einem letzten Segensspruch wurde der Wachmann von dem Fremden aus Sandstedt entlassen, der nun reglos und staunend vor einem steinernen Giebelhaus stand. Er wusste nicht so recht, was er erwartet hatte, doch dieses prächtige Haus übertraf seine kühnsten Vorstellungen. Wenn hier tatsächlich sein einstiges Mündel wohnte, dann hatte es dieses wahrhaft zu Wohlstand gebracht.

Mit drei beherzten Schritten trat er vor die Türe und pochte heftig gegen das massive Holz. Eine ganze Weile war kein Laut von innen zu hören. Nur das Geschrei der auf den Straßen umherlaufenden Kinder und das Gegrunze der Schweine, die immerzu irgendwelche Dinge vom Boden fraßen, drangen an sein Ohr. Dann vernahm er endlich ein Quietschen, und die Tür wurde geöffnet.

Vor ihm stand eine dürre Magd mit blonden Wimpern und Brauen. Sie hatte ein herbes, fast hässliches Gesicht. Gleich darauf erschien dahinter eine weitere Magd, die sich trotz ihrer Jugend auf einen Stock stützte. Der Priester richtete spontan das Wort an die Blonde. »Sagt, wer wohnt in diesem Hause?«

»Sie kann nicht sprechen, Vater«, antwortete die Verkrüppelte an ihrer statt.

Verwirrt blickte der Geistliche zwischen den beiden jungen Frauen hin und her. Das konnten unmöglich die Mägde dieses Hauses sein. War er vielleicht doch in einem Armenstift gelandet? Doch noch bevor er seiner Verwunderung Ausdruck verleihen konnte, wurde er aufgeklärt.

Eine wahre Schönheit trat hinter den beiden Frauen hervor und sagte mit glockenklarer Stimme: »Danke, Johanna, danke, Agnes. Ihr könnt jetzt gehen.« Dann wandte sie sich dem Unbekannten zu. »Was kann ich für Euch tun, Vater?«

Der Priester war einen Moment lang wie geblendet. Doch als er sich gewahr wurde, dass er die Dame anstarrte wie ein lüsterner Trunkenbold, zwang er sich zur Ordnung. Er musste seine Worte mit Bedacht wählen; wusste er doch nicht, ob er in diesem Hause tatsächlich willkommen war. Der Priester beschloss kurzerhand, es wäre das Beste, zunächst einmal Eintritt zu finden. »Gute Frau, wäret Ihr so liebenswürdig, einem armen Priester auf Reisen etwas zu trinken zu geben?«

»Gewiss doch«, war die freundliche, aber sichtlich verwunderte Antwort der Schönen. Sie trat einen Schritt zurück und gewährte dem Gast Einlass, dann verschwand sie und ließ den Geistlichen allein in der Diele des Hauses zurück.

Während er auf ihre Rückkehr wartete, ließ er seinen Blick umherschweifen. Der Boden des Hauses war großzügig mit Flechtmatten aus Stroh ausgelegt, um die Kälte fernzuhalten. Auch wenn hier keine Möbelstücke standen, war der Reichtum in diesem Hause auch auf andere Weise sichtbar. Ein Blick in den leuchtenden Kamin, in dem ein verschwenderisch großes Feuer brannte, genügte.

Die Schöne kam zurück mit einem Krug und einem Becher. Während der Geistliche trank, herrschte eine merkwürdige Stille. Nachdem sie ihre Christenpflicht getan hatte und der Fremde den nächsten Becher dankbar ablehnte, fragte sie: »Gibt es sonst noch etwas, das ich für Euch tun kann, Vater?«

Dies war der richtige Augenblick, um nach Walther zu fragen. Eine weitere Gelegenheit würde es kaum mehr geben. »Sagt, werte Frau, wohnt hier ein gewisser Walther von Sandstedt?«

Die Schöne machte ein erstauntes Gesicht. Sosehr sie sich auch bemühte, es gelang ihr nicht zu verbergen, dass der Kirchenmann ihr Unbehagen bereitete. »Ihr kennt meinen Mann?«

»Ja, ich kenne ihn. Das heißt, wenn er tatsächlich der Walther ist, den ich suche. Er war vor vielen Jahren mein Mündel.«

Die Schöne wurde blass. Ihr Mund klappte ein Stück auf, und sie begann zu schwanken. Beherzt griff der Geistliche nach ihrem Unterarm, um sie zu stützen. »Ist Euch nicht wohl, Werteste?«

»Es … es ist nichts. Das … das Kind in meinem Leib ist unruhig«, log sie, den wahren Grund ihrer Unpässlichkeit verschweigend.

Nie hätte sie gedacht, dass es so kommen könnte. Warum bloß hatte sie ihren Bruder nach Sandstedt geschickt? Was hatte sie damit angerichtet? Doch nun war es zu spät für Reue.

Walther schob Runa regelrecht in die Küche, wo die Mägde gerade dabei waren, das Mahl zu bereiten. »Raus, raus!«, herrschte er beide wütend an. Gleich nachdem sich die Türe hinter ihnen geschlossen hatte, wandte er sich an Runa. »Kannst du mir das erklären, Frau?«, donnerte er ungehalten und zeigte mit dem Finger zum oberen Stockwerk, wo der Geistliche saß.

Runa hatte eine Menge Zeit gehabt, sich auf diesen Moment vorzubereiten – schließlich lag Godekes Heimkehr aus Friesland schon längere Zeit zurück –, und doch waren ihr die rechten Worte einfach nicht eingefallen. Nun war der schlimmste Fall eingetreten, und sie stand einfach nur da – wortlos und ratlos.

Als Walther sein Haus vor einer Stunde vollkommen ahnungslos betreten hatte, war er unvermittelt auf den Kirchenmann gestoßen, der in der Diele auf ihn gewartet hatte. Sein Blick war ruckartig zu Runa gesprungen und dann wieder zurück zu dem Priester. Er war überrascht worden, und er machte keinen Hehl daraus, was er davon hielt.

Ein Blinder hätte sehen können, wie eigenartig die Begrüßung der Männer ausfiel. Während sich der Priester sichtlich zu freuen schien, sein einstiges Mündel nach so vielen Jahren endlich wiederzusehen, haftete Walthers Verhalten etwas Misstrauisches an.

Runa, die etwas hatte sagen wollen, um die Situation zu entspannen, wurde mit einem Fingerzeig ihres Gemahls zum Schweigen gebracht. Daraufhin führte Walther seinen ungebetenen Gast nach oben und schloss fest die Türe zur Stube hinter sich, sodass kein Wort der Männer nach außen drang. Es dauerte eine halbe Ewigkeit, bis sich etwas regte. Erst als sich Runa die Nägel bereits bis zur Fingerkuppe abgebissen hatte, kam Walther herunter. Sie wusste, dass sie ihrem Gemahl nun die Wahrheit sagen musste, doch ihr blieb nicht viel mehr, als die Worte des Priesters zu bestätigen. Dieser hatte Walther bereits erzählt, woher er wusste, dass sein einstiger Ziehsohn noch am Leben war und in Hamburg wohnte.

Runa wünschte in diesem Moment nichts mehr, als dass sie in den vergangenen Tagen eindringlicher darauf bestanden hätte, dass Walther ihren Worten Gehör schenkte. Sie hatte mit ihm reden wollen, mehrfach sogar. Doch das zählte nun nicht mehr. »Walther«, begann sie flehentlich. »Bitte glaube mir. Ich wollte dir davon erzählen, doch …«

»Darum geht es nicht!«, unterbrach dieser seine Frau barsch. »Du hattest kein Recht dazu, Godeke hinter meinem Rücken nach Sandstedt zu schicken. Wie stehe ich nun da? Als wäre ich ein Mann, dessen Frau sich einfach über ihn hinwegsetzen kann! Und von deinem Bruder bin ich ebenso enttäuscht. Wie kann er es wagen, mir so etwas zu verheimlichen?«

Runa sank noch mehr in sich zusammen. Dann gestand sie: »Er weiß nicht, dass ich dir noch nicht davon erzählt habe.«

Walther ließ Runas Arm los, den er bis eben umklammert hatte, und fuhr sich mit der linken Hand durch die Haare. »Noch eine Lüge also?«, entfuhr es ihm ungläubig. Dann fügte er in bissigem

Tonfall hinzu: »Nun ja, der Priester in unserem Hause wird dir sicher gern die Beichte abnehmen.«

Runa antwortete nicht darauf. Was hätte sie schon erwidern können?

Walther empfand es nur als gerecht, dass seine sonst so eigensinnige Frau in diesem Moment einen sichtlich reumütigen Blick aufsetzte. Beide sahen sich in die Augen. Walther beruhigte sich etwas und fragte deutlich ruhiger: »Was hast du dir nur dabei gedacht?«

»Ich weiß es nicht genau, Walther, doch auf keinen Fall habe ich vermutet, dass sich dein einstiger Vormund gleich auf den Weg hierher macht.«

»Das hat er aber. Und nun sitzt er in meiner Stube.« Wieder zeigte Walther nach oben.

»Glaube mir, mich erstaunt das nicht minder. Ich kann ja verstehen, dass du überrascht bist, aber ich hatte nichts Böses im Sinn. Seit Jahren schon schweigst du, wenn ich mich nach deinem früheren Leben in Friesland erkundige. Woher kommst du? Wer bist du? Warum redest du nie darüber? Ich bin deine Frau, Walther. Kannst du nicht verstehen, dass ich diese Dinge wissen möchte? Ich wollte dich damit nicht verärgern. Bitte verzeih, dass ich dich belogen habe. Das war sicher falsch. Aber du musst auch mich verstehen …«

Selbst in seiner Wut über ihr eigenmächtiges Handeln konnte Walther erkennen, dass Runa die Wahrheit sprach. Es tat ihr leid. Diese Tatsache stimmte ihn etwas versöhnlicher. »Runa, es gibt nichts zu erzählen. Auch ich hatte Fragen, und die Antwort war stets dieselbe: *Gott hat mich nach Sandstedt zu meinem Vormund geführt!* Irgendwann habe ich mich damit zufriedengegeben – und das solltest du ab heute auch tun, Frau.«

Runa hatte einen Kloß im Hals. Genau diese Worte hatte der Geistliche zu Godeke gesagt, als dieser ihn nach Walthers Herkunft gefragt hatte. Plötzlich verstand sie, dass ihn diese Sache schon seit langer Zeit quälte. Sie hatte sich grob verhalten, und das bereute sie, doch noch konnte sie ihren Wunsch, mehr über ihren Mann zu erfahren, nicht gänzlich auf sich beruhen lassen. Runa trat einen Schritt auf Walther zu, fasste ihn am Arm und fragte mit weicher Stimme: »Freust du dich denn gar nicht darüber, deinen einstigen Vormund wiederzusehen?«

Die Gesichtszüge ihres Gemahls blieben verschlossen, doch er blickte nicht mehr wütend drein. Er schaffte es nie, sich ihrem Liebreiz zu entziehen; sie war so schön, und er liebte sie. Ohne auf ihre Frage zu antworten, schloss er sie in seine Arme.

Eine ganze Weile standen sie so beieinander, bis sich Runa sanft aus seiner Umarmung befreite. Sie hatte sehr wohl bemerkt, dass er ihr eine Antwort schuldig geblieben war, doch das konnte warten. Sie fühlte sich unendlich erleichtert, nun, da ihr Geheimnis gelüftet war.

»Richte unserem Gast eine Bettstatt her. Er wird nun bei uns wohnen«, waren Walthers etwas schwermütige Worte.

Runa nickte folgsam. Sie hatte unzählige Fragen auf dem Herzen, doch die behielt sie vorerst für sich.

Als Walther gerade im Begriff war zu gehen, wandte er sich noch einmal zu seiner Frau um und sagte: »Sein Name ist übrigens Everard.« Dann verließ er das Haus.

9

Thiderich erwachte von seinen unsagbaren Kopfschmerzen. Als er die Augen öffnete, erblickte er das Innere einer schäbigen Hütte. Es roch nach einem Feuer, das zu seinem Leidwesen kurz zuvor erloschen war. Er fror. Langsam schaute er an sich herunter. Seine Stiefel fehlten. Dann fiel sein Blick auf eine Blutspur, die an seinem Wams klebte. Es war sein Blut.

Mit jedem Augenblick kehrten schemenhafte Erinnerungen zurück. Er war auf dem Weg nach Plön gewesen. Und dann? Was war passiert? Ein Schlag auf den Kopf hatte ihn getroffen, und er war gefallen. Weiter reichten seine Erinnerungen nicht. Irgendwann bemerkte er, dass der Beutel mit den Münzen fort war. Natürlich war er das! Schließlich hatte man ihn deshalb überfallen! Wo, verdammt noch mal, war er hier nur?

Plötzlich vernahm er vor der Hütte Geräusche. Stimmen und Hufgeklapper, ein gehetztes Wiehern. Millie! Thiderich hätte seine Stute unter Tausenden erkannt. Einer abrupten Eingebung folgend wollte er sich erheben, doch gleich nach der ersten Bewegung wurde er von dicken Seilen zurückgerissen. Erst jetzt bemerkte er, dass er an die Wand gefesselt war – auch das hätte er sich denken können. Es blieb ihm nichts anderes übrig als zu warten.

Dann traten sie ein, zwei Frauen und ein Mann. Mit einem abschätzigen Blick auf ihren Gefangenen sagte eine der Frauen: »Sieh mal einer an, er ist doch noch am Leben.«

Thiderich sah die Frau eindringlich an. Er kannte sie, auch wenn er sie vor vielen Jahren das letzte Mal gesehen hatte. Es war am Tage der Hinrichtung von Alberts feindlich gesinntem Bruder gewesen.

»Luburgis. Du bist doch das Weib des toten Conrad von Holdenstede.«

»Ganz recht«, antwortete diese mit einem Hochmut, der in starkem Kontrast zu ihrem schäbigen Aussehen stand.

Neben ihr befand sich ein Mann. Auch ihn erkannte Thiderich sofort. Es war Bodo, der Bote, der ihn bereits damals in Friesland, als er auf der Suche nach Albert gewesen war, fast umgebracht hatte. Thiderich hegte keinen Zweifel daran, dass der grobschlächtige Hüne auch diesmal wieder die Keule geschwungen hatte, die ihn von Millies Rücken gerissen hatte. Seine Gegenwart war kein gutes Zeichen.

Neben Bodo stand die zweite Frau. Und diese war, zu Thiderichs grenzenloser Überraschung, Runas Magd. »Johanna? Was tust du denn hier?«

Die Angesprochene setzte ein boshaftes Lächeln auf und kam auf Thiderich zu. Dann zog sie sich langsam die Haube vom Kopf und entblößte wortlos ihren Oberleib. Zwei zerknüllte Lumpen kamen an der Stelle zum Vorschein, wo eigentlich ihr Busen hätte sein müssen. Die enthüllte weiße Brust der Magd war tatsächlich die eines schmalen Jungen. »Mein Name ist Johannes. Ich bin älter geworden, doch du kennst mich. Das letzte Mal sind wir uns vor über sechs Jahren begegnet, vor meiner Flucht aus der Stadt. Ich bin Godekes ungleicher Zwillingsbruder.«

Thiderich schnappte nach Luft. Das konnte einfach nicht sein. Johanna war Johannes? Die ganze Zeit über hatte niemand etwas bemerkt? Nachdem er sich wieder gesammelt hatte, verstand Thiderich den Sinn sciner Verkleidung. Runa! Walther! Die vermeintliche Magd hatte sie alle ausgehorcht. Thiderich wollte etwas erwidern, doch sein Erstaunen über diese gewaltige Täuschung war einfach zu groß. Ein unpassender Gedanke schoss ihm in diesem Moment durch den Kopf: Schon als Magd war Johannes keine Schönheit gewesen, doch als Mann war er von geradezu grotesker Hässlichkeit. Die Zwillingsbrüder hatten einfach nichts miteinander gemein.

Johannes hatte sich so sehr auf diesen Moment der Enthüllung gefreut, dass seine Erwartungen nun enttäuscht wurden. Der verblüffte Gesichtsausdruck seines Gefangenen entschädigte ihn nur unzureichend. Wütend darüber, dass Thiderich ihm keinen Grund für derbe Worte oder Beschimpfungen lieferte, wandte er sich ab und sagte: »Starr mich gefälligst nicht so an, du Pfeffersack.«

Thiderich war verwirrt. Bis vor Kurzem hatte er noch geglaubt, wegen seiner Geldkatze überfallen worden zu sein, doch nun, da er der Räuber ansichtig geworden war, konnte er sich den Grund des Überfalls nicht mehr erklären.

Gewiss konnte jedermann ein paar Münzen gebrauchen, auch dieses Pack, doch er war sich sicher, dass es hierbei um etwas anderes ging. Thiderich versuchte sich zu konzentrieren. Offensichtlich wollten sie ihn nicht töten, denn das hätten sie schon längst tun können. Warum also war er hier, und was konnte Luburgis von ihm wollen? Sie war doch die Frau von *Alberts* Feind. Was hatte er damit zu tun? Auch Bodos Erscheinen war für Thiderich unerklärlich. Weshalb war er nach so vielen Jahren wieder aufgetaucht, und wer schickte ihn? Er war ein roher Bote; unfähig, selbst zu denken. Bodo brauchte jemanden, der ihm sagte, was er zu tun hatte. Doch wer konnte das sein? Noch machte das alles für ihn keinen Sinn, aber das konnte auch an seinen hämmernden Kopfschmerzen liegen. Zu gerne hätte er sich die schmerzende Stirn gehalten oder sich das getrocknete Blut aus dem Gesicht gerieben, doch seine Fesseln zwangen ihn zum Verharren.

Noch während er seine Lage überdachte, fiel ihm plötzlich auf, dass sich keiner der Räuber um ihn zu scheren schien. Niemand schaute ihn an oder richtete das Wort an ihn. Er war ihr Gefangener, und dennoch erhielt er weder Schläge noch Häme. Nachdem er eine Weile zu den dreien hinübergeschaut hatte, die an einem wackeligen Holztisch saßen und aßen, fragte er: »Was passiert nun mit mir?«

Johannes war der Erste, der das Wort ergriff. »Nichts.«

Thiderich runzelte die Stirn. »Was soll das heißen, *nichts*?«

»Ganz einfach. Du hast deinen Zweck schon erfüllt.«

Nun war er gänzlich verwirrt. Wie konnte er irgendeinen Zweck erfüllen, indem er bloß gefesselt in einer Hütte saß? Gerade als er eine weitere Frage stellen wollte, erhob sich Bodo von seinem Platz. Er wischte sich den Mund an seinem Ärmel ab, rülpste laut und rieb sich den Bauch.

»Es wäre besser, du hältst jetzt die Klappe, Kaufmann. Sonst bekommst du einen Knebel.«

Thiderich schwieg. Einen Knebel im Mund wollte er nicht riskieren.

Wenig später verabschiedete sich Bodo von den Frauen. Wieder hörte Thiderich Millie wiehern. Er wusste genau, dass sie gerade versuchte, sich gegen Bodos harten Griff zu wehren. Was folgte, waren wüste Flüche und Verwünschungen, Hufgetrappel und ein wütendes Schnaufen. Dann hörte Thiderich, wie der Bote knackend einen Stock entzweibrach. Ein Zischen ertönte, dann ein kurzes Klatschen. Zweimal, dreimal. Millie wieherte schrill. Thiderich verspürte einen Kloß im Hals. Er liebte seine eigenwillige Stute, und der Gedanke, dass der erbarmungslose Hüne auf sie einschlug, zerriss ihm fast das Herz.

Seine Kleider waren vom Regen durchnässt, doch Albert achtete gar nicht darauf. Triefend, wie er war, eilte er wortlos zur Tür hinein, lief an Ragnhild vorbei und sogleich die Stiegen hinauf. Im

Kontor angekommen ließ er sich schwer auf seinen Sessel fallen. Ragnhild kannte ihren Gemahl nun schon seit so vielen Jahren, dass es zwischen ihnen keiner Worte mehr bedurfte. In weiser Voraussicht, dass er klatschnass sein würde, hatte sie bereits ein Becken mit glimmenden Kohlen im Kontor aufstellen lassen, doch als sie nun mit leisen Schritten eintrat, konnte sie sehen, dass er der wärmenden Glut keinerlei Beachtung schenkte. Er war in sich gekehrt, und so senkte sie den Blick, schenkte ihm schweigend etwas Wein in seinen Becher, verließ lautlos das Kontor und schloss die Türe hinter sich. Sie wusste, dass ihr Mann jetzt allein sein wollte – warum auch immer.

Albert hatte versucht, sich auf die heutige Ratssitzung vorzubereiten. Er hatte nicht überrascht werden wollen und so gar nicht erst gewagt, an die anstehende Entscheidung zu denken. Dennoch, das Ergebnis der Abstimmung traf ihn noch immer hart.

Alle waren sie da gewesen – jedes einzelne Mitglied der Electi, Assumpti und Extramanentes, welche den sitzenden und den alten Rat bildeten. Jeder wichtige Kopf der Stadt. Dann hatte Willekin Aios die entscheidende Frage gestellt und wenig später die für Albert so zerstörerische Antwort bekommen. Nur vierzehn der dreißig Ratsherren waren dafür gewesen, die Geschäfte mit dem Grafenhaus weiterzuführen. Zwei zu wenig!

Zwar war es Albert seit Thiderichs Aufbruch nach Plön mit Leichtigkeit gelungen, Verbündete im Rat gegen die Forderung von Johannes vom Berge zu gewinnen, doch diese Verbündeten gehörten nahezu ausschließlich dem alten, grafenfreundlichen Rat an, den sogenannten Extramanentes. Da der alte Rat aber nur ein Drittel des gesamten Rates ausmachte, hatte Albert bereits geahnt, wie die Wahl ausfallen würde. Auch wenn einige der Electi und Assumpti, wie die Mitglieder des sitzenden Rates genannt wurden, ebenso Gewinn aus der Not der Grafen schlugen und darum genauso für die Geschäfte mit den Grafen hätten stimmen können, scheuten sie davor zurück, sich öffentlich gegen den mächtigen Johannes vom Berge zu stellen.

Und so hatte der Rat heute mit einer Mehrheit von sechzehn Stimmen beschlossen, dass übliche Handelsgeschäfte mit dem Grafenhaus ab sofort verboten seien, da sie die Bindung der Stadt an die Fürsten stärken würden. Weiterhin erlaubt jedoch waren Käufe von gräflichen Renten und Erben, die das Weichbild der Stadt vergrößerten, sowie Erwerbungen von gräflichen Einrichtungen durch den Rat, um den Einfluss der Grafen auf die Stadt zu schmälern.

Albert fühlte sich elend. Er hatte tatsächlich verloren. Sein einstmals so geschickt erdachtes Handelsgeschäft mit dem Grafenhause, welches ihm zu Wohlstand und Ansehen verholfen hatte, durfte es nun nicht mehr geben. Er musste ab sofort einen anderen Weg finden, um seine Truhen zu füllen. Zwar war er nicht allein mit dieser Sorge – wie ihm erging es auch zahlreichen anderen Hamburger Kaufmannsfamilien –, doch er wurde das Gefühl nicht los, als hätte er ganz allein gegen Johannes verloren. Sein einstiger Feind war wieder da, und er war mächtiger denn je!

Dieses Wissen allein hätte schon ausgereicht, um seine Niedergeschlagenheit zu erklären, doch es gab noch eine andere Sache, die schwer auf ihm lastete. Thiderich war noch nicht aus Plön zurückgekehrt. Seit nunmehr zehn Tagen und Nächten wartete Albert auf die Heimkehr seines Freundes. Nur zu gern hätte er sich etwas anderes eingeredet, doch es beschlich ihn mittlerweile die Angst, dass seinem Freund etwas zugestoßen war. Selbst wenn Graf Gerhard II. Thiderich nicht sofort empfangen hätte und er somit gezwungen gewesen wäre, sich länger als nötig in Plön aufzuhalten, hätte er sicher einen Boten mit einer Nachricht über seinen Verbleib gesandt, wie er es sonst auch immer tat. Alberts letzte Hoffnung war, dass Thiderich noch in Plön weilte, weil er bisher keine Reisegruppe mit wehrhaften Männern gefunden hatte, die Richtung Hamburg ritt und der er sich hätte anschließen können.

Zu der Sorge um seinen Freund kam die Ungewissheit darüber, wie der Rat über Thiderichs Verschwinden in diesen Zeiten denken würde. Schließlich hatte er gehofft, Thiderich würde aus Plön zurück sein, noch bevor der Rat eine Entscheidung traf. Für die Zwischenzeit hatte es kein Handelsverbot gegeben, sodass bis jetzt niemand Anstoß an der Reise seines Partners hatte nehmen können. Doch nun war die Entscheidung gefallen, und Thiderich blieb Hamburg weiter fern. Noch schien sich keiner darüber zu wundern, schließlich reisten Kaufleute häufig, aber bislang wusste ja auch niemand, wohin sein Freund geritten war. Sollte er jedoch weiterhin verschwunden bleiben, so wäre Albert dem Rat eine Erklärung schuldig.

Seit Tagen schon hatte er sich den Kopf darüber zerbrochen, wie er handeln sollte, wenn einträte, was heute eingetreten war. Als Bürger und Ratsmann schuldete er dem Rat Gehorsam und musste sich an dessen Gesetze halten, auf der anderen Seite aber war er Graf Gerhard II. ebenso verpflichtet. Wessen Wort galt mehr?

Albert hörte nicht, wie die Tür zum Kontor geöffnet wurde und sein Sohn eintrat. Erst als dieser nur noch einen Schritt von ihm entfernt war, hob Albert den Kopf. »Godeke. Wie lange stehst du schon da?«

Der Angesprochene antwortete nicht, sondern sagte stattdessen: »Vater, die Gruppe der reisenden Kaufleute, denen sich Thiderich vor zehn Tagen anschließen wollte, ist soeben wieder in Hamburg eingetroffen.«

»Was sagst du da?« Alberts Blick erhellte sich schlagartig. Doch gerade, als er vor Erleichterung aufspringen wollte, bemerkte er den angespannten Ton in Godekes Stimme. Was hatte sein Sohn gesagt – Thiderich *wollte* sich der Gruppe anschließen?

»Thiderich ist nicht unter ihnen, und er war es auch nicht auf dem Hinweg.«

Albert sank zurück in seinen Sessel und schloss die Augen. In ihm kämpften Ratlosigkeit und Verzweiflung. Mit Daumen und Zeigefinger rieb er sich die schweren Lider und atmete hörbar ein und wieder aus. Dann endlich erhob er sich und begann grimmigen Blickes in seinem Kontor auf und ab zu gehen, wie er es immer tat, wenn er nachdachte. Plötzlich blieb er vor seinem Schreibpult stehen und donnerte die rechte Faust so heftig auf das Holz, dass Bücher, Griffel und Tintenfass einen kleinen Satz machten.

»Dieser verdammte Narr!«, brüllte er aufgebracht. »Er ist alleine geritten, um schneller zu sein. Ich habe es geahnt. Jetzt sind wir tatsächlich in großen Schwierigkeiten.«

»Der Bürgermeister ist da«, flüsterte der stotternde Bursche, der Johann Schinkel seit Kurzem diente. Obwohl der Ratsnotar und Domherr stets gerecht zu ihm war, hatte der gerade mal neunjährige Junge große Angst vor ihm. Das hatte zur Folge, dass Johann Schinkel ihn stets tadelte, weil er so leise und bedächtig sprach, und das wiederum hatte zur Folge, dass der Junge noch mehr Angst vor ihm bekam und noch mehr Zeit brauchte.

»Heilige Mutter Gottes, kannst du nicht wenigstens versuchen lauter zu sprechen, Jacob? Meine Ohren werden auch nicht jünger!«

Jacob stand da wie versteinert. Wie immer, wenn er getadelt wurde, füllten sich seine Augen auch jetzt wieder mit Tränen.

Verzagt stellte Johann Schinkel fest, dass es einfach keinen Sinn hatte, mit dem Jungen zu reden. Er würde ihn zu seinen Eltern zurückschicken müssen. »Nun hör schon auf zu heulen, Junge, und führe den Bürgermeister zu mir.«

Blitzschnell war Jacob verschwunden.

Wenn der Bursche doch nur so schnell reden würde, wie er vor mir abhaut, wünschte sich Johann Schinkel nicht zum ersten Mal.

Gleich darauf trat Willekin Aios ein. »Seid gegrüßt«, sagte er im Gegensatz zu Jacob angenehm laut. »Ich bin froh, dass Ihr so schnell von Eurer Reise zurückgekehrt seid.«

Mit einer selbstverständlichen Geste bot Johann seinem Gegenüber einen bequemen Sessel an, auf den sich der Bürgermeister sogleich fallen ließ. Beide Männer waren mit diesen Treffen vertraut – fanden sie doch regelmäßig hier in der Verschwiegenheit der Domkurie Johann Schinkels statt.

Nachdem sich Willekin Aios mit einem fleckigen Taschentuch den Schweiß von der Stirn gewischt hatte, begann er zu sprechen. »Bitte verzeiht, wenn ich sogleich zum Punkt komme, aber es ist von äußerster Wichtigkeit, dass ich erfahre, was Eure Reise ergeben hat.«

Johann Schinkel brauchte keine weitere Erklärung und antwortete ohne Umschweife. Auch er war ein Mann direkter Worte und schätzte ebendiese Eigenschaft an dem Bürgermeister. »Gerne hätte ich Erfreulicheres zu berichten, aber mein Besuch in Plön war in keiner Weise von Erfolg gekrönt. Graf Gerhard II. ist außer sich ob der Beschuldigungen seines Vetters Johann II., ihn absichtlich durch seinen Hofnarren verletzt zu haben. Jeder Versuch, ihn zu einer erneuten Zusammenkunft zu bewegen oder entsprechende Worte an seinen Vetter zu richten, schienen ihn nur noch mehr zu erregen. Wie mir scheint, bleibt in dieser Sache nur noch ein Weg: Graf Johann II. muss Großmut beweisen und sein Wort zurücknehmen, ansonsten wird es keinen Frieden zwischen ihnen beiden geben.«

Willekin Aios ließ seinen Hinterkopf schwer gegen die hohe Lehne des Sessels fallen. Seine Befürchtungen waren eingetroffen: Die Grafen standen einander feindlich gegenüber. Es war nun nur noch eine Frage der Zeit, bis die Hamburger die Auswirkungen dieser schwelenden Fehde zu spüren bekamen. Fehden kosteten viel Geld, und dieses Geld beliebten die Grafen sich von den Kaufleuten zu holen. »Wann werdet Ihr nach Kiel zu Graf Johann II. aufbrechen?«

»In den nächsten Wochen«, sagte Johann Schinkel etwas abwehrend. »Ich denke, es hat wenig Sinn, schon jetzt dort hinzureisen und dem Grafen eine Versöhnung nahezulegen, solange seine Verletzung nicht vollständig verheilt ist. Am Hofe von Gerhard II. ist mir zu Ohren gekommen, welch schlimme Qualen Johann II. derzeit erleidet. Solange dieser Zustand andauert, wird er einer Versöhnung niemals zustimmen.«

Der Ratsnotar war aufgestanden, während er redete. Zielsicher lief er durch die behagliche Kammer seiner Domkurie. Er liebte dieses Haus. Außer der Kurie des Domprobstes und der des Domdekans war keines der elf Häuser so verschwenderisch eingerichtet wie seins. Es hatte sogar Fenster mit durchsichtigen Butzenscheiben, durch die er einen Teil der Straße vor der Petri-Kirche sehen konnte. Versonnen trat er an das dicke Glas und blickte hindurch, während der Bürgermeister sich in einer lang gezogenen Erwiderung verstrickte. Johann stand häufig vor diesem Fenster und starrte in Gedanken versunken hinaus. Hier hatte er stets seine besten Einfälle.

Plötzlich erregte etwas draußen seine Aufmerksamkeit. Es waren vier Beginen-Schwestern, die in ihren blauen Kutten und schneeweißen Schleiern über die Wege eilten. Die Sonne ließ ihre Gewänder erstrahlen. Wie immer, wenn er die Blauen Schwestern sah, musste er an Runa denken. Genauso hatte sie in ihrem Gewand vor vielen Jahren ausgesehen – bloß hübscher. Anmutig und schön, und das trotz der unförmigen Kleidung. Es war Sommer gewesen, als sie sich kennengelernt hatten, und darum verging nicht ein sonniger Tag, an dem er sich nicht an ihre gemeinsamen Momente erinnerte. Niemals würde er ihre heimlichen Treffen aus dem Kopf bekommen. Johann hatte nach ihrer Hochzeit alles versucht, um sie zu vergessen, doch heute war er sich sicher, dass ihm das niemals gelingen würde.

»Ja, hört Ihr mir denn gar nicht zu? Was gibt es denn so Spannendes auf der Straße zu sehen, dass Ihr so abwesend seid?« Der Bürgermeister war aufgestanden und hinter den Ratsnotar getreten. Nun starrte auch er aus dem Fenster und reckte den Hals, um zu erkennen, was so interessant war.

Johann Schinkel schalt sich einen Narren. Wie konnte er nur so unvorsichtig sein! Auch wenn der Bürgermeister wohl kaum in der Lage war, seine Gedanken zu lesen, war sein Verhalten doch unnötig gewesen.

»Ah, nun weiß ich, was Ihr seht.«

Der Ratsnotar zuckte zusammen und starrte den Bürgermeister an, der unverwandt nach draußen blickte.

Die Augen zu kleinen Schlitzen verengt bemerkte dieser: »Ein ziemlich großes Gefolge, mit dem Johannes vom Berge zu reisen beliebt, nicht wahr?«

Da erst fiel Johann auf, dass neben den Beginen eine Gruppe Berittener zu sehen war, in deren Mitte sich Johannes vom Berge befand.

»Muss entweder eine weite Handelsreise sein, auf die er sich da begibt, oder aber er hat eine kostbare Fracht dabei, für die er so viele Wachen benötigt«, schlussfolgerte Willekin Aios.

»So wird es sein«, bejahte der Ratsnotar, dankbar darüber, dass Johannes vom Berge ihm eine passende Erklärung geliefert hatte.

Die Männer begaben sich zurück zu ihren Sesseln und dem Wein, den Jacob ihnen gerade gebracht hatte, und setzten ihre Unterhaltung fort.

»Ihr sagtet eben, Eure Reise sei in keiner Weise von Erfolg gekrönt gewesen. Darf ich daraus folgern, dass auch unser zweites Anliegen kein Gehör gefunden hat?«, fragte der Bürgermeister bedrückt.

»Leider ja. Wie es scheint, sind die Grafen alle drei nach wie vor gewillt, jeder einen Vogt einzusetzen. Um ganz offen zu sprechen: Ich denke nicht, dass Graf Gerhard II. mit guten Worten allein von diesem Vorhaben abzubringen ist«, gestand Johann Schinkel.

»Das ist schlecht. Was schlagt Ihr vor?«, fragte der Bürgermeister unverblümt.

Johann war wieder ganz da mit seinen Gedanken. Wenn es darum ging, die städtische Macht zu stärken, war er nie um eine kämpferische Antwort verlegen. Er stützte sich mit der einen Hand auf den schweren Holztisch und ballte mit der anderen die Faust, um seinen Worten Nachdruck zu verleihen. »Die Schauenburger Grafen sind schon lange von den Einkünften Hamburgs abhängig. Wir müssen sie mehr unter Druck setzen und somit dazu zwingen, den jetzigen Vogt durch einen Vertrag dem städtischen Ratsgericht zu unterstellen. Schon lange hat der Rat das Recht des Marktgerichts inne, und mindestens ebenso lange gibt es die ratsherrlichen Beisitzer im Vogtgericht. Wir können noch mehr erreichen. Die Beisitzer müssen mehr Macht bekommen, auf dass sie auch befugt sind, Urteile zu fällen. Wenn wir das erreichen, wären nicht nur zwei weitere Vögte überflüssig, sondern auch der letzte Verbliebene. Wir sollten besser versuchen, sie gleich alle drei loszuwerden!«

Willekin Aios war einen Moment lang zu überrascht, um etwas zu erwidern. Es war immer wieder beeindruckend: Im einen Moment hörte Johann Schinkel kaum zu, und nur wenig später sprühte er nur so vor Tatendrang. Der Bürgermeister machte ein anerkennendes Gesicht und sagte: »Ihr erstaunt mich, Schinkel. Anstatt mit einem bestehenden Problem umzugehen, wollt Ihr es gleich gänzlich aus der Welt schaffen. Das nenne ich Tatkraft. Ich denke, wir sollten keine Zeit verlieren und sofort ein entsprechendes Schreiben verfassen, welches wir den Ratsherren bei der nächsten Sitzung verlesen werden.«

Johann nickte zufrieden. Genau darum mochte er Willekin Aios, dessen Eifer genauso groß war wie sein eigener. Mit hörbarer Ungeduld in der Stimme befahl er seinem Diener: »Jacob, geh und benachrichtige den Schreiber, dass ich ihn brauche.« Wie immer konnte Johann Schinkel die Antwort des Jungen nicht hören, doch da er sofort losflitzte, wie er es immer tat, sobald er ihn aus seiner Kammer entließ, ging der Ratsnotar davon aus, dass er wohl ausführen würde, was er verlangt hatte.

10

Ava wurde von einer Ohnmacht übermannt, als sie hörte, dass ihr Gemahl verschwunden sei. Ihr ohnehin zierlicher Körper konnte der Aufregung nicht standhalten. Thiderichs Frau leistete keinerlei Widerstand, als Runa kam, um sie aus ihrem Haus auf der Grimm-Insel zu sich und Walther zu holen. Ihre beiden Kinder blieben derweil bei der Amme.

»Ich danke dir, Kethe«, sprach Runa im Flüsterton, während sie besorgt auf ihre schlafende Freundin schaute.

»Bitte, Runa, keinen Dank. Die arme Ava ist ja völlig außer sich vor Sorge. Die Kräuter aus dem Klostergarten werden ihr sicher helfen.«

»Psst! Sprich besser nicht so laut, meine Liebe«, warnte Runa die Begine. »Ich möchte nicht, dass Vater Everard dich hört. Eines kann ich dir sagen: Er ist wirklich über alle Maßen fromm und würde kein anderes Heilmittel als das Gebet gutheißen.«

Kethe nickte ihrer Freundin verständnisvoll zu. »Bestimmt ist das Gebet das wirksamste Mittel gegen jedes Übel, doch Gott hat uns ebenso die Kräuter geschenkt. Wie könnte es dann falsch sein, sie anzuwenden?« Die Begine blickte kopfschüttelnd auf ihre grün eingefärbten Fingerspitzen. Es waren nicht Runas Worte, die sie so verzagt dreinschauen ließen. Viele Geistliche taten die heilenden Salben und Tinkturen der Konventsfrauen als Teufelszeug ab. Fast kam es Kethe so vor, als ob die Männer sich davor fürchteten und das Handwerk der Kräuterfrauen deshalb schmähten. Dabei konnte so viel Gutes dadurch bewirkt werden. Doch solange die Männer dies nicht einsahen, würde Kethe weiterhin vorsichtig bei der Anwendung ihrer Kunst sein müssen.

Runa wickelte die Leinendecken noch ein wenig fester um Avas Leib, bevor sie mit ihrer Freundin die Kammer verließ und die Türe hinter sich schloss.

Stille kehrte ein, nur das flache Atmen der Schlafenden war zu vernehmen. Eine ganze Weile blieb es ruhig, dann kroch plötzlich eine Gestalt unter dem Bett hervor, die sich während des Gesprächs der beiden Frauen verborgen gehalten hatte. Es war eine Frau, klein und zierlich, die sich nun zitternd vor Angst, entdeckt zu werden, und der Aufregung über das eben Gehörte aufrichtete. Mit einem raschen Blick durch die Kammer versicherte sie sich, dass sie auch wirklich alleine war, dann trat sie an das Bett der Schlafenden.

Blass und eingefallen lag Ava da. Wehrlos.

Mit unverhohlener Neugierde reckte die Frau den Hals und brachte ihr Gesicht ganz nah an das von Ava. Sofort stieg ihr ein Duft in die Nase – der Duft von Kräutern. Sie hatte nichts anderes erwartet. Im Mundwinkel der Geschwächten erblickte sie ein letztes Tröpfchen der grünlichen Flüssigkeit, das sie vorsichtig mit dem Ärmel aufwischte. Sofort sog das Leinen ihrer groben Kleidung den Trunk auf, und es bildete sich ein grüner, nach Kräutern duftender Fleck, der die Größe eines Fingernagels hatte.

Ein Lächeln umspielte den Mund der Frau, als sie die Verfärbung betrachtete. Dieser Fleck war ihre Waffe. Sie würde sie wohl einzusetzen wissen. Und schon bald, dessen war sie sich sicher, würde nichts mehr sein, wie es vorher einmal war.

Das Haus in der Reichenstraße war voller geworden in den letzten Wochen. Nunmehr vier Frauen, zwei Kinder und zwei Männer bewohnten die Kammern, und dennoch war es still in seinem Inneren.

Ava schlief viel, und selbst wenn sie wach war, wirkte sie abwesend aus Sorge um Thiderich. Johannas Lippen blieben ohnehin stumm, und Agnes war noch nie eines dieser geschwätzigen Mädchen gewesen. Am auffälligsten jedoch war die Stille zwischen Walther und Vater Everard. Selbst Freyja und Thymmo blieb das nicht verborgen, und Runa hatte alle Mühe, ihre Fragen zu beantworten.

Wer genau war Vater Everard, und warum war er plötzlich hier? Sie selbst wusste darauf keine Antwort – wie hätte sie es dann den Kindern erklären können? Runa hatte gehofft, dass der Priester eines Tages mehr erzählen würde, aber sie irrte, und so blieben die quälenden Fragen, die alles zu überschatten schienen, weiterhin bestehen.

Dafür hatte sich etwas anderes verändert. Der Priester, der Runa anfänglich sehr freundlich und gutherzig vorgekommen war, ließ plötzlich eine andere Seite von sich erkennen. Immer häufiger suchte er die Kinder auf und sogar die Mädge, um mit flammenden Worten aus der Heiligen Schrift zu zitieren. Seine Predigten klangen dabei sehr streng und wurden stets von einem belehrend erhobenen Zeigefinger unterstrichen. Mit welchem Bibelvers er auch begann, schlussendlich landete er immer bei Tod und Teufel, Fegefeuer und Sünde.

Jedes Mal waren die Gesichter seiner Zuhörer schon nach wenigen Worten von Furcht und Schrecken gezeichnet. Mehr und mehr beschlich Runa ein Gefühl der Beklemmung, und es war nur folgerichtig, dass sie sich plötzlich vorkam, als wäre sie eingesperrt in ihrem eigenen Haus. Um nicht Vater Everards Missbilligung zu erregen, benahm sie sich ganz so, wie es sich für eine sittsame Christenfrau geziemte: Sie stickte, gehorchte und schwieg. Bisher ließ er sie zwar in Frieden, doch sie war sich sicher, dass auch ihr Glauben eines Tages von ihm überprüft werden würde. Es graute ihr jetzt schon davor.

Runa war, genau wie ihre Mutter, keine sehr inbrünstige Christin. Sie hatte auch keine wirkliche Erklärung dafür, aber was sie sehr wohl wusste, war, dass es bisher keinem Priester gelungen war, ihr die Kirche näherzubringen. Eher das Gegenteil war der Fall. Aus früheren Erzählungen ihrer Mutter wusste sie von einem Geistlichen namens Vater Lambert, der vor sieben Jahren bei dem großen Brand von Hamburg zu Tode gekommen war. Er hatte Ragnhild aufgrund ihrer dänischen Herkunft gehasst und alles daran gesetzt, sie ins Beginenkloster zu verbannen. Spätestens seit dieser Zeit war sich Runa sicher, dass es besser war, Kirchenmännern eher misstrauisch zu begegnen. Die Tatsache, dass nun einer in ihrem Hause wohnte, verstärkte ihr Unbehagen; sie wusste, es würde nur noch eine Frage der Zeit sein, bis sich Vater Everard ihr widmen würde – gebe Gott, dass sie seinem strengen Blick standhielt!

Es war zwei Wochen vor dem heiligen Osterfeste, als Runa das Schweigen, die Stickereien und die Dunkelheit des Hauses nicht länger ertrug. Beherzt griff sie zu einem hölzernen Eimer, um Wasser aus dem Reichenstraßenfleet zu holen. Es war ihr gleich, dass diese Handlung ihres Standes nicht würdig war. Runa brauchte Bewegung. Sie trat hinaus in die warme Sonne und atmete tief ein. Vogelgezwitscher und das leise Plätschern des Fleetwassers drangen an ihr Ohr. Wie hatte sie diese wohlklingenden Laute vermisst!

Nachdem sie ihren Eimer mit übermäßig langsamen Bewegungen gefüllt hatte, wandte sie sich unwillig in Richtung Haus. Als sie sich umdrehte, wäre sie fast mit Vater Everard zusammengestoßen. Runa erschrak so sehr, dass sie einen kurzen Schrei ausstieß und den Eimer fallen ließ. Polternd rollte das hölzerne Gefäß über den Boden; das Wasser ergoss sich über den festgetretenen Sand und umspülte die Füße des Priesters.

Runa hatte erwartet, dass er erschrocken zurücksprang oder einen erbosten Aufschrei tat, doch er blieb seltsam ruhig.

Ohne seine nassen Füße auch nur eines Blickes zu würdigen, starrte er sie schweigend an. Das Wasser war schon gänzlich versickert, als er endlich den Mund öffnete und mit feierlicher Stimme zitierte: »Denn wir sterben des Todes und sind wie Wasser, das auf die Erde gegossen wird und das man nicht wieder sammeln kann; aber Gott will nicht das Leben wegnehmen, sondern er ist darauf bedacht, dass das Verstoßene nicht auch von ihm verstoßen werde.«

Runa war verunsichert. Sie wusste nicht recht, was sie auf seine biblischen Worte erwidern sollte, darum sagte sie: »Vater Everard, bitte verzeiht dieses Missgeschick. Ich hätte besser achtgeben sollen …«

Noch immer scherte er sich nicht um seine nassen Lederschuhe.

Runa fühlte sich immer unbehaglicher. »Ich … soll ich Euch vielleicht …«

»Welchen Bibelvers habe ich gerade aufgesagt?«, unterbrach der Priester ihren Satz streng und bedachte sie, ohne die Miene zu verziehen, mit seinem stechenden Blick.

Langsam begann Runa, sich vor ihm zu fürchten. »Ich … ich weiß es nicht genau, Vater. Es … es muss das Buch Samuel sein, aber …«

»Es ist das zweite Buch Samuel. Kapitel vierzehn, Vers vierzehn.«

»So wird es sein.«

»Was ist das für eine Antwort, Weib? Bezweifelst du meine Kenntnis der Heiligen Schrift?«

»O nein, Vater. Gewiss nicht.« Runa senkte den Blick. Sie ärgerte sich über ihre unbedachten Worte, doch ihr wollte keine rechte Entschuldigung einfallen. Vergeblich hoffte sie, dass Vater Everard sich zum Gehen wenden würden, doch er blieb weiterhin stehen und blickte prüfend an ihr hinunter.

»Warum verrichtest du niedere Arbeiten, Frau? Gott hat für

jeden Menschen einen Platz vorgesehen. Deiner ist nicht der einer Magd. Mit deinem Handeln widersetzt du dich der gottgewollten Ordnung.«

»Bitte verzeiht, Vater. Ich wollte nicht …«

»Dieses eine Mal werde ich dir vergeben. Du bist nur ein Weib und darum voller Verderbtheit. Erleichtere heute noch deine Seele, indem du später bei mir die Beichte ablegst.«

Nach diesen Worten drehte er sich um und ließ Runa allein zurück. Ihr Hals war mit einem Mal wie zugeschnürt. Das Gefühl der Beengtheit, das sie in letzter Zeit beschlichen hatte, wich nun dem Gefühl der Gefangenschaft. Nur mit großer Überwindung konnte sie sich dazu zwingen, ins Innere des Hauses zurückzukehren. Hier, in ihren eigenen Kammern, lauerte nun der Feind, und Runa wusste, dass sie ihm nicht entkommen konnte.

Die Nachricht ging wie ein Lauffeuer durch die Stadt. Die Weitgereisten selbst hatten dafür gesorgt, indem sie einen Reiter vorweggeschickt hatten, der ihr Kommen ankündigen sollte. Ein jedes Haus in der Reichenstraße war bereits in heller Aufregung; nur das nicht, dessen Bewohner eigentlich am meisten Freude empfinden sollten.

Marga hastete so schnell die Straßen entlang, wie es sich gerade noch für eine Frau geziemte. Als jedoch das Haus ihrer Herrschaft in Sicht kam, gab es für sie kein Halten mehr: Sie raffte ihre Röcke so hoch, dass für einen kurzen Moment ihre nackten Beine zu sehen waren, und stürmte hinein. Wie erwartet fand sie Ragnhild und Margareta im Handarbeitsraum. Atemlos stand sie in der Türe und stützte sich mit beiden Händen am Rahmen ab.

Ragnhild wurde bleich. Gerade wollte sie ihre Magd fragen, ob etwas Schlimmes passiert sei, als sie ein Lächeln auf Margas Gesicht erkannte.

Die Magd wandte sich Margareta zu und nahm ihr aufgeregt

die Stickerei aus den Händen. »Ja, was sitzt du denn noch hier herum? Hast du es nicht gehört, meine Liebe?«

Margareta schüttelte verwirrt den Kopf. »Was soll ich gehört haben?«

»Ha, die Spatzen pfeifen es doch schon von den Dächern! Der edle Hereward von Rokesberghe ist aus Nowgorod zurückgekehrt. Er wird jeden Moment in der Stadt eintreffen.«

Ragnhild riss die Augen auf, öffnete den Mund und klatschte dann vergnügt in die Hände. »Nein, ist das wahr? Was für eine Freude! Dein Verlobter ist zurück, mein Kind, Hereward ist endlich da!«

Margareta war einer Ohnmacht nahe. Konnte das sein? War die lange Zeit des Wartens nun tatsächlich vorbei? Noch immer hatte sie kein Wort gesprochen. Dann wurde sie von Marga an den Händen gefasst und auf die Beine gezogen. »Aufwachen, Träumerin! Richte dich her, und zieh dein schönstes Kleid an! Oder willst du deinen zukünftigen Gemahl etwa in einem einfachen Leinenkleid willkommen heißen?«

»Nein, o großer Gott, das will ich gewiss nicht!«

»Dann husch, husch«, scheuchte Ragnhild ihre Stieftochter vor sich her.

Gemeinsam eilten die Frauen in Margaretas Kammer und wählten ein grünes Kleid aus edelster Seide aus, welches besonders schön zu deren feuerroten Haaren passte. Während Ragnhild die vielen Schnüre zuzog, flochten Margas geschickte Hände ein paar kunstvolle Zöpfe. Zum Schluss stach sich Ragnhild in den Finger und verteilte zwei Tröpfchen ihres Blutes auf den blassen Wangen und Lippen ihrer Stieftochter.

Als alles getan war, trat Ragnhild einen Schritt zurück und sagte, gerührt von Margaretas Anblick: »Du bist wunderschön, mein Kind.«

Marga musste sich gar eine Träne wegwischen.

Dann begannen die Frauen zu lachen. Margareta umarmte beide gleichzeitig und rief: »Nun schaut doch nicht so! Ich werde das Haus schließlich nicht heute schon verlassen! Bis zur Hochzeit bleibt doch noch ein wenig Zeit.«

Die Frauen kicherten und scherzten so ausgelassen, dass Albert in seinem Kontor davon hörte. Mit fragendem Blick stand er plötzlich in der Kammer. »Was wird denn hier gefeiert?«

Ragnhild lief zu ihrem Gemahl und warf sich stürmisch an seine Brust. »Albert, du wirst es nicht glauben! Hereward von Rokesberghe ist zurückgekehrt. Er wird sogleich in der Stadt eintreffen. Wir müssen ihn gebührend empfangen. Nun steht einer baldigen Hochzeit unserer Tochter nichts mehr im Wege. Ich bin so glücklich!«

Nur wenig später hatten sich alle Bewohner des Hauses zusammen mit einer Heerschar weiterer Neugieriger aus allen Kirchspielen auf den Weg zum Rathaus gemacht. Die Menschen warteten bereits mit großer Spannung, als der lange Reitertross endlich in Sicht kam. Langsam schob er sich durchs Hopfentor und nahm wegen seiner Länge die gesamte Reichenstraße und den Ness ein. Hereward ritt vornweg.

Sofort brach laute Begeisterung aus. Die Männer fingen an zu jubeln, die Frauen schwangen bunte Bänder und Tücher. Alle reckten die Köpfe, um einen Blick auf die Männer zu erhaschen, welche sich der Stadt so verdient gemacht hatten.

Margareta jedoch hielt sich damenhaft zurück und genoss das wohlige Gefühl in ihrem Bauch. Die Frauen um sie herum waren wie von Sinnen. Sie drängten und stießen einander, um mehr sehen zu können. Es bestand kein Zweifel, dass jede von ihnen bei Herewards Anblick förmlich dahinschmolz. Margareta nahm diesen Moment tief in sich auf. All die Tratschereien, die sie in den letzten Monaten nach ihrer Verlobung hatte ertragen müssen, würden ab heute vergessen sein. Keines der lästerlichen Weiber konnte nunmehr behaupten, Hereward kehre nicht nach Hamburg zurück, um einer Ehe mit ihr zu entgehen. Nein, er war sogar früher gekommen, als alle erwartet hatten. Fast so, als wollte er selbst nicht länger warten. Dieser Moment würde sie für all ihr Leiden entschädigen, da war sie sich ganz sicher. Jener Mann, dem die Damen so sehnsüchtig entgegenblickten, wollte sie zur Frau nehmen. Sie – und keine andere!

Als Margareta Ross und Reiter endlich erblickte, schlug ihr Herz so heftig, dass sie meinte, es würde ihr aus der Brust springen. Während seiner langen Abwesenheit hatte sie tatsächlich vergessen, wie gut er aussah.

Hereward trug eine leichte Rüstung aus einem Kettenhemd mit einem Wams darüber, einer locker abgestreiften Kettenhaube und nach hinten geschnürten Kettenbeinlingen. Sein dichtes, lockiges Haar fiel ihm wirr bis auf die breiten Schultern, und wenn er lächelte, entblößte er eine Reihe makelloser weißer Zähne. Er war ein Bildnis von Mann!

Margareta fühlte, wie ihr das Blut in die Wangen schoss. Gleich würde er an ihr vorbeireiten, und dann würden sich alle Augen auf sie richten. Sie wusste, dass jeder der hier Anwesenden gespannt darauf wartete, wie die beiden Verlobten einander begrüßen mochten. Stumm flehte sie alle Heiligen und die Jungfrau Maria an, er möge ihr wenigstens einen liebevollen Blick schenken oder ihr gar zuwinken. O bitte, lass ihn nicht einfach nur mit einem höflichen Nicken an mir vorbeiziehen, schoss es ihr durch den Kopf.

Noch während Margareta überlegte, wie sie ihn auf sich aufmerksam machen konnte, ohne sich unschicklich zu benehmen, hob Hereward seinen starken Arm zum Zeichen, dass der Tross hinter ihm stehen bleiben solle. Augenblicklich ging ein Ruck durch sein Gefolge, dann kam jeder Huf, jedes Wagenrad und jeder Fuß zum Stehen. Alle Münder verstummten; allein die aufgewirbelte Staubwolke schien noch in Bewegung zu sein. In gespannter Erwartung dessen, was nun folgen mochte, hielten die Hamburger den Atem an. Dann blickte Hereward Margareta direkt in die Augen.

Einen kurzen Moment dachte sie, ihre Knie würden ihr Gewicht nicht mehr tragen wollen, und sie stützte sich dankbar auf einen Arm, der sich ihr von hinten anbot. Der Arm gehörte Runa, doch das war Margareta gleich. Sie hatte nur noch Augen für Hereward.

Dieser gab nun ein erneutes Zeichen, auf dass ein Knabe herbeigeeilt kam, der hölzerne Stufen neben sein Ross stellte. Schwungvoll ließ er sich aus dem Sattel gleiten, ohne den Blick von Margareta zu wenden. Würdevoll trat er auf sie zu und blieb nur ungefähr einen Schritt entfernt von ihr stehen. Er musste den Kopf senken, um sie anzublicken, denn Hereward überragte seine Verlobte weit über eine Haupteslänge. Seine Finger griffen in seinen Reiseumhang und zogen ein seidenes Band heraus, das einstmals blau gewesen sein musste. Er hielt es mit seiner großen Faust umschlossen und drückte es an sein Herz. Dann endlich ertönte seine dunkle, wohlklingende Stimme, die den ganzen Platz vor dem Rathaus auszufüllen schien.

»Edle Jungfrau Margareta. Ihr habt lange auf mich warten müssen, aber das hat nun ein Ende. Ihr gabt mir dieses seidene Band am Tage unserer Verlobung, und ich habe es an meinem Herzen getragen, bis ich das ferne Nowgorod erreicht hatte. Auch den langen Heimweg hat es mich stets begleitet und mir Glück beschert. Nun bin ich sicher und wohlbehalten zurückgekehrt – dank Gottes Gnade und dank Eurer Gebete. Nehmt es nun zurück, edle Jungfrau Margareta, zusammen mit einem Kuss von mir«, Hereward führte das Band an seine Lippen und legte es dann in Margaretas zarte Hände. »Auf dass wir uns bald wiedersehen, am Tage unserer Vermählung.« Er verbeugte sich galant und schenkte ihr noch ein letztes Lächeln, bevor er zum Bürgermeister Willekin Aios hinüberging, wo er sogleich von den Ratsherren umringt wurde.

Margareta fühlte sich wie eine Königin. Einen kurzen Moment gab es nur Hereward und sie. Nichts und niemanden nahm sie wahr außer ihm, und sie fühlte sich, als würde sie schweben. Von ebendiesen Augenblicken kündeten die Dichter und Minnesänger. Nie hätte sie sich träumen lassen, dass es so etwas tatsächlich geben konnte. Nie hätte sie geahnt, dass sie selbst einmal Teil eines solchen Zaubers sein würde. Was konnte sich eine Frau mehr wünschen? Trunken vor Glückseligkeit blickte sie auf das schmutzig blaue Band in ihren Händen, während die Frauen um sie herum auf sie einstürmten. Glückwünsche und Umarmungen prasselten nur so auf sie herab, und auch manch neidischer Blick fiel ihr zu. Doch anders als in den vergangenen Wochen konnten diese Blicke Margareta nicht mehr treffen. Im Gegenteil, sie labte sich geradezu daran! Margareta war sich sicher: Dies war der glücklichste Tag in ihrem Leben – jedenfalls bis zur Hochzeit!

11

Endlich waren die Kinder mal einen Augenblick still, dachte Johannes, der auf Freyja und Thymmo blickte. Friedlich wie sonst selten saßen sie bei ihm und Agnes in der Küche und aßen Kringel, die ihre Großmutter Ragnhild ihnen von Marga hatte vorbeibringen lassen.

So gut sich Johannes auch an die weibischen Tätigkeiten gewöhnt hatte, die seine Stellung als Dienstmagd mit sich brachte – der Umgang mit Kindern fiel ihm immer noch schwer. Kinder waren laut und ungestüm, meistens dreckig, und immer wollten sie irgendetwas! Nie hätte er gedacht, dass ihre Erziehung so viel Geduld erforderte. Auch wenn dieses Eingeständnis Überwindung kostete: Das Leben eines Weibes war weit härter als das eines Mannes.

»Johanna! Aufwachen … Johaaannaaa!« Agnes schnipste ungeduldig mit den Fingern und riss ihn so aus seiner Träumerei. »Steh nicht rum wie ein Besen! Es wäre zu freundlich, wenn du mir endlich zur Hand gehen würdest!«

Sofort setzte sich Johannes in Bewegung. Er wusste, dass Agnes' Worte nicht böse gemeint waren. Sie hatte einen rauen Ton, doch daran waren bloß ihre hinderlichen Verletzungen schuld.

Seit dem Tage, an dem sie sich die Verbrühungen zugezogen hatte, konnte sie sich nur noch langsam fortbewegen. Die Haut an ihren Beinen war so hart geworden, dass es ihr nahezu unmöglich war, die Knie zu beugen. Doch sie war am Leben – und sie war dankbar dafür, wie sie Johannes schon mehrfach versichert hatte. Die viele harte Arbeit jedoch ließ sie an manchen Tagen schier verzweifeln. Häufig wünschte sie sich, so beweglich wie früher zu sein. Sie war eine fleißige Magd, die am liebsten alles selbst in die Hand nahm. Doch nun, da der Priester und Ava auch noch hier im Hause wohnten und die beiden Mägde fast doppelt so viel zu tun hatten, war es einmal mehr unmöglich geworden, all die anfallenden Arbeiten alleine zu bewältigen.

Doch gemeinsam hatten sie einen Weg gefunden, trotz Agnes' steifer Beine und Johannes' Stummheit. Während Agnes im Sitzen Gemüse putzte, den Kessel mit Sand säuberte, auf die Kinder achtete oder Wäsche wusch, holte Johannes eimerweise Wasser aus dem Reichenstraßenfleet, ging zum Markt, kehrte das Haus und trug die Speisen die Stiegen auf und ab. Sie hatten sich aufeinander eingespielt und waren froh um die Gegenwart des anderen.

Anfänglich hatte Johannes die Verkleidung als Johanna und die damit untrennbar verbundenen Aufgaben einer Magd als große Last empfunden. Er war mürrisch ob seines Schicksals gewesen und hatte mit seinem neuen Leben als Mitglied eines niederen Standes gehadert. Irgendwann aber nahmen diese Empfindungen eine Wende.

Agnes hatte es ihm leichtgemacht, obwohl sie das nicht musste. Sie war vor ihm die Magd im Hause der von Sandstedts gewesen und hätte darauf bestehen können, dass er ihr demütigst untergeben war, doch das war nicht ihre Art. Agnes war immer gerecht gewesen und hatte ihm geduldig alles beigebracht, was er wissen musste. Zudem stand sie ihm bei, wo sie nur konnte.

Eines Tages, als Johannes auf den Straßen von anderen Mägden wegen seines Aussehens gehänselt wurde, hatte sie ihn sogar verteidigt, auf dass die Mädchen sich trollten. Und irgendwann danach waren sie so etwas wie Freundinnen geworden. Echte Freundinnen, die sich ab und an uneins waren, weit häufiger aber miteinander lachten und füreinander da waren.

Nie zuvor hatte Johannes eine solche Verbundenheit zu einer Frau verspürt. Das verwirrte ihn. An manchen Tagen spürte er gar die Angst, sich in seiner Rolle zu verlieren. Nach so vielen Wochen als Johanna fühlte Johannes sich als Frau und festes Mitglied dieser Familie ungewohnt heimisch. Die Hütte im Wald, die so lange sein Zuhause gewesen war, und sogar seine Stiefmutter vermisste er immer seltener. Oft musste er sich daran erinnern, weshalb er eigentlich hier war.

Doch immer dann, wenn er seinen Zwillingsbruder Godeke zu Gesicht bekam, traf es ihn wie ein Schwerthieb, und aus Johanna wurde wieder Johannes. Godeke hatte so vieles, das er begehrte, und darum hasste er ihn.

Er war so groß und stattlich. Hatte mit Oda eine hübsche Frau geheiratet und war durch seinen Vater zu Ansehen und Reichtum gekommen. Die Erkenntnis, dass auch er all das hätte haben können, wäre er damals nicht mit seiner Stiefmutter in den Wald gegangen, sondern Godeke nachgefolgt, vertiefte seinen Hass nur noch. Er musste sich eingestehen, dass die Entscheidung, die er vor über sechs Jahren getroffen hatte, falsch gewesen war. Zu stolz, um reumütig wie sein Bruder zu seinen Eltern zurückzukehren, hatte er sein Schicksal damals für immer besiegelt. Doch nun würde er sein Schicksal in die Hand nehmen und das Blatt wenden.

Die Verkleidung als Frau hatte sich bereits als wirksame Waffe herausgestellt, und seit Jüngstem wusste er sogar einen mächtigen Verbündeten an seiner Seite.

Als Vater Everard die Küche betrat, waren Johanna und Agnes so vertieft in ihre Arbeit, dass sie den Geistlichen zunächst gar nicht bemerkten.

Bedächtigen Schrittes trat er näher an die Holzbank heran, auf der Freyja und Thymmo saßen und ihre Kringel aßen. Sie liebten dieses honigsüße Gebäck. Es kam selten vor, dass sie jeder einen eigenen Kringel bekamen, und so ließen sie sich auch von dem Erscheinen Vater Everards nicht stören.

Gemächlich setzte er sich den Kindern gegenüber und betrachtete sie eingehend. Die Geschwister waren so unterschiedlich, dass man meinen konnte, sie wären nicht miteinander verwandt. Thymmo hatte offensichtlich das blonde Haar seines Vaters geerbt, doch seine Züge unterschieden sich deutlich von denen Walthers. Freyja hingegen war das dunkle Ebenbild ihrer Mutter: Sie hatte das gleiche Lächeln und die gleiche Nase wie Runa; und doch hatte es Gott wohl gefallen, ihr braunes Haar und diese großen bernsteinfarbenen Augen zu schenken. Wie so oft konnte Vater Everard auch in diesem Moment die Augen nicht von dem Mädchen nehmen. Ihr Antlitz hielt ihn auf eine seltsame, fast unangenehme Weise gefangen und ließ einen furchtbaren Gedanken in seinem Kopf reifen.

»Vater Everard. Ich habe Euch gar nicht kommen hören«, riss es ihn plötzlich aus seinen Gedanken. »Was führt Euch …«

»Schscht!« Einen Zeigefinger vor dem Mund, die andere Hand erhoben gebot er Agnes Einhalt. »Kein Wort von dir, Magd. Du hast nur dann zu sprechen, wenn ich es dir sage.«

Agnes war wie vor den Kopf gestoßen, doch sie schwieg, wenngleich sie sich fragte, warum er die Kinder unentwegt anstarrte. Schließlich wandte sie sich wieder ihrer Aufgabe zu. Kurze Zeit später ertönte seine ruhige, doch gleichzeitig bedrohliche Stimme erneut.

»Freyja, gib deinem Bruder deinen Kringel.«

Lautlos fuhr Agnes herum und verfolgte das Geschehen.

Als das kleine Mädchen keine Anstalten machte, seinen Kringel herauszugeben, wiederholte der Priester seine Forderung.

»Gib deinem Bruder deinen Kringel.«

Freyja war ein mutiges Mädchen. Normalerweise ließ sie sich nicht so schnell einschüchtern, doch der Geistliche sprach in einem Ton, der keine Widerrede zuließ. Ihre Augen füllten sich mit Tränen. Eher schüchtern als entschlossen entgegnete sie: »Das ist mein Kringel«, und umklammerte das mittlerweile klebrige Gebäck mit beiden Händchen.

Als Thymmo sah, dass die sonst so beherzte Freyja zu weinen begann, musste selbst er schwer schlucken. Gewiss, sie stritten so manches Mal, und gewiss, er liebte die süßen Kringel und hätte liebend gern auch noch ihren gegessen, doch noch mehr als alle Kringel liebte er seine kleine Schwester. Deshalb nahm er all seinen Mut zusammen und sagte: »Vater, warum soll Freyja mir ihren Kringel geben? Ich habe auch einen.« Sogleich streckte er seine Hand mit dem Gebäck darauf flach nach vorne in der Hoffnung, der Geistliche hätte es bloß übersehen und zöge seine Forderung zurück.

Doch auch das tat der Entschlossenheit des Priesters keinen Abbruch. An Thymmo gewandt erklärte er: »Ich will, dass sie dir ihren Kringel gibt, da sie bloß ein Weib ist. Sie braucht nur halb so viel zu essen wie du, weil sie später auch nur halb so schwer zu arbeiten hat wie du. Außerdem hat sie meinen Befehlen Gehorsam zu leisten.« Er wandte sich wieder an Freyja: »Ich sage es dir ein letztes Mal, du ungezogenes Kind. Gib deinem Bruder sofort deinen Kringel!«

Aus dem unterdrückten Schluchzen war bitterliches Weinen geworden. Dicke Tränen rannen dem Mädchen über die Wangen. Noch immer hielt es sein Gebäck fest in den Händchen.

Agnes hatte mittlerweile die Fäuste in die Falten ihres Rockes gekrallt. Sie wusste nicht, ob sie die ungerechten Worte des Kirchenmannes über die Arbeit der Frauen oder seine Forderung an Freyja in diesem Moment mehr ärgerten. Stumm flehte sie, das Mädchen möge den verdammten Kringel endlich herausgeben, damit diese Pein ein Ende habe.

Thymmo schien das Gleiche zu denken. Vorsichtig griff er mit der einen Hand nach dem Gebäck und strich seiner weinenden Schwester mit der anderen Hand sanft über den Rücken. Doch er kannte seine Schwester nur zu gut und hätte wissen müssen, was nun folgte.

Wütend und trotzig zugleich zog sie ihre Hände in die entgegengesetzte Richtung, sodass ihr Bruder sie nicht mehr erreichen konnte.

In diesem Augenblick schoss der Geistliche blitzschnell von seiner Bank hoch und schlug Freyja so heftig ins Gesicht, dass ihre braunen Haare nur so flogen und der Kringel vor Johannas Füßen landete.

Agnes entfuhr ein Laut des Entsetzens. Sie konnte einfach nicht glauben, was dort vor ihren Augen geschah. Um die wüsten Verwünschungen, die sie dem Geistlichen am liebsten entgegengeschleudert hätte, nicht aus Versehen laut auszurufen, hielt sie die Luft an und biss sich voller Zorn auf die Lippen. Freyja tat ihr unendlich leid.

Mit der Verachtung, die sonst nur Hexen und Dieben zuteil wurde, sagte Vater Everard an das kleine Mädchen gerichtet: »Wenn ich dir das nächste Mal etwas auftrage, gehorchst du besser gleich, du missratenes Balg. Ansonsten werde ich dich zwingen, die andere Wange auch noch hinzuhalten, wie Jesus Christus es uns gelehrt hat.« Damit verschwand er eiligen Schrittes aus der Küche.

Freyja hatte seine Worte zwar gehört, doch verstehen konnte sie sie nicht. Es war für das Mädchen nicht zu begreifen, warum der Priester wollte, dass ihr Bruder zwei Kringel bekam und sie keinen. Verzweifelt weinend ließ sie sich von Agnes auf den Arm nehmen und trösten. Ihre Wange hatte sich bereits leuchtend rot verfärbt.

Thymmo war nicht weniger verwirrt über das Verhalten des Geistlichen. Dennoch fragte er sich, ob ein Mann der Kirche tatsächlich irren konnte. Wenn er behauptete, dass ein Junge mehr zu essen brauche als ein Mädchen, dann musste das doch stimmen. Plötzlich fiel sein Blick auf den am Boden liegenden Kringel. Als er sich gerade danach bücken wollte, fuhr Agnes ihn erbost an: »Wag es ja nicht, dieses verdammte Ding anzufassen, Thymmo. Mir ist egal, was Vater Everard eben gesagt hat. In meiner Küche wirst du niemals mehr oder weniger zu essen bekommen als deine Schwester.«

Fast wie ein Dieb schlich sich Walther aus seinem eigenen Haus. Er musste raus. Weg von seinem Ziehvater, dem er seit Tagen aus dem Weg ging, weg von den Sorgen um Thiderich, die in seinem Haus genau wie in Alberts allgegenwärtig waren. Das Gefühl, nichts für seinen Freund tun zu können, lastete schwer auf ihm.

Nachdem die Gruppe reisender Kaufleute sich ohne Thiderich wieder in Hamburg eingefunden hatte und noch weitere Tage ohne jede Nachricht von ihm verstrichen waren, gab es keinen Grund mehr zu hoffen. Thiderich war verschollen, und Godeke, Albert und Walther waren ratlos. Welche Vermutung sie auch anstellten, nichts kam ihnen wahrscheinlich vor. War Thiderich von Plackern überfallen worden, die auf reiche Beute aus waren, oder war er bei einem Sturz von seinem Pferd ums Leben gekommen? Hatte es ein Unwetter gegeben, das ihn vom Wege hatte abkommen lassen, oder war er von üblem Gelichter in Plöns Schenken hinterrücks erschlagen worden?

Es war hoffnungslos, darüber zu sinnieren. Wie sollten die Freunde es je herausfinden? So unerträglich die Wahrheit für sie auch war, es gab nichts, das sie hätten tun können, um Thiderich ausfindig zu machen. Wo auf dem weiten Weg nach Plön sollten sie mit der Suche beginnen? Verschollene hinterließen in der Regel keine Hinweise auf ihren Verbleib.

Außerdem hatten sie keine Ahnung, ob Thiderich dem Grafen seine Münzen hatte übergeben können, schließlich hätte ein

Überfall sowohl auf der Hin- als auch auf der Rückreise geschehen können. Da ihr Freund heimlich allein gereist war, anstatt sich einer Gruppe Reisender mit wehrhaften Männern anzuschließen, gab es niemanden, der sich für die Übergabe des gräflichen Anteils verbürgen konnte. Und nun waren er und ein ganzer Sack voller Münzen fort! Diese Tatsache bot ein willkommenes Fressen für all jene, die an Thiderichs Ehrlichkeit zweifeln wollten. Böse Zungen konnten nun mit Leichtigkeit behaupten, er habe sich samt der gräflichen Beute davongemacht, und das konnte gefährlich für sie alle sein.

Auf Weisung des Grafen Gerhard II. hin, hatten die Freunde am Tag der Eiderneuerung füreinander bürgen müssen. Sollte sich herausstellen, dass Thiderich die gräflichen Münzen tatsächlich nicht mehr hatte übergeben können, wäre vor allem Albert in großen Schwierigkeiten. Möglicherweise wusste Graf Gerhard II. noch gar nichts davon, doch das würde sicher nicht lange so bleiben. Bald schon konnte Albert der Ruf des Fürsten nach dem ihm zustehenden Anteil ereilen.

Auf Walthers Frage, woher Albert erneut so schnell an eine derart hohe Summe kommen wollte, hatte dieser bislang keine Antwort gefunden. Alles Holz aus seinem Lager war verkauft. Der einzige Weg, der ihm jetzt noch blieb, war, eine Schuldsumme bei einem reichen Kaufmann aufzunehmen und diese ins Schuldbuch eintragen zu lassen. Doch diese Eintragung setzte ein Geständnis voraus, welches Albert noch gern etwas hinausgezögert hätte; ein Geständnis, dass Thiderich zum Grafen geritten war, obwohl der Rat diese Art von Geschäften verboten hatte.

Voller Sorge fragte sich Walther, ob der Rat Albert beistehen würde, auch wenn er seiner Verordnung zuwider gehandelt hatte. Es sollte sich bald herausstellen – morgen bei der Ratssitzung, wo Albert die Wahrheit verkünden wollte, wie er seinem Nuncius heute erzählt hatte, der gerade durch die Straßen Hamburgs lief.

Walther konnte die Türe der Schenke bereits sehen. So harmlos sie von außen auch wirkte, dahinter verbarg sich wahrhaft Liederliches, und genau das war sein Ziel. Er suchte Sünde und Zerstreuung, um sich wenigstens vorübergehend abzulenken. Möglicherweise auch, um im Stillen gegen seinen geistlichen Ziehvater aufzubegehren.

Gedämpftes Gejohle kündigte bereits von der Straße aus an, was ihn gleich erwartete. Walther stieß die Türe auf und trat ein. Seine Augen mussten sich erst an das schummerige Licht im Inneren der Schenke gewöhnen. Dann aber sah er, dass jeder der groben Tische und Bänke über und über mit Männern besetzt war.

Betrunkene, stinkende, sabbernde Männer, die schon seit geraumer Zeit kein Tageslicht mehr zu Gesicht bekommen hatten. Einige von ihnen waren so abgefüllt, dass sie mit den Köpfen auf den Tischen schliefen. Andere wiederum waren noch munter und riefen der drallen Wirtsfrau derbe Sprüche hinterher. Sie war leichter bekleidet, als es sich einer anständigen Frau geziemte, wenngleich sie mehr Stoff trug als eine Hure. Ihre Aufgabe war es, die Gier der Männer zu wecken und ihnen vorzugaukeln, dass sie leicht zu haben sei. Doch mehr als ein Lächeln, kokette Versprechen und einen tiefen Einblick in ihren Ausschnitt bekam vermutlich keiner von ihnen.

Walther setzte sich an einen Tisch weit weg von der Feuerstelle. Es war unglaublich stickig in der Schenke. Ein Platz am Kamin war das Letzte, was er sich jetzt wünschte. Mit einem freundlichen Nicken begrüßte er die Männer an seinem Tisch; es waren drei an der Zahl. Einer von ihnen schlief bereits. Die anderen beiden hatten rote Nasen und aufgedunsene Gesichter vom Bier. Doch im Vergleich zu den übrigen Trinkfreudigen waren sie noch einigermaßen nüchtern.

Einer der beiden sprach Walther an. »Du bist doch der singende Nuncius, nicht wahr?«

Walther blickte erstaunt zu ihm herüber. »Woher weißt du, wer ich bin?«

Bevor er antwortete, erklärte der Mann: »Ich bin Kuno, und das ist Ulrich. Wir arbeiten eigentlich auf der Baustelle am Dom.«

»Und dort erfährt man etwas über singende Nuncios?«, fragte Walther etwas verwundert.

»Aber nein, wir sind nicht immer bloß Gehilfen. Bei dem großen Fest am Kunzenhof, da waren wir auch unter den feinen Herren.« Stolz hob Kuno sein Kinn, um bedeutender auszusehen. »Ich habe den ganzen Abend darauf geachtet, dass das Feuer im großen Kamin nicht ausging, während die Ritter und Grafen speisten.«

»Soso«, antwortete Walther etwas belustigt von Kunos wichtigtuerischem Gehabe. Doch er hatte ein Nachsehen mit ihm, schien er doch noch nicht älter als siebzehn Jahre zu sein.

»Nun ja, an dem Abend hast du doch gesungen, oder etwa nicht?«, fragte Ulrich etwas weniger selbstsicher als sein Saufkumpan.

»Ganz recht, so war es. Gut beobachtet«, stimmte Walther dem ebenso jungen Kerl zu.

Mit einem Mal hieb Kuno seinem Freund den Ellenbogen freundschaftlich, wenngleich etwas zu heftig in die Seite. »Hab ich es dir doch gesagt! Ich vergesse niemals ein Gesicht.«

Ulrich nickte mit schmerzverzerrtem Antlitz.

Walther schmunzelte und bestellte sich und auch Kuno und Ulrich ein Bier. Diese beiden Burschen waren genau das, was er gerade brauchte, um sich auf andere Gedanken zu bringen. Schließlich war er deshalb hergekommen – er wollte sich mal so richtig kräftig besaufen.

Schnell entwickelte sich zwischen den Männern eine fröhliche und lautstarke Unterhaltung. Sie redeten über die Arbeiten am Dom, über Weiber und über Bier. Letzterem sprachen sie in solch rauen Mengen zu, dass ihre Zungen und Köpfe langsam schwerer wurden.

Ulrich vertrug am wenigsten. Bald schon konnte er sich nicht mehr an ihrer Unterhaltung beteiligen. Immer wieder kippte sein Kopf im Halbschlaf nach vorne, nur um kurz darauf wieder ruckartig nach oben gerissen zu werden. Mit der Faust umklammerte er noch immer das Messer, welches er vorhin herausgeholt hatte, um damit das Brot und den Käse zu schneiden, den die drei Männer sich geteilt hatten.

Fast fürsorglich nahm Kuno seinem Freund die scharfe Klinge aus der Hand und legte sie flach vor sich auf den Tisch. Mit schleppenden Worten erklärte er dem beinahe Besinnungslosen: »Wenn du Trunkenbold das Messer nicht beiseitelegst, dann wird es dir ergehen wie dem halb blinden Grafen Johann II., und du verlierst ebenfalls ein Auge.«

Walther musste kichern. Die beiden benahmen sich fast wie ein altes Ehepaar.

Dann wandte sich Kuno wieder Walther zu. »Ich sage dir, mein Freund, der Graf ist ein armer Wicht.«

»Was meinst du damit?«, fragte Walther etwas erstaunt. Auch wenn es ganz bestimmt schlimm war, ein Auge zu verlieren, so wäre er dennoch niemals auf die Idee gekommen, ein Mitglied des Grafenhauses als *armen Wicht* zu bezeichnen.

Kuno schaute Walther mit roten, glasigen Augen an und lallte: »Da ist man schon ein Graf und hat eine dänische Königstochter zur Braut, und dennoch ergibt man sich dem Trübsinn. Man sagt, Johann II. sei seit dem Verlust seines Auges schwermütig geworden. Er hat die Jagd geliebt, der er nun nicht mehr frönen kann, und der Schmerz in seiner leeren Augenhöhle soll ihn fast wahnsinnig machen.«

Für einen kurzen Moment war Walther mit seinen Gedanken wieder beim Tage der Nachfolge-Verkündung auf dem Kunzenhof. Der Schrei, den Johann II. von sich gegeben hatte, nachdem der Narr ihm versehentlich ein Auge ausgestochen hatte, war allen Männern im Saal durch Mark und Bein gegangen. Jede gräfliche

Würde war schlagartig von ihm gewichen. Wie ein Kind hatte sich Johann II. auf die Knie fallen lassen und geheult und geschrien, bis man ihn fortbrachte. »Woher weißt du all das, Kuno?«

Der junge Bursche musste grinsen. »Ich sagte doch, ich verdinge mich auf der Baustelle am Dom. Es ist eine schwere Arbeit, doch hin und wieder wird sie mir versüßt, indem ich die hohen Kirchenmänner bei ihren Unterredungen belauschen kann – immer dann, wenn sie eigentlich beten sollten. Ich weiß, dass mich das den Kopf kosten könnte, aber ich kann es einfach nicht lassen.«

Walther wusste nicht so recht, ob er Kuno für gewitzt oder für dumm halten sollte. Doch es blieb ihm keine Zeit, darüber nachzudenken, denn von einem Moment auf den anderen blickte er auf zwei schaukelnde Brüste, die sich genau vor seinen Augen befanden.

»Wollt Ihr und Euer Freund noch ein Bier?«, gurrte die Wirtsfrau in verführerischem Ton.

Walther blickte zu ihr hoch und sagte zunächst mal nichts. Auch wenn sie keine besonders schöne Frau war, gefiel sie ihm nach seinem fünften Bier bereits viel besser als noch vor dem ersten.

»Wir hätten gern noch drei Bier … äh … ich meine zwei Bier«, berichtigte Kuno nach einem Blick auf den schlafenden Ulrich, doch die Wirtsfrau beachtete ihn gar nicht. Sie schien nur Augen für Walther zu haben.

Noch bevor er eine Antwort geben konnte, beugte sie sich zu ihm hinunter und strich ihm mit ihrer rechten Hand eine seiner dicken blonden Haarsträhnen aus der Stirn. Dabei rückte sie ihren Busen immer weiter an sein Gesicht heran. Es war offensichtlich, dass sie Walther gefallen wollte. »Wie heißt Ihr?«

»Walther von Sandstedt«, presste er mühevoll hervor und versuchte den schaukelnden Brüsten nach hinten zu entkommen, bis er mit dem Kopf schmerzhaft gegen die Wand prallte.

»Vielleicht habt Ihr ja noch weitere Begehren, Walther von Sandstedt. Ein so strammer Bursche wie Ihr einer seid, hat doch sicherlich … ich nenne es mal, unerfüllte Wünsche.« Die Wirtin legte ihre linke Hand auf seinen Oberschenkel und ließ sie langsam sein Bein in Richtung Gemächt hinaufgleiten.

Walther spürte, wie die Hand der Wirtsfrau in seinen Schritt wanderte, doch er war mittlerweile so betrunken, dass er sich ihrer nicht mehr erwehren konnte.

Als er keine Reaktion erkennen ließ, fragte sie mit gespielter Enttäuschung: »Gibt es denn gar nichts, womit ich Euch glücklich machen könnte?«

»Äh … doch …«, stammelte er schließlich mit bleierner Zunge. »Bringt uns noch ein Bier.«

Die Wirtin zog ruckartig die Augenbrauen hoch, ließ abrupt ihre Hände sinken und drehte sich wortlos um. Diese Abfuhr war deutlich.

»Großer Gott, was bist du nur für ein Narr?«, stieß Kuno verständnislos aus. »So betrunken kannst du doch gar nicht sein.«

»O doch, ich bin ziemlich betrunken. Aber nicht betrunken genug *dafür*«, gab Walther zurück.

»Mann, ich fasse es nicht. Du Holzkopf! Die ganze Zeit schon starrt sie zu uns herüber. Was glaubst du wohl, warum es hier von Männern nur so wimmelt? Sicher nicht wegen des verwässerten Gesöffs, das sie hier ausschenken. Jeder Kerl in der Schenke hofft, dass sie ihn ranlässt, und du gibst ihr eine Abfuhr. Ich sage ja, du bist ein Narr!«

Walther erwiderte nichts darauf. Er bereute es nicht, sie abgewiesen zu haben, wenngleich er von einem Heißsporn wie Kuno nicht erwartete, dass er ihn verstand. Andere Frauen interessierten ihn nicht. Runa hatte einfach alles, was eine Frau für ihn haben musste – das war ihm in der letzten Nacht ihres leidenschaftlichen Liebesspiels ein ums andere Mal klar geworden. Nie hätte er sie betrogen. Er liebte sie noch genauso wie am Tage ihrer Hochzeit – auch wenn sie seine Liebe nicht erwidern konnte.

12

Willekin Aios hatte gerade die Arme ausgebreitet, damit seine Frau ihn leichter ankleiden konnte, als es an der Tür klopfte. Das musste die Magd sein, dachte er bei sich, die ihm, wie immer vor den Ratssitzungen, noch einen stärkenden Trunk brachte. Je älter er wurde, desto mehr strengten ihn die ständigen Debatten und Streitereien an. Früher war es ruhig im Rathaus gewesen. Die Männer hatten sich mit Angelegenheiten wie dem Marktfrieden oder dem würdigen Empfang hoher Gäste beschäftigt. Heute war alles anders. Nahezu jede Sitzung war gespickt mit überaus bedeutsamen Themen, die stets Anlass zu hitzigen Wortgefechten boten.

Diese Tage forderten Willekin Aios' ganze Kraft. Wie gern hätte er manches Mal die Last des Bürgermeisteramtes wieder abgelegt! Die kommenden Zeiten würden sogar noch mehr Zwietracht einbringen. Der Bürgermeister war sich sicher, dass die Abspaltung vom Grafenhause ihm die noch überwiegend dunklen Haare eines nicht so fernen Tages vollständig ergrauen ließ.

»Nun komm schon herein, Marget«, befahl er der schüchternen Magd mit seiner dröhnenden Stimme.

Langsam öffnete sich die Tür. Herein kam ein blutjunges Mädchen, den erwarteten Trunk in der rechten Hand. Ihre Linke hielt ein Stück Pergament, welches sie ihrem Herrn mit gesenktem Blick entgegenstreckte.

»Was ist das?«, fragte er unwirsch.

»Ich kann doch nicht lesen, Herr«, gab die Magd leise zurück.

Natürlich konnte sie das nicht. Willekin Aios nahm ihr das Pergament aus der Hand und begann den Inhalt zu studieren. Noch während er die unleserlichen Zeilen überflog, erklärte Marget ihm, wie sie zu dem Schreiben gekommen war.

»Eben klopfte es laut an der Tür, doch als ich öffnete, lag bloß dieser Brief auf der Schwelle.«

Der Bürgermeister hörte zwar, was das Mädchen sagte, doch er erwiderte nichts darauf. Zu sehr fesselte ihn der Inhalt der Zeilen.

Anhand des Gesichtes, das ihr Gemahl beim Lesen machte, konnte seine Frau bereits erkennen, dass der Inhalt des Briefes alles andere als erfreulich war. »Du kannst gehen, Marget«, sagte sie daher anstelle ihres Mannes zu der Magd.

Diese knickste und verließ die Kammer.

Der Bürgermeister ließ das Pergament sinken. Obwohl er eigentlich erbost über die soeben erfahrene Nachricht hätte sein müssen, fühlte er sich seltsam bedrückt. Was sollte er nun tun? Einen kurzen Augenblick erwog er gar, den Inhalt des Briefes zu ignorieren. Dann aber machte er sich gewahr, dass er der Bürgermeister Hamburgs war. Seine eigenen Belange durften in Rechtsfragen nicht entscheidend sein. Er musste so handeln, wie es das Gesetz der Stadt erforderte, ohne Rücksicht zu nehmen auf Männer, die ihm näherstanden als andere. Wer auch immer diesen Brief geschrieben hatte, erwartete sehr wahrscheinlich genau das von ihm. Entschlossen setzte er den Trunk an seine Lippen und leerte den edlen Kelch in einem Zug.

»Schnüre mir schnell die Beinlinge, Frau. Ich muss sofort zum Rathaus.«

Der Ratsnotar Johann Schinkel redete bereits eine ganze Weile. Alle Ratsmitglieder hörten ihm aufmerksam zu – alle, außer zwei der anwesenden Männer.

Als Willekin Aios sein Haus vor über einer Stunde verlassen hatte, war er der festen Überzeugung gewesen, dass er den geheimen Brief noch vor Beginn der Ratssitzung auf den Tisch des Geheges legen und dessen Inhalt mit überzeugt kräftigen Worten verkünden würde. Doch auf dem Weg zum Rathaus war seine Entschlossenheit mit jedem Schritt gewichen, bis seine Zweifel schließlich Überhand genommen hatten. Und so gewährte er der von Johann Schinkel bereits lange vor diesem Tag geplanten Verkündung der Auslagerung der Rentenbücher aus den Erbebüchern zunächst einmal Vorrang. Diese Entscheidung hatte natürlich zur Folge, dass er nun kein einziges Wort des Ratsnotars mehr vernahm, sondern in sich gekehrt dasaß und über den Brief auf seinem Schoß nachgrübelte.

Immer wieder überflog er unbemerkt die Zeilen – stets in der Hoffnung, etwas zu entdecken, das ihn am Inhalt zweifeln ließ, sodass er das Pergament einfach hätte abtun können; doch ein solcher Hinweis fand sich nicht. Willekin Aios wusste, dass er mit der Verlautbarung des Briefs einen vielleicht nicht wiedergutzumachenden Schaden anrichten würde – gar eine Familie stürzen konnte. Er wollte sich einfach sicher sein, dass er das Richtige tat, deshalb ließ er Johann Schinkel noch ein wenig weitersprechen.

Von allen Ratsherren unbemerkt gab es einen weiteren Mann, dem es nicht gelang, den Ausführungen des Ratsnotars zu folgen.

Albert von Holdenstede war tief in Gedanken versunken. Bereits seit dem Morgengrauen haderte er mit sich und seinem Entschluss, schwankte hin und her zwischen der Entscheidung, mit der Offenbarung der Wahrheit einen gewaltigen Stein ins Rollen zu bringen, der möglicherweise seinen Untergang bedeutete, oder aber zu schweigen und zu versuchen, in Frieden weiterzuleben. Was wäre, wenn Thiderich morgen auftauchen würde? Dann hätte er sich umsonst verraten. Zum wiederholten Male fragte sich Albert, ob er womöglich doch noch einen Tag länger warten sollte.

Vielleicht würde noch alles gut werden, doch tief in seinem Innern wusste Albert, dass ihm keine Wahl blieb. Je länger er wartete, desto schlimmer konnte es für ihn ausgehen. Der launische Graf Gerhard II. würde nicht ewig auf seinen Anteil warten und Thiderich sicher nicht morgen in Hamburg auftauchen!

Albert hatte sich entschieden. Er würde reden – ganz gleich, ob er nun wollte oder nicht. Er musste reden. Nur noch wenige Augenblicke trennten ihn von seinem Geständnis, denn selbstverständlich würde er den Ratsnotar zunächst zum Ende kommen lassen. Ihn zu unterbrechen wäre Albert nie in den Sinn gekommen. Auch wenn er es in den vergangenen Jahren zu hohem Ansehen gebracht hatte, trennten ihn noch immer einige Plätze im Gehege von der erhabenen Sitzposition des Ratsnotars – was gleichbedeutend mit seiner Stellung im Rat war. Und so fühlte er, wie sein Herz klopfte und seine Hände feucht wurden, während er wartete, dass Johann Schinkel mit seinen Ausführungen zum Ende kam.

Der Ratsnotar war noch nicht ganz fertig, als sich die Stimme des Mannes erhob, der als Einziger befugt war, ihn derart unverfroren zu unterbrechen.

»Bitte verzeiht, Johann«, begann der Bürgermeister entschuldigend. »Ich bin untröstlich, Euch stören zu müssen, aber ich habe etwas Wichtiges zu sagen, das leider nicht mehr länger warten kann.«

Sichtlich erstaunt, aber dennoch billigend nickte der Ratsnotar dem Bürgermeister zu, legte das schwere Erbebuch beiseite und setzte sich auf das hölzerne Ratsgestühl.

»Meine Herren, bevor ich verkünde, was ich zu sagen habe, frage ich einen jeden von Euch, ob er etwas auf der Seele hat, das er gerne vortragen möchte.« Der Bürgermeister verstummte und blickte prüfend in die Runde.

Es war still im Gehege. Alle Männer schauten fragend zu Willekin Aios auf. Was hatte das zu bedeuten?

Albert schreckte aus seinen Gedanken. Nicht im Traum dachte er daran, dass der Bürgermeister ihn meinen könnte. Noch immer wartete er auf den rechten Moment, der es ihm erlaubte, sein Geständnis vorzutragen.

»Nun denn«, sagte Willekin Aios wenig später bedrückt. »Wenn sich niemand von meinen Worten angesprochen fühlt, bleibt mir wohl nichts anderes übrig, als mich direkt an die betreffende Person zu wenden.« Sein Blick suchte den von Albert. Noch einmal atmete er tief ein, um dann wieder zu seiner gewohnt kräftigen Stimme zu finden. »Albert von Holdenstede, ist es wahr, dass sich Euer Handelspartner Thiderich Schifkneht derzeit in Plön befindet, um den Grafen Gerhard II. aufzusuchen, obwohl ein Handelsverbot mit ebendiesem ausgesprochen wurde?«

Alle Köpfe drehten sich gleichzeitig vom Bürgermeister zum Angesprochenen. Unterdrücktes Gemurmel schwoll an.

Albert fühlte sich, als hätte ihn ein Faustschlag getroffen. Die Frage des Bürgermeisters kam so unerwartet, dass ihm die Luft aus der Lunge wich. Wie konnte er von Thiderichs Reise wissen? Niemand wusste davon, außer seiner und Thiderichs Familie. Die Männer im Saal wurden langsam unruhig. Alberts Antwort ließ zu lange auf sich warten, doch ihm fehlten einfach die richtigen Worte. Endlich begann er zu sprechen. Es war ein beliebiger und unüberlegter Satz – all seine sorgsam zurechtgelegten Worte waren wie weggeblasen. »Die Reise Thiderichs wurde geplant, als der Rat in dieser Frage noch zu keiner Entscheidung gekommen war.«

Seine Worte kamen einem Geständnis gleich und ließen das unterdrückte Geflüster der Ratsherren nun lauter und empörter werden.

»Soll das heißen, es stimmt, was in diesem Brief steht?«, fragte Willekin Aios und hielt das Pergament in die Höhe, sodass es jeder sehen konnte.

Wieder einmal war Albert zu verdutzt, um sogleich etwas zu erwidern. Vor wenigen Augenblicken noch war er derjenige gewesen, der ein Geständnis ablegen wollte, und nun sah er sich plötzlich angeklagt. Verwirrt fragte er, was allen Männern auf den Lippen lag: »Was ist das für ein Brief? Woher kommt er, und was besagt er?«

»Dieser Brief wurde mir im Verborgenen zugespielt. Ich weiß nicht, von wem er stammt, aber als Bürgermeister bin ich verpflichtet, dem Inhalt nachzugehen – gerade wenn er so unerfreulich ist wie in diesem Fall.«

Albert fasste sich nach und nach. Der erste Schreck war überwunden, und die Entrüstung über jenen Brief in Aios' Hand wuchs. Wütenden Blickes wies er auf einen leeren Platz auf der gegenüberliegenden Bank und sagte: »Wenn das so ist, dann solltet Ihr vielleicht überprüfen, ob dies nicht das Werk von Johannes vom Berge ist. Jedermann weiß, dass er seit Jahren nichts unversucht lässt, um mich zu stürzen. Ein Mann, der heimliche Anklageschriften verfasst und sie wie ein Dieb übergibt, ist des Rates nicht würdig.«

Der Bürgermeister konnte Alberts Wut über diese Schmach gut verstehen. Nur zu gerne hätte er der Gerechtigkeit halber getan, was Albert von ihm verlangte, doch das war nicht möglich. »Eure Vermutung ist leider unhaltbar, denn Johannes vom Berge befindet sich bereits seit einigen Tagen auf Reisen und kann den Brief deshalb kaum selber verfasst haben. Ich persönlich habe ihn die Stadt verlassen sehen, als ich in der Kurie unseres Ratsnotars war. Es tut mir leid.«

Albert wusste genau, dass Johannes' Abwesenheit sicher kein Hindernis war. Männer wie er hatten für jede schmutzige Arbeit einen Handlanger. Doch Albert war auch schlau genug, den mächtigen Johannes vom Berge nicht noch weiter anzuklagen. Seine Position war ohnehin schon denkbar schlecht. Er hatte keine Beweise für seine Behauptung, und wenn er ehrlich war, konnte er sich selbst nicht erklären, woher sein Feind von Thiderichs Reise erfahren hatte. Dennoch war er sich sicher, dass Johannes vom Berge dahintersteckte, und dieser wusste offenbar mehr, als es gut für Albert war.

Willekin Aios war entgegen seiner Art überaus geduldig mit Albert gewesen. Er mochte den Kaufmann und wünschte sich sehr, dass die Vermutungen sich nicht bewahrheiteten, doch seine Hoffnung schwand mit jedem Moment. Er konnte und wollte einfach nicht glauben, dass dieser Mann, den er stets geachtet hatte, den Rat tatsächlich auf diese Weise hintergangen hatte. Mit Widerwillen stellte er seine letzte Frage: »Albert von Holdenstede, habt Ihr die Weisung des Rates missachtet, indem Ihr Euren Handelspartner zum Grafensitz nach Plön geschickt habt? Gebt mir eine einfache Antwort auf diese einfache Frage.«

Albert hatte keine Wahl mehr. Seine Antwort war schlicht, doch die Reaktion der Männer um ihn herum war vernichtend. »Ja, Thiderich Schifkneht ist nach Plön zum Grafensitz gereist.«

Augenblicklich schwoll das vorher schon laute Gemurmel zu einem entrüsteten Redefluss an, der aus zahlreichen Mündern gleichzeitig zu kommen schien. Das Geständnis von einem der Ihren, die Gesetze des Rates mit Vorsatz missachtet zu haben, war ebenso selten wie erschütternd. Doch dass dieser nun dazu einen hochangesehenen Ratsherrn der Intrige beschuldigte, machte die Situation noch weit unerfreulicher.

Albert hatte viele Freunde im Rat, doch Johannes vom Berge besaß das höhere Ansehen. Es wurden verschiedene Stimmen laut. Einige der Männer waren sichtlich enttäuscht von Albert, andere wiederum empörten sich bloß lautstark, ohne sich jedoch auf eine Seite zu schlagen. Niemand aber war bereit, für Albert einzustehen. Die Beweise seiner Schuld wogen einfach zu schwer.

»Ruhe! Ruhe!«, befahl der Bürgermeister streng. Es dauerte eine ganze Weile, bis sich die Gemüter einigermaßen beruhigt hatten und Willekin Aios wieder in einem normalen Ton sprechen konnte. »Albert, es erschüttert mich, dass Ihr die Möglichkeit eines Geständnisses nicht genutzt habt, als ich Euch die Gelegenheit dazu gegeben habe. Ich kann nicht leugnen, dass Euch das noch verdächtiger macht, als es ohnehin bereits der Fall ist.« Die nächsten Worte kosteten den Bürgermeister sichtlich Kraft. »Euer Verhalten zwingt mich zum Äußersten. Es tut mir leid. Bis auf Weiteres verweise ich Euch des Rates. Dieser wird in den nächsten Wochen über Eure Zukunft in unseren Reihen beraten.«

Albert hörte die Worte Willekin Aios' wie aus weiter Ferne. Nichts war so gelaufen, wie er es geplant hatte, und er selbst trug auch noch die Schuld an seiner misslichen Lage! Obwohl Thiderich dagegen gewesen war, hatte Albert darauf bestanden, dass sein Freund zum Grafensitz nach Plön ritt. Warum nur hatte er sich nicht ein einziges Mal von seinem Handelspartner oder seinem Sohn überzeugen lassen? Aber was nützten diese Gedanken jetzt noch? All das war nun unwichtig. Es war zu spät.

Um eine gerade Haltung bemüht stand Albert unter den zwiespältigen Blicken der Ratsherren auf und verließ das Gehege. In ihm kämpfte das Gefühl der Demütigung gegen das Wissen, dass er den Ausschluss aus dem Rat verdient hatte. Mit hölzernen Bewegungen verließ er das Rathaus. Ohne dass er über seinen Weg nachdachte, durchquerte er den Hafen – vorbei an der Baustelle des Krans, die Brotschrangen entlang, bis er schließlich rechts in die Reichenstraße einbog und die letzten Schritte zu seinem Haus zurücklegte.

Was war nur geschehen? Zu schnell hatten sich die Ereignisse des Tages überschlagen, als dass er sie zu begreifen vermochte. Eben noch hatte er als Ratsmann im prächtigsten Haus der Stadt gesessen, und nun war er ein umherirrender Verbannter. Alles, was er in den Jahren nach dem Brand erschaffen hatte, schien ihm plötzlich wie Sand durch die Finger zu rinnen. Er war machtlos. Fast hatte er schon vergessen, wie es sich anfühlte zu versagen, doch nun war alles wieder da. Die Jahre, die er unter seinem machthungrigen Bruder Conrad gelebt hatte, schienen ihn einzuholen.

Als er seine großzügige Diele betrat, kam ihm Ragnhild entgegen. Ein einziger Blick auf ihren Mann genügte, um zu wissen, dass etwas Furchtbares geschehen sein musste. Wortlos schlang sie die Arme um ihn und drückte sich an ihn. Tränen rannen ihr über die Wangen. Obwohl sie nicht wissen konnte, was ihm widerfahren war, spürte sie doch, dass nichts mehr so sein würde wie zuvor.

Albert wollte reden, aber seine Lippen waren wie versiegelt. Er konnte Ragnhild nicht beibringen, dass die Zeit der ehrbaren Ratsfamilie von Holdenstede vorbei war und nun die Zeit der Ungewissheit erneut begann. Zu lange hatte seine Frau in ihrem Leben bereits leiden müssen. Und so beschloss Albert, vorerst zu schweigen – wenigstens so lange, bis es nicht mehr ging.

Runas Tage waren eintönig geworden. Seitdem Vater Everard sie beim Wasserholen getadelt hatte, hielt sie sich bei allen häuslichen Aufgaben zurück und stickte nahezu unentwegt. Sie war sich jetzt schon sicher, dass sie die sonst so geliebte Handarbeit bald hassen lernen würde.

Heute jedoch sollte es wenigstens eine kleine Abwechslung geben: Der Wochenmarkt stand an. Runa fieberte ihm entgegen, als ginge es um das heilige Osterfest selbst. Nur endlich wieder raus aus dem Haus!

Sie liebte es, sich in das Gedränge der Frauen zu mischen, hier und da mit einer Nachbarin zu plaudern und all die feilgebotenen Waren zu betrachten. Schon jetzt wusste sie, dass der Sonnenschein sie zum Verweilen einladen würde, und ihre Vorfreude auf köstliche Backwaren und kunstvolle Handarbeiten wuchs mit jedem Augenblick. Aber weder der Sonnenschein noch das duftende Gebäck waren der wahre Grund ihrer Freude. Dieser Tage wäre sie wohl auch zum Markt gegangen, wenn sie dort bloß Fischgräten und Pferdepisse bei strömendem Regen verkaufen würden. Die Aussicht auf ein wenig Zeit ohne Vater Everard war verlockend genug.

Runa hatte sich fest vorgenommen, heute nach einem Tuch zu schauen, aus dem sie ein Kleid für die Hochzeit von Margareta und Hereward schneidern konnte. In ihrer Vorstellung konnte sie sich bereits darin sehen. Es sollte sie schön wie eine Braut aussehen lassen und gerade noch so bescheiden sein, dass sie Margareta damit nicht übertraf. Ohne es zu merken, umspielte ein Lächeln ihre Lippen. Wie sehr sie schöne neue Kleider doch liebte, noch dazu, wenn ein so freudiger Anlass dahinterstand!

»Johanna, wo bleibst du denn?«, rief Runa ungeduldig, während sie ihren Schleier noch ein letztes Mal richtete. Natürlich konnte Johanna nicht antworten, doch ein Rumpeln in der Küche verriet Runa, dass sie wohl noch schnell die Vorräte überprüfte, um sich zu vergewissern, was sie heute kaufen musste. Runa ging stets in Begleitung einer Magd hinaus, denn es schickte sich nicht, als Frau alleine auf der Straße unterwegs zu sein. Und da Agnes seit ihrem Unfall nur langsam und auf Stützen laufen konnte, war es häufig Johanna, die Runa begleitete.

Als sie endlich Schritte hinter sich vernahm, drehte sie sich lächelnd um in der Erwartung, ihrer stummen Magd gegenüberzustehen. »Nun beeile dich doch. Ich freue mich schon den ganzen Morgen darauf, endlich nach einem Tuch für …« Abrupt hielt Runa inne. Vor ihr stand nicht Johanna, sondern Vater Everard, der ihr mit zornigem Blick in die Augen schaute.

»So, so. Du willst also zum Markt gehen«, sprach der Priester mit beängstigend ruhiger Stimme. »Und du gestehst auch noch, dich darauf zu freuen?«

Runa war der Schreck in die Glieder gefahren. Mit stockender Stimme wollte sie sich erklären, doch sie wusste einfach nicht, was dem Kirchenmann gefallen hätte. »Ich … ich wollte …«

»Schweig!«, stieß der Priester wütend aus. »Weißt du denn nicht, dass der Markt voll ist von Sünde? Überall lauern Verlockung, Völlerei und Maßlosigkeit, die einer Frau nicht gut zu Gesichte stehen. Du wirst hierbleiben, dich im Gebet üben und unseren Herrn um Vergebung für deine wollüstige Habgier bitten, du verdorbene Sünderin!«

Runa traute kaum ihren Ohren. Natürlich wusste sie, dass Geistliche den Markt mit all seinen Verlockungen als Sündenpfuhl ansahen. Immer wieder stritten das Domkapitel und der Rat darüber, was möglicherweise verboten werden sollte – angefangen bei den Spielleuten bis hin zum Verkauf gewisser Kräuter. Doch bisher hatte sich Runa immer darauf verlassen, dass die Marktvögte der Stadt sich um derlei Dinge kümmerten und ausführten, worauf die Herren sich geeinigt hatten. Dass Vater Everard plötzlich Anstoß an dem Besuch des Marktes nehmen könnte, wäre ihr nicht im Traum eingefallen. Noch während sie dastand und überlegte, was sie zu ihrer Entschuldigung hervorbringen sollte, ertönte plötzlich eine Stimme hinter Vater Everard.

»Sie wird sehr wohl zum Markt gehen!«

Blitzschnell fuhr der Geistliche herum.

Es war Walther, der den Wortwechsel mit angehört hatte. »Ich bin ihr Gemahl, und das ist mein Haus«, brauste er auf. »Ich allein entscheide, was die Frauen unter meinem Dach zu tun und zu lassen haben.«

Nach diesen Worten war es um die Geduld des Priesters geschehen. Zornig funkelte er seinen einstigen Ziehsohn an. »Du widersprichst mir? Das ist unerhört. Während ich mich um das Seelenheil deines Weibes sorge, lässt du diese Liederlichkeiten auch noch durchgehen?«

»Runa ist mir ein gutes Weib. Sie ist folgsam und züchtig, und darum gestatte ich ihr, den Markt in Begleitung einer Magd zu besuchen«, gab Walther mit fester Stimme zurück. Er wusste ebenso wie Runa, dass diese Beschreibung nicht ganz treffend war, doch das war in diesem Moment unwichtig. Seit Tagen schon war seine Wut auf den einstigen Ziehvater immer weiter gewachsen, vor allem, nachdem Runa ihm von der Züchtigung seiner Tochter in der Küche berichtet hatte. Jetzt entlud sich sein Zorn und machte einem so tiefen Hass Platz, dass er sich nicht länger beherrschen konnte. In diesem Moment, hier in der Diele seines Hauses, ging es schon längst nicht mehr um den Besuch des Marktes, sondern vielmehr darum, dass Walther sich vor Vater Everard behauptete. Starr blickte er seinem Gegenüber in die Augen. Um keinen Preis der Welt hätte er jetzt nachgegeben!

Das Gesicht des Priesters lief rot an vor Zorn. Er war Widerrede nicht gewohnt, und so ballten sich seine Fäuste so kräftig, dass die Knöchel weiß hervortraten. »Dieses Haus ist voller Sünder, und du verschließt die Augen davor. Gott hat bereits zwei der Weiber unter deinem Dach mit Krankheit geschlagen. Die eine ist lahm, und die andere ist stumm. Was muss noch passieren, damit du endlich verstehst? Die Heilige Schrift sagt: ›Denn der Mann ist das Haupt der Frau, wie auch Christus das Haupt der Kirche ist; er hat sie gerettet, denn sie ist sein Leib.‹«

Walther konnte sich gerade noch zurückhalten, die Augen zu verdrehen. Er hatte gewusst, dass es ihm eines Tages zum Nachteil gereicht werden würde, dass Runa Mägde angenommen hatte, die eigentlich in ein Krankenstift gehörten. Doch Walther war schlagfertig genug, um dem Priester entsprechend zu antworten. Er kannte die Stelle des Epheserbriefs, die der Priester gerade zitiert hatte – schließlich hatte ihn Vater Everard selbst früher in der Bibel unterwiesen. So antwortete Walther mit einem Satz, der auf derselben Seite der Heiligen Schrift stand: »›Ihr Männer, liebt eure Frauen, wie Christus die Kirche geliebt und sich für sie hingegeben hat.‹« Dann blickte er dem Geistlichen noch einmal tief in die Augen und schritt erhobenen Hauptes an ihm vorbei.

Vor Runa blieb er stehen und schaute zu ihr hinunter. Sie hatte ihren Kopf gesenkt. Mit seiner großen Hand hob er das zarte Kinn seiner Frau, sodass sie sich in die Augen blickten. Er lächelte liebevoll und kampfeslustig zugleich, dann sagte er: »Kaufe alles für ein üppiges Mahl, Frau. Deinem Gemahl gelüstet es nach weißem Brot, fettem Fleisch und rosigem Fisch.« Nach diesen Worten ließ er Runas Kinn wieder los und zwinkerte ihr so unauffällig zu, dass es Vater Everard verborgen blieb.

Der Kirchenmann schnappte hörbar nach Luft. So viel Dreistigkeit war ihm selten untergekommen. Für einen kurzen Moment fehlten ihm tatsächlich die Worte.

Runas Herz hingegen machte einen Sprung vor Freude. Das wunderbare Gefühl, von Walther verteidigt worden zu sein, wurde nur davon übertroffen, den furchtbaren Geistlichen endlich einmal sprachlos zu erleben. Genauso folgsam, wie Walther sie eben noch beschrieben hatte, knickste sie vor ihm und sagte: »Wie du es wünscht, mein Gemahl.«

Daraufhin verließ sie mit Johanna das Haus. Runa fühlte sich erschrocken und beflügelt zugleich. Ihr Herz klopfte wie wild, und ihr Atem ging schnell. Als sie Walther gestern von der Züchtigung Freyjas erzählt hatte, war er stumm geblieben. Sie hatte seinen Blick nicht deuten können und darum fast geglaubt, dass ihm diese Ungerechtigkeit gleichgültig war – doch sie hatte sich geirrt! Walther war es nicht gleichgültig gewesen, wie Vater Everard sich gebärdete. Er hatte sie eben verteidigt und sich gegen einen Mann der Kirche gestellt, um sie und seine Tochter zu schützen. Wie gerne wäre Runa in diesem Moment bei ihm geblieben, hätte ihre Arme um ihn geschlungen und ihm dafür gedankt. Sie wusste zwar, dass es nun noch schwerer werden würde, mit Vater Everard unter einem Dach zu leben, doch das war es Runa wert.

13

Die Reise nach Plön war beschwerlich. Je weiter die Männer nach Norden kamen, desto unwegsamer wurde der Boden unter ihren Füßen. Das Land Gerhards II. war durchzogen von Seen und Flüssen, die die Erde aufweichten und stechendes Ungeziefer anlockten. Nur selten bot sich ihnen ein festgestampfter Weg, auf dem ihre Rösser nicht einsanken.

Johannes vom Berge war derlei Unbequemlichkeiten nicht mehr gewohnt. Er reiste nur noch selten – und schon gar nicht tagelang zu Pferd durchs Moor. Seine Handelsreisen wurden immer häufiger von seinen zahlreichen Vertrauten ausgeführt, sodass er sich zumeist in der Stadt aufhielt und seine Zeit mit den Aufgaben verbrachte, die sein Amt als Ratsmann mit sich brachte. Auch wenn diese ehrenamtlichen Tätigkeiten ihm keinen Reichtum bescherten, bereiteten sie Johannes trotzdem weit mehr Freude als die beschwerlichen Reisen durch die Lande. Die heutige Reise jedoch konnte ihm niemand abnehmen.

Nachdem Heseke den ersten Teil des Plans mit Bodos Hilfe erfolgreich durchgeführt und Thiderich Schifkneht gefangen genommen hatte, war es nun an Johannes, seinen Teil zu vollbringen. Wie immer tat er nur das, was Heseke ihm auftrug – schließlich war sie es gewesen, die den Plan erdacht und alle um sich herum zu Spielfiguren gemacht hatte.

Während Luburgis mit Bodo auf Thiderich aufpasste, Johannes als Johanna weiterhin jeden Schritt ihrer Feinde ausspionierte und ihr Gemahl durch die Sümpfe ritt, wollte Heseke dafür Sorge tragen, dass der Rat von Thiderichs verbotener Reise nach Plön erfuhr.

Zwar hatte er keine Ahnung, wie seine gewitzte Gemahlin das anstellen wollte, doch er hegte nicht den geringsten Zweifel daran, dass es ihr gelingen würde. Trotzdem war die Ungewissheit eine Qual für ihn. Einen Sack voll Silber hätte er darum gegeben, um mitzuerleben, wie Albert vor allen Ratsherren zur Rede gestellt wurde. Immer wieder hatte er sich an den letzten Tagen seines beschwerlichen Ritts mit dieser Vorstellung den Tag versüßt, doch seine Abwesenheit bei dieser einen Ratssitzung war von äußerster Wichtigkeit, wie ihm Heseke zuvor versichert hatte. Und so hatte er wie immer auf sein Weib gehört und war mit seinen Mannen schon vor der Sitzung in Richtung Norden losgezogen.

Ihr Ziel war die Burg Graf Gerhards II. in Plön. Hier würde man ganz sicher nicht überrascht über seinen unangekündigten Besuch sein, denn die Männer kannten sich bereits seit Jahren. Immer wieder hatte Johannes das verarmte Grafenhaus in der Vergangenheit um Teile seiner Ländereien erleichtert und im Gegenzug dafür erhebliche Summen gezahlt. Der einzige Unterschied war, dass er dazu früher Gerhard I. in Itzehoe aufgesucht hatte, während er heute, nach dessen Tode, bei seinem Sohn Gerhard II. in Plön vorsprach.

Der Erstgeborene war streitsüchtiger und machthungriger als seine beiden Brüder zusammen, und da die Fehden mit zahlreichen Adeligen und die Auseinandersetzungen mit Lübeck wahre Unsummen verschlangen, war der vermögende Johannes vom Berge auf der Burg gern gesehen. Zu seinem Glück war diese Art von Geschäft mit dem Grafenhause auch weiterhin vom Hamburger Rat erlaubt, denn auf genau diese Weise war er bereits zu seinen Lehen in Fuhlsbüttel, Billwerder und Neuengamme gekommen und hatte sich Häuser, Brotschrangen, Wechslerbuden, ein

Badehaus und den Barkhof im Jacobi-Kirchspiel angeeignet. Ja, Johannes war bereits ein mächtiger Mann, und obwohl es ihm derzeit wahrlich nicht nach neuen Besitzungen gelüstete, würde er dennoch erwerben, was immer der Graf ihm zusprach. In diesen Zeiten, wo das Land durch die Teilung zerrissen war und deshalb neue Unruhen drohten, war seine Tarnung nahezu perfekt. Der Graf würde ihn mit Wohlwollen begrüßen, ihm seine Zeit und sein Ohr schenken und somit empfänglich sein für die Nachricht, die Johannes ihm eigentlich überbringen wollte.

Als die Sonne am höchsten stand, erreichten die Männer Bornhöved. Hier, an diesem denkwürdigen Ort, wollte Johannes eine kurze Rast einlegen. Es war ihm eine Pflicht, die es immer dann zu erfüllen galt, wenn sein Weg ihn hier vorbeiführte.

Wieder einmal von der Bedeutung des Ortes ergriffen stieg er von seinem Pferd und verscheuchte die Dienerschaft mit einem Handstreich. Er wollte einen Moment für sich haben – nur er und seine geheimen Gedanken.

Andächtig schritt er über die einsame, grasbewachsene Ebene und ließ seinen Blick zu der Erhebung des Königsbergs schweifen, von wo aus König Waldemar einst seine Truppen befehligt hatte. Dann schaute er nach Süden, wo er das Fiendsmoor wusste. Genau hier, zwischen diesen beiden Gemarkungen, war einst der Kampfplatz der sagenhaften Schlacht von Bornhöved gewesen, in der sich das Schicksal seiner Vorfahren entschieden hatte. Am Tage der heiligen Maria Magdalena war es der norddeutschen Fürstenkoalition gelungen, sich endlich von der dänischen Herrschaft zu befreien und somit den Weg zu bereiten für die Ausdehnung und Freiheit der Städte Lübeck und Hamburg. Nichts erinnerte heute noch an das Blutbad vor vierundsechzig Jahren, und dennoch waren seine Vorstellungen so lebendig, als wäre er selbst dabei gewesen.

Zum unzähligsten Male fragte er sich, wie es damals gewesen sein musste, als die Adeligen und ihre Ritter unter Adolf IV. von

Schauenburg den Truppen König Waldemars gegenüberstanden. Was fühlte ein Mann, wenn er in die feindlichen Augen von vierzehntausend dänischen Rittern, Fußkämpfern und Bogenschützen sah und wusste, dass auf der anderen Seite des Schlachtfeldes möglicherweise der Tod auf ihn lauerte? Johannes würde es nie erfahren.

Auch wenn er Kaufmann mit Leib und Seele war, hatte sich ein kleiner Teil von ihm seit jeher danach gesehnt, ein Ritter zu sein. Ein jeder Junge wollte das, und er bildete keine Ausnahme. Johannes hatte keinen Zweifel daran, dass aus ihm ein mutiger Kämpfer und ein schneller Reiter geworden wäre, den nichts davon hätte abhalten können, allzeit sein Leben im Kampf zu geben.

Während er allein über die Wiese schritt, schweiften seine Gedanken mehr und mehr ab. Fast meinte er, der Wind trüge den Geruch der Schlacht zu ihm hinüber – eine Mischung aus Feuer, Blut und Schweiß. Auch war es ihm, als könnte er die grölenden Rufe der Kampfeslustigen in der Ferne vernehmen. Johannes fühlte es. Die Wut und die Angst der wilden Krieger. Seine Nackenhaare stellten sich auf, und sein Mund wurde trocken. Ohne es zu bemerken, umschlossen seine Finger die Zügel eines erdachten Streitrosses. Auf ein Zeichen seines Fürsten hin hätte er diesem Ross die Sporen gegeben – auf dass es sich samt seiner glänzenden Rüstung aufgebäumt hätte, um dann dem Feind entgegenzugaloppieren. Mit wildem Geschrei bohrte Johannes in Gedanken seine Lanze in jeden Dänen, der ihm in die Quere kam, und zerschmetterte unzählige Leiber mit seinem Schwert. Wie er die verfluchten Dänen hasste! Alle hätte er getötet. Ja, er wäre ein Held gewesen – einer, dem die Frauen bei seiner Rückkehr zuwinkten und für den die Männer unter derben Beglückwünschungen ihre Becher erhoben.

Seine Hände hieben noch immer ins Leere, als er unvermittelt aus seinen Gedanken geholt wurde. Er hatte etwas mit seiner

Stiefelspitze berührt, das metallisch geklimpert und in der Sonne aufgeblinkt hatte. Nun lag es wieder irgendwo versteckt im Gras. Johannes' Neugier war geweckt. Unter den fragenden Blicken seiner Gefolgschaft ging er in die Knie und suchte den Boden ab. Er wollte schon aufgeben, da brach die Sonne erneut durch die Wolken und ließ eine Stelle im Gras aufblitzen. Johannes hob seinen Fund auf und betrachtete ihn mit offenem Mund. Es war ein großer goldener Fürspann mit einem langen Dorn, der zweifellos vor langer Zeit die Cotte eines edlen Mannes zusammengehalten hatte. Er war geformt wie ein Kleeblatt, und seine Vorderseite war über und über mit Edelsteinen besetzt, um die sich ein feines Muster rankte. Wer auch immer diese Schnalle an seinem Halsausschnitt getragen hatte, war ein reicher Mann gewesen; mehr noch, sie war wahrhaft eines Königs würdig!

Nachdem er den kostbaren Fürspann grob von Schmutz und Erde befreit hatte, ließ er ihn vorsichtig in seine Tasche gleiten. Dies musste ein Zeichen Gottes sein. Er war ihm wohlgesinnt und würde ihm beistehen.

Mit neuer Kraft gab Johannes vom Berge das Zeichen zum Aufbruch. Er wollte Plön noch erreichen, bevor die Nacht hereinbrach. Das letzte Stück ihrer Reise war nicht mehr weit, doch es war ebenso moorig und beschwerlich wie jene Wege, die bereits hinter ihnen lagen.

Seine Truhen waren leer und die der reisenden Kaufleute nach Meinung von Graf Gerhard II. zu voll. Der Befehl an seine Ritter war demnach eindeutig gewesen: »Gebt Euch nicht zu erkennen, überfallt, raubt aus und kämpft, aber tötet nicht, sofern es sich vermeiden lässt!«

So zogen sie los – durch ihre Rüstungen nahezu unverwundbar, die Gesichter unter den Helmen nicht auszumachen. Bereits seit Monaten machten sie nun die Wege um Plön, Lübeck und Hamburg unsicher und lehrten jeden Reichen das Fürchten. Doch mit der Zeit wurde es immer schwieriger, an die begehrte Beute zu kommen. Niemand, der es sich leisten konnte, reiste noch ohne Bewaffnete. Wo die Ritter anfänglich bloß ihre Hände auf ihre Schwertknäufe hatten legen müssen, um die Münzen regelrecht entgegengeworfen zu bekommen, wurden sie nun immer häufiger in blutige Kämpfe verwickelt. Doch das störte die gräflichen Gesandten wenig – im Gegenteil: Den meisten unter ihnen war diese Art des Überfalls sogar weit lieber, denn was war man schon für ein Ritter, wenn man sein Schwert niemals aus der Scheide zog?

Ihr Vorgehen war immer das Gleiche. Mit ihren gewaltigen Rössern durchstreiften sie jene Gebiete, die am besten mit den schweren Wagen der Wohlhabenden zu passieren waren, oder postierten sich an den seichten Stellen der zahlreichen Flüsse, denen man auf dem Weg nach Plön nicht entgehen konnte. Sichteten sie dann ein Gefährt oder eine Schar von Reitern, schlugen sie unerbittlich zu und nahmen sich, was sie tragen konnten.

Die Überfälle lohnten sich, denn die Ritter durften einen Teil der Beute behalten. Zusätzlich belohnte Graf Gerhard II. diejenigen seiner Gefolgsleute, welche sich auf diese fragwürdige Weise besonders verdient machten, mit Lehen und Titeln.

Heute jedoch war keiner unter ihnen in der Stimmung zu kämpfen. Sie alle hatten gestern bis spät in die Nacht gesoffen und gehurt, sodass ihnen noch immer der Schädel brummte. Und so trottete der bedrohlich anmutende Tross in einem gemächlichen Schritt den staubigen Weg entlang – scheinbar ohne erkennbares Ziel. Die Sonne brannte heiß herunter und ließ die Männer unter ihren Rüstungen schwitzen.

»Marquardus, wohin führst du uns?«, fragte der junge Lüder von Bockwolde den unausgesprochenen Anführer der Gruppe mit müder Stimme.

Der Angesprochene drehte sich auf seinem Pferd um und nahm

seinen schweren Topfhelm herunter. Sein Haar war verschwitzt und sein Gesicht rot vor Hitze, doch sein Mund war zu einem breiten Grinsen verzogen. »Die reichen Pfeffersäcke haben Glück, Lüder. Mir steht heute nämlich nicht der Sinn nach einem Kampf. Es gelüstet mich vielmehr wieder nach den rosigen Schenkeln eines Weibes. Ich denke, wir sollten dem Bauern Mates und seinen drei Töchtern einen Besuch abstatten. Was meint ihr?«, fragte er dann an seine Kameraden gewandt.

Die Antwort der Ritter war ein so raues Gelächter und lautes Gegröle, dass die Vögel aus den umliegenden Bäumen aufflogen.

Ulrich von Hummersbüttel war wie immer der lauteste unter ihnen. Auch er nahm nun seinen Helm ab. Der Hüne hatte einen blanken Schädel und kräftig vorgewölbte Augenbrauenknochen. Unter den Rittern war er außerdem für sein großes Gemächt bekannt, das er bei jeder Gelegenheit zur Schau stellte. Keine Frau auf der Burg des Grafen war vor ihm sicher. Mühelos bediente er sich bei seinen Gespielinnen gleich zwei-, dreimal hintereinander, ohne dass sein Glied erschlaffte. Bei Marquardus' Vorschlag war seine Übelkeit wie weggeblasen. Mit einem wilden Gesichtsausdruck packte er sich zwischen die Beine und sagte: »Ich kann es kaum erwarten, sie alle drei auf einmal zu schänden. Lasst uns schneller reiten, sonst platze ich.«

In genau diesem Moment wurde das Feixen der Männer von einem unliebsamen Geräusch unterbrochen. Ungefähr drei Pferdelängen hinter ihnen ertönte plötzlich ein Husten und Würgen. Die Ritter rissen die Köpfe herum und sahen, wie Eccard Ribe sich in seinem Sattel auf die Seite beugte, um einen mächtigen Strahl gelblicher Brühe auszukotzen, der über die Schulter seines Pferdes rann. Gerade noch rechtzeitig hatte er seinen Helm abnehmen können.

Einen kurzen Moment war es still, dann brachen die Männer in schallendes Gelächter aus. Giselbert von Revele schossen vor

Lachen die Tränen in die Augen, und Heinrich von Borstel hatte große Mühe, sich auf seinem Pferd zu halten. Immer wieder wurde ihr Lachen von Neuem entfacht, sobald einer von ihnen seinen Spott über den Unglücklichen ergoss.

»Eccard hat tatsächlich sein Pferd angekotzt!«

»Pass auf, dass du jetzt nicht in deiner Rüstung einrostest!«

»Ich fasse es nicht«, prustete Marquardus kopfschüttelnd. »Wir reden von Weibern, und du musst kotzen. Soll ich die Bäuerin vielleicht fragen, ob sie ein Schwein für dich hat, das du ficken kannst? Für Frauen scheinst du ja nichts übrig zu haben.«

Nach diesen Worten wurde das Grölen der Ritter nur noch lauter.

Der Angesprochene erwiderte nichts. Bleich glitt er vom Rücken seines Hengstes und erbrach sich laut würgend am Wegesrand. Es war allen bekannt, dass Eccard Ribe keinen Wein und keinen Met vertrug, dennoch trank er jedes Mal kräftig mit. Er selbst hasste die Tage nach ihren Saufgelagen am meisten. Immer wieder versuchte er sich zusammenzureißen und gegen seine Übelkeit anzukämpfen; doch immer wieder musste er kotzen. Die anderen Ritter hatten augenscheinlich ihren Spaß dabei, denn ihre Sprüche wurden von Mal zu Mal derber. Eccard konnte sich einfach nicht erklären, warum es bloß ihm immer so schlecht ging und alle anderen am Tage darauf vielleicht einen brummenden Schädel hatten, sich aber längst nicht so elend fühlten wie er. Auf keinen Fall wäre er heute in der Lage, ein Weib zu nehmen, und auch der bloße Gedanke an etwas zu essen ließ ihn erneut würgen.

Nachdem sich die Männer etwas beruhigt hatten, ritten sie weiter. Ihr Weg führte sie vorbei an kleinen Seen inmitten des dicht bewachsenen Laubwaldes sowie über idyllische, mit saftigem Gras bewachsene Lichtungen. Sie folgten einem der moorigen Wege, bis sie schon von Weitem das seichte Plätschern eines Flusses hörten.

Marquardus steuerte auf das Ufer zu und hob die Hand, um die Männer zum Anhalten aufzufordern. Dann schaute er mit angewiderter Miene auf das besudelte Pferd neben sich und sagte: »Eccard, treib deinen Gaul sofort ins Wasser, damit wir diesen Gestank loswerden.« Wieder brachen die Männer in lautstarkes Gelächter aus.

Der Ritter nahm es den Männern nicht übel. Wäre es ein anderer von ihnen gewesen, der unter Übelkeit litt, hätte er ebenso seine Späße mit ihm getrieben. So tat er, was ihr Anführer von ihm verlangte, und trieb sein Pferd ins Wasser, welches sich nicht lange bitten ließ.

Mittlerweile schien es sogar noch heißer geworden zu sein. Wäre Eccard in der Lage gewesen, sich seiner schweren Rüstung ohne Knappen zu entledigen, dann hätte ihn wohl nichts davon abgehalten, selbst ins kühle Nass zu springen. Voller Übermut begann sein Hengst im Wasser herumzustampfen, dass es nur so spritzte. Eccard ließ ihn gewähren – bekam er so doch auch ein paar Tropfen ab. Erst als der Apfelschimmel sich genügend abgekühlt hatte, begann er gierig zu trinken. Mittlerweile hatten auch die anderen Pferde ihre Köpfe zum Trinken am Flussufer gesenkt. Sie schlugen wild mit den Schweifen, um das bissige Ungeziefer zu verscheuchen. Die Luft stand geradezu still.

Mit einem Mal riss eines der Pferde erschrocken seinen Kopf nach oben. Es war Marquardus' empfindlicher Hengst Dancrat, der ohnehin selten entspannt war.

Marquardus verstand es wohl, die Regungen seines Pferdes zu deuten. »Setzt die Helme auf!«, lautete sein barscher Befehl.

Dann konnten es auch die anderen hören. Reiter! Noch war durch das dichte Laubgeflecht auf der anderen Seite des Flusses nichts zu sehen, doch die Ritter vernahmen bereits das Hufgeklapper und die Stimmen einiger Männer. Alle Müdigkeit war augenblicklich vergessen, und auch die Bauernmädchen zählten nun nicht mehr. Die Ritter witterten Beute – eine Beute, die im Begriff war, ihnen geradewegs in die Arme zu laufen! Die Männer brauchten keine Befehle. Wie von selbst nahmen ihre Hände die ledernen Zügel auf und legten sich an die Knäufe ihrer Schwerter. So standen sie da, nebeneinander aufgereiht, regungslos, bedrohlich und jederzeit zum Kampf bereit.

Endlich erschienen ihre Opfer zwischen den Bäumen. Es handelte sich um eine Gruppe von bewaffneten Männern, die einen reichen Kaufmann schützten.

»Angriff!«

Johannes war tief in seine Gedanken versunken, als der Überfall erfolgte. Eben noch hatte er abwesend auf seinem Ross gesessen, den goldenen Fürspann in der Hand gewogen und ihn in den Fingern gedreht, als vollkommen unerwartet ein wildes Geschrei losgebrochen war.

Ritter kamen mit gezückten Waffen durch einen Fluss galoppiert und griffen die Gruppe der Reisenden ohne Vorwarnung an.

Blitzschnell zogen Johannes' Wachen ihre Schwerter. Noch bevor der Kaufmann überhaupt verstand, was passierte, hatten seine Männer ihn bereits zurückgedrängt. Während die eine Hälfte der Bewaffneten nach vorne zu den Angreifern preschte, nahm die andere Hälfte Johannes in sicherer Entfernung schützend in die Mitte, von wo aus er die blutigen Zweikämpfe mit ansehen musste.

Obwohl Johannes' Wachmannschaft den Rittern zahlenmäßig überlegen war, wurde sie immer weiter zurückgedrängt. Die Ritter waren kampferprobter und besaßen die besseren Pferde. Außerdem schützten die schweren Rüstungen sie fast vollständig vor den Schlägen der Wachmänner.

Es dauerte nicht lange, da fiel der erste von Johannes' Männern. Mit einem gewaltigen Hieb trennte einer der Ritter seinem Gegner den Schwertarm oberhalb der Elle ab. Sofort schoss eine rote Fontäne heraus, doch noch bevor der Mann anfangen konnte zu schreien, wurde er von einem Schlag auf den Kopf getroffen. Wie ein nasser Mehlsack plumpste er blutend von seinem Pferd, das sofort angsterfüllt davongaloppierte. Nur wenig später fiel bereits der nächste von Johannes' Gefolgsleuten und dann noch einer. Immer wieder verließ einer der Wachmänner um Johannes den schützenden Kreis und ritt zum Flussufer hinüber, wo der Kampf stattfand. Schon bald waren nur noch wenige Männer zu seinem Schutz da.

Johannes bekam es mit der Angst zu tun. Seine eigenen spärlichen Kampfkünste reichten nicht einmal aus, um einen Knappen zu besiegen. Doch der Kaufmann beherrschte eine andere Waffe. Er war nicht dumm und erkannte schnell, dass ihm nur eine Möglichkeit blieb, die Ritter vielleicht doch noch in die Flucht zu schlagen. Er musste allein zurückbleiben! Johannes sammelte all seinen Mut und rief den Männern mit lauter Stimme zu: »Los, greift sie an – alle! Tötet sie! Ich befehle es Euch!«

Die Wachen zögerten kurz, doch sie waren es gewohnt, Befehle zu befolgen. Auch wenn ihr eigentlicher Auftrag lautete, Johannes vom Berge niemals alleine zu lassen, war jedem unter ihnen nur allzu klar, dass sie keine andere Wahl hatten. So gaben sie seinen Schutz um des Kampfes willen auf, traten ihren Pferden die Sporen in die Seiten und stürmten zum Flussufer, um ihren Kameraden beizustehen und damit gleichzeitig ihr eigenes Leben zu retten.

In diesem Moment wendete sich die Lage. Wo die Ritter eben noch deutlich die Oberhand innegehabt hatten, wurden sie nun von den Wachmännern zurück in den seichten Fluss gedrängt.

Johannes vom Berge wagte kaum zu atmen. Stumm flehte er alle Heiligen an, sein Leben zu schützen. Die Luft war erfüllt vom Geschrei der Männer, dem Wiehern der Gäule und dem unaufhörlichen Klirren der blitzenden Schwerter. Der Plan des Kaufmanns schien tatsächlich aufzugehen.

Die Ritter hatten bereits so viele der Wachen niedergestreckt, dass sich das Wasser rot verfärbte. Dennoch schienen ihre Gegner nicht weniger zu werden, und jetzt kamen plötzlich noch weitere herangaloppiert. Sie hatten sich verschätzt, der Kampf um die Kaufmannsbeute forderte all ihre angeschlagenen Kräfte. Die schützenden Rüstungen, welche zu Beginn des Kampfes ihr Vorteil gewesen waren, wurden immer mehr zu ihrem Schwachpunkt. Mit jedem ihrer Hiebe versiegte die Stärke der Gepanzerten zusehends. Das gestrige Saufgelage und die unerträgliche Hitze forderten ihren Tribut.

Die neu gewonnene Macht über ihre Feinde spornte die Wachen des Kaufmanns dagegen noch weiter an. Stark blutend, aber wild schreiend und um ihr Leben kämpfend nahmen sich nun zwei bis drei Wachmänner jeweils einen Ritter vor.

Normalerweise war es für Eccard Ribe kein Problem, es mit zwei Gegnern gleichzeitig aufzunehmen, doch heute war alles anders. Nur einen winzigen Augenblick lang hatte er den Überblick verloren. Vielleicht war es die Bewegung des Wassers unter ihm, die ihn irritierte, oder aber die eingeschränkte Sicht durch die nur fingerbreiten Sehschlitze seines Topfhelms. Doch was immer ihn abgelenkt hatte, er sollte es bereuen, nicht aufmerksamer gewesen zu sein. Plötzlich durchfuhr ein fürchterlicher Schmerz sein linkes Bein, der ihn augenblicklich aufschreien ließ. Einem seiner beiden Widersacher war es gelungen, ein Messer tief in den ledernen Teil seiner Kettenbeinlinge zu stoßen. Warm lief das Blut an seinem Schenkel herab und tropfte in den Fluss. Voller Wut über seinen eigenen Fehler und auf seinen Gegner streckte er diesen mit letzter Kraft nieder. Zu seinem großen Glück kam ihm in diesem Moment Giselbert von Revele zu Hilfe. Es gelang ihm, den zweiten Angreifer zu erstechen, dann gab er seinem Gefährten das Zeichen zum Rückzug. Als er sah, dass Eccard verwundet war und sich kaum mehr auf seinem Pferd halten konnte, griff er nach dessen Zügeln und galoppierte, das Ross seines Kumpanen im Schlepptau, von dannen.

Die Ritter gaben auf und traten die Flucht an. Sie hatten einsehen müssen, dass sie einen Fehler begangen hatten, der einem guten Kämpfer niemals unterlaufen durfte: Sie hatten ihren Gegner unterschätzt. Die Wachmänner waren in der Überzahl gewesen und ihre eigene Kraft an diesem Tage einfach zu gering.

Begleitet von den schmählichen Jubelrufen der überlebenden Wachleute ritten sie davon. Auch wenn die Ritter weit mehr Männer niedergestreckt hatten als ihre Gegner und Eccard Ribe der Einzige unter ihnen war, der eine ernsthafte Verletzung davongetragen hatte, waren sie doch eindeutig die Verlierer. Diese Lektion war bitter, denn eine Niederlage zu erleiden war das schlimmste Gefühl, das ein Ritter kannte.

Und so schwor sich Eccard Ribe insgeheim, sich eines Tages an dem reichen Pfeffersack zu rächen – egal, wer er war, egal, wie viele Jahre es dauern mochte!

Mit einem spärlichen Gefolge von nur neun Männern ritt der mächtige Johannes vom Berge auf dem Burghof des Grafen ein. Die Gruppe bot ein wahrhaft jämmerliches Bild: Ein jeder von ihnen war blutverschmiert und staubbedeckt.

Obwohl Johannes froh darüber sein konnte, den wilden Plackern lebendigen Leibes entkommen zu sein, ärgerte er sich über sein so wenig glanzvolles Eintreffen in Plön. Würdevoll und mit einer scheinbar unbesiegbaren Schar von Bewaffneten hatte Johannes hier aufschlagen wollen, auf dass der Graf sich gerne mit ihm an seiner Seite schmückte. Diesen Gedanken konnte er nun getrost verwerfen, erinnerte sein kleines Trüppchen doch vielmehr an eine Horde schmählich verprügelter Knaben.

Noch am selben Abend wurde Johannes zu Graf Gerhard II. vorgelassen. Man führte ihn die düsteren Gänge der Burg entlang, die meist nur spärlich beleuchtet waren durch die eine Fackel, die der Diener vor ihm trug. Johannes verstand, warum viele das Leben auf einer Burg verabscheuten. Ungeachtet der warmen Jahreszeit schien es drinnen stets kälter zu sein als draußen. Überall hing ein moderiger Geruch in der Luft, und die ständige Dunkelheit drückte einem aufs Gemüt. Das Einzige, was als Entschädigung zählte, war der weite Ausblick.

Wäre nicht bereits die Nacht hereingebrochen, hätte Johannes durch eine der Luken in den dicken Mauern sicher den Plöner See und die Insel Olsborg sehen können, wo jener Ort seinen Anfang genommen hatte. Während Johannes hinter dem langsamen Diener herschritt, erinnerte er sich an die Rede, die nach der Verkündung der Erbaufteilung von einem gräflichen Gefolgsmann Gerhards II. auf dem Kunzenhof gehalten worden war.

Nachdem klar war, dass der Erstgeborene Plön zugesprochen bekam, waren die Heldentaten des Mannes aufgezählt worden, der die Stadt zu dem gemacht hatte, was sie heute war. Gerhards Ururgroßvater Graf Adolf II. von Schauenburg war es vor fast hundertfünfzig Jahren gelungen, die Slawen von hier zu vertreiben und sich deren Burg auf der Insel Olsborg anzueignen. Einige Jahre später gab Adolf II. die Burg auf und ließ sie auf der Anhöhe neben dem See erneut errichten, auf der sie auch heute noch stand. Seither hatte die Festung viele Veränderungen miterlebt. Jeder neue Herrscher nahm Umbauten vor und erweiterte sie nach seinen Wünschen, um sie noch größer und prunkvoller erscheinen zu lassen. Gemeinsam mit der Burg war auch der Ort zu ihren Füßen gewachsen, und so erstreckte sich am Rande des Burgbergs heute ein geschäftiger Marktflecken, der bereits seit über fünfzig Jahren das Stadtrecht innehatte.

Graf Gerhard II. hatte mit Plön ein wahrlich gutes Stück des väterlichen Erbes erhalten, denn zum einen war diese Burg eng mit der Geschichte seiner Familie verbunden, zum anderen war sie durch ihre günstige Lage zwischen dem Plöner See und dem Fluss Schwentine bestens vor Angreifern geschützt.

»Wir sind da, Herr«, sprach der Diener mit der Fackel, als er den abwesenden Blick des Fremden auffing.

Ohne dass Johannes es bemerkt hatte, hatten sie die mächtige Flügeltür des Saals erreicht, in dem der Graf seine Gäste zu empfangen beliebte. Der Diener steckte seine Fackel in eine schmiedeeiserne Halterung an der Wand, drückte die Tür mit beiden Armen auf und wies seinem edlen Begleiter tief gebeugt die Richtung, in der sich Gerhard II. befand.

Wortlos schritt Johannes an ihm vorbei. Er kannte diese Halle von seinen vorherigen Besuchen, doch als er sie jetzt betrat, kam es ihm fast so vor, als wäre er noch niemals hier gewesen. Die einst so kahlen Wände waren über und über mit kostbaren Wandteppichen geschmückt, in denen sich das Nesselblatt des Schauenburger Wappens wiederfand. Fackeln erhellten den Saal und ließen einen Blick auf die neuerdings kunstvoll bemalte Holzdecke zu. Es roch nach Kräutern, die man in das lodernde Feuer des steinernen Kamins geworfen hatte. In der Mitte stand ein schwerer Holztisch mit glänzenden Leuchtern, an dem Ritter und andere Gefolgsleute des Grafen saßen.

Der Erbe hatte nach dem Tode seines Vaters tatsächlich einiges verändert, um der Burg seinen eigenen Abdruck zu verleihen. Johannes' Augen wanderten zur gegenüberliegenden Seite des Saals, wo Gerhard II. auf einem Stuhl mit übergroßer Lehne thronte. Fast wie ein König sah er aus – jedenfalls so lange, bis man näher herantrat.

Sein Blick schien wie immer irgendetwas Unsichtbarem in der Luft zugewandt zu sein, doch als ihm ein Diener zu seiner Linken etwas ins Ohr flüsterte, drehte der Graf seinen Kopf zielsicher nach vorne und richtete seine trüben, fast gespenstisch weißen Augen auf Johannes.

Dieser war bereits vor ihm auf ein Knie gefallen und sprach mit salbungsvoller Stimme: »Mein Fürst, ich bin hocherfreut, Euch wohlauf zu sehen.«

»Johannes vom Berge«, begann der blinde Graf mit einem schiefen Lächeln. »Ich bin es, der erfreut sein sollte, *Euch* so wohlauf zu sehen. Man sagt, Eure Reise wurde durch einen unerfreulichen Zwischenfall erschwert.«

»Wie wahr, wie wahr! Mein Leben hätte heute beinahe ein jähes Ende gefunden. Doch dank des heiligen Christophorus und des heiligen Nikolaus konnte ich meinen Tod gerade noch abwenden, indem ich die Bande von Gesetzlosen mit meinem Schwert in die Flucht schlug.«

Der Graf nickte und rieb sich gleichzeitig das bärtige Kinn. »Ja, die umherziehenden Placker sind wahrhaftig ein Fluch. Zum Glück hat unser Herrgott Euch mit einem so wackeren Herzen bestückt.«

»Dem Herrn sei Dank«, pflichtete Johannes ihm mit all seiner Inbrunst bei und hoffte, sich nun endlich von dem harten Boden erheben zu dürfen. Der blinde Graf jedoch schien diesen Teil schon vergessen zu haben.

»Ihr seht mich tief bestürzt angesichts dieses jüngsten Überfalls, guter Freund. Vor wenigen Wochen erst habe ich mit dem Placker Hermann Ribe und seinen Mannen sowie der Stadt Lübeck und ihren Verbündeten, darunter auch Hamburg, verhandelt. Ihr könnt mir glauben, in meiner Funktion als Schlichter habe ich alles getan, um den räuberischen Überfällen in diesem Land ein Ende zu bereiten. Wenigstens gibt es, dem Herrn sei Dank, seit diesem Zusammentreffen nun zehn Raubburgen weniger. Gott allein weiß, wann all das endlich ein Ende findet.«

Johannes' Knie begann zu schmerzen, und er hatte Mühe, seinen Gesichtsausdruck zu kontrollieren. Die Worte des Grafen klangen wie Hohn und Spott in seinen Ohren. Auch wenn es stimmte, dass dieses Jahr zehn Raubburgen geschleift worden waren, wusste dennoch jedermann, dass Graf Gerhard II. mit den Plackern paktierte. Ganz sicher hatte er *nicht* alles getan, um den Frieden auf den Handelswegen wiederherzustellen. Doch das war schwer zu beweisen, und selbst wenn es Beweise gäbe, sollte man zweimal überlegen, ob man einen Schauenburger zum Feind haben wollte. Darum sagte Johannes wider seiner wahren Gedanken: »Sicher habt Ihr alles getan, mein Fürst. Wenn selbst Euer weises Wort nicht hilft, dann liegt der Friede allein in Gottes Hand.«

»Hoffen wir das Beste«, schloss der Graf. »Nun aber genug der schaurigen Geschichten. Nachdem Euer Schwertarm heute so Großes leisten musste, solltet Ihr Euch erst einmal stärken.«

Dankbar nahm Johannes das längst überfällige Angebot an, sich zu erheben, setzte sich auf einen Sessel neben den Grafen und griff zu den Speisen, die ihnen immer neue Diener auf immer volleren Platten brachten. So dringlich sein eigentliches Anliegen auch war, es musste warten. Johannes wusste, dass der Graf beim Essen nicht gerne über Geschäftliches oder Unerfreuliches sprach. Seine Leidenschaft für süße und fettreiche Speisen machte sich bereits bemerkbar; Graf Gerhard II. schien jedes Jahr dicker zu werden.

Während die Männer über allerlei Belangloses wie die Jagd und die Schönheit der Weiber plauderten, bemerkte Johannes nicht, dass an dem Tisch im Saal genau jene Ritter saßen, die zuvor versucht hatten, ihn zu töten. Da die Rüstungen ihre Gesichter vollständig verdeckten, war es ihm unmöglich, die Männer zu erkennen.

Unauffällig belauschten die Ritter das Gespräch des Kaufmannes und ärgerten sich im Stillen darüber, wie er sich selbst als furchtlosen Kämpfer darstellte, obwohl er sich wie ein Mädchen im Geäst versteckt hatte. Doch zu ihrem großen Bedauern würden sie diese Lüge nicht richtigstellen können. Nachdem sie nach ihrem erfolglosen Angriff auf die Burg zurückgekehrt waren, hatte es nicht lange gedauert, bis die Spatzen ihre Niederlage förmlich von den Burgzinnen pfiffen.

Als Graf Gerhard II. wenig später zu Ohren kam, wen seine Ritter heute angegriffen hatten, tobte er vor Wut. Sie wären blinder als er selbst und könnten scheinbar ein Pferd nicht von einem Esel unterscheiden, schrie er außer sich vor Zorn. Tatsächlich hatten die Ritter keine Ahnung gehabt, dass es sich bei dem Kaufmann um den grafenfreundlichen Johannes vom Berge gehandelt hatte. Jetzt verstanden sie auch, warum Gerhard II. so tobte. Der Zorn des Grafen war nicht etwa in der Sorge um einen Freund begründet, sondern galt vielmehr dem Vermögen des Kaufmanns. Johannes vom Berge stellte eine scheinbar niemals versiegende Quelle des Reichtums dar, die für den Grafen unverzichtbar war. Kleinlaut hatten die Ritter die Schelte über sich ergehen lassen, was den Hass auf den dreisten Pfeffersack und seine Männer bloß noch schürte.

Für einen unter ihnen aber war die Niederlage ganz besonders schwer zu ertragen: Der verletzte Eccard Ribe, der so gern Rache an dem Kaufmann genommen hätte, konnte sich seine Wut auf Johannes nicht anmerken lassen, denn dieser durfte auf keinen Fall wissen, dass Graf Gerhard II. die Placker höchstpersönlich ausgesandt hatte, um seine Truhen mit den Münzen der Reichen zu füllen. Sie alle mussten sich unauffällig verhalten – so auch Eccard Ribe. Damit seine Beinverletzung sie nicht verriet, saß er diesen Abend zu Tode gelangweilt in einem dunklen Winkel des Saals und ertränkte die pochenden Schmerzen in seinem Bein in Würzwein, den er nicht vertrug.

Nachdem der Graf noch einmal kräftig ins Tischtuch geschnäuzt und sein Hinterteil für einen mächtigen Furz gelüftet hatte, forderte er Musik. Das Mahl war beendet, und Johannes witterte die Gelegenheit, sein Anliegen endlich vortragen zu können. Noch bevor er seinen Gedanken laut ausgesprochen hatte, bot ihm der Graf eine gute Gelegenheit.

»Nun, Johannes, wollt Ihr mir nicht sagen, warum Ihr die lange Reise nach Plön auf Euch genommen habt?«

»Gewiss, mein Fürst«, begann Johannes fast unterwürfig. »Ich hörte davon, dass Ihr vorhabt, erneut gegen einige aufständische Adelige im Lande zu ziehen, die es frevelhafterweise vorziehen, durch Eure Klinge zu sterben, anstatt sich Eurem Wort zu beugen, wie es von Gott durch Geburt vorgesehen war.«

Mit einem ernsten Nicken und zusammengekniffenen Lippen pflichtete der Graf seinem Gast bei. Er genoss es sichtlich, sich mit einem Befürworter seiner Fehden unterhalten zu können. »So ist es. Ich werde diesen Unverbesserlichen einen Schlag versetzen, der sie in die Knie zwingen wird.«

Johannes wusste genau, was streitbare Herrscher zu hören wünschten, und scheute nicht davor zurück, dem Grafen auch weiterhin nach dem Mund zu reden. »Ich werde für das Gelingen Eurer Schlachten beten, mein Fürst. Oder sollte ich eher für die Seelen Eurer Feinde beten?«

Der Graf richtete seinen toten Blick wieder zielsicher auf Johannes. Dann begann er dröhnend zu lachen. »Das gefällt mir, Kaufmann. Betet für die schwarzen Seelen meiner Feinde. Ich werde ihre Leiber in Stücke reißen, bis von ihnen nichts mehr übrig bleibt.«

Bei diesen Worten war Johannes froh, dem Grafen wohl niemals auf dem Schlachtfeld begegnen zu müssen. Er wusste, dass seine Drohungen ernst gemeint waren. Trotz seiner Blindheit war Gerhard II. ein gefürchteter Gegner, der sich, zahlreichen Geschichten nach, stets an sein Ross binden ließ, um dem Feind im Kampf selbst entgegenreiten zu können, ohne herunterzufallen.

»Doch nun zurück zu Euch, Johannes«, verlieh der Graf dem Gespräch plötzlich mit ernster Stimme eine Wende. »Warum genau seid Ihr zu mir gekommen?«

Johannes wusste, dass damit der Zeitpunkt aller Höflichkeiten vorüber war. Nun ging es ums Geschäft. Auch seine Stimme nahm jetzt einen ernsten Ton an. »Ihr besitzt etwas, das ich gerne hätte, und ich trage etwas bei mir, das für Euch von Interesse sein könnte.«

»So? Was ist es?«

»Verkauft mir Eure Mühlen in Schiffbek, dann übergebe ich Eurem Kämmerer noch heute einen Sack voller Münzen, mit dem Ihr Eure Waffenschmiede zum Schwitzen bringen könnt.«

Der Graf lehnte sich in seinem prunkvollen Gestühl zurück und stützte das Kinn auf seine Faust. Es war ihm förmlich anzusehen, wie er das Für und Wider gegeneinander abwog. Die Mühlen trieben regelmäßig Geld in seine Truhen. Sie aufzugeben bedeutete einen langfristigen Verlust, doch im Augenblick konnte er den Verdienst aus ihrem Verkauf dringend gebrauchen. Der Kampf gegen seine Feinde verschlang wahre Unsummen, die immer schwerer aufzutreiben waren. Wollte er sich in nächster Zeit als Herrscher beweisen, wie es als Erstgeborener seine Bestimmung war, musste er dieses Mal mit ganzer Härte gegen seine Widersacher vorgehen. Die Aussicht, möglicherweise einen schnellen Erfolg zu erlangen, wenn er seine Heeresstärke noch einmal verdoppelte, war schließlich zu verlockend. »Nun gut, Kaufmann. Ich gebe Euch die Mühlen. Doch ich sage Euch, sie werden Euch einiges kosten. Sie sind überaus gewinnbringend, und ich verkaufe sie Euch nur, weil Ihr ein treuer Freund seid.«

Johannes wusste, dass der Graf lediglich versuchte, den Preis in die Höhe zu treiben, doch das war ihm dieses eine Mal egal. Schließlich waren es nicht seine eigenen Münzen, die er dem Grafen vorlegen würde, sondern die von seinem Feind Albert. Kurz vor seiner Abreise aus Hamburg hatte Heseke ihm den prallen Sack von Alberts Partner Thiderich Schifkneht überreicht, und genau daraus gedachte er nun, die Mühlen zu bezahlen. Johannes musste sich alle Mühe geben, um nicht laut aufzulachen. Seine

List schien zu gelingen – was hätte er nur darum gegeben, Albert selbst die Nachricht über den Verbleib seiner Münzen zu überbringen! Würdevoll legte er die rechte Hand aufs Herz und deutete eine Verbeugung in Richtung des Grafen an. »Wie immer ist es mir eine Freude, mit Euch Geschäfte zu machen, mein Fürst.«

Die Männer besiegelten ihr Geschäft mit einem kräftigen Händedruck und einem tiefen Schluck Wein aus prunkvollen Pokalen. Dann lehnten sie sich zufrieden zurück und widmeten sich den Spielleuten und Narren, die unentwegt über die Stärke Gerhards II. sangen und all seinen Feinden ein bitteres Ende prophezeiten.

Scheinbar beiläufig, den Blick weiterhin nach vorne gerichtet, sagte Johannes: »Es wird so kommen, wie die Gaukler es vortragen: Ihr werdet Siege davontragen, und all jene, die Euch heute betrügen, werden es morgen schon bereuen. Männer, die Euch hintergehen, Männer wie Albert von Holdenstede und Thiderich Schifkneht, verdienen es nicht, Geschäfte mit Euch zu machen.«

Der Gesichtsausdruck des Grafen änderte sich von Wohlgefallen zu Erstaunen. Er war nicht dumm und verstand sehr wohl, dass Johannes ihm etwas zu sagen versuchte, das er offenbar nicht direkt aussprechen wollte. »Was genau meint Ihr damit, vom Berge?«

Der Angesprochene setzte eine gespielt erstaunte Miene auf. »Ja, ist es denn noch nicht bis nach Plön vorgedrungen?«

Der Graf, der gelangweilt war von derlei Spielchen, wedelte auffordernd mit der Hand. »Wovon redet Ihr?«, fragte er ungeduldig. »Sprecht endlich deutlich, und lasst mich nicht warten.«

Johannes beugte sich zum Sessel des Grafen hinüber, damit ihre Unterredung auch wirklich vertraulich blieb. Mit geheimnisvoller Stimme sagte er dann: »Es sieht leider ganz so aus, als hätte man Euch um Euren Anteil betrogen. Thiderich Schifkneht ist mit Euren Münzen verschwunden. Vor einiger Zeit gab er vor, zu Euch auf dem Weg nach Plön zu sein, doch hier ist er niemals angekommen, richtig? Seither ist beides nicht wieder in Hamburg aufgetaucht – weder Thiderich Schifkneht noch Eure Münzen.«

Der Graf war hellhörig geworden. Es genügte das bloße Wort *Verrat*, um sich seine Aufmerksamkeit zu sichern. »Was sagt Ihr da? Er ist verschwunden? Wie lange ist das her?«

»Fast drei Wochen. Albert von Holdenstede hat vorher seinen gesamten Holzbestand verkauft und anschließend Schifkneht losgeschickt. Ist es nicht merkwürdig, dass er ausgerechnet dann verschwindet, wenn es sich um eine solch beträchtliche Summe handelt? Eine Summe, die er Euch bisher scheinbar vorenthalten hat. Ich sage Euch, diesem Albert von Holdenstede ist nicht zu trauen, das habe ich immer schon gewusst. Womöglich steckt er mit Euren Feinden unter einer Decke. Ich wage sogar zu behaupten, dass von Eurem Anteil vielleicht gerade deren Truppen aufgerüstet werden – wenn ich so offen sprechen darf, mein Fürst.«

Die Worte des Kaufmanns brachten das Blut des Grafen in Wallung. »Herrgott im Himmel, wieso hat mich das niemand wissen lassen? Wo sind meine Berater, wenn ich sie brauche? Man betrügt mich in meinem eigenen Land um meine Anteile, und ich bin der Letzte, der davon erfährt.« Gerhard II. ballte die rechte Hand zur Faust und kniff die Lider seiner trüben Augen eng zusammen. »Gleich morgen werde ich handeln, das sage ich Euch, Kaufmann. Niemand betrügt mich ungestraft!«

»Daran zweifelt nur ein Narr. Wie ich schon sagte: Ihr werdet Siege davontragen, und all jene, die Euch heute betrügen, werden es morgen schon bereuen.« Hochzufrieden mit sich, weil er den Grafen derart in Wut versetzt hatte, lehnte sich Johannes vom Berge zurück und genoss das Schauspiel der Narren.

Er war so abgelenkt von seinen selbstherrlichen Gedanken, dass er nicht bemerkte, wie ein Ritter, der in einer dunklen Ecke gehockt hatte, mit schmerzverzerrtem Gesicht aufstand und die Halle verließ.

Nur mit Mühe konnte Eccard Ribe sich dazu zwingen, nicht zu humpeln, um sich nicht zu verraten. Neben den Schmerzen in seinem Bein tat der Wein sein Übriges. Er war betrunken, und dennoch hatte er alles mit angehört. Die Namen Albert von Holdenstede oder Thiderich Schifkneht waren ihm vorher noch nie zu Ohren gekommen, weshalb es ihn nicht kümmerte, wen Johannes vom Berge soeben bei seinem Herrn angeprangert hatte. Vielmehr dagegen interessierte ihn das, was er über den fremden Kaufmann selbst erfahren hatte. Dieser Mann konnte tatsächlich gefährlich werden, sollte er eines Tages auf Rache sinnen. Jene eben vernommenen Worte ließen keinen Zweifel: Johannes vom Berge war ohne jeden Skrupel. Ein hinterhältiger Gegner ohne Ehrgefühl, der einem das Messer rücklings zwischen die Rippen stach.

Der Ratsmann stand Graf Gerhard II. in nichts nach!

14

Thiderich hatte einen neuen, überaus mächtigen Feind kennengelernt, dessen Bekämpfung all seine Kraft forderte – Erniedrigung!

Nie zuvor in seinem Leben war er so schrecklich gedemütigt worden wie in den vergangenen Wochen. Fast war er froh darüber, dass er all diese Schmach hier im Wald in einer einsamen Hütte über sich ergehen lassen musste, wo ihn niemand dabei sah. Wie ein Hündchen wurde er einmal täglich von Bodo zum Trinken an einen Bach geführt. Dies war auch die einzige Zeit, in der er seine Notdurft verrichten konnte. Seine Hände waren dabei stets gefesselt, und um seinen Hals lag Tag und Nacht ein kratziger Strick, der seine Haut bereits blutig gescheuert hatte.

Die übrige Zeit war er zumeist mit Bodo und Luburgis in der Hütte. Schweigend und auf dem Boden zusammengekauert kämpfte er gegen die Langeweile an.

Johannes kam nur einmal in der Woche, sobald er von Runa einen freien Nachmittag bekam, um seine Familie zu besuchen. Immer dann brachte er Neuigkeiten aus der Stadt oder Waren vom Markt mit. Absurderweise war dieser eine Tag für Thiderich leichter zu ertragen als die anderen, und dafür gab es einen einfachen Grund: Nur wenn Johannes in der Hütte schlief, blieb es Thiderich erspart, ein tägliches, grausiges Schauspiel mit anzusehen.

Die Jahre im Wald hatten der Witwe Luburgis scheinbar jede christliche Keuschheit genommen, und so war es nur eine Frage der Zeit gewesen, wann sie für Bodos plumpe Grapschereien empfänglich wurde. Vollkommen ohne Scham besprang er sie seitdem oft sogar mehrmals am Tag direkt vor Thiderichs Augen. Wann immer es den Boten überkam, stellte er sich hinter sie, lüpfte ihre Röcke und bediente sich ihrer. Immer wieder stieß er keuchend wie ein Tier in sie hinein, während die Witwe ihm wollüstig ihr Hinterteil entgegenreckte und ihrem wilden Geliebten selbst die abstrusesten Wünsche erfüllte.

In diesen Momenten meinte Thiderich, seine Gefangenschaft nicht mehr aushalten zu können. Täglich hatte er sich gefragt, wie lange er diesem bizarren Spiel noch würde beiwohnen müssen und was wohl passierte, wenn sie seiner eines Tages überdrüssig wurden. Er hatte viel Zeit zum Nachdenken gehabt, und mittlerweile war ihm klar geworden, welchen Zweck seine Gefangenschaft erfüllte: Man wollte Albert in Schwierigkeiten bringen! Das eigentliche Interesse seiner Entführer galt also gar nicht ihm, was die Gefahr, in der er schwebte, umso größer machte. Lebend war er seinen Peinigern kaum von Nutzen – ihr Plan konnte sogar nur aufgehen, wenn Thiderich für immer verschwand. Schon jetzt war es nicht auszudenken, was sein Verschwinden aus Hamburg bereits angerichtet hatte. Sicher nahmen alle an, er sei mit den gräflichen Münzen über alle Berge, wenngleich sich seine Freunde dieser Meinung niemals anschließen würden. Er wusste, welche Folgen das für Albert hätte: Sie beide waren dem Grafen verpflichtet und durch eine Bürgschaft aneinander gebunden. Der launische Fürst würde sich nicht lange bitten lassen, um seinen Anteil bei Albert einzutreiben, und der Rat wäre mit Sicherheit mehr als bloß erbost darüber, dass sie seine Weisung missachtet hatten.

Immer wieder hatte Thiderich des Nachts wachgelegen und gegrübelt, wie er von hier flüchten könnte, um Albert zu Hilfe zu eilen und vielleicht noch das Schlimmste abzuwenden. Doch seine Überlegungen endeten jedes Mal an ein und demselben Punkt: Er konnte froh sein, dass er überhaupt noch lebte – eine misslungene Flucht wäre ohne jeden Zweifel sein Todesurteil. Er würde unbedingt den richtigen Moment abwarten müssen, und wann und ob dieser je kommen würde, war fraglich. Solange blieb ihm nichts anderes übrig, als die Schmähungen weiter zu ertragen und zu beten, dass sie ihm vorher nicht die Kehle durchschnitten oder ihn schlicht verhungern ließen.

Auch heute wurde Thiderich wieder einmal an die Übermacht seiner Entführer erinnert. Wie immer an die Wand der Hütte gefesselt musste er mit ansehen, wofür Johannes einen beachtlichen Teil der gestohlenen Münzen ausgegeben hatte.

Mit einem ächzenden Laut stellte dieser den schweren Korb, den er den ganzen weiten Weg aus der Stadt hierhergetragen hatte, auf dem gestampften Lehmboden ab.

»Mein Junge«, begann Luburgis mütterlich. »Du bist ja ganz außer Atem. Setz dich erst einmal.« Sofort eilte sie mit einem klapprigen Schemel herbei und schob ihn Johannes unter.

Schwer ließ sich der Ankömmling darauf fallen und wischte sich weibisch den Schweiß von der Stirn.

Bodo verdrehte die Augen. Mit barschen Worten fuhr er den noch immer verkleideten Johannes an: »Großer Gott, nun reiß dich zusammen. Dein Kleid macht dich wohl tatsächlich zu einem Weib, was? Zeig lieber, was du in deinem Korb hast!«

Thiderich konnte sich ein Schmunzeln nicht verkneifen. Der grobe Hüne ließ wirklich nichts unversucht, um sein Gegenüber zu beleidigen. Möglicherweise ärgerte er sich darüber, dass er seine Gespielin seinetwegen am heutigen Tage nicht besteigen konnte, denn so unterwürfig Luburgis sonst auch war, diese eine Bedingung hatte sie Bodo gestellt: Ihr Ziehsohn durfte nichts von ihrer Liebschaft wissen.

Johannes erhob sich tatsächlich von seinem Schemel und ging zu dem Korb hinüber, wobei er überraschend selbstsicher entgegnete: »Ich erwarte nicht, dass du Dummkopf verstehst, was für ein gewitzter Plan hinter meiner Verkleidung steckt. Hier, nimm deinen Dolch, den du von deinem Anteil wolltest, und schnitze dir im Wald etwas zum Spielen.«

Bodo wurde rot vor Zorn angesichts dieser Frechheit. Er war weit größer und kräftiger als sein Gegenüber und hätte Johannes mit einem Schlag das Maul stopfen können, doch was den Geist anbelangte, so war der seinem Widersacher um einiges unterlegen. So endete auch diese Zankerei wie immer: Bodo beleidigte Luburgis' Stiefsohn, und dieser warf ihn darauf für eine Nacht aus der Hütte, die ihm als ältestem und einzigem Mann der Familie zustand.

Nachdem sich Bodo getrollt hatte, richtete Johannes das Wort an Luburgis: »Er sollte gehen, Mutter. Wir brauchen ihn nicht mehr.« Eine tiefe Zornesfalte bildete sich zwischen seinen Augen, während er Kleid und Haube abstreifte.

In diesen Momenten konnte Thiderich von seinem Platz auf der anderen Seite der Hütte aus erkennen, wie Luburgis um die richtigen Worte rang. Sie durfte sich nicht verraten, wollte ihren Gespielen aber scheinbar auch nicht verlieren. Manchmal überlegte Thiderich, ob er aus seinem Wissen einen Vorteil schlagen konnte, doch jedes Mal verwarf er den Gedanken wieder. Eine unüberlegte Tat hätte sein Leben ernsthaft gefährden können. Er tat gut daran, sich unauffällig zu verhalten.

Luburgis wandte sich von Johannes ab, damit er ihr Gesicht nicht sah, und sagte: »Ich werde nicht jünger. Die Arbeiten hier in der Hütte sind beschwerlich, und du bist nicht hier. Willst du, dass ich alles alleine machen muss? Wasser holen, Holz hacken, Feuer machen? Wie soll ich dabei unseren Gefangenen bewachen?«

Johannes' eisiger Blick schweifte zu Thiderich hinüber. »Den brauchen wir genauso wenig wie Bodo.«

Thiderich lief es kalt den Rücken herunter.

»Sprich nicht so vorschnell, mein Junge. Wer weiß, ob der uns nicht noch von Nutzen sein kann. Und nun hole eines der Hühner aus dem Stall. Ich will dir heute ein kräftiges Mal bereiten, nun, da wir es uns erlauben können.«

Thiderich wusste, was sie damit meinte: Alberts Münzen hatten einen Hauch von Wohlstand in die Hütte geweht. Jede Woche brachte Johannes edle Stoffe für neue Gewänder und köstliche Speisen für den Topf seiner Mutter mit in den Wald, deren Gerüche Thiderichs Magen laut knurren ließen. Wenn etwas übrig blieb, kippte Luburgis die Reste vor ihm auf dem Boden aus. Da seine Hände auf dem Rücken zusammengebunden waren, blieb ihm nichts anderes übrig, als das Essen mit der Zunge vom Boden aufzulecken. Es war erniedrigend, und dennoch hatte sich Thiderich fest vorgenommen durchzuhalten. Immer wenn ihn die Wut zu übermannen drohte, dachte er an Ava und seine Kinder. Er musste es schaffen, sich zu befreien, um sie bald wieder in seine Arme schließen zu können.

Johannes schien sich den Worten seiner Mutter zu fügen und Thiderich vorerst am Leben lassen zu wollen, doch es war fraglich, wie lange das noch der Fall sein würde. Bevor er aus der Hütte trat, um das Huhn zu holen, spuckte er Thiderich ins Gesicht. »Heute habe ich großen Hunger, Kaufmann. Ich denke nicht, dass etwas für Euch übrig bleiben wird.«

»Nicht kratzen, mein Schatz«, sagte Runa mit einem besorgten Blick auf Freyjas zerschrammte Arme und nahm die Händchen ihrer Tochter in ihre.

»Aber es juckt so, Mutter«, jammerte das Mädchen wahrlich gepeinigt. Wie schon häufig in der Vergangenheit hatten sich vor wenigen Tagen erneut die roten Stellen an seinen Armen gezeigt, die unverhofft kamen und gingen. Das quälende Jucken hatte die Kleine in der Nacht geweckt, worauf sie ins Bett ihrer Eltern geschlüpft war.

Liebevoll legte Walther seiner Tochter einen Arm um den schmalen Körper und redete ihr gut zu. »Sei ein tapferes Mädchen, Freyja. Oder glaubst du, dass es von deinen Tränen besser wird, hm?«

Das Kind schaute mit rot geweinten Augen zu seinem Vater hoch und schüttelte den Kopf, sichtlich bemüht, den Kloß in seinem Halse hinunterzuschlucken.

»Siehst du wohl. So ist es besser«, lobte Walther seine Tochter und gab ihr einen Kuss auf die Stirn.

Runa blickte ihren Mann von der Seite an. Er war ein wirklich wunderbarer Vater – jedenfalls für Freyja. »Ich werde heute zu Kethe ins Kloster gehen. Sicher kann sie mir etwas für die wunden Stellen geben.«

»Ja, tue das«, war seine knappe Antwort.

Kurze Zeit später war Freyja wieder eingeschlafen. Walther legte sie behutsam auf seine Bettseite und drehte sich Runa zu. Obwohl es schon längst Zeit war aufzustehen, machte Walther keine Anstalten, sich zu erheben. Stattdessen schaute er seiner Frau tief in die Augen und lächelte auf diese eine ganz bestimmte Weise.

Runa konnte ihm deutlich ansehen, wonach ihm der Sinn stand. Sie schmunzelte, denn auch nach so vielen Wochen der Schwangerschaft belustigte es sie immer wieder, dass er sie mit ihrem dicken Bauch begehrenswert fand. »Walther, wir können doch nicht …«, flüsterte sie mit gespielter Empörung.

»Du meinst wegen Freyja?«, unterbrach er seine Frau ebenfalls flüsternd. »Na, dann müssen wir wohl besonders leise sein.« Mit diesen Worten zog er ihnen lächelnd das Laken über und schnitt seiner Frau mit einem Kuss das Wort ab.

Freyja erwachte tatsächlich erst, als Walther schon längst fort und Runa bereits angekleidet war. Wenig später begab sie sich mit ihrer Tochter und Johanna auf den Weg zum Kloster.

»Wohin gehen wir, Mutter?«, fragte das kleine Mädchen neugierig.

»Wir gehen Kethe besuchen«, antwortete Runa wahrheitsgemäß, wenngleich das nicht die ganze Wahrheit war. Auch wenn so einige Hamburger das Wissen kräuterkundiger Frauen in Anspruch nahmen, war es dennoch ratsam, das nicht laut auszusprechen. Erst innerhalb der Klostermauern konnte ihr nicht mehr viel geschehen.

Sie liefen die Reichenstraße hinauf und machten einen kleinen Umweg in die Bäckerstraße, um ein paar honigsüße Köstlichkeiten für später zu kaufen. Es war Freitag, und wie immer an diesem Tage würde Runa heute zu ihrer Mutter gehen, um ihr und Margareta einen Besuch abzustatten.

Die Straßen waren voller Frauen, Kinder, Bettler, Händler, Pferde- und Ochsenwagen. Sie kamen nur mühsam voran. Runa fiel das Laufen zunehmend schwerer. Schon jetzt stützte sie mit den Händen fortwährend ihren geschwollenen Leib, doch sie wollte sich die Anstrengung nicht anmerken lassen. Zu froh war sie über jede Gelegenheit, die sich ihr bot, Vater Everard zu entfliehen.

Nachdem sich Walther für sie eingesetzt hatte, waren sie und ihr Gemahl wieder enger zusammengerückt; und auch der Geistliche hielt sich mit Tadel und Schelte zurück. Runa wusste nicht, ob sie sich über die neu erworbene Ruhe freuen oder eher besorgt darüber sein sollte.

Die Frauen und das Kind hatten das Kloster schon fast erreicht, als Runa plötzlich ein Ziehen im Bauch verspürte. Schon seit heute Morgen fiel ihr das Atmen schwer. Wie immer an sonnigen Tagen wie diesem schwollen ihre Arme und Beine an. Von ihrer Mutter wusste sie, dass solche Sachen nicht immer etwas zu bedeuten hatten, und so versuchte sie Ruhe zu bewahren. Wahrscheinlich hatte sie sich bloß überanstrengt. »Johanna, reich mir bitte deinen Arm. Ich muss mich aufstützen.«

Die Magd tat wie geheißen und warf Runa einen besorgten Blick zu.

»Es ist nichts«, sagte sie beschwichtigend. »Mir ist nur etwas schwindelig. Aber wir sind ja gleich da.«

Kurz nachdem Kethe ihnen das Tor des Klosters geöffnet hatte, saßen sie zusammen im Schatten ihrer Kammer.

Die Schmerzen in Runas Bauch verschwanden, und sie konnte wieder durchatmen. »Herrlich kühl ist es hier drinnen, Kethe. Ich erinnere mich noch gut daran, wie bitterkalt der Winter in den Beginen-Kammern stets war, doch wie wunderbar erfrischend sie dafür im Sommer sind.«

»Du sagst es, liebe Freundin«, erwiderte Kethe lächelnd. »Doch der Herr hat uns nun mal beides geschenkt – die Kälte und die Wärme.« Nachdem die Frauen ein wenig geplaudert hatten, trug Runa ihr Anliegen vor.

Die Begine hörte aufmerksam zu und forderte die Gepeinigte dann in ihrer gewohnt fröhlichen Art auf, ihr die geröteten, juckenden Stellen zu zeigen. »Komm mal zu mir, Freyja, mein Sonnenschein. Wollen wir doch mal sehen, was dich des Nachts so quält.«

Sofort lief das Mädchen zu Kethe und zeigte ihr bereitwillig die ausgestreckten Arme.

Kethe nickte wissend. »Ich kenne diesen Ausschlag. Kürzlich habe ich bereits ein anderes Kind mit einem ähnlichen Leiden behandelt«, sagte sie zu Runa, nachdem sie die roten Flecken ausgiebig betrachtet hatte. Dann wandte sie sich wieder an Freyja. »Sag mal, spielst du gerne mit Hunden oder Katzen?«

Das Mädchen nickte eifrig.

»Soso, das habe ich mir doch gedacht. Ich denke, das musst du vorerst lassen, hast du mich verstanden?«

Freyjas Lächeln verschwand. »Ich darf nicht mehr mit Poppo spielen?«

»Eine Weile nicht mehr.« Nach diesen Worten strich sie dem Mädchen noch einmal übers Haar, dann sagte sie zu Runa: »Wenn ich mich recht erinnere, habe ich noch einen Rest der Salbe, die ich bei dem anderen Kind angewendet habe. Ich gehe mal nachschauen.« Einen Augenblick später trat die Begine wieder in die Kammer und streckte Runa lächelnd einen tönernen Tiegel entgegen. »Wusste ich's doch.«

»Was ist das?«, fragte Runa interessiert.

»Das ist eine Salbe aus Bienenwachs, verschiedenen Ölen und Gänseblümchentee. Du musst sie einfach nur auf Freyjas wunde Stellen auftragen, dann sollte der Ausschlag schnell verschwunden sein.«

Mühsam erhob sich Runa von Kethes Bettstatt. »Ich danke dir, meine Liebe.« Mit einem Zwinkern fügte sie hinzu: »Vielleicht haben Walther und ich das Bett in der Nacht ja bald wieder für uns allein.«

Kethe lachte und deutete auf Runas runden Leib. »*Davon* scheint Freyja euch ja nicht abgehalten zu haben.«

Nach einer herzlichen Verabschiedung machten Runa, Johanna und Freyja sich wieder auf den Heimweg. Sie liefen die Steinstraße Richtung Westen hinauf und kamen so direkt auf den Berg zu.

Runa hatte sich bei Kethe etwas erholen können, doch der kleine Anstieg war äußerst mühsam für sie. Schnell stand ihr der Schweiß auf der Stirn. Der stechende Schmerz in ihrem Leib war wieder da, und er wurde mit jedem Schritt schlimmer. Auf Höhe der Fronerei japste Runa bereits hörbar nach Luft. »Johanna … ich muss mich kurz ausruhen«, sagte sie zu ihrer Magd und steuerte direkt auf den Ziehbrunnen zu, um in dessen Schatten neue Kräfte zu schöpfen. Genau wie auf dem Hinweg wollte sie Johannas Arm fordern, aber ihre Worte waren nicht mehr als ein kraftloses Flüstern. Der alte Marktplatz war voller Menschen. Runa versuchte, ihnen auszuweichen und mit der freien Hand ihren Bauch zu schützen, aber ihr Blick verengte sich zunehmend, und alle Geräusche klangen plötzlich weit entfernt. Sie hörte weder das Rufen ihrer Tochter, noch merkte sie, wie Johanna an ihrem Arm zerrte.

»Mutter, Mutter, ein Pferdewagen! Wir müssen zur Seite gehen, Mutter!«

Tatsächlich raste gerade jetzt ein großer Wagen mit zwei weißen Pferden davor von der Johannisstraße auf den freien Platz zu. Die Männer und Frauen auf dem Berg stoben auseinander und machten dem hohen Würdenträger Platz, der offensichtlich im Inneren saß.

Nur Runa konnte nicht mehr zur Seite springen. Völlig entkräftet brach sie auf der Straße zusammen.

Freyja begann zu schreien, als sie ihre Mutter zu Boden stürzen sah.

Blass lag Runa im trockenen Staub der Straße, den Blick gen Himmel gerichtet, die Hände schützend auf ihren Bauch gelegt. Sie hörte nichts außer dem Rauschen des Blutes in ihren Ohren. Genauso war es ihrer Mutter bei der Geburt der Zwillinge ergangen. Auch sie war auf der Straße zusammengebrochen und hatte nur wenige Stunden später ihre Söhne zur Welt gebracht. Doch bei Runa war es anders. Ihre Niederkunft sollte erst in ungefähr fünf bis sechs Wochen sein. Wenn das Kind jetzt kam, würde es sterben.

Der Wagenführer sah die Frau erst im letzten Moment. Mit hastigen Bewegungen fasste er die ledernen Zügel weiter und weiter nach und zog so heftig daran, dass das Pferd erschrocken den Kopf nach hinten riss. Nur eine Handbreit vor der Frau kamen die tänzelnden Hufe zum Stehen. Im Wageninneren rumpelte es hörbar, lautes Schimpfen ertönte.

»Bei allen Heiligen, was hat das zu bedeuten?« Noch bevor der Fahrer antworten konnte, wurde der Wagenschlag aufgerissen und der Hamburger Ratsnotar und Domherr Johann Schinkel blickte hinaus, um nach dem Grund für diesen abrupten Halt zu sehen. Zunächst entdeckte er nur die weinende Freyja, die von einer erschrockenen Magd an sich gedrückt wurde, erst dann bemerkte er die am Boden liegende Frau. Er hatte das Gefühl, sein Herz würde einen Schlag aussetzen. Runa!

»Sie … sie lag einfach auf der Straße, Herr. Ich konnte … gerade noch rechtzeitig anhalten«, stotterte der Fahrer.

Johann überlegte nicht lang. Entschlossen sprang er aus dem Wagen und kniete sich neben seine einstige Geliebte. Es war ihm gleich, was die Menschen dachten, die sich bereits um sein Gefährt versammelt hatten. Sanft drehte er ihren Kopf zu sich und blickte in ihr ebenmäßiges Gesicht. Sie war blass, hatte die Augen aber geöffnet. Ihrem Blick entnahm Johann, dass auch sie ihn erkannt hatte, doch ihre Lippen blieben stumm. »Steig mit dem Kind in den Wagen. Ich werde euch zum Haus deiner Herrin fahren«, richtete der Ratsnotar das Wort an Johanna.

Nachdem die Magd und das Mädchen eingestiegen waren, schob er seine Arme unter Runas Körper und hob sie hoch, als hätte sie das Gewicht eines Kindes. Behutsam bettete er sie auf die gepolsterte Bank im Wageninneren und gab dem Mann auf dem Bock den Befehl: »In die Reichenstraße!«

Freyja hörte auf zu weinen, zu abgelenkt war sie von dem kostbar gekleideten Fremden und seinem prunkvollen Gefährt. Ihr immer leiser werdendes Schluchzen wurde schon bald von dem Gerumpel der hölzernen Wagenräder übertönt, die gemächlich über die unebenen Wege polterten.

Um Johann dagegen wurde alles still. Sehr wahrscheinlich hätte er es noch nicht einmal bemerkt, wenn das Kind aus vollem Halse geschrien hätte. All seine Sinne richteten sich auf Runa – und ihre richteten sich auf ihn. Wie gern wäre er diese kurze Fahrt mit ihr allein gewesen! Sein ganzes Hab und Gut hätte er dafür gegeben! Doch sie waren nicht allein, wenngleich ihn die Gegenwart der Magd keineswegs dazu zwingen würde, diesen einmaligen Moment ungenutzt verstreichen zu lassen.

Und so kniete er sich galant vor die auf der Bank liegende Runa und drehte Johanna, die mit Freyja auf der gegenüberliegenden Bank saß, den Rücken zu. Nur etwa zwei Ellen trennten sie jetzt noch voneinander – zwei Ellen, aus denen augenblicklich die ganze Welt zu bestehen schien.

»Wie geht es Euch?«, fragte er mit einem so leidenschaftlichen Blick, dass Runa glaubte, darin zu versinken. Sie wusste sofort, dass er nicht ihren Zustand meinte, sondern all die Jahre, die sie ohne einander hatten verbringen müssen und in denen es niemals auch nur einen Grund gegeben hatte, der es ihnen erlaubte, miteinander zu sprechen.

Runa sah in die strahlend blauen Augen über sich, die sie all die vielen Jahre so schmerzlich vermisst hatte. Sie wollte etwas erwidern, doch ihre Kehle war wie zugeschnürt. Wie oft hatte sie schlaflos im Bett gelegen und von genau so einem Moment geträumt? Nun war er da, doch sie wusste, dass er nur einen Atemzug lang andauern würde. Stumme Tränen rannen ihr die Schläfen hinab. Ihre Lippen formten ein Wort, doch es kam kein Ton heraus.

Aus Gründen der Schicklichkeit hatte Johann seine Finger fest auf dem Rücken verschränkt. All seine Willenskraft war nötig, dass er sich nicht vergaß und in einem Anflug übermächtiger Liebe Runas Gesicht mit den Händen umschloss.

Doch Runa war hinter Johanns breiten Schultern vor den Augen ihrer Magd und ihrer Tochter verborgen, und so konnte sie tun, wozu er nicht in der Lage war: Unwillkürlich hob sie eine ihrer Hände und legte sie auf Johanns Herz. Selbst durch die vielen Lagen Seide hindurch konnte sie es pochen fühlen. Es schlug schnell und kräftig, und sie wusste, es schlug nur für sie!

Johann schloss für einen kurzen Augenblick die Augen. Das Leid war unabwendbar; gleich würde der Wagen anhalten, und dann wäre dieser Augenblick vorbei. Vielleicht wäre es ihnen danach für immer und ewig verwehrt, miteinander zu sprechen. Er fühlte ihre Hand auf seiner Brust, und es war ihm, als brenne sie wie Feuer. Abertausende Male hatte auch er des Nachts wachgelegen. Diese Nächte waren stets erfüllt gewesen von flehentlichen Gebeten, in denen er um nichts anderes bat, als ihr nur noch ein einziges Mal zu begegnen. Am Morgen danach hatte er stets versucht, sich mit Selbstgeißelung von seinen sündigen Gedanken zu befreien, doch keine Peitsche schnitt so tief in sein Fleisch wie die Sehnsucht nach seiner ewigen Liebe. Wehmütig erinnerte er sich immer wieder an ihre gemeinsamen Stunden in dem kleinen, windschiefen Haus, welches es seit dem Feuer nicht mehr gab.

Johann betrachtete Runa. Sie lag immer noch da. Es war kein Traum. Er wollte sich jede noch so kleine Einzelheit in ihrem Gesicht einprägen, sie unwiderruflich in sich einschließen, damit er sich daran erinnern konnte, wann immer er sich nach ihr verzehrte und wann immer ihn der Kummer überkam. Nur gab es einfach nichts in ihrem Gesicht, was er nicht ohnehin tief in seinem Gedächtnis bewahrte. Noch immer zierten gerade Brauen ihre großen runden Augen, und noch immer waren ihre Lippen voll. Ihr dickes blondes Haar konnte er nicht sehen, es war unter einer Haube verborgen, doch Johann wusste noch genau, wie es sich in seiner Hand angefühlt hatte.

Ruckartig kam der Wagen zum Stehen. Die beiden Liebenden durchfuhr ein Schauer. Die Fahrt war vorbei, und Runas Hand glitt von Johanns Brust.

»Wir sind in der Reichenstraße, Herr«, tönte es vom Bock. Der Fahrer sprang herab und öffnete mit einer tiefen Verbeugung die Tür.

Als Erstes kletterte Johanna hinaus und nahm anschließend Freyja auf den Arm.

Noch immer hielt der Wagenführer den Schlag auf in der sicheren Erwartung, gleich seinen Herrn und die fremde Frau aussteigen zu sehen. Doch sie kamen nicht.

Wortlos verweilten sie im Wageninnern. Regungslos. Atemlos. Sie sahen einander an und wussten beide, dass es Zeit wurde, sich zu verabschieden. Zeit zu gehen.

Leise und mit liebevoller Stimme fragte Johann: »Kannst du aufstehen?«

Runas Antwort war ein Nicken, doch dessen ungeachtet verweigerten ihre Glieder jede Regung. Sie konnte den Blick nicht von ihm losreißen. Alles in ihr sträubte sich dagegen, dieses Gefährt zu verlassen. Einen winzigen Moment lang überlegte sie, ob sie einfach liegen bleiben und mit Johann davonfahren sollte, doch das war ein törichter Gedanke. Sie musste den Wagen verlassen – und zwar sofort. Nicht mehr lange, und es würden Neugierige aus ihren Häusern treten. Johanna wartete auf sie. Langsam richtete sich Runa auf, und ein letztes Mal formten ihre Lippen das immer gleiche Wort: »Johann!«

Es war nicht mehr als ein Flüstern, gerade so leise, dass ihr Geliebter es eben noch vernahm, und doch war es nicht leise genug.

Gleichwohl es nur die Ohren eines Kindes waren, an welche der gehauchte Name drang, sollten die Folgen verheerend sein.

Gerade als der Ratsnotar Runa aus dem Wagen half, kam Walther aus dem Haus gestürmt. »Runa, was ist passiert?« In seiner Stimme schwangen ehrliche Sorge und Angst um die Frau mit, die er liebte. Erst dann erkannte er, wer sie da stützte: Es war sein heimlicher Rivale und der Grund für fast jede Zwistigkeit in ihrer Ehe. Es war der Mann, den Runa liebte und den sie des Nachts statt seiner in ihr Bett wünschte. Es war der Vater von Thymmo, der Blutfeind von Walther – es war Johann Schinkel.

Sein Schritt verlangsamte sich. Mit argwöhnischem Blick ging Walther auf den Pferdewagen zu. Wie von selbst spannte sich jeder Muskel in seinem Körper an. Fordernd streckte er seine Hand aus, auf dass der Ratsnotar ihm sein Eheweib übergeben möge.

Auch Johann straffte seinen Rücken. Eine nicht zu leugnende

Anspannung breitete sich zwischen den Männern aus. »Ich grüße Euch, Walther von Sandstedt«, sagte der Ratsnotar formvollendet.

Mit unverhohlenem Misstrauen entgegnete der Gegrüßte: »Gebt mir die Hand meiner Frau, Ratsnotar.«

Johann Schinkel tat, was Walther verlangte. Auch wenn es ihm fast das Herz zerriss – es blieb ihm keine Wahl. Runa war schließlich nicht seine Gemahlin. Johann hatte nicht erwartet, dass Walther freundlich zu ihm sein würde. Wenngleich er es nicht mit Gewissheit sagen konnte, war er überzeugt davon, dass Walther von Sandstedt von ihrer einstigen Liebschaft wusste. Wenn Runa es ihm nicht bereits vor der Hochzeit gestanden hatte, dann würde er es spätestens in der Hochzeitsnacht herausgefunden haben. Ihr Blut war schon unter ihm geflossen – das Laken unter Walther dagegen würde weiß geblieben sein.

Runa löste ihre Hand von dem starken Arm ihres einstigen Geliebten und schritt hinüber zu ihrem Gemahl. Sie drehte sich nicht um – zu groß war ihre Angst, den neugierigen Nachbarn ihre wahren Gefühle für Johann durch einen einzigen Augenaufschlag zu verraten.

Der Anstand gebot es, dass ein Mann der Kirche die so vertrauliche Gegenwart einer Dame erklärte. Mit hölzernen Worten und steinernem Blick sprach der Ratsnotar deshalb: »Die Dame Runa lag reglos auf der Straße. Ich habe mir daher erlaubt, mich um ihr Wohlergehen zu kümmern und sie nach Hause zu geleiten.«

Walther nickte, ohne die Augen von seinem Feind zu nehmen. Gleichzeitig griff er nach Runas Arm und legte die freie Hand um ihre Hüfte, um sie zu stützen. Unverändert kühl sprach Walther die Worte, die der Anstand nun von ihm forderte. »Ich danke Euch, Johann Schinkel. Der Herr wird Euch für Eure Barmherzigkeit belohnen.«

Der Ratsnotar konnte sehen, dass diese Lüge Walther große Überwindung kostete, was sein nächster Satz bestätigte.

»Es bleibt mir nur zu hoffen, dass Ihr mit der Nähe zu meinem Weib nicht das Zölibat gebrochen und Euch somit einer Sünde schuldig gemacht habt.«

Johann verstand diese Anspielung sehr genau. Seine Geduld neigte sich merklich dem Ende, Wut stieg in ihm hoch. Wut darüber, dass er sich verraten hätte, hätte er seinem Gegenüber eine ähnlich spitze Bemerkung entgegengeschleudert; Wut darüber, dass sich der Anblick von Walthers Hand auf Runas Hüfte in sein Gedächtnis einzubrennen drohte. Um dem peinigenden Augenblick zu entfliehen, legte er seine Hand auf die Stelle seiner Brust, an der eben noch die Hand Runas gelegen hatte, und verbeugte sich knapp. »Ich wünsche Eurer Gemahlin eine rasche Genesung.«

Dann wandte er sich ab und zog sich so rasch ins Innere seines Wagens zurück, dass es fast einer Flucht gleichkam. Auf sein Zeichen hin setzte sich das schwere Gefährt ruckelnd in Bewegung. Mit jeder Straße, die er zwischen sich und Runa brachte, wurde Johanns Herz schwerer. Wie sollte es ihm nur gelingen, sie jemals zu vergessen? All die Jahre hatten nichts an seinen Gefühlen geändert. Fast schien es ihm sogar, dass seine Liebe nun, da er Runa noch einmal so nah sein konnte, gar gewachsen war. Er fühlte sich elend. Sein Herz stand in Flammen, doch sein Geist schien zu ertrinken. Flehend fiel er in dem fahrenden Wagen auf die Knie, die Ellenbogen auf die Polsterbank gestützt, auf der eben noch die Frau seines Herzens gelegen hatte, die gefalteten Hände gen Himmel gestreckt. Stumm betete er jene Worte, die er schon so oft in der Vergangenheit gesprochen hatte: »Herr, erlöse mich von dieser Marter. Gib frei mein Herz, auf dass du der einzig Verbliebene darin bist, dem ich meine Liebe schenken möchte.« Wieder und wieder sprach er in Gedanken sein Gebet, erst flüsternd, dann laut flehend und so schnell, dass seine Worte nur noch aus einem einzigen gequälten Ton zu bestehen schienen. Er betete und betete –

so lange, bis er meinte, keine Luft mehr zu bekommen. Zornig krallten sich seine eben noch gefalteten Finger tief in das edle Polster, bis es krachend riss. Blind vor Schmerz zerstörte er das kostbare Tuch und presste es an sein Gesicht. Es duftete immer noch nach Runa.

15

Ragnhild hatte sich fest vorgenommen, an diesem Abend mit Albert zu sprechen. Für gewöhnlich ließ sie ihn in Ruhe, wenn er schweigsam war. Sie vertraute darauf, dass er schon zu ihr kommen würde, wenn er reden wollte. Doch dieses Mal war es anders als sonst. Sie spürte, dass etwas wirklich Schlimmes passiert war. Seit Albert vor einer Woche aus dem Rathaus nach Hause gekommen war, hatte er das Kontor nur zum Schlafen verlassen – so konnte es nicht weitergehen.

Auch wenn er derzeit keinen sonderlich großen Appetit zu haben schien, wollte Ragnhild ihn mit seiner Lieblingsspeise überraschen. Vielleicht konnte sie ihn damit aus seinem Kontor herauslocken und ihn in ein Gespräch verwickeln. So machte sie sich mit Marga auf den Weg zu den Fleischschrangen, bevor Runa mit den Kindern vorbeikam, wie es jeden Freitag der Fall war. Sie ahnte nicht, dass allein der Weg dorthin ihr Böses offenbaren sollte. Schon nach wenigen Schritten fiel den Frauen auf, dass etwas anders war als sonst. Zunächst meinten sie noch, sich zu täuschen, doch dann ließ es sich nicht mehr länger leugnen.

Mit fahrigen Bewegungen fasste sich Ragnhild an ihren Schleier. »Ist meine Haube verrutscht, oder warum starren mich alle so an?«

Nach einem knappen Blick auf ihre Freundin versicherte Marga: »Deine Haube sitzt wie immer. Ich weiß auch nicht, was in die Weiber gefahren ist. Sobald wir ihnen den Rücken kehren, beginnen sie zu tuscheln.«

Ragnhild war einerseits beruhigt, dass Marga das Gleiche beobachtet hatte und sie nicht für verrückt hielt, doch andererseits spürte sie Sorge in sich aufsteigen, da sie sich das Verhalten der Frauen auf den Straßen nicht erklären konnte. Immer wieder steckten zwei oder drei von ihnen die Köpfe zusammen und zeigten mit dem Finger auf sie und Marga. Was hatte das nur zu bedeuten?

Je näher sie den Fleischschrangen kamen, desto enger wurden die Gassen, doch wo normalerweise dichtes Gedränge herrschte, fanden sich Ragnhild und Marga plötzlich nahezu allein wieder. Die Frauen stoben regelrecht vor ihnen auseinander, als kämen sie von den Siechen außerhalb der Stadtmauern aus dem Hospital St. Georg.

Irgendwann konnte Ragnhild nicht mehr an sich halten. Aufgebracht drehte sie sich um sich selbst. »Heilige Mutter Gottes, was ist denn nur los?«, stieß sie laut hervor. »Warum weicht ihr Leute vor uns zurück? Sprecht schon!« Natürlich bekam sie keine Antwort. Die vielen Augenpaare stierten sie einfach weiter wortlos an. Plötzlich fiel ihr Blick auf das bekannte Gesicht ihrer Nachbarin Margareta Cruse. Kurz entschlossen raffte Ragnhild ihre Röcke und hielt mit forschen Schritten auf diese zu. »Margareta, Margareta!«, rief sie, um die ältere Frau auf sich aufmerksam zu machen, doch noch bevor sie die Cruse erreicht hatte, hob diese abwehrend die Hände und stahl sich in der Menge davon. Ragnhild war so fassungslos, dass sie stehen blieb und mit offenem Mund den wehenden Röcken der Flüchtenden nachstarrte.

Marga begriff als Erste, dass sie hier keine Antwort auf ihre Frage bekommen würden. Um sich und Ragnhild schnell aus der peinlichen Lage zu befreien, hakte sie sich bei ihrer Herrin und Freundin unter und führte diese in Richtung Berg. »Komm, lass uns gehen.«

Ragnhild ließ sich von Marga fortziehen, doch die Ratlosigkeit stand ihr ins Gesicht geschrieben. »Was habe ich getan, dass niemand mit mir sprechen mag? Nicht einmal die geschwätzige Cruse ist stehen geblieben, hast du das gesehen?«

Die Magd antwortete nicht, denn auch sie hatte keine Erklärung für dieses merkwürdige Verhalten. Alles, was sie wollte, war Ragnhild von hier fortzubringen, und ihr erster Gedanke galt Agatha von der Mühlenbrücke. Bei Ragnhilds bester Freundin würden sie sicher Antwort finden. Gewiss hatten die Tratschereien der Weiber das Haus des besten Gewandschneiders der Stadt längst erreicht, denn wo versammelten sich die Frauen lieber als bei einem Schneider?

Nachdem Marga ihre Absichten kurz erklärt hatte, hasteten die Frauen, so schnell sie nur konnten, zu Agathas Haus. Den ganzen Weg über vermieden sie es, ihre Blicke zu heben; beide konnten sie die feindlichen Gesichter um sich herum kaum ertragen. Als sie endlich das steinerne Haus der Familie von der Mühlenbrücke erreicht hatten, zitterten ihnen die Knie.

Auf ihr kräftiges Klopfen hin wurde ihnen die Tür von der Magd des Hauses geöffnet, doch als diese sah, wer dort um Einlass ersuchte, warf sie den beiden Frauen einen abschätzigen Blick zu und sagte: »Es ist niemand zu Hause. Besser, Ihr geht wieder.«

Ragnhild und Marga waren wie vom Donner gerührt ob dieser Unverschämtheit. Es war absolut undenkbar, dass weder Voltseco noch Agatha zu dieser Tageszeit nicht da waren, und noch undenkbarer war es, dass es dieses freche Weib derart an Anstand fehlen ließ.

Gerade wollte die Magd ihnen die Türe vor der Nase zuschlagen, als Marga mit einer blitzschnellen Bewegung ihren Fuß in die Öffnung stellte und die Magd so grob beiseitestieß, dass diese den Halt verlor und auf ihren Hintern fiel. »Geh mir aus dem Weg, du freches Ding«, zischte sie wütend und betrat entschlossenen Schritts das Innere des Schneiderhauses.

Ragnhild folgte ihr verdutzt. Sie konnte nicht umhin, ihre Magd in diesem Moment für ihre Stärke zu bewundern. Sie selbst erlebte sich in schwierigen Augenblicken oft schwach und zögerlich, und auch wenn sie mit den Jahren immer mutiger geworden war, blitzte die alte Ragnhild oft noch durch.

Die Frauen kannten Agathas Haus so gut wie ihr eigenes. Zielsicher steuerten sie darum auf die Kammer hinter der Schneiderei zu, wo sie die Freundin um diese Zeit vermuteten. Sie sollten recht behalten.

Agatha stand in der Mitte des kleinen Raumes; den Rücken gestreckt, den hocherhobenen Kopf in Richtung Tür gewandt, die Arme gerade am Körper. Als Ragnhild und Marga eintraten, zuckte sie nicht einmal mit der Wimper.

Ragnhild blieb eine Mannslänge von ihrer Freundin entfernt stehen. Sie blickten einander wortlos an. Dann stellte Ragnhild Agatha eine Frage, in der tiefste Verletztheit mitschwang: »Du weist mich an deiner Türe ab? Lässt dich verleugnen, um mir nicht zu begegnen?«

Einen Moment lang wusste die Freundin nicht, was sie darauf erwidern sollte, war es doch genau so gewesen, wie Ragnhild gesagt hatte. »Ich … ich konnte nicht anders.«

»Was soll das heißen, Agatha? Warum meiden mich die Frauen auf der Straße? Warum meidest *du* mich?«

Blitzartig war es um die Fassung der Schneidersfrau geschehen. Dicke Tränen rannen ihr übers Gesicht, und ein herzzerreißendes Schluchzen ließ ihren Körper erbeben. »Du musst gehen, Ragnhild. Wenn Voltseco dich hier sieht, bin ich in Schwierigkeiten. Er hat verboten, dass du das Haus jemals wieder betrittst.«

Verwirrt wich Ragnhild einen Schritt zurück, doch dann ging sie wieder auf Agatha zu. »Was sagst du da? Aber … was habe ich denn bloß getan?«

Gerade als die Schneiderin antworten wollte, hörte sie die

Stimme ihres Mannes, der in diesem Moment das Haus betrat. Kurz darauf ertönte das aufgebrachte Zetern der Magd.

»Großer Gott, nein. Die Magd, sie wird euch verraten!«, entfuhr es Agatha. »Schnell, durch die Schneiderei! Ich lasse euch dort hinaus.«

Die drei Frauen huschten zwischen den Rollen bunter Seide und den Stapeln groben Leinens hindurch bis zu einer kleinen Tür, die zum Hof des Hauses führte.

»Geht jetzt, schnell. Voltseco kann jeden Moment hereinkommen«, beschwor die Schneidersfrau ihre ungebetenen Gäste. Doch gerade als sie sich abwenden wollte, wurde sie von Ragnhild fest am Arm gepackt.

Sie brachte das Gesicht dicht an das ihrer Freundin und fragte mit einem eindringlichen Flüstern: »Agatha, verrate mir, warum die Leute mich meiden. Ich bitte dich, du musst es mir einfach sagen – unserer Freundschaft wegen!«

»Ragnhild, nicht jetzt!«

»Wann dann? Ich sage dir eines: Ich werde nicht gehen, bevor du mir gesagt hast, was ich wissen will, also rede besser schnell.«

Agatha schloss kurz die Augen und seufzte tief. »Weißt du das denn wirklich noch nicht?«

»Bei allen Heiligen, *was* weiß ich noch nicht?«

»Es ist wegen Albert.«

»Wovon redest du? Raus mit der Sprache, Agatha.«

»Er … er hat …«

»Rede endlich!«, befahl Ragnhild streng.

»Er hat den Rat betrogen und wurde daraufhin des Rates verwiesen. Ragnhild, ihr habt euer Ansehen verloren. Eure ganze Familie gilt nun als ehrlos.«

Langsam lösten sich Ragnhilds Finger von dem Arm ihrer Freundin. Ein gequälter Laut drang aus ihrem Mund.

»Es tut mir so leid. Ich kann dir nicht helfen. Ich darf dich eine

Weile nicht mehr sehen.« Ein letztes Mal umarmte die Schneiderin ihre Freundin, das Gesicht nass vor Tränen, dann schob sie die beiden Frauen zur Tür hinaus.

Ragnhild war sprachlos. Stumm ließ sie sich von Marga auf die Straße ziehen. Die feindseligen Blicke der Weiber und die boshaft gezischten Bemerkungen nahm sie nicht mehr wahr, verspürte weder Ärger noch Scham. Sie fühlte gar nichts mehr. Mit aller Kraft versuchte sie ihre Gedanken zu ordnen. Das war also Alberts bitteres Geheimnis – nun wusste sie es. Mit vielem hatte sie gerechnet, doch niemals damit, dass er des Rates verwiesen worden war. Wie hatte es nur so weit kommen können? Was sollte nun aus ihnen werden? Ragnhild kannte keine Antworten auf diese Fragen. Alles, was sie wusste, war, dass sie recht behalten hatte. Vor einer Woche in der Diele waren ihre Tränen geflossen. Übermannt von dem unerklärlichen Gefühl, dass das Leben niemals mehr so sein würde, wie es vorher gewesen war, hatte sie sich an Alberts Brust gedrückt. Ja, sie hatte recht behalten!

Erst als sie die Reichenstraße bereits erreicht hatten, wurde Ragnhild aus ihren Gedanken gerissen. Vor dem Haus ihrer Tochter stand ein herrschaftlicher Pferdewagen, dem soeben Johanna und Freyja entstiegen.

»Was hat das zu bedeuten, Marga?«, fragte Ragnhild verwundert.

»Das weiß ich auch nicht. Aber wir sollten …«

In diesem Moment kam noch jemand aus dem Gefährt heraus. Es war der Hamburger Ratsnotar Johann Schinkel. Gleich nachdem seine Füße den Boden berührt hatten, drehte er sich um und half einer Frau aus dem Pferdewagen.

»Runa!«, entfuhr es Ragnhild. Verwirrt beobachtete sie, was sich vor ihren Augen abspielte, und blickte zwischen dem Wagen und dem herbeieilenden Walther hin und her, der seiner Frau den Arm reichte. An dem gebückten Gang ihrer Tochter konnte Ragnhild sofort erkennen, dass es Runa nicht gut ging. Rasch wandte sie sich zu Marga um und sagte: »Ich muss mich um Runa kümmern. Bitte gehe zu Margareta und sage ihr, sie soll das Haus nicht verlassen. Ich möchte nicht, dass sie auf die gleiche Weise von der Schande ihres Vaters erfährt wie wir. Später werde ich es ihr erklären.«

Marga nickte zum Zeichen, dass sie verstanden hatte. Doch noch ließ sie sich nicht abschütteln. Sie wusste, dass Ragnhild mit Walther und Runa über Albert würde sprechen wollen. »Du solltest es ihnen nicht sagen, bevor Albert es nicht selbst getan hat. Schon gar nicht in Runas Zustand.«

Fast ärgerte sich Ragnhild darüber, dass Marga wie schon so oft in der Vergangenheit aussprach, was sie am liebsten verdrängt hätte. Die Magd schien ihre Gedanken lesen zu können. »Sei unbesorgt, Marga«, erwiderte sie daher nur und wandte sich ab. Noch bevor sie den Wagen erreicht hatte, war Johann Schinkel auch schon wieder darin verschwunden. Ragnhild sah, wie Walther Runa ins Haus führte. Nur wenige Augenblicke später schritt auch sie über die Schwelle und folgte den Stimmen, die aus der Schlafkammer drangen.

»Runa, was ist passiert?«, fragte Walther eher streng als besorgt.

»Ich weiß es nicht genau«, lautete Runas ausweichende Antwort. »Die Hitze, ich habe mich wohl überanstrengt.«

»Das meine ich nicht!«, donnerte Walther plötzlich mit einer Heftigkeit, die Ragnhild vor der geschlossenen Türe erschrocken innehalten ließ. »Was ist in dem Pferdewagen passiert? Ich will es wissen, Runa!«

»Gar nichts«, versicherte die Schwangere. »Johanna saß doch bei mir. Sie kann bezeugen, dass nichts Unsittliches geschehen ist.« Runas Stimme zitterte hörbar. Würde Ragnhild es nicht besser wissen, hätte sie schwören können, dass ihre Tochter log.

»Was für ein glorreicher Einfall, Runa«, polterte Walther aufgebracht. »Ich soll also unsere stumme Magd befragen? Pah, ich glaube dir kein Wort.«

Ragnhild war verwirrt. Sicher war es bedenklich, wenn eine verheiratete Frau mit einem fremden Mann in einem Wagen saß, doch der Ratsnotar war ein Mann der Kirche, und Runa hatte sich in Begleitung einer anderen Frau und ihrer Tochter befunden. Warum war Walther so erbost?

»Zum letzten Mal, Runa: Was ist in dem Wagen passiert? Habt ihr miteinander gesprochen? Jedes Wort will ich wissen, und wenn du es mir nicht sagst, dann werde ich ihn selber fragen.«

Runa begann zu weinen. »Walther, hör auf, mich so zu quälen. Was willst du von mir hören? Ich sage die Wahrheit. Kein Wort haben wir miteinander gesprochen.« Runa fühlte sich zu matt, um weiter auf die Fragen ihres Gemahls einzugehen. Sie wünschte sich nichts mehr, als endlich allein mit ihren Gedanken sein zu können.

Es folgte ein langes Schweigen. Dann konnte Ragnhild hören, wie Walther begann, in der Kammer auf und ab zu gehen. So zornig hatte sie ihn noch nie erlebt. Vollkommen unerwartet vernahm sie plötzlich einen wutgeschwängerten Schrei und gleich darauf ein scheppberndes Geräusch, welches eindeutig von etwas gewaltsam Geworfenem stammte. Dann folgte ein schweres Atmen. Walther war außer sich, doch er beruhigte sich wieder. Bald war nur noch das Schluchzen ihrer Tochter zu vernehmen.

»Sag mir, Runa, wie soll ich dir glauben? Ich habe es gesehen. Eure Augen haben euch verraten. Er hat dich angeschaut wie damals vor sieben Jahren, als ich um deine Hand angehalten habe. Und du, du hast ihn angesehen, wie du mich noch niemals angesehen hast. Ich weiß, dass du ihn noch immer liebst, und ich weiß, dass diese Liebe nicht vergehen wird. Niemals wird mir dein Herz gehören, wie mir dein Leib gehört. Du hast es ihm geschenkt, obwohl ich nichts auf der Welt mehr begehre als dich. Wie also soll ich dir glauben?«

Runa hatte aufgehört zu weinen, doch ihr Schweigen war Antwort genug. Noch vor wenigen Augenblicken hatte Ragnhild gedacht, dieser Tag könne nicht mehr schlimmer werden, doch sie hatte sich bitterlich geirrt. Schon lange hatte sie vermutet, dass Runa sich von Walther entfernte. Es hatte sie traurig gestimmt, dass ihrer Tochter scheinbar nicht die gleiche Liebe vergönnt war wie ihr und Albert. Doch das allein wäre nicht ungewöhnlich gewesen. Im Gegenteil, die meisten Ehen wurden geschlossen, ohne dass man einander liebte. Niemals jedoch hätte Ragnhild vermutet, dass Runa ihr Herz einem anderen Mann geschenkt hatte, und schon gar nicht, dass sie den Ratsnotar und Domherrn Johann Schinkel liebte, der ihre Liebe offenbar auch noch erwiderte! Walthers Worte waren eindeutig gewesen, und dennoch wollte Ragnhild einfach nicht begreifen, dass das möglich sein konnte.

Was genau hatte er gesagt? Vor sieben Jahren soll es begonnen haben? Johann Schinkel musste Runa also schon geliebt haben, als sie noch eine Begine gewesen war. Unzählige Fragen schwirrten Ragnhild im Kopf herum. Wie lange wusste Walther schon davon, und wann und wo hatte diese Liebe überhaupt stattfinden können? Wusste noch jemand anders davon? Was würde nun passieren?

Ein Laut im Innern der Kammer ließ Ragnhild aufschrecken. Sie wusste, dass sie sich schleunigst zurückziehen sollte. Weder konnte sie ins Schlafgemach der streitenden Eheleute platzen, noch konnte sie ihnen in diesem Moment von Albert erzählen. Es blieb ihr also nichts anderes übrig, als schweren Herzens das Haus ihrer Tochter zu verlassen.

Blass trat sie hinaus auf die Reichenstraße. Ihr Kopf war völlig leer. Sie fühlte sich nicht stark genug, um mit Albert zu sprechen. Es war, als hätten die Ereignisse des Tages ihr alle Kraft geraubt. Sie wollte nur noch alleine sein. Ungesehen betrat sie den Innenhof ihres Kaufmannshauses und ging zum Reichenstraßenfleet am

Ende des Grundstücks. Dort kauerte sie sich in eine Ecke an der Wand einer kleinen Scheune und blickte ins Wasser. Hier würde sie so schnell niemand finden, und das war alles, was gerade zählte. Es war ihr gleich, ob es schicklich war, hier auf dem Boden zu hocken, oder ob die teure Seide ihres Kleides schmutzig wurde. Sie war ohnehin keine Ratsherrnfrau mehr, und Seide war nichts als unbedeutender Tand.

16

Jeder Schritt seines Pferdes versetzte Eccards verwundetem Bein einen Stich, der ihn schmerzhaft das Gesicht verziehen ließ. Fast kam es ihm vor, als hebe der wilde Apfelschimmel unter ihm seine Hufe heute besonders hoch. Warum nur musste er als Ritter auch so einen unbequemen Hengst haben? Liebend gern hätte er ihn heute gegen einen der ruhigen Zelter eingetauscht, auf denen die Damen zu reiten pflegten.

Doch war der Wundschmerz nicht der einzige Grund für seine üble Laune. Seit er die Burg in Plön verlassen hatte, war plötzlich das Wetter umgeschlagen. Schönster Sonnenschein war einem nicht enden wollenden Regen gewichen. Es fegte ein regelrechter Sturm über das Land. Dort, wo vor wenigen Tagen noch einigermaßen feste Wege gewesen waren, fand man nun häufig nicht mehr als schlammige Pfade. Jedes noch so kleine Rinnsal war zu einem reißenden Fluss angewachsen. Vor ungefähr einer Stunde hatte Eccard Ribe sich von seinem Knappen die Rüstung abnehmen lassen. Zu groß war die Gefahr, dass sie in ein sumpfiges Gebiet kamen, wo ihm diese zum Verhängnis werden konnte. Ein Einsinken in voller Rüstung hätte seinen sicheren Tod bedeutet. Außerdem war sie bei diesem Wetter ohnehin überflüssig, denn nicht einmal die Wegelagerer, gegen die er sich unter anderen Umständen vielleicht hätte verteidigen müssen, wagten sich heute aus ihren Schlupflöchern.

Der Tross kam nur langsam voran. Wo es die ersten Reiter noch einigermaßen leicht hatten, die Wege zu passieren, steckten am Ende der Gruppe immer wieder einige Pferde fest, die sich nur mit großer Mühe befreien konnten. Gegen Mittag waren einige Tiere so erschöpft, dass eine lange Pause unumgänglich war.

Eccard hatte es gleich geahnt – seine Reise würde mindestens so furchtbar werden wie die Zeit, die darauf folgen sollte. Als Graf Gerhard II. ihm vor vier Tagen seinen Auftrag erteilt hatte, hatte er seinen Ohren zunächst nicht trauen wollen. Er wusste sofort, dass es nicht bloß seine Kampfunfähigkeit war, die den Grafen dazu veranlasst hatte, ihn mit dieser undankbaren Aufgabe zu betrauen. Nein, viel eher war es der Wunsch gewesen, Eccard für den Ärger büßen zu lassen, den sein Vater dem Grafen dieses Jahr beschert hatte.

Hermann Ribe war einer der berüchtigtsten Placker des Landes. Erst kürzlich hatte Gerhard II. als Schlichter in einem Streitfall zwischen ihm und Lübeck dienen müssen – und das ließ der Fürst seinen Gefolgsmann nun spüren. Gern hätte Eccard den Auftrag seines Herrn abgelehnt, doch er war ein gehorsamer Ritter, der sich ergeben den Wünschen seines Grafen beugte und tat, was man von ihm verlangte. Dieser Gehorsam jedoch forderte auch heute wieder all seine Beherrschung. Immer wieder flammte die Wut über die Ungerechtigkeit in ihm auf. Am liebsten hätte Eccard vor Zorn laut geschrien oder sich grundlos mit jemandem geprügelt, doch es gab niemanden, der seinen Ärger verdient hätte. Allein seine eigene Unachtsamkeit war es gewesen, die dem Grafen eine Handhabe gegen ihn gegeben hatte. Hätte er sich nicht im Kampf am Bein verletzt, wäre es vielleicht ein anderer Ritter, der nun durch die Sümpfe der größten Langeweile seines Lebens entgegenritt.

Zu dem Groll, den er über seinen unrühmlichen Auftrag verspürte, kam noch der Ärger über die schlechte Gesellschaft hinzu. Denn neben seinem üblichen Gefolge, bestehend aus seinem Pagen, seinen Knappen und Waffenknechten, seinem Schmied und seiner Dienerschaft, folgte ihm diesmal auch noch der Kaufmann Johannes vom Berge mit seinen Wachen. Ausgerechnet jenen Männern, denen er seine Verletzung und somit auch seinen jüngsten Auftrag zu verdanken hatte, musste er auf dem Weg nach Hamburg Schutz gewähren! Da sie in dieselbe Richtung ritten, hatte es nahegelegen, dass sie sich zu einer großen Gruppe vereinten.

Aber schon nach einem einzigen Tag war Eccard das Versteckspiel leid. Immer wieder musste er sich dazu ermahnen, Obacht zu geben. Schließlich durfte er seine Verletzung nicht aus Versehen durch eine unüberlegte Bewegung verraten, ansonsten hätte er offenbart, dass er an dem Überfall auf den Kaufmann beteiligt gewesen war. Sollte diese Wahrheit ans Licht kommen, wäre es den zahlenmäßig überlegenen Wachen vom Berges ein Leichtes, ihn in der Nacht zu töten. Eccard war sich sicher, dass der Graf ihn mit dieser Reise nicht zuletzt für sein Versagen im Kampf bestrafen wollte. Sein Herr hasste Schwäche und hatte keinerlei Mitleid mit Verwundeten. Misslicher hätte es für Eccard nicht kommen können.

Der Tag schien ebenso ereignislos zu enden, wie er begonnen hatte, als das ewige Stapfen der Pferde und das Rauschen des Regens jäh von aufgebrachten Rufen und schrillem Wiehern durchschnitten wurde. Eccard wendete seinen Hengst, um zu sehen, was der Grund für die Aufregung war, und erkannte die Lage sofort.

Eines der Pferde war vom Weg abgekommen und im Morast stecken geblieben. In Panik versuchte es sich zu befreien – vergeblich. Es war die Stute seines neunjährigen Pagen Jons, der weinend an den Zügeln zerrte. Eccard gab seinem Apfelschimmel die Sporen und galoppierte zum Ende des Gefolges. Als er das verunglückte Tier erreichte, war es bereits bis zum Bauch im Schlamm versunken. Mit jedem Tritt und jeder Bewegung geriet es tiefer hinein. Grob riss er Jons die Zügel aus der Hand und stieß ihn zur Seite. »Los, bring einen langen Stock, und schlag ihn dem Gaul auf den Arsch!«, befahl er rüde.

Der Junge rannte los und war geschwind wieder zurück. Unterdessen hatte ein Mann von Eccards Dienerschaft den Schweif der Stute zu fassen bekommen und zog mit aller Kraft daran, doch noch immer versank diese tiefer und tiefer im Matsch. Es dauerte nicht lange, bis die Kräfte des Tieres erschöpft waren. Weder die Schläge noch das Brüllen und Zerren der Männer zeigten mehr Wirkung. Das Pferd hörte auf zu strampeln und ergab sich seinem Schicksal.

Eccard ließ die Zügel los. Er hatte alles versucht, doch es nützte nichts. Atemlos stützte er sich mit den Händen auf die Knie, was ihm sofort einen heftigen Schmerz an seiner Wunde einbrachte, die er wegen der Aufregung vollkommen vergessen hatte. Als er wieder aufschaute, blickte er in das höhnische Gesicht von Johannes vom Berge, der sich das grausige Schauspiel regungslos von seinem Ross aus angesehen hatte. Keiner seiner Männer hatte auch nur einen einzigen Finger gekrümmt, um das Pferd des Pagen zu retten. Sie waren sich offensichtlich zu fein dafür.

Unbändige Wut stieg in Eccard auf. Auch wenn er als Ritter im Rang weit über dem einer gewöhnlichen Wache stand, unterstanden diese Männer dennoch dem Befehl des reichen Kaufmanns. Er allein konnte ihnen Anweisungen erteilen, aber der Kaufmann dachte gar nicht daran. Gelangweilt schaute er auf das verendende Tier.

»Können wir nun endlich weiter, Ritter?«, fragte Johannes vom Berge herausfordernd.

Um ein Haar wäre Eccard auf den großtuerischen Kaufmann losgestürmt, doch er konnte sich gerade noch beherrschen. Er hasste alle eitlen Pfeffersäcke, aber diesen hasste er ganz besonders!

Jons' Weinen und Schluchzen wurde immer lauter. Während die Männer einander feindselig anstarrten, versuchte er mit seinen kurzen Ärmchen an die Zügel seines Pferdes zu kommen. »Herr, bitte. Gebt meine Alyss nicht auf. Helft mir, sie herauszuziehen.

Ich weiß, sie wird es schaffen«, flehte Jons mit zitternder Stimme um das Leben seiner geliebten Stute.

Eccard sah zu Jons herunter. Dann schaute er auf das Pferd und wieder zu seinem Pagen, der so fest von der Kraft seiner Alyss überzeugt zu sein schien. Jons' Blicke überzeugten auch den Ritter.

»Was ist nun, Ribe?«, fragte Johannes vom Berge ungeduldig und deutete in den Himmel. »Vielleicht ist es Euch nicht aufgefallen, aber es regnet. Ich würde Hamburg gerne noch erreichen, bevor es Winter wird.«

Das war zu viel für den Ritter. Mit zwei langen Schritten ging er auf seinen hochnäsigen Mitreisenden zu. »Wenn Ihr weiterwollt, Kaufmann, dann sagt Euren Männern, sie sollen mir die beiden kräftigsten Pferde geben und mir helfen, die Stute meines Pagen dort herauszuziehen. Ich werde nicht tatenlos zusehen, wie eine Handvoll meiner Münzen im Morast versinkt.«

Mit diesen Worten hatte Johannes vom Berge nicht gerechnet. In seinem Gesicht spiegelten sich Erstaunen und Entsetzen gleichermaßen wider. Doch eines verstand er ohne Zweifel: Der Ritter meinte, was er sagte, und würde diesen Ort nicht ohne sein Pferd verlassen. Dann endlich – nachdem der Schlamm fast schon den ganzen Rücken von Jons' Stute bedeckt hatte – nickte Johannes zweien seiner Männer zu. »Ihr beide, steigt ab, und holt endlich den Gaul aus dem Schlamm, sonst wachse ich hier noch fest!«

Die Männer taten, wie ihnen befohlen wurde, und nur wenig später gelang es ihnen tatsächlich, die völlig entkräftete Stute mithilfe ihrer starken Pferde herauszuziehen. Zunächst blieb sie bloß zitternd auf der Seite liegen und atmete stoßweise, doch dann stand sie wieder auf, und der Regen wusch ihr fuchsfarbenes Fell rein.

Jons fiel vor Eccard auf die Knie und drückte seine Stirn vor seinen Füßen in den aufgeweichten Boden. »Danke, Herr, ich danke Euch, danke, dass Ihr mein Pferd gerettet habt. Möge Gott Euch schützen. Ich werde für immer tun, was Ihr von mir verlangt. Danke, Herr …«

Trotz des Ärgers, den Eccard eben noch empfunden hatte, huschte ihm nun ein schmales Lächeln über die Lippen. Es stimmte auch ihn überglücklich, dass das Pferd gerettet war. Wie die meisten Ritter liebte er diese Tiere. Eines auf diese Weise zu verlieren wäre schlimm für ihn gewesen. Er stieß den schlammverschmierten Pagen leicht mit der Stiefelspitze an. »Steh auf, Jons.«

Der Junge hob seinen Kopf und blickte seinen Herrn mit rot geweinten Augen an.

»Es wäre mir Dank genug, wenn du ab jetzt aufpasst, wohin du reitest.«

Der Knabe nickte eifrig.

»Nun geh schon zu deinem Pferd. Du wirst es zur Strafe bis zur Riepenburg führen und nicht mehr aufsteigen. Und sobald wir Hamburg erreicht haben, putzt du alle Pferde so lange, bis sie glänzen wie meine Rüstung. Hast du verstanden?«

Wieder folgte ein Nicken. Dann erhob sich der Junge aus dem Dreck und flitzte zu seiner Stute, der er sogleich um den Hals fiel. Das Pferd war noch viel zu müde, um sich gegen die überraschende Umarmung zu wehren, und ließ sie einfach über sich ergehen.

Ohne ein weiteres Wort stieg Eccard auf seinen Hengst und setzte seinen Weg fort. Auch er hatte keine große Lust dazu, die Gegenwart des Kaufmanns länger als nötig zu ertragen, und wollte Hamburg noch heute erreichen.

Bevor Eccard wieder an die Spitze der Gruppe galoppierte, konnte er aus dem Augenwinkel erkennen, dass sein junger Page wie immer mit tapferem Gesicht und einer geraden Haltung gehorchte und die Stute am Zügel nahm. Für gewöhnlich wäre der Ritter niemals so mild mit einem derart ungeschickten Pagen verfahren, doch Jons war ein besonderer Junge – Eccard mochte ihn sehr.

Er war ein Abkömmling der mächtigen Grafen von Oldenburg und besaß zudem ein unglaubliches Gespür für jedes Tier unter Gottes weitem Himmel. Genau aus diesem Grunde hatte er die im Morast versunkene Alyss eben nicht aufgegeben. Jons hatte behauptet, dass sie es schaffen würde, und wie immer behielt der Junge auch dieses Mal recht.

Nach schier endlosen Stunden im Regen verließen die Männer endlich den Wald und sahen wenig später die lang ersehnten Dächer Hamburgs vor sich. Als wollte das Wetter sie verhöhnen, riss ausgerechnet jetzt die Wolkendecke auf, die Sonne kam hervor und ließ die nass geregnete Erde glitzern.

Der Tross blieb stehen.

Auf Geheiß von Johannes vom Berge blieb Eccard mit seinen Männern vorerst vor den Stadtmauern zurück und ließ den Kaufmann und seine Wachen alleine weiterziehen. Aus irgendeinem Grund wollte dieser nicht in ritterlicher Begleitung durch die Tore Hamburgs reiten.

Eccard war nicht überrascht. Er vermutete dahinter den falschen Stolz eines eitlen reichen Pfeffersacks, der den Eindruck erwecken wollte, er könne sich allein gegen Wegelagerer verteidigen. Ihm sollte es recht sein, für den Ritter zählte allein, dass er Johannes vom Berge bald los war und sich dann seinem eigentlichen Auftrag widmen konnte.

»Ich habe heute mit Henric Longhe und Olric Amedas sprechen wollen«, sagte Godeke mit einem Seufzen.

»Und?«, fragte Walther drängend.

»Sie haben mich nicht einmal hereingelassen.«

Sein Freund fuhr sich entmutigt durch die Haare. »Genauso ist es mir bei den von Metzendorps, den von Erteneborgs und den von Stendals ergangen.« Seine Stimme klang bedrückt.

Dann war es Albert, der sich zu Wort meldete. »Es ist zwecklos.

Sie werden nicht mit euch sprechen. Jedenfalls nicht so lange, wie sie vermuten, dass ihr in meinem Auftrag kommt.«

»Aber wir müssen doch irgendetwas tun, Vater«, stellte Godeke fast schon verzweifelt fest. »Willst du bloß hier in deinem Kontor herumsitzen und abwarten, welche Strafe dich ereilen wird? Was ist mit Mutter? Und mit Runa? Was soll aus ihnen werden, wenn du nach deiner vorläufigen Abberufung endgültig des Rates verwiesen wirst?«

Albert sah seinen Sohn wortlos an. Der Gedanke an Ragnhilds gramverzerrtes Gesicht versetzte ihm einen Stich. Er konnte einfach nicht vergessen, wie er sie vor drei Tagen am Reichenstraßenfleet gefunden hatte, zusammengekauert und mit tränennassen Wangen. Anklagend und verzweifelt zugleich hatte sie ihn angeschaut. Noch immer fühlte er sich schuldig, weil er die Frau, die er liebte, einer derartigen Schmach und Schande ausgesetzt hatte. Er hätte ihr früher von der Entscheidung des Rates erzählen sollen. Ihr Verhalten seither schmerzte ihn.

Sie wollte ihn spüren lassen, wie verletzt sie war. Albert hätte es durchaus verstanden, wenn sie einfach nur zornig auf ihn gewesen wäre und sie gestritten hätten, doch es war viel schlimmer gekommen. Seit diesem Moment am Reichenstraßenfleet hatte sie kein einziges Wort mehr mit ihm gesprochen – bis jetzt!

Das Knarren der Tür ließ die drei Männer aufschauen. Herein kam Ragnhild. Obwohl sie bislang noch niemals eine der Unterredungen der Männer gestört hatte, hatte ihr Verhalten etwas Selbstverständliches. Blass, aber würdevoll und mit aufrechtem Gang schritt sie unter den erstaunten Blicken der Männer herein und setzte sich. Dann begann sie unaufgefordert zu reden. »Bevor ihr etwas sagt, möchte ich sprechen.«

Albert nickte ihr zu. Er war so froh, endlich wieder ihre Stimme zu hören, dass er über ihren ungebetenen Besuch im Kontor hinwegsah.

»Auch wenn ich bloß eine Frau bin, verstehe ich sehr wohl, in welcher Gefahr wir uns befinden. Und obwohl ich wünschte, es wäre anders, bin ich davon überzeugt, dass wir mit dem Schlimmsten rechnen müssen.« Nach diesen Worten schaute sie ihrem Mann direkt in die Augen. Ihr Ton wurde flehentlich. »Albert, du musst die Stadt sofort verlassen – um unseretwillen. Der Rat wird dir den Verrat nicht verzeihen. Vielleicht kommst du sogar in die Fronerei. Das … das überstehe ich nicht.« Ihre Stimme zitterte, doch sie wollte stark sein und schaffte es, nicht zu weinen.

Godeke ging zu ihr und nahm ihre Hand. »Mutter, beruhige dich.«

Walther stand auf und wandte sich seinem Freund zu. »Vielleicht hat sie recht, Albert. Die Ratsmänner sind offensichtlich gegen dich. Sie gehen davon aus, dass du die Grafen stärken wolltest in einer Zeit, da Hamburg sich von ihnen zu entfernen versucht. Man kann ihnen diesen Gedanken nicht verübeln; Thiderich ist schließlich noch immer verschwunden und mit ihm ein gewaltiger Sack voll Münzen. Weitere Geschäfte sind dir verboten worden, und dein Platz im Gehege ist leer. Du hast nichts mehr zu verlieren – außer deiner Freiheit.«

Albert schaute zwischen Walther und Ragnhild hin und her. Aus dem Nichts heraus schlug er die flache Hand mit einem lauten Knall auf seinen Schreibtisch. »Ich soll mich verstecken wie ein Dieb? Mich heimlich davonschleichen, als würde ich mir aus Furcht vor den Bütteln in die Bruche pissen? Was bist du für ein Freund, der mir zu so etwas rät?« Aufgebracht sprang er von seinem Stuhl und fing an, im Kontor auf und ab zu gehen, wie es seine Art war. »Dass mein Weib mir einen solchen Vorschlag macht, kann ich ja noch verstehen, aber du, Walther? Ich sage dir eines, mein Freund: Lieber sterbe ich in den Kellern der Fronerei, als dass man mir nachsagt, ich sei ein Feigling.«

Ragnhild schloss die Augen. Sie hätte es besser wissen müssen. Seit Albert vor vielen Jahren der Unterjochung seines älteren Bruders Conrad entflohen war, hatte er stets an Stärke dazugewonnen. Niemals mehr wollte er sich in den Jahren danach noch einmal schwach fühlen. Nein, er war kein Feigling, und das sollten auch die Ratsherren wissen!

»Ich werde bleiben und mich meiner Strafe stellen, sei sie auch noch so furchtbar.« Dann ging er zu Godeke und zu Walther, legte beiden die Hände auf die Schultern und blickte jedem von ihnen lang in die Augen. »Ihr beide könnt mir eine Hilfe sein. Gebt acht auf meine Frau und meine Töchter. Beschützt sie, solange ich fort bin, und gebt mir darauf euer Wort.«

Walther legte seinem Freund die Hand auf die Schulter, und Godeke nickte seinem Vater zu zum Zeichen, dass sie verstanden hatten.

Dann war es so weit. Der Moment kam plötzlich, ohne einen Hinweis darauf, dass heute der Tag war, an dem sie sich würden trennen müssen, und dennoch stand in keinem der vier Gesichter Überraschung. Beinahe schien es, als wäre mit Alberts entschiedenen Worten eine neue Zeit angebrochen. Dieser Augenblick würde alles verändern, das wussten sie.

Von der Diele aus ertönte ein bedrohlich lautes Pochen, gefolgt von geräuschvollem Poltern – das Trampeln vieler gestiefelter Füße und das metallene Klirren von Waffen. Ein spitzer Schrei drang aus einer weiblichen Kehle und schallte laut und deutlich durch die Diele die Stiegen hinauf bis zum Kontor.

»Es ist so weit«, sagte Albert mit einer Ruhe, die nun auch seine Frau erfasste.

Entschlossen trat Ragnhild auf Albert zu und legte ihre Hände auf seine Brust. »Ich werde auf dich warten, mein Gemahl. Und wenn es auch bedeutet, dass wir uns erst nach dem Tode im Himmelreich wiedersehen werden.«

Noch einmal berührte Albert ihr Gesicht und lächelte, dann wandte er sich um und stellte sich schützend vor sie.

Eccard Ribe und seine Männer stürmten zuerst in das Kontor. Sie hatten ihre Waffen nicht gezogen, doch ihre Hände ruhten bereits auf dem Heft, während sie Albert umzingelten. Als alle Männer in der großzügigen Kammer versammelt waren, folgte zu Alberts Überraschung Bürgermeister Willekin Aios mit einem Ratsboten.

Das Erstaunen war Alberts Gesicht abzulesen. Er hatte fest damit gerechnet, dass die Büttel kommen und ihn holen würden. Grobe Kerle mit muskulösen Armen, die ihn packen und hinausschleifen würden, als sei er ein Kind. Niemals allerdings hatte er vermutet, dass es ein Ritter und der Bürgermeister höchstpersönlich sein würden, die sein Haus stürmten. Was hatte das zu bedeuten?

Willekin Aios räusperte sich. Es war ihm deutlich anzusehen, dass er sich nicht wohl in seiner Haut fühlte. Der gräfliche Gesandte hatte ihn vor einer Stunde über alle Maßen überrascht. Noch vor wenigen Tagen war der Bürgermeister davon ausgegangen, dass der Verrat des Ratsherrn Albert von Holdenstede eine Angelegenheit des Rates sei, doch der Ritter, der sich als Eccard Ribe vorgestellt hatte, klärte ihn darüber auf, dass der von Albert von Holdenstede betrogene Graf Gerhard II. selber über des Ratsmanns Schicksal zu entscheiden beliebte. Aios war zunächst hin- und hergerissen gewesen, doch im Grunde kam ihm das Anliegen des Ritters sogar recht. Albert von Holdenstede würde seine Strafe erhalten, ohne dass er selbst dem geschätzten Ratsherrn ein Leid zufügen musste. Nun gab es für ihn nicht mehr viel zu tun, doch das wenige wollte sich der Bürgermeister nicht nehmen lassen. Zunächst aber erteilte er dem Ritter das Wort.

»Albert von Holdenstede, die Anweisung meines Herrn, Graf von Gottes Gnaden, Gerhard II. von Holstein-Plön, lautet, Euch auf die Riepenburg ins Einlager zu begleiten. Dort werdet Ihr bleiben, bis Euer Handelspartner und Bürge, Thiderich Schifkneht, die doppelte Summe des Anteils an den Grafen gezahlt hat, die Ihr ihm noch schuldig seid.«

Alberts Miene war wie versteinert. Er sollte ins Einlager auf die Riepenburg? Nicht in das Woltboten-Haus bei Wasser und Brot oder in die Fronerei am Berg? Beinahe machte sich Erleichterung in ihm breit, galt ein Einlager schließlich als nicht halb so strapaziös wie ein Gefängnisaufenthalt.

In der Regel wurde ein Schuldner oder ein Bürge bloß so lange in einer ehrbaren Herberge wie der Riepenburg festgehalten, bis die geschuldete Summe erbracht worden war. Die Zeit im Haus des Woltboten oder der Fronerei hingegen, wo es an jeglichen Annehmlichkeiten fehlen würde, konnte quälend sein, weshalb ein jeder Übeltäter das Einlager bevorzugte.

Doch was zählte es schon, wo Albert sich befand, wenn er befürchten musste, von dort niemals mehr zurückzukehren? Eine so große Summe wie der Graf von ihm verlangte, hatte selbst er noch niemals auf einmal in den Händen gehalten. Wie sollte es Thiderich also gelingen, an so viele Münzen zu kommen? Noch dazu, wo er als verschollen galt? Natürlich würde er so nicht einen einzigen Brakteat auftreiben können, weshalb es ihm schlicht unmöglich wäre, diese Forderung zu erfüllen! Doch Albert wusste, dass es keinen Sinn machte, Einspruch zu erheben.

Willekin Aios trat auf den des Rates verbannten Kaufmann zu und sagte: »Ihr müsst heute noch die Stadt verlassen, Albert. Ich habe Euch einen Ratsboten mitgebracht, der Euer Testament aufnehmen wird. Wenn Ihr einverstanden seid, werde ich es als erster Zeuge unterzeichnen und einen zweiten Mann Eurer Wahl darum bitten, dies ebenfalls zu tun. Bestimmt einen Vormund für Euer Weib, und dann geht mit Gott.«

Albert fand seine Stimme wieder. »Ich danke Euch, Bürgermeister.«

Willekin Aios nickte.

»Mein Nuncius, Walther von Sandstedt, wird der Vormund meines Weibes sein. Als zweiten Zeugen ernenne ich Ecbert von Harn.« Die Auswahl der infrage kommenden Männer war gering, doch Albert hoffte inständig, dass wenigstens der steinalte Ratsherr und frühere Freund seines Vaters ihm noch immer in Freundschaft verbunden war.

Wieder bejahte der Bürgermeister mit einer knappen Kopfbewegung.

Die Männer standen nur eine Armlänge voneinander entfernt. Albert konnte sehen, dass Willekin Aios ihm trotz allem wohlgesinnt war, dennoch schüttelte er enttäuscht den Kopf, bevor er ohne letzten Gruß die Kammer verließ.

Nachdem Albert sein Testament verfasst hatte, fesselte man ihm die Hände und führte ihn aus dem Haus. Er konnte seine Finger gerade noch so viel bewegen, dass er alleine auf das schlammverschmierte Pferd steigen konnte, welches man ihm zuteilte. Ein kleiner Junge hielt es fest am Zügel. Sein ernstes Gesicht ließ keinen Zweifel daran, dass er nicht vorhatte, dem Reiter die Lederriemen zu übergeben.

Albert verlor in diesem Moment alles. Es war eindeutig, dass man ihn mit dieser Geste demütigen wollte – kein Mann wollte auf einem Pferd geführt werden, als sei er des Reitens nicht mächtig. Obwohl er den Drang niederzukämpfen versuchte, warf er doch einen letzten Blick auf seine geliebte Ragnhild, die noch immer sichtlich bemüht war, nicht zu weinen. Dann setzte sich das Gefolge des Ritters in Bewegung.

Ihr Weg führte sie die Reichenstraße Richtung Osten entlang, welche bereits gesäumt war von unzähligen Neugierigen. Die Kunde über den geächteten Ratsherrn Albert von Holdenstede hatte sich verbreitet wie ein Strohfeuer.

Auch an Runa war sie nicht vorbeigegangen. Jeglichem Anstand zum Trotz stürmte sie in genau dem Moment aus dem Haus, als der Tross des fremden Ritters gerade daran vorbeizog. »Vater, Vater…!«, rief sie immer wieder und rannte, den Bauch mit den Händen stützend, los. Sie hatte nicht glauben wollen, was ihr zu Ohren gekommen war, und musste sich nun mit eigenen Augen davon überzeugen. Als sie Albert auf der Stute erblickte, begann sie bitterlich zu weinen. Was für eine Schande! Es war ihm nicht einmal vergönnt, selbst die Zügel zu halten! Ein schmutzverklebtes Pferd hatte man ihm gegeben, und gefesselt war er auch. »Haltet ein!«, rief sie immer wieder mit zittriger Stimme. »So bleibt doch stehen! Ich flehe Euch an, fremder Ritter…«, doch Eccard Ribe beachtete sie nicht. Erst als sie keine Luft mehr bekam, wurde sie langsamer und blieb schließlich stehen. Der Anblick ihres Vaters verschwamm in einem Tränenschleier. Mutlos und verzweifelt lehnte sich Runa an die Schulter von Agnes, die wie aus dem Nichts hinter ihr aufgetaucht war und die Weinende nun tröstend in die Arme schloss.

In diesem Moment kamen auch Ragnhild, Margareta und Ava herbeigeeilt, um Albert hinterherzublicken – die Gesichter fassungslos, die Hände fest ineinander verschlungen. Und als wäre der Anblick des gedemütigten Kaufmanns inmitten von Bewaffneten nicht schon schlimm genug, begann einer der Umherstehenden auch noch, wüste Verwünschungen auszustoßen. Immer mehr der Umstehenden fielen in seine Hetzrufe mit ein, bis es schließlich aus unzähligen Kehlen tönte:

»Verräter!«

»Verschwinde, du Hundsfott!«

»Gottloser Lügner!«

»Der Blitz soll dich treffen!«

Irgendwann warf einer den ersten Stein. Es war ein kleiner Stein und ein halbherziger Wurf, der Albert verfehlte. Doch nachdem der Anfang gemacht war, flogen weitere Steine, größer jetzt, von denen einer Alberts Bein traf, der nächste seinen Arm und viele weitere den Rest seines gefesselten Körpers. Die johlende Menge ruhte nicht eher, bis auf der Stirn des Kaufmanns eine klaffende, blutige Wunde zu sehen war.

Albert bewahrte Haltung, war das doch das Einzige, was er in diesem Augenblick noch besaß. Aus dem Augenwinkel erkannte er die Männer und Frauen, die noch vor Kurzem an seinem Tisch gespeist hatten; nun ächteten sie ihn wie einen Gesetzlosen. Hätte er sich nicht inmitten gräflicher Bewaffneter befunden, wäre die zornige Meute sicher über ihn hergefallen. Mutlos drehte er sich ein letztes Mal um. Alle Schikanen hätte er ertragen können – der Anblick seiner trauernden Lieben hinter ihm jedoch zerriss Albert fast das Herz. Und so wandte er den Blick von Runa, Ragnhild und Margareta ab und richtete ihn starr nach vorn. Gott allein wusste, ob er sie jemals wiedersehen würde. In Gedanken betete Albert, dass ihr Klagen und Weinen bald verstummen möge, doch es begleitete ihn noch viele Tage lang.

Auf Agnes' Geheiß war auch Johanna zu den Frauen geeilt, um zu helfen, die völlig entkräftete Runa zu stützen. Gemeinsam brachten sie sie zurück ins Haus – fort von den hassverzerrten Blicken der Schaulustigen, die ihren Vater soeben noch gepeinigt hatten.

»Bring sie in ihre Kammer, und hilf ihr beim Entkleiden. Sicher wünscht die Herrin, sich auszuruhen. Danach kommst du zu mir in die Küche«, befahl Agnes der stummen Magd und humpelte davon. Sie wusste, dass es nun an ihr war, sich um die anderen Frauen zu kümmern, die verzweifelt weinend in der Diele des Hauses standen und einander umarmten. Schwere Zeiten würden auf sie alle zukommen, die sie nur überstehen konnten, wenn sie zusammenhielten. Agnes war bereit, alles zu tun, was nötig war, um ihrer Herrschaft zu helfen. So wie Runa und Ragnhild einst ihr beigestanden hatten, als sie verletzt darniederlag, wollte sie nun ihnen helfen.

Johannes gehorchte und führte die geschwächte Runa in die Schlafkammer der Eheleute. Er hatte sich längst daran gewöhnt, dass Agnes ihm Befehle erteilte. Sie wusste stets, was zu tun war. Auch wenn sie lahm auf den Beinen war, hatte sie kein Problem damit, sich unter ihresgleichen Achtung zu verschaffen und das Haus ihrer Herrschaft in Ordnung zu halten. Das schüchterne Mädchen von damals war verschwunden, geblieben war eine arbeitsame Frau mit starkem Willen.

Je länger Johannes seine Rolle als Magd spielte, umso schwerer fiel es ihm, sich wieder in die eines Mannes hineinzufinden. Seine Bewegungen und sein Verhalten unterschieden sich längst nicht mehr von dem anderer Mägde, und nur noch selten hatte er Probleme, seine Männlichkeit zu verbergen. Jetzt war einer dieser Momente.

»Bitte öffne die Schnüre meines Kleides, Johanna. Ich möchte mich ein wenig ausruhen.« Runas Stimme war vom Weinen belegt, doch sie hatte sich wieder etwas gefangen.

Langsam trat Johannes hinter sie und begann mit zittrigen Fingern die Schnüre am Kleid seiner Schwester zu lösen.

Reglos stand Runa vor ihm. Die Ereignisse hatten sie zunächst tief erschreckt und dann unendlich traurig gemacht. Jetzt, hier in ihrer Kammer, fühlte sie nichts mehr außer einer großen Leere. Ihre Tränen waren versiegt, sie konnte nicht mehr weinen. Alles, was sie sich nun wünschte, war Ruhe für sich und das ungeborene Kind in ihrem Leib.

Johannes streifte Runa das schwere Gewand von den zarten Gliedern, bis sie nur noch in ein dünnes Hemd gehüllt war. Die bloße Vorstellung, was sich darunter verbarg, genügte, um ein leichtes Ziehen in seinen Lenden zu entfachen. Sein Glied regte sich, ohne dass er es wollte.

»Nimm mir die Haube ab. Ich habe Kopfweh. Und öffne bitte auch mein Haar.«

Johannes schluckte schwer. Sein Mund war trocken, seine Handflächen schwitzten. Er schämte sich, weil der Anblick seiner eigenen Schwester ihn derart erregte. Während er ihr vorsichtig die Haube abnahm, strich sein Blick über Runas Rundungen, die sich sanft unter dem feinen Tuch abzeichneten. Ihre Schultern waren schmal, ihr Rücken sanft geschwungen. Von hinten konnte man nichts von ihrer Schwangerschaft erkennen. Sein Glied war nun so hart, dass sich unter seinem Kleid eine deutliche Beule abzeichnete. Während er mit der Linken bedächtig die dicken Flechten von Runas blondem Haar löste, die wie immer kunstvoll und aufwendig von Agnes zusammengesteckt worden waren, glitt seine rechte Hand an seinem Körper entlang, hinunter bis zu seinem Gemächt. Als er sich berührte, überkam es ihn wie eine alles mitreißende Woge. Auch wenn er hinter Runa stand und sie ihn nicht sehen konnte, wusste er, in welche Gefahr er sich begab. Eine falsche Regung, ein Blick, und er wäre enttarnt, und trotzdem konnte er nicht von sich lassen. Was für ein wohliges Gefühl! Das Blut schoss zwischen seine Beine, und sein Herz begann wie wild zu klopfen. Johannes schloss die Augen. Mit fahrigen Bewegungen fingerte er weiter an ihrem blonden Haar herum. Weich fühlte es sich an, genauso wie die feine Seide, die er soeben von ihrem Körper gestreift hatte. Seine rechte Hand bewegte sich schneller. Johannes hielt den Atem an. Dann endlich, als sich die letzte Flechte öffnete und ihr das Haar in langen Wellen auf die Hüften fiel, löste sich seine Erregung in warmen, wohligen Wellen auf. Sein Saft ergoss sich in das grobe Leinen seines Gewands; es war ihm unmöglich, ein leises Stöhnen zu unterdrücken.

Runa drehte sich um und sah ihre Magd verwundert an. »Hast du eben gesprochen, Johanna?«

Wie immer bekam sie keine Antwort.

»Warum ist dein Gesicht so rot?«

Wieder sagte Johannes nichts. Steif wie ein Baum stand er da, schwitzend und atemlos. Sein Herz raste. Schon meinte er, seine Schwester sei hinter sein Geheimnis gekommen, als ihr Gesicht etwas Mütterliches bekam.

Fürsorglich legte Runa ihre Hand auf die Stirn ihrer Magd. »Du fühlst dich warm an. Ist dir nicht wohl?«

Johannes blieb nichts anderes übrig, als zu nicken. Einen kurzen Moment hatte er geglaubt, er hätte sich verraten, doch Runas Blick bedeutete ihm, dass sie keinen Verdacht schöpfte.

»Arme Johanna, dich hat auch erschreckt, was du eben gesehen hast, nicht wahr?« Runa wartete nicht auf die Antwort der Magd, sondern fügte sogleich hinzu: »Geh nur. Den Rest schaffe ich allein. Wenn du mit den Arbeiten in der Küche fertig bist, darfst du dich zurückziehen.«

Folgsam knickste Johannes vor seiner Schwester. Er wollte nur noch raus aus der Kammer, doch als er sich gerade zum Gehen wandte, rief Runa ihn noch einmal zurück.

»Johanna!«

Johannes blieb wie erstarrt stehen. Er hielt die Luft an. Hatte er sich doch verraten? Langsam drehte er sich um, die Hände vor seinem Schritt gefaltet, um den nassen Fleck in seinem Kleid zu verbergen.

»Richte Agnes aus, dass ich sie zu sprechen wünsche.«

Erleichtert knickste Johannes erneut und verließ die Kammer endgültig. Gleich nachdem er die Tür hinter sich geschlossen hatte, lehnte er sich erleichtert mit dem Rücken gegen das Holz und atmete stoßweise ein und aus. Doch schon bald darauf breitete sich ein zufriedenes Lächeln auf seinem Gesicht aus.

Wieder einmal war es ihm gelungen, seine leichtgläubige Schwester zu täuschen. Dank seiner Klugheit glaubte die dumme Gans doch tatsächlich, Alberts Erniedrigung habe ihn derart mitgenommen. Dabei war das Gegenteil der Fall! Es stimmte ihn außerordentlich fröhlich zu sehen, wie sein Vater langsam zu Fall gebracht wurde. Er sollte endlich büßen für all die beschwerlichen Jahre, die Johannes und seine Stiefmutter Luburgis seinetwegen im Wald hatten verbringen müssen.

Seine Gedanken schweiften ab. Es war einfach unglaublich, was sich soeben auf der Straße abgespielt hatte. Johannes konnte nicht umhin, die Erschaffer dieser Ränke zu bewundern. Heseke und Johannes vom Berge hatten tatsächlich erreicht, was ihr größter Wunsch gewesen war: Albert von Holdenstede hatte seinen Platz im Rat und damit sein Ansehen verloren. Das allein hätte Johannes und seiner Stiefmutter bereits gereicht, aber die Sippe derer vom Berge war nicht so schnell zufriedenzustellen. Gänzlich aus der Stadt verschwinden sollte Albert – und sogar das war ihnen gelungen!

Johannes war dabei nur eine kleine, wenngleich unentbehrliche Hilfe gewesen, als er sich in der unscheinbaren Gewandung einer Magd zum Bürgermeisterhaus geschlichen und unbemerkt einen Brief auf dessen Schwelle gelegt hatte. Den genauen Inhalt des Briefs kannte er bis heute nicht, aber das war ja nun auch nicht mehr wichtig. Das Papier hatte zu Alberts Verbannung geführt und dazu, dass seine Lieben allein zurückblieben. Walther und Godeke besaßen nicht denselben Einfluss wie Albert. Ihnen würde es nicht gelingen zu verhindern, was der geheime Bund mit ihnen vorhatte. Johannes war sich sicher, dass Albert es bitter bereuen würde, seine Familie nicht mit seinem Leben beschützt zu haben!

Johannes stieß sich von der Wand ab und glättete seine Röcke. Sicher wartete Agnes bereits auf ihn. Er wollte ihr keinen Grund zum Tadel geben. Als er die Küche betrat, sah er sie wie so häufig am Tisch sitzen und das Essen zubereiten. Er bemerkte sofort, dass sie wegen Alberts Verhaftung nicht weniger litt als Ragnhild, Runa und Margareta. Mit sorgengezeichnetem Gesicht hackte sie auf das vor ihr liegende Gemüse ein; fast so, als wollte sie es für den Kummer bestrafen, den sie empfand.

Noch bevor die Magd Johannes bemerkte, wurde jemand anders auf ihn aufmerksam. Alles ging so schnell, dass ihm keine Zeit zur Flucht blieb.

Mit einem gewaltigen Satz sprang Poppo von Agnes' Schoß und rannte fauchend auf Johannes zu. Der Kater war außer sich und griff sofort an. Augenblicklich schrammten seine spitzen Krallen über dessen Arme und bohrten sich dann schmerzhaft ins Fleisch seiner Waden. Nur mit Mühe konnte Johannes einen verräterischen Schmerzensschrei unterdrücken. Zunächst zu überrascht, um sich zu wehren, trat und schlug er nach einem kurzen Augenblick wild um sich, doch das wütende Tier ließ sich nicht abschütteln.

Agnes hatte die Augen vor Schreck weit aufgerissen, dann jedoch sprang sie auf und eilte Johannes zu Hilfe, so schnell es ihre steifen Beine zuließen. »Poppo! Verschwinde, du Dämon! Was ist nur in dich gefahren? Bist du denn von Sinnen?«, schrie sie aufgebracht und schnappte sich einen Besen. Nachdem der Kater ein, zwei kräftige Hiebe hatte einstecken müssen, flitzte er durch die geöffnete Tür von dannen. Agnes schlug die Tür hinter ihm zu und wandte sich besorgten Blickes Johannes zu. Ihre Augen wanderten sofort zu seinen Beinen, die nun deutlich durch den zerfetzten Rock zu sehen waren. »O Johanna, du blutest ja! Deine Arme, deine Beine! Und dein Kleid, es ist völlig zerrissen. Dieser dumme Kater, das nächste Mal kommt er mir nicht so mild davon, das verspreche ich.«

Johannes wäre dem Kater vor Wut am liebsten wild schreiend hinterhergerannt; nur mit Mühe konnte er sich zurückhalten. Es war ihm unbegreiflich, warum die Frauen des Hauses dieses boshafte Tier so sehr liebten. Er selbst hasste Poppo – dieser Kater war der Abgesandte des Teufels!

»Komm mit mir, ich gebe dir mein zweites Kleid, du Ärmste. So kannst du ja schlecht herumlaufen.« Agnes nahm Johannes bei der Hand und führte ihn in ihre gemeinsame Kammer. Sie brauchte nicht lange danach zu suchen, denn sie besaß nur zwei Kleider. Mit einem Griff holte sie es hervor und hielt es kurzerhand an Johannes' Körper. »Es müsste dir eigentlich passen. Zieh dein Kleid aus, ich werde es für dich flicken.«

Johannes wurde blass. Was sollte er jetzt tun? Wenn er sich vor Agnes entblößte, würde sie sehen, dass er keine Frau war, doch wenn er es nicht tat, würde sie möglicherweise ebenfalls Verdacht schöpfen.

Nachdem er eine ganze Weile lang einfach nur dagestanden und sie angestarrt hatte, stemmte Agnes die Arme in die Hüften und sagte mit einem warmen Lächeln: »Jaja, du möchtest dich sicher bedanken, dass ich dein Kleid flicken will und dir solange meines gebe, aber das brauchst du nicht.« Dann fügte sie scherzhaft hinzu: »Ich weiß doch, wie ungeschickt du mit der Nadel umgehst. Nicht auszudenken, wie das Kleid hinterher aussehen würde. Nun komm schon, zier dich nicht, ich gebe dir mein Kleid gern.«

Auch Johannes zwang sich zu einem Lächeln und nickte, doch er rührte sich nicht.

»Nun mach schon, wir haben nicht den ganzen Tag Zeit. Zieh dich schon aus, ich helfe dir beim Ankleiden.«

Johannes brach der Schweiß aus. Fahrig trat er von einem Bein aufs andere und stierte zu Boden.

Agnes stutzte. Plötzlich wurde ihr klar, warum Johanna so steif vor ihr stand. »Herrgott noch mal, Johanna. Du brauchst dich vor mir doch nicht zu schämen.« Sie hob das Kinn der Magd an und blickte ihr in die Augen. Agnes mochte die schüchterne Johanna sehr. »Wir sind doch Freundinnen, oder etwa nicht?«

Johannes geriet immer mehr in Bedrängnis. Ja, sie waren Freundinnen geworden; umso schwerer musste es daher für Agnes sein zu begreifen, warum er sich auf einmal so seltsam benahm.

Agnes' Züge wurden weich. »Schämst du dich vielleicht wegen all der Lästereien der anderen Mägde?«

In seiner Not nickte Johannes.

Agnes fasste ihn freundschaftlich am Arm. »Bist du schon einmal zurückgestoßen worden? Ich meine … von einem Jungen?«

Johannes wich einen Schritt zurück und hob abwehrend die Hände.

Die Magd begriff sofort. »Aber nicht doch, das meinte ich nicht. Bitte verstehe mich nicht falsch, Johanna. Ich weiß, dass du tugendhaft bist«, berichtigte sich Agnes sogleich. »Du bist nur so anders als die anderen Mägde. Alle, die ich kenne, haben hier und da schon einmal für einen Knecht oder einen Boten geschwärmt. Sie reden doch über fast nichts anderes, wenn wir mit ihnen am Fluss Wäsche waschen. Nur du scheinst dich für keinen der Jungen zu interessieren.«

Wieder senkte Johannes den Kopf. Wenn Agnes nur wüsste, wie richtig sie damit lag! Natürlich hatte er sich noch niemals für einen Jungen interessiert – schließlich war er selbst ein Mann. Doch woher sollte sie wissen, dass es die Mädchen waren, denen er heimlich hinterherschaute? Ja, woher sollte sie wissen, dass sie selbst es war, der sein Herz schon lange gehörte!

»Ach, Johanna, ich wünschte, du könntest sprechen. Ich bin mir sicher, wir hätten uns viel zu erzählen. Wenn du dich schämst, dann werde ich mich einfach umdrehen.« Sie reichte ihm das Kleid und wandte ihm den Rücken zu.

Johannes war überaus erleichtert, so glimpflich aus seiner misslichen Lage herausgekommen zu sein. Nun hieß es nur noch, geschickt das alte Gewand abzustreifen und das andere samt der falschen Brüste aus Leinenknäueln überzuziehen.

Agnes wollte es eigentlich nicht tun, doch ihre Neugier überwog. Während sie beide mit dem Rücken zueinander standen, wagte sie es, einen verstohlenen Blick auf Johanna zu werfen. Sie wollte wissen, was die Magd so dringend zu verbergen versuchte, und sie erkannte es sofort. Johanna sah ohne Kleidung noch weit hässlicher aus als mit. Die Magd konnte durchaus verstehen, warum ihre Freundin so schüchtern war. Ihrem Körper fehlten sämtliche weichen Rundungen, die die Männer so verrückt werden ließen, ihr Rücken war knochig, ihr Hintern flach, und sie hatte dürre Beine mit buschigem Haar daran. Agnes konnte Johannas Scham gut verstehen, schon von hinten war ihr Anblick grauenhaft; wie schlimm mochte es dann wohl von vorne sein?

Agnes überkam großes Mitleid. Seit Johanna im Hause von Sandstedt arbeitete, hatte sie wegen ihrer Hässlichkeit viele Schmähungen der anderen Mägde über sich ergehen lassen müssen. Agnes hatte sie stets verteidigt, auch wenn sie bis dahin nicht gewusst hatte, wie dringend nötig das war.

Seit ihrer Verbrühung hatte Agnes sich selbst hässlich und entstellt gefühlt, doch nun, da sie sah, wie es um Johanna bestellt war, überkam sie ein Gefühl tiefer Demut. Ihre Freundin hatte es weit schlimmer getroffen als sie; hatte Agnes doch zumindest ein hübsches Gesicht. Und so ermahnte sie sich, in Zukunft dankbarer zu sein und nicht mehr mit sich und ihren Verletzungen zu hadern. Schließlich hatte Gott in seiner Herrlichkeit jeden unter ihnen anders erschaffen, und wer war sie schon, dass es ihr zustand, diese Herrlichkeit anzuzweifeln?

Das Klagen und Weinen der Frauen aus dem Handarbeitsraum wurde allmählich leiser, bis es irgendwann vollkommen verstummte.

Vater Everard schickte ein kurzes Dankgebet gen Himmel. Frauen waren eines der Wunder Gottes, die er nicht verstand. Ihre schrillen Stimmen bereiteten ihm Kopfschmerzen, und ihr Anblick verwirrte ihn. Schon immer hatte er sich in ihrer Gegenwart unwohl gefühlt; Frauen bescherten stets Unbill – und das bereits seit dem Paradies.

Am liebsten waren ihm die Weiber noch, wenn sie allzeit stumm und gehorsam blieben. Vielleicht war das einer der Gründe, warum er Johanna erwählt hatte, ihm zu helfen. Schnell hatte er bemerkt, dass er hier in der Familie seines Ziehsohns nicht willkommen war. Man war ihm feindlich gesinnt, und er musste mittlerweile ernsthaft befürchten, von den von Sandstedts vertrieben zu werden. Doch sein eigenes Dorf war zerstört, und weltliche Habseligkeiten besaß er keine. Wohin hätte er also gehen können?

Als er vor vielen Wochen Besuch von Godeke bekommen hatte, war er sich sicher gewesen, dass dies ein Zeichen Gottes war – es konnte einfach kein bloßer Zufall sein. Jahrelang hatte er Walther für tot gehalten, und plötzlich erfuhr er, dass sein Mündel lebte und es in Hamburg zu Wohlstand gebracht hatte. Seitdem hatte er nur noch ein Ziel vor Augen gehabt: Auch er wollte fortan sein Leben in Hamburg verbringen, zusammen mit Walther und seiner Familie in dem behaglichen Kaufmannshaus, welches Godeke beschrieben hatte.

Doch sein Plan schien nicht ganz aufzugehen. Walther war nicht mehr der kleine fügsame Junge, der Sandstedt vor über zwanzig Jahren verlassen hatte. Aus ihm war ein Mann geworden – und dieser Mann war Everards Feind.

Es war eine Notwendigkeit geworden, sich eine List zu erdenken, die er als Waffe gegen sein einstiges Mündel verwenden konnte, sollte dieses tatsächlich eines Tages gegen ihn aufbegehren. Und so begann der Priester die Bewohner des Hauses in der Reichenstraße zu beobachten. Er hielt Ausschau nach Gottlosigkeiten – Worten und Taten, die er für seine Zwecke benutzen konnte –, und er wurde fündig! Anfänglich waren es Nichtigkeiten, die er entdeckte, doch je genauer er hinsah, desto mehr Frevel bemerkte sein wachsames Auge. Walther selbst schien nichts aufzufallen, vielleicht war sein Blick bereits verschleiert. In diesem Haus wohnte die Sünde, und Gott hatte ihn geschickt, um sie zu bekämpfen, dessen war sich Vater Everard gewiss.

Eines Tages kam ihm die Idee, sich der stummen Magd Johanna zu bedienen, denn sie war die Einzige, die sein Vorhaben nicht verraten konnte. Gott in seiner unendlichen Weisheit musste sie ihm zur Seite gestellt haben. Dieses Weib mochte ein nicht enden wollender Quell nützlichen Wissens für ihn sein!

Um sie gefügig zu machen, fing er an, ihr zu schmeicheln. Sie sei die einzige Frau im Hause, die sich züchtig und sittsam verhalte, weshalb Gott von ihr verlange, dass sie die Missetaten, die sie beobachtete, an ihn, seinen Diener, weitergab.

Der Plan des Priesters ging auf, denn nur wenig später zeigte ihm die Magd einen grünen Tropfen auf ihrem Leinenärmel. Mit ausladenden Gesten erklärte ihm die Stumme, dass Ava ein ketzerischer Kräutertrunk verabreicht worden sei. Dies allein hätte Vater Everard schon gereicht, doch die Magd beobachtete weiter für ihn und deckte geschwind eine neue Sünde auf.

In einem unbeobachteten Moment führte sie ihn in die Kammer hinter der Küche, wo sie ihm, versteckt hinter einem Haufen von Äpfeln, einen tönernen Tiegel mit einer Paste zeigte. Welch ein Teufelswerk! Noch am selben Tage überzeugte er sich mit eigenen Augen von dem Ausschlag an Freyjas Armen und sprach daraufhin die ganze Nacht Gebete.

Dieses Haus war die Pforte zur Hölle, und er war allein mit seinem heiligen Kreuz als bloße Klinge. Für ihn gab es keinen Zweifel mehr, warum er hier war. Gott hatte ihn gesandt, um die schandvollen Seelen in die Verdammung zu treiben und die Einsichtigen dem Licht zuzuführen. Es galt nur noch, den richtigen Moment abzuwarten, um die Wahrheit zu offenbaren. Dann aber würde Gottes Wort aus seinem Munde fließen, auf dass er die Hexe Runa vor allen Leuten anklagte. Mochte die Sünderin auf dem Scheiterhaufen brennen!

17

Mit einem lauten Scheppern ging der silberne Kerzenleuchter zu Boden. Graf Johann II. hatte ihn nach seinem Minnesänger geworfen, der gerade noch rechtzeitig in Deckung gehen konnte.

»Das nennst du Gesang, du Sohn eines räudigen Hundes? Mein Furz klingt lieblicher als deine Minne. Hinfort mit dir, sonst lasse ich dir die Zunge mit einer glühenden Zange herausreißen!«, schrie der Graf so laut, dass sich seine Stimme überschlug. Dann ließ er sich schwer auf seinen gepolsterten Stuhl am Kopfende der langen Tafel fallen. Hier saß er immerzu – seit dem Unfall jedenfalls, der ihn ein Auge gekostet hatte.

Was war nur aus ihm geworden?, dachte er bei sich und ließ seinen Kopf auf die Brust sinken. Der einst so stolze Graf gab ein geradezu jämmerliches Bild ab. Vorbei waren die Tage, an denen er hoch zu Ross durch die Wälder gezogen war, um einen Eber zu erlegen oder seinen Falken fliegen zu lassen. Vorbei die Tage, an denen es heiter im großen Saal seiner Residenz auf der Burg Kiel zugegangen war. Die Schmerzen hatten ihn vorzeitig zu einem alten, verbitterten Mann werden lassen, dem das Lachen gründlich vergangen war und der mit seinem Schicksal haderte. Nichts konnte ihm mehr Freude bereiten, weder die Weiber noch der Wein. Selbst die überaus qualvolle Hinrichtung des Hofnarren, der Schuld am Verlust seines Auges trug, hatte ihn nicht milde stimmen können. Einzig der Gesang ließ ihn vergessen – allerdings nur, wenn es ein fähiger Spielmann war, der sein Können zum Besten gab.

Je mehr Zeit verging, desto sicherer war er sich, dass sein blinder Vetter Gerhard II. etwas mit diesem Anschlag zu tun haben musste. Konnte es tatsächlich ein Zufall sein, dass zwei Mitglieder einer gräflichen Familie erblindeten? Hatte nicht Gott selbst seine Sippe erwählt, um über die niederen Stände zu herrschen? Das ergab einfach keinen Sinn. Nein, Gerhard II. musste den Anschlag geplant haben – ein Gedanke, der Johann II. ein ums andere Mal bitter machte. Er war kein kampfeslustiger Herrscher, keiner, der gerne Blut fließen sah. Er war nicht wie sein Vetter, der die Gelegenheit zu einer Schlacht nie ungenutzt verstreichen ließ – er wünschte sich Ruhe und Frieden.

Das Fest auf dem Kunzenhof war eine willkommene Gelegenheit gewesen, um seinen machthungrigen Vettern aufzuzeigen, dass er bereit war, friedlich neben ihnen zu regieren, sofern er die Anteile erhielt, die ihm seit der Geburt zustanden. Doch heute, viele Wochen nach dem Anschlag, erschien ihm eine Fehde unumgänglich. Sobald er genesen war, wollte er sich an seinem Peiniger rächen.

Doch die Heilung seiner Augenhöhle wollte einfach nicht voranschreiten, sogar des Nachts quälte sie ihn und hielt ihn vom Schlafen ab. Albträume verfolgten ihn und ließen ihn auch bei Tage nicht zur Ruhe kommen. Sein eigener Anblick erschreckte ihn jedes Mal fast zu Tode. Aus diesem Grunde hatte er bereits alles aus der Burg entfernen lassen, in dem er sich spiegeln konnte: Es gab keine silbernen Fleischplatten mehr, und nirgendwo in der Burg befand sich noch ein einziger Spiegel, außer in der Kemenate seiner Gemahlin. Der Graf selbst aß nur noch mit den Fingern, um nicht zufällig in seines Messers Schneide zu blicken. Trotzdem gelang es ihm nicht, an etwas anderes zu denken als an das dunkle Loch in seinem Gesicht.

Selbst sein eigenes Weib schien ihm nicht länger zugetan. Auch wenn sie ihn stets davon zu überzeugen versuchte, dass sie ihn immer noch genauso liebte wie zuvor, konnte er in ihren Augen sehen, dass sie ihm etwas vormachte. Immer dann, wenn es zum Beischlaf kam, drehte sie den Kopf zur Seite. Er konnte es ihr nicht einmal verdenken, schließlich sah er wirklich zum Fürchten aus.

Bei diesem Gedanken warf er seiner Frau einen argwöhnischen Blick zu. Sie schaute unschuldig und ein wenig gelangweilt drein. Er wusste, dass sie das öde Leben auf der Burg nicht mochte, und noch weniger mochte sie die Saufgelage seiner Vasallen. Ihm zuliebe saß sie jedoch stets an seiner Seite, bis der letzte von ihnen besoffen von seiner Bank kippte.

In seinem Gram der letzten Wochen war Johann II. bereits der Gedanke gekommen, ob sie vielleicht etwas mit dem Anschlag auf sein Auge zu tun haben konnte, doch hatte er den Gedanken schnell wieder verworfen. Margarete von Dänemark war ein frommes Weib mit gütigem Herzen. Obwohl man sie beide damals vor dreizehn Jahren wie alle Adeligen des Landes aus rein politischen Gründen miteinander vermählt hatte, hörte er sie nie darüber klagen. Ganz im Gegenteil, sie hatte stets versucht ihm zu gefallen, indem sie sich überaus tugendhaft und zurückhaltend verhielt, obwohl sie von weit edlerem Geblüt war als er selbst. Allein das verdiente seine Ergebenheit.

Margarete war nicht sonderlich schön, eher von gewöhnlichem Aussehen, aber sie war klug, und anders als die meisten Männer schätzte er genau das an ihr. Viele Abende schon hatten sie damit verbracht, gemeinsam am Schachbrett zu sitzen. Nicht selten ging sie als Gewinnerin hervor. Nein, dachte Johann, Margarete hatte ganz sicher nichts mit dem Verlust seines Auges zu tun.

Als einer seiner Diener mit einem Krug auf ihn zugeeilt kam, winkte er ihn fort. Seit Wochen ging das nun schon so. Abend für Abend soff er sich fast besinnungslos, um den Schmerz in seinem Gesicht zu betäuben, doch wenn er irgendwann wieder zu Kräften kommen wollte, sollte er einen klaren Kopf bewahren. Plötzlich hielt ihn nichts mehr auf seinem Sessel. Er wollte raus aus dem stickigen Saal mit den Männern, die sichtlich unter der üblen Laune ihres Herrn litten. Johann II. wandte sich seiner Frau zu und fragte: »Meine Gemahlin, würdet Ihr mir die Freude erweisen, draußen auf dem Burghof ein wenig umherzugehen?«

Margarete schaute ihren Mann verwundert an. Sie konnte sich schon fast nicht mehr daran erinnern, wann er diese Worte das letzte Mal zu ihr gesagt hatte. Ein strahlendes Lächeln breitete sich auf ihrem Gesicht aus. »Was für eine wunderbare Idee. Lasst uns hinausgehen aus diesen grauen Gemäuern.«

Johann II. reichte seiner Frau den Arm.

Beschwingt erhob sich Margarete und hakte sich bei ihrem Gemahl unter. Endlich verließen sie diesen furchtbaren Saal, der stets nach Hundepisse, Schweiß und anderen Ausdünstungen roch. Fast schon hatte sie befürchtet, eins mit ihrem Sessel zu werden. Auch ihrem Gemahl würde ein wenig Abwechslung gut tun. Niemals hätte sie diesen Gedanken laut ausgesprochen, aber sie war sich sicher, dass seine Trübsal auch daher rührte, dass er die Burg seit Wochen nicht mehr verlassen hatte.

Nachdem das gräfliche Paar sich so plötzlich erhoben hatte, geriet die Dienerschaft in helle Aufregung. Es war zu früh, die Schlafkammer aufzusuchen. Die unberechenbaren Launen des Grafen hatten zur Folge, dass niemand im Saal mehr so recht wusste, wie er sich verhalten sollte.

Als die ersten seiner Gefolgsleute aufsprangen, um ihrem Herrn wie immer auf dem Fuße zu folgen, gebot die Gräfin ihnen Einhalt. »Ihr könnt gehen, alle. Der Graf und ich wünschen alleine zu sein.«

Johann II. blickte seine Frau mit seinem verbliebenen Auge verblüfft an. »Was habt Ihr mit mir vor, Gemahlin?«

Margarete presste sich an ihren Mann und schaute lächelnd zu ihm auf. Es war durchaus nicht verwunderlich, dass er sich über ihr Verhalten erstaunte. Niemals ergriff sie das Wort vor ihm oder erteilte Weisungen, ohne sich vergewissert zu haben, dass sie auch in seinem Sinne waren. »Ich werde Euch Euren Männern für einen Moment stehlen. Wenn Ihr nichts dagegen habt, wäre ich gern einen Augenblick mit Euch allein.«

Nun musste auch der Graf lächeln, das erste Mal seit vielen Wochen. »Nun gut, dann muss ich mich wohl den Wünschen meiner edlen Dame ergeben.«

Seite an Seite gingen sie hinaus vor die Burg. Seit dem Verlust seines Auges hatte Johann II. die Sonne nur selten gesehen. Umso kräftiger schien sie jetzt für das Paar zu leuchten.

Mit halb geschlossenen Augen wandte sich die Gräfin dem orangefarbenen Abendlicht zu, das die Dächer Kiels erhellte. Zu ihren Füßen lag die Halbinsel der Stadt. Die hohen Gemäuer des Franziskanerklosters im Norden und die Nikolai-Kirche in ihrer Mitte warfen bereits lange Schatten. Das Wasser, welches die Stadt nahezu vollständig umgab, glitzerte silbrig. Margarete, die sich in den letzten Wochen wie eingesperrt gefühlt hatte, hoffte inständig, dass diese Zeit nun ein Ende fand. »Ich weiß, es steht mir nicht zu, Euch Ratschläge zu erteilen, doch Ihr solltet Euch den Kielern nicht mehr versagen«, begann sie vorsichtig und wartete gespannt ab, wie ihr seit seiner Verwundung stets mürrischer Gemahl auf ihre Worte reagieren würde.

»So, meint Ihr das, Werteste?«

»Die Kieler waren Euch schon immer zugetan. Sie werden es auch weiterhin sein, wenn Ihr Euch ihnen nur wieder zuwendet.«

»Ihr wagt viel, Frau. Seit wann beschäftigen Euch meine Belange?« Johann II. war nicht wirklich erbost, vielmehr war er erstaunt darüber, wie kühn seine sonst so stille Gemahlin sich gebärdete.

»Sie interessieren mich, weil … nun … weil ich ein Kind erwarte und Ihr Eurem Nachfolger doch sicher ein gutes Vorbild sein wollt.«

Der Graf schaute zu ihr herunter. Dann nahm er ihre Hand und küsste sie sichtlich erfreut. »Margarete von Dänemark, Ihr wisst Eure Schachfiguren wie immer gut zu platzieren. Ich bin hocherfreut.«

»So wie ich, Liebster.« Es war ihr tatsächlich gelungen, ihn zu überraschen. Sie war zufrieden mit sich. Genau wie sie es geplant hatte, konnte sie die freudige Kunde im rechten Moment für sich nutzen. Doch sie hatte noch eine weitere Überraschung für den Grafen, und diese kam von Herzen. »Mein Gemahl«, sagte sie vorsichtig. »Um Euer Gemüt in nächster Zeit zu erhellen, habe ich mir erlaubt, eigenmächtig einen Boten nach Hamburg zu schicken.«

Wie erwartet blickte der Graf sie fragend an. »Was für einen Zweck soll dieser Bote erfüllen?«

»Ich habe nach dem Minnesänger schicken lassen, der Euch damals bei der Eiderneuerung so sehr erfreut hat.« Als sie geendet hatte, hielt Margarete die Luft an. Stumm schickte sie ein Gebet gen Himmel, denn sie konnte nicht sagen, ob die Freude des Grafen darüber, die lieblichen Klänge des Walther von Sandstedt erneut zu hören, überwiegen würde oder aber die Erinnerung an den schrecklichen Moment danach.

Eine Weile verharrte Johann II. reglos, dann jedoch nickte er seiner Frau zu und lächelte. »Ihr habt Euch selbst übertroffen, Liebste. Sicher wird die wohlklingende Stimme dieses Spielmanns mir gut bekommen. Ich danke Euch.«

Der ihm unbekannte Ritter war fast ebenso schweigsam wie die stumme Johanna, dachte Albert bei sich. Nicht ein Wort hatte er mehr gesprochen, seitdem er Albert im Kontor über seinen Verbleib in der nächsten Zeit aufgeklärt hatte. Doch nicht nur der Ritter war wortkarg, auch seine Gefolgschaft zeigte sich stumm wie ein Haufen Fische. Schnell wusste Albert, dass es der ausdrückliche Wunsch des Ritters war, der die Männer zum Schweigen anhielt. Als zwei der Knechte eine Unterredung begannen, wies er sie mit einem entsprechenden Blick zurecht. Was für ein übellauniger Bursche, dachte Albert im Stillen. Zunächst hatte er gehofft, auf dem Ritt etwas mehr über den Ort seines Einlagers erfahren zu können, doch das konnte er getrost vergessen. Die Lippen des Ritters schienen wie mit Wachs versiegelt. Und so waren das Gerassel seines Kettenhemdes und das Getrappel der Pferde die einzigen Geräusche, welche die Männer auf ihrem Weg nach Südosten begleiteten.

Das Schweigen lastete schwer auf Albert. Unzählige Gedanken schwirrten ihm im Kopf herum, seit sie das Stadttor hinter sich gelassen hatten. Wie würde es seiner Familie während seines Einlagers ergehen? Wer war dieser stumme Ritter? Was erwartete ihn auf der Riepenburg, und wie lange würde er dort bleiben müssen? Er hatte von Männern gehört, die nie mehr aus ihrem Einlager zurückgekehrt waren, weil ihre Bürgen die geforderte Summe bis zu ihrem Tode nicht hatten aufbringen können. Ihm könnte es genauso ergehen, und ob die lange Zeit bis dahin für ihn angenehm verlief, hing ganz von dem Schweigsamen ab, dessen breites Kreuz er genau vor sich hin und her schwanken sah.

Der Ritter schien noch jung zu sein – er zählte höchstens fünfundzwanzig Lenze. Albert fragte sich, ob tatsächlich er der Herr der Riepenburg sein konnte oder ob er einem anderen Herrn diente. Das Wappen auf dem Schild, welches der Waffenknecht trug, hatte er noch niemals gesehen. Es war ein nach links gewundener Fisch mit einer langen Rückenflosse.

Als er die Männer um sich herum betrachtete, fiel sein Blick auf den Pagen, der sein Pferd führte. Aus irgendeinem Grund war der Junge genauso schlammverschmiert wie seine Stute. Albert empfand Mitleid mit ihm, denn auch wenn er sich nichts anmerken ließ, konnte man erkennen, dass der Page humpelte. Sicherlich waren seine Füße vom langen Laufen blutig gescheuert. Was für ein grauenhafter Herr der Ritter sein musste, wenn er einen so kleinen Burschen eine so weite Strecke zu Fuß laufen ließ!

Aber wenigstens eine winzige Vergeltung schien Gott dem gnadenlosen Ritter angedacht zu haben: Das Pferd, auf dem der Adelige saß, musste wahrhaft unbequem zu sitzen sein. Immer wieder streckte der Ritter seine Glieder und drückte sich die Hand ins Kreuz.

Selbst Albert als Gefangener schien angenehmer zu reisen als er, was ihm eine gewisse Genugtuung verschaffte. Als sich der Tag dem Ende neigte, erreichten sie eine Mühle mit einem winzigen Häuschen daneben. Ein müder Hund lag davor und hob nur flüchtig den Kopf, als er die Reiter ankommen sah. Albert vermutete, dass die Mühle dem Ritter unterstand, denn der schlohweiße Müller kam flugs herbeigeeilt und begrüßte ihn entsprechend ehrerbietig. Dennoch war in den Augen des Müllers keine Spur von Angst zu sehen, wie Albert es bei einem solch mürrischen Burgherrn erwartet hätte. Im Gegenteil – beide schienen sich aufrichtig zu freuen, einander zu sehen.

»Seid gegrüßt, mein Herr. Wir haben Euch noch gar nicht auf der Burg zurückerwartet.« Nachdem der Tross zum Stillstand gekommen war, ging der Mann auf das Pferd des Ritters zu und klopfte seinen starken Hals.

»Der alte Erich mit dem noch viel älteren Hund«, scherzte der Ritter leicht spöttisch. »Es ist kaum zu glauben, aber dich wird es hier wohl noch geben, wenn unsereins bereits zu Staub zerfallen ist.«

Der Müller nickte und erwiderte lächelnd: »Ich kann doch nicht einfach sterben. Hier gibt es viel zu viel zu tun.«

»Das ist richtig«, bestätigte der Ritter. »Es ist schön, dich wohlauf zu sehen. Als ich fortgeritten bin, lagst du in Krankheit darnieder. Ich habe wahrlich geglaubt, der Wind hätte dich bereits fortgetragen.«

Der Alte griente. »Ja, Ihr wart lange fort, doch nicht lang genug, um mich tot zu sehen. Solange meine Hände den Mühlstein noch vom Mehl befreien können, werde ich Euer Müller sein, junger Herr.« Er holte eine Handvoll Hafer aus seiner staubigen Tasche und hielt sie dem Hengst des Ritters vors Maul. »Er ist dünn geworden. Wollte er nicht fressen? Wahrscheinlich hat er meinen Hafer vermisst.«

Der Ritter zuckte kurz mit den Schultern und erwiderte belustigt: »Wie immer sorgst du dich mehr um Kylion denn um mich, Müller.«

»Aber nur, weil ich um Euren starken Schwertarm weiß, Herr«, sagte der Alte schelmisch.

»Du bist wohl niemals um eine Ausrede verlegen, Erich.« Dann trieb er seinen Hengst wieder an und hob grüßend den Arm.

Der gebeugte Müller winkte zurück und rief ihm hinterher: »Kommt mich bald wieder besuchen!«

Sie folgten weiter dem ausgetretenen Pfad, der sie zur Mühle geleitet hatte. Er führte sie durch dichte Bäume und über eine kleine Brücke, dann öffnete sich vor ihnen eine Lichtung mit einer trutzigen Burganlage.

Albert sah sich genau um. Dieser Ort würde für unbestimmte Zeit sein Zuhause werden. Zuerst fiel ihm der kreisrunde Burgturm mit seinen wenigen schmalen Luken ins Auge. Er stand auf einer aufgeschütteten Erdwallanlage, die offenbar eigens für die Burg gebaut worden war. Was für ein unwirtlicher Ort im Vergleich zu seinem behaglichen Kaufmannshaus! Um den erhöhten Burgturm war ein breiter Wassergraben gezogen, der nur auf einem einzigen Wege zu überqueren war. Hinter dem Wassergraben befanden sich weitere Gebäude. Albert vermutete, dass es sich um Ställe und Wohnhäuser handelte, vielleicht war auch eine wegen Brandgefahr ausgelagerte Küche darunter. Schlussendlich wurde all das von einem weiteren Ringwall umgeben.

Als sie den ersten Wall passierten, befiel Albert ein beklemmendes Gefühl. Im Gegensatz zu vielen anderen Jungen hatte er sich niemals gewünscht, ein Ritter zu sein. Zwar waren Ruhm und Ehre auch für ihn verlockend, doch auf einer Burg zu leben hätte er sich nicht vorstellen können. Es konnte doch niemandem wirklich gefallen, in kalten, dunklen Gemäuern zu hausen – auch nicht den Rittern selbst. Bis zum heutigen Tage war es ihm gelungen, nicht mal einen Fuß in eine Burg zu setzen, und nun würde er doch in einer leben müssen. Gottes Wege waren unergründlich!

Die Männer hielten an und stiegen von ihren Pferden ab. Es war ihnen anzusehen, wie froh sie darüber waren, endlich angekommen zu sein. Allen voran der Ritter, der es am eiligsten hatte, vom Rücken seines unbequemen Hengstes zu gleiten. Doch als er sein Bein über die Kuppe des Apfelschimmels schwang, entfuhr ihm ein gellender Schmerzensschrei.

Sofort eilten zwei seiner Gefolgsmänner auf ihn zu, die er jedoch mit einer herrischen Bewegung zurückwies. Hinkend und mit schmerzverzerrtem Gesicht wandte er sich Richtung Burg, als sich der junge Page zaghaft zu Wort meldete: »Mein Herr, was soll mit dem hier geschehen?« Er zeigte auf Albert.

Der Ritter drehte sich um und sah seinem Gefangenen ins Gesicht. Zum ersten Mal seit ihrer Abreise richtete er das Wort an Albert.

»Es tut mir leid, Kaufmann, aber da ich mich von Euren lauteren Absichten noch nicht überzeugen konnte, wird mir nichts anderes übrig bleiben, als Euch vorerst in mein Verlies zu sperren, bis alle nötigen Vorkehrungen für Euer Einlager getroffen sind und meine Verletzungen es zulassen, mich Euch zu widmen.«

Albert hätte aufbegehren können, schließlich war ein Einlager kein Gefängnis. Doch was hätte ihm das genützt? Hier, in dieser verlassenen Gegend, würde niemand kommen, um mit ihm um sein Recht zu streiten. Hier gab es nur einen Herrn, und dessen

Wünschen würde er sich fügen müssen. Albert blieb nur zu akzeptieren, was der Ritter sagte, um ihn vielleicht bald schon davon zu überzeugen, dass er nicht vorhatte zu fliehen. Seine Würde war das Einzige, was ihm noch geblieben war, und darum stellte sie auch seine einzige Waffe dar. Ruhig entgegnete er: »Nun denn, wenn es Euer Wunsch ist, muss ich mich ihm beugen. Doch seid wenigstens so freundlich und nennt mir Euren Namen.«

Der Ritter richtete sich auf, so gut es ihm nach dem beschwerlichen Ritt noch möglich war, und fasste sich an die Brust. Mit einer kurzen Verbeugung sagte er: »Mein Name ist Eccard Ribe.«

Albert durchfuhr ein unerwarteter Schrecken, doch er durfte sich seine Gefühle nicht anmerken lassen. Darum nickte er bloß und sagte: »Meinen Namen kennt Ihr ja bereits, ich bin Albert von Holdenstede. Gehe ich recht in der Annahme, dass Ihr mit Hermann Ribe verwandt seid?«

»Mein Vater«, bejahte der Ritter knapp.

Nach diesen Worten war sich Albert sicher, dass sein Schicksal besiegelt war. Hermann Ribe zählte zu den gefährlichsten und unbarmherzigsten Plackern des Landes. Alberts Hoffnung, das Einlager jemals lebend zu verlassen, sank.

Der Ritter wandte sich schon zum Gehen, als er gewahr wurde, dass dem Mann womöglich eine längere Zeit im Verlies bevorstand – wenigstens so lange, bis seine Wunde verheilt war und er sich des reichen Pfeffersacks annehmen konnte. Sicher, der Kaufmann war ein Betrüger und hatte es wahrhaftig verdient, ins Einlager geschickt zu werden, doch er sollte nicht noch zusätzlich für die Kränkung büßen müssen, die der Graf seinem Ritter zugefügt hatte. Mit mühsam beherrschter Stimme befahl er daher: »Nehmt ihm die Fesseln ab, und bringt ihm frisches Stroh, Wasser und etwas zu essen ins Verlies.« Dann humpelte er mit seiner Dienerschaft davon.

Albert hatte bislang gar nicht gewusst, dass der Ritter an einer

Verletzung litt. Auch wenn er kein Mitleid für ihn empfand, konnte er dennoch nicht umhin, ihn für seine Stärke zu achten. Er musste während des Rittes starke Schmerzen gelitten haben, und dennoch hatte er sich nicht beklagt. Trotz der misslichen Lage, in der sich Albert befand, versuchte er das als gutes Zeichen zu werten. Eccard Ribe schien über ritterliche Tugenden zu verfügen. Vielleicht holte man ihn eines Tages doch aus dem Verlies heraus. Diese Hoffnung wollte er sich bewahren, auch wenn Eccard Ribe der Sohn eines Mörders und Diebes war.

Wie er vermutet hatte, befand sich das Verlies im Sockel der Burg. Zusammen mit drei Männern der ritterlichen Gefolgschaft überquerte er den Steg, der über den Graben der Wasserburg führte. Man geleitete ihn eine schmale steinerne Treppe hinab. Sofort schlug Albert ein modriger Geruch entgegen. Unten angekommen öffneten die Männer unter lautem Quietschen eine schwere Tür. Das beklemmende Gefühl in seiner Brust wurde stärker und schnürte ihm nun fast die Luft ab. In der Dunkelheit konnte er kaum etwas sehen, doch er spürte, wie die feuchte Kälte augenblicklich in seine Glieder kroch. Noch bevor er sich dazu durchringen konnte, den Kerker zu betreten, stieß ihn eine Hand so grob hinein, dass er ins Stolpern geriet. Gerade noch konnte er sich an den glitschigen Steinwänden festhalten. Dann wurde hinter ihm die Tür verriegelt. Kein Wasser, kein Stroh – nichts. Albert war allein.

Er wollte sich zur Ruhe zwingen, doch schon bald fühlte er Panik in sich aufsteigen. Schwer atmend drehte er sich um sich selbst und wandte dabei immer wieder den Kopf nach rechts und links in der Hoffnung, etwas erkennen zu können, doch seine Augen hatten sich noch nicht an die Dunkelheit des Verlieses gewöhnt.

Was, wenn es dem Ritter gefiel, ihn doch nicht mehr herauszulassen? Was, wenn dieser hörte, dass Thiderich als verschollen galt und sicher nicht auftauchen würde, um Alberts Schulden zu begleichen? Das Einlager würde für Eccard Ribe zu einer sehr kostspieligen und langwierigen Angelegenheit werden, die er nur dann verkürzen konnte, wenn er Albert verhungern ließ. Heilige Mutter Gottes, das durfte nicht geschehen! Auf Alberts Stirn bildeten sich trotz der Kälte kleine Schweißperlen. Was würde aus seiner Frau und seinen Kindern werden? Schon jetzt war ihr Schicksal ungewiss – wer scherte sich schon um die Angehörigen eines verarmten und geächteten Ratsherrn? Und wer um den verarmten und geächteten Ratsherrn selbst? Wer sollte kommen, um ihn zu retten? Graf Gerhard II. sicher nicht und die Mitglieder des Hamburger Rates auch nicht!

Langsam nahm er Umrisse wahr. Durch eine kleine Luke im oberen Bereich der Kammer fiel ein wenig Tageslicht. Sie war zu hoch, als dass er hätte hinausspähen können, und doch beruhigte sie ihn ein wenig – zumindest würde er nicht ersticken. Als für kurze Zeit die Abendsonne durch die Wolken brach, konnte er sein karges Heim genauer betrachten.

Das Verlies war halbrund und entgegen seiner ersten Vermutung recht groß. Dort, wo die unbehauenen Felsbrocken die einzige gerade Mauer bildeten, befanden sich eiserne Schellen. Albert war überaus dankbar, dort nicht eingeschlagen worden zu sein.

Genau wie in seinem Kontor ging er zwischen den Mauern auf und ab, um besser nachdenken zu können, dann hielt er plötzlich inne. Er kam sich unwahrscheinlich lächerlich vor. Was hatte es für einen Sinn, sich so zu verausgaben? Nichts würde sich dadurch ändern. Er sollte besser seine Kräfte sparen. Müde lehnte er sich mit dem Rücken gegen die Steine und rutschte schließlich daran herunter, bis er auf dem nackten Boden saß. Bald schon fror er bitterlich und hatte schrecklichen Durst, doch es war niemand mehr an seine Tür gekommen, den er um Wasser hätte bitten können. Der Befehl des Ritters wurde entweder missachtet, oder er hatte ihn zurückgenommen. Doch Albert wollte die Hoffnung nicht aufgeben. Er durfte es nicht, sonst würde er vor Angst verrückt werden. Wenn er sich in dem Ritter nicht getäuscht hatte, würde dieser ihn nicht hier verrotten lassen. Morgen, redete er sich hoffnungsvoll ein, morgen wird jemand kommen!

18

»Ist das wirklich unsere letzte Möglichkeit, Walther?«

»So wie es aussieht, schon. Sollte dir noch etwas anderes einfallen, wäre ich dir überaus dankbar, wenn du deine Gedanken jetzt offenbaren würdest.«

Godeke schwieg. Natürlich schwieg er, denn es gab keine andere Möglichkeit als die von Walther vorgeschlagene.

Wieder und wieder waren sie die sorgsam geführten Kaufmannsbücher durchgegangen. Sie hatten gehofft, den für Alberts Freilassung geforderten Betrag doch noch zusammenzubringen, wenn sie bei ihren Schuldnern noch offenstehende Summen eintreiben würden. Schlussendlich klappten sie entmutigt die schweren Ledereinbände zu.

»Es ist sinnlos, Godeke. Die Summe ist zu hoch. Es bleibt nur noch dieser eine Weg. Wir müssen es tun – Albert würde es so wollen.«

Godeke zögerte. Auch wenn er tief im Innern bereits wusste, dass Walther recht hatte, wollte er noch immer nicht wahrhaben, dass ihnen wirklich keine andere Wahl blieb. »Sollten wir nicht wenigstens versuchen, sein Haus zum Pfand zu setzen und Albert damit auszulösen, anstatt gleich sein ganzes Erbe an den Grafen abzugeben?«

»Nein, das wird nicht gelingen, Godeke«, widersprach Walther mit fester Stimme. »Um die Schuldsumme zusammenzubekommen, müssten wir beide Häuser verpfänden. Wenn wir dem Grafen dagegen Alberts Haus gleich überschreiben, dann bleibt uns wenigstens noch meins. Der Rat wird uns mit Sicherheit keinen einzigen Pfennig für die Verpfändung unserer Häuser zahlen, da er davon ausgeht, dass wir die Münzen nutzen, um den Grafen auszuzahlen. Wir werden es so machen, wie ich es gesagt habe. Es ist unsere letzte Möglichkeit. Gerhard II. wird gewiss darauf eingehen, und wenn nicht, weiß ich auch nicht weiter.«

Godeke nickte. »Ja, ich gebe es ungern zu, aber es scheint tatsächlich der einzige Weg zu sein, Vater zu befreien.«

Die Männer waren gezeichnet von den Anstrengungen der letzten Tage. Stundenlang saßen sie schon im Kontor zusammen und versuchten, eine Lösung herbeizuführen. Doch egal, wie sie ihre Lage drehten und wendeten, es stand bitter um sie alle.

Walther schwitzte, und seine Augen brannten vom vielen Lesen. Vergangene Nacht war ihm die Idee gekommen, dem Grafen Alberts Haus zum Tausch anzubieten. Zwar wusste er nicht, wie es weitergehen sollte, wenn dieser einwilligte, doch dafür wusste er sehr genau, was geschehen würde, wenn sie die Schuldsumme nicht bezahlten. Albert würde auf der Riepenburg bleiben, bis er starb – und das womöglich nicht an Alter und Schwäche, sondern vielmehr an Hunger oder Durst. »Selbst wenn der Schauenburger in die Überlassungserklärung einwilligt, obliegt es ihm immer noch, deinen Vater aus dem Einlager zu entlassen. Er ist launisch. Wir müssen sogar damit rechnen, alles zu verlieren und Albert dennoch nicht wiederzusehen.«

Walther sprach bloß aus, was Godeke selbst längst wusste. Dennoch konnte und wollte er diese Ungerechtigkeit einfach nicht hinnehmen. »Und wenn wir nach Plön reiten und ihn persönlich um Gnade bitten?« Noch während er sprach, wurde Godeke bewusst, wie lächerlich sein Vorschlag klang. Der kriegerische Gerhard II. würde sie sicher nicht einmal vorlassen, wenn er hörte, dass der Sohn und der Nuncius eines Betrügers um Gnade für ebendiesen ersuchen wollten. Sie hätten vielmehr zu befürchten, selbst ihre Köpfe zu verlieren. Nein, es wäre durchaus ratsamer, Plön in dieser Zeit fernzubleiben, was Walther auch sogleich bestätigte.

»Das wäre sinnlos und gefährlich«, sagte er. »Wir werden einen Boten schicken, der einen Brief überbringt – genau so, wie wir es besprochen haben. Außerdem ist es ein zu großes Wagnis, allein zu reisen. Niemand würde sich uns dieser Tage anschließen.« Walther sah Godeke noch einmal fest an und legte ihm die Hand auf die Schulter. »Godeke, jetzt gibt es nur noch uns beide. Wir dürfen einfach nicht scheitern, sonst wird es unseren Lieben bald schlimm ergehen.«

Die Feindseligkeit der Hamburger gegen die von Holdenstedes war nicht mehr zu leugnen. Wo immer ein Mitglied der Familie auftauchte, wandte man sich im besten Falle einfach von ihm ab. Im schlimmsten Falle jedoch schleuderte man ihm wüste Beschimpfungen entgegen, und an manchen Tagen war es gar so schlimm, dass nicht einmal mehr die Mägde das Haus verlassen mochten.

Die Hamburger waren an ihrem wundesten Punkt getroffen: Alberts und Thiderichs Handeln kam einem Verrat an der Freiheit der Stadt gleich, um die sie so erbittert kämpften, und Verrat verdiente keine Milde.

Es erwies sich als Segen, dass die Häuser Alberts und Walthers so dicht beieinanderlagen. Im Schutze der Dunkelheit schlichen die Frauen zwischen den Häusern hin und her, um feindseligen Blicken zu entgehen. Die Welt um sie herum wurde zusehends kleiner, bis sie nur noch aus den beiden Kaufmannshäusern und ihren Hinterhöfen bestand. Es konnte sogar passieren, dass sie mehrere Tage zusammen in einem Haus verbrachten, ohne auch nur einmal aus dem Fenster zu schauen. Das enge Beisammensein spendete ebenso Trost, wie es an den Nerven zerrte. Wenn eine von ihnen schwach zu werden drohte, versuchten sie sich gegenseitig aufzuheitern, doch die Eintönigkeit der häuslichen Arbeiten ließ kaum Abwechslung zu.

Aber nicht immer konnten sie sich im Haus verstecken. Die Gänge zur Kirche waren für jedermann Pflicht und wurden für die Geächteten zu einer regelrechten Qual. Nur zu gerne hätten sie auf die Gottesdienste und Beichten in St. Petri verzichtet, doch das wäre ihren Feinden eine willkommene Gelegenheit gewesen – mit möglicherweise schlimmen Folgen.

Schließlich war es Ragnhild, die auf eine Lösung des Problems kam, und obwohl Albert Walther vor seiner Abreise ins Einlager zu ihrem Vormund erklärt hatte, dachte sie gar nicht daran, ihn vor der Verkündung ihres Vorschlages um Erlaubnis zu fragen.

Wie so oft in letzter Zeit saßen sie alle zusammen in der großen Stube von Ragnhilds und Alberts Kaufmannshaus zusammen. Walther und Godeke nahmen die Plätze an Kopf und Fuß der Tafel ein, während Vater Everard, Ava, Runa und Margareta die Bank auf der einen Seite besetzten. Die Mägde und die Kinder saßen ihnen gegenüber. Niemand sprach ein Wort oder hob den Blick, alle kauten, schlürften oder schmatzten vor sich hin, nachdem Vater Everard vor der Mahlzeit ein inbrünstiges Gebet gesprochen hatte.

»Ich möchte gern einen Vorschlag machen«, unterbrach Ragnhild überraschend die Stille. Ein jeder hielt inne und schaute auf. Als sie sich der Aufmerksamkeit aller am Tisch Sitzenden gewiss war, fuhr sie fort: »Jeder von euch weiß, wie es zurzeit um das Ansehen unserer Familie bestellt ist. Wir sind in Gefahr. Ich fürchte mittlerweile um die Sicherheit meiner Töchter und meiner Enkel. Ja, ich fürchte sogar um die Sicherheit meiner Mägde.« Sie richtete die Augen auf Walther. »Auch wenn es derzeit eigentlich Walther oder Godeke obliegt, sich um das Wohl der Familie zu sorgen, bin dennoch ich die Herrin dieses Hauses. Es käme mir gelegen, wenn wir uns eine Zeit lang keiner unnötigen Gefahr mehr aussetzen würden – jedenfalls so lange nicht, bis die Lage sich wieder beruhigt.« Nun wandte sie sich direkt an den Geistlichen. »Vater Everard, wäre es nicht möglich, dass Ihr uns die Beichte abnehmt? So müssten wir nicht mehr so häufig hinaus. Ich könnte mir niemanden vorstellen, der dafür besser geeignet wäre – nun, da auch Ihr zur Familie gehört.«

Runa klappte der Mund auf. Sie konnte und wollte nicht begreifen, was ihre Mutter gerade von sich gegeben hatte. Dieser Vorschlag war das Furchterregendste, was ihr seit den Schmähungen ihres Vaters zu Ohren gekommen war. War es denn nicht schon schlimm genug, dass dieser ewig tadelnde Geistliche ständig um sie herum war? Was konnte nur in ihre Mutter gefahren sein? Dann jedoch fiel ihr schlagartig ein, dass sie mit Ragnhild nie über die abscheulichen Taten des Priesters geredet hatte. Ihre Mutter *konnte* also gar nicht wissen, wie sie oder Walther zu ihm standen, lebte sie doch nicht einmal unter einem Dach mit ihm.

Der Geistliche tupfte sich zunächst mit dem Tischtuch den Mund ab, dann setzte er ein fast schon siegreiches Lächeln auf und erwiderte kriecherisch: »Gute Frau und liebe Verwandte, wenn es denn der Wunsch der Hausherrin ist, dann wird es mir eine Freude sein.«

In diesem Moment ließ Walther sein Messer auf den Tisch fallen. »Nein. Das ist nicht nötig«, entschied er streng. »Runa, du wirst weiterhin die Beichte ablegen, wie es alle tun – in einer Kirche.« Die Augen auf Ragnhild gerichtet fügte er etwas versöhnlicher hinzu: »Bitte verzeih, dass ich deinen Vorschlag ablehnen muss, Ragnhild.« Walther konnte sehen, wie erstaunt seine Schwiegermutter über sein Verhalten war. Er hoffte inständig, sie würde sich mit seiner Weisung zufriedengeben – auch wenn sie nicht verstehen konnte, warum er ihren Vorschlag ablehnte.

Runa war überaus dankbar für den Einwurf ihres Gemahls und

machte nicht die geringsten Anstalten, ihm zu widersprechen. Gespielt züchtig senkte sie den Kopf.

Ragnhild dagegen gab sich nicht so leicht geschlagen: Sie konnte sich nicht erklären, was an dieser Idee auszusetzen war. Falscher Stolz eines Ehemannes war in dieser Lage fehl am Platze. Um einen angemessenen Ton bemüht wandte sie ein: »Walther, handle nicht vorschnell. Willst du etwa, dass Runa noch einmal zusammenbricht? In ihrem Zustand ist der Weg in die Kirche ohnehin schwerlich zu meistern, und zudem ist er in diesen schwierigen Zeiten für uns alle auch noch gefährlich.«

Der Getadelte zögerte. Was sollte er darauf erwidern? Natürlich sorgte er sich um Runa, doch Ragnhild konnte nicht wissen, dass Everard fleißig dabei war, die Macht in Walthers Haus an sich zu reißen. Sie ahnte ja nicht, zu was sein geistlicher Ziehvater fähig war!

Nun mischte sich auch noch Godeke ein, der die Meinung seiner Mutter teilte. »Mutter hat recht, Walther. Es ist eine gute Lösung für uns alle.«

Und so blieb Walther nichts anderes übrig, als zustimmend zu nicken.

Als die Entscheidung gefallen war, ergriff der Geistliche das Wort. Mit plötzlich kalten Augen und herrischer Stimme verkündete er: »Nun, da auch mein Ziehsohn mit meiner Stellung als Beichtvater der Familie einverstanden ist, werde ich euch mitteilen, was ich erwarte. Ein jeder Mann und eine jede Frau in diesem Hause wird zweimal in der Woche zur Beichte kommen. Für diese Zwecke sollte mir eine eigene Kammer zur Verfügung gestellt werden, wo ich dieses heilige Sakrament vollziehen kann. Ich denke, diese steht mir jetzt wohl zu.«

Ragnhild nickte, erschrocken über den herrschsüchtigen Ton, den der Kirchenmann anschlug. Augenblicklich fragte sie sich, ob sie das Richtige getan hatte.

Freyja hatte das Gespräch aufmerksam verfolgt. Sie verstand zwar nicht genau, warum Vater wollte, dass ihre Mutter in die Kirche ging, und ihre Großmutter dagegen war, aber das war auch nicht wichtig. Obwohl sie sehr wohl wusste, dass sie bei Tisch nicht unaufgefordert reden durfte und schon gar nicht, wenn Ältere miteinander sprachen, überwog ihre Überzeugung, dass ihr Vorschlag gut genug war, um eine Ausnahme zu rechtfertigen. Und so nahm sie all ihren Mut zusammen und stieß abrupt hervor: »Aber Vater, wenn Mutter nicht mehr laufen kann, dann kann doch Johann sie mit seinem Pferdewagen dorthin fahren. Genauso wie letztens.«

Alle Köpfe drehten sich dem Mädchen zu, das augenblicklich begriff, dass es besser gewesen wäre, wenn es den Mund gehalten hätte.

Doch anstatt Freyja wegen ihres vorwitzigen Verhaltens zu tadeln, fragte Walther seine Tochter mit bebender Stimme: »Woher kennst du den Namen des Mannes in dem Wagen?«

Freyja fühlte sich unwohl und rutschte auf ihrer Bank immer tiefer. Am liebsten wäre sie unter den Tisch gekrabbelt. Mit leiser Stimme, die fast nur noch ein Flüstern war, sagte sie: »Mutter hat den Mann während der Fahrt so genannt.«

Walthers Gesicht wurde rot vor Zorn, doch er erwiderte nichts. Nur Runa und Ragnhild konnten wissen, was für eine Wirkung die Worte seiner Tochter auf ihn haben mussten. *Kein Wort haben wir miteinander gesprochen*, hatte Runa damals beteuert. Wie er bereits vermutet hatte, war das eine Lüge gewesen. Er konnte nicht mehr länger an sich halten und stand auf. Wortlos verließ er die Stube.

Godeke blickte fragend in die Runde. »Was ist denn in Walther gefahren?«

Er bekam keine Antwort.

Ragnhild wollte etwas sagen, das den Verdacht von Runa ablenkte, doch ihr fiel nichts ein. Stattdessen zuckte sie, an Godeke gewandt, betont gleichgültig mit den Schultern. Dabei fiel ihr Blick auf das Gesicht des Priesters. Sie erschrak. Das Antlitz des Kirchenmannes hatte sich zu einer boshaft grinsenden Fratze verzogen. Niemand sonst achtete darauf, doch sie wusste in diesem Moment, dass sie einen großen Fehler gemacht hatte.

In dieser Familie schien jeder ein Geheimnis zu haben, welches er nicht mit den anderen teilen wollte. Wohin sollte das noch führen? Sie mussten doch zusammenhalten, wenn sie diese schwere Zeit überstehen wollten! Ragnhild wurde angst und bange ums Herz.

TEIL II

Hamburg und die Riepenburg
Sommer, im Jahre des Herrn 1291

1

Als es laut an die Tür klopfte, musste Ragnhild die Magd erst mit einem Ruf aus der Starre holen. »Johanna, wach auf. Es hat geklopft.«

Die Stumme raffte erschrocken die Röcke und hastete geschwind zur Tür. Genau wie alle anderen im Haus befürchtete auch sie stets das Eintreffen erneuter schlechter Nachrichten. Schon ein Pochen an der Tür reichte aus, um sie vor Schreck erstarren zu lassen. Mit sichtlicher Mühe nahm sich die Magd zusammen und öffnete. Die Tür war noch nicht ganz auf, da begann der Junge dahinter auch schon zu sprechen.

»Dies ist eine Nachricht für den Herrn des Hauses. Überbringe sie schnell, sie kommt vom Bürgermeister Willekin Aios.« Dann war der Bote auch schon wieder verschwunden.

Johanna schloss die Tür hinter ihm und machte sich auf den Weg zu Ragnhild. Sie betrachtete den ordentlich versiegelten Brief und fragte sich, wem sie diese Nachricht überbringen sollte, jetzt, da Albert fort war.

Glücklicherweise nahm Ragnhild ihr die Entscheidung ab. Sie hatte die Worte des Boten gehört, riss der Magd das Pergament mit einer schnellen Bewegung aus der Hand und stürmte los. Für sie war klar, für wen das Schreiben bestimmt war: Walther war von Albert in Willekin Aios' Gegenwart als ihr Vormund bestimmt worden und galt darum nun als Herr über diese Familie. Die Nachricht konnte nur für ihn sein.

»Walther, soeben ist ein Brief eingetroffen! Er stammt vom Bürgermeister!«, rief Ragnhild atemlos vom Laufen.

»Vom Bürgermeister? Was mag da wohl drinstehen?«, fragte er verwundert.

»Nun öffne ihn schon«, drängelte Ragnhild ohne jede weibliche Zurückhaltung und begann fahrig ihre Hände zu kneten.

Ihr Schwiegersohn brach das Siegel und überflog die Zeilen. Dann schaute er auf und sagte: »Ich soll umgehend ins Rathaus kommen.«

Ohne weiter über den Grund dieser unerwarteten Aufforderung nachzusinnen, brachte Ragnhild Walther zur Tür und entließ ihn mit besorgtem Blick. Einen Willekin Aios sollte man besser nicht warten lassen.

Auf dem Weg zum Rathaus überschlugen sich Walthers Gedanken. Was konnte nur so dringend sein, dass man ihn dafür extra ins Rathaus befahl? Eines war klar: Um ihn konnte es nicht gehen, war er doch nur ein einfacher Nuncius. Vielmehr würde es sich wohl um eine Angelegenheit handeln, die er als Alberts Vertreter zu regeln hatte. Obwohl Walther wusste, dass es keinen Zweck hatte, weiter nachzugrübeln, beschlich ihn ein ungutes Gefühl. Tief im Innern wusste er, dass es für die von Holdenstedes derzeit keine guten Nachrichten geben konnte.

»Ah, da seid Ihr ja, von Sandstedt. Setzt Euch«, forderte Willekin Aios den eben Eingetroffenen auf.

Walther folgte seinem Geheiß, nachdem er alle Männer entsprechend ihres Standes begrüßt hatte. Neben dem Bürgermeister waren noch Hereward von Rokesberghe, Reyner von Wunsdorp und Conrad Salsnak anwesend.

»Nun gut«, begann der Bürgermeister etwas zögerlich. »Sicher seid Ihr über meine Aufforderung verwundert, aber ich will Euch nicht länger im Ungewissen lassen, Walther von Sandstedt. Da Albert von Holdenstede Euch in meinem Beisein zu seinem Vertreter ernannt hat, bleibt mir hier und jetzt nichts anderes übrig, als Euch die Nachricht zu überbringen, die es heute eigentlich Albert von Holdenstede mitzuteilen gegolten hätte. Hereward, bitte ...«, übergab Willekin Aios dem Kaufmann das Wort.

Der Angesprochene wandte seinen Kopf in Walthers Richtung und sah ihn an wie etwas, vor dem man sich ekeln musste. Aus seiner Stimme sprach der ungeschönte Argwohn. »Angesichts der kürzlich geschehenen, äußerst unerfreulichen Ereignisse, die mit der Familie von Holdenstede verbunden sind, habe ich beschlossen, die Verlobung mit der Jungfrau Margareta von Holdenstede aufzulösen.«

»Was? Auflösen? Wie soll ich das verstehen?« Walther bemühte sich um Fassung. Diese Nachricht traf ihn vollkommen unerwartet, und dennoch hätte er es eigentlich ahnen können – natürlich wollte sich ein von Rokesberghe nicht mit dem Weib einer geächteten Familie verbinden.

Schon jetzt graute ihm davor, der Familie Herewards Beschluss mitzuteilen. Sämtliche Vorbereitungen waren bereits abgeschlossen; die Hochzeit sollte ja schon im August stattfinden. Margareta würde mit Sicherheit das Herz brechen und nicht nur ihr: Diese Hochzeit war für alle aus der Familie ein letzter Trost gewesen; ein Schimmer der Hoffnung, durch die Verbindung mit einer so angesehenen Ratsfamilie wie der von Rokesberghe ihrem schwindenden Ansehen entgegenzuwirken.

»Habt Ihr die Sprache verloren, Nuncius?«, fuhr ihn der Kaufmann mit einem Mal an. Scheinbar freute er sich auf ein Wortgefecht.

Walther blieb der verächtliche Ton nicht verborgen, mit dem Hereward von Rokesberghe ihn anzusprechen beliebte. Es zeigte nur allzu deutlich, wie tief seine Familie gesunken war. Doch Walther hatte nichts mehr zu verlieren, und dieses Wissen verlieh ihm Kraft. Albert hatte ihm seine Töchter anvertraut, er durfte seinen Freund jetzt nicht enttäuschen. Mit kämpferischer Stimme entgegnete er: »Ich denke, Euch ist ebenso gut bekannt wie mir, dass eine Verlobung nach dem Verlobungskuss nicht einfach aufzulösen ist.«

Hereward lachte laut auf. »Wollt Ihr mir etwa drohen, Nuncius? Dass ich nicht lache!«

»Ich drohe Euch nicht. Ich erinnere Euch lediglich an die geltenden Regeln der heiligen Kirche. Wie mir scheint, sind sie Euch wohl entfallen.«

Hereward ließ sich nicht von Walther beirren. »Pah, ich weiß doch genau, worauf Ihr hinauswollt, also haltet mich nicht zum Narren. Ihr gedenkt, ein Bußgeld herauszuschlagen, doch das könnt Ihr vergessen. Ganz im Gegenteil. Ich verlange sogar meine Brautgabe zurück.«

»Das ist ja unerhört«, stieß Walther ungläubig aus. Diese Forderung war einfach zu dreist. Erbost über Herewards selbstsicheren Ton setzte er nach: »Das könnt Ihr nicht. Mit welchem Recht fordert *Ihr* etwas von *mir*, obwohl Ihr es seid, der den Vertrag der Verlobung nicht einhält?«

Schlagartig verengten sich die Augen des Kaufmanns zu kleinen Schlitzen. Sein Blick schien Walther zu durchbohren. »Es ist ganz einfach, Nuncius. Nicht *ich* habe den Vertrag gebrochen. *Ihr* seid es, der nicht in der Lage ist, ihn einzuhalten. Mir wurde eine Braut aus edlem Hause versprochen, die meines werten Namens würdig ist. Doch Euer Haus ist das eines Verräters. Eine solche Tochter kann nicht von reinem Wesen sein und ist meiner somit nicht mehr würdig.«

Walther wusste nicht, wie ihm geschah. Er hatte keine Gelegenheit gehabt, sich auf dieses Gespräch vorzubereiten, und wandte sich hilfesuchend an den Bürgermeister, der ihn aber schon unterbrach, noch bevor er das Wort an ihn richten konnte.

»Es tut mir leid, Walther von Sandstedt. Herewards Forderung ist rechtens. Albert von Holdenstede ist beim Rat in Ungnade gefallen, und seine Tochter, die Jungfrau Margareta von

Holdenstede, bringt nun nicht mehr das mit in die Ehe, was ihrem Verlobten versprochen wurde. Es ist daher vonnöten, dass die bereits überreichte Brautgabe alsbald an ihn zurückgegeben wird. Danach wird die Verlobung für ungültig erklärt. Reyner von Wunsdorp und Conrad Salsnak sind heute hier, um die Auflösung der Verlobung zu bezeugen.« Während der Bürgermeister Walther aufklärte, schob er ein beschriebenes Pergament über den Tisch. »Ihr müsst das unterzeichen. Dann könnt Ihr wieder gehen.«

Walther schaute ungläubig auf das Schreiben. Ihm blieb nichts anderes übrig, als zu tun, was von ihm verlangt wurde. Mit schnellem Blick überflog er die Zeilen und griff dann zum Gänsekiel. Seine Hand zitterte vor Wut und Verbitterung, als er seine Unterschrift aufs Pergament setzte. Dann stellte er noch eine letzte Frage. »Wie viel Zeit bleibt mir, um die Brautgabe zurückzugeben?«

»Es bleibt Euch Zeit bis Michaelis«, antwortete Willekin Aios. »Könnt Ihr die Brautgabe bis dahin nicht aufbringen, fällt Euer Haus an Hereward von Rokesberghe. Da es wohl das Einzige ist, das den Wert der großzügigen Brautgabe aufwiegt, erscheint mir das gerecht.«

»Bis Ende September bloß?«, stammelte Walther fassungslos, während der Bürgermeister ihm Gänsekiel und Pergament abnahm.

Hereward von Rokesberghe lachte auf. »*Bloß*? Das sind noch über vier Monate. Ihr könnt natürlich auch gleich aus Eurem Haus ausziehen, wenn Ihr jetzt schon wisst, dass Ihr nicht in der Lage sein werdet, die Forderung zu erfüllen.«

Reyner von Wunsdorp und Conrad Salsnak fielen in das Gelächter des Kaufmanns mit ein, nur der Bürgermeister hielt sich zurück.

»Meine Herren, wenn Ihr so gut sein wollt. Wir sollten diesen unangenehmen Moment nicht länger rauszögern als nötig.« Als er ihnen das Pergament entgegenhielt, unterschrieben die beiden Ratsherren flugs – damit war die Auflösung besiegelt, und es gab nichts mehr zu sagen.

Walther verließ das Rathaus als Erster. Völlig benommen schlich er durch die Straßen. Der Gedanke an das bevorstehende Gespräch mit Margareta, Runa und Ragnhild lastete so schwer auf ihm, als trüge er Felsbrocken auf den Schultern. Abgesehen von allen bündischen Vorteilen, welche diese Hochzeit mit sich gebracht hätte, wusste er von Runa, wie freudig Margareta der Ehe mit Hereward von Rokesberghe entgegensah. Ihre Trauer über die Auflösung wäre sicherlich gewaltig, und sie war durchaus berechtigt. Margareta zählte immerhin schon einundzwanzig Lenze; es würde nicht leicht sein, einen anderen Gemahl für sie zu finden. Nun blieb ihr nur noch das Leben im Kloster – sofern Walther jemals das Eintrittsgeld aufbringen konnte.

Doch noch ein weiteres Problem drückte ihn schier nieder: Walther hatte nicht die leiseste Ahnung, wie er die großzügige Brautgabe zurückzahlen sollte. Was das bedeutete, mochte er sich kaum ausmalen: Zahlte er nicht, würde er in wenigen Monaten sein Haus an Hereward von Rokesberghe verlieren. Absurderweise hatte er zugleich dafür gesorgt, dass die Familie eventuell bald auch kein zweites Haus mehr besaß: Sollte Graf Gerhard II. auf Walthers Vorschlag eingehen und Albert im Tausch gegen dessen Haus aus dem Einlager freilassen, stünden sie alle auf der Straße.

Walther wurde heiß und kalt zugleich – er hatte den Auftrag bekommen, sich um die Familie seines Freundes zu kümmern, und nun sah es tatsächlich so aus, als würden die von Holdenstedes alles verlieren. Diese Erkenntnis war schmerzhaft, bedeutete sie doch nur eins: Walther hatte versagt!

Margareta fühlte sich schlecht. Eigentlich hätte sie sich im Haus nützlich machen oder wenigstens ihre Mutter und Schwester von deren Kummer ablenken sollen. Sie hätte auch zu Vater Everard gehen und mal wieder die Beichte ablegen oder Gebete für ihren armen Vater sprechen können. Doch stattdessen schlich sie sich, wie so oft in letzter Zeit, hinauf in Ragnhilds und Alberts Schlafkammer, um heimlich ihr künftiges Brautkleid aus der Truhe ihrer Mutter zu holen.

Sie wusste, dass ihr Verhalten in Anbetracht der Situation unangemessen war, und hoffte, dass niemand sie dabei entdeckte. Doch je mehr sich die Lage ihrer Familie verschlimmerte und je länger sie alle ans Haus gefesselt waren, desto häufiger zog es Margareta zu dem leuchtend grünen Seidenstoff. Hier konnte sie sich in Gedanken flüchten – in wohlige Gedanken – und wenigstens für kurze Zeit alle Unbill und Sorge vergessen.

Das schimmernde Grün des Kleides hatte auf sie eine fast heilende Wirkung. Sie konnte sich gar nicht sattsehen daran. Die Farbe erinnerte sie an saftiges Gras auf einer duftenden Wiese, ja, sie erinnerte sie sogar an eine der Wiesen, über die sie als Kind mit ihrer geliebten Mutter Alheidis manchmal gelaufen war. Der Duft der Gräser war ihr noch immer gegenwärtig, und sie spürte gar das kitzelnde Gefühl der weichen Halme an ihren nackten Füßen. Allein der Gedanke daran brachte sie zum Lächeln und ließ sie fast vergessen, welche Schande über ihre Familie gekommen war.

In ihrer Vorstellung war der Tag ihrer Hochzeit gleichbedeutend mit dem Ende dieses Schreckens. Hereward war ein einflussreicher Mann. Er würde schon dafür sorgen, dass ihr Vater aus dem Einlager entlassen werden würde, womit das Ansehen ihrer Familie gewiss wieder wuchs. Sie mussten nur noch bis zum Tage des Marienfestes durchhalten, an dem ihre Eheschließung stattfinden sollte. Dann würde das Glück den von Holdenstedes sicher wieder hold sein.

Immer wieder presste Margareta das schwere Gewand, welches derzeit all ihr Glück bedeutete, an ihre Brust und schaute an sich herab, nur um daraufhin verträumt durch die Kammer zu tanzen.

Der Rock des überlangen Kleides wippte schwungvoll im Takt und brachte die teure Seide zum Rascheln – ein ganz besonderes Geräusch, welches das Herz einer jeden Frau mit Wohlgefallen erfüllte.

Nur gut, dass Vater Everard sie in diesem Moment nicht sah, dachte Margareta mit einem leichten Schaudern. Er würde sie mit Sicherheit aufs Schärfste tadeln, würde er sie bei diesem in seinen Augen gottlosen, unziemlichen Verhalten ertappen. Doch sie schob das Bild des strengen Geistlichen sogleich weit von sich. Sie wollte sich nicht schlecht ob ihrer Gedanken fühlen. War denn die Ehe nicht auch von Gott gemacht und gewollt? Was konnte falsch daran sein, sich auf etwas so Heiliges zu freuen?

Margareta sah dem Tag ihrer Vermählung jedenfalls mit unverhohlener und wachsender Aufregung entgegen. Wie sollte sie sich benehmen, damit ihr Gemahl keinen Anstoß an ihr nahm? Würde sie ihm gefallen? Wie mochte es sich wohl anfühlen, wenn ein Geistlicher sie beide segnete? Immer wieder stellte sie sich den Moment vor, in dem alle Augen nur auf sie gerichtet wären. Bei dem Gedanken erfasste ein unbeschreibliches Kribbeln ihren ganzen Körper, welches ihre Sehnsucht nach diesem Tage nur noch vergrößerte.

Kurz überlegte Margareta, ob sie heimlich in das Kleid hineinschlüpfen sollte, bevor sie wieder zu den Frauen in die Küche ging, doch dann entschied sie sich dagegen. Es würde ihr wahrscheinlich gar nicht gelingen, denn die vielen Schnüre bedurften mehrerer helfender Hände. Bald jedoch, sehr bald sogar, würde sie es tragen. Fein zurechtgemacht von vor Glück weinenden Frauen, die ihre Schönheit bewunderten, würde sie darin aussehen wie eine Adelige. Auch wenn Eitelkeit zu den sieben Todsünden zählte – Margareta freute sich schon darauf, seitdem sie ein kleines Kind war. Alle jungen Mädchen träumten davon, einen edlen Mann zu heiraten, um den sie beneidet wurden. Hereward war ein solcher Mann, und sie hatte nicht vor, sein Auge zu beleidigen. Hübsch wie nie zuvor wollte sie sein, wenn ihr künftiger Gemahl sie von hier abholen und in sein Haus bringen würde.

Viele Tage und Nächte hatte sie darum bereits darauf verwendet, das einstige Hochzeitskleid ihrer Stiefmutter umzunähen und mit Stickereien und farbigen Bändern zu verzieren. Es sollte zu ihrem roten Haar und vor allem aber zu dem Brusttuch passen, welches Hereward ihr aus Nowgorod mitgebracht hatte.

Ein letztes Mal drückte sie das Kleid an sich, um es dann vorsichtig zurück an seinen Platz in der schweren Truhe zu legen. Noch einmal nahm sie ihr Brusttuch zur Hand, dem ein fremdartiger Duft entströmte. Für Margareta war es der Duft Nowgorods, und sie wünschte sich, dass er niemals verfliegen möge. Wer weiß, vielleicht würde sie eines Tages sogar selbst einmal an der Seite ihres Gemahls dorthin reisen? Manchen Kaufmännern gefiel es, sich von ihren Frauen auf ihren Reisen begleiten zu lassen, und die glücklichen Damen sahen dabei gar wundersame Dinge. Margareta hatte von Menschen gehört, deren Haut so schwarz wie Pech war, oder von Tieren mit überlangen Nasen, welche bis zum Boden reichten, manche sollten gar Hörner im Gesicht tragen. Ob sie so etwas jemals würde mit eigenen Augen sehen können, hing ganz von Hereward ab. Tief im Innern hoffte sie, dass auch er ein Gemahl sein würde, der sein Weib gern bei sich hatte. Denn obwohl Margareta eher still und schüchtern war, erschreckte sie der Gedanke nicht, in die Ferne zu reisen. Was konnte einer Frau schon passieren, wenn ein Mann wie Hereward an ihrer Seite über sie wachte?

Wie schon unzählige Male zuvor fragte sie sich auch jetzt wieder, was für ein Herr er ihr wohl sein würde. Wäre er zugänglich oder launisch, herrisch oder sanftmütig? Sie würde es bald erfahren. Doch ganz gleich, welchen Gemütes er war, sie würde alles geben, um ihm eine gute Ehefrau zu sein. Sie wollte ihm Kinder schenken und sein Haus wohl bestellen, damit er keinen Tadel an ihr fand und es ihn nicht so häufig in die Betten der Huren zog, wie es Agatha bei ihrem Mann Voltseco stets zu beklagen hatte. Noch wusste Margareta zwar weder, was in den Betten der Huren, noch was in denen eines Ehepaares geschah, doch auch das würde sie bald erfahren, dachte sie, während sich ihre Wangen mit Schamesröte überzogen.

Ragnhild und Runa hatten bereits versucht, ihr zu erklären, was auf sie zukam, doch klangen diese Dinge stets so schauderlich, dass Margareta bloß mit hochrotem Kopf dasitzen konnte, ohne ein Wort zu verstehen. Runa hatte ihr eingeschärft, nicht zu weinen oder zu klagen, wenn Hereward sie zur Frau machte, da Männer dies nicht schätzten. Sie solle sich ihm fügen, egal, was er von ihr verlangte, selbst dann, wenn er ihr Schmerzen zufügte! Sollte sie jedoch Gefallen an dem finden, was im Ehebett geschah, durfte sie dies ihren Gemahl niemals wissen lassen, denn das war eine Sünde!

Nach diesen Unterredungen war Margareta immer vollends verwirrt. Was konnte Hereward denn bloß von ihr wollen, das ihr Schmerz und Gefallen gleichzeitig bereitete und zudem noch eine Sünde war?

Margareta schaute auf das Bett in der Kammer. Noch konnte sie sich nicht vorstellen, mit einem Mann in einem solchen zu liegen. Der bloße Gedanke daran ließ sie verschämt die Augen niederschlagen. Doch wenn sie den Worten ihrer Schwester und ihrer Mutter Glauben schenkte, würde wenigstens Hereward wissen, was zu tun war.

Plötzlich schreckte Margareta auf. Vor der Kammer waren Schritte zu vernehmen. Großer Gott, dachte sie bei sich, wie lange habe ich hier gestanden? Es wird höchste Zeit, dass ich mich wieder nützlich mache! Doch gerade als sie zur Türe gehen wollte, wurde diese von Ragnhild geöffnet.

»Mutter, ich … ich habe nur …«, suchte Margareta nach einer Ausrede, die erklärte, warum sie sich seit einer kleinen Ewigkeit in deren Schlafkammer aufhielt. Dann bemerkte sie Ragnhilds kummervollen Blick. Margaretas Tun war offensichtlich nicht von Belang für sie.

Ragnhild hatte die Hände vor der Brust gefaltet und rang um die richtigen Worte. Noch hatte sie selbst nicht richtig begriffen, was Walther ihr soeben erzählt hatte, wie sollte Margareta es dann verstehen? »Mein Kind«, begann sie vorsichtig. »Setz dich mit mir auf das Bett.«

»Was ist mit dir, Mutter? Du bist ja ganz blass. Gibt es Neuigkeiten von Vater?«

»Nein, mein Kind.«

»Was ist es dann, das dich so erschreckt?«

Ragnhild legte ihre Hände in den Schoß und verschränkte die Finger, dann schlug sie die Augen nieder. Sie wollte Margareta die entsetzliche Nachricht so sanft wie möglich beibringen, doch ihr fehlten einfach die rechten Worte. »Habe ich dir schon einmal davon erzählt, dass ich für einige Zeit im Kloster der Blauen Schwestern gelebt habe?«

»Aber natürlich hast du mir davon erzählt.«

»Auch deine Schwester hat dort gelebt. Sogar für viele Jahre. Und es sind gute Jahre gewesen.«

»Mutter, das weiß ich doch längst. Du verwirrst mich.«

Ragnhild lachte gespielt auf, ohne den Blick zu heben. »Ist es nicht schon fast eine Sitte in unserer Familie, dass wir Frauen für eine Zeit dort wohnen? Vielleicht wird auch Freyja eines Tages …«

»Was hat das alles zu bedeuten, Mutter?«, unterbrach Margareta ihre Stiefmutter unwirsch. »Bitte verzeih meine Ungehaltenheit, aber ich weiß nicht, was du mir sagen möchtest.«

Ragnhild kämpfte mit den Tränen und verlor. Sie konnte nicht verhindern, dass ihr eine über die Wange rollte, der rasch weitere folgten. Sie ließ sie laufen. »Mein Kind, mein liebes Kind«, schluchzte sie. Dann hob sie den Blick, sah Margareta in die Augen und nahm deren Hände in ihre. »Die Zeiten sind schwierig für uns. Möglicherweise gefällt es Gott, uns zu prüfen.« Ragnhild atmete tief ein, um die nächsten Worte in einem Rutsch hervorzustoßen: »Hereward hat eure Verlobung heute aufgelöst.«

Margareta blieb regungslos, nur ihre Augen hatten sich schlagartig geweitet. Die Worte ihrer Stiefmutter ließen ihr sämtliche Luft aus den Lungen weichen. Dann stand sie auf und schlug die Hände vor ihren Mund. Die Augen noch immer weit aufgerissen vor Schreck starrte sie Ragnhild einfach nur an. Nein, nein, nein, schoss es ihr immer wieder durch den Kopf. Das konnte einfach nicht sein. Es durfte nicht sein. Nur langsam begriff sie, was diese Worte tatsächlich bedeuteten.

Es würde keine Hochzeit geben, kein Kleid, keine Bewunderung und keine Reisen. Vor allem aber würde es keine Gnade für ihren Vater geben! Da erst schossen ihr die Tränen in die Augen. Margareta sackte auf dem Boden zusammen und ließ sie einfach fließen. Sie spürte die tröstenden Hände ihrer Mutter auf dem Rücken, die mit ihr weinte. Wenig später kam auch Runa hinzu und brach ebenfalls in Tränen aus.

Margareta verstand nun, was Ragnhild ihr vorhin zu sagen versucht hatte. Da ihr Verlobter sie abgelehnt hatte, würde es schwer sein, einen anderen Gemahl für sie zu finden. Sie war jetzt eine Verschmähte. So eine Braut wollte niemand. Alles, was ihr nun noch blieb, war ein Leben als Begine – allerdings nur, falls diese sie überhaupt aufnahmen.

2

Albert war mittlerweile zu schwach, um sich zu erheben. Auf dem nackten Boden zusammengekauert saß er auf dieser Stelle bereits sei drei Tagen. Selbst zur Verrichtung seiner Notdurft stand er nicht mehr auf.

Was für ein Narr er gewesen war! Heute konnte er sich nicht mehr erklären, warum er tatsächlich geglaubt hatte, dass dieser Ritter von edlem Wesen sei. Eccard Ribe war noch weit grausamer als Albert es zu Anfang angenommen hatte – war es doch eine Sache, einen Mann in einem Verlies verhungern zu lassen, und eine ganz andere, in diesem Mann zuvor die Hoffnung zu wecken, es nicht zu tun.

Heute wusste Albert, dass Eccards Worten nicht zu trauen war. Niemand war gekommen, weder am zweiten Tag noch an dem darauf und auch an keinem anderen. Er hatte mittlerweile aufgehört, die Tage zu zählen, doch seit seiner Einkerkerung mussten zehn oder mehr vergangen sein. Dass er überhaupt noch am Leben war, verdankte er bloß dem immerwährenden Regen, der unaufhörlich durch die kleine Luke seines Verlieses tropfte. Jeden Tag hatte er sich so lange mit offenem Mund daruntergelegt, bis sein Durst gestillt war. Nun hatte es schon seit drei Tagen nicht mehr geregnet, und seine Zunge war geschwollen, die Lippen aufgeplatzt. Wenn er nicht bald etwas zu trinken bekam, würde er sterben.

Der Schmerz in seinem vor Hunger knurrenden Bauch war irgendwann vergangen, ganz und gar nicht vergangen war dagegen der Schmerz, den er in seinem Herzen verspürte. Nie wieder würde er seine Lieben sehen können, nie wieder mit ihnen scherzen oder sie berühren. Albert hatte keine Tränen mehr. Geblieben waren lediglich seine Gedanken, in die er sich pausenlos flüchtete. Er sah die Gesichter seiner Töchter und Söhne und die seiner Enkel vor sich. Besonders deutlich aber sah er das Gesicht Ragnhilds. Wie sehr er sie doch liebte! Nie hatte es eine andere Frau für ihn gegeben. Selbst Alheidis, die ihm seine geliebte Tochter Margareta geschenkt hatte und ihm stets eine gute Ehefrau gewesen war, hatte er niemals so sehr zu lieben vermocht wie Ragnhild.

Vom ersten Tag an hatten Ragnhild und er um ihre Liebe kämpfen müssen, und nur wenige Jahre war es leicht für sie gewesen. Die Erinnerungen an vergangene Zeiten flammten in Albert auf, als wäre all das erst gestern gewesen. Angefangen hatte es ganz einfach: mit der Liebe eines jungen Mannes zu einer jungen Frau.

Für alle anderen war Ragnhild bloß die dänische Magd seiner Eltern gewesen, doch nicht so für ihn. Alberts Begehren ging so weit, dass er sogar seine Verlobung mit der Ratsherrntochter Ingrid von Horborg auflöste, was einen furchtbaren Streit mit ihrem und seinem Vater zur Folge gehabt hatte. Allein seiner liebevollen Mutter Mechthild war es schlussendlich zu verdanken gewesen, dass er und Ragnhild entgegen jeglicher Standes- und Moralvorstellung heiraten konnten.

Mechthild hatte Ragnhild stets geliebt wie eine Tochter. Albert musste lächeln, als das gütige Gesicht seiner Mutter vor ihm erschien. Doch der Gedanke an das, was danach kam, ließ seine Mundwinkel wieder sinken. Alberts Gesichtszüge verhärteten sich bei dieser Erinnerung an den Tod seiner Eltern.

Danach hatte eine schlimme Zeit für die Liebenden begonnen. Das Paar war Alberts machthungrigem Bruder schutzlos ausgesetzt gewesen. Jahrelang hatte Conrad nichts unversucht gelassen, um seinen jüngeren Bruder vom elterlichen Tuchhandel fernzuhalten und Albert zu demütigen. Aber so unglücklich ihn seine geschäftliche Aufgabe damals auch machte, so glücklich war er stets mit Ragnhild. Solange sie zusammen waren, konnte er jedes Leid ertragen. Eines Tages allerdings bewahrheiteten sich Alberts schlimmste Ängste: Er und Ragnhild wurden durch Conrads üble Machenschaften getrennt, und nachdem man Albert für tot erklärt hatte, heiratete seine geliebte Gemahlin einen anderen. Noch immer brachte dieser Gedanke sein Blut zum Kochen.

Albert war damals nichts anderes übrig geblieben, als sich ebenfalls ein neues Weib zu nehmen, doch Alheidis war ihm nur ein schwacher Trost gewesen. Der immerwährende Gedanke daran, dass es Ragnhild im Hause ihres neuen Gemahls Symon von Alevelde schlecht erging, zermürbte ihn. Erst das alles zerstörende Feuer sollte sie nach vierzehn Lenzen wieder zusammenführen. Die Jahre darauf waren die glücklichsten, die sie je verleben durften. Albert wurde mit seinem Holzhandel zu einem vermögenden Mann, und die Familie lebte ohne Sorge.

Albert lächelte gedankenversunken, doch langsam verblassten die Bilder vor seinen Augen. Seine Kraft war verbraucht. Fast schon verwirrt fragte er sich, ob seine Erinnerungen und der gegenwärtige Moment wirklich ein und demselben Leben entstammten. Wie war es nur dazu gekommen, dass er so plötzlich alles verloren hatte? Was war noch übrig von diesen wunderbaren Jahren? War dies der Preis für all sein Glück? Musste er nun tatsächlich dafür bezahlen, unter seinem Stand geheiratet und somit gegen die gottgewollte Ordnung verstoßen zu haben? Albert konnte und wollte das nicht glauben. Eine so wunderbare Liebe musste von Gott selbst zusammengeführt worden sein! Nein, Albert bereute keinen einzigen Tag mit Ragnhild.

Ein Geräusch ließ Albert aufschauen. Es kam von einem kleinen Vogel, der mit seinem flatternden Flügelschlag die schwermütigen Gedanken in Alberts Kopf verscheuchte. Wie selbstverständlich war er zu Alberts Luke geflogen und hatte sich auf das eiserne Kreuz gesetzt, welches die kleine Öffnung versperrte. Er öffnete das Schnäbelchen und sang sein liebliches Lied, dass sein winziger Brustkorb erbebte. Sein Gezwitscher klang wie der Gesang von Engeln und hallte laut in Alberts Ohren wider, die seit Tagen kaum mehr einen Laut vernommen hatten. Dann, als er geendet hatte, breitete er die Flügel aus und flatterte davon.

Albert blieb wieder allein zurück, sein Kopf sank schwer auf seine Brust. Es war ihm, als hätte der Vogel alle Bilder von seiner Familie mit sich genommen. Sosehr Albert sich danach auch bemühte, es wollte ihm einfach nicht mehr gelingen, sich an die Gesichter seiner Lieben zu erinnern. Sein Kopf war leer.

Das war das Ende. Albert war sich sicher.

Mit letzter Kraft schlug er ein Kreuz und schloss darauf seine müden Augen.

»Im Namen des Vaters und des Sohnes und des Heiligen Geistes. Amen.«

»Gott, der unser Herz erleuchtet, schenke dir wahre Erkenntnis deiner Sünden und seiner Barmherzigkeit.«

»Amen. Vergebt mir Vater, denn ich habe gesündigt.«

»Welche Sünde hast du begangen, die dir auf der Seele lastet, mein Kind?«

»Ich … ich habe mich der Sünde des … des Zorns schuldig gemacht«, antwortete Margareta in ihrer Verzweiflung. Sie wusste einfach nicht mehr, was sie sonst hätte sagen sollen. Jeden einzelnen Tag dieser Woche hatte Vater Everard sie nun zum Beichten aufgefordert, und täglich erwartete er scheinbar, dass sie eine neue Sünde beging. Dabei blieb ihr kaum Gelegenheit zum Sündigen, eingesperrt in den Mauern des von Holdenstedeschen Hauses und halb ohnmächtig vor Trauer um ihre aufgelöste Verlobung.

»So, du warst also zornig. Und auf wen bist du zornig gewesen?«

»Auf meinen ehemaligen Verlobten Hereward von Rokesberghe.«

»Was war der Grund für deinen Zorn?«

Margareta konnte sich nur mit großer Mühe zurückhalten, die Augen zu verdrehen. Was war denn das für eine Frage? Wollte Vater Everard sie quälen? Jedermann in Hamburg wusste, warum sie Zorn auf Hereward von Rokesberghe empfand – sicher auch der Geistliche. »Ich empfinde so, weil dieser Mann unsere vor Gott geschlossene Verlobung zu Unrecht aufgelöst hat.«

»Zu Unrecht?«, wiederholte der Priester ungläubig. »Wer bist du, Weib, dass du dir anmaßt zu entscheiden, ob die Auflösung rechtens war?«

Margareta hob verwirrt den Blick und schaute Vater Everard ins Gesicht. Sie hatte sich bemüht, ihre Antwort so zu wählen, dass er keinen Anstoß daran nehmen konnte, doch scheinbar war ihr das nicht gelungen. Der Geistliche war hörbar erbost.

»Aus welchem Grund hebst du den Blick? Kennst du keine Demut?«

Sofort ließ Margareta den Kopf wieder sinken. Die Augen des Kirchenmannes schienen sie zu durchbohren. In Ermangelung eines Beichtstuhls kniete sie mit vor der Brust gefalteten Händen vor ihm, der wiederum auf einem bequemen Sessel saß.

Der Handarbeitsraum war zu seiner privaten Kammer umgeräumt worden, die jede Spur von Enthaltsamkeit vermissen ließ. Man hatte ihm am hinteren Ende des Zimmers eine bequeme Bettstatt mit weichen Laken errichtet, davor standen ein stets glimmendes Kohlebecken und einer der alten Sessel ihrer Großmutter Mechthild aus der Stube. Es duftete fortwährend nach irgendwelchen Speisen, die Marga ihm bereiten sollte. Nur so könne er seines Amtes walten, hatte er alle wissen lassen.

Doch statt der zuerst ausbedungenen zwei Beichten in der Woche forderte der Geistliche die Bewohner des Hauses nun weit häufiger auf, ihre Seelen zu erleichtern. Dies hatte zur Folge, dass man stets irgendjemanden im Hause Gebete murmeln hörte, die ihm als Buße für seine Sünden auferlegt worden waren. Es war ein seltsames Bild, doch niemand wagte Vater Everard den Gehorsam zu verweigern.

»Ich bin erschüttert zu sehen, dass du dich neben der Sünde des Zorns auch noch der Sünde des Hochmuts schuldig machst. Ist dir denn noch nicht in den Sinn gekommen, dass du selbst die Schuld an der Auflösung deiner Verlobung trägst?«

Entsetzt über die Worte des Priesters fuhr Margareta auf – ein grober Fehler, denn das ließ Vater Everard endgültig in Zorn geraten. »Senke gefälligst den Blick, du dreistes Frauenzimmer! Siehst du jetzt, was ich meine? Es ist kein Wunder, dass der edle Hereward von Rokesberghe dich verschmäht hat. Dir fehlt es an jedweden Tugenden, die eine züchtige Jungfrau zu einem guten Eheweib machen. Hast du etwa geglaubt, ich würde das nicht sehen? Jeden Tag in dieser Woche habe ich dich zu mir gerufen, um dir in meiner Geduld und Barmherzigkeit die Gelegenheit zu geben, deine Sünden selbst zu erkennen und zu beichten, doch du bist stur geblieben. Und nun siehst du, wohin dich deine Dummheit getrieben hat!«

Die lauten Worte des Geistlichen dröhnten durch die Kammer. Margaretas Hals war wie zugeschnürt, und die ersten Tränen der Verzweiflung rannen ihr über die glühenden Wangen. Sie konnte einfach nicht glauben, was ihre Ohren da vernahmen. Sie selbst sollte die Schuld an der Auflösung ihrer Verlobung tragen? Konnte das sein? In der Tat hatte sie nie darüber nachgedacht, ob sie womöglich etwas falsch gemacht und so ihr eigenes Schicksal beeinflusst hatte. Lag es an ihrer Freude über die eifersüchtigen Blicke der anderen Frauen oder aber an ihrem frevelhaften Wunsch, am Tage ihrer Hochzeit besonders hübsch auszusehen? Tatsächlich, schoss es ihr durch den Kopf. Sie *war* hochmütig. Mit einem Mal standen ihr all ihre Sünden so deutlich vor Augen, dass sie sich fragte, wie sie sie jemals hatte übersehen können. Vater Everard hatte recht mit dem, was er sagte. Doch ganz gleich, welcher ihrer vielen Fehler es auch gewesen war, der letztendlich Gottes Missfallen erregt hatte: Sie wollte Buße tun, um Vergebung zu erlangen. Mit einem lauten Schluchzen warf sie sich vor ihrem Beichtvater nieder und drückte ihre Stirn auf den Boden. »Vater, ich war so dumm, so blind. Ich bitte Euch ehrfürchtig, helft mir, meine Sünden zu erkennen und zu bereuen.«

Der Priester lächelte zufrieden und lehnte sich in seinem Sessel zurück. Einen Moment lang genoss er seinen Erfolg und betrachtete den bebenden Rücken der weinenden Jungfrau. Dann breitete er die Hände aus und sprach: »Gott, der barmherzige Vater, hat durch den Tod und die Auferstehung seines Sohnes die Welt mit sich versöhnt und den Heiligen Geist gesandt zur Vergebung der Sünden. Durch den Dienst der Kirche schenke er dir Verzeihung und Frieden. So spreche ich dich los von deinen Sünden im Namen des Vaters und des Sohnes und des Heiligen Geistes. Amen.« Vater Everard hob seine Hand und zeichnete über der Beichtenden ein unsichtbares Kreuz in die Luft.

»Amen«, sagte Margareta voller Inbrunst und bekreuzigte sich. Sie war so erleichtert ob der Vergebung ihrer Sünden, dass sie sich vornahm, doppelt so viele Gebete zu sprechen, wie ihr Vater Everard gleich auftragen würde.

Meine liebe und teure Freundin Hildegard, schrieb Ragnhild. *All meine guten Wünsche vorweg. Ich hoffe, dass es dir wohl ergangen ist, seitdem wir uns das letzte Mal von Angesicht zu Angesicht gesehen haben. Ich weiß nicht, ob dich die schreckliche Kunde schon erreicht hat. Sie haben Albert geholt und ins Einlager auf die Riepenburg gebracht. Mein Haus gleicht seither einem Verlies, welches ich kaum mehr zu verlassen wage. Darum sei mir bitte mein selbstsüchtiger Wunsch ver-*

ziehen, ein liebes Wort an eine letzte mir noch verbliebene Freundin zu richten – es dürstet mich nach Trost. Doch damit nicht genug. Ich schäme mich, dir so unverfroren meine Wünsche darzulegen, doch die Not treibt mich dazu. Um Albert aus dem Einlager zu befreien, wird es womöglich nötig sein, all unser Hab und Gut zu verpfänden. Wenn Gott uns gnädig ist, bleibt uns hinterher noch genug zum Leben, doch das ist nicht sicher. Vor zwei Wochen wurde außerdem die Verlobung zwischen Margareta und Hereward von Rokesberghe aufgelöst. Und sosehr es mich auch schmerzt, es einzugestehen: Man will uns Böses in der Stadt. Ich fürchte mittlerweile um die Sicherheit meiner Kinder, liebste Hildegard. Auch wenn unser Herrgott auf seinen unergründlichen Wegen dir selbst keine Kinder geschenkt hat, weiß ich, dass du die meinen liebst, als wären sie die deinen. Sicher kannst du bereits erahnen, worum ich dich nun bitten werde, und ich hoffe zutiefst, dass du mir meine Bitte gewährst und mir gleichzeitig meinen dreisten Wunsch verzeihst…

Ragnhild schaute von ihrem Brief auf, als sie hörte, wie leise die Tür zu ihrer Schlafkammer geöffnet wurde. Runa steckte den Kopf zur Tür hinein. »Mutter, störe ich dich?«

»Nein, komm nur herein.«

Runa trat in die Kammer und schloss auffällig leise die Tür hinter sich.

Ragnhild fragte gar nicht erst, warum ihre Tochter umherschlich wie ein Dieb in der Nacht. Ihr war klar, dass sie nicht von Vater Everard entdeckt werden wollte. Vermutlich war das auch der Grund ihres Besuchs – war doch die Schlafkammer des Hausherrn und seiner Gemahlin der einzige Raum im Haus, den der Geistliche nicht einfach betrat, ohne vorher anzuklopfen.

»Du schreibst einen Brief?«, fragte Runa, ließ sich auf der Truhe ihrer Mutter nieder und strich nun bedächtig über ihren runden Bauch.

»Ja. An Hildegard von Horborg«, antwortete Ragnhild knapp und wandte sich wieder dem Gänsekiel in ihrem Tintenfässchen zu. Eine ganze Weile war bloß das Kratzen auf dem Pergament zu hören. Ragnhild wollte sich von Runas Besuch nicht ablenken lassen, doch seitdem sie eingetreten war, gelang es ihr einfach nicht mehr, sich auf die Zeilen zu konzentrieren. Die Gelegenheit war günstig, und auch wenn sie sich eigentlich nicht in Runas und Walthers Ehe einmischen wollte, konnte Ragnhild nun nicht mehr länger an sich halten. »Runa, ich möchte mit dir über etwas reden.«

Die Angesprochene hob den Blick. »Hat es mit deinem Brief zu tun?«

»Nein. Es geht um … um dich.«

Die Schwangere legte fragend ihre Stirn in Falten. Sie spürte, dass das kommende Gespräch nicht angenehm für sie verlaufen würde. Dennoch sagte sie: »Jetzt bin ich aber gespannt, Mutter.«

Ragnhild atmete tief ein. »Du musst mir versprechen, dass du dort sitzen bleibst, bis wir unsere Unterhaltung beendet haben.«

»Gut, ich verspreche es.«

Ragnhild legte ihre Schreibfeder in das Futteral und rutschte fahrig auf ihrem Schemel hin und her, bevor sie begann. »An dem Tag, an dem du auf der Straße zusammengebrochen bist, habe ich dich und Walther ungewollt belauscht. Ich wollte euch damals eigentlich von Alberts Ausschluss aus dem Rat berichten, doch dazu kam es nicht mehr.«

»Du hast gelauscht, Mutter?«, fragte Runa entrüstet und schüttelte den Kopf. »Was genau hast du vernommen?«

»Als ich euch streiten hörte, bin ich wieder gegangen, doch ich habe noch mitbekommen, dass es um Johann Schinkel ging.«

Aus Runas Gesicht wich alle Farbe. Beschämt senkte sie den Blick. Sie wusste, dass es keinen Sinn hatte, etwas abzustreiten, denn der Ausdruck im Gesicht ihrer Mutter ließ erkennen, dass sie ohnehin alles wusste.

Doch so qualvoll dieser Moment auch für sie beide war, Ragnhild hatte offensichtlich nicht vor, ihre Tochter zu schonen. »Was ist damals geschehen, Runa? Ich will, dass du mir alles ganz genau erzählst.«

Doch Runa reagierte nicht, starrte bloß weiter mit blassen Wangen zu Boden.

»Sieh mich an!« Ragnhilds Tonfall veränderte sich. In diesem Moment waren sie wieder Mutter und Tochter – ungeachtet dessen, dass die Tochter bereits erwachsen war.

Runa holte tief Luft, dann sah sie ihre Mutter an und begann zu sprechen. »Ich kann dir nicht sagen, wie genau es dazu kommen konnte. Irgendwann hat er mich angesprochen, und wir haben uns unterhalten – heimlich natürlich. Später dann haben wir uns unbemerkt getroffen.«

»Großer Gott«, entfuhr es Ragnhild leise, die bis zu diesem Geständnis die Hoffnung gehegt hatte, das Ganze sei nur ein Missverständnis. »Wo, um Himmels willen, haben eure Treffen denn stattgefunden?«

»In einem kleinen Haus. Es lag recht versteckt, und kaum jemand wusste, dass es ihm gehörte. Bei dem großen Brand wurde es zerstört.«

»In einem Haus? Ihr zwei *allein*? Habt ihr … o Heilige Mutter Gottes … habt ihr euch dort versündigt?«, stieß Ragnhild entsetzt hervor.

»Ja«, gab Runa ohne Umschweife zu, froh, die Last ihres Geheimnisses endlich mit jemandem teilen zu können. Es war ohnehin zu spät für jede Zurückhaltung.

»Du bist nicht als Jungfrau in die Ehe gegangen?« Nun war es um Ragnhilds Fassung geschehen. Abrupt sprang sie auf und schlug sich die Hände vor den Mund. Es war bloß zu erahnen, welche Flüche sie vor sich hin murmelte. Schließlich sackte sie aschfahl auf ihren Stuhl zurück, krallte die Hände in die Rockfalten und forderte Runa mit bebender Stimme auf weiterzuerzählen.

»Wir waren ineinander verliebt, verzehrten uns vor Sehnsucht, wenn wir nicht beieinander waren«, fuhr Runa fort. »Viele Male haben wir versucht unsere Liebschaft zu beenden, doch es ist uns nicht gelungen. Eines Abends teilte er mir mit, er müsse nach Lübeck aufbrechen und für eine gewisse Zeit dort bleiben. Dann kam das Feuer.« Runa verstummte. Die furchtbaren Erinnerungen an die heiße Augustnacht vor sieben Jahren übermannten sie einen Moment. »Das nächste Mal sahen wir uns am Tage des Gerichts nach dem Brand. Das war der Tag, an dem Walther um meine Hand anhielt.«

Ragnhild nickte. So unglaublich und empörend diese Geschichte auch war, nun, nachdem sie sie aus dem Munde ihrer Tochter gehört hatte, fühlte sie sich seltsamerweise innerlich ganz ruhig. Doch Ragnhild spürte, dass dies noch nicht alles war. »Weshalb weiß Walther davon? Bei eurem Streit hat er behauptet, eure Blicke hätten euch verraten, und auch er hat den Gerichtstag vor sieben Jahren erwähnt.«

»Nun, er ist selbst dahintergekommen. Nachdem er sein Herz bereits jahrelang an mich verloren hatte, traf ihn die Wahrheit über meine und Johanns Liebe zwar hart, aber offensichtlich nicht hart genug, um mich deswegen nicht zur Frau nehmen zu wollen, auch wenn er genau wusste, dass ich keine Jungfrau mehr war. Das ist alles, Mutter.« Runa hoffte inständig, dass Ragnhild sich damit zufrieden geben würde. Sie wollte sie nicht noch mehr belasten, vor allem aber wollte sie ihr letztes Geheimnis für sich bewahren. Doch sie hatte ihre Mutter unterschätzt.

»Mehr gibt es in dieser Sache tatsächlich nicht zu erzählen?«, drängte Ragnhild skeptisch. »Ich frage mich nämlich, warum er um deine Hand angehalten hat, wenn er doch wusste, dass du einen anderen liebst. Warum hegte er Hoffnung, dass du einwilligst? Du hättest doch auch einfach bei den Beginen bleiben können. Mir scheint, du verheimlichst noch etwas.«

Runa hob die Arme und ließ sie wieder fallen. »Mag sein, Mutter. Vielleicht habe ich noch nicht alles erzählt. Aber ist es mir denn nicht vergönnt, wenigstens ein Geheimnis für mich zu behalten?«

»Oh, gewiss doch, mein Kind«, spottete Ragnhild. »Mit diesem Wunsch scheinst du mir in diesem Haus in guter Gesellschaft zu sein. Ein jeder hier verbirgt etwas, wenngleich die Vergangenheit bewiesen hat, dass Geheimnisse nicht immer von Vorteil sind.«

Runa wusste genau, wovon ihre Mutter sprach. Es war nicht nur ihr Vater, der allen im Hause vorenthalten hatte, dass er des Rates verwiesen wurde, sondern auch Thiderich, der heimlich und ohne sich einer Gruppe Reisender anzuschließen nach Plön aufgebrochen war. Auch um Walther und seinen Ziehvater Everard, der ihm bis heute nichts Genaueres über seine Herkunft verraten hatte, rankten sich Geheimnisse. Ihre Mutter hatte recht, und Runa wusste das. Es gab bereits zu viele Geheimnisse in diesem Haus, und niemals hatten sie ihren Trägern gute Dienste erwiesen.

Runa gab sich einen Ruck. Sie spürte, wie sehr es sie eigentlich danach verlangte, ihr Herz zu erleichtern, und so wappnete sie sich gegen eine mögliche Ohnmacht ihrer Mutter und gestand: »Walther wusste, dass ich einwilligen würde, denn er hat mich mit der Heirat vor dem sicheren Tod bewahrt. Zum Zeitpunkt unserer Verlobung war ich schwanger, Mutter. Thymmo ist nicht der Sohn meines Ehemannes, sondern der des Ratsnotars Johann Schinkel.«

3

»Schickt nach Marquardus Scarpenbergh«, forderte Gerhard II. seine Bediensteten mit dröhnender Stimme auf. Sofort verschwanden drei junge Pagen in den Gängen der Burg, von der Hoffnung getrieben, den gewünschten Ritter möglichst bald zu finden, um nicht den Zorn ihres Herrn auf sich zu ziehen.

Tatsächlich trat Marquardus nur wenig später in die Halle zu seinem Grafen. »Ihr habt nach mir schicken lassen, mein Fürst?«

Gerhard II. hob seinen toten Blick in die Richtung, aus der die Stimme erklang. »Ja. Lest mir das vor, Marquardus«, lautete seine knappe Anweisung.

Der Ritter ergriff den Brief und überflog ihn geschwind. »Er ist unterzeichnet von einem Walther von Sandstedt.«

»Wer soll das sein?«, fragte der blinde Graf ungehalten. Er war schlechter Laune, weil er wie so oft auf fremde Hilfe angewiesen war.

»Er ist der Nuncius des Hamburger Kaufmanns, der kürzlich von Euch auf die Riepenburg zu Eccard Ribe ins Einlager geschickt wurde.«

»Richtig. Was will er? Nun lest schon vor.«

»Erlauchter, hochwohlgeborener Fürst und Herr. Meinen willigen und gehorsamsten Dienst biete ich und schicke meinen untertänigsten Gruß, Euch …«

»Weiter, weiter. Ich weiß, wer ich bin. Lasst die Grußworte gefälligst aus, und lest den Teil, auf den es ankommt«, befahl der Graf ungeduldig.

Marquardus versuchte wie immer, nicht auf die harschen Worte seines Herrn zu achten, doch er ärgerte sich auch jetzt wieder darüber. Dennoch suchten seine Augen fleißig die ordentlich verfassten Zeilen nach der Petitio ab, welche die Bitte des Schreibers enthielt. *»... als Vertreter des Euch verpflichteten Kaufmanns Albert von Holdenstede biete ich Euch hiermit sein aus Stein erbautes Haus in der Reichenstraße an und erbitte im Gegenzug dazu die Freilassung des oben Genannten aus dem Einlager. Das Haus, welches ich Euch anbiete, ist...«*

»Das reicht«, beschloss Gerhard II. und unterstrich seine Worte mit einer gebieterischen Handbewegung. »So, so. Sein Vertreter bietet mir also das Haus des Kaufmanns an, anstatt mir meinen Anteil zu zahlen.« Die Augen zu Schlitzen zusammengekniffen lehnte er sich langsam in seinem Sessel zurück. Bedächtig legte er die Fingerspitzen der einen Hand auf die der anderen und verweilte eine Weile so. Dann fragte er seinen Ritter: »Sagt mir, Marquardus, wiegt das Haus des Kaufmanns die geforderte Summe auf?«

Der Ritter überflog schnell die Zeilen. Dann schloss er: »Ja, ich denke, das tut es. Laut der Beschreibung des Nuncius handelt es sich um ein großes Gebäude mit dahinter liegendem Hof und direktem Zugang zum Reichenstraßenfleet. Der Wert des Hauses dürfte die Euch zustehende Summe sogar noch überschreiten.«

»Hmm...« Gerhard II. stützte das Kinn auf seine Faust. Trotz seiner trüben Augen sah man deutlich, dass er abwog, welche Lösung ihm mehr Vorteile bringen würden. »Ein solches Haus in Hamburg zu besitzen könnte gewisse Vorteile mit sich bringen. In Zeiten wie diesen würden die Pfeffersäcke im Rat der Stadt niemals zulassen, dass ich etwas Vergleichbares innerhalb Hamburgs kaufe. Doch wenn es mir durch ebensolche Umstände zufällt, können sie es mir schwerlich verwehren.«

»Das ist richtig, mein Fürst. Außerdem – wenn ich mir die Bemerkung erlauben darf – ist es unter den gegebenen Umständen eher unwahrscheinlich, dass Ihr in Form von Münzen an Euren Anteil kommen werdet. Ihr erinnert Euch sicher daran, dass der Handelspartner des Albert von Holdenstede, Thiderich Schifkneht, verschwunden ist. Solange er nicht wieder auftaucht, wird es niemanden geben, der die Geschäfte fortführt, und somit auch niemanden, der die erforderlichen Münzen für Euch heranschafft.«

Gerhard II. nickte. Er hatte sich entschieden und war zufrieden mit sich. Entschlossen schlug er seine Hände auf die Lehnen seines Sessels und teilte seinem Ritter mit: »Nun, dann sei es beschlossen. Seid so gut und dient mir als Schreiber. Ich wünsche, dass Ihr sofort einen Brief an diesen Nuncius schreibt.«

»Gewiss, mein Fürst.«

Noch bevor sich Marquardus Scarpenbergh über das Papier beugen konnte, begann Gerhard II. auch schon zu diktieren.

»Von Gottes Gnaden, Gerhard II., Graf von Holstein-Plön …«

Die zwei Männer brüllten einander auf dem Burghof an. Einer gab dem anderen die Schuld. Keiner wollte verantwortlich sein für diese unaussprechliche Schlamperei. Mit schweren Schritten eilten sie die steinernen Stufen hinab. Einer der beiden zog einen rasselnden Bund voller Schlüssel aus der Tasche. Nachdem er den richtigen gefunden hatte, steckte er ihn ins Schloss und öffnete die massive Tür, die das Verlies seit vielen Tagen versperrte. Der andere hielt eine Fackel ins Innere des finsteren Kerkers. Ratten stoben davon.

»Großer Gott, was für ein Gestank!«

Der Blick beider Männer fiel gleichzeitig auf den regungslos am Boden liegenden Körper.

»Der ist wohl schon am Verwesen, was?«

»Ja, jedenfalls riecht er so. Ich denke, wir brauchen gar nicht mehr nachzuschauen, ob er noch zuckt. Der ist hinüber.«

»So ein Mist. Ritter Eccard wird nicht erfreut darüber sein, dass uns der Kaufmann verreckt ist.«

»Nein, aber eines ist klar: *Ich* sage ihm das nicht«, versicherte der eine mit einem Fingerzeig auf Albert.

»Ach ja? Und wer soll es deiner Meinung nach dann tun?«

»Wer wohl? Du hast ihn schließlich auch vergessen. Kein Wunder – wenn du dir nicht ständig den Kopf von den Mägden verdrehen lassen würdest, wäre das sicher nicht passiert.«

»Fang nicht schon wieder damit an«, ereiferte sich der andere erbost. »Du bist doch nur sauer, weil Maria *mich* mag und nicht dich.«

»Damit hat das nichts zu tun. Du solltest den Kaufmann doch hier einsperren, also hättest du auch dafür sorgen müssen, dass er am Leben bleibt.«

»Pah, dass ich nicht lache. Ritter Eccard hat eindeutig *dir* den Befehl erteilt, ihm Wasser und etwas zu essen zu bringen – ich erinnere mich noch genau. Wahrscheinlich hast du es am Ende sogar selbst gefressen.«

Die Männer blickten einander mit krauser Stirn an. Sie kannten sich schon eine Ewigkeit und nahmen die Worte des anderen nicht allzu schwer.

»Ich habe nicht vor, mich neben einem Toten mit dir zu streiten, du Holzkopf. Komm, lass uns verschwinden.«

»Und die Leiche? Wir können den wohl schlecht hier liegen lassen und warten, bis er vergammelt.«

»Ach was, den holen wir ein andermal. Schließlich müssen wir erst ein Loch ausheben, wo wir ihn reinwerfen können, und so wie ich unseren Herren kenne, müssen wir dann auch noch dem Priester Bescheid geben. Bei dem wird ja jede Ratte nach christlichem Brauch beerdigt. Bevor das nicht erledigt ist, liegt der hier doch ganz gut.«

Der zweite Mann schwieg und dachte über die Worte seines Freundes nach.

So versunken waren die beiden Wachen in ihre Überlegungen, dass sie nicht mitbekamen, was neben ihnen geschah.

Kaum erkennbar und unendlich langsam begann Albert sich zu regen. Geräusche, die er schon seit Tagen nicht mehr vernommen hatte, drangen wie aus weiter Ferne an sein Ohr. Das Licht einer Fackel färbte das Innere seiner geschlossenen Lider rot. Albert blinzelte. Er öffnete den Mund, doch kein Laut drang über seine ausgetrockneten Lippen. Es gelang ihm nicht, sich aufzusetzen, doch er wusste, dass er sich bemerkbar machen musste, wenn er hier nicht sterben wollte. Immer wieder befahl er sich: Sprich, sag etwas, beweg dich, aber sein Körper wollte ihm nicht gehorchen, sein Fleisch war zu schwach. Dann endlich entrang er sich ein mühevolles Röcheln.

»Hast du das gehört?«, fragte einer der beiden plötzlich und wurde blass.

»Was denn? Ich habe nichts gehört. Machst du dir jetzt etwa in die Hose?«

»Der tote Kaufmann, er hat etwas gesagt. Ich habe es genau gehört!«

»So ein Schwachsinn. Er ist *tot*, das hast du eben selbst gesagt!«

Wieder stieß Albert unter fast unmenschlichen Mühen ein Stöhnen aus. Diesmal war es lauter, sodass auch der andere es hören konnte.

»Verflucht noch mal, der ist ja gar nicht tot!«

Beide Männer eilten zu Albert und drehten ihn mit ihren Stiefelspitzen auf den Rücken.

»Ich fasse es nicht, dieser Kaufmann ist zäher als ich dachte. Los, hilf mir, ihn hochzuheben. Wir müssen ihn schnell in die Burg bringen. Vielleicht überlebt er ja!«

Der Kräftigere der beiden schulterte den Gefangenen und hievte ihn die schmale Treppe hinauf, doch noch bevor die beiden

Wachen das Tageslicht erreichten, verlor ihr geschwächter Gefangener wieder das Bewusstsein.

Albert erwachte erst zwei Tage später. Es dauerte eine ganze Weile, bis er begriff, wo er sich befand und wie er dort hingekommen war. Er war allein in einer Kammer mit hoher Decke und zwei schmalen, weit geöffneten Luken, die einen frischen Windzug zu ihm ans Bett trugen. Tief atmete er den reinen Duft regengeschwängerter Luft ein und schaute hinaus.

Von hier aus konnte Albert erstmals die Elbe sehen, die sich hinter dem letzten Erdwall der Burganlage befand. Der gewaltige Fluss wurde zwar von einem Deich gehalten – trotzdem sah er aus, als könnte er jederzeit über seine Ufer treten. Zunächst erkannte er bloß einige kleinere Fischerboote, dann auch die Segel eines Handelsschiffs, welches an seinem Fenster vorbeizog. Albert vermutete, dass die Riepenburg der Sicherung der Elbherrschaft diente und die Eintreibung der Zölle garantierte – ihr Standort schien vorzüglich dafür geeignet zu sein.

Er hatte schon eine ganze Weile hinaus aufs Wasser geschaut, als er das erste Mal an sich herabblickte. Offensichtlich war er gewaschen worden und lag nun mit fremden Kleidern unter strahlend weißen Laken. Gegenüber an der Wand hing ein übergroßes hölzernes Kruzifix. Ansonsten war die Kammer leer.

Albert hustete rau und spürte dabei, wie trocken sein Mund war. Er konnte sich nicht entsinnen, je in seinem Leben so durstig gewesen zu sein wie in diesem Moment. Sein Blick schweifte zur Tür. Sie war geschlossen. Albert fragte sich, ob sie wohl verriegelt war. Es gab nur einen Weg, das herauszufinden.

Mühsam stellte er seine Füße auf den kalten Boden. Er fühlte sich schwach, dennoch zwang er sich aufzustehen. Er hatte sich noch nicht ganz aufgerichtet, da erfasste ihn ein nie gekannter Schwindel. Gleich darauf versagten ihm seine Beine den Dienst. Albert sackte auf dem Boden zusammen und stieß sich schmerzhaft die wunden Knie. Einen gottlosen Fluch auf den Lippen versuchte er sich hochzurappeln, als plötzlich die Tür geöffnet wurde.

»Um Himmels willen, was tut Ihr da?« Herein kam eine dicke Frau mit fleischigen Armen und Händen. Ihr Gesicht war rund wie eine Fastenbrezel, ihre Augen klein wie die eines Ferkels. Dennoch wusste Albert sofort, dass sie eine gute Seele war. »Nur ein Narr versucht allein aufzustehen, wenn er über zwei Wochen darniedergelegen hat«, schimpfte sie halbherzig und griff ihm energisch unter die Arme.

Albert bekam kaum genug Luft, um zu sprechen. »Ich … danke Euch.«

»Nicht doch«, winkte die dicke Frau ab. »Wenn ich gewusst hätte, dass Ihr dort unten im Verlies darbt, hätte ich Euch doch schon längst eigenhändig herausgeholt. Gott sei's gedankt, dass Ihr noch am Leben seid.« In ihrem Redefluss entging der Frau die Verwirrung ihres Schützlings, der nicht recht zu wissen schien, was er mit ihren Worten anfangen sollte. Doch bevor dieser nachhaken konnte, plapperte sie schon weiter: »Eure Kleider habe ich verbrannt, auch wenn sie einst teuer gewesen sein mögen. Jetzt waren sie nicht viel mehr als bloße Lumpen, und ich wollte das Ungeziefer nicht in der Burg haben.«

Albert nickte.

»Nun, da Ihr endlich wach seid, werde ich Euch ein Süppchen bereiten. Und wenn Ihr Euch gestärkt habt, wird Euch sicher Ritter Eccard empfangen wollen. Bis ich wiederkomme, solltet Ihr allerdings noch ein wenig schlafen.« Mit diesen Worten trat sie an Alberts Bett, deckte ihn bis zum Kinn zu und stopfte die Enden des Lakens so fest unter seinen Körper, dass er sich kaum noch rühren konnte. Einen Wimpernschlag später war sie wieder verschwunden, und Albert fielen die Augen zu.

Wider Erwarten erwachte er nicht von der Stimme der drallen

Frau, die ihm etwas zu essen bringen wollte, sondern von einem gleichmäßigen Dreitakt, welcher der Tür seiner Kammer immer näher zu kommen schien. Alberts Muskeln spannten sich an. Die Zeit im Verlies war nicht spurlos an ihm vorbeigegangen. Was konnte das sein? Hastig sah er sich nach etwas um, das er als Waffe verwenden konnte, als es plötzlich eindringlich an der Tür pochte. Albert schwieg. Die Tür öffnete sich dennoch, und herein kam zu Alberts Erstaunen der Ritter Eccard Ribe. Er stützte sich auf eine Art Krückstock, um das linke Bein zu entlasten, welches er auffällig steif hinter sich herzog. Das hatte es also mit dem seltsamen Geräusch auf sich!

»Ah, ich sehe, Alusch hat Euch bereits eingepackt, als wäret Ihr aus Glas. Das ist ein gutes Zeichen – sie mag Euch.« Der Ritter trat an Alberts Bett und schaute ihn offen an.

Albert erwiderte seinen Blick. Er erkannte, dass die Wangen des Ritters blass wirkten, auch seine Kleidung schien lockerer zu sitzen. In diesem Moment wurde er sich seines eigenen Anblicks gewahr. Unter den unzähligen Laken kam er sich äußerst lächerlich vor. Umständlich befreite er sich davon und setzte sich auf. Sofort bildeten sich kleine Schweißperlen auf seiner Stirn. Trotz der freundlichen Worte des Ritters wusste Albert nicht recht, ob er ihm trauen konnte. Schließlich hatte Eccard Ribe ihn im Verlies fast elendig verhungern und verdursten lassen. Ein solcher Mann konnte kein Ehrenmann sein, weshalb er beschloss, ihm gegenüber vorsichtig zu bleiben. »Ja, die Behandlung, die Alusch mir in dieser Kammer hat zuteil werden lassen, war in der Tat um einiges angenehmer als die Eure im Verlies.«

Der Ritter nickte zerknirscht. »Ihr seid zu recht gram, Kaufmann, doch ich bin mir sicher, Ihr werdet es verstehen, wenn ich erst einmal …«

»Was soll ich verstehen? Zuerst tut Ihr alles, um mich dem Himmelreich näher zu bringen, und nun lasst Ihr mich gesund pflegen.

Ich gebe zu, dass ich mir das nicht erklären kann. Nur eines weiß ich: Ich habe Eurem Wort vertraut, als Ihr die Wachen dazu angehalten hattet, mich wohl verpflegen zu lassen. Doch Euer Wort ist offensichtlich nicht viel wert.« Albert war wütend und sein Tadel unüberlegt. Es wäre kein Wunder gewesen, wenn ihn der Ritter wegen dieser Kränkung gleich wieder ins Verlies hätte werfen lassen, doch nichts dergleichen geschah.

Eccard Ribes Blick war schwer zu deuten, doch Albert meinte zu sehen, dass er abwog, wie er mit dem dreisten Kaufmann verfahren sollte. Schließlich sagte er mit strenger Stimme: »Ich gehe davon aus, dass das Fieber aus Euch spricht. Wenn Ihr wieder genesen seid, komme ich noch einmal. Bis dahin bleibt Ihr hier. Solltet Ihr versuchen zu fliehen, lasse ich Euch töten. Und diesmal zählt mein Wort bestimmt. Lasst es also lieber nicht darauf ankommen.«

»Wo willst du hin?«, fragte Ragnhild die stumme Magd, als diese sich ihren Schleier umlegte.

Johanna zeigte mit dem Finger nach oben und faltete die Hände.

»Natürlich. Du möchtest die Beichte ablegen. Nur zu. Aber wenn du fertig bist, kommst du bitte rasch wieder in die Küche. Agnes hat heute ihren freien Tag, und wie du weißt, gibt es viel zu tun.«

Johanna nickte und knickste. Dann verließ sie die Küche.

Mit einem tiefen Seufzer ließ sich Ragnhild auf die Holzbank zu Marga, Ava, Runa und deren Kindern fallen. »Großer Gott, was eine stumme Magd nur immer zu beichten hat, frage ich mich?«

Ava schaute entrüstet in Richtung ihrer Schwiegermutter, wandte sich aber gleich wieder ihrer Stickerei zu, die sie in der Küche verrichten mussten, seitdem der Priester den Handarbeitsraum für sich in Anspruch genommen hatte.

Doch Ragnhild war noch nicht fertig. »Pah, was wundere ich

mich überhaupt«, sagte sie mehr zu sich als zu irgendwem Bestimmten. »Ich selbst habe noch nie so viel gebeichtet und gebetet wie heute! Eines steht zweifellos fest: Vater Everard nimmt seine Pflicht *über alle Maßen* ernst. Vielleicht sogar so ernst, dass bald auch noch die Kinder täglich zur Beichte müssen!« Ihr Tonfall war eine Mischung aus Hohn und Verzweiflung. Das Eingesperrtsein lastete merklich auf ihrem Gemüt.

Nun war es Ava zu viel. Erschrocken ließ sie ihre Stickerei sinken. »Wie kannst du so vor den Kindern reden, Ragnhild? Und überhaupt – das ist Ketzerei!«

Runa, die bisher bloß still dagesessen hatte, wollte das Gespräch weder mit Glaubensfragen befeuern, noch wollte sie sich überhaupt daran beteiligen. Sie hatte genug von diesen Streitereien – auch wenn sie die Meinung ihrer Mutter teilte. Alle waren angespannt. Sie hockten zu eng aufeinander. »Hat jemand Margareta gesehen?«

»Nein, aber schau doch mal im Handarbeitsraum nach«, stichelte Ragnhild weiter.

»Mutter«, tadelte Runa kopfschüttelnd und zog eine Augenbraue hoch, um ihr zu bedeuten, was sie von dem kindischen Verhalten hielt.

Freyja war die Einzige, die eine Antwort wusste. »Sie ist oben in der Stube und betet. Vater Everard hat ihr verboten, mit uns zu sprechen. Sie muss schwer gesündigt haben.«

Nach diesen Worten war es mit Ragnhilds Beherrschung vorbei. Sie sprang von der hölzernen Bank auf, schaute die Frauen in der Küche mit herausfordernd großen Augen an und breitete die Arme aus. »Was habe ich gesagt? Was habe ich gesagt?«

»Mutter, setz dich wieder. Was ist denn nur in dich gefahren?« Eigentlich war diese Frage überflüssig, Runa wusste die Antwort auch so. Außerdem musste sie sich eingestehen, dass sie selbst nicht ganz unschuldig an Ragnhilds Gereiztheit war. Noch immer plagte sie deswegen das schlechte Gewissen.

Das Gespräch zwischen ihr und ihrer Mutter in deren Schlafkammer vor über zwei Wochen war lang und qualvoll gewesen. Bis tief in die Nacht hinein hatten sie zusammengesessen und geredet. Danach war es ihr deutlich besser gegangen. Heute musste sie sich allerdings eingestehen, dass sie sich wohl auf Kosten ihrer Mutter erleichtert hatte. Ragnhild war seither verändert. Die Sünde ihrer Tochter, gepaart mit der ständigen Überwachung des Geistlichen in ihrem eigenen Haus setzte ihr zu. »Mutter, bitte, was bringt es schon, in der Küche auf und ab zu gehen? Setz dich zu mir…«, versuchte Runa sie zu überreden.

Ragnhild nahm tatsächlich wieder Platz. Sie versuchte sich zu beruhigen. Es hatte ja doch keinen Sinn, sich aufzuregen. »Wo ist eigentlich der Kater? Ich habe ihn schon seit Tagen nicht mehr gesehen.«

»Poppo? Hmm… seltsam… du hast recht«, bestätigte Ava. »So lange ist er doch sonst niemals fort.«

»Ach was, der wird schon wieder auftauchen, wenn ihm der Magen knurrt«, winkte Marga ab. »Ihr macht ihn weich mit eurem Verhalten. Es gibt sicher keinen Kater in der Stadt, der so verzogen ist wie Poppo. Wenn ihr ihn weiterhin derart bemuttert, wird er sich eines Tages weigern, Mäuse zu fangen, und sich stattdessen an den gedeckten Tisch setzen.«

Wider Erwarten mussten die Frauen über Margas Schimpfen lachen. Die genügsame Magd hatte es nie verstanden, wie man einen Kater so über alle Maßen verhätscheln konnte, und regte sich regelmäßig darüber auf, dass er stets etwas von den Vorräten zugesteckt bekam.

Plötzlich horchte Runa auf. »Habt ihr das auch gehört? Ich glaube, es ist jemand an der Tür.«

»Das kann doch gar nicht sein. Es ist schon spät. Bloß der Nachtwächter läuft noch durch die Straßen«, sagte Ava, ohne von ihrer Handarbeit aufzublicken.

Ragnhild schenkte den Worten ihrer Schwiegertochter keine Beachtung. Allein die Möglichkeit, dass Runa recht haben könnte, ließ ihr Herz höher schlagen – schließlich erwartete sie etwas! Entschlossen stand sie auf und ging hinaus in die Diele. »Ich werde mal nachsehen.« Nur wenig später kam sie zurück – mit der ehemaligen Nachbarsmagd Ella und einem Brief in der Hand. »Du hast gute Ohren, meine Tochter.«

»Ella?«, fragte Marga verwundert beim Anblick ihrer besten Freundin. »Was tust du denn hier?« Die beiden Frauen hatten sich schon eine ganze Weile nicht mehr gesehen. Seit Ella mit ihrer Herrin aus der Stadt ins ländliche Kirchspiel Eppendorf gezogen war, begegneten sie sich nicht mehr so häufig wie früher, da sie noch nebeneinander gewohnt hatten.

Ragnhild wirkte mit einem Mal ganz aufgeregt. »Ella hat uns einen Brief von Hildegard von Horborg gebracht. Ich hatte ihn, ehrlich gesagt, schon sehnsüchtig erwartet.« Sogleich brach Ragnhild das Siegelwachs und begann zu lesen.

Liebe Ragnhild, ich schicke dir und deiner ganzen Familie meine besten Wünsche und hoffe, dass du meinen Brief schnell erhältst. Trotz der Gefahren habe ich dir meine Ella als Botin geschickt. Nur ihr kann ich vertrauen, und nur sie ist gewitzt genug, um die Tücken der Reise von Eppendorf nach Hamburg als allein reisende Frau unbeschadet zu überstehen. Dein Brief hat mich tief erschüttert und versetzt mich in große Sorge um euch. Auch wenn ich stets in dem Glauben gelebt habe, über ein weit verzweigtes und zuverlässiges Botennetz zu verfügen, muss ich gestehen, dass ich noch keine Kunde über das Einlager Alberts erhalten habe. Auch von der furchtbar traurigen Auflösung der Verlobung wusste ich noch nichts. Ich umarme Margareta tröstend aus der Ferne. Doch wie du selbst schon in deinem Brief sagtest, bleibt uns keine Zeit für lange Reden, weshalb ich sogleich zu deiner Bitte komme.

Natürlich seid ihr mir alle herzlich willkommen in meinem Haus, liebe Freundin. Zögert nicht länger, und brecht schnellstmöglich auf. Hier werdet ihr in Sicherheit sein, bis der Zorn der törichten Hamburger sich wieder gelegt hat.

In Liebe und Sorge
Hildegard von Horborg

Nachdem Ragnhild geendet hatte, war es still in der Küche. Ella hatte sich zu ihrer Freundin Marga gesetzt, die die ehemalige Nachbarin innig an sich drückte. Erst dann ergriff Runa das Wort.

»Was hat das alles zu bedeuten, Mutter? Willst du uns nicht aufklären?«

»Ganz einfach, mein Kind. Wir werden eine Weile zu Hildegard aufs Land ziehen. Ich brauche dir wohl kaum zu erklären, dass wir hier nicht mehr sicher sind. Eppendorf ist ein angenehmer, ruhiger Ort für deine Niederkunft, und eine Hebamme wird es dort auch geben. Ich fürchte nämlich, dass uns keine Hebamme aus der Stadt bei deiner Geburt zur Seite stehen wird. Auch einen Priester, der dein Ungeborenes tauft, finden wir dort mit Sicherheit, denn ich habe nicht vor, Vater Everard in unsere Pläne einzuweihen – auch wenn wir auf der Reise von Hamburg nach Eppendorf wahrscheinlich wieder unzählige Sünden begehen werden, die es hinterher zu beichten gilt.«

Dieses Mal stießen sich die Frauen nicht an Ragnhilds Spott, zu sehr beschäftigte sie das, was sie gerade gesagt hatte. Allein Ella schaute etwas verblüfft angesichts der blasphemischen Aussage, die niemanden außer ihr zu erschrecken schien.

Genau wie Runa und Marga war auch Ava hin- und hergerissen zwischen dem Wunsch, sofort aufzubrechen, um den feindseligen Hamburgern für eine Weile zu entkommen, und dem Drang, Einspruch zu erheben. »Und ... und was ist mit Walther und Godeke? Was sagen sie zu deinem Plan?«

»Sie wissen noch gar nichts davon«, gestand Ragnhild frei heraus und erntete fragende Blicke. »Ich weiß genau, dass dieser Vorschlag plötzlich kommt und dass er viel Mut erfordert. Schließlich käme die Umsetzung einer Flucht gleich, und das ließe uns alle verdächtig erscheinen. Aber ich sage euch, es ist die richtige Entscheidung. Wir können nicht länger eingepfercht in diesem Haus leben. Bei Hildegard wären wir sicher, und wir wären frei. Gleich morgen werde ich Walther und Godeke von Hildegards Einladung erzählen – das heißt natürlich, wenn ihr meine Meinung teilt, dass es das Beste wäre, vorerst die Stadt zu verlassen.«

Die Frauen sahen einander an und warteten darauf, dass eine die Entscheidung traf, die keine von ihnen alleine treffen mochte.

Eindringlich wandte sich Ragnhild an Ava. »Denk doch mal nach. Die Feindseligkeiten gegen uns werden immer schlimmer. Selbst dein Bruder Helprad und dein Vater Fridericus von Staden wollen dich nicht mehr empfangen. Was hält dich noch hier?« Dann ging sie auf Runa zu und nahm sie bei der Hand. »Und du, meine Tochter. Denk an deine Kinder. An die geborenen und die ungeborenen. Fürchtest du nicht um ihre Sicherheit?«

Runa sah zu Freyja und Thymmo. Stumm und mit großen Augen saßen sie da und blickten zwischen den Frauen hin und her. Sie verstanden ganz offensichtlich nicht, was hier vor sich ging. Der bloße Gedanke daran, dass ihnen etwas widerfahren könnte, schnürte Runa die Luft ab. Wie von selbst hatte sie die freie Hand auf ihren Bauch gelegt. Ihre Mutter hatte recht. Es wäre töricht, aus falschem Stolz ihre Kinder und sich selbst zu gefährden. Ein Blick in die Augen der anderen Frauen, die nun langsam zu nicken begannen, bestätigte sie in ihrem Entschluss. »Also gut, Mutter. Sprich du morgen mit Walther. Wenn auch er einverstanden ist, wird es wohl das Beste sein, eine Weile bei Hildegard unterzukommen.«

Johannes war froh, dass er stets eine passende Ausrede hatte, um sich mit Vater Everard zu treffen. Schließlich konnte Ragnhild ihrer Magd nicht verwehren, zur Beichte zu gehen. Dennoch war er jedes Mal sehr aufgeregt, wenn er sich mit dem unheimlichen Geistlichen traf. Er wusste nicht so recht, was er von ihm zu halten hatte, konnte ihn nicht einschätzen. Dennoch führte er seine Befehle stets willenlos aus, denn eines hatte er schon lange verstanden: Vater Everard wollte den von Holdenstedes Böses, und das allein war Grund genug, ihm zu helfen.

Der Geistliche hatte einen Plan, den er gnadenlos verfolgte und für dessen Ziel er sich der Magd bediente. So waren sie zu einer Einheit geworden – Everard befahl, und Johannes führte aus. Bereits seit geraumer Zeit ging das nun schon so. Und nach der Erfüllung eines jeden Auftrags versicherte der Priester der Magd stets wortreich, dass der Tag, der das Leben aller im Hause verändern würde, immer näher rückte. Lange hatte Johannes nicht gewusst, was genau er damit meinte, bis Everard ihn schließlich eingeweiht hatte. Und der Plan war mindestens ebenso dämonisch wie gut!

Johannes stieg die Treppe hinauf – wohlwissend, dass alle Frauen des Hauses in der Küche versammelt waren und er mit dem Beichtvater ungestört sein würde. Er hatte kaum angeklopft, da erscholl es laut aus der Kammer: »Komm herein!«

Johannes schloss die Tür hinter sich und trat näher an den Priester heran. Seine Augen mussten sich erst an die Dunkelheit in der Kammer gewöhnen. Die Luke an ihrem Ende war mit einer morschen hölzernen Lade verschlossen. Sonnenlicht strahlte durch die feinen Risse und erhellte den Staub, der in der Luft tanzte. Johannes kniete dicht vor dem Geistlichen nieder, so dicht, dass dieser im Flüsterton zu ihm reden konnte.

»Hast du all die Sachen zusammen, die du besorgen solltest?«

Johannes nickte und übergab seinem Beichtvater einen Beutel, den er aus seinen Rockfalten hervorzog.

Vater Everard öffnete ihn und schaute hinein, um den Inhalt zu überprüfen. Dann nickte er zufrieden. »Du hast mir gute Dienste erwiesen, Magd Johanna. Gott wird es dir danken.« Mit stoischer Ruhe legte er seine Hand auf Johannes' Kopf. »Du weißt, was du bis übermorgen noch zu tun hast?«

Johannes nickte wieder. Um dem Priester zu zeigen, dass er einen der zwei Aufträge schon erledigt hatte, entblößte er seine Arme, die über und über mit blutigen Kratzern übersät waren.

»Sehr gut.« Vater Everard atmete tief ein und wieder aus und lehnte sich zurück. Ein boshaftes Lächeln umspielte seine Lippen. Die Hände, welche den Beutel der Magd fest umschlossen, ballten sich langsam zu Fäusten. Kleine Speicheltröpfchen flogen aus seinem Mund, so wütend spie er die nächsten Worte aus: »Nur noch zwei Tage, Magd. Dann endlich wird Gott wieder Einzug in dieses Haus halten und diesen Sündenpfuhl ein für alle Mal ausheben. Am Fest zur Fertigstellung des Hamburger Krans bin ich mir vieler Augen und Ohren gewiss. An diesem Tage werde ich dafür sorgen, dass die ketzerischen Weiber der von Holdenstedes und von Sandstedts …« Plötzlich hielt der Priester inne. Die Magd zu seinen Füßen hatte ihn angetippt und somit seinen leidenschaftlichen Wortschwall brüsk unterbrochen. »Was ist denn noch?«, fragte er unwirsch.

Johannes hatte sich schon viele Tage lang darüber Gedanken gemacht, wie er dem Geistlichen beibringen sollte, was er wünschte. Doch ihm war nichts Rechtes eingefallen – schließlich galt er als stumm und konnte nicht einfach sagen, was er auf dem Herzen hatte. Es musste auch anders gehen. Johannes stand auf und begann sich dem Priester mit Gesten mitzuteilen. Mit steifen Beinen ging er durch die kleine Kammer – genau so, wie es Agnes seit ihrer Verbrühung tat. Immer wieder wies er dabei auf seine Beine.

Zunächst schien der Geistliche nicht zu verstehen, doch dann klatschte er einmal in die Hände und sagte: »Du meinst die lahme Magd, oder?«

Johannes nickte eifrig.

»Was ist mit ihr? Was versucht du mir zu sagen? Ist auch sie eine Sünderin?«

Geschwind hob Johannes beide Hände, machte eine abwehrende Bewegung und schüttelte heftig den Kopf, um seinem Beichtvater zu verstehen zu geben, dass eher das Gegenteil der Fall war.

»So, so. Deine Freundin liegt dir also am Herzen, ja? Und sie ist ganz sicher nicht ebenso irregeleitet wie ihre Herrschaft?«

Wieder verneinte Johannes so inbrünstig, wie es ihm nur möglich war.

»Nun gut, ich habe verstanden. Du willst also, dass sie verschont bleibt, ja?«

Johannes nickte erneut.

Der Geistliche setzte ein gönnerhaftes Gesicht auf und sprach: »Gütig, wie ich bin, werde ich dir deinen Wunsch gewähren. Aber nur unter einer Bedingung, Magd Johanna: Wenn du mir hilfst, meine gottbefohlene Pflicht auszuführen, soll deiner Freundin nichts geschehen. Wenn du aber scheiterst, dann wird die Magd Agnes das gleiche Schicksal ereilen wie die Gottlosen unter diesem Dach. Hast du mich verstanden?«

Johannes fuhr der Schreck in alle Glieder. Er wusste, dass sein Gegenüber es ernst meinte. Jetzt war es umso wichtiger, dass sein Plan gelang, denn um nichts in der Welt wollte er, dass Agnes etwas zustieß.

»Und nun knie nieder, damit ich dir deine Beichte abnehmen kann«, befahl Vater Everard mit lauter Stimme, sodass es mögliche Zuhörer vor der Tür ebenfalls vernehmen konnten. »Da du mir deine Sünden nicht sagen kannst, wirst du wie immer zehn Ave-Maria beten. So viele Male, wie du Finger an den Händen hast.«

4

Obwohl es gegen Walthers Ehrgefühl ging, feige aus der Stadt zu fliehen, hatte er dennoch sofort in Ragnhilds Plan eingewilligt. Seine Angst um die Sicherheit von Frau und Kindern überwog. Und auch wenn er es sich eigentlich nicht eingestehen wollte, wäre er sogar ein wenig erleichtert, wenn sie alle fort waren. Er wollte seine Familie in Sicherheit wissen, doch vor allen Dingen wollte er Runa aus den Augen haben.

Seit dem Abend, an dem Freyja unfreiwillig vor der ganzen Familie gestanden hatte, dass Runa und Johann Schinkel im Pferdewagen miteinander gesprochen hatten, war die zart aufglimmende Leidenschaft zwischen den Eheleuten wieder erloschen. Mehr sogar – es schien, als hätte es sie niemals gegeben. Walther konnte seiner Frau nicht mehr trauen. Sie hatte ihn, ohne mit der Wimper zu zucken, belogen, als er sie nach der Wahrheit gefragt hatte, und das musste einen Grund haben. Walther wagte gar nicht erst weiterzudenken. Was konnte er seiner Frau nun noch glauben? Für ihn stand die Antwort fest: nichts! Dieses Gefühl war fast schlimmer für ihn als die offensichtliche Tatsache, dass sie Johann Schinkel noch immer liebte.

Doch wie es um sie beide als Eheleute auch stehen mochte, es war seine Pflicht, dafür zu sorgen, dass sein Weib und seine Kinder in Sicherheit waren. Und so hatte er eben mit Ragnhild alle Einzelheiten der kurzen Reise nach Eppendorf besprochen.

Da Runa so kurz vor der Niederkunft stand und einen so langen

Fußmarsch wohl kaum überstehen würde, hatte Godeke auf Walthers Geheiß einen Pferdewagen besorgt. Um nicht zu viel Aufmerksamkeit zu erregen, sollte dieser vor den Stadttoren warten. So würden die Frauen nur ein paar hundert Schritte tun müssen, um unbemerkt zu fliehen.

Ein Tag für diese Flucht war schnell gefunden. Das Fest, welches zu Ehren des ersten Hamburger Tretkrans am Hafen stattfinden sollte, bot ihnen eine günstige Gelegenheit. Jedermann würde dort sein, um zu feiern, und niemand würde einer Gruppe Frauen und Kinder große Beachtung schenken, die sich heimlich davonstahl. Doch dieser Tag war schon morgen.

Gerade hatte Ragnhild Alberts dunkles Kontor verlassen, und Walther saß wieder allein vor der kleinen Kerze auf dem Schreibpult. Gedämpft hörte er die Stimmen der Hausbewohner vor seiner Tür. Er hatte seine Schwiegermutter gebeten, ihn einen kurzen Augenblick allein zu lassen.

Walther wusste, dass ihr Vorschlag die beste Lösung darstellte. Waren seine Lieben erst einmal fort, würde er sich in Ruhe um die Angelegenheiten kümmern können, die Alberts Einlager mit sich brachte. Es galt, die Brautgabe aufzutreiben und mit Graf Gerhard II. über Alberts Freilassung zu verhandeln. Wenn ihm Letzteres gelang, würde er das erste Problem nicht alleine lösen müssen. Albert wüsste sicher Rat. Ihm würde der aufgeblasene Hereward von Rokesberghe zuhören. Aber dafür musste sein Freund und Schwiegervater erst einmal die Freiheit erlangen.

Walther hatte den Frauen vorerst nichts von dem Brief erzählt, den er wenige Tage zuvor an Gerhard II. geschickt hatte. Er wollte die Familie nicht unnötig in Aufregung versetzen. Sollte der Graf tatsächlich in Walthers Vorschlag einwilligen, konnte er das immer noch nachholen. Obwohl er Tag und Nacht darum betete, dass der Schauenburger auf seinen Vorschlag eingehen würde, fürchtete sich Walther gleichzeitig vor dessen Entscheidung. Es gab keinen zweiten Plan, und er fragte sich, wie die Familie auf den Verlust ihres Hauses reagieren würde, selbst wenn Alberts Rückkehr den Schmerz darüber mit Sicherheit lindern würde. Doch was immer auch geschehen mochte – wenn das Unvermeidliche eintrat, wollte er seine Lieben besser weit weg wissen.

Heimlich wie ein Dieb schlich sich Johannes aus der Kammer der Mägde, so leise und vorsichtig, dass weder Marga noch sonst wer im Hause erwachte. Barfuß lief er über den kalten Boden und öffnete die hintere Türe des Hauses, die auf den Hof führte. Sie stand kaum eine Handbreit offen, als sie plötzlich ein lautes Quietschen von sich gab. Sofort hielt Johannes inne. Das Herz schlug ihm bis zum Hals, und sein Atem ging schnell. Hatte ihn jemand gehört? Einen Moment verweilte er unbewegt und lauschte mit weit aufgerissenen Augen, bis er sich sicher war, tatsächlich der einzige ruhelose Geist in dieser Nacht zu sein. Dann erst trat er auf den Hof hinaus.

Es war eine wolkenlose Nacht. Der fast volle Mond stand am Himmel. Johannes' Augen gewöhnten sich schnell an das silberne Licht – war es doch draußen heller als drinnen im Haus. Der Mondschein würde ausreichen für das, was er vorhatte.

Geschwind lief er über den Innenhof zum Reichenstraßenfleet und kauerte sich in den Schutz der Böschung. Hier würde ihn des Nachts niemand stören. Als er sich sicher fühlte, förderte er etwas aus den Falten seines Rocks zutage. Es war eine lange blonde Haarsträhne, die Johannes vorsichtig wie einen Schatz auf einem Stein drapierte. Dann griff er erneut in seine Rockfalten und zog ein kleines Säckchen mit einem Pulver darin hervor. Er hatte nicht so viel davon bekommen können, wie er eigentlich hatte haben wollen, und war daher sorgsam darauf bedacht, nichts zu verschütten. Wie gut, dass in dieser Nacht kein Wind wehte, dachte Johannes, als er ein kleines Loch in den Boden grub. Darein füllte er etwas Wasser aus dem Fleet und fügte das Pulver und die Haarsträhne hinzu. Dann nahm er einen Stock zur Hand und begann das Ganze umzurühren. Er hatte keine Ahnung, wie lange die Prozedur dauern sollte, weshalb er beschloss, lieber noch etwas weiterzurühren. Sein Pulver war aufgebraucht; einen zweiten Versuch würde es nicht geben.

Johannes begann zu frieren. Die nächtliche Kälte kroch ihm beharrlich in die Glieder. Es dauerte nicht lange, bis er anfing, mit den Zähnen zu klappern. Gerade als er beschloss, es sei nun genug, und sich daranmachen wollte, das Erdloch zuzuschütten, vernahm er ein Geräusch. Johannes hielt den Atem an und blickte zum Haus hinüber. Zu seinem grenzenlosen Schrecken öffnete sich die Hintertür. Im letzten Moment konnte sich Johannes mit einem beherzten Sprung hinter die Scheunenwand in Sicherheit bringen. Sofort schossen ihm etliche Gedanken durch den Kopf. Hatte er sich durch irgendetwas verraten? Wurde er beobachtet? Kam man ihm nun auf die Schliche? Blitzartig hatte die Aufregung alle Gedanken an die Kälte vertrieben. Er hörte auf zu zittern und konzentrierte sich mit all seinen Sinnen auf die Tür. Im fahlen Licht des Mondes konnte Johannes erkennen, wie eine Gestalt auf den Hof hinaustrat. Es war Vater Everard.

Johannes atmete hörbar aus. Er war zutiefst erleichtert, dass es der Geistliche war, der schlaftrunken aus dem Haus kam. Trotzdem wusste er nicht, was er tun sollte. Wenn er in diesem Moment aus seinem Versteck trat, würde sich der Priester sicher erschrecken – und das konnte sie beide verraten.

Vater Everard kam genau auf Johannes zu, ohne ihn jedoch zu bemerken. Er trat an das Reichenstraßenfleet, legte sein Gemächt frei und pisste, laut stöhnend vor Erleichterung, ins Wasser. Aus Ermangelung einer besseren Idee sprang Johannes aus seinem Versteck und eilte zu dem Priester, den Zeigefinger auf die Lippen gelegt. Gleichzeitig machte er mit der anderen Hand eine beschwichtigende Bewegung, die dem Kirchenmann bedeuten sollte, still zu sein. Gleich darauf sollte er diese Handlung allerdings ganz fürchterlich bereuen.

Der Geistliche fuhr zurück, als wäre neben ihm ein tollwütiger Wolf aufgetaucht, und stieß einen spitzen Schrei aus.

Genau das hatte Johannes vermeiden wollen. Wie wild fuchtelte er mit den Händen, um dem zu Tode erschrockenen Vater Everard aufzuzeigen, dass nur er es war, der dort vor ihm stand.

Endlich erkannte der Priester die Magd. »Was zur Hölle tust du hier in der Dunkelheit?«, zischte er erbost. »Mich hätte fast der Schlag getroffen.«

Johannes hätte am liebsten zurückgeschnauzt, dass er dabei war, seine letzte Aufgabe zu erfüllen, und dass der Priester sie mit seinem Geschrei um ein Haar verraten hätte, doch wie immer musste er schweigen. Stattdessen zeigte er auf das Loch im Boden, nahm den Stock zur Hand und holte damit die nun rote Haarsträhne heraus.

Nun verstand Vater Everard und nickte zufrieden. »Gut gemacht«, flüsterte er. Nachdem er die Farbe der Haare genauer betrachtet und für ausreichend befunden hatte, befahl er Johannes: »Los, besorge einen Lumpen, damit ich die Haare darin einwickeln kann.«

Johannes tat, wie ihm befohlen, schlug die Haare in ein Stück Tuch und übergab sie Vater Everard. Dieser setzte wieder sein boshaftes Lächeln auf, welches im Mondschein noch unheimlicher wirkte.

»Morgen, Magd Johanna. Morgen wird es endlich so weit sein. Denn morgen ist das Fest zu Ehren des Krans am Hafen. Ganz Hamburg wird dort versammelt sein, und ich werde diese Gelegenheit nicht ungenutzt verstreichen lassen.« Er blickte Johannes noch einmal direkt in die Augen und zeigte mit dem Finger auf ihn. »Und du wirst mir zu Hilfe kommen. Ich erinnere dich nochmals daran: Wenn du willst, dass ich die Magd Agnes verschone, wirst du tun, was ich von dir verlange. Hast du verstanden?«

Johannes nickte bloß.

»Gut, also höre zu. Es ist mir gleich, wie du es anstellst, aber wenn die Glocken das Fest einläuten, wirst du dort sein. Schleiche dich heimlich fort, oder erdenke dir eine List, um von hier wegzukommen. Es ist sowieso eins, denn nach dem morgigen Tage wirst du nicht mehr die Magd der Familie von Holdenstede sein. Wer weiß, vielleicht werde ich dich bei mir aufnehmen, wenn ich bekomme, was mir zusteht.« Nach diesen Worten erteilte er Johannes einen letzten scheinfrommen Segen und ging zurück ins Haus.

Es war ein heimliches Unterfangen. Weder Vater Everard noch Johanna noch Agnes wussten etwas von dem Plan, die Stadt zu verlassen. Je weniger Leute eingeweiht waren, desto geringer war die Gefahr, dass jemand davon etwas mitbekam, der ihnen vielleicht noch gefährlich werden konnte.

Runa hatte nicht einmal Freyja und Thymmo die Wahrheit erzählt, zu leicht hätten die unbedarften Kinderlippen sie verraten können. Es war besser, wenn sie stattdessen mithilfe einer kleinen Lüge bei guter Laune gehalten wurden. Darum hatte Runa ihnen vorgeflunkert, dass sie heute mit ihnen auf das große Fest gehen würde, wenn sie bis dahin folgsam waren und alles taten, was sie von ihnen verlangte. Wie alle Familienmitglieder waren auch Freyja und Thymmo seit geraumer Zeit im Hause eingesperrt, weshalb sich Runa sicher war, dass die Kinder vor lauter Freude auf die unerwartete Abwechslung brav tun würden, was sie wünschte. Sie behielt recht. Ohne zu murren, zogen sie mehrere Lagen Kleider übereinander und verharrten daraufhin still mit Marga und Ragnhild in der Küche.

Margareta und Runa waren nach oben gegangen, um letzte Vorbereitungen zu treffen. Fahrig wühlten sie in der großen Truhe ihrer Mutter herum. Es musste genau überlegt werden, was sie von ihren Sachen brauchten. Sie alle hatten sich darauf geeinigt, nur so viel mitzunehmen, wie sie am Leibe tragen konnten, alles andere hätte unnötig Aufmerksamkeit erregt. Plötzlich stießen die Schwestern auf das grüne Kleid, welches Margareta eigentlich zu ihrer Hochzeit hatte tragen wollen. Bedächtig hoben sie es aus der Truhe und schauten es mit traurigen Augen an.

»Sieh es dir nur an, Runa. So viele Stunden habe ich daran gesessen. Es ist wundervoll geworden, und nun soll es niemals mehr seinen Zweck erfüllen.«

Runa spürte genau, wie sehr Margareta beim Anblick des Kleides litt. Wahrscheinlich war es sogar gut, dachte sie bei sich, dass es hierbleiben musste, dann würden die Gedanken an die abgesagte Hochzeit die Schwester nicht immerzu quälen. Während sie Margareta sanft über den Rücken strich, versicherte sie ihr tröstend: »Du wirst einen anderen Gemahl finden, ganz bestimmt. Und wenn er erst einmal vor dir steht, dann ist dein Kummer um Hereward schnell vergessen.«

Margareta rang sich ein schmales Lächeln ab. Sie war Runa dankbar für den Versuch, sie aufzuheitern, doch die Worte ihrer Schwester klangen für sie fast wie Hohn und Spott. »Ich werde keinen anderen Mann finden, Runa, und du weißt das. Niemand wird mich mehr nehmen – wahrscheinlich nicht einmal das Kloster der Blauen Schwestern. Also quäle mich bitte nicht, indem du versuchst, mir falsche Hoffnungen zu machen.«

Einen Moment lang war Runa sprachlos. So klare Worte war sie von der zurückhaltenden Margareta einfach nicht gewohnt. Umso deutlicher wurde ihr, wie unendlich verbittert sie sein musste. »Es … es tut mir leid. Ich wollte dich nicht verletzen … meine Worte waren ungeschickt.«

»Ich weiß, dass du mich nicht verletzen willst«, gab Margareta zurück. »Und dennoch schmerzt es mich, wenn alle in der Familie meinen, ich sei so töricht zu glauben, dass hinter dem nächsten Baum ein Edelmann steht, der es gar nicht erwarten kann, eine Verschmähte zu heiraten. Das wird nicht passieren. Schon gar nicht jetzt, da wir in der Stadt behandelt werden wie Aussätzige.«

Nun wusste Runa erst recht nichts mehr zu sagen. Sie musste sich eingestehen, dass sie tatsächlich gedacht hatte, Margareta mit falschen Beteuerungen beruhigen zu können. Doch ihre Schwester war nicht mehr das unbedarfte, kleine Kind, das sie einst gewesen war, sie ließ sich nicht mehr täuschen, und – was sicher das Schlimmste war – Margareta sprach die Wahrheit. Runa nahm sich vor, ab heute anders mit ihr zu verfahren. Keine Lügen, keine blumigen Worte und keine geschönten Reden mehr. Sie griff erneut in die Truhe und zog das bunte Brusttuch hervor, welches Hereward ihrer Schwester geschenkt hatte. Entschlossen drehte sie sich um und sagte: »Dieses hier solltest du auf jeden Fall mitnehmen.«

Margareta blickte Runa ernst an. Hatte sie denn nichts verstanden von dem, was sie ihr eben gesagt hatte? Doch bevor sie etwas entgegnen konnte, sprach ihre Schwester auch schon weiter.

»Du solltest es mitnehmen, weil es nicht wie dein Brautkleid nur eine Erinnerung an einen Tag ist, der nie stattfinden wird. Es ist ein Geschenk von einem Mann, der dich einst wollte und dich dennoch niemals bekommen wird, weil du viel zu gut für ihn bist. Eines Tages wird er es bitter bereuen, liebe Schwester. Vielleicht liegt dieser Tag noch in ganz weiter Ferne, aber wenn er kommt, dann wirst du es tragen – vor seinen Augen –, und dann weiß er, dass er einen Fehler gemacht hat!«

Margareta blickte auf das Tuch hinab. Sie hatte nicht vorgehabt, es mitzunehmen, obwohl sie es liebte. Zu viele traurige Erinnerungen hingen daran. Doch Runas Worte ließen sie plötzlich danach greifen. Ihre Schwester hatte nicht gesagt, sie solle es mitnehmen, da Hereward noch einmal zu ihr zurückkehren würde. Nein, sie hatte sogar gesagt, dieser Tag würde niemals kommen. Runas Worte eröffneten ihr eine andere Sicht auf die Dinge. Ja, sie würde das Tuch mitnehmen, und wenn sie es betrachtete, sollte es sie nicht an ihre Schmach erinnern, sondern daran, was Hereward verpasste. Auch wenn das absolut gar nichts an der Tatsache änderte, dass sie eine unverheiratete Frau war und vielleicht sogar für immer blieb, gab es ihr auf eine Weise ein Gefühl der Stärke. »Danke, Runa«, sagte sie daher schlicht.

Die Schwestern umarmten sich so fest, wie es Runas runder Bauch noch zuließ, und machten sich wieder daran, die Sachen zusammenzusuchen, die es mitzunehmen galt.

Vater Everard legte sich seine schwere Tasche über die Schulter und schlich aus seiner Kammer. Unbemerkt erreichte er die Diele und trat geräuschlos aus der Haustür hinaus auf die Reichenstraße. Es war leicht für ihn, sich unter die Leute zu mischen, denn sämtliche Bürger Hamburgs waren scheinbar schon auf den überfüllten Straßen unterwegs. Alle wollten zu dem lang erwarteten Fest am Hafen.

Der gefeierte Tretkran war eine der wundersamen Erfindungen, die nur die klügsten Köpfe verstanden. Andere Städte hatten es vorgemacht, und jetzt wollte auch Hamburg diese Neuerung zu ihrem Vorteil nutzen. Angetrieben wurde das Bauwerk durch den Kranführer, der im Inneren saß. Über ein Gewirr von Rollen, Seilen und Eisenketten, die an einer Art Schiffsmast befestigt waren, konnte der Kran die Ladung der Schiffe auf den Kai hieven oder andersherum die Ladung von den Pferde- und Ochsenwagen auf die Schiffe befördern. Der Hafen war stetig gewachsen und die Anzahl der täglich einlaufenden Schiffe ebenso, was das rechtzeitige Löschen zunehmend zu einem Problem machte; die nachrückenden Schiffe mussten oft lange warten. Mit dem neuen Tretkran, der mit weniger Manneskraft mehr leistete, sollte dieses Problem nun gelöst sein.

Der Priester hastete mit dem Strom der Hamburger zunächst nach Westen und dann nach Süden. Je näher sie dem Hafen kamen, desto dichter wurde das Gedränge.

Der Hafen selbst war bereits überfüllt mit Leuten aus allen Schichten. Es war ein seltenes Bild, welches sich nur an Festtagen bot. Nirgendwo sonst mischten sich Handwerker unter die Schiffer oder Bauern unter die Kaufleute. Alle standen einträchtig eng an eng, ohne sich an der Gegenwart der anderen zu stören.

Auch Everard blieb nichts übrig, als sich dicht an dem einen oder anderen stinkenden Leib vorbeizuquetschen. Er kam nur langsam voran. Wo er auch hinsah, wurden allerlei Speisen verkauft und Dienste jeder Art angeboten. In der Luft lag der Duft köstlichster Speisen, vermischt mit dem ekelerregenden Gestank schwitzender Menschen. Es herrschte ein ohrenbetäubender Lärm. Der Gesang der Gaukler und der liebliche Klang ihrer Instrumente wurden noch übertönt von dem Geschrei der Marktweiber und den ausgelassenen Rufen der Hamburger.

Obwohl Vater Everard nun schon eine ganze Weile in der Stadt wohnte, hatte er sich noch immer nicht an die beklemmende Enge der vielen Leute und den verschwenderischen Überfluss, der hier vorherrschte, gewöhnt. In Sandstedt hatten sie häufig Not gelitten. Selbst wenn die Ernten der Bauern gut verlaufen waren, kamen die Dorfbewohner gerade so über den Winter. Hamburg war anders. Hier schien es keine Not zu geben. Jedenfalls keine offensichtliche. Selbst die Bettler vor den Kirchen bekamen reichlich von den Wohlhabenden. Everard genoss es zwar, nicht mehr darben zu müssen, doch der Anblick der eitlen Weiber war ihm ein Dorn im Auge. Ein ungebildeter Mann könnte sicher glauben, dass Gott diese Privilegien wahrlich ungleich verteilt hatte, aber er wusste es besser. Der Teufel war es, der den Bürgerinnen ihren Wohlstand gab und der so die schwächsten Wesen damit zu verführen versuchte. Heute jedoch würde er dafür sorgen, dass einer von ihnen der Teufel ausgetrieben wurde.

Erschrocken sprang Everard zur Seite, als eine Bäuerin einer Henne den Kopf mit einem Hieb abschlug. Achtlos ließ sie ihn zu Boden fallen, wo er dem Priester direkt vor die Füße rollte. Als sie das noch zappelnde Federvieh ihrer Kundin übergab, bemerkte sie den erbosten Blick des Geistlichen, der sie aber keineswegs einzuschüchtern schien. Gleichgültig zuckte sie mit den Schultern und sagte: »Passt halt auf, wo Ihr hinlauft, Vater.«

Im ersten Moment wollte Everard entrüstet aufbrausen, doch dann drehte er sich einfach um. Heute war keine Zeit für so etwas. Gott würde dieses Weib an seiner Stelle für ihre Frechheit bestrafen. Er musste weiter.

Bald schon kam der Priester an ein paar Stände, die ihn an einem anderen Tag sehr viel mehr interessiert hätten als die mit den lebenden Hühnern. Backwaren, Wurst und Käse wurden dort neben allerlei Pasteten mit fremdländischen Gewürzen feilgeboten. Erst jetzt bemerkte er, wie hungrig er war. Doch auch das musste warten. Er hatte einen Auftrag zu erledigen, und das war sein einziges Ziel. Schließlich hatte er sich auf diesen Tag schon seit Langem vorbereitet. Nun war er beflügelt von dem Gefühl, in Gottes Namen zu handeln, und mit jedem Schritt, den er tat, umschloss seine Hand das hölzerne Kreuz um seinen Hals fester. Nichts konnte ihn mehr aufhalten. Er war bereit, ein großes Opfer zu bringen, um dem Teufel ein Schnippchen zu schlagen, doch er musste aufpassen und genau nach Plan handeln. Erwischte er den falschen Zeitpunkt oder wählte den falschen Ort, konnte alles umsonst gewesen sein.

Zunächst einmal musste er Ausschau nach Johanna halten. Mitten im Gemenge stellte er sich auf die Zehenspitzen und sah über die Köpfe hinweg. Sein Blick erfasste zig Hauben von zig Mägden, die für ihn alle gleich aussahen. Wie sollte er da eine bestimmte Magd entdecken? Schnell war ihm klar, dass es nur die eine Möglichkeit gab – Johanna musste *ihn* sehen können. Und so ließ er seinen Blick schweifen, bis ihm eine Stelle ins Auge fiel, die ihm dafür geeignet erschien.

»Schafft ihr es auch wirklich allein durch die Stadt?«, fragte Godeke die Frauen angespannt.

»Sei unbesorgt, wir werden es schaffen.« Ragnhilds Blick war entschlossen. Sie verstand es, ihre Angst geschickt hinter einem ernsten Ausdruck und einer tiefen Falte zwischen den Augen zu verbergen. In ihr sah es allerdings ganz anders aus. Schon jetzt war ihr Kleid vor Angstschweiß durchnässt. Ihr Herz raste, und ihr Atem ging stoßweise.

Ebenso erging es Runa, die wie erstarrt neben ihrer Mutter stand, und auch Marga und Margareta konnten ihre wahren Gefühle kaum mehr verbergen.

Die vier Frauen hatten sich ihre schlichtesten Gewänder angezogen und ihre Haare unter alten Schleiern verborgen.

Runa, die als Einzige keinen alten Schleier besaß, hatte stattdessen einen schneeweißen genommen und ihn so lange durch den Staub des Hofes gezogen, bis er grau und zerschlissen wirkte. Nun standen sie alle zusammen mit Freyja und Thymmo in der Diele. Sie waren zum Aufbruch bereit. Ihr abgerissenes Aussehen würde ihnen helfen, weniger im Gedränge des Kranfestes aufzufallen.

»Und denkt dran, Kinder«, ermahnte Runa Freyja und Thymmo mit erhobenem Zeigefinger. »Wenn ihr schön brav seid und erst dann wieder sprecht, wenn ich es euch erlaube, habe ich eine Überraschung für euch.«

Beide Kinder nickten eifrig. Ihre Wangen glühten vor Aufregung. Sie freuten sich mindestens genauso sehr auf das Fest wie auf die geheimnisvolle Überraschung, die ihre Mutter ihnen seit dem Morgen versprochen hatte. Artig hatten sie sich deshalb diese alten Kleider angezogen und sich nicht beklagt.

»Was ist mit Johanna und Agnes?«, fragte Walther mit leiser Stimme. »Wissen sie auch wirklich nicht Bescheid?«

»Nein«, antwortete Marga. »Ich habe sie hinausgeschickt, um Wäsche am Reichenstraßenfleet zu waschen. Sie werden noch eine Weile zu tun haben und erst einmal gar nicht bemerken, dass wir fort sind.« Die Magd dachte daran, wie sie alles Mögliche in die Laken ihrer Herrschaft geschmiert hatte, damit die beiden auch ja lange beschäftigt waren.

»Sehr gut«, schloss Walther. Dann wurde sein Blick ernst. »Hört mir nun gut zu. Der Pferdewagen steht gleich hinter dem Millerntor. Ich möchte, dass ihr direkt durch die Menge geht …«

»Was?«, unterbrach Runa ihren Mann erschrocken. »Wir sollen an all den Menschen vorbeigehen? Das ist doch verrückt, Walther. Warum treffen wir uns nicht hinter dem Spitalertor oder dem Steintor? Das wäre doch heute viel einfacher zu erreichen, und zudem wäre die Möglichkeit, gesehen zu werden, dort auch viel geringer, schließlich …«

»Schluss jetzt, Runa.« Walther schnitt seiner Frau mit einer unmissverständlichen Geste das Wort ab. »Ihr tut, was ich sage! Wir haben keine Zeit für solchen Unfug.« Als seine Frau verstummt war, sprach Walther weiter und erklärte seine Entscheidung. »Wenn ihr jetzt nach Osten lauft, obwohl sich die gesamte Stadt derzeit am Hafen im Westen befindet, dann erregt ihr doch erst recht Aufsehen. Ich möchte, dass ihr mitten durch das Festgedränge geht. Keiner wird euch Beachtung schenken. Haltet einfach die Köpfe gesenkt, und sprecht mit niemandem. Sobald ihr den Pferdewagen erreicht habt, seid ihr in Sicherheit. Godeke wird euch dann unbemerkt nach Eppendorf bringen. Niemand wird euch folgen, vertraut mir.«

Die Frauen nickten furchtsam. Sie vermochten nicht zu sagen, ob Walthers Entscheidung, die Stadt über den Festplatz zu verlassen, tatsächlich klüger war, doch sie alle waren froh, dass er sie ihnen abnahm.

Walther wandte sich ein letztes Mal Runa zu. Eigentlich hatte er bis eben noch geglaubt, er würde auch heute kein vertrauliches Wort mit ihr wechseln, zumal sie einander mittlerweile so sehr mieden, als wäre der andere an Aussatz erkrankt. Doch jetzt, wo Runa auf diese anziehend verletzliche Weise vor ihm stand, blass, ängstlich und voller Sorge, konnte er nicht anders, als seinen inneren Schwur zu brechen.

»Kommt, wir gehen zu Oda und Ava und sagen ihnen Lebewohl«, drängte Ragnhild, die als Einzige um das furchtbare Geheimnis ihrer Tochter und deren Gemahls wusste, ihre restliche Familie in die Küche. Sie benutzte diese Worte nur als Vorwand, damit Walther und Runa für kurze Zeit ungestört waren. Kurz darauf war sie mit Marga und den Kindern aus der Diele verschwunden, scheinbar um sich von den beiden Frauen, die die Reise wegen Avas zwei kleinen Kindern nicht wagten, zu verabschieden. Bevor Ragnhild die Tür hinter sich schloss, warf sie noch einen letzten Blick auf ihre Tochter, die mit hängendem Kopf vor ihrem Gemahl stand.

Walther wunderte sich über sich selbst. Er hätte nicht mehr sagen können, wie viele Male Runa ihn schon verletzt hatte und wie häufig er den Herrgott im Himmel schon um ihre Liebe oder ihren Tod angefleht hatte, doch all das zählte in diesem Augenblick nicht mehr. Er trat dicht an sie heran, nahm ihr Kinn sanft zwischen seine groben Finger und hob ihren Kopf, sodass sie ihn anblicken musste. Das tat er immer, wenn sie versuchte ihm auszuweichen, und sie gab stets nach. »Wirst du den Weg schaffen?«

Sie nickte und schaute ihm direkt in die Augen. Seine blonden Haarsträhnen fielen ihm in die Stirn. Trotz ihrer ewig andauernden Streitigkeiten und seinem nicht enden wollenden Tadel wegen Johann Schinkel lag in seinem Blick etwas, das ihre Knie weich werden ließ. Der Duft seines Körpers stieg ihr in die Nase, seine tiefe Stimme klang angenehm vertraut in ihren Ohren.

»Fürchte dich nicht. Ich werde dafür sorgen, dass du in Sicherheit gebracht wirst. Nur den Weg bis zum Millerntor musst du alleine schaffen.«

Sie nickte, und als sie etwas erwidern wollte, verschloss Walther ihr mit seinem Finger den Mund.

»Sage nichts, Frau. Es ist bereits zu viel gesagt worden zwischen uns. Geh jetzt besser.« Ein letztes Mal umfasste er ihren Nacken und zog sie an sich heran, um ihr einen Kuss auf die Stirn zu geben.

Runa schluckte schwer. Seine Liebe zu ihr war fast mit den Händen greifbar. Es schmerzte sie zu sehen, wie schlecht es um sie beide stand. Wie konnte dieser Mann sie nach all den Jahren noch immer so sehr lieben, zumal er wusste, dass ihr Herz Johann Schinkel gehörte? Einem inneren Drang folgend, der genauso schnell wieder verging, wie er gekommen war, stellte sie sich auf die Zehenspitzen und küsste ihn. Sie fühlte, wie sich seine starken Arme um sie legten, nur um ihren Körper gleich darauf wieder freizugeben.

Sanft flüsterte er in diesem kurzen Moment der Nähe: »Auch wenn du mich nicht lieben kannst, ich werde es immer tun – vergiss das nicht.«

Im nächsten Moment schritt er an ihr vorbei zu seinen Kindern, die gerade aus der Küche kamen, um ihnen ebenfalls einen Kuss zu geben. Runa blieb stehen, wo sie war. Walthers Worte hatten etwas seltsam Endgültiges gehabt, und ihr wurde angst und bange. Doch es blieb keine Zeit mehr, darüber nachzudenken. Es war so weit.

Godeke war neben Walther getreten und hatte ihm die Hand auf die Schulter gelegt. Die Männer nickten einander zu, und nur kurze Zeit später verließen sie das Haus. Auch sie waren unauffällig gekleidet, um keine Aufmerksamkeit zu erregen. Achtsam eilten sie genau den Weg entlang zum Millerntor, den auch die Frauen wenig später nehmen sollten. Hoffentlich würden sie tatsächlich den geliehenen Pferdewagen vorfinden, den der Bauer dort abstellen wollte!

Die Männer kamen weniger schnell voran, als sie gehofft hatten. Kurz nachdem sie die Reichenstraße hinter sich gelassen hatten, mussten sie ihren Schritt verlangsamen. Überall waren Buden und Schrangen aufgebaut. Dazwischen gaben Gaukler und Quacksalber ihre Künste zum Besten. Vor jedem dieser Stände hatten sich Menschentrauben gebildet, die fasziniert oder einfach nur belustigt zuschauten. Godeke und Walther kämpften sich mit aller Kraft durch die dicht gedrängten Leiber. Es würde nicht leicht für die Frauen werden – schon gar nicht für Runa. Aber es war der sicherste Weg.

Entsetzt hatten Agnes und Johanna festgestellt, wie schmutzig die Laken waren, die zu waschen Marga ihnen aufgetragen hatte. Kein Wunder, dass sie diese Arbeit nicht selbst hatte erledigen wollen!

Bereits seit einer Ewigkeit harrte Johannes auf Knien aus und schrubbte und wrang die Laken, während Agnes wegen ihrer steifen Beine auf einem Schemel saß und von dort aus versuchte, die nicht zu deutenden Flecken mit einem Prügel zu bearbeiten.

»Was haben wir nur getan, dass wir ausgerechnet heute diese Laken waschen müssen?«, beklagte sich Agnes atemlos.

Johannes, der nicht minder außer Atem war, zuckte kopfschüttelnd die Schultern.

»Ich sage dir, Johanna, niemals hat mich die Herrin während eines Stadtfestes mit so einer harten Aufgabe bedacht. Ich frage mich wirklich, was der Grund dafür ist. Nun verpassen wir das schöne Kranfest.«

Es war Agnes deutlich anzusehen, wie traurig sie darüber war, sodass Johannes schwer ums Herz wurde.

»Na ja, vielleicht wäre es auch gar keine gute Idee gewesen, zum Fest zu gehen«, überlegte Agnes laut. »Möglicherweise hätten uns die Hamburger zu diesen Zeiten gar nicht dort haben wollen und uns mit Schimpf und Schande verscheucht, wie sie es derzeit mit allen von Holdenstedes und von Sandstedts machen. Trotzdem wäre ich gern hingegangen.«

Johannes nickte nur. Er selbst konnte sich das Ganze auch nicht erklären. Warum nur war es ausgerechnet heute so wichtig, diese verfluchten Laken zu waschen, wo er sich doch so dringend davonstehlen musste – natürlich unbemerkt! Schließlich wartete Vater Everard auf dem Fest auf ihn! Noch hatten die Glocken nicht geläutet, aber wenn sie ertönten und Johannes wäre nicht da, wäre der Geistliche sicher außer sich vor Wut. Johannes steckte in der Klemme. Wenn er jetzt verschwand, würde er seine geliebte Agnes enttäuschen, die natürlich denken musste, dass er sie mit der Arbeit allein ließ, um zum Fest zu laufen. Wenn er dagegen blieb, lief er Gefahr, dass Vater Everard Agnes aus Rache und purer Boshaftigkeit etwas antun würde. Was sollte er bloß tun? Seit dem Morgen fühlte er sich hin- und hergerissen, und die Zeit drängte.

Agnes gönnte sich eine Pause. Es war ein äußerst heißer Tag, und die Arbeit war anstrengend. Müde stemmte sie die Arme ins Kreuz, atmete tief ein und aus und blickte kurz gen Himmel. Genau wie Johannes lief auch ihr der Schweiß die Schläfen hinunter.

Johannes konnte seinen Blick kaum abwenden. Wie schön sie doch für ihn war! Trotz der verklebten Haarsträhnen, die an ihrer Stirn hafteten, und trotz ihrer schlichten Kleidung empfand er ihren Anblick als engelsgleich. Ihr Haar und ihre Brauen waren dunkel und ihre Augen braun. Lange Wimpern verliehen ihrem Gesicht etwas Liebliches, und obwohl ihre Hände von der Arbeit rissig waren, ihr Busen etwas zu flach und ihre Haut ein wenig zu gebräunt erschien, war sie für ihn vollkommen. Auch der Gedanke an ihre entstellten Beine konnte nichts daran ändern – seine Liebe war mit jedem Tag gewachsen, und mittlerweile fiel es ihm immer schwerer, sie zu verbergen.

Dennoch war er sich der Wahrheit schmerzlich bewusst: Agnes vertraute ihm – wegen seiner Verkleidung. Nur deshalb gewährte sie ihm ab und zu eine Umarmung oder flüsterte ihm ein Geheimnis ins Ohr. Diese Momente waren Johannes' Lebenselixier, auch wenn er wusste, dass Agnes all das nur tat, weil sie in ihm eine Freundin sah – eine weibliche Freundin wohlgemerkt!

Plötzlich erklang das Geläut von Glocken. Laut und betörend zugleich trug es der Wind zu ihnen hinüber, kurz darauf ertönte lautes Gejubel.

Johannes wusste, dass es dem neuen Kran galt, der wohl soeben in Betrieb genommen worden war. Für ihn allerdings bedeuteten die Glocken etwas anderes: Sie waren das Zeichen zum Aufbruch, er musste gehen, und zwar sofort. Unendlich langsam erhob er sich, den Blick entschuldigend auf Agnes gerichtet. Was hätte er darum gegeben, sich ihr zu erklären, aber er konnte es nicht. *Durfte* es nicht.

Doch Agnes sah ihn so fragend an, dass er sich vergaß. Er ging auf sie zu, nahm ihr Gesicht in seine Hände und küsste ihre Lippen mit der Leidenschaft eines Mannes, dessen Liebe wohl für immer unerwidert bleiben würde. Nur einen Lidschlag später und noch bevor die völlig verblüffte Magd auf den Kuss reagieren konnte, richtete Johannes sich wieder auf und sprach: »Verzeih mir, Agnes, aber ich konnte nicht anders. Ich liebe dich.« Dann stürmte er davon.

Als die Glocken läuteten, steckten die Frauen mitten im Gedränge. Alle um sie herum jubelten und schrien vor Freude. Hände wurden in den Himmel gereckt, bunte Bänder und Hüte geschwenkt.

Jeder, ob Seemann oder nicht, schien zu wissen, was dieser hölzerne Kran für die Stadt bedeutete, und jeder wollte einen Blick auf dieses Wunderwerk an der Kaimauer werfen. Neben den Bürgern der Stadt waren auch zahlreiche Männer und Frauen aus dem Umland gekommen. Die Straßen drohten schier zu bersten ob der Menschenmenge.

Runa umklammerte die Hand von Freyja und hielt den Blick fest auf Thymmos Rücken gerichtet, der vor ihr an Ragnhilds Hand lief.

Sie hatten die Reichenstraße und den Ness bereits hinter sich gelassen und näherten sich nun der Trostbrücke. Hier würde das Gedränge aufgrund der Nähe zum Kran am größten sein, doch wenn sie die Brücke erst passiert hatten, war der Weg bis zum Pferdewagen nicht mehr weit. Obwohl der Kran nun links von ihnen lag und viele Hamburger dorthin abbogen, wurde es auch auf dem Vorplatz des Rathauses immer voller. Die Bewohner des Kirchspiels St. Nikolai mussten den Weg über die Trostbrücke nehmen, wenn sie den Kran bestaunen wollten. Nach der Brücke prallten die Menschen von Ost- und Westhamburg genau hier aufeinander, wo es sich bereits gehörig staute.

Runa traute sich nicht, den Blick zu heben. Ab und an musste sie es aber doch tun, um den rechten Weg zu finden oder ihre Lieben nicht aus den Augen zu verlieren. Es war ohnehin schon ein heißer Tag, doch die vielen Menschen um sie herum nahmen ihr zusätzlich den Atem. So schnell sie nur konnte, setzte sie einen Fuß vor den anderen, bedacht darauf, bloß nicht hinzufallen – sie wusste, dass es ihr unmöglich sein würde, wieder aufzustehen. Ihre Beine fühlten sich an wie in Blei gegossen, und ihr Bauch wog schwer an diesem Tage.

Margareta bemerkte Runas Schwäche als Erste und eilte schnell zu ihr. Das Gedränge machte es ihr unmöglich, die Schwangere zu stützen, aber sie konnte ihr Freyja abnehmen. Sichtlich erleichtert nahm Runa das Angebot ihrer Halbschwester an. Nun hatte sie beide Hände frei, um ihren Bauch zu schützen.

Bitte halte durch, Runa, flehte Margareta innerlich und rief alle Heiligen an, die ihr auf die Schnelle einfielen, um der Schwangeren beizustehen.

Ohne Freyja an der Hand ging es tatsächlich etwas besser. Nun konnte Runa beide Arme unter ihren Bauch legen und mit den Ellbogen das Gedränge auseinanderschieben. Je schneller sie vorankamen, desto schneller war diese Tortur vorbei. Unaufhörlich versuchte sie, sich Mut zu machen: Sie würde es schaffen. Sie würde durchhalten. Sie würde den Pferdewagen erreichen!

Marga bildete das Ende der Gruppe. Immer wieder zählte sie die Köpfe vor sich, um sich zu vergewissern, dass auch wirklich niemand fehlte. Auch sie schwitzte in der Menge, was einerseits der Hitze, hauptsächlich aber ihrer dreifachen Kleidung zuzuschreiben war. Unter ihren Magdgewändern trug sie nämlich noch ein drittes Kleid. Es gehörte Runa; sie würde es brauchen, wenn sie ihr Kind geboren hatte und der Bauch wieder zurückgegangen war.

Als die Frauen ungefähr auf der Höhe des neuen Rathauses waren, bemerkte Marga plötzlich etwas Seltsames. Eine schmale Gestalt erregte ihre Aufmerksamkeit. Zwar war sie noch weit von der kleinen Gruppe entfernt, aber Marga hatte gute Augen und erkannte sie sofort – es war Johanna! Wie vom Teufel persönlich gehetzt rannte die Magd quer durch die Menschenmenge über den Rathausplatz auf die Trostbrücke zu. Was hatte das zu bedeuten? Sollte sie nicht eigentlich die Laken am Reichenstraßenfleet waschen? Was hatte sie hier zu suchen, und vor allem, was trieb sie zu einer solchen Eile an? Beunruhigt ging Marga weiter. Von hinten kamen immer mehr Schaulustige, und vor ihnen lag die übervolle Trostbrücke. Das Gedränge wurde immer schlimmer.

Auch wenn die Frauen sich vorher darauf geeinigt hatten, die Köpfe stets gesenkt zu halten, reckte Marga nun doch ihren

Hals. Sie musste einfach wissen, wohin Johanna so schnell rannte. Irgendetwas ging nicht mit rechten Dingen zu. Suchend ließ Marga die Augen über die Menge schweifen, bis ihr Blick plötzlich auf etwas fiel, das sie noch weit mehr beunruhigte als die davonhastende Johanna. Konnte das etwa der Grund für die Eile der Magd sein? Und wenn ja, was hatte das zu bedeuten? Marga beschlich eine Ahnung, die so fürchterlich war, dass ihr der Schreck in alle Glieder fuhr. Für einen Moment vergaß sie ihre Vorsätze und stieß ein leises »Jesus, Maria und Joseph!« aus. Plötzlich drängte es sie mit aller Macht danach, die Frauen zu warnen und zur Umkehr zu bewegen. Sie mussten von hier verschwinden – ganz egal, wohin. Doch es war zu spät. Hinter ihnen hatte sich bereits jede Lücke geschlossen. Die wogende Masse schob die Frauen wie von selbst vorwärts. Sie waren gefangen.

Endlich hatte Vater Everard die Brücke erreicht. Dies war der richtige Ort für sein Vorhaben. Hier gab es keine Gaukler, die lautstark ihre Kunst zum Besten gaben, nur die Wechslerbuden und ein paar Stände mit verschiedenen Speisen waren hier zu finden. Zielstrebig ging er auf einen der Wechsler zu, der vor seiner Bude stand. »Wie ist dein Name, Münzmeister?«

»Nanno von Ochsenwärder, Vater«, antwortete der Mann erstaunt.

»Nanno«, begann der Priester mit einem Lächeln und legte seinem Gegenüber feierlich Zeige- und Mittelfinger auf die Stirn. »Der Herrgott im Himmel hat dich heute auserwählt, ihm einen Dienst zu erweisen. Im Gegenzug dazu werden dir all deine Sünden erlassen.« Nach diesen salbungsvollen Worten hielt er dem Mann sein hölzernes Kruzifix vor die Nase.

Nanno wusste nicht so recht, was der Priester von ihm erwartete, darum küsste er das Kreuz und faltete fromm die Hände.

Vater Everard nickte zufrieden und schlug ein Kreuz in der Luft.

»Amen«, sprach der nun selig lächelnde Münzmeister voller Überzeugung, nun von all seinen Sünden befreit zu sein.

»Deine Sünden seien dir vergeben, mein Sohn.«

»Danke, Vater!«

»Und nun besorge mir eine Kiste«, befahl der Priester unerwartet.

»Eine Kiste?«, fragte Nanno erstaunt.

»Ja, eine Kiste«, erwiderte der Geistliche ungeduldig. »Nun mach schon, oder willst du dir gleich wieder die Sünde des Ungehorsams aufbürden?«

Erschrocken schüttelte Nanno den Kopf und eilte gleich darauf los. Nur wenig später kam er tatsächlich mit einer stabilen Holzkiste zurück.

Vater Everard befahl ihm, sie umgedreht auf den Boden zu stellen, dann kletterte er ein wenig umständlich darauf. Er schirmte seine Augen mit einer Hand vor der Sonne ab und ließ den Blick suchend über die Menge schweifen. Wo, zum Henker, blieb nur diese Magd? Die Glocken läuteten nun schon eine Weile, und noch immer keine Spur von ihr! Vater Everard wollte nicht länger warten. Notfalls würde er seinen Auftrag eben ohne Johanna erledigen. Nichts konnte ihn mehr aufhalten – Gott würde ihm schon beistehen.

Der Kirchenmann schloss die Augen, breitete die Arme aus und legte den Kopf in den Nacken. Warm schien die Sonne auf sein Gesicht. Er lauschte den Glocken, deren göttlicher Klang die Sommerluft füllte. Voller Ehrfurcht begann er ein stummes Gebet. Seine Lippen bewegten sich ohne jeden Ton, inbrünstig flehte er um ein göttliches Zeichen, das ihn in seinem Vorhaben bekräftigen würde.

Er bemerkte nicht, dass die Leute um ihn herum zu starren begannen; sie stießen einander an und zeigten auf den seltsamen Geistlichen, der dort auf der Kiste im Gebet verharrte, und manch einer fing an zu kichern. Ein jeder fragte sich, was es mit dem Mann auf sich hatte, der ohne erkennbaren Grund seine Arme wie Flügel ausgebreitet hatte. Ihre Neugier war geweckt. Plötzlich rief einer aus der Menge: »Was ist mit Euch, Vater?«

»Ja, warum steht Ihr da rum?«

»Wollt Ihr etwa gen Himmel fliegen?«

Die Schaulustigen brachen in schallendes Gelächter aus. Darauf öffnete der Geistliche die Lider und richtete seinen Blick auf die Menge vor ihm. Abrupt verstummten die lästerlichen Stimmen. In seinen Augen lag etwas Dämonisches und Heiliges zugleich, und als er zu sprechen anfing, war ihm die Aufmerksamkeit der Umstehenden gewiss.

»Hört mir zu, ihr guten Leute. Ich bin Vater Everard aus dem fernen Friesland, und ich sage euch, heute ist ein großer Tag. Doch nicht etwa wegen des Krans, den unser Herrgott dieser Stadt geschenkt hat. Nein, Gott hat mich hierher befohlen, um euch etwas zu verkünden.«

Er ließ seine schwer gewordenen Arme sinken und machte eine bedeutungsschwere Pause. Mit Wohlwollen stellte er fest, dass die Bürger ihn gespannt anstarrten, und ließ ruckartig seinen linken Arm nach vorne schnellen. Erschrocken fuhren diejenigen, die nahe bei ihm standen, zurück. »Hier«, polterte er weiter und ließ seine vor Anspannung zitternde Hand mit gespreizten Fingern über die Köpfe gleiten, »hier, direkt unter uns, weilt das Böse. Ich kann es fühlen.«

In den Mienen der Zuhörer spiegelte sich Neugier und Furcht zugleich. Die Frauen pressten ihre Kinder enger an sich oder schlugen die Hände vor den Mund, während die Männer eher kämpferisch dreinblickten.

»Sagt, wo ist das Übel, von dem Ihr redet?«, erklang es von irgendwoher aus der Menge.

»Ja, wir wollen unsere Kinder davor schützen!«

Vater Everard nickte beipflichtend und verkündete mit lauter Stimme: »Das Böse, von dem ich spreche, kann überall sein. Es könnte gleich neben *dir* stehen«, spie er plötzlich aus und wies auf einen Jüngling, der aschfahl wurde. »Oder neben *dir* oder *dir*!« Sein Kopf lief rot an, und seine Stimme überschlug sich. »Ich sage euch, die Ausgeburt der Schlechtigkeit ist mir begegnet. Mit meinem Glauben als einziger Waffe habe ich diese bekämpft und schlussendlich enttarnt, sodass ich nun vor euch mit dem Finger darauf zeigen kann!«

Die Menge gab ein anerkennendes Raunen von sich. Mehr und mehr ließen sich die Leute in den Bann des Geistlichen ziehen, waren hin- und hergerissen zwischen dem brennenden Wunsch, endlich das Fleisch gewordene Böse zu Gesicht zu bekommen, und der Furcht vor dem, was nun folgen würde.

Vater Everard war nicht mehr aufzuhalten. Die Worte kamen ihm so leicht über die Lippen, dass er beinahe meinte, seine Zunge würde tatsächlich von Gott gelenkt. Nun musste er sich nur noch der ungeteilten Unterstützung der Menge versichern, und das erreichte er am besten, indem er den Menschen Schutz versprach.

Wie im Rausch donnerte er, das Gesicht gen Himmel gewandt: »Mein Glaube an Gott ist stärker als du, Satan. Keinen Platz wirst du unter diesen braven Christenmenschen finden. Wir werden dich zerschmettern, wie es dir gebührt!« Dann richtete er das Wort abermals an die Hamburger. »Werdet ihr mir beistehen, wenn ich euch jetzt sage, in welcher Form mir der Teufel erschienen ist?«

Ein zustimmendes Grölen aus unzähligen Kehlen war die Antwort. Die Menge war wie eine Meute blutrünstiger Hunde, die gierig verlangte, von ihm gefüttert zu werden – und der Geistliche war mehr als gewillt, ihrem Begehr stattzugeben.

»Es ist eine Hexe – eine Hexe, die mitten unter euch ist, versteckt hinter einem lieblichen Gesicht! Ich allein habe den fauligen Geruch der Verderbtheit an ihr riechen können! Ihr kennt sie alle. Habt sie oft gesehen, tagein, tagaus mit ihr gesprochen. Einige wird es erschrecken, wenn ich ihren Namen ausspreche, andere werden vielleicht schon etwas geahnt haben. Die Hexe ist die Dame Runa von Sandstedt!«

Schlagartig verstummte die Menge. Tatsächlich war Runa von Sandstedt ihnen allen gut bekannt. Sie hatten mit einem Bauernmädchen gerechnet, einer Fremden oder einer Gauklerin, doch niemand hatte einen solchen Namen in Erwägung gezogen. Der Name einer Bürgerin, der Tochter eines Ratsherrn. Auch wenn die Familie von Holdenstede in der jüngsten Vergangenheit stark in Verruf geraten war, so wog die Anschuldigung der Hexerei doch schwer.

Der Priester war auf diese Reaktion vorbereitet gewesen. Erzürnt stampfte er mit dem Fuß auf, fuchtelte wild mit den Armen und schrie: »Ha, nun sehe ich euch zögern! Genau das habe ich mir gedacht. Was seid ihr doch für Zweifler! Ich sage euch, ihr lasst euch blenden von einem großen Namen und einer frommen Hülle! Das Böse versteckt sich gern hinter einem schönen Schein. Lasst nicht zu, dass es euch täuscht, ihr Leute!«

Seine Worte zeigten Wirkung. Die ersten zaghaften Rufe wurden deutlich, und Vater Everard vernahm sie mit Wohlwollen.

»Wenn das stimmt, dann müssen wir handeln.«

»Richtig, aber was sollen wir tun?«

In jenem Moment sorgte ein langer Kerl, der sich für seine Rede extra der Menge zugewandt hatte, für die entscheidende Wende. »Der Priester hat recht«, erklärte er. »Satan ist gewitzt und seine Tarnung meisterhaft. Wir sollten wenigstens versuchen, uns selbst davon zu überzeugen, ob Runa von Sandstedt reinen Wesens ist. Also, wer ist dafür?«

Vater Everards Herz raste, doch es vergingen nur wenige Sekunden, bis die ersten Rufe der Zustimmung ertönten.

»Ich sage, holen wir die Hexe!«

»Ja, brennen soll sie!«

»Auf, auf zu ihrem Haus!«

Die Leute riefen und johlten, bis eine schrille Frauenstimme dazwischenfuhr.

»Aufhören! Ich sage Schluss damit! Sofort!«

Die Männer und Frauen schauten sich suchend um. Jeder von ihnen wollte sehen, welch mutige oder aber törichte Seele es wagte, sich einem Mann der Kirche entgegenzustellen.

Gleich nachdem Marga zu ihrem unendlichen Schrecken die wutverzerrte Fratze Vater Everards entdeckt hatte, waren auch die anderen Frauen auf ihren Beichtvater aufmerksam geworden.

Runa hatte ihn als Letzte entdeckt, zu sehr war sie damit beschäftigt gewesen, auf ihre Füße zu achten und ihren Bauch zu schützen. Jetzt aber heftete sie den Blick auf den Geistlichen, der wild mit den Armen rudernd etwas erhöht über der Menge vor der Trostbrücke stand und in flammenden, aber noch unverständlichen Worten zu den Bürgern vor ihm sprach. Ihre grenzenlose Verwunderung darüber, Walthers einstigen Ziehvater hier anzutreffen, wich schnell einem beklemmenden Gefühl der Angst. Warum war er hier, und was tat er da? Fast im gleichen Moment machte die Menge einen Ruck nach vorn und schob die Frauen dichter an Everard heran. Nun konnten sie hören, was er predigte – und das, was sie vernahmen, entsetzte sie zutiefst.

Noch bevor Vater Everard ihren Namen genannt hatte, hatte sie gewusst, dass er sie meinte, auch wenn sie sich nicht erklären konnte, warum. Alles, woran sie jetzt noch denken konnte, war, dass sie dieses Unheil selbst heraufbeschworen hatte. Sie war es gewesen, die Godeke nach Sandstedt geschickt und diesen Geistlichen somit in ihr Haus gelockt hatte, der sie gerade anprangerte. Runa erstarrte, spürte, wie sie von panischer Angst ergriffen wurde.

Auch die anderen Frauen zitterten vor Furcht. Keine sprach

auch nur ein einziges Wort, alle vier ließen sie sich willenlos von der Menge vorwärts tragen, weiterhin gezwungen, die vernichtenden Worte über ihre Freundin, Tochter, Schwester und Mutter mit anzuhören. Es gab kein Entkommen. Sich in der Masse der Leiber zu verstecken war nun ihr einziger Schutz. Selbst die Kinder blickten zu Boden und schwiegen still. Alle wussten, wenn man sie hier entdeckte, stand ihnen Schlimmes bevor!

Dann geschah etwas. Die eben noch aufgebrachte Menge wurde abrupt ruhiger. Wegen der Entfernung und ihrer gesenkten Köpfe bekamen die Frauen zunächst nicht mit, was passierte, doch plötzlich stieß Margareta Runa an und flüsterte aufgeregt: »Horch!«

»Aufhören! Ich sage Schluss damit. Sofort!«, ertönte eine Frauenstimme.

Runa wusste augenblicklich, wer dort sprach. Es war ihre Freundin, die Begine Kethe Mugghele.

Um sie herum reckten Neugierige den Hals und stellten sich auf die Zehenspitzen, um besser sehen zu können, wer sich hinter der Stimme verbarg.

»Das ist doch alles Unfug!«, wetterte Kethe gegen den Kirchenmann. »Runa ist eine gute Christin und hat ganz sicher nichts mit dunkler Hexenkunst zu schaffen.«

Offensichtlich brauchte Vater Everard einen Moment, um sich zu sammeln. Dann aber schlug er mit all seiner Empörung zurück. »Wer bist du, Weib, dass du das Wort eines Dieners Gottes anzweifelst?«

Kethes Stimme verlor nicht an Kraft, als sie erwiderte: »Auch ich bin eine Dienerin Gottes. Mein Name ist Kethe Mugghele, und ich bin Begine im Kloster der Blauen Schwestern.«

Vater Everard ließ sich nicht beeindrucken. Ganz im Gegenteil. »So so, eine Begine seid Ihr also. Gerade von Euch hätte ich erwartet, dass Ihr das Böse erkennt, wenn es Euch geradezu anspringt.

Doch Ihr seid scheinbar blind für solche Dinge. Sagt mir, was lässt Euch an die Gottesfürchtigkeit der Runa von Sandstedt glauben? Habt Ihr etwa Beweise für Eure Behauptung?«

»Ich glaube deshalb an die Unschuld der Dame Runa, weil ich sie schon seit Kindertagen kenne und weder ihre Worte noch ihre Taten mich je an ihrem Glauben haben zweifeln lassen. Andere Beweise habe ich nicht, Vater. Aber habt *Ihr* denn welche?«

»Durchaus!« Dieses eine Wort, das er Kethe Mugghele entgegenschleuderte, enthielt so viel Kraft und Überzeugung, dass es Runa angst und bange wurde. Was für Beweise konnte der Kirchenmann haben, die ihre angebliche Schuld belegten? Runa lauschte angespannt, die Schultern so hochgezogen, dass sie bereits schmerzten.

Ein anerkennendes Raunen ging durch die Menge, was einen selbstherrlichen Ausdruck auf des Priesters Gesicht hervorrief.

Kethe schwieg. Damit hatte sie nun wirklich nicht gerechnet.

In diesem Moment bemerkte der Geistliche die Magd Johanna. Ganz plötzlich tauchte sie vor ihm auf. Ihr Gesicht war gerötet und von Anstrengung gezeichnet. Endlich, dachte er noch, bevor er weitersprach. Es wurde Zeit für seine Beweise. Beherzt griff er in seine Tasche und förderte einen Tiegel und ein Stück Stoff mit einem grünen Fleck darauf zutage. »Wie erkennen wir Hexen, wenn sie vor uns stehen?«, fragte er die Menge, die ihm nun wieder ihre ganze Aufmerksamkeit zuwandte, mit kräftiger Stimme. »Ganz einfach: Es beginnt damit, dass sie mit Kräutern und Hexensprüchen versuchen, ihren schwarzen Zauber anzuwenden. Auch die Hexe Runa hat das getan. Seht her, hier sind die Beweise für ihr Tun. Mit diesem grünen Sud, den ihr auf jenem Tuch in meiner Hand seht, hat sie versucht, eine Kranke zu behandeln.« Everard hob den ersten Beweis bedeutungsschwer in die Luft. »Und die Salbe in diesem Tiegel hat sie sogar auf den Ausschlag ihrer eigenen Tochter geschmiert. Das arme unschuldige Kind!«

Ein Beben ging durch die Menge. »Statt zu beten, hat sie sich eines teuflischen Zaubers bedient, aber sie war nicht unbeobachtet bei ihrem schwarzen Werk. All das wurde mir von ihrer gottesfürchtigen, stummen Magd angetragen. Sie hat es gesehen und in Gegenwart einer heiligen Bibel beteuert, dass es die Wahrheit ist. Unser Herr muss sie an meine Seite gestellt haben, damit ich als sein Werkzeug diene und dieser Ketzerei ein Ende bereite.«

Noch bevor Johannes sich's versah, hatte der Priester ihn auch schon auf die Kiste gezerrt und sein Kinn gepackt. Die andere Hand lag auf seinem Kopf, alle fünf Finger auf seiner Stirn, sodass er sich kaum mehr bewegen konnte.

Wie eines seiner Beweisstücke präsentierte der Geistliche das Gesicht der Magd der johlenden Menge.

Runa klappte die Kinnlade herunter. Sie konnte es nicht fassen. Johanna! Die bettelarme Bauerntochter, für die sie sich bei Walther so eingesetzt hatte. Ausgerechnet sie war mit Vater Everard im Bunde!

Der Priester gab Johannes wieder frei, doch er war noch nicht am Ende mit seinen Ausführungen. »Was noch lässt uns vermuten, dass eine Hexe in der Nähe weilt?«, fragte er mit laut tönender Stimme, nur um die Antwort gleich darauf selbst zu geben. Erneut griff er in seine ledernde Tasche und zog dieses Mal etwas Größeres heraus.

Schwarz und weich sah es von Weitem aus. Nicht jeder der Zuhörer erkannte es sofort, doch Ragnhild wusste gleich, worum es sich bei Vater Everards Beweisstück handelte. Und obwohl die Wahrheit so furchtbar war, konnte sie den Blick nicht abwenden. Dies würde das letzte Mal sein, dass sie das schwarz glänzende Fell von Runas geliebtem Poppo sah. Er war tot. Sein schlaffer Körper ließ keinen Zweifel daran. Ragnhild schluckte schwer, um nicht weinen zu müssen.

»Eine schwarze Katze«, spie der Priester verächtlich aus und ließ den Kadaver an den Hinterläufen über den Köpfen seiner Zuhörer baumeln. »Wohin die Hexe Runa auch ging, dieser Diener des Satans folgte ihr auf dem Fuße. Manchmal saß er sogar auf ihrer Schulter, fast so, als würden sie sich miteinander austauschen, die Hexe und der Kater.«

Die Menge geriet außer Rand und Band. Wüste Beschimpfungen und die schlimmsten Androhungen erfüllten die Luft.

Runas Kehle wurde staubtrocken. Sie schauderte. Natürlich war es vollkommener Unsinn, was der Geistliche behauptete, aber die Menge schien ihm zu glauben.

»Dreimal habe ich die Katze töten müssen. Immer wieder hat Satan sie zum Leben erweckt!« Er schrie mittlerweile. »Seht euch an, wie der Teufel gekämpft hat.« Mit diesen Worten entblößte er die Arme der Magd, die noch immer blutige Kratzer aufwiesen.

Kethe hatte längst jeden Widerstand und Protest aufgegeben. Sie war klug genug, um zu begreifen, dass die Macht, die ihr hier gegenüberstand, zu groß war. Als der Priester den Tiegel mit der Salbe hervorgeholt hatte, war ihr fast schwarz vor Augen geworden. Diesen Tiegel hatte Runa von ihr bekommen, die Salbe darin hatte sie selbst angemischt. Schlagartig wurde ihr klar, dass sie sich in derselben Gefahr befand wie Runa – wo auch immer ihre Freundin gerade sein mochte.

Obzwar der Priester seine Zuhörer schon zu großen Teilen auf seine Seite gezogen hatte, nahm sein hasserfüllter Wortschwall noch an Heftigkeit zu. Mit einem letzten Stoß wollte er die noch Unentschlossenen endgültig überzeugen. »Wer unter euch jetzt denkt, das sei alles, was ich zum Beweis ihrer Schuld vorzuzeigen habe, der irrt gewaltig. Hier in meinem Beutel befindet sich eine Haarsträhne, welche die Magd Johanna der Hexe des Nachts abgeschnitten hat. Und nun seht her, was aus den blonden Haaren geworden ist!« Mit einer schnellen Bewegung griff Vater Everard in seine Tasche, umschloss die Strähne mit der Faust und reckte sie dann so weit in die Höhe, wie er nur konnte. Leuchtend rot wehte sie im leichten Sommerwind.

Nun war es gänzlich um die Beherrschung der Leute geschehen. Während die einen vor Entsetzen aufschrien, bekreuzigten sich andere gleich mehrfach. Manche fielen auf die Knie, andere waren den Tränen nahe. Es gab keinen Zweifel mehr: Rote Haare waren ein eindeutiges Zeichen – erst recht, wenn sie sich über Nacht verfärbten. Runa von Sandstedt war eine Hexe, das konnte gar nicht anders sein!

So schnell wie es die dicht gedrängten Leute um sie herum zuließen, schoben sich die Frauen noch dichter zusammen, bis sie eng beisammen standen. Ihnen allen brach der Angstschweiß aus. Zitternd pressten sie sich aneinander. Noch hatte niemand in der Masse ihnen Beachtung geschenkt, doch nur Gott allein wusste, ob das auch so blieb.

»Ich hole die Hexe jetzt aus ihrem Haus! Keinen weiteren Moment möchte ich noch damit warten. Sie wurde lange genug verschont!«, schrie ein aufgebrachter Mann in die Menge und zeigte in Richtung Reichenstraße. »Wer kommt mit mir?«

Sofort schlossen sich ihm weitere Männer an. Die Fäuste hoch erhoben drängten sie sich durch die Menschen, die versuchten, eine Gasse nach Osten zu öffnen. Die mutigen Recken wurden mit aufmunternden Rufen und Hieben auf die breiten Schultern gestärkt. Zahlreiche Männer und Frauen folgten ihnen, sei es um die Hexe selbst aus dem Haus zu ziehen oder um einfach nur zu gaffen.

Die Frauen schauten nicht auf, doch durch den Druck jener Leiber, die versuchten eine Gasse für die wütenden Bürger zu öffnen, konnten sie spüren, dass ihre Verfolger näher kamen. In ihrer grenzenlosen Furcht davor, sich womöglich doch durch eine unbedachte Geste zu verraten, hatten sie ganz vergessen, auf die kleine Freyja zu achten. Sie spürten nicht, wie das Mädchen an ihren Röcken zupfte und auf sich aufmerksam zu machen versuchte. Als die Beine um die Kleine herum immer dichter wurden, begann sie bitterlich zu weinen.

Erst jetzt wurde sich Margareta ihrer Verantwortung für Freyja wieder gewahr – doch es war zu spät!

Runa, die das Weinen ihrer Tochter unter Tausenden herausgehört hätte, fuhr erschrocken zu Margareta herum und zeigte so für einen winzigen Moment ihr Gesicht.

Alheid Salsnak stand direkt neben ihr. Die Blicke der beiden Frauen kreuzten sich für einen Atemzug und blieben aneinander haften. Einen kurzen Augenblick schien die Zeit stillzustehen. Stumm flehte Runa, dass Alheid schweigen möge. Ihre Lippen formten die Worte: *Bitte nicht!*, während sie fast unmerklich den Kopf schüttelte. Doch ihr Hoffen war vergeblich.

»Hiiiieeeer!«, schrie die reiche Bürgersfrau mit einem Mal aus vollem Halse und wies mit dem Finger auf Runa, als wäre sie ein ekelhafter Käfer. Dabei wich sie Schritt für Schritt zurück. Ganz offensichtlich hatte sie Angst vor Runas angeblichen Hexenkräften.

»Nein, nicht doch. Bitte nicht…«, entfuhr es Runa atemlos, doch da war es bereits geschehen.

Auch die Umstehenden waren nun auf Runa aufmerksam geworden und schrien ebenso laut wie Alheid Salsnak.

»Die Hexe!«

»Kommt hierher!«

»Hier ist sie!«

Nur wenige Augenblicke später hatte sich ein Kreis um die vier Frauen und zwei Kinder gebildet. Die Gesichter zu wütenden Fratzen verzerrt, die Fäuste geballt schlossen sich die Reihen immer dichter. Doch so mutig die Männer eben noch vorangestürmt waren, als es darum ging, Runa aus ihrem Haus zu zerren – beim Anblick der leibhaftigen Hexe blieben sie zögernd stehen.

»Das … das ist … ist ein Irrtum«, stammelte Runa in Todesangst. »Ich … ich bin keine Hexe.« Doch niemand schien ihr Glauben zu schenken. Sie presste sich mit dem Rücken gegen ihre Mutter und hielt die Hände ihrer beiden Kinder fest umschlossen. Selbst Thymmo begann jetzt zu weinen und gleich danach auch Margareta. Es war aussichtslos. Runa war verloren!

Dann plötzlich, als bereits alles besiegelt schien, ertönte eine laute Männerstimme. »Haltet ein! Sofort aufhören, sage ich!« Die Stimme kam von der anderen Seite der Trostbrücke. Weit genug entfernt, dass man das Gesicht des Mannes nicht erkennen konnte, doch nah genug, dass sich viele umdrehten, um denjenigen, der dort mit fester Stimme Befehle brüllte, in Augenschein zu nehmen.

Vater Everard schnappte nach Luft, war sein Werk doch schon fast vollbracht gewesen. Gab es tatsächlich doch noch jemanden, der es wagte, ihm zu widersprechen? »Wer bist du, Kerl? Zeig uns gefälligst dein Gesicht, und sage deutlich, was du willst«, wetterte er grimmig.

Der Mann näherte sich zielstrebig und sprach in einem schneidenden Ton: »Es erstaunt mich, dass Ihr meine Stimme nicht erkennt. Schließlich seid Ihr seit einiger Zeit mein Beichtvater.«

Everard kniff die Augen zusammen und beschirmte sie mit der flachen Hand. »Godeke von Holdenstede.«

»Ganz recht«, bejahte dieser atemlos. Nachdem die Frauen auch nach längerer Zeit nicht zum Millerntor gekommen waren, hatte Walther ihn zurückgeschickt, um nach ihnen zu sehen. Der Weg durch die dicht gedrängte Masse zur Brücke war kräftezehrend gewesen, doch er war keinen Moment zu früh gekommen. Bereits beim Anblick der überfüllten Trostbrücke war Godeke stutzig geworden und hatte sich des Gefühls nicht erwehren können, dass hier etwas nicht stimmte. Nun konnte er deutlich das dämonische Gesicht Vater Everards vor sich sehen. »Ich fordere, dass dieses

Spektakel ein Ende hat. Wie könnt Ihr es wagen, Runa eine Hexe zu nennen? Sie ist eine gottesfürchtige Christin, und das wisst Ihr genau.«

»Pah, gar nichts weiß ich«, entgegnete der Priester boshaft. »Leider habt Ihr verpasst, welch unfehlbare Beweise ich bereits gegen Eure irregeleitete Schwester zutage gefördert habe.«

»Es gibt keine Beweise«, brüllte Godeke außer sich vor Zorn. »Ganz gleich, was Ihr mir zeigt, ich werde es entkräften können.«

»So? Dann erklärt mir, wie die einst blonde Haarsträhne dieses Weibes über Nacht so rot wie das Feuer der Hölle werden konnte?« Abermals hielt er die Haare in den Himmel, doch dieses Mal bekreuzigte sich niemand vor ihm.

Die Bürger Hamburgs waren wankelmütig, und es dürstete sie nach Unterhaltung. Sie wollten hören, was der Bruder einer Hexe zu sagen hatte, und waren bei überzeugenden Darlegungen ebenso bereit, auf seine Seite zu wechseln.

Godeke zeigte sich unbeeindruckt von der Haarsträhne. »Jedes Kind, das schon einmal gesehen hat, wie die Färber Garn rot einfärben, kann Euch sagen, wie man aus blonden Haaren rote macht. Glaubt Ihr wirklich, dass ich auf diesen faulen Zauber hereinfalle? Wahrscheinlich ist es nicht einmal das Haar meiner Schwester, sondern das irgendeiner Dirne.«

Die versteckte Anspielung in Godekes Worten war ungeheuerlich, doch sie zeigte auch Wirkung. Seine Selbstsicherheit bereitete den Bürgern Vergnügen, und außerdem hatte er recht; es war durchaus möglich, Haare zu färben.

Vater Everard entging nicht, dass die Überzeugung der Leute zu schwinden begann. Er durfte nicht zulassen, dass Godeke all seine Beweise zunichtemachte und damit auch seinen Sieg, weshalb er davon absah, ihm auch den Tiegel und die Katze zu zeigen. Jetzt konnte ihm nur noch ein Wunder helfen, und um dieses Wunder wollte er Gott bitten.

Wie zu Anfang seiner Rede breitete Everard seine Arme aus. Die ehrfürchtig geschlossenen Augen nach oben dem tiefblauen Himmel zugewandt sprach er laut und deutlich: »Herr, ich flehe Dich an, schicke uns ein Wunder, damit auch dieser Ungläubige davon überzeugt wird, dass sich eine Hexe mitten unter uns befindet. Du hast mir das Herz geöffnet, hast mich gesegnet mit dieser Erkenntnis; ich bitte Dich, schicke uns nun ein Zeichen Deines Wohlgefallens. Dieses Weib ist böse. Möge es auf dem Scheiterhaufen brennen dafür, dass es mit seiner Schlechtigkeit Dein Ansehen beleidigt hat!« Doch so inbrünstig der Geistliche auch flehte – nichts geschah. Langsam wurden die Hamburger ungeduldig und begannen zu tuscheln.

Gerade als Godeke bemerken wollte, dass Gott offensichtlich nicht gewillt war, ihm ein Zeichen zu senden, geschah das Unfassbare. Zunächst vernahmen es nur die, die in unmittelbarer Nähe standen. Vor Vater Everards Rednerkiste kam ein Tumult auf.

Die Hand an der Kehle, wurde die Magd Johanna von kräftigen Armen nach oben zu dem Geistlichen geschoben. Sie röchelte und räusperte sich, dann schluckte sie schwer, öffnete den Mund und begann zu sprechen. »Ich … ich kann … ich kann sprechen!«

Es waren die ersten Worte, die man aus dem Mund der stummen Magd Johanna vernahm.

Auf dem gesamten Platz war es plötzlich so still, dass sogar das Gezwitscher der Vögel und das Geplätscher des Wassers in der nahegelegenen Niedermühle zu vernehmen waren.

Johannes zitterte vor Aufregung am ganzen Leib und bemühte sich nach Kräften, ein glaubhaft fassungsloses Gesicht zu machen. An den Blicken der Umstehenden erkannte er, dass er seine Sache gut machte. Was für eine einmalige Gelegenheit, seinen lang geschmiedeten Plan zu verwirklichen! Das Schicksal hatte ihm vollkommen unerwartet in die Hände gespielt, und Johannes hatte es verstanden, diesen Vorteil geschickt für sich zu nutzen.

Noch immer schwiegen die Umstehenden, fassungslos ob des unglaublichen Schauspiels, dessen sie ansichtig geworden waren. Vater Everard und Godeke zeigten sich nicht minder verblüfft als alle anderen.

Johannes selbst stand nach wie vor unbewegt da, eine Hand an seinem Halse. Seine Aufregung stieg weiter an. Je länger der Moment des Schweigens andauerte, desto unsicherer wurde er, denn er war sich der Schwachstelle seines Plans nur allzu gut bewusst: Sosehr er vom Äußeren und von seinen Bewegungen her mittlerweile einer Frau glich, so war seine Stimme doch die eines jungen Mannes. Mit aller Inbrunst hoffte er, die Hamburger würden sich das damit erklären, dass die Magd Johanna vermeintlich ihr Lebtag nicht gesprochen hatte, und zu seiner großen Erleichterung schienen sie genau das zu tun.

»Es ist ein Wunder!«, schrie eine alte Frau und sank ehrfürchtig auf die Knie. Viele taten es ihr gleich, manche weinten sogar und reckten ihre Hände gen Himmel, um Gott für dieses Zeichen zu danken. Runas Schicksal schien endgültig besiegelt.

»Gott hat eine Stumme geheilt!«

»Er hat uns ein Zeichen gesandt!«

»Es ist ein Wunder!«

Vater Everard verneigte sich übertrieben demütig. In seinem Gesicht spiegelte sich ernsthaftes Erstaunen. »Danke, Herr, dass du meine Gebete erhört hast.« Dann aber veränderte sich seine unterwürfige Stimme schlagartig. »Ergreift die Hexe!«, schrie er den Männern entgegen, die sich noch immer zögerlich zeigten und nach wie vor einen Kreis um die vier Frauen mit den beiden Kindern bildeten. »Worauf wartet ihr denn noch, ihr Feiglinge? Soll Gott etwa erst Feuer und Blitze regnen lassen, bis ihr an sein Wunder glaubt, ihr ungläubigen Narren?«

Jener barschen Aufforderung folgend stürzte tatsächlich der Erste voran. Es war ein junger Bursche, der mit dieser Tat offenbar seine Männlichkeit beweisen wollte, doch direkt vor Runa blieb er abrupt stehen. Ihm schien nicht klar zu sein, wie er eine Hexe ergreifen sollte, ohne dass sie ihm ein Leid zufügte. Getrieben von Unwissenheit und Angst umkreiste er Runa lauernd, bis er schließlich einfach ausholte und ihr die Faust ins Gesicht schlug.

Runa von Sandstedt sackte bewusstlos zusammen.

Großer Jubel drang aus den Kehlen der Umstehenden. Der Hexe war der Garaus gemacht worden! Gleich darauf stürzten weitere Männer auf die Ohnmächtige zu, hoben das teuflische Weib hoch über ihre Köpfe und trugen es davon.

TEIL III

Die Riepenburg und Eppendorf
Sommer und Herbst, im Jahre des Herrn 1291

1

Albert saß am Ende einer reich gedeckten Tafel. Er war allein am Tisch und sah verwundert zu, wie zwei Mägde gemeinsam mit Alusch eine Speise nach der anderen auftrugen. Der Saal, in dem er sich befand, wirkte schlicht mit seiner hohen Decke, groben Wänden und schmalen Luken, durch die kaum Licht hereindrang. Der Boden war bedeckt mit platt getretenem Stroh, das offensichtlich seine frischesten Tage schon hinter sich hatte. Gegenüber der großen getäfelten Doppeltür befand sich ein Kamin, dessen Geruch nach erkalteter Asche die Essensdüfte unangenehm überdeckte.

Albert ließ den Blick über den üppig beladenen Holztisch schweifen. Die Speisen darauf hätten mit Sicherheit die Mägen von Königen zufriedenstellen können. Nach Wochen der Gefangenschaft im Verlies und Tagen des Dahinsiechens in seiner kargen Kammer kam ihm das Bild vor seinen Augen fast unwirklich vor.

Ein ihm bislang unbekannter Diener hatte ihn gerade eben erst aus seiner Kammer geleitet und wortlos in den Saal der Burg gebracht. Albert war ihm schon deshalb gefolgt, um endlich der drückenden Eintönigkeit zu entkommen. Nachdem er Eccard Ribe vor einigen Tagen mit seiner Unfreundlichkeit aus seinem Krankenzimmer verscheucht hatte, war der Ritter nicht wiedergekommen. Allein die dicke Alusch hatte sich Tag für Tag in seine Kammer verirrt, um ihm eine ihrer herzhaften Suppen zu bringen. Sie war freundlich gewesen, und Albert war ihr dankbar, dennoch hatte sich bald eine so unendliche Langeweile in ihm breitgemacht, dass ihm nun jede Abwechslung willkommen war.

Als sämtliche Speisen aufgetragen waren, ließ man Albert wieder allein. Eine Weile geschah gar nichts, nur die köstlichen Gerüche stiegen ihm in die Nase. Unweigerlich begann sein Magen zu knurren, und er fragte sich, ob dies wohl seine Henkersmahlzeit werden sollte.

Dann endlich öffnete sich die schwere Tür erneut. Herein kam Eccard Ribe, der sich nach wie vor auf seinen Stock stützen musste. Er war nicht mehr so dünn wie an dem Tage, an dem er Albert besucht hatte, doch sein Gesicht wirkte noch ebenso blass. Im Gegensatz zu seinem geschwächten Aussehen schien er überaus guter Laune zu sein. »Ah, ich sehe, Ihr seid wieder auf den Beinen, Kaufmann.«

»So ist es«, gab Albert einsilbig zurück. Noch immer stand er dem Ritter misstrauisch gegenüber. Bis heute konnte er sich nicht erklären, warum Eccard Ribe damals nicht Wort gehalten und ihn in seinem Verlies fast dem Hungertod überlassen hatte.

Der Ritter war empfindsam genug, um Alberts Zurückhaltung zu bemerken. »Wie mir scheint, seid Ihr auch jetzt nicht gewillt, ein freundliches Wort mit mir zu wechseln. Nun, ich bin mir sicher, das kann ich ändern – obwohl ich das ganz sicher nicht müsste.« Während er redete, humpelte er zu dem Weinkrug, den Alusch kurz zuvor auf die Tischmitte gestellt hatte. Mit seiner freien Hand füllte er zwei kostbar anmutende Becher, stellte den Krug ab und forderte Albert mit einer einladenden Geste auf: »Kommt und trinkt mit mir. Ich würde Euch Euren Becher ja sogar reichen, damit Ihr mir nicht mehr gram seid, doch Ihr werdet sicher verstehen, dass ich mit meinem Krückstock kaum zwei Becher gleichzeitig tragen kann.«

Albert war verwirrt. Warum wollte der Ritter mit ihm die Becher erheben, nachdem er ihn fast hatte sterben lassen? All das passte nicht zusammen. Nein, er traute seinem Gegenüber nicht, und das ließ er Eccard Ribe spüren. »Ich kann nicht mit Euch trinken, Ritter.«

»Was soll das heißen, Ihr *könnt* nicht?«, fragte dieser verblüfft. Sein Gesicht zeigte, dass er etwas gekränkt ob der barschen Zurückweisung war.

Sicher, es war dumm, den Ritter seines Einlagers zu beleidigen, doch außer seinem Leben, das aus Sicht der meisten Hamburger ohnehin nichts mehr wert war, hatte Albert nur noch wenig zu verlieren. Eines der wenigen Dinge, die er noch besaß, war sein Stolz, und den würde er nicht so schnell aufgeben. Darum antwortete er mit fester Stimme: »Wisst Ihr das tatsächlich nicht? Wie könnte ich mit dem Mann, der mein Leben so leichtfertig aufs Spiel gesetzt hat, meinen Becher erheben? Widersprecht mir, wenn ich mich irre, aber vor wenigen Tagen noch schien es mir, als hättet Ihr mich lieber von Ratten zerfressen gesehen. Und nun wollt Ihr mit mir trinken?«

»Ich verstehe«, war die knappe Antwort des Ritters. »Vielleicht sollte ich noch einmal anfangen.« Eccard nahm sich einen der beiden Becher und setzte sich Albert gegenüber. Die Tafel war so lang, dass sie nun fast zwei Mannslängen voneinander getrennt waren. Nachdem er einen tiefen Zug genommen hatte, begann er erneut zu sprechen. »Schon vor ein paar Tagen, in Eurer Kammer, habe ich versucht, es Euch zu erklären.«

»Mir was zu erklären?«, fragte Albert.

»Kurz bevor ich nach Hamburg kam, um Euch mit auf diese Burg ins Einlager zu nehmen, wurde ich zusammen mit anderen Rittern Graf Gerhards II. in einen Kampf verwickelt.«

Albert entfuhr ein Laut der Verachtung. Niemals würde er glauben, dass der Ritter in einen Kampf *verwickelt* worden war. Viel wahrscheinlicher war doch, dass die Ritter des Grafen auf dessen Geheiß hin eine Gruppe Kaufleute überfallen hatten, um diese auszurauben.

Eccard Ribe bemerkte Alberts Abfälligkeit sehr wohl, doch er schenkte ihr keine weitere Beachtung und redete unbeirrt weiter. Er war sich sicher, dass der Kaufmann ihm gleich versöhnlicher gegenüberstehen würde. »Wie dem auch sei, bei diesem Kampf zog ich mir eine tiefe Wunde am Bein zu. Die Verletzung und meine damit verbundene vorübergehende Kampfunfähigkeit veranlasste meinen Herrn, Graf Gerhard II., dazu, mich mit der Aufgabe Eures Einlagers zu betrauen.«

Albert erinnerte sich an Eccard Ribes Humpeln bei ihrer Ankunft aus Hamburg. Auch der Stock, den der Ritter stets bei sich trug, zeugte von einer ernsthaften Verletzung. Was das allerdings mit ihm zu tun haben sollte, erschloss sich Albert noch nicht ganz. Sein Interesse an der Geschichte war geweckt, doch sein Mitleid hielt sich in Grenzen. Einem Ritter, der fremde Reisende überfiel, geschah es nur recht, wenn er selbst Schaden nahm.

»Ich dachte, die Wunde wäre bereits gut verheilt, doch nach unserer Ankunft hier auf der Riepenburg packte mich plötzlich das Wundfieber. Zwei Wochen hielt es mich in seiner Gewalt. Bedauerlicherweise war es mir in dieser Zeit nicht möglich, meinen Männern Befehle zu erteilen, und bedauerlicherweise seid Ihr in dieser Aufregung wohl – wie soll ich es nennen – in Vergessenheit geraten.« Eccard Ribe zuckte die Schultern und setzte einen entschuldigenden Blick auf.

»Man hat mich *vergessen*?« Albert schwankte zwischen Erstaunen darüber, dass der Ritter tatsächlich eine halbwegs glaubhafte Erklärung für sein Verhalten liefern konnte, und Verachtung für die Männer, die so leichtfertig sein Leben aufs Spiel gesetzt hatten.

Eccard Ribe bemerkte den Widerstreit zwischen Alberts Gefühlen. »Seid gewiss, ich habe die entsprechenden Männer bereits bestraft. So etwas hätte nicht passieren dürfen. Umso erfreuter bin ich darüber, dass Ihr nun wieder wohlauf seid, und aus diesem Grunde habe ich ein fürstliches Mahl für Euch bereiten lassen.«

Albert nickte bedächtig. Sollte das, was der Ritter ihm erzählt hatte, tatsächlich der Wahrheit entsprechen, hatte dieser viel Geduld mit ihm bewiesen. Doch noch immer gab es Gründe, Eccard Ribe zu misstrauen. Sein Vater war ein Mörder und Plünderer, der wehrlose Bürger ausraubte. Möglicherweise hatte sogar einer der Ribes Thiderich auf dem Gewissen. Mit einem solchen Mann verband ihn nichts. Männer wie die Ribes besaßen keine Ehre, niemals würde Albert mit einem von ihnen Freundschaft schließen können. Und dennoch, Albert war Eccard Ribe ausgeliefert, und er durfte ihn nicht unnötig verärgern, wenn er am Leben bleiben wollte. Er musste wenigstens versuchen, für die Zeit des Einlagers mit ihm auszukommen.

Der Ritter durchbrach Alberts Gedanken. »Wollt Ihr nun doch mit mir trinken, Kaufmann?«

Albert stand wortlos auf, griff nach seinem Becher, reckte ihn in Ribes Richtung und leerte ihn in einem Zug.

Der Ritter tat es ihm gleich, wischte sich den Mund ab und seufzte zufrieden. »Wunderbar! Ich schätze, Ihr seid hungrig. Wie ich Alusch kenne, hat sie Euch in den vergangenen Tagen nichts als Suppe zukommen lassen, hab ich recht? Das tut sie immer, wenn jemand krank ist, und niemand schafft es, sie davon zu überzeugen, dass Männer Fleisch brauchen.«

Albert nickte mit einem schiefen Lächeln. Er konnte sich lebhaft vorstellen, wie sich die dicke Alusch gegen jeden Kerl durchsetzte, mochte er auch noch so hart gesotten sein. »Ja, das stimmt«, bestätigte er. »Es gab Suppe – zu jeder Tages- und Nachtzeit. Und ja, ich *habe* Hunger auf feste Speisen. Großen Hunger, um ehrlich zu sein!«

»Dann greift ordentlich zu«, forderte Eccard Ribe seinen Gast wohlwollend auf.

In diesem Moment kam Alusch herein. Schon vorhin hatte sie keinen Ton gesagt, und auch jetzt sah ihr Gesicht äußerst sauertöpfisch aus.

Der Ritter musste grinsen, als er sie sah. An Albert gewandt sagte er: »Sprecht sie heute ja nicht an. Es missfällt ihr gewaltig, dass wir beide langsam wieder gesund werden und anfangen, ihre Suppe zu verschmähen.« Dann begann er so laut und so herzlich zu lachen, dass es von den Wänden widerhallte.

Alusch allerdings stemmte ärgerlich die fleischigen Arme in die Hüften und strafte die Männer mit einem wütenden Blick.

»O bitte, schau nicht so«, flehte der Ritter gespielt unterwürfig. »Mach uns lieber ein Feuer im Kamin, damit wir nicht frieren.«

»Ist recht, *mein Herr*«, sagte sie mit nicht zu überhörender Bissigkeit, entzündete ein Feuer und ging wieder hinaus.

Albert wunderte sich nicht schlecht über den scharfzüngigen Ton der Frau. Der Ritter ließ sich scheinbar einiges von ihr gefallen.

»Sie meint es nicht so, die gute Seele. Doch sie scheint nur glücklich zu sein, wenn irgendwer auf der Burg krank ist, sodass sie ihn umsorgen kann.«

Albert hatte keine Mühe, das zu glauben; etwas anderes allerdings stimmte ihn nachdenklich. Obwohl Alusch alle Tätigkeiten einer Magd übernahm, trug sie überaus gute Kleidung aus feinem Tuch, die sich eine Frau des Gesindes niemals hätte leisten können. Außerdem sprach sie, wie er eben selbst erlebt hatte, in einem Ton mit dem Ritter, der für eine Bedienstete normalerweise sträflich war. »Alusch ist nicht wirklich Eure Magd, oder?«

Eccard Ribe lachte kurz auf. »Man könnte fast meinen, sie wäre eine, nicht wahr? Es wird Euch sicher erstaunen, wenn ich Euch erzähle, dass sie meine Großtante ist.«

»Ihr habt recht. Das erstaunt mich in der Tat«, erwiderte Albert aufrichtig. Gespannt wartete er auf eine Erklärung.

»In jungen Jahren war sie mit einem Ritter verheiratet, doch ihr Mann starb früh, woraufhin sie auf eigenen Wunsch unverheiratet blieb. Viele Jahre lebte sie allein und zurückgezogen. Mein Vater versuchte immer wieder vergeblich, sie von einer neuen Heirat zu überzeugen, doch sie wollte nicht. Irgendwann bot er ihr an, bei uns auf der Burg zu wohnen, und zu seiner Überraschung nahm sie sein Angebot an. Seit diesem Tage ist sie für alle auf der Burg eine Art Mutter.«

Albert öffnete den Mund, um etwas sagen, doch der Ritter sprach schon weiter: »Nur für den Fall, dass Ihr vorhabt, einem so grausamen Ritter wie mir zu unterstellen, seine eigene Großtante zu Magdsdiensten zu zwingen: Alusch *will* all diese niederen Tätigkeiten verrichten. Entgegen der gottgewollten Ordnung sowie meinen und den Wünschen meines Vaters zum Trotz ist sie einfach nicht davon abzubringen – weiß der Himmel, warum. Glaubt mir, wir haben alles versucht, aber sie hat einen starken Willen. Wie es scheint, ist das Leben einer Edelfrau nicht jedermanns Sache.«

Albert war erstaunt. Hier auf der Burg schien einfach nichts so zu sein, wie es sich auf den ersten Blick darstellte. Noch nie hatte er von einer Dame gehört, die es billigend in Kauf nahm, für eine Magd gehalten zu werden. Er nahm sich vor, sich diese Lektion zu merken und nicht mehr so vorschnell zu urteilen. Nicht zuletzt deswegen wollte Albert versuchen, sein Misstrauen dem Ritter gegenüber für den Moment so weit niederzukämpfen, dass sein Gewissen es ihm erlaubte, weitere Fragen zu stellen. »Ihr erwähntet eben Euren Vater, Hermann Ribe. Wo ist er derzeit? Befindet er sich noch immer in Gefangenschaft?«

»Nein, ich denke, er ist auf unserer Burg Hitzacker. Warum? Kennt Ihr ihn etwa?«

»Nein, das wäre zu viel gesagt. Ich hörte von ihm.«

»So? Erzählt mir davon, Kaufmann. Welche der vielen Lügen und Wahrheiten habt Ihr gehört?«, fragte Eccard Ribe deutlich belustigt.

Der Frage des Ritters war zu entnehmen, dass ihm die Vorwürfe gegen seinen Vater sehr wohl bekannt waren und er nicht vorhatte, diese zu bestreiten. Darum erwiderte Albert: »Nun, man erzählt sich, Euer Vater habe früher an zahlreichen Raubzügen und Überfällen teilgenommen und mitunter beachtliche Beute gemacht.«

»Und weiter? Was ist Euch noch zu Ohren gekommen?«

»Ich hörte von der Fehde, die vor drei Jahren mit Lübeck wegen ebendieser Überfälle begann. Aber wer in Hamburg erfuhr nicht davon? Schließlich waren es ja die Hamburger, die sich Lübeck anschlossen, um gemeinsam gegen so ehr- und gesetzlose Ritter wie Euren Vater, Reynber von Karlow und seine Mannen zu ziehen.«

Der Ritter nickte, ohne die Miene zu verziehen. »Bitte, sprecht weiter. Ich bin sehr gespannt, was man sonst noch über diese Sache sagt.«

»Wie Ihr wollt. Obwohl ich, ehrlich gesagt, nicht weiß, was das bringen soll. Ich glaube nämlich nicht an die erlogenen Friedensbekundungen von Plackern. Darum erwartet besser nicht zu viel von mir.«

»Sprecht ruhig frei heraus.«

»Also gut: Dieses Jahr wurde die Nachricht über einen Vergleich in Hamburg verbreitet. Otto von Braunschweig-Lüneburg, Nicolaus von Schwerin und die Grafen Adolf und Gerhard von Holstein dienten hierbei als Schlichter. Wie Ihr zweifelsohne wisst, wurde Euer Vater kurz zuvor gefangen genommen und durch diesen Vergleich dazu gezwungen, seine Burg Wehningen zu schleifen, die er erst wenige Jahre zuvor hatte erbauen lassen. Es dürfte ihm nun weit schwerer fallen, die zahlreichen Schätze zu verwahren, welche er bei seinen Überfällen auf die Elbschiffer erbeutete.« In Alberts Ton schwangen Hohn und Spott über den Verlust des Ritters mit – gerade so viel, dass es der Ritter bemerkte, und gerade so wenig, dass er darüber hinwegsehen konnte.

Eccard Ribe klatschte langsam in die Hände. »Ihr seid erstaunlich gut informiert, Kaufmann. Ich muss schon sagen, Ihr überrascht mich.«

Albert nickte kurz und griff gleichzeitig nach einem Stück Wildbret. Obwohl er bereits nach den ersten Bissen satt gewesen war, konnte er einfach nicht aufhören zu essen. Zu köstlich schmeckte alles, was ihm so lange verwehrt geblieben war. Mit übervollem Mund fragte er sein Gegenüber: »Und, verratet Ihr mir, was davon Lüge und was die Wahrheit ist?«

»Gewiss«, antwortete der Ritter, nachdem er sein letztes Stück Fleisch mit einem großen Schluck Wein herunterspült hatte. »Alles Schlechte ist wahr. Mein Vater *ist* ein Placker, und er überfällt tatsächlich Reisende, um große Beute zu machen. Er mordet, raubt, kämpft und tut alles, um sich durch fremdes Gut zu bereichern. Seit jüngster Zeit allerdings dient er als Truchsess am Hofe von Herzog Albrecht II. von Sachsen-Lauenburg und geht somit sogar weitestgehend ehrlicher Arbeit nach.«

Albert hörte auf zu kauen und blickte stumm zu Eccard Ribe hinüber. Er hatte mit allem gerechnet – dass der Ritter seinen Vater verteidigen oder Albert für seine Worte zurechtweisen würde –, nicht aber damit, dass sein Gegenüber ohne Umschweife zugab, einen solch unehrenhaften Vater zu haben.

»Tja, nun habe ich Euch erstaunt, richtig?«, bemerkte Ribe sichtlich zufrieden. »Ich weiß genau, was Ihr denkt, doch Euer Versuch, mich zu treffen, indem Ihr an der tiefen Verbundenheit zu meinem Vater rüttelt, ist gescheitert.« Der Ritter nahm sein Messer zur Hand und wischte es langsam am Tischtuch sauber. »Ich kenne meinen Vater kaum. Wir haben uns in den letzten paar Jahren selten gesehen, und auch wenn ich damit Eure Sicht der Dinge vielleicht zerstöre: Ich missbillige sein Verhalten zutiefst.«

Albert blickte zunächst nachdenklich, dann angewidert. Wenn es etwas gab, das er noch mehr verachtete als einen Placker, dann war es wohl ein Placker, der nicht hinter seiner Sippe stand. »Ihr wollt mir also erzählen, dass Ihr im Gegensatz zu Eurem Vater ein ehrlicher Placker seid?«

Eccard Ribe schaute auf. Seine Geduld fand nun ein jähes Ende. Aufgebracht stieß er sein Messer durchs Tischtuch ins Holz darunter und donnerte: »Was versteht Ihr schon davon, Kaufmann? Nichts wisst Ihr über das Leben eines Ritters, also maßt Euch gefälligst kein Urteil an. Für euch Kaufleute sieht es stets so aus, als sei die eine Fehde so unsinnig und überflüssig wie die andere, doch häufig verteidigen wir Ritter bloß uralte Rechtsansprüche und Besitztümer, die unseren weit zurückreichenden Familien bereits seit ewigen Zeiten zustehen. Euch mag unser Verhalten oft ehrlos erscheinen, doch meistens geht es genau darum – die Ehre unseres Geschlechts zu verteidigen. Verratet mir eines, Albert von Holdenstede: Warum habt Ihr noch nicht versucht, von hier zu flüchten? Ganz sicher nicht deshalb, weil Ihr befürchtet, in dem Fall von mir getötet zu werden, oder? Ich denke, es ist viel eher Eure Ehre, die Euch hält. Was würde es für Eure Familie bedeuten, wenn Ihr wie ein Feigling aus Eurem Einlager fliehen würdet? Ihr wäret eine Schande für sie, ist es nicht so? Was unterscheidet Euch also von einem Ritter, der seine Ehre oder die seiner Familie aufrechterhalten will? Ich werde es Euch sagen: nichts!«

Albert wollte etwas entgegnen, doch Eccard Ribe hatte ihm jedes Argument genommen. Es stimmte, dass er niemals aus seinem Einlager flüchten würde, selbst wenn sich die Gelegenheit dazu ergäbe. Die Schmach für ihn und seine Familie wäre einfach zu groß. Es war eine Ehrensache, ein Einlager zu akzeptieren. In Ermangelung einer passenden Antwort sagte er daher nur: »Vergleicht mich nicht mit Eurem Vater. Wir haben nichts gemeinsam. Ich bin kein Dieb und auch kein Mörder.«

Der Ritter nickte nur.

Nachdem sie beide eine Weile geschwiegen hatten, wechselte Albert das Thema. »Warum steht Ihr in den Diensten von Graf Gerhard II. von Holstein-Plön, obwohl Euer Vater bei Herzog Albrecht II. von Sachsen-Lauenburg dient? Wäre es für Euch nicht weitaus ruhmvoller und ertragreicher, ebenfalls in den Dienst des Herzogs zu treten?«

»Nun, davon abgesehen, dass ein und derselbe Hof für mich und meinen Vater zu klein wäre, denke ich, die Anwesenheit eines Ribes ist dem Herzog schon aufreibend genug. Nachdem die Fehde zwischen meinem Vater und Lübeck begann, hat Albrecht II. auf die Bitte meines alten Herrn hin auch anderen Mitgliedern unserer Familie Schutz und Zuflucht gewährt. Dieser Streich hat dem Herzog gehörigen Ärger mit Lübeck, Hamburg, Wismar, Lüneburg und einigen Grafen eingebracht. Zwar hat er daraufhin nicht mit meinem Vater gebrochen, aber ich gehe davon aus, dass er gut auf einen weiteren Ritter unserer Sippe verzichten kann. Mein streitbarer Anverwandter hat Glück, dass er noch immer im Dienste des Herzogs steht.«

Ausdruckslos erwiderte Albert: »Ihr mögt recht haben mit Eurer Annahme. Ein Ribe ist offensichtlich tatsächlich genug für jeden Herrn. Der Herzog muss das Gesetz der Nächstenliebe wahrlich ernst nehmen. Anders kann ich mir nicht erklären, warum man die Familie eines Verbrechers schützt.«

Eccard Ribe schaute seinen Gast einen Moment lang mit einem nicht zu deutenden Blick an. Dann fragte er plötzlich: »Seid Ihr des Schachspiels mächtig?«

Albert war kurzzeitig verwirrt ob des schnellen Gesprächswechsels, dann aber antwortete er: »Da muss ich Euch leider enttäuschen. Ich habe noch nie Schach gespielt und nicht die geringste Ahnung davon.«

»Das enttäuscht mich nicht. Ich wäre aber sehr wohl enttäuscht, wenn Ihr mir verwehren würdet, Euch darin zu unterrichten.«

Der Blick des Ritters bekam mit einem Male etwas so Jungenhaftes, dass Albert plötzlich daran erinnert wurde, dass die beiden Männer bestimmt zwanzig Jahre trennten.

»Nehmt es mir nicht übel, Kaufmann, aber wie ich meinen

Herrn, Graf Gerhard II., kenne, dürftet Ihr wohl noch ein paar Tage länger hier auf der Burg weilen. Ich sage Euch, das Schachspiel ist eine wunderbare Waffe gegen Einsamkeit und Langeweile.«

Albert wollte zunächst ablehnen. Er hatte nichts übrig für Spiele, doch er konnte nicht leugnen, dass der Ritter recht hatte. Die Langeweile konnte einem schier den Verstand rauben, und Alberts Aussichten auf Abwechslung standen schlecht.

Nur wenig später saßen die Männer sich am Kamin gegenüber. Beide hatten ihr Kinn in die Hände gestützt und starrten unentwegt auf das kunstvoll gearbeitete schwarz-weiße Schachbrett.

Eine ganze Weile hatte der Ritter seinen Gast über das Spiel und seine Züge in Kenntnis gesetzt, dann hatten sie endlich begonnen zu spielen. Nun, nach fast zwei Stunden, nahm Eccard Ribe ihr Tischgespräch wieder auf. Versonnen sagte er: »Die Lübecker hatten ein Mitglied unserer Familie gefangen genommen und gehenkt.«

Albert, der den Blick aufmerksam auf das Spielbrett gesenkt hatte und gerade feststellte, dass er mit Abstand verlieren würde, sah zu Eccard Ribe auf. »Was sagtet Ihr eben?«

»Die Ermordung eines nahen Verwandten namens Peter Ribe gab den Ausschlag dafür, dass mein Vater gegen Lübeck zog. Diese Tatsache wird gern außer Acht gelassen, wenn man über die Fehde spricht. Ihr lagt also falsch mit Eurer Vermutung, dass mein Vater keinen Grund hatte, gegen Lübeck zu ziehen. Es war, wie ich bereits sagte, eine Sache der Ehre.«

Albert musterte den jungen Ritter eindringlich. Konnte es tatsächlich möglich sein, dass an diesem Abend schon wieder eine Sache ganz anders war, als er zunächst vermutet hatte?

»Und ich sage Euch noch etwas: Ich weiß, dass Euer Handelspartner Thiderich Schifkneht als verschollen gilt. Sicher geht Ihr davon aus, dass er überfallen und ermordet wurde, und sicher zieht Ihr sogar in Erwägung, dass mein Vater dahinterstecken könnte.

Nicht einmal ich kann das mit Sicherheit ausschließen. Möglicherweise haltet Ihr auch mich für einen Placker und misstraut mir deshalb so sehr. Nun, ich frage Euch, wie weit wäret Ihr bereit zu gehen, wenn Ihr wüsstet, dass ich Euren Freund und Handelspartner auf dem Gewissen hätte? Was würdet Ihr tun, um seine Ehre wiederherzustellen?«

Als Albert gerade antworten wollte, hob Eccard Ribe die Hand und schnitt ihm mit dieser Geste das Wort ab.

»Nein, nein. Antwortet nicht jetzt. Denkt darüber nach, und versucht Euch vorzustellen, Peter Ribe wäre Thiderich Schifkneht. Vielleicht würdet Ihr ebenso handeln wie einst mein Vater, der Placker – um nichts Geringeres zu verteidigen als die Ehre!«

Als Godeke den Hof von Hildegard von Horborg sah, fiel ihm ein so gewaltiger Stein vom Herzen, dass er meinte, die Frauen müssten ihn trotz ihres Wehklagens zu Boden poltern hören. Nun konnte er das erste Mal seit ihrem Aufbruch aus Hamburg wieder tief durchatmen.

Noch bevor sie das gepflegte Wohnhaus und die beiden Stallgebäude aus Fachwerk erreicht hatten, trat Hildegard aus der Tür. Zunächst winkte sie dem Pferdewagen freudig entgegen, dann jedoch hielt sie inne.

Godeke konnte nicht erklären, was genau sie verraten hatte, doch mit einem Mal wurde das Gesicht der früheren Ratsherrnfrau ernst. Sie raffte ihre Röcke, ließ das Tuch, mit dem sie sich gerade die Hände getrocknet hatte, achtlos fallen und rannte dem Wagen entgegen. »Was ist passiert?«, fragte sie atemlos und ohne jeden Gruß.

Die Frauen fielen sich in die Arme und ließen ihren Tränen freien Lauf. Einzig Ragnhild bewahrte noch ausreichend Fassung, um ihrer Freundin erklären zu können, was geschehen war. »O Hildegard, sie haben Runa.«

»Wer hat Runa? Wo ist sie?« Die Ratsherrnfrau rüttelte Ragnhild, die sichtlich um Worte rang, sanft an den Schultern.

»Wir wollten die Stadt durch das westliche Tor verlassen, wo bereits ein Pferdewagen auf uns wartete. Godeke und Walther gingen voran. Etwas später sollten wir Frauen mit Thymmo und Freyja nachkommen. Das Fest zu Ehren des neuen Krans schien uns günstig zu sein, um unbemerkt aus der Stadt zu fliehen, doch es waren so viele Menschen unterwegs, dass wir bei der Trostbrücke in der Menge stecken blieben. Großer Gott, Hildegard, es ging alles so schnell! Plötzlich hörten wir, wie man Runa anklagte, eine Hexe zu sein. Wir wollten fliehen, aber man entdeckte uns, und dann trat einer der Männer aus der Menge. Er schlug Runa nieder, und man schleppte sie fort. Gott allein weiß, wo mein armes Kind nun ist.« Nach dieser Erklärung brach auch Ragnhild in Tränen aus und flüchtete sich hilflos in die Arme ihrer einstigen Nachbarin.

Diese richtete ihre schreckgeweiteten Augen auf Godeke. »Hilf mir, sie hineinzubringen.«

Nur Augenblicke später saßen sie alle um einen groben Holztisch, der in der Mitte des größten Raums im Wohnhaus stand. Wie immer bewahrte Hildegard auch jetzt Haltung. Wenngleich man ihr deutlich ansehen konnte, wie fassungslos sie über die jüngsten Ereignisse war, klang ihre Stimme kraftvoll wie eh und je. »Marie, bring uns Wein. Aber den starken«, sagte sie zu einer ihrer Mägde, die sogleich in einer Kammer neben der großen Feuerstelle verschwand.

Dann richtete sie das Wort wieder an Godeke. »Wo ist Walther? Ist er bei Runa?«

»Wir wissen es nicht genau. Nachdem wir den Pferdewagen erreicht hatten, sagte der Bauer, der ihn uns geliehen hatte, Walther sei zurück in Richtung Stadt gelaufen. Wahrscheinlich wollte er uns holen kommen, doch wir haben ihn nirgends gesehen und konnten auch nicht länger auf ihn warten. Es war nur eine Frage der Zeit, bis sich die Meute auch auf uns gestürzt hätte, und so sind wir ohne ihn losgefahren.«

Bei diesen Worten traten allen die Ereignisse des Tages wieder lebhaft vor Augen. Es stimmte, was Godeke sagte: Sie waren nur knapp dem eigenen Tode entronnen. Wie ein Rudel ausgehungerter Wölfe hatten sich die Hamburger auf Runa gestürzt und die vermeintliche Hexe jubelnd und johlend ihrem ungewissen Schicksal entgegengetragen. Godeke war nichts anderes übrig geblieben, als die drei Frauen, Freyja und Thymmo so schnell wie möglich von diesem Ort des Schreckens fortzubringen. Unter größter Anstrengung hatte er sich durch die Menge gekämpft und sie gerade noch rechtzeitig erreicht, um zu verhindern, dass die Frauen in ihrer blinden Verzweiflung hinter Runa herliefen. Noch immer fragte er sich, was er nur getan hätte, wenn es ihm nicht gelungen wäre, seiner Mutter klarzumachen, dass sie ohne Runa fliehen mussten, um ihr eigenes Leben und das der Kinder zu retten.

Hildegard war sichtlich erschrocken. Stocksteif saß sie da und hatte die Hände so fest gefaltet, dass die Knöchel bereits weiß hervortraten. »Was hast du nun vor?«, fragte sie Godeke schließlich und griff zum Weinkrug, um ihren Gästen die Becher nachzufüllen.

»Ich werde noch heute nach Hamburg zurückkehren. Ich muss nach Ava und Oda sehen. Sie sind im Schifkneth-Haus auf der Grimm-Insel bei Avas und Thiderichs Kindern geblieben. Sicherlich droht ihnen dort keine Gefahr, schließlich sind sie keine Abkömmlinge der von Holdenstedes, doch ich will mich selbst davon überzeugen. Danach werde ich Walther aufsuchen. Gewiss hat man Runa ins Verlies gebracht, bis sie vors Vogtgericht kommt. Vielleicht finden Walther und ich ja eine Möglichkeit, das zu verhindern, auch wenn ich bislang keine Ahnung habe, wie.«

»Du kannst heute nicht mehr zurück, Godeke. Es wird bald

einen Sturm geben, und dann wird dein schwerer Wagen im Schlamm stecken bleiben.«

»Und wenn schon, dann laufe ich eben nach Hamburg«, gab Godeke entschlossen zurück.

Hildegard schüttelte den Kopf. »Das ist doch Unsinn. Du würdest die Stadt erst erreichen, wenn die Stadttore bereits geschlossen sind. Da kannst du ebenso gut über Nacht hierbleiben und in aller Früh losfahren.«

Die vermeintliche Ruhe der einstigen Ratsherrnfrau brachte den aufgebrachten Godeke schier zum Verzweifeln. »Das kann doch nicht dein Ernst sein, Hildegard!«, warf er verständnislos ein. »Ich soll mich von einem Regenschauer davon abhalten lassen, meiner hochschwangeren Schwester beizustehen, die gerade in einem Verlies darbt? Wer weiß, was sie zwischenzeitlich mit ihr anstellen? Hast du vergessen, dass man sie für eine Hexe hält …?«

»Beruhige dich«, versuchte Hildegard ihn zu beschwichtigen. »Walther ist in der Stadt, und außerdem wird ihr die nächsten Tage sowieso nichts geschehen. Du weißt ebenso gut wie ich, dass Schwangere nicht gefoltert werden.«

Bei dem Wort Folter zog Ragnhild hörbar die Luft ein und wandte den Blick erschrocken ab. Allein der Gedanke an das, was Runa gerade durchstehen musste, brachte sie schier um den Verstand.

Godeke fuhr sich mit der Hand durch die Haare. Natürlich hatte Hildegard recht. Solange Runa ein Kind in sich trug, war sie in Sicherheit, doch sie würde nicht ewig schwanger sein. Ganz im Gegenteil. Das Ungeborene würde schon sehr bald zur Welt kommen, und dann gäbe es keine Gnade mehr für seine Schwester. Er hoffte inständig, sie würde nicht ausgerechnet in dieser Nacht niederkommen. »Gut, ich bleibe bis zum Morgengrauen. Wollen wir hoffen, dass Walther bis dahin schon etwas erreichen konnte.«

Nachdem sie alle mindestens drei große Becher des starken

Weins getrunken hatten, legte sich ein bedrückendes Schweigen über das Haus. Jeder versuchte für sich mit den schrecklichen Erlebnissen des Tages umzugehen.

Während die einen stumm am Feuer saßen, suchten die anderen Kraft im Gebet.

Ragnhild jedoch hielt es nicht mehr länger im Haus aus. Sie brauchte Zeit zum Nachdenken, und so ging sie hinaus vor die Tür. Sofort löste das Rauschen der windgepeitschten Bäume die bedrückende Stille des Hauses ab. Ihr Kleid wurde von einer rauen Windböe erfasst, die es aufflattern ließ. Fröstelnd schlang Ragnhild die Arme um sich, dennoch zögerte sie keinen einzigen Moment. Entschlossenen Schrittes setzte sie sich in Bewegung. Ihr Weg führte sie über den ordentlich geführten Hof an den Ställen und den knorrigen Apfelbäumen vorbei; sie wollte weit weg sein, wollte all den erdrückenden Gedanken entfliehen. Es kümmerte sie nicht, dass das Wetter bald umschlagen würde. Ihre Seele dürstete es geradezu nach Einsamkeit.

Außerhalb der schützenden Häuserwände, die den Hof umrahmten, war der Wind noch peitschender, und der Himmel schien noch wilder. Schnell zogen die hellen und dunklen Wolken über Ragnhild hinweg und vermischten sich mehr und mehr zu lang gezogenen Wirbeln. Hier und da schaute noch ein bisschen Blau hindurch, doch stetig anrückende Wolkenwände kämpften beharrlich dagegen an. Die untergehende Sonne gab sich mehr und mehr dem bleiernen Grau geschlagen, und das warme orangefarbene Abendlicht wich rasch einer kalten Düsternis. Es war unverkennbar, dass der Regen kurz bevorstand, die Luft roch bereits danach. Doch Ragnhild kehrte nicht um.

Sie lief weiter einen kleinen Pfad entlang, bis der Hof gänzlich hinter ihr lag. Immer schneller und schneller trugen sie ihre Füße, und schließlich fing sie an zu rennen. Ragnhild hatte kein Ziel, sie wollte bloß laufen, und zwar so lange, bis der Schmerz in ihrem

Herzen von dem Schmerz in ihren Beinen überdeckt wurde. Der Pfad führte sie vorbei an bestellten Feldern und kleinen Waldstücken. Immer wieder stoben Hasen, Vögel und Rehe vor ihr davon. Ragnhild rannte weiter und weiter. Einen kleinen Hügel hinauf und wieder hinab. Sie schlug tief hängende Äste beiseite, die ihr den Weg versperrten, und setzte immer Fuß vor Fuß, bis sie am Ende des Pfades schließlich auf eine weite, von großen Bäumen gesäumte Wiese kam. Dort blieb sie stehen. Sie hatte erreicht, was sie wollte. Ihr Brustkorb bebte, und ihre Beine schmerzten. Schwer atmend ließ sie den Blick schweifen.

Hier auf dem Land war man dem Wetter anders ausgeliefert als in der Stadt. Der ohnehin weite Himmel kam Ragnhild an diesem Ort so unendlich vor, dass sie sich winzig klein und unbedeutend fühlte. Hatte es eben noch vereinzelnd helle Flecken am Firmament gegeben, so waren sie nun alle in der aufkommenden Dunkelheit verschwunden. Dräuend türmten sich die regenschweren Sturmwolken über ihr auf und formten immer neue unheilvolle Gebilde. In ihren Ohren toste der Wind, der alles um sie herum tanzen ließ und beharrlich an ihrem Kleid zerrte. Dicke Äste ächzten und knarrten und verteilten ihr Laub in der Luft. Die langen Gräser der Wiese wurden in großen Wellen hin und her gepeitscht. Wie lange schon war es her, dass sie das Pfeifen des Windes so laut vernommen hatte? Ragnhild wusste nur, es war eine Ewigkeit.

Mit langsamen Schritten lief sie auf die Wiese zu und strich dabei mit den Handflächen über die Spitzen des umherwirbelnden Grases. Das Gesicht gen Himmel gewandt spürte sie schon bald die ersten kleinen Tropfen. Sie waren ihr so willkommen wie nie zuvor. Einem grellen Blitzstrahl folgte ein lang anhaltendes, brüllendes Donnern, das geradezu erlösend auf Ragnhild wirkte. Im selben Augenblick zuckten weitere Blitze durch den Himmel und erhellten immer wieder das unbekannte Innere der schwarzen Wolken.

Ragnhild empfand keinerlei Angst. Jedes Gefühl war bei ihrem wilden Lauf von ihr abgefallen. Wovor sollte sie sich auch jetzt noch fürchten, wo das Schlimmste, was einer Mutter passieren konnte, längst passiert war. Nein, Ragnhild war frei von jeder Furcht. Mit geschlossenen Augen stand sie einfach nur da und spürte, wie der Himmel begann, mit ihr zu weinen. Die spitzen Tropfen verwandelten sich mit einem Schlag in einen gewaltigen Regenguss, welcher das Rauschen der tanzenden Eichen um sie herum noch übertönte.

Einer inneren Eingebung folgend nahm Ragnhild ihre Haube vom Kopf und warf sie achtlos ins Gras. Sie wollte ihn spüren, den Regen. Wollte sich reinwaschen lassen von all der Last. Es dauerte nicht lange, da war ihr langes graublondes Haar triefend nass. Ragnhild hatte kaum noch gewusst, wie es war, den Regen auf dem unbedeckten Kopf zu spüren. Ein Kind war sie gewesen, seither band sie die Hochzeit an die Haube. Doch hier auf der Wiese gab es keine Sitte und keine Pflicht, die sie dazu zwangen, die lästige Kopfbedeckung zu tragen. Hier gab es nur sie und den Regen.

Irgendwann ballte sie die Fäuste und schrie aus Leibeskräften, übertönte das Tosen des Sturms und schreckte Vögel auf, die in Scharen aus den Bäumen aufflatterten.

Das Schreien befreite sie von allem, was der Anstand seit Jahren in ihr gefangen hielt. Ragnhild verfluchte all die Männer, welche ihr von jeher hatten Schaden wollen. Sie dachte an diejenigen, die sie wegen ihrer dänischen Herkunft gehasst hatten, an all jene, die sich hinter der Kirche und ihrem Glauben versteckten, und vor allem verwünschte sie den einen Mann, der ihr Kind heute so leichtfertig beschuldigt hatte, eine Hexe zu sein. Und als sie damit fertig war, verfluchte sie Gott selbst.

Nie wieder würde sie ein Gotteshaus betreten, so schwor sie, sollte er Runa nicht verschonen. Ragnhild reckte die Fäuste gen Himmel und forderte den Schöpfer des Himmels und der Erde heraus. Sollte er ruhig Blitze schicken, auf denen sie für ihre gotteslästerlichen Worte zur Hölle fahren konnte – dort würde es nie und nimmer schlimmer sein als hier.

Erst als ihre Stimme versagte und sie keine Tränen mehr hatte, fiel sie erschöpft ins Gras. Sie drehte sich auf den Rücken und starrte unbewegt nach oben in die geöffneten Schleusen des Himmels. Kleine Rinnsale liefen von ihrem Leib und versickerten im Boden. Ragnhild war vollkommen leer – doch sie war ruhig.

Erst Stunden später machte sie sich auf den Weg zurück zum Hof. Dort wurde bereits fieberhaft nach ihr gesucht. Die drängenden Fragen, wo um alles in der Welt sie gewesen sei und ob es ihr gut gehe, beantwortete sie nicht. Sie wollte nicht reden, sich nicht erklären oder sich entschuldigen. Alles, was sie wollte, war, sich diese innere Ruhe, die sich ihrer dort auf der Wiese bemächtigt hatte, wenigstens für eine Nacht zu bewahren. Ragnhild hatte eine Entscheidung für ihr Leben getroffen, die sie ihrer Familie mitteilen wollte – doch nicht mehr heute.

Auf eine traumlose Nacht folgte ein bitterkalter Morgen. Die Frauen standen um den Pferdewagen versammelt auf dem Hof, der noch im dämmerigen Licht des Morgengrauens lag.

»Meinst du wirklich, es wird gehen, Godeke?«, fragte Margareta mit einem zweifelnden Blick gen Himmel.

»Es muss einfach gehen, Schwester. Sei unbesorgt, das Wetter hält sich. Ich bin mir ziemlich sicher, dass ich Hamburg erreichen werde, bevor der nächste heftige Regen kommt. Doch wenn ich noch länger warte, wird Walther sich fragen, wo ich bleibe. Runa braucht uns beide.« Während sie redeten, befestigte Godeke sein Messer am Bein und nahm die Zügel auf.

»Soll ich nicht doch besser mit dir kommen, mein Sohn?«, fragte Ragnhild, obwohl sie die Antwort Godekes bereits kannte.

»Nein, Mutter, das wäre zu gefährlich. Niemand weiß, dass ihr hier seid. Hier auf dem Land bei Hildegard seid ihr sicher. Ich kann mich nicht um Runa kümmern, wenn ich mich gleichzeitig um dich sorgen muss.«

Ragnhild wusste, dass er recht hatte. Es gab nichts, was sie hätte tun können, um ihre Tochter zu retten. Im Gegenteil: Sie war die Mutter der vermeintlichen Hexe. Wahrscheinlich lauerten die Städter nur darauf, dass sich eine weitere von Holdenstede in Hamburg blicken ließ. Wenn sie jemals einen gewissen Einfluss besessen hatte, dann war dieser mit Alberts Einlager erloschen. Sie konnte nichts tun als abwarten. Runas Schicksal lag nun in Godekes und Walthers Hand. »Pass auf dich auf, mein Sohn, und bring mir deine Schwester zurück.« Dann drehte sie sich abrupt um und lief ins Haus. Sie konnte es nicht ertragen, ihren Sohn ins Ungewisse fahren zu sehen, nachdem sie erst gestern ihre Tochter und zuvor ihren Mann verloren hatte. Die Geräusche des davonrollenden Pferdewagens brannten sich in ihren Kopf. Würde es das Letzte sein, was sie mit Godeke verband? Oder würde er wiederkommen, mit Walther, mit Runa und vielleicht sogar mit Albert? Ragnhild wusste es nicht. Doch eine Sache wusste sie ganz bestimmt: Sie wollte nie wieder nach Hamburg zurückkehren, um dort zu leben. Keinen Fuß würde sie mehr in das verdammte Kaufmannshaus setzen, in dem ihr so viel Schmerzliches widerfahren war. Nichts daraus würde sie vermissen, kein noch so weiches Bett, kein noch so üppiges Essen, kein noch so wertvolles Kleid. Wenn sie nur ihre Lieben wiederhätte, würde sie mit Freuden ihr Lebtag in Armut verbringen.

2

»Zur Seite, Junge«, fuhr Willekin Aios den jungen Diener Jacob unwirsch an und schob ihn grob aus dem Weg. Drei Schritte weiter stand der Bürgermeister auch schon vor Johann Schinkels Schreibtisch in dessen Domkurie und sagte mit einem schadenfrohen Unterton in der Stimme: »Eure Abneigung gegen Stadtfeste hat Euch dieses Mal tatsächlich etwas Unglaubliches verpassen lassen.«

Der Ratsnotar blickte zuerst in das aufgeregte Gesicht des Bürgermeisters, dann weiter zu Jacob, dem ob der unsanften Behandlung schon wieder das Wasser in die Augen trat. »Geh und schließe die Tür von außen«, befahl er ihm barsch und zeigte mit dem Kinn auf die Tür. Sosehr der Diener ihn tagtäglich auch aufregte, er hatte es nach wie vor nicht übers Herz gebracht, den Jungen fortzuschicken. Doch seine weinerliche Art ließ Johann Schinkel immer unfreundlicher und ungeduldiger mit ihm werden.

Während Jacob leise schluchzend die Tür von außen schloss, bot der Ratsnotar dem Bürgermeister seinen üblichen Platz an. »Nun, was genau habe ich denn verpasst?« Auch wenn er sich nicht anmerken lassen wollte, dass er sich bei seiner Arbeit gestört fühlte, klang seine Stimme nicht wirklich interessiert.

Der Angesprochene hingegen schüttelte ungläubig den Kopf und sagte mit offensichtlichem Unverständnis: »Man könnte wirklich meinen, dass hier in Eurer Kurie die Zeit anders läuft. Bekommt Ihr denn gar nicht mit, was unten auf der Straße passiert?«

Johann Schinkel musste grinsen. »Nein, manchmal nicht, da muss ich Euch wohl recht geben, Bürgermeister. Aber dieser Umstand kann recht nützlich sein, wenn man in Ruhe arbeiten will.«

Willekin Aios hatte den Wink sehr wohl verstanden, doch die Männer waren einander zu vertraut, um wegen derlei Spitzen beleidigt zu sein. »Bei allen Heiligen, nun legt schon Eure Schreibfeder weg, und hört mir zu!«

Johann Schinkel tat, was der Bürgermeister wünschte, faltete die Hände und versuchte ein besonders wissbegieriges Gesicht zu machen, das allerdings eher zur Grimasse geriet.

»Die Dame Runa von Sandstedt wurde als Hexe enttarnt und festgenommen.«

»Was?« Johann Schinkel sprang so heftig von seinem Sessel hoch, dass der Bürgermeister erschrocken zusammenfuhr. »Das ist einfach unmöglich. Wer behauptete denn so was?«, fragte der Ratsnotar nun mit einer Heftigkeit, die sein Gegenüber verwirrte.

»Allmächtiger, was seid Ihr so erbost? Sie ist doch nicht die erste Hexe, die wir in der Stadt festgenommen haben.«

»Sie ist keine Hexe!«, spie Johann Schinkel ihm entgegen und wurde sich gleich darauf bewusst, wie überzogen sein Verhalten auf den Bürgermeister wirken musste. Doch er hatte nicht an sich halten können – ging es doch schließlich um die Frau seines Herzens. Merklich um Fassung bemüht zwang er sich, tief durchzuatmen. Dann ließ er sich innerlich zitternd zurück auf seinen Sessel fallen und mäßigte seinen Ton. »Also, wer behauptet, dass die genannte Dame eine Hexe ist?«

»Bedauerlicherweise handelt es sich nicht nur um eine Behauptung. Ein Geistlicher aus Fricsland, der im Hause der Verhafteten und ihres Gemahls gewohnt hat, besitzt eindeutige Beweise, die die Schuld der Hexe bezeugen.«

»Wie heißt dieser Mann?«

»Vater Everard.«

»Und was sind das für Beweise?«

»Nun ja, eigentlich keine außergewöhnlichen: ein Tiegel mit Kräutersalbe, eine schwarze Katze, verfärbte Haare. Doch der eigentliche Beweis wurde durch eine Art Wunder erbracht, welches sich während seiner Anklagerede ereignet hat.«

»Wie bitte? Das kann doch gar nicht sein. Was meint Ihr damit?«

»Ich weiß, es klingt unglaublich, aber genau so soll es sich zugetragen haben. Gerade als zweifelnde Stimmen aus der Menge laut wurden, flehte der Geistliche unseren Herrgott um ein Zeichen seiner Zustimmung an. Nur einen Moment später begann plötzlich eine stumme Magd zu sprechen.«

Johann wusste zunächst nicht, was er erwidern sollte. Dieser Beweis wog selbstverständlich sehr schwer. Trotzdem glaubte er nicht einen Moment lang an die Schuld seiner einstigen Geliebten. »Wo befindet sich … die Frau nun?« Er brachte es nicht über das Herz, Runa eine Hexe zu nennen.

»Im Verlies, wo sonst? Nachdem der Geistliche seine Beweise vorgetragen und Gott sein Wunder bewirkt hatte, wurde sie doch tatsächlich inmitten der braven Bürger entdeckt. Der Allmächtige allein weiß, was für Unheil sie dort plante. Zum Glück konnte sie ein mutiger Recke mit einem Faustschlag niederstrecken, bevor sie sich ihren üblen Machenschaften widmen konnte.«

»Was?« Wieder sprang Johann Schinkel von seinem Sessel auf und erschreckte den Bürgermeister ein zweites Mal so sehr, dass dieser entsetzt die Hand aufs Herz legte.

»Herrgott noch mal, Johann! Müsst Ihr mir denn schon wieder einen solchen Schreck einjagen?«, beschwerte sich Willekin Aios erbost.

Der Ratsnotar jedoch hörte die Worte des Bürgermeisters nicht; eisige Wut hatte ihn gepackt. »Ein *mutiger Recke* hat eine *schwangere Frau* mit den Fäusten niedergeschlagen, bloß weil *behauptet* wird, sie sei eine Hexe?«

Willekin Aios zog eine seiner dichten Augenbrauen hoch und legte den Kopf schief. Mit offensichtlichem Erstaunen fragte er: »Ihr wisst, dass sie schwanger ist?«

Johann fuhr erschrocken zusammen. Der Bürgermeister hatte Runas Zustand nicht erwähnt, selbstverständlich kam es ihm da seltsam vor, dass der Ratsnotar davon wusste. Johann hätte sich ohrfeigen können für seine Unachtsamkeit und ermahnte sich, sein vorlautes Mundwerk besser zu kontrollieren. »Nun ... ich ... ich habe die Dame Runa gesehen, als ihr Vater abgeholt wurde, um ins Einlager gebracht zu werden. Da habe ich gesehen, dass sie ... in freudiger Erwartung ist.«

»Soso«, erwiderte Willekin Aios knapp. »Wie dem auch sei, da Ihr bereits von der Schwangerschaft der Hexe wisst, brauche ich Euch nicht zu erzählen, dass wir mit der peinlichen Befragung noch warten müssen.«

»Ihr wollt sie foltern lassen?«, fragte Johann, der diesmal zwar sitzen blieb, deswegen aber nicht minder aufgebracht war.

»Johann! Was ist denn heute nur mit Euch los?«, fragte Willekin Aios verständnislos. »Habt Ihr eine bessere Idee? Sollen wir ihr vielleicht einen Bittbrief schicken? Ich weiß, dass die Methode der peinlichen Befragung noch überaus neu ist, doch in diesem Fall sehe ich mich dazu gezwungen, sie anzuwenden. Schließlich gibt es ziemlich schwere Beweise für die Schuld der Frau, welche ein solches Vorgehen zur Wahrheitsfindung rechtfertigen. Auch wenn mir das persönlich missfällt – irgendwie müssen wir schließlich herausfinden, ob die Anschuldigungen wahr sind oder nicht. Seitdem die Bürger Hamburgs sich vor über dreißig Jahren gegen Gottesurteile ausgesprochen haben, bleibt uns wohl kaum eine andere Wahl.«

»Natürlich nicht«, gab Johann verzagt zurück.

»Also wirklich.« Willekin Aios schüttelte den Kopf. »Wenn ich es nicht besser wüsste, würde ich meinen, Euch liegt etwas an dieser Frau.«

Johann hob ruckartig den Kopf. »Was wollt Ihr damit sagen, Aios? Das ist doch Unsinn. Ich bin Domherr, ein Mann der heiligen Kirche. Weibsbilder interessieren mich nicht.«

Sofort hob der Bürgermeister beschwichtigend die Hände. »Das weiß ich doch, Schinkel. Ich höre Euch wohl einfach zu selten so leidenschaftlich reden.«

»Es ist nur ... ich bin ... es erschreckt mich, dass das Böse es mal wieder bis in unsere Mitte geschafft hat«, log er in seiner Not. »Getarnt im Körper einer gottesfürchtigen Frau, unentdeckt, trotz des wachsamen Auges der Kirche. Satan ist listig wie ein Fuchs und dennoch so schwer zu fassen wie die Schlange. Allein das ist es, was mich so aufbringt«, versicherte er glaubhaft.

»Ja, das verstehe ich, mein Freund«, sprach Willekin Aios verständnisvoll. »Auch mich seht Ihr tief erschüttert. Erst wird Albert von Holdenstede des Verrats überführt und dann auch noch seine Tochter der Hexerei beschuldigt. Der Teufel treibt sein Unwesen überall. Umso mehr beruhigt es mich zu wissen, dass ich mit Euch einen solch eifrigen Verfechter des rechten Glaubens an meiner Seite habe. Genau aus diesem Grunde habe ich auch beschlossen, dass Ihr es sein sollt, der die peinliche Befragung an der Hexe durchführt.«

»Was? Nein! Das ist unmöglich«, wehrte Johann bis ins Mark erschrocken ab. »Für so etwas habe ich keine Zeit. Meine Pflichten nehmen mich zu sehr in Anspruch, Bürgermeister. Es sollte sich besser jemand anders darum kümmern. Der Vogt zum Beispiel.« Johann Schinkel wusste nicht, wie ihm geschah. Kalt und heiß zugleich kroch ihm ein Schauder den Rücken hinauf. Eben noch hatte er überlegt, wie er Runa helfen konnte, und nun sollte er selbst darüber bestimmen, ob sie qualvoll oder weniger qualvoll sterben sollte. Er konnte das Verhör einfach nicht leiten. Das war schlichtweg unmöglich! Der bloße Gedanke daran, dass man Runa der Territion, der Schreckung, unterziehen und ihr die grausamen

Foltergerätschaften zeigen würde, mit denen man sie bearbeiten wollte, wenn sie nicht von selbst gestand, eine Hexe zu sein, raubte ihm fast den Atem.

Der Bürgermeister jedoch wischte die Worte seines Gegenübers mit einer unmissverständlichen Geste hinfort. »Es tut mir leid, Johann, aber in dieser Sache kann ich ein Nein nicht gelten lassen. Das Domkapitel und der Rat müssen jetzt zusammenhalten. Dieser Fall ist eine vortreffliche Gelegenheit, um sich gegen die Willkür der Landesherren aufzulehnen und deren jüngsten Plänen, drei Vögte in der Stadt einzusetzen, ein Ende zu bereiten. Ihr wisst so gut wie ich, dass Ihr die Verbindung zwischen Rat und Geistlichkeit in dieser Stadt darstellt. Kein Mann sonst ist derzeit Domherr und Ratsmitglied zugleich. Wenn wir die Verurteilung der Hexe dem Vogtgericht allein überlassen, dann wird der Rat bei der Urteilsfindung ausgeschlossen werden. Die Hexe Runa von Sandstedt muss also vor das Ratsgericht gestellt werden, versteht Ihr? Darum ist es unerlässlich, dass Ihr das Verhör führt – und zwar erfolgreich! Nur so können wir den Fürsten zeigen, dass wir weder zwei neue Vögte brauchen noch den einzig verbliebenen Vogt, und zudem müssen wir auch noch herausfinden, ob die Hexe schuldig ist oder nicht.« Nach seiner leidenschaftlichen Rede lehnte sich Willekin Aios zurück und blickte den Ratsnotar erwartungsvoll an.

Johann wollte etwas erwidern, wollte widersprechen, gegen die Worte des Bürgermeisters aufbegehren, damit er Runa nicht verhören musste, doch seine Zunge war wie gelähmt. Es fiel ihm einfach nichts ein, das die Worte des Bürgermeisters entkräften konnte, der im Grunde recht mit dem hatte, was er sagte. Dies war tatsächlich eine einmalige Gelegenheit, die Macht der Stadt zu demonstrieren, und Johann wusste augenblicklich, dass jeder Widerstand zwecklos war. Auch wenn er und Willekin Aios einander in Freundschaft verbunden waren, ließ der Bürgermeister in Sachen der Stadt niemals Gnade walten. Darum nickte Johann bloß, um ihn wissen zu lassen, dass er einverstanden war. Was sonst hätte er tun können?

Aios hatte ganz offensichtlich mit nichts anderem gerechnet. Für ihn war die Sache damit abgemacht, und er konnte zum nächsten Thema übergehen. »Gut«, sagte er, »kommen wir zum zweiten Grund meines Besuchs.«

»Bitte, sprecht frei heraus, Bürgermeister«, forderte Johann ihn tonlos auf.

»Es wird Zeit für Eure Reise zu Graf Johann II. nach Kiel. Seine Verletzung dürfte mittlerweile verheilt sein, und ich habe die Hoffnung noch nicht aufgegeben, dass er die Anschuldigungen gegen seinen Vetter, ihn absichtlich durch den Narren verletzt zu haben, doch noch zurücknimmt. Es darf einfach nicht zu einer Fehde zwischen ihnen kommen, Johann. Die Zwistigkeiten der Grafen würden die Stadt wie immer teuer zu stehen kommen. Es ist also im direkten Sinne der Stadt, dass wir die Herstellung des Friedens vorantreiben. Außerdem ist der Zeitpunkt günstig für Eure Reise nach Kiel, schließlich muss Runa von Sandstedt zunächst ihr Kind gebären, bevor Ihr sie verhören könnt.«

Auch wenn Johann im Gegensatz zu Willekin Aios keine große Hoffnung hegte, dass ausgerechnet Graf Johann II. – der Einäugige, wie er seit dem Vorfall genannt wurde – einer Versöhnung mit seinem verhassten Vetter zustimmen würde, musste er es wenigstens versuchen. »Ich werde gleich morgen aufbrechen. Wünscht mir Glück, dass Graf Johann II. mich nicht vor Wut über mein Anliegen in seinen Turm sperren lässt«, bemerkte er höhnisch.

»Das wäre in der Tat ungünstig. Schließlich brauche ich Euch noch für das Verhör der Hexe«, erwiderte der Bürgermeister mit einem trockenen Lächeln.

»Nun, bevor ich abreise, werde ich sie in ihrem Verlies aufsuchen, um mir selbst ein Bild von ihr zu machen.«

»So? Warum wollt Ihr das tun?«, fragte Aios etwas überrascht.

Johann wusste natürlich genau, wie ungewöhnlich es war, dass er als Ratsnotar einer Hexe einen Besuch abstatten wollte. Doch er musste einfach zu ihr. Er wollte Runa in diesen schweren Tagen wenigstens mit guten Worten beistehen, sie trösten, sie vor allen Dingen aber auch auf das Unvermeidliche vorbereiten. Sie sollte nicht durch Dritte erfahren, dass er die peinliche Befragung würde leiten müssen. Doch der Bürgermeister durfte keinen Verdacht den wahren Grund seines Besuches betreffend schöpfen, und darum wählte Johann seine Antwort mit Bedacht. »Ich möchte die Hexe sehen, weil ich versuchen will, sie kraft meiner Gebete zur Umkehr zu bewegen. Vielleicht gelingt es mir, ihr durch die Worte Gottes den Teufel auszutreiben. Es wäre nicht das erste Mal, dass eine Unholdin schon beim Anblick einer Bibel gesteht. Ich bin voller Vertrauen in unseren Herrn Jesus Christus.« Zu seiner eigenen Überraschung gelang es ihm tatsächlich, für den Augenblick jede Bitternis aus seinen Worten zu verdrängen.

»Eure Großmut und Euer tiefer Glaube ehren Euch, Ratsnotar. Doch wenn Ihr zu der Hexe geht, dann hütet Euch vor ihrem bösen Blick. Nach dem, was mir angetragen wurde, muss sie überaus mächtig sein.«

»Ich danke Euch für Euren Rat, guter Freund. Aber Gott wird mich leiten und mich beschützen.«

»Daran habe ich keinen Zweifel«, gab der Bürgermeister glaubhaft zurück.

Als das Gespräch der Männer sich schon dem Ende neigte und der Bürgermeister bereits im Begriff war zu gehen, fiel Johann Schinkel noch eine letzte Frage ein. »Ach ja, könnt Ihr mir sagen, wo ich diesen Vater Everard finde?«

Nachdem die Männer Runa ergriffen hatten, war Vater Everard noch so lange hinter den Männern hergelaufen, bis die bewusstlose Hexe in den Mauern des Verlieses verschwunden war. Jubelnd feierten die Hamburger zunächst Runas unfreiwilligen Einzug in den Kerker und gleich darauf den Geistlichen, der ihnen das dämonische Weib ausgeliefert hatte. Vater Everard musste sich um ein würdevolles Gesicht bemühen, denn eigentlich hätte er am liebsten bis über beide Ohren gegrinst. Eine tiefe Zufriedenheit erfasste sein Herz. Die Menge feierte ihn wie einen Helden.

Doch noch am selben Tag, als eigentlich schon alles vorbei war und die ersten Bürger bereits zurück in ihre Häuser gingen, brach vollkommen unerwartet ein Tumult aus. Der Hexe beraubt gab es plötzlich nichts mehr, an dem sie ihre Wut hätten auslassen können. Plötzlich war der Stein allen Anstoßes verschwunden – doch nicht so der Zorn auf jenes Weib, das sich so schamlos unter die Hamburger gemischt hatte, um Unheil zu stiften. Die blutheischende Menge dürstete nach Rache, und so dauerte es nicht lange, bis Rufe nach den anderen von-Holdenstede-Frauen laut wurden – die Mutter und die Schwester konnten schließlich ebenso gut Satans Dienerinnen sein.

Was zunächst bloß eine vage Vermutung war, verwandelte sich rasch in zornige Gewissheit, und die Suche nach Ragnhild und Margareta begann! Jeder Winkel, jeder Schuppen und jedes noch so unübliche Versteck in der Stadt wurde von mit Messern, Stöcken und Rechen bewaffneten Männern in Augenschein genommen, die wild entschlossen waren, ihre Waffen auch zu benutzen. Doch die Hexen blieben verschwunden. Gegen Abend wurden einige der Verfolger ihrer Suche müde und ließen davon ab, um wieder ihren eigenen Verpflichtungen nachzugehen. Für andere jedoch war das Verschwinden der gesuchten Frauen ein eindeutiger Beweis: Mit Sicherheit hatten die Weiber mittels ihrer Hexenkräfte eine andere Gestalt angenommen oder waren einfach davongeflogen. Je länger sie nach ihnen suchten, desto wilder wurden ihre Vermutungen. Irgendwann meldeten sich die ersten Augenzeugen zu Wort. Schwarze Punkte wollten sie am Himmel gesehen haben, schnell wie der Wind, begleitet von einem schrillen, dämonischen Lachen. Sie hatten es ja schon immer gewusst: Die Frauen der Familie von Holdenstede waren Hexen!

Vater Everard hätte nicht zufriedener sein können. Er wusste, dass er der Stadt einen großen Dienst erwiesen hatte. Im Gegensatz zu den aufgebrachten Hamburgern war er vollkommen zufrieden mit dem unerklärlichen Verschwinden Ragnhilds, Margas und Margaretas – eine Hexe in der Stadt war ihm mehr als genug.

Erschöpft von den wochenlangen Beobachtungen und den nächtelangen Gebeten, in denen er Gott um Kraft und Unterstützung angefleht hatte, war er in das Haus in der Reichenstraße zurückgekehrt. Wie selbstverständlich nahm er nun das größte Schlafgemach des Hausherrn in Anspruch und legte sich der Breite nach in die weichen Laken. So fiel er augenblicklich in einen tiefen Schlaf, aus dem er erst spät am nächsten Tag wieder erwachte. Als er die Augen öffnete, wusste er zunächst nicht recht, wo er sich befand. Nur langsam kehrten seine Erinnerungen zurück. Dann breitete sich ein Lächeln auf seinem Gesicht aus. Er hatte es tatsächlich geschafft. Die Hexe Runa war enttarnt. Gott hatte ihm diesen Auftrag erteilt, und er hatte ihn ausgeführt. Diese Tat würde ihn ein gutes Stück näher ans Himmelreich heranbringen. Auch wenn fragwürdige Mittel wie das Färben einer Haarsträhne vonnöten gewesen waren, um die gewöhnlichen Bürger von Runas Missetaten zu überzeugen, war sich Everard sicher, dass Gott sein Handeln mit Wohlwollen betrachtete. Dieser Auftrag war der Grund für seine Reise von Friesland nach Hamburg gewesen – jetzt machte alles einen Sinn!

Plötzlich kam ihm die Magd Johanna in den Sinn, und gleich darauf fiel ihm auch der Moment auf der Trostbrücke wieder ein – sie hatte gesprochen! Es war ein Wunder gewesen! Und natürlich ein weiteres Zeichen für Gottes Zustimmung. Aber wo war sie jetzt? Als man die Hexe Runa in der Menge auf dem Kranfest aufgespürt hatte, hatte sie sich unbemerkt aus dem Staub gemacht. Er hatte nicht weiter darauf geachtet; hatte es doch Wichtigeres in dem Moment gegeben, das seine Aufmerksamkeit gefordert hatte.

Everard vermutete, dass sie nun unten in der Küche saß und darauf hoffte, dass er sie als Magd behalten wollte. Ja, er würde sie behalten, schließlich hatte Gott ein Wunder an ihr vollbracht, und eine solche Magd passte ganz hervorragend zu ihm, der er nun ein Held war. Die verkrüppelte Agnes dagegen konnte er nicht mehr gebrauchen. Auch wenn er Johanna versprochen hatte, sie nicht ebenfalls als Hexe anzuklagen, musste er sie ja noch lange nicht in seinem Haus durchfüttern!

Der Geistliche erhob sich vom Bett und ordnete soeben seine Kleider, als es zaghaft an der Tür klopfte. »Wer da?«

Die Tür öffnete sich, und herein kam Agnes.

Sichtlich erstaunt blickte der Geistliche auf die Magd. »Was willst du?«

»Vater, ich hörte, dass Ihr aufgewacht seid«, antwortete Agnes.

»Und? Wo ist Johanna?«, fragte er unfreundlich.

»Ich hatte gehofft, Ihr würdet es wissen, Vater.«

»Was soll das heißen?«

»Sie ist nicht mehr hierher zurückgekehrt, seit sie am Tage des Kranfestes das Haus verlassen hat.«

Vater Everard war für einen kurzen Moment verwirrt. Wo steckte diese Magd denn nur? Sie würde es doch wohl nicht wagen, ihn und seine Methoden zu verraten, jetzt, da sie sprechen konnte? Unsinn, schloss er und schüttelte den Kopf. Wer würde ihr schon glauben? Das Wort einer einfältigen Magd gegen das eines Kirchenmannes?

»Vater? Bitte, könnt Ihr mir vielleicht sagen, wo die Herrschaften sind? Domina Ragnhild, die Dame Margareta und Marga?

Wo sind die Kinder?« Ihr Ton hatte etwas Flehentliches. Verwirrt fragte der Geistliche sich, ob es tatsächlich sein konnte, dass diese Magd als Einzige in Hamburg keine Ahnung hatte.

»Sie scheinen alle fort zu sein«, antwortete er gleichgültig. »Wenn du mich fragst, so denke ich, sie sind geflüchtet, nachdem sie gesehen haben, was mit Leuten wie ihnen geschieht. Finde dich besser damit ab, Magd. Nun bin ich der Herr in diesem Hause.« Kalt blickte er in Agnes' erschrockenes Gesicht. Ihr Blick wurde starr, und ihre Unterlippe begann zu zittern. Angewidert stellte Vater Everard fest, dass sie gleich anfangen würde zu heulen. Nur wenige Dinge verwirrten ihn so wie das schrille Geheule von Frauen, darum zeigte er geschwind auf ihre Hände, die etwas umschlossen hielten. »Was hast du da?«

»Ich … ich habe es auf der Truhe in der Diele gefunden. Es ist ein Brief.«

»Das sehe ich, du dummes Ding. Gib ihn her.«

Agnes tat, was er verlangte, und händigte Vater Everard das Pergament aus. Sie selbst hatte den Brief natürlich nicht lesen können. Nun hoffte sie, der Geistliche würde ihr erzählen, was darin stand. Sie fühlte, dass in diesem Brief einige Antworten zu finden waren. Doch ihre Hoffnungen wurden enttäuscht.

»Geh und mach mir etwas zu essen.«

Agnes wusste, dass es besser wäre, seinen Befehl stumm zu befolgen, doch sie konnte einfach nicht gehen, ohne ihm eine bestimmte Frage gestellt zu haben. »Vater, was wird nun aus mir?«

Der Geistliche hob den Blick, den er bereits auf die ersten Zeilen des Briefes gerichtet hatte. Zunächst wollte er sie grob anfahren, weil sie ihn fortwährend mit Fragen löcherte, obwohl sie nur dann zu sprechen hatte, wenn er sie etwas fragte. Doch dann ließ er den Brief sinken und machte ein paar Schritte auf sie zu, trat dicht vor sie und blickte ihr ins Gesicht. Zum ersten Mal bemerkte er ihren roten Mund und die weiße Haut ihres Halses.

Seine Augen glitten tiefer bis zu ihren kleinen, straffen Brüsten, welche eng von dem Stoff ihres Kleides überspannt wurden. Sein Ausdruck bekam etwas Lüsternes, als er sah, wie sich ihr Busen beim Atmen hob und senkte, sein Mund öffnete sich leicht. Dann riss er den Blick ruckartig los und schaute der Magd wieder in die Augen. »Du kannst bleiben und mir dienen«, bestimmte er kurz entschlossen. Jetzt, da Johanna scheinbar wie vom Erdboden verschluckt war, brauchte er ohnehin eine andere Magd. Warum sollte er nicht gleich diese behalten? »Doch wenn du mir nicht gehorchst, dann werfe ich dich aus dem Haus, hast du verstanden?«, fügte er drohend hinzu.

Agnes' Mund war staubtrocken. Sie mochte sich gar nicht ausdenken, was genau er mit *gehorchen* meinte, doch es gab niemanden sonst, zu dem sie hätte gehen können. Sie hatte keine Familie. Und nun, da alle von Holdenstedes und alle von Sandstedts wie vom Winde verweht waren, blieb ihr erst recht keine Wahl. Darum knickste sie artig, bevor sie hinausging, und sagte mit schwerem Herzen: »Ich danke Euch, Vater.«

Als Vater Everard wieder allein in seiner Kammer war, widmete er sich dem Brief, der, wie seine scharfen Augen sogleich erkannt hatten, von Walther an Godeke gerichtet war. Schon nach wenigen Zeilen eröffnete sich ihm der hoch bedeutsame Inhalt.

Mein lieber Freund und Schwager Godeke,
wenn du diesen Brief findest, bin ich bereits nicht mehr in Hamburg. Ich hatte den Pferdewagen heimlich verlassen, als du den Frauen und Kindern entgegengelaufen bist, denn ich war mir sicher, dass du es allein schaffen würdest, sie alle in Sicherheit zu bringen. Meine Gedanken sind nun erfüllt von dem Hoffen, dass es ihnen dort, wo sie jetzt sind, gut ergehen wird, denn sie können nicht mehr in ihr Haus zurück. Um ihnen Leid und Kummer zu ersparen, habe ich ihnen mit Absicht verschwiegen, dass Graf

Gerhard II. tatsächlich in unseren Vorschlag eingewilligt hat und somit bereit ist, Albert gegen sein Haus aus dem Einlager freizulassen. Den Brief des Grafen habe ich da versteckt, wo wir es stets beliebt haben, unsere geheimen Briefe zu verstecken. Nimm ihn an dich, und befreie Albert aus der Riepenburg. Godeke, ich weiß, dass du mir sehr wahrscheinlich niemals wirst verzeihen können, dass ich euch und vor allem deine geliebte Schwester auf diese unehrenhafte Weise verlassen habe, doch ich konnte nicht anders. Bitte versuche nicht mich zu finden, denn ich komme nicht mehr zurück. Verzeihe auch, dass ich dir meine Gründe dafür nicht nennen kann. Alles ist anders gekommen, als ich es mir gewünscht habe, doch nun, wo Albert freikommen wird und die Frauen und Kinder in Sicherheit sind, könnt ihr irgendwo anders ein neues Leben beginnen. Runa wird es ohne mich besser gehen. Pass auf meine Kinder auf, und sage ihnen eines Tages, wenn sie alt genug dafür sind, dass es mir leidtut.

Walther von Sandstedt

Die Hände des Geistlichen hatten beim Lesen angefangen zu zittern. Bei den letzten Sätzen bebten sie so heftig, dass er sie kaum noch entziffern konnte.

Die Wahrheit schwappte über ihn wie die See über ein sinkendes Schiff. Es war ein Plan gewesen. Die Flucht war gar nicht auf die Verhaftung Runas hin erfolgt – der Zwischenfall hatte sie lediglich bei ihrer Flucht aufgehalten! Auch waren die Frauen und Kinder nicht, wie viele Hamburger behauptet hatten, davongeflogen oder mittels Hexenkraft untergetaucht – einen einfachen Pferdewagen hatten sie benutzt. Die Erkenntnis, dass die Familie von Holdenstede ihm tatsächlich zuvorgekommen war, machte den Kirchenmann so unermesslich zornig, dass er das Pergament in der Faust zerknüllte und einen wütenden Schrei ausstieß. Doch genauso schnell, wie er sich vergessen hatte, fing er sich auch wieder. Er atmete tief ein und aus und zwang sich zur Ruhe und zum Nachdenken. Dieser Brief durfte nicht in die falschen Hände geraten – bewies er doch, dass er gar nicht der großartige Hexenbezwinger war, für den man ihn nun hielt. Wenn die Bürger der Stadt diesen Brief zu Gesicht bekämen, zweifelten einige vielleicht auch daran, dass Runa von Sandstedt eine Hexe war. Das durfte nicht geschehen. Sein ganzes Werk würde damit zerstört werden.

Vater Everards Gedanken rasten. Zutiefst verwirrt fasste er sich mit beiden Händen an die Schläfen. Wo mochten sich die Weiber jetzt bloß aufhalten? Immer wieder überflog er die Zeilen in der Hoffnung, irgendeinen Hinweis darauf zu entdecken, doch Walther war schlau gewesen. Sein Brief enthielt nicht mehr Informationen als nötig. Es war einfach nicht herauszulesen, wo sich die einzelnen Familienmitglieder gerade befanden. Nur eines war klar: Walther wusste offensichtlich noch nichts von der Verhaftung seiner Frau. Er hatte geschrieben, er habe den Pferdewagen verlassen, bevor sie ihre Flucht antreten konnten, da er davon ausging, dass Godeke in der Lage war, die Frauen und Kinder allein in Sicherheit zu bringen. Falsch gedacht – schließlich hatte Godeke vergeblich versucht, ihn an der Anprangerung Runas zu hindern, schoss es Everard durch den Kopf. Wenn er nun richtig schlussfolgerte, hatte Walther zu dieser Zeit die Stadt bereits verlassen und war demnach völlig ahnungslos.

Doch das Pergament enthielt eine weitere hochinteressante Information, die das Interesse des Geistlichen weckte. Irgendwo war ein Brief versteckt, der beweisen sollte, dass Albert im Tausch gegen sein Kaufmannshaus aus dem Einlager freikommen würde. Wo könnte sich dieser Brief befinden? Der einzige Hinweis darauf war ein Satz, der eigentlich gar nichts besagte. *Den Brief habe ich da versteckt, wo wir es stets beliebt haben, unsere geheimen Briefe zu verstecken.* Wo mochte das sein? Der Geistliche nahm sich vor, jetzt gleich danach zu suchen. Wenn nötig würde er jedes Staubkorn in diesem Hause umdrehen, denn sollte er den Brief finden, bevor Godeke ihn in die Hände bekam, konnte er ihn womöglich vernichten und somit verhindern, dass Albert je wieder hier in der Stadt auftauchte.

Er ließ das Papier achtlos zu Boden gleiten und trat mit einem gierigen Glanz in den Augen an die Bettstatt heran. Ein einziger Ruck genügte, um diese von ihren Laken zu befreien. Hier würde er beginnen, jeden Winkel in dieser Kammer aufs Gründlichste zu durchforsten.

Der nächtliche Regen hatte Walther bis auf die Knochen durchnässt. Erst Stunden später war seine Kleidung wieder getrocknet, und obwohl die Sonne sich mittlerweile wieder zwischen den Wolken blicken ließ, gaben seine Stiefel bei jedem Schritt ein patschendes Geräusch von sich, welches ihn stets daran erinnerte, dass sie fingerbreit mit Wasser gefüllt waren.

Doch er hatte keine Gelegenheit, seine Stiefel zu trocknen. Immer wieder musste er einen Bach oder Fluss durchqueren, sodass das Leder aufs Neue durchweicht wurde. Schmerzhaft spürte er mittlerweile, wie sich die ersten Blasen an seinen Füßen durch die stetige Reibung öffneten. Dennoch folgte er mit voller Absicht dem unwegsamen Pfad durch den Wald, welcher eigentlich gar keiner war. Bewusst mied er den üblichen und weit leichter zu bestreitenden Weg nach Norden und wich, wo immer sich die Gelegenheit dazu bot, von der breiten Straße ab, um niemandem aufzufallen. Das Stapfen durchs Dickicht hatte jedoch unangenehme Folgen: Schon bald machte sich ein ziehender Schmerz in seinen Oberschenkeln bemerkbar, der dem ungewohnten Übersteigen zahlreicher Hindernisse auf dem zugewachsenen Waldboden zu verdanken war.

Doch gleichwohl aller Beschwerlichkeiten waren Walthers Gedanken ganz woanders. Seit er Hamburg gestern verlassen hatte, schwirrten ihm immer wieder dieselben Fragen durch den Kopf. In einem fort grübelte er darüber nach, ob er das Richtige tat, nur um stets zum selben Schluss zu kommen: Es spielte keine Rolle, ob sein Handeln richtig oder falsch war – die Umstände hatten ihm keine andere Wahl gelassen.

Sicher würde es Runa und den Kindern eine Zeit lang schwerfallen, die Gründe für sein Verschwinden zu verstehen, doch schlussendlich war er sich sicher, dass ihrer aller Leben hinterher glücklicher verlaufen würde. Vor allem aber war er sich sicher, dass Runa ohne ihn glücklicher wäre – selbst wenn sie es niemals zugegeben hätte. Jetzt, da er fort war, musste sie sich nicht länger vor ihrem eigenen Ehemann verstellen, ihm nicht mehr ausweichen, wenn er sie küssen wollte, oder sich des Nachts schlafend stellen, wenn er sich ihr auf andere Weise näherte. Ja, alle würden glücklicher sein – alle, bis auf ihn!

Walther musste gegen seine Bitterkeit ankämpfen. Er hatte das Gefühl, versagt zu haben. Runa liebte Johann, und das würde sich niemals ändern. Obwohl er kurzzeitig geglaubt hatte, den Kampf um ihr Herz zu gewinnen, war es doch anders gekommen. Dabei waren sie einander für eine kurze Zeit so vertraut gewesen! Doch die Begegnung mit Johann in seinem Pferdewagen hatte offensichtlich ausgereicht, um Runas ohnehin nie ganz versiegte Liebe aufs Neue zu entfachen. Walther hatte es gleich gespürt, und seine Tochter hatte den Beweis dazu geliefert, indem sie Runas Lüge am Tisch in der Stube offenbart hatte.

Was für ein schmerzlicher Irrtum zu glauben, seine Frau habe den Ratsnotar vergessen! Das Gegenteil war der Fall: Nach und nach war ihre Ehe den lodernden Flammen jener verbotenen Liebe zum Opfer gefallen. Und gestern, als er durchs Millerntor gegangen war, hatte Walther seine unsterbliche Liebe zu ihr endgültig begraben.

Es war genug. Walther konnte nicht mehr. Viele Jahre war ihm keine Mühe zu viel gewesen, um sich ihre Liebe zu verdienen, aber mittlerweile wusste er, dass es hoffnungslos war. Ihr Herz war ihm gegenüber so verschlossen wie die Stadtkiste mit ihren drei Schlössern.

Doch sosehr er auch mit Runas fehlender Liebe haderte – Walther wusste, dass nicht nur sie die Schuld an diesem Ende trug. Auch er hatte sein Wort nicht halten können, denn obwohl er ihr damals vor der Hochzeit versprochen hatte, das Kind in ihr zu lieben wie sein eigenes, war ihm das nie gelungen.

Thymmo war wie ein Stachel in seinem Fleische – ewige Erinnerung an einen anderen Mann und gleichzeitig Hohn und Spott für Walthers unendliche Liebe zu Runa. Mit den Jahren war es sogar eher schlimmer als besser geworden. Der Junge litt zusehends unter dieser Ablehnung, und Walther sah sich außerstande, etwas daran zu ändern. Er wollte nicht, dass Thymmo unglücklich war. Das Kind konnte nichts dafür. Nicht zuletzt aus diesem Grund beschäftigte ihn der Gedanke zu gehen schon seit längerer Zeit.

Er hatte sich die Entscheidung nicht leicht gemacht und war bis vor nicht allzu langer Zeit nicht einmal sicher gewesen, ob er es schaffen würde, Runa tatsächlich zu verlassen. Stets hatte er auf die rechte Gelegenheit gewartet – wohlwissend, dass sich eine solche so gut wie nie ergeben würde. Es war sein eigenes, geheimes Glücksspiel gewesen, denn er wollte diesen folgenschweren Schritt eigentlich nicht gehen. Dann aber hatte ihm das Schicksal plötzlich eine Tür geöffnet und ihm völlig unerwartet die Aussicht auf ein neues Leben geboten. Walther hatte sofort gewusst, dass er diese Gelegenheit ergreifen musste, bevor sich die Türe wieder schloss. Dies war das Zeichen, um das er gebeten hatte. Nun durfte er es nicht als einen Zufall abtun. Eine solche Möglichkeit gab es nur einmal im Leben, und sie kam ihm mehr als gelegen. Er war bereit!

Der Brief, den der gräfliche Bote ihm an seiner Haustür überreichte, enthielt eine so unwirkliche Bitte, dass Walther zunächst gewillt war, ihn als einen üblen Scherz abzutun. Doch als er das Siegel der Schauenburger sah, wusste er, dass das Schreiben echt war. Gräfin Margarete bat tatsächlich ihn, den singenden Nuncius Walther von Sandstedt, zu sich auf die Burg Kiel, um für ihren Gemahl Johann II. als Spielmann am Hofe zu dienen. Walther sollte für ihn singen und so zu seiner Erheiterung und schnelleren Genesung beitragen. Man würde ihm eine Kammer auf der Burg stellen und ihn für die Zeit seines Aufenthalts verköstigen. Es sollte ihm an nichts mangeln, wenn er denn nur sofort aufbrach.

Alles passte plötzlich zusammen. Nur wenige Tage zuvor war die Antwort von Graf Gerhard II. gekommen, in der der Fürst einwilligte, Albert im Tausch gegen das Kaufmannshaus aus dem Einlager freizulassen. Fast zeitgleich hatte Ragnhild ihm eröffnet, dass sie und die Frauen nach Eppendorf zu Hildegard von Horborg reisen würden. Walther wusste also, dass sein Freund Albert und seine Familie in Sicherheit sein würden, wenn er ging. Vor allem aber wusste er, dass sie weit weg waren, wenn man ihnen alles nahm. Nach Alberts Haus würden sie auch Walthers Haus verlieren, da es derzeit einfach unmöglich schien, die geforderte Brautgabe an Hereward von Rokesberghe zurückzuzahlen. Alles, was es noch zu tun galt, bevor das Schicksal unaufhaltsam seinen Lauf nahm, war, dafür zu sorgen, dass seine Lieben sicher in ihr neues Leben gelangten. Dafür hatte Walther am Tage des Kranfestes gesorgt, indem er die Frauen durch die Stadt zum Pferdewagen hatte laufen lassen, mit dem Godeke sie in Sicherheit bringen würde. Dann war seine Zeit gekommen, sich für immer von ihnen zu trennen.

Nun lag es vor ihm, das neue Leben als Spielmann, welches seit jeher sein Traum gewesen war und – neben Runa – seine zweite große Liebe. Jetzt, da klar war, dass er seine erste große Liebe niemals würde halten können, würde er gehen und das Zweitliebste in seinem Leben tun.

Als der Bote ihn nach seiner Antwort fragte, nickte Walther so voller Überzeugung, dass der Junge sich nur knapp verbeugte und sogleich davonrannte, um seiner Herrin zu berichten.

Nun stapfte Walther, seinen Gedanken nachhängend, den unwegsamen Pfad entlang und fasste zum unzähligen Male unter sein Wams, um sich zu vergewissern, dass der Brief der Gräfin noch da war. Gleich darauf jedoch musste er seinen Arm wieder zu Hilfe nehmen, um die dichten Sträucher und Äste von seinem Gesicht fernzuhalten. Er schwitzte und ächzte. Irgendwann musste dieser verdammte Wald doch mal ein Ende haben, fluchte er innerlich, während er sich geduckt einen Weg durchs Unterholz bahnte.

Erst eine Stunde später erreichte er eine Stelle, wo es ihm seit langer Zeit das erste Mal wieder möglich war, sich voll aufzurichten. Vor ihm erstreckte sich plötzlich eine leuchtend grüne Wiese. Walther atmete auf. Was für ein Anblick! Weit und breit war kein dichter Wald mehr zu sehen. Nur einzelne Baumgruppen standen auf sanft geschwungenen Hügeln, die mit gelben und weißen Blüten übersät waren. Dies war der richtige Ort für eine Rast, entschied Walther und ging quer über das weiche Gras geradewegs auf die zwei höchsten Eichen zu, welche inmitten der Wiese nur eine Mannslänge voneinander entfernt standen.

Müde setzte er sich zwischen ihre Stämme und lehnte seinen Rücken an einen davon. Unter den Bäumen war es trocken. Was für ein herrlicher Fleck, um seine gepeinigten Glieder auszuruhen! Einzig sein Kopf kam nicht zur Ruhe.

Vor seinen geschlossenen Augen erschienen unaufhörlich Bilder des Kranfestes. Am Morgen des Festtages hatte er seine Lieben das letzte Mal gesehen. Noch einmal spielte er die Ereignisse jenes Tages in seinen Gedanken ab. Er hörte wieder die Musik in seinen Ohren und spürte das Gedränge zwischen den Ständen und Schrangen. Godeke und er hatten sich mühevoll durch die Stadt gekämpft und waren schließlich am Pferdewagen des Bauern hinter dem Millerntor angekommen.

Als Godeke entschied, den Frauen entgegenzulaufen, war Walthers Moment gekommen. Schon Tage zuvor hatte er gewusst, dass das Kranfest die richtige Gelegenheit für seinen Abschied bot. Mit einem letzten Blick auf das steinerne Millerntor, durch das sein Schwager zuvor verschwunden war, hatte er seinem alten Leben den Rücken gekehrt. Schnellen Schrittes war er davonmarschiert. Entgegen seiner Befürchtungen war alles ganz einfach gegangen – bis jetzt!

Während er hier unter den Eichen lag, formten seine Erinnerungen unerbittlich die Gesichter seiner Vergangenheit. Walther fragte sich, ob Runa wohl bemerkt hatte, dass er sich im Haus in der Reichenstraße für immer von ihr hatte verabschieden wollen. Ob sie ihn vermisste, wenn sie erst begriff, dass er wirklich nie mehr zurückkehren würde? Vielleicht sogar manches Wort oder manche Tat bereute, die letztlich dazu geführt hatten, dass sie heute weder den einen noch den anderen Mann an ihrer Seite wusste? Oder war sie eher zornig auf Walther, weil sie von nun an in der Schande lebte, von ihrem Mann verstoßen worden zu sein?

Es quälte ihn, dass er weder jetzt noch irgendwann eine Antwort auf seine Fragen bekommen würde, denn er wünschte sich nichts mehr, als dass Runa eines Tages verstand. Obwohl es am Ende ganz gleich war, welche Gefühle seine Frau ihm gegenüber empfand, hatte er doch große Angst davor, dass sie ihn hasste.

3

Natürlich hatte sich das Wetter nicht gehalten. Kaum war Godeke von Hildegards Hof gerollt, begann es erneut heftig zu regnen. Die Wege weichten schneller auf, als er mit seinem schweren Wagen vorankam, und das Pferd hatte schon bald schwer zu ziehen. Godeke versuchte alles, um es anzutreiben. Er rief und schnalzte und schlug mit den Zügeln, doch irgendwann waren der Wille und die Kraft des Tieres aufgebraucht, sodass ihm nichts anderes übrig blieb, als vom Pferdewagen abzusteigen, um diesen nicht noch zusätzlich zu beschweren. Mannslänge um Mannslänge kämpfte er sich vor dem Pferd durch den Schlick und zerrte den erschöpften Gaul regelrecht hinter sich her.

Hätte es nicht geregnet, dann wäre es wohl sein Schweiß gewesen, der ihm jetzt in Strömen vom Gesicht floss. Eigentlich war es kein weiter Weg von Eppendorf nach Hamburg, doch bei dieser Geschwindigkeit würde er noch bis zum Abend brauchen. Wo der Pferdewagen gestern noch ein Segen gewesen war, erwies er sich heute als Hindernis. Es war zum Verrücktwerden. Dabei musste er doch schnell zu Runa; ihr galten all seine Gedanken. Wie mochte es ihr wohl gerade ergehen? War sie unverletzt? Wo war Walther, und wie sollten sie es anstellen, Runa aus dem Verlies zu befreien?

Schon vor ihrer Festnahme waren die meisten Ratsherren nicht mehr gewillt gewesen, die Mitglieder der Familie von Holdenstede bei sich zu empfangen. Mit wessen Hilfe konnten sie also jetzt noch rechnen, da man Runa für eine Hexe hielt? Godeke entschied, es zunächst beim Bürgermeister zu versuchen. Auch wenn Willekin Aios seiner Familie sicher ebenso befangen gegenüberstand, zwang ihn seine Amtspflicht dazu, Walther und ihn zumindest anzuhören.

Jeder von Godekes beschwerlichen Schritten wurde begleitet von ähnlich beschwerlichen Gedanken. Plötzlich jedoch hielt er inne. Wie aus dem Nichts war vor ihm eine Weggabelung erschienen. Da der Regen ihm unablässig ins Gesicht peitschte, hatte er eine ganze Zeit lang bloß auf den Boden gestarrt. Nun blieb er stehen und fragte sich, ob er auch auf dem Hinweg hier vorbeigekommen war. Er konnte sich nicht mehr daran erinnern. Irgendwie sah für ihn alles um ihn herum gleich aus, und trotzdem musste er sich für einen Weg entscheiden.

Der Pfad zu seiner Linken war ähnlich schlammig wie der unter seinen Füßen. Wenn er mit seiner Vermutung richtig lag, dann musste das der Weg nach Hamburg sein. Der Weg zu seiner Rechten jedoch sah weit besser aus. Er war höher gelegen, sodass das Wasser an beiden Seiten abfließen konnte, außerdem wies er kaum welche der tiefen und tückischen Pfützen auf, die das Weiterkommen so sehr behinderten. Godeke war nicht in der Lage zu sagen, wohin genau der Weg zu seiner Rechten führte, doch ihm blieb keine andere Wahl, als ihn einzuschlagen. Mit etwas Glück konnte er die schlammigen Pfade so umgehen und gelangte trotz eines Umweges schneller ans Ziel.

Tatsächlich konnte Godeke den Bock des Pferdewagens nach einiger Zeit wieder erklimmen. Erleichtert bemerkte er, dass das Pferd jetzt wieder sicheren Tritt hatte und es schneller voranging. Auch wenn der Weg gerade breit genug für seinen Pferdewagen war und die Äste bedrohlich tief hingen, trieb Godeke sein Zugtier weiter an. Immer wieder wand sich der Pfad nach rechts oder links, was es zunehmend mühevoller machte zu bestimmen, in welcher Richtung Hamburg lag.

Je weiter sie kamen, desto mehr erhärtete sich Godekes Vermutung, dass hier schon seit ewig langer Zeit weder Tier noch Mensch mehr langgekommen war. Plötzlich hatte er das Gefühl, tiefer im Wald zu sein als je zuvor. Der Weg wurde noch enger, die Bäume um ihn herum noch dichter. Schon jetzt schlugen die hochgewachsenen Pflanzen fortwährend gegen die Unterseite des Wagens.

Hoffentlich kommt bald eine Abzweigung, betete Godeke stumm, während er das immer zögerlicher gehende Pferd mit leisem Schnalzen vorwärtstrieb. Möglicherweise war es doch ein Fehler gewesen, hier entlangzufahren. Doch zum Umdrehen fehlte eindeutig der Platz. Sein Unbehagen wuchs stetig. Während er mit einer Hand fest die Zügel umklammert hielt, tastete er mit der anderen nach seinem Messer. Es war noch immer genau dort, wo er es am Morgen befestigt hatte.

Der Regen hatte nachgelassen. Im Wald herrschte eine eigenartige Stille. Obwohl Godeke es hasste, nass bis auf die Haut zu werden, stellte er fest, dass das gleichmäßige, alles übertönende Prasseln etwas Beruhigendes gehabt hatte. Nun war er gezwungen, bei jedem Knacken deutlicher hinzuhören. Eigenartigerweise schien es seinem Pferd genauso zu gehen. Seitdem es nicht mehr regnete, spitzte es die Ohren und ließ sie abwechselnd nach vorne und nach hinten schnellen.

Zwei weitere Stunden vergingen auf diese Weise, ohne dass sich etwas an der Beschaffenheit des Weges änderte oder sich gar eine Abzweigung bot. Mittlerweile wusste Godeke mit Gewissheit, dass er den falschen Weg gewählt hatte. Nur Gott konnte sagen, ob dieser einsame Pfad tatsächlich irgendwohin führte, doch ganz sicher würde er ihn nicht nach Hamburg bringen.

Godeke war der Verzweiflung nahe. Seine falsche Entscheidung kostete ihn wertvolle Zeit. Zeit, die Runa nicht hatte! Alles, was er jetzt noch wollte, war, eine Lichtung oder eine Gabelung zu finden, auf der er endlich den Wagen wenden konnte.

Jede uneinsichtige Kurve erfüllte Godeke mit neuer Hoffnung, dahinter vielleicht die ersehnte Schneise zu finden, doch jedes Mal wurde er wieder enttäuscht. Eine weitere Stunde später verwandelte sich seine Enttäuschung in Wut, dann in Verzweiflung und schließlich in Entmutigung. Wie hatte er nur so töricht sein können, einen ihm unbekannten Weg einzuschlagen? Selbst wenn sich jetzt eine Gelegenheit böte zu wenden, wäre es nicht einmal gesagt, dass er die Stadttore noch vor der abendlichen Schließung erreichen würde. Bereits zur Mittagsstunde hatte er seine Wasservorräte aufgebraucht. Nun litt er auch noch Hunger und Durst. Und gerade als er sich damit zu beruhigen versuchte, dass es nun nicht mehr schlimmer kommen konnte, blieb das Pferd vor einem umgestürzten Baumstamm stehen.

Godeke konnte es nicht fassen. Verzweifelt vergrub er das Gesicht in den Händen. Er war gefangen. Es gab kein Vor und kein Zurück mehr. Womit hatte er das nur verdient? Kopfschüttelnd richtete er sich wieder auf und starrte zornig auf das Hindernis. Doch was hatte es für einen Sinn zu jammern und zu klagen? Es würde nichts an seiner Situation ändern.

Darum stieg er vom Wagen und fasste den Baumstamm näher ins Auge. Schon auf den ersten Blick konnte er erkennen, dass er ihn ohne Hilfe niemals würde von der Stelle bewegen können. Auch war es unmöglich, das Pferd davorzuspannen, denn der Stamm war an beiden Enden zwischen anderen Bäumen verkeilt. Godeke blieb nur noch eine einzige Möglichkeit: Er musste das Pferd ausspannen, die Zügel mit seinem Messer kürzen, sodass er es von seinem Rücken aus lenken konnte, und den Wagen hier zurücklassen. Der arme Bauer würde wahrscheinlich versuchen, ihn mit seiner Mistgabel aufzuspießen und an die Schweine zu verfüttern, wenn er ohne den Wagen zurückkam, aber das konnte Godeke nun nicht mehr ändern. Fast erleichtert darüber, dass ihm jetzt nur noch eine Möglichkeit blieb und ihm somit jede Entscheidung abgenommen war, wollte er sich gerade ans Werk machen, als er plötzlich etwas entdeckte.

Der Baum – etwas daran war seltsam. Godeke schaute genauer hin. Dann traf es ihn wie einen Schlag: An seinem Stumpf waren eindeutige Spuren einer Axt zu sehen. Dieser Baum war gar nicht in einem Sturm gefallen. Man hatte ihn absichtlich gefällt, um Reisende wie ihn aufzuhalten. Wegelagerer!

Hastig ließ Godeke den Blick umherschweifen. Nichts war zu sehen. So schnell er konnte, stürzte er zu seinem Pferd. Er musste sich beeilen und so schnell wie möglich von hier verschwinden – am besten im gestreckten Galopp. Gesetzlose, die so tief im Wald lebten, hatten keinen Grund, Gefangene zu machen.

Mit behänden Griffen spannte er das Pferd aus. Dann umfasste er sein Messer und durchtrennte mit einem Schnitt den ersten Zügel. Noch während er das Pferd umrundete, warf er das abgeschnittene Ende über den Pferdehals. Nun musste er nur noch den zweiten Zügel zerschneiden und das Pferd durch den Wald auf den Weg zurückführen, da der Wagen die komplette Breite des Pfades einnahm. Fahrig zog er sich das lange Ende des zweiten Zügels durch die Hand. Dann setzte er das Messer an – Schnitt. Es war getan. Nun nichts wie weg hier!, dachte Godeke mit pochendem Herzen und griff das Pferd am Zaumzeug, doch es war zu spät.

Ganz plötzlich und vollkommen lautlos tauchte eine geisterhafte Gestalt vor ihm auf.

Godeke packte die nackte Angst. Einer ersten Eingebung folgend wollte er sein Messer als Stichwaffe benutzen, doch im letzten Moment erkannte er, wer dort vor ihm stand.

»Godeke«, flüsterte die unheimliche Gestalt.

Der Angesprochene traute seinen Augen kaum. Die Faust mit dem Messer darin noch immer zum Angriff erhoben, stand er unbewegt da und blickte in das altvertraute Gesicht.

Sein Zögern sollte seinen Untergang bedeuten. Während er wie gelähmt vor Erstaunen über diese unerwartete Begegnung verharrte, schlich sich das Übel von hinten an. Ein dumpfer Schlag ertönte, Godekes Knie knickten ein und sackten neben dem Wagen in den Schlamm. Dann schlug sein Oberkörper der Länge nach auf den Boden auf.

Johannes hätte der Stadt schon früher den Rücken kehren müssen. Seit dem Kranfest war es hier viel zu gefährlich für ihn. Sein liebendes Herz jedoch hielt ihn noch immer zurück. Er wusste, wenn er Hamburg verließ, dann würde er auch Agnes verlassen, und es gäbe keinen entschuldbaren Grund mehr zurückzukehren. Agnes und er würden sich nie wiedersehen.

Er versuchte die Entscheidung hinauszuzögern, versteckte sich in dunklen Winkeln und Ecken, schlich immer wieder unentschlossen zwischen dem Markt und der Reichenstraße hin und her. Seine Hoffnung, die Magd noch einmal zu Gesicht zu bekommen, war nach wie vor ungebrochen.

Doch was sollte er tun, wenn er sie tatsächlich entdeckte? Er konnte schließlich nicht einfach zu ihr laufen und sie ansprechen – nicht nach allem, was passiert war, und nicht so, wie er nun aussah: wie ein junger Mann!

Nach der Anprangerung Runas durch Vater Everard war Johannes sofort in das Haus in der Reichenstraße geeilt. Nicht in das von Ragnhild und Albert – dort war schließlich Agnes und wusch noch immer die Wäsche –, sondern in das von Runa und Walther. So schnell er konnte, hatte er sich das grobe Magdgewand und die Haube vom Leibe gerissen und war in eine Bruche, ein paar Beinlinge, ein Hemd und eine Cotte von Walther geschlüpft. Mit einem Messer hatte er sich die langen Haare abgeschnitten und sie ins Feuer geworfen. Er war wieder Johannes, und Johanna würde es nie mehr geben! Einen Lidschlag lang hatte er in die Flammen gestarrt und zugesehen, wie sich seine helle Haarpracht in der Hitze kräuselte. Es war ihm, als ob dort im Kamin ein Teil seines Lebens verbrannte.

Schließlich hatte er sich vom Feuer, dem Haus, dem alten Leben losgerissen und irrte seither ziellos in der Stadt umher. Nach all den Wochen als Frau war es seltsam für Johannes, ohne Haube herumzulaufen. Auf eine merkwürdige Art und Weise fühlte er sich schutzlos. Ihm war, als starrten ihn die Leute fortwährend an. Immer wieder wendete er das Gesicht ab, wie es züchtige Frauen eben taten, um kein Aufsehen zu erregen, und ständig musste er sich ermahnen, nicht wie ein Weib zu gehen. Die Rolle der Magd Johanna war ihm ins Blut übergegangen. Es fiel Johannes schwer, sie abzulegen, doch es musste sein. Sein Auftrag war erfüllt, es gab nichts mehr für ihn zu tun. Johannes fühlte sich eigenartig nutzlos. Er wollte nicht zurück in den Wald, wo nichts auf ihn wartete als der grobe Bodo, ihr Gefangener Thiderich und seine Mutter. Doch ein anderer Ort, an dem er willkommen wäre, fiel ihm nicht ein.

Der anfängliche Stolz darüber, dass er die monatelang geplante Aufgabe erfolgreich ausgeführt hatte, verflog wie der Wind. Zurück blieben nichts als Zweifel und Reue. Ja, er bereute seine Lügen zutiefst, und er verfluchte den Tag, an dem er als Johanna bei Runa aufgetaucht war. Nicht etwa weil er seine eigene Schwester ins Verlies gebracht hatte – nein, Runa war ihm egal –, es war wegen Agnes!

Wenn er sich heute neu entscheiden könnte, dann würde er das Geschehene am liebsten ungeschehen machen, denn Johannes liebte Agnes so sehr, dass er sich schmerzlich wünschte, sie hätte ihn nie als Johanna kennengelernt. Nun machten es ihm seine eigenen Lügen unmöglich, ihr jemals näherzukommen. Niemals würde er um ihre Hand anhalten können, obwohl es das war, was er sich am meisten auf der Welt wünschte. Wenn es die Aussicht auf ein *Ja* von Agnes überhaupt je gegeben hatte, lag dies nun ferner denn je. Für Agnes war er eine Frau, und das ließ sich nicht mehr ändern.

Johannes konnte nur erahnen, wie verwirrt die Arme nach seinem Kuss sein mochte, noch dazu, weil er direkt danach zu ihr gesprochen hatte. Vermutlich war sie zutiefst erschrocken, vielleicht verabscheute sie ihn sogar, schließlich war die gleichgeschlechtliche Liebe eine schwere Sünde. Im Nachhinein musste Johannes zugeben, dass sein Liebesgeständnis überaus töricht gewesen war. Natürlich würde Agnes sich jetzt fragen, ob Johanna schon immer in der Lage gewesen war zu sprechen und sie all die Monate zum Narren gehalten hatte.

Bei diesem Gedanken wurde Johannes von einem so heftigen Gefühl der Reue und Bitterkeit ergriffen, dass ihn schwindelte und er sich an eine versteckte Hauswand in einer Nische lehnen musste. Wie hatte er nach so vielen Wochen der Selbstbeherrschung nur derart den Kopf verlieren können? Die Antwort darauf war bitter: Er war verliebt!

Einen winzigen Augenblick hatte er vor Runas Verhaftung sogar überlegt, Vater Everards Weisungen zu missachten und einfach bis zum Rest seiner Tage unter den von Holdenstedes als Magd zu dienen. Auf diese Weise hätte er wenigstens mit seiner Liebsten zusammen sein können. Doch Johannes hatte diesen Gedanken schnell wieder verworfen. Es sprachen unzählige Gründe gegen diese Idee.

An dem Tage, an dem der teuflische Kater ihm Arme und Beine zerkratzt hatte, war Agnes seiner Männlichkeit fast auf die Schliche gekommen. Nur durch Zufall und Glück hatte sie sich davon abbringen lassen, ihm beim Wechseln seines Kleides zuzusehen. Dieses Versteckspiel wäre niemals ein Leben lang gutgegangen. Noch immer schauderte es ihn, wenn er an all die brenzligen Begegnungen mit Poppo in der Küche dachte. Der Kater hatte Johannes als Mann erkannt, doch zu seinem großen Glück war das Vieh der

Einzige geblieben. Umso mehr Freude hatte es Johannes gemacht, Poppo in einen Sack zu stecken und ihn im Reichenstraßenfleet zu ertränken.

Doch auch wenn es Poppo nicht gegeben hätte – er konnte unmöglich in Hamburg bleiben. Was, wenn ihn jemand erkannte, obwohl er wieder ein Mann war? Nein, Johannes' Zeit hier in Hamburg war vorbei. Er musste gehen. Es wäre töricht, weiter in der Stadt herumzulaufen. Hier gab es nichts mehr, auf das er hoffen konnte. Sollte er Agnes zufällig begegnen, so würde sie ihm wahrscheinlich eher ins Gesicht spucken als ihm zuhören – wenn sie ihn überhaupt erkannte.

Und so trat Johannes aus seinem Versteck und machte sich zum wiederholten Male auf in Richtung eines der Stadttore, nur mit dem Unterschied, dass er diesmal auch wirklich hindurchgehen würde!

Der Weg zur Hütte im Wald war ihm noch nie so kurz vorgekommen. Im Gegensatz zu den letzten Wochen hatte er es heute gar nicht eilig, sie zu erreichen. War ihm in der Vergangenheit immer bloß ein einziger Tag geblieben, um zwischen Luburgis' Hütte und dem Haus in der Reichenstraße hin- und herzulaufen und unterdessen alle Neuigkeiten mit seiner Stiefmutter auszutauschen, hatte er nun mehr Zeit, als ihm lieb war. Mit sich, seiner Lage, seiner Zukunft hadernd wünschte sich Johannes, der Weg würde niemals enden. Die Zeiten, da die Hütte für ihn ein Zuhause gewesen war, schienen in weiter Ferne zu liegen. Mittlerweile graute ihm nur noch davor.

Genau wie eh und je kam Luburgis aus der Tür gelaufen, bevor Johannes auch nur die Schwelle erreicht hatte. Er hasste diesen Moment voller überschwänglicher Umarmungen und wappnete sich, doch heute hatte er offenbar nichts zu befürchten. Luburgis' Gesichtsausdruck war ernst. Sie wirkte nachdenklich und etwas verwirrt.

»Was ist passiert, Mutter?«, fragte Johannes ohne Umschweife.

»Komm mit in die Hütte, und sieh selbst.«

Johannes schlug das Herz plötzlich bis zum Halse. Was mochte nur Schreckliches geschehen sein, dass Luburgis es nicht in Worte fassen konnte? Voller Unbehagen, doch gleichzeitig auch voller Neugier, trat er hinter seiner Stiefmutter über die Schwelle. Seine Augen glitten über das tumbe Gesicht Bodos, der Johannes mit einem unfreundlichen Brummen begrüßte. Dann fiel sein Blick auf den gefesselten Thiderich, welcher aus irgendeinem Grund eine üble Platzwunde an der Lippe hatte und ihn so hasserfüllt anstarrte, dass Johannes das Blut in den Adern gefror.

»Was ist denn mit dem passiert?«, fragte er und drehte sich zu seiner Stiefmutter um. »Vergiss ihn«, erwiderte diese. »Schau dir lieber das an.«

»Was zum Teufel …«, stieß Johannes ungläubig aus und fuhr erschrocken zurück. Mit weit aufgerissenen Augen blickte er fragend zwischen Bodo und Luburgis hin und her. »Könnt ihr mir vielleicht mal erklären, was Godeke hier macht?«

»Er ist uns zufällig über den Weg gelaufen«, erklärte Luburgis.

»*Über den Weg gelaufen?* Und darum liegt er jetzt hier herum?«

»Es war nicht geplant«, versuchte Bodo, Luburgis' Erklärung zu ergänzen. »Er stand plötzlich …«

»Ach, halt den Mund, du Holzkopf«, fuhr Johannes den groben Hünen barsch an, der im gleichen Moment von seinem Schemel schnellte und die Fäuste hochnahm. Doch als Johannes sich trotz seiner weit geringeren Körpergröße völlig unbeeindruckt zeigte, ließ er sie verwirrt sinken.

In diesem Moment trat Luburgis zwischen die Männer. »Schluss jetzt. Bodo, bitte geh und bring uns etwas Wasser vom Fluss.«

Zu Johannes' grenzenlosem Erstaunen setzte sich der Hüne sofort in Bewegung. Unter anderen Umständen hätte Johannes seine Stiefmutter mit Sicherheit gefragt, wie sie es geschafft hatte, diesen hirnlosen Klotz zu zähmen, doch seine Gedanken galten einem neuen Problem. »Ist er tot?«, fragte er und deutete mit der Stiefelspitze auf seinen Zwillingsbruder.

»Nein. Allerdings ist er mehr tot als lebendig. Bodo und ich waren im Wald unterwegs, um unsere Fallen auf Wild zu kontrollieren. Bei dem Baumstamm, den Bodo einmal geschlagen hatte, um Reisende aufzuhalten, stand ein Pferdewagen. Ich schlich näher heran, und als ich erkannte, dass es Godeke war, der da vor mir stand, war es schon zu spät. Bodo zog ihm den Knüppel so heftig über den Schädel, dass er seitdem nicht mehr erwacht ist. Ich habe seine Wunde versorgt, doch er will einfach nicht wieder zu sich kommen.«

Johannes sah seine Stiefmutter von der Seite an. Ihr Blick war noch immer auf Godeke gerichtet und hatte etwas Weiches bekommen. Ohne dass Johannes es wollte, keimte die Eifersucht in ihm auf. Luburgis hatte seinen Zwillingsbruder in den letzten Jahren schmerzlich vermisst und daraus nie ein Geheimnis gemacht. Nun war er endlich zurück – wenn auch nicht ganz freiwillig –, und sie schien sich sehr darüber zu freuen. Johannes wurde wütend. Hatte Godeke nicht alles, was ihm selbst jahrelang verwehrt geblieben war? Eine Frau, ein Haus, eine Familie? Musste er nun auch noch das Einzige bekommen, was Johannes bisher allein gebührte: die Liebe von Luburgis? Nein, das würde er zu verhindern wissen. Kalt und entschlossen sagte er: »Du musst ihn fesseln.« Dann wandte er sich von seinem Bruder ab.

»Was? Warum sollte ich das tun? Er ist doch bewusstlos, und außerdem ist er verletzt«, sagte Luburgis in mitleidigem Ton.

»Herrgott noch mal, Mutter«, fuhr Johannes sie an. »Was, glaubst du, wird passieren, wenn er aufwacht? Meinst du, er wird sich freuen, hier zu sein, und mit uns zusammen einen Becher erheben?«

»Ganz sicher nicht«, spie Thiderich mit einem Male hasserfüllt aus, worauf Johannes und seine Stiefmutter ruckartig herumfuhren und ihn wie aus einem Munde anherrschten: »Halt's Maul!«

Luburgis musste einsehen, dass ihr Stiefsohn recht hatte. Sosehr sich auch alles in ihr dagegen sträubte, sie sollte Godeke tatsächlich fesseln. Wider besseres Wissen hatte sie insgeheim gehofft, ja, sich sogar sehnlichst gewünscht, Godeke würde sich freuen, sie wiederzusehen, doch sein Gesicht hatte nichts als Ablehnung erkennen lassen, als sie plötzlich vor ihm gestanden hatte.

Johannes nahm sich ein Stück Käse, das einladend auf dem Tisch stand. Seitdem sie Thiderich mit Alberts prall gefüllter Geldkatze gefangen genommen hatten, mussten sie keinen Hunger mehr leiden. Regelmäßig brachte Heseke ihnen nun die leckersten Köstlichkeiten vom Markt in den Wald – so wie diesen Käse. »Was habt ihr euch denn nur dabei gedacht, Mutter?«, tadelte Johannes kopfschüttelnd. »Nun haben wir schon zwei Gefangene in unserer beengten Hütte. Wenn das so weitergeht, können wir bald ein eigenes Dorf hier im Wald gründen.«

»Es war ja nicht geplant. Das Ganze war ein dummer Zufall. Bevor ich Bodo davon abhalten konnte, hatte er auch schon zugeschlagen. Und so verletzt, wie Godeke war, konnten wir ihn ja schlecht dort liegen lassen. Ich sage dir, mein Sohn, das alles ist höchst seltsam. Vielleicht wollte Gott, dass es so kommt. Es ist schon viele Wochen her, dass Bodo den Baumstamm an dieser verlassenen Stelle gefällt hat. Noch nie haben wir dort Beute machen können, und jetzt treffen wir ausgerechnet auf Godeke.«

»Pah, da schlägt dieser Narr irgendwo im Nichts einen Baum, und du siehst darin auch noch eine göttliche Fügung. Vor Wochen schon habe ich dir gesagt, du solltest Bodo besser rauswerfen. Nun ist es zu spät. Mit zwei Gefangenen werden wir seine Hilfe mehr brauchen denn je.«

In diesem Moment kam der Hüne mit dem Wasser durch die Tür.

Luburgis eilte ihm sogleich entgegen, um es ihm abzunehmen.

Johannes schenkte ihm keine weitere Beachtung. Die Feindschaft zwischen den beiden ungleichen Männern war fast greifbar. »Wir müssen eine Lösung finden«, entschied Johannes. »Diese Hütte ist zu klein für fünf.«

»Dann bringen wir sie eben um«, warf Bodo drohend ein.

Luburgis entfuhr ein kurzer Schrei. »Nein, niemand legt Hand an meinen Godeke!«, rief sie fest entschlossen, fast schon grimmig. »Was ihr mit dem da macht, ist mir gleich«, sagte sie und zeigte auf Thiderich. »Doch Godeke bleibt unversehrt. Du hast ihn mit deinem Knüppel fast totgeschlagen, Bodo. Ich lasse nicht zu, dass du ihn weiter verletzt. Und du, Johannes, du solltest dich schämen, so was auch nur in Erwägung zu ziehen. Er ist immerhin dein Bruder.«

»Und warum sollte mich das kümmern, Mutter? Warum kümmert es dich überhaupt? Er hat uns vor sieben Jahren verlassen, ohne sich darum zu scheren, was aus uns wird, deshalb schert es mich auch nicht, was nun mit ihm geschieht. Es wäre ganz sicher das Beste, wenn er krepiert. Meinetwegen kann Bodo ihn sofort erdrosseln – dann hätte dieser Nichtsnutz wenigstens mal eine gute Tat getan.«

Das war zu viel für den Hünen. Wütend sprang er auf und stürzte auf Johannes zu. Der war allerdings schneller und sprang so unerwartet zur Seite, dass Bodo ins Leere griff und der Länge nach auf den Boden schlug. In seinem Eifer hatte er einen vollen Weinkrug mit sich gerissen, der nun scheppernd auf dem festgestampften Lehmuntergrund zersprang.

»Schluss jetzt!«, schrie Luburgis aus Leibeskräften und drosch mit einem langen Holzlöffel auf den Tisch, dass es nur so knallte. »Wenn ihr euch schon schlagen wollt, dann geht gefälligst nach draußen. Doch erwartet nicht, dass ich euch danach wieder reinlasse. Wir haben auch so schon genug Scherereien! Da kehrt Johannes gerade mal für einen Tag aus der Stadt zurück, und ihr habt nichts Besseres zu tun, als euch zu prügeln!«

Johannes horchte auf. Er schaute zunächst auf Bodo, der sich gerade eine Scherbe aus der Hand zog, und dann zu seiner Stiefmutter, die den Holzlöffel noch immer festhielt. Natürlich, so wurde ihm jetzt klar – sie gingen davon aus, dass er noch vor dem Abend wieder aus der Hütte verschwand! Na, das konnte ja lustig werden! »Ich bleibe dieses Mal nicht nur für einen Tag, Mutter«, erklärte er. »Meine Zeit in Hamburg ist um. Die Hütte ist von jetzt an wieder mein Zuhause.«

Wenig später begann er von Runas Verhaftung zu erzählen.

4

Runa konnte sich weder erinnern, wer sie hierher gebracht hatte, noch wusste sie, warum ihr ganzer Körper über und über mit blauen Flecken übersät war.

Als sie gestern die Augen aufgeschlagen hatte, war zunächst ein heftiger Kopfschmerz über sie gekommen. Vorsichtig hatte sie mit den Fingern nach ihrem Gesicht getastet und festgestellt, dass es stark geschwollen war. Doch dauerte es noch eine ganze Weile, bis ihr einfallen wollte, warum.

Langsam hatte sie sich aufgerichtet und sich umgesehen, dann erst waren die Erinnerungen über sie gekommen wie eine eiskalte Flut: der Tag des Kranfestes, ihre Flucht, die Anschuldigungen von Vater Everard. Großer Gott, man hielt sie für eine Hexe! Sie war in einem Verlies!

Tränen der Angst und Verzweiflung schossen ihr in die Augen, und sie weinte und flehte den ganzen Tag, dass jemand zu ihr an die Tür kommen möge. Runa wusste nicht, was sich dahinter befand oder ob man sie überhaupt hörte, dennoch beteuerte sie unablässig, sie sei keine Hexe und trage außerdem ein Kind unter ihrem Herzen, welches sie doch nicht allein hier im Verlies zur Welt bringen könne. Verzweifelt flehte sie nach ihrer Mutter oder wenigstens nach einer Hebamme, welche sie entbinden sollte, wenn es so weit war, doch ihr Flehen blieb ungehört.

Irgendwann versuchte sie es mit Schimpfen – sie sei schließlich immer noch die Tochter einer Ratsherrnfamilie –, doch auch das war vergebens. Niemand kümmerte sich um sie. Runa war allein.

Irgendwann fing sie an, auf und ab zu gehen, wie es ihr Vater stets zu tun beliebte, wenn er nachdachte. Zwischendurch hielt sie inne und horchte, ob sie Schritte vernahm oder das Klirren eines Schlüssels, doch nichts dergleichen drang an ihr Ohr. Sie fragte sich, was wohl passiert war, nachdem man sie niedergeschlagen hatte. Wo waren ihre Kinder, wo waren ihre Mutter, Marga und Margareta? Was war aus Walther und was aus Godeke geworden? Versuchten sie bereits alles, um sie zu befreien? Ganz gewiss taten sie das! Und wenn nicht?

Ihre Versuche sich zu beruhigen, scheiterten immer an genau dieser Frage: Was passierte, wenn es ihrer Familie nicht gelingen sollte, sie aus dem Verlies zu holen? Was würde dann aus ihr werden? Runa hatte keine Ahnung von Hexenprozessen, doch sie wusste, dass weder die Bürger noch die Richter besonders zaghaft mit diesen Frauen umgingen. Warum sollten sie auch? Hexen beeinflussten schließlich das Wetter, auf dass die Ernte auf den Feldern verdarb, und sie schickten Unfälle, Krankheit, ja sogar den Tod über die Menschen. Hexen verdienten wahrlich kein Mitleid und keine Gnade – aber *sie* war doch gar keine Hexe! Wie sollte sie das nur deutlich machen?

Immer wieder keimte unbändige Verzweiflung in ihr auf, die sie erneut weinen und um Hilfe schreien ließ. Erst als vor lauter Klagen ihre Stimme versagte, setzte sie sich wieder auf den kalten Boden und lehnte sich gegen die groben Mauern.

Müde schloss sie die Augen. Jetzt gab es nur eines, was sie noch tröstete: Schlimmer konnte es einfach nicht mehr werden. Runa hatte keine Ahnung, wie sehr sie sich täuschte.

Nach Stunden der unerträglichen Stille vernahm sie plötzlich Schritte von mindestens zwei oder drei Männern. Sie kamen eine Treppe herunter und gingen an Runas Verlies vorbei. So schnell es ihr Bauch zuließ, stürmte sie zur Tür und hämmerte mit ihren Fäusten dagegen.

»Hallo! Hallo! Wer ist da? Öffnet die Tür! Ich flehe Euch an! Bitte, lasst mich hier raus, oder schickt nach meiner Familie! Ich bin keine Hexe. Das ist alles ein Irrtum! Es wird sich bald zeigen, dass ich unschuldig bin. Versteht Ihr, was ich sage?«

»Ha, hör dir die an«, ertönte da eine Männerstimme.

»Ja, immer das Gleiche. Sie sind alle unschuldig, und es handelt sich stets um ein Missverständnis«, spottete ein anderer Mann. Gelächter ertönte.

Doch Runa ließ sich von den Grobheiten nicht abschrecken. Vielleicht kam so schnell niemand mehr hierher. Sie musste versuchen, die Herzen der Männer zu erweichen. »Aber ich habe nichts getan. Bitte glaubt mir doch. Ich kann alles erklären. Man hat mich …«

»Dein Jammern ist zwecklos, Hexe. Die Tür des Verlieses wird sich erst öffnen, wenn der Richter dich holen kommt. Bis dahin kannst du dir deine Worte sparen.«

»Ja, genau«, setzte der andere nach. »Und dann wollen wir mal sehen, ob Satan und dein schwarzer Zauber dir helfen werden, du teuflisches Frauenzimmer.«

»Bist du denn des Wahnsinns, Mann?«, fragte der eine plötzlich verschreckt. »Warum forderst du sie heraus? Was ist, wenn sie uns jetzt verhext?«

»Durch die Tür? So was geht doch nur, wenn sie uns direkt in die Augen schauen kann. Es heißt schließlich böser *Blick*, du Narr.«

»Ach ja? Woher willst du so genau wissen, dass diese Hexe nicht auch durch Türen hexen kann? Wie viele Zauberinnen hast du denn schon kennengelernt?«

»Ha, sicher mehr als du. Die Hanna in meiner Straße zum Beispiel. Sie hatte mich vor zwei Jahren mit einem Liebeszauber verhext. Ich kann es zwar nicht beweisen, aber …«

»Bitte, so hört mir doch zu«, unterbrach Runa die streitenden Männer plötzlich, die sie völlig vergessen zu haben schienen. »Ich bin keine Hexe, und ich werde Euch auch nicht verzaubern. Ich flehe Euch nur an, öffnet mir die Tür. Ich … ich bin eine schwangere Frau. Was soll denn aus meinem Kind werden, wenn ich hier alleine niederkommen muss?« Runa versuchte ihrer Stimme etwas Schmeichelndes zu verleihen, um die Wachen zu erweichen. »Sagt, Ihr tüchtigen und ehrlichen Männer, lasst Ihr mich gehen, oder schickt Ihr wenigstens nach einer Hebamme für mich? Ich weiß, Ihr seid gottesfürchtig und erkennt den Unterschied zwischen einer Hexe und einem gewöhnlichen Weib.«

Plötzlich stapfte einer der Kerle mit hörbar schnellen Schritten auf Runas Tür zu. Doch anstatt sie zu öffnen, trat er so heftig dagegen, dass Runa einen gewaltigen Schreck bekam und von der Tür zurückwich. »Halt endlich dein Maul, Hexe. Niemand wird dich herauslassen, und deine Satansbrut wirst du allein zur Welt bringen müssen. Und wenn dein Balg erst einmal da ist, wird dir das Gleiche passieren wie jenem armen Schwein hier, das wir uns jetzt vornehmen werden. Also gib gut acht.« Damit gingen die Männer fort.

Zu Tode erschrocken fragte sich Runa, was die Männer mit ihren groben Worten meinten, doch die grauenhafte Antwort auf diese Frage ließ nicht lange auf sich warten.

Offenbar hatten die beiden Wachen eben einen Verbrecher in die Folterkammer begleitet, wo er nun stundenlang gequält wurde. Entsetzliches Schreien und Stöhnen drang in ihr Verlies hinein, und auch wenn sie die Foltermethoden nur vom Hörensagen kannte, konnte sie sich lebhaft vorstellen, wie man ihm die Arme brach, die Daumen quetschte und sein Fleisch mittels Feuer und kochendem Wasser verbrannte und verbrühte. Bald hatten die Schreie des Gefolterten nichts Menschliches mehr an sich.

Nun wusste Runa, was man für sie vorsah. Sobald sie ihr Kind zur Welt gebracht hatte, sollte der Prozess gegen sie beginnen, in dessen Verlauf man sie womöglich foltern würde. Der Schrecken über diese Erkenntnis und die Schreie des gequälten Mannes ließen sie schier wahnsinnig werden vor Angst. Hilflos presste sie die Hände auf die Ohren und summte eine Melodie vor sich hin, die ihre Mutter ihr als Kind immer vorgesungen hatte. Dabei schaukelte sie mit dem Oberkörper vor und zurück, vor und zurück – immer wieder und wieder, bis sie kurz davor stand, den Verstand zu verlieren.

Sie wusste, dass sie nur so lange vor der Folter sicher war, wie sie ihr Kind in sich trug, doch sie wusste auch, dass es sehr bald kommen würde. Schon längst hatte sie den ziehenden Schmerz in ihrem Unterleib bemerkt, doch sie versuchte ihn nicht zu beachten.

Gleich nachdem Willekin Aios die Kurie des Ratsnotars verlassen hatte, entglitten Johann Schinkel seine mühsam beherrschten Gesichtszüge. Runa war im Verlies! Großer Gott, das durfte einfach nicht wahr sein! Er musste so schnell wie möglich zu ihr.

»Jacob!«, brüllte er aus vollem Halse, während er sich abmühte, seine engen Stiefel überzustreifen.

Der junge Diener schlich auf leisen Sohlen in den Raum und blickte seinen Herrn mit großen Rehaugen an.

»Geh in die Vorratskammer, und bring mir Brot und Käse in einem Leinentuch. Schnell. Beweg dich, und glotz mich nicht nur dumm an. Und wenn du jetzt anfängst zu heulen, dann bekommst du eine Tracht Prügel, die du dein Lebtag nicht vergessen wirst.«

Jacob war noch nie so schnell gelaufen. In Windeseile kehrte er zurück und übergab seinem Herrn das Gewünschte – ohne zu weinen.

»Heilige Maria, ein Wunder ist geschehen«, sagte Johann nur und rauschte an dem Jungen vorbei.

Draußen auf der Straße war es allerdings mit jeder Eile vorbei. Es kostete Johann alle Kraft, nicht zum Verlies zu rennen, doch er musste sich unauffällig verhalten. Schließlich kannte ein jeder das Gesicht des Domherrn und Ratsnotars. Hätte er sich irgendwie seltsam verhalten, wäre es gleich unzähligen Bürgern aufgefallen. So ging er aufgewühlten Herzens aber gemächlichen Schrittes auf den schlaksigen Wachmann des Kerkers zu und winkte ihn zu sich.

Dieser kam folgsam herbeigeeilt und begrüßte ihn höflich: »Ratsnotar Schinkel. Welch eine Ehre.« Anschließend verbeugte er sich tief.

Johann, dem nicht nach höflichem Geplauder zumute war, sagte in gebieterischem Ton: »Ich wünsche die Hexe zu sehen. Bring mich zu ihr.«

»Natürlich«, erwiderte der Wächter, ohne zu zögern. »Folgt mir bitte. Doch ich warne Euch: Hütet Euch vor ihrem …«

Johann Schinkel verdrehte die Augen und unterbrach den Mann unwirsch. »Ja, ja. Vor dem bösen Blick. Wer, glaubst du, bist du, dass du mir solche Ratschläge erteilen darfst, Bursche?«

Der Wächter blickte den Ratsnotar erstaunt an. Seine Worte waren gut gemeint gewesen, doch offenbar hatte er sich ungeschickt ausgedrückt. Daher sagte er nun mit einer noch viel tieferen Verbeugung: »Bitte verzeiht mir, Herr. Natürlich braucht Ihr meine törichten Hinweise nicht. Ich bin nur ein einfacher Mann und weiß nicht, was ich sage. Hört nicht auf mich.«

Johann ging nicht weiter darauf ein. Eigentlich war es nicht seine Art, derart unfreundlich zu sein, doch die Tatsache, dass jedermann Runa für eine gefährliche Hexe hielt, machte ihn einfach wütend.

Der Wächter stieg vor Johann eine steile Wendeltreppe hinab, bis sie in einem schmalen Gang standen, von dem rechts und links schwere, eisenbeschlagene Türen abgingen. Es stank erbärmlich nach Fäulnis und Pisse, und das Stöhnen Verletzter und Sterbender drang unangenehm an Johanns Ohr. Er schauderte. Im fahlen Licht der einzigen Fackel, die der Wächter vor sich hertrug, wirkte dieser Ort wie der Eingang zur Hölle. Noch konnte sich Johann gar nicht vorstellen, dass Runa hinter einer dieser Türen sitzen sollte – nicht seine geliebte Runa mit ihrer weichen Haut und dem hellen Haar. Ihr engelsgleiches Antlitz wollte so gar nicht hierherpassen.

Doch tatsächlich blieb der Wächter vor einer der Türen stehen und fingerte zittrig an seinem Schlüssel herum. Erst nach einer ganzen Weile hatte er den richtigen gefunden. Endlich öffnete sich die Tür. Der Wächter war gerade im Begriff einzutreten, als Johann ihn aufhielt. »Gib mir deinen Schlüssel und die Fackel.«

»Wie meint Ihr das?«, stammelte der Wächter verwirrt.

»Hast du etwa nicht gehört, was ich sage?«, fragte Johann nun absichtlich unfreundlich. Der Mann tat ihm leid, da er sich eigentlich untadelig benommen hatte, doch dies war die einzige Möglichkeit, für kurze Zeit mit Runa allein zu sein. »Was erlaubst du dir, Bursche? Zunächst belehrst du mich frech, und dann verweigerst du mir deinen Gehorsam. Wenn du mir nicht augenblicklich gibst, wonach ich verlange, dann werde ich mich beim Bürgermeister über dich beschweren.«

Der Wächter wurde blass. Zwar hatte er eindeutige Weisung, niemanden alleine zu den Gefangenen zu lassen, und er durfte auch niemandem seinen Schlüssel aushändigen, doch galt dies auch für den geistlichen Ratsnotar der Stadt? Er war sich nicht sicher, gleichwohl er jetzt eine Entscheidung treffen musste. Zögerlich reichte er Johann Schinkel seinen schweren Schlüsselbund.

Dieser riss ihm ihn förmlich aus der Hand und befahl: »Die Fackel!«

Der Wächter, der offenbar jeden Widerstand aufgegeben hatte, reichte ihm das Gewünschte.

»Na schön, da du anscheinend zur Vernunft gekommen bist,

werde ich über dein Verhalten noch einmal hinwegsehen. Und nun mach, dass du nach oben auf deinen Posten kommst! Wenn ich hier fertig bin, bekommst du den Schlüssel zurück.«

Der Wächter verbeugte sich ein drittes Mal und hastete die steinerne Treppe hinauf.

Johann atmete erleichtert auf. Es kam überaus selten vor, dass er seine Stellung so dermaßen rücksichtslos ausnutzte. Zum Glück hatte sich der tumbe Wächter so leicht einschüchtern lassen! Nun musste er sich beeilen. Viel Zeit blieb ihm sicher nicht bis zum nächsten Wachwechsel. Beherzt trat er durch die Tür des Verlieses und drückte sie hinter sich zu. Dann schloss er ab und wandte sich langsam um. Die Fackel wie ein Schwert von sich gestreckt erleuchtete er das finstere Geviert von einer Ecke zur anderen. Hier, im gelblichen Schein der Flammen, sah er sie endlich sitzen.

Runa hatte die Hände auf ihre Ohren gelegt und die Beine angewinkelt. Die Augen geschlossen summte sie leise eine Melodie vor sich hin. Es war ein schrecklicher Anblick, der Johann direkt ins Herz fuhr.

»Runa«, sprach er sie an und steckte die Fackel in einen eisernen Ring in der Wand. Sie reagierte nicht. »Runa, öffne die Augen. Ich bin hier.«

Da erst sah die Schwangere auf und verstummte. Die Hände noch immer auf den Ohren, stierte sie Johann an.

Dieser bekam es mit der Angst zu tun. »So sprich doch mit mir! Hat man dir ein Leid angetan?«

Noch immer sagte sie nichts.

Langsam ging er auf sie zu. Er konnte deutlich sehen, wie verstört sie war, darum entschied er, sie nicht mit weiteren Fragen zu verwirren. Vorsichtig und ohne sie zu berühren, ging er neben ihr in die Knie. Dann wusste er plötzlich nicht mehr, was er tun sollte. Sein Herz sagte ihm, dass er sie in seine Arme schließen sollte, doch sein Verstand hielt dagegen. Diese Begegnung war etwas ganz anderes als die in seinem Wagen. Wer konnte schon sagen, was sie gerade empfand!

Runas Blick war nicht zu deuten. Sie schien durch ihn hindurchzusehen. Er war sich nicht sicher, was genau man ihr bereits angetan hatte. Manche Wärter vergingen sich an den Frauen in den Verliesen – waren sie doch wehrlose Opfer, denen niemand zu Hilfe eilen würde. Stumm flehte Johann, dass ihr das erspart geblieben sein mochte. Gerade als er sie erneut ansprechen wollte, nahm sie ihre Hände von den Ohren.

»Johann. Bist du es wirklich?«

»Ja, Runa. Ich bin es«, antwortete er mit großer Erleichterung und blickte in ihr gequältes Gesicht.

Runa schloss die Augen. Unter ihren Lidern quollen dicke Tränen hervor. »Du bist hier! Du hast mich nicht vergessen«, weinte sie bitterlich.

»Nein, o nein, wie kannst du das nur denken? Niemals könnte ich dich vergessen, mein Herz. Ich bin hier, hier bei dir.«

Runas Lippen formten das tonlose Wort *Danke,* doch es galt nicht Johann. Gott hatte sie doch erhört. Er hatte ihr jemanden geschickt – wenn auch nicht ihre Mutter oder ihren Gemahl, um die sie eigentlich gebeten hatte. Nie hätte sie es gewagt, in ihrer jetzigen Lage um Johann zu bitten. Zu liederlich und sündig wäre ihr dieser Wunsch erschienen. Doch vielleicht war es gerade die Sündhaftigkeit ihres Wunsches gewesen, die nicht Gott, sondern den Teufel gerufen hatte, der nun versuchte, sie in ihrer schwächsten Stunde mit ihrem größten Laster zu verführen.

Runa öffnete die Augen wieder und sah in das Gesicht des Mannes, der ihr all die Jahre des Nachts erschienen war. Nun kniete er leibhaftig neben ihr – kein Traum, keine Erinnerung, er war wirklich hier. Es war ihr gleich, wer ihn geschickt hatte – Gott oder der Teufel. Ihr Herz frohlockte. Wie von selbst legte sie ihre Hand auf seine Brust, genau so, wie sie es in seinem Wagen getan hatte.

Wieder fühlte sie seinen Herzschlag und gleichzeitig ihre unsterbliche Liebe zu ihm.

Johann nahm seine Rechte und legte sie an ihre Wange. Mit seiner Linken umfasste er ihre Hand auf seiner Brust. Jetzt konnte er fühlen, dass sie seine Nähe ebenso wollte wie er ihre, und so verwarf er alle Gedanken an Sitte und Anstand und die an ihren Ehemann ebenfalls. Sanft zog er sie an seine starke Brust. Dann umschloss er ihren Körper mit seinen Armen und küsste ihre Stirn. Sein Leib bebte vor Verlangen, sein Herz raste. Das erste Mal seit sieben Jahren durfte er Runa berühren, sie halten, sie küssen. So furchtbar die Umstände auch waren – ihre Liebe ließ das alles für einen Augenblick in Vergessenheit geraten. Es zählte nur, dass sie einander nah waren. Hier unten, an diesem finsteren, unwirtlichen Ort, waren sie ungestört. Kein Platz der ganzen Stadt hätte ihnen das gerade bieten können, und so waren sie auf eine absurde Weise dankbar dafür.

Johanns Hände lösten sich von Runas Körper und umfassten ihr Gesicht. Sie wehrte sich nicht. Langsam näherte er seinen Mund dem ihren, bis ihre Lippen einander berührten. Sie küssten sich zaghaft und zärtlich, dann forscher und schließlich so leidenschaftlich, als wären sie wieder in der kleinen, windschiefen Hütte, in der alles begonnen hatte. All die aufgestauten Gefühle in ihren Herzen schienen sich in ihren Küssen zu entladen, bis sie endlich schwer atmend und schwitzend voneinander abließen. Sosehr sie den anderen auch begehrten, hier in dieser Zelle und in Runas Zustand war es für beide einfach undenkbar, sich zu lieben.

Aufgewühlt ließ sich Johann rücklings an die kalte Mauer sinken, während Runa ihren Kopf an seine Brust lehnte. Stumm lauschten sie beide dem Nachhall ihrer widerstreitenden Gefühle. Sie wussten, dass ihre gemeinsame Zeit begrenzt war, und trotz ihrer Liebe und der Freude über ihr Wiedersehen weinte Runa ohne Unterlass.

Johann streichelte ihr tröstend übers Haar und wischte ihre Tränen fort, doch wahren Trost konnte es nicht geben.

»Wieso bist du hier, Johann? Alle halten mich für eine Hexe. Und auch, wenn ich das nicht bin, ist das, was ich tue, doch fast schlimmer als jeder Wetterzauber.«

»Sag so was nicht, Liebste. Wer vermag schon zu beurteilen, ob eine Sünde schwerer wiegt als eine andere?«, versuchte Johann ihre Worte zu entkräften, wenngleich er sehr wohl verstand, wovon sie sprach. Unwillkürlich wanderte sein Blick zu ihrem Bauch. Sie war die Frau eines anderen, und nun, da sie mit Walthers Kinde schwanger war, war die Liebe, die immer wieder zwischen ihnen entflammte, eine noch größere Sünde. Ja, Runa legte ihrer Seele Schlimmes auf, doch sie war nicht die Einzige. »Auch ich bin ein Sünder«, verkündete er überzeugt und erschüttert zugleich. »Glaube mir, Runa, meine Schuld lastet ebenso schwer auf mir wie deine auf dir. Sieben Jahre lang habe ich versucht dagegen anzukämpfen, doch es ist mir nicht gelungen, mich von meiner Liebe zu dir zu befreien. Den Beweis dafür trage ich immer mit mir.« Johann zog sein Hemd aus und entblößte die unzähligen Narben auf seiner Brust und seinem Rücken, die die Geißelung in sein Fleisch getrieben hatte.

Erschrocken blickte Runa auf die roten Striemen, die seine sonst ebenmäßige Haut durchschnitten. »Johann, was hast du getan?«, fragte sie flüsternd, während sie sacht die harten Linien mit dem Finger nachzeichnete. Es schmerzte sie unendlich zu sehen, dass er sich ihretwegen so gequält hatte, und trotzdem waren die Erhebungen und Einkerbungen deutliche Zeugnisse seiner unendlichen Liebe zu ihr. Liebevoll küsste sie jede einzelne von ihnen, bis Johann sie wieder zärtlich an seine Lippen zog und ihr im Überschwang der Gefühle seine Liebe gestand: »Ich liebe dich, Runa.«

»Und ich liebe dich!« Erst nach diesen Worten fühlte sich Runa endlich stark genug, ihm die eine Frage zu stellen, welche über ihnen hing wie eine schwarze Wolke: »Was haben sie mit mir vor, Johann? Du musst es doch wissen, also sag es mir bitte!«

Er hatte geahnt, dass diese Frage kommen würde, und trotzdem fühlte er sich einer Antwort nicht gewachsen. Johann hätte ihr gern die Wahrheit verschwiegen oder wenigstens sanfter beigebracht, doch für die Folter gab es keine sanften Worte. »Du sollst peinlich befragt werden.«

Runa war gefasster, als sie selbst gedacht hätte. Nun war es gesagt. Sie hatte es ohnehin geahnt. Ihr war klar, was das zu bedeuten hatte: Es gab kaum eine Möglichkeit zu überleben. Wenn sie gestand, eine Hexe zu sein, würde man sie verbrennen, nachdem man ihr zuvor gnädigerweise den Kopf abgeschlagen oder sie erwürgt hatte. Überstand sie dagegen die Folter und weigerte sich weiterhin zuzugeben, eine Hexe zu sein, würde man ihr womöglich glauben. Doch sie würde die Folter nicht überstehen – schon gar nicht nach einer Geburt. Vermutlich würde sie schon bei der ersten Pein alles zugeben, was man ihr vorwarf, was ihren sicheren Tod bedeutete.

»Runa, es gibt noch etwas, das ich dir sagen muss«, fuhr Johann fort.

»Sprich nur, mein Geliebter«, sagte Runa, noch immer gefasst. »Wenn es etwas Schlimmes ist, will ich es wenigstens in deinen Armen erfahren.«

Johann wünschte, dass dies die Sache tatsächlich leichter machen würde, doch es wäre wohl eher das Gegenteil der Fall. »Willekin Aios hat mir die Führung des Verhörs übertragen«, begann Johann zögerlich. »Ich habe versucht, ihn davon abzubringen, doch er hat sich geweigert, mich auch nur anzuhören. Das heißt …«, Johann musste schwer schlucken, bevor er weitersprechen konnte, »… das heißt, ich werde derjenige sein, der deine Folter befehligen wird, nachdem du dein Kind geboren hast.«

Nach diesen Worten herrschte eine Zeit lang Stille. Das war der Gipfel allen Gräuels. Doch diesmal war es Runa unmöglich auszumachen, wer von ihnen beiden das größere Leid zu ertragen hatte. »Dies, mein Liebster, ist wohl die gerechte Strafe für unsere Sünden. Unsere Liebe wird gleichzeitig unser Tod sein.«

5

Es musste die Stille des Waldes sein, die ihn stets in aller Frühe weckte, vermutete Albert. In Hamburg waren immer irgendwelche Geräusche von der Straße her ins Haus gedrungen. Hier, auf der Riepenburg, gab es nichts: keine schreienden Marktweiber, keine hämmernden und klopfenden Handwerker oder rumpelnde Ochsen- und Pferdewagen. Selbst der Hahn krähte immer erst gegen die Mittagsstunde.

Auch heute schien Albert mal wieder als Erster wach zu sein, doch anders als an den vergangenen Tagen hielt ihn an diesem Morgen nichts mehr in seiner Kammer. Er musste raus, seine Glieder strecken und die frische Morgenluft einatmen. Geschwind kleidete er sich an und schritt die Treppe der Burg hinunter.

Obwohl es nie eine direkte Absprache mit Eccard Ribe gegeben hatte, war ihm klar, dass er sich im Inneren der Burganlage bis hin zum äußersten Wall hinter dem Wassergraben frei bewegen durfte. Seit dem Abend in Eccards Burgsaal hatten die Männer ein verhaltenes Vertrauen zueinander gefasst. Dieses Vertrauen reichte zunächst so weit, dass der Ritter Albert gewährte, sich unter Aufsicht seiner Wachen auf dem Burghof aufzuhalten. Nur drei Tage später zogen es die Wachen plötzlich vor, in ihren Wachhäuschen sitzen zu bleiben, anstatt ihn auf Schritt und Tritt zu verfolgen. Albert verstand, dass diese neue Freiheit ein Zugeständnis Ribes an ihn war, was er ihm mit seinem Gehorsam dankte.

Auch wenn er sich sehr nach seiner Familie sehnte und lieber heute als morgen die Burg verlassen hätte, wäre ihm niemals in den Sinn gekommen, das Vertrauen des Ritters auszunutzen. Er war ein Mann des Wortes und würde sein Einlager akzeptieren wie ein Ehrenmann, wenn nötig bis zum Tage seines Todes. Insgeheim flehte er allerdings, dass es nicht so weit kommen möge.

Draußen auf dem Hof angelangt blickte er versonnen in die schleierartigen, frühmorgendlichen Nebelfelder. Albert hatte festgestellt, dass dieser Ort die verschiedensten Gefühle in ihm wachrief. Während das Burggelände ihm am Morgen geheimnisvoll und irgendwie verzaubert vorkam, wurden die Stunden von Mittag bis Abend begleitet von kaum zu ertragender Eintönigkeit. Alles in allem vergingen die Tage auf der Burg nur zäh, und Albert langweilte sich zuweilen ganz fürchterlich. Ritter Eccard hatte recht behalten: Das Schachspiel war tatsächlich die beste Möglichkeit, sich die Zeit zu vertreiben. Jede Nacht hatten die Männer bislang gespielt, und obwohl die Partien mittlerweile länger wurden, hatte Albert bisher noch nicht ein einziges Mal gewonnen. Gestern waren ihm ein paar gute Züge gelungen, und heute, so nahm er sich ganz fest vor, wollte er Eccard schlagen.

Gedankenversunken schlenderte Albert über die Brücke, welche den erhöht gelegenen Wohnturm und die erste Wallanlage miteinander verband, dann stieg er die Stufen des Walls hinunter und hielt genau auf die vereinzelt stehenden Fachwerkgebäude zu, die ebenfalls zur Burg gehörten. Schon bei seiner Ankunft auf der Riepenburg hatte Albert vermutet, dass es sich dabei um die Ställe, um Wohnhäuser und um eine wegen Brandgefahr ausgelagerte Küche handelte. Das wollte er nun genauer in Augenschein nehmen.

Er betrat das längste der Gebäude, dessen hölzerne Flügeltür weit offen stand, und stellte fest, dass es tatsächlich ein großzügiger und heller Stall war. In seinem Inneren duftete es angenehm nach frischem Stroh und dem Holz der teilweise mannsdicken Balken. Durch die Mitte verlief ein breiter Gang. Rechts und links befanden sich die Pferdeboxen, aus denen einige Köpfe neugierig in Alberts Richtung schauten. Das leise Kauen der Pferde und das Rascheln des sauberen Strohs drangen an sein Ohr. Alles war gefegt und ordentlich, und selbst die Pferde glänzten wie blanke Silberpokale. Hier verstand jemand offenbar sein Handwerk.

Albert schritt den Gang entlang und blieb vor einer Nische mit Futtersäcken stehen. Langsam ließ er den Hafer durch seine Hände rieseln. Eccard musste recht vermögend sein, wenn dies tatsächlich alles seine Pferde waren.

Während er beruhigende Worte murmelte, näherte er sich der Box eines Rappen, der ihn sogleich nach Futter zu durchsuchen begann. Albert reichte ihm eine Handvoll Hafer, die er dem Sack entnommen hatte. Gierig fraß der Schwarze die dargebotene Kost und durchsuchte ihn mit seiner geübten Oberlippe gleich weiter nach Futter. Es schien, als ob das Pferd für gewöhnlich bekam, was es forderte, denn als Albert einen Moment nicht hinsah, biss der Rappe ihm kräftig in die Finger.

»Verdammt noch mal«, stieß er fluchend aus und zog seine Hand schnell zurück. »Ist das der Dank für den Hafer, du Vielfraß?«

»Das kommt davon, wenn man sie mit der Hand füttert«, sagte plötzlich eine Stimme hinter ihm.

Albert drehte sich um, konnte aber niemanden entdecken. »Wer ist da? Zeig dich gefälligst, wenn du mir schon Ratschläge erteilst.«

Ein Junge trat aus einer der Pferdeboxen. Albert erkannte ihn sofort. »Du bist doch Jons, oder?«

»Ja, Herr. Bitte verzeiht, wenn ich unverschämt zu Euch war, aber Ihr solltet die Pferde nicht aus der Hand füttern. Sonst passiert so etwas.« Jons zeigte mit dem Kinn auf Alberts schmerzende Finger, die er sich noch immer rieb.

»So, so«, brummte Albert etwas argwöhnisch und musterte den

Jungen. Er musste zugeben, dass er nicht besonders viel Ahnung von Pferden hatte, doch wie viel Ahnung konnte dieser kleine Kerl schon davon haben? »Was tust du eigentlich hier um diese frühe Stunde?«

»Ich versorge die Pferde, Herr. Sie brauchen Wasser und Futter, und außerdem putze ich sie jeden Morgen. Seht Ihr, wie ihr Fell glänzt?«

Albert musste über den unverhohlenen Stolz des Jungen schmunzeln, doch er hatte recht mit dem, was er sagte. »Ja, ich sehe es. Du scheinst ordentliche Arbeit zu leisten. Bist du der Stallbursche des Ritters?«

»Nein, eigentlich bin ich sein Page. Doch die Arbeit mit den Pferden ist mir die liebste. Ich stehe jeden Tag in aller Frühe auf, damit ich meine anderen Aufgaben auch noch schaffe.«

Albert nickte anerkennend. Trotz der vorlauten Belehrung mochte er den Jungen auf Anhieb.

»Kommt hier herüber, Herr, dann zeige ich Euch meine Stute.«

Wieder hatte Jons sich Albert gegenüber ein bisschen zu viel herausgenommen, dennoch tat dieser, was der Junge von ihm wollte.

»Eigentlich habt Ihr sie ja schon kennengelernt – auf dem Weg von Hamburg zur Burg –, erinnert Ihr Euch?«

Sobald sie an die Box traten, kam die Fuchsstute heran und reckte ihren Kopf über die Holzpforte hinunter zu Jons. Dieser legte seine Hände liebevoll auf ihre Wangen und gab ihr einen Kuss auf die Nase. »Das ist meine Alyss. Sie ist das beste Pferd, welches ein Mann sich wünschen kann.«

Albert musste erneut schmunzeln – war der Junge doch noch sehr weit davon entfernt, ein Mann zu sein. »Sie ist wirklich sehr schön, und vor allem ist sie angenehm zu sitzen«, sagte Albert in Erinnerung an den Tag, an dem er unfreiwillig auf Alyss geritten war.

Der junge Page freute sich sichtlich über das Lob. »Mein Herr sagt immer, ich muss strenger mit den Pferden umgehen, damit sie auch gehorchen, aber ich versichere Euch, das muss ich nicht. Sie folgen mir auch so. Man darf sie nur nicht schlagen, wisst Ihr. Das mögen sie nicht, und dann hören sie erst recht nicht mehr.«

»Na, das klingt ja fast so, als würden die Pferde zu dir sprechen.«

Bevor der Page darauf antworten konnte, vernahmen Albert und Jons plötzlich Schritte hinter sich. Gleichzeitig drehten sie sich um und sahen Eccard Ribe in den Stall kommen. »Das tun sie in gewisser Weise auch – jedenfalls könnte man das denken, wenn man den Jungen reiten sieht«, erklärte der Ritter und legte eine Hand auf Jons' Kopf. »Er hat eine Gabe von Gott bekommen. Anders kann ich es mir nicht erklären. Jedenfalls hören selbst die wildesten Gäule auf diesen Knaben. Er scheint also wahrhaftig ihre Sprache sprechen zu können.«

»Das ist wirklich interessant«, bestätigte Albert und wandte sich dann wieder an Jons. »Ich hoffe doch sehr, dass du dem Rappen nicht befohlen hast, mir in die Finger zu beißen.«

»O nein, das würde ich niemals tun«, antwortete der Junge und erbleichte. »Ich … ich sagte doch, dass … dass man sie niemals mit der Hand füttern sollte.«

»Schon gut. Ich werde es überstehen«, beruhigte Albert den Pagen, der offenbar für einen kurzen Moment befürchtet hatte, für den Biss zur Verantwortung gezogen zu werden.

Eccard Ribe nahm seine Hand von Jons' Kopf und sagte zu ihm: »Wenn du hier fertig bist, dann geh, und bürste meinen Mantel aus.«

Sofort flitzte der Neunjährige davon.

»Ich hoffe, dass Eure Hand nicht so stark verletzt ist, dass Ihr kein Schach mehr mit mir spielen könnt«, spottete der Ritter freundschaftlich.

»Keine Sorge, habe ich mir fest vorgenommen, Euch heute Abend zu schlagen«, gab Albert kampfeslustig zurück.

Eccard Ribe lachte verschmitzt. »Vielleicht sollte ich Euch mal gewinnen lassen, ansonsten verliert Ihr noch die Lust an unserem Spiel.«

»Nicht nötig«, gab Albert zurück. »Ich bevorzuge es, auf ehrliche Art zu gewinnen.«

Der Ritter nickte. »Nichts anderes habe ich von Euch erwartet.«

Abermals umgab die Männer ein Schweigen, wie es schon oft zuvor der Fall gewesen war. Mit der Zeit waren sie einander nähergekommen, und dennoch verhinderten die Umstände, dass zwischen ihnen Freundschaft entstand. Ein solches Band konnte es einfach nicht geben zwischen einem Ritter und einem Kaufmann, der sich noch dazu in dessen Gewahrsam befand – oder doch?

»Versteht Ihr was von Pferden, von Holdenstede?«, fragte Eccard sein Gegenüber, während er Alyss die Nüstern streichelte.

»Nein, nicht viel. Als Kaufmann ist man entweder in der Stadt oder auf See unterwegs. Dazu braucht man nicht unbedingt ein Pferd. Doch ich mag diese Tiere, besonders wenn sie so angenehm zu sitzen sind wie dieses hier.«

Eccard lachte kurz auf. »Ja, Alyss ist in der Tat weit angenehmer zu reiten als all meine Hengste. Jons liebt seine Stute sehr. Auf dem Weg nach Hamburg – kurz bevor wir Euch geholt haben – hätten wir sie fast verloren.«

»Wirklich? Wie kam es dazu?«, fragte Albert mit ehrlichem Interesse.

»Sie hatte sich im Morast festgetreten und konnte sich nicht mehr von selbst befreien. Als sie immer tiefer sank, wollte ich sie schon fast aufgeben, doch Jons hat mich angefleht, sie zu retten, und mir versichert, dass sie es schaffen würde. Wie so oft hatte der Knabe recht. Gemeinsam mit den Männern dieses einfältigen Hamburger Kaufmanns, der uns begleitete, schaffte sie es wieder auf die Beine.«

»Was für ein Glück für Jons«, schloss Albert.

»Ja, und für mich«, fügte der Ritter hinzu. »Pferde sind teuer. Ein Tier zu verlieren bedeutet einen großen Verlust.«

Albert nickte, doch seine Gedanken galten längst nicht mehr dem Pferd. »Darf ich fragen, von welchem Kaufmann Ihr eben gesprochen habt?«

Eccard Ribe antwortete, ohne den Blick von Alyss zu nehmen. »Ein übler Geselle, mit dem ich noch eine Rechnung offen habe. Sein Name ist Johannes vom Berge.«

Albert stieß einen Laut der Verachtung aus. »Johannes vom Berge. Hab ich's doch geahnt! Er ist in der Tat ein übler Geselle! Ich kenne ihn, müsst Ihr wissen, und auch ich habe noch eine Rechnung mit ihm offen.«

»Ja, ich weiß, dass Ihr ihn kennt«, gab der Ritter zu Alberts Erstaunen unbeeindruckt zurück. »Und ich habe mir auch schon gedacht, dass Ihr nicht gut auf ihn zu sprechen seid.«

Nun wurde Albert neugierig. »Woher wisst Ihr das? Ich habe Johannes vom Berge nie in einer unserer Unterredungen erwähnt.«

»Nun, kurz vor meiner Abreise aus Plön habe ich eine Unterredung zwischen Johannes vom Berge und Graf Gerhard II. mitbekommen. Der Kaufmann erzählte meinem Fürsten davon, dass Eurer Handelspartner Thiderich Schifkneht mit einem Sack voll Münzen verschollen sei, welche eigentlich dem Grafenhaus zustehen – der Anteil an Euren Holzgeschäften. Der Fürst war darüber natürlich sehr erbost und befahl mir daraufhin, Euch ins Einlager auf meine Burg zu schaffen, bis Ihr Eure Schuld getilgt habt.«

Albert erwiderte nichts. Mit großen Augen starrte er Eccard Ribe an. Hatte er tatsächlich richtig gehört? Seine Gedanken überschlugen sich.

»Was ist mit Euch?«, fragte der Ritter, als er Alberts starren Blick bemerkte.

Dieser riss sich zusammen und fragte: »Habt Ihr eben gesagt,

Johannes vom Berge habe mit Graf Gerhard II. über Thiderichs Verschwinden gesprochen?«

»Ja, genau das sagte ich.«

»Großer Gott, das kann doch alles gar nicht wahr sein. Und ich habe es bereits die ganze Zeit gewusst!«

»Ihr sprecht in Rätseln, von Holdenstede. *Was* habt Ihr die ganze Zeit gewusst?«

Albert sah dem Ritter fest in die Augen und sagte: »Wenn Ihr mögt, dann erkläre ich es Euch bei einer Runde Schach.«

Je näher Johann Schinkel dem Haus in der Reichenstraße kam, desto langsamer wurden seine Schritte. Es war ein seltsames Gefühl, gleich das erste Mal das Haus zu betreten, in dem Walther jahrelang mit Runa zusammengelebt hatte, doch es gab für ihn kein Zurück mehr. Er musste es tun, wenn er Antworten haben wollte – und vor allem musste er es tun, bevor er nach Kiel reiste. Danach war es womöglich zu spät. Runa hatte er absichtlich nichts von seinem Plan erzählt. Es hätte ihr entweder falsche Hoffnungen gemacht oder sie beunruhigt – und beides wollte Johann nicht riskieren.

Ihr Abschied im Verlies war furchtbar schnell gekommen. Wie vermutet hatte die Wachablösung nicht lange auf sich warten lassen. Runa und er lagen noch eng umschlungen beieinander, aßen das Brot und den Käse, den Jacob eingepackt hatte, und sprachen über die wundersame Heilung Johannas, als es plötzlich an der Tür hämmerte. In Windeseile hatte Johann sein Hemd übergestreift und Runa einen letzten Kuss geben, dann hatte er dem Wachmann geöffnet und ihm den Schlüssel zurückgegeben.

Es zerriss ihm fast das Herz, Runa allein in dem kalten, finsteren Verlies zurückzulassen, doch bis zu seiner Rückkehr aus Kiel wollte er wenigstens versuchen, etwas für sie zu erreichen, weshalb er nun auch direkt zur Reichenstraße zu Walthers Haus eilte. Hier lebte laut Willekin Aios der Geistliche Vater Everard, der Runa der Hexerei beschuldigt hatte.

Johann straffte die Schultern, wusste er doch, dass er für das, was nun folgte, einen klaren Kopf brauchte. Dann hieb er kräftig mit der Faust gegen die Tür. Dreimal, viermal, fünfmal. Nichts rührte sich. Er wartete einen Augenblick und pochte erneut. Noch immer blieb alles still. Nach einer Weile begann er sich zu fragen, ob der Priester womöglich gar nicht mehr hier wohnte. Das Haus machte einen verlassenen Eindruck. Aber als er gerade ein letztes Mal klopfen wollte, öffnete ihm unvermittelt eine Magd die Tür.

»Bitte verzeiht, Herr. Meine Beine sind wegen eines Unfalls nicht mehr die schnellsten. Was wünscht Ihr?«

Johann war einen Moment verwundert. Wer beschäftigte denn eine lahme Magd? Dann aber schüttelte er diesen Gedanken ab und fragte: »Finde ich hier einen Geistlichen namens Vater Everard?«

»Ja, Herr. Bitte kommt doch herein. Ich werde meinem Herrn gleich Bescheid geben.«

Johann trat in die Diele und sah sich um, während die Magd mit steifen Beinen davonhinkte. Auf dem Boden lagen ordentliche Flechtmatten aus Stroh, und es gab einen Kamin, der aber augenscheinlich nur selten benutzt wurde. Aus einer der offenen Türen zog ein verführerischer Duft nach gekochtem Fleisch. Flüchtig dachte Johann, dass ein Geistlicher wie Vater Everard Fleisch eigentlich nur gelegentlich zu sich nehmen sollte, wenn er sich nicht der Sünde der Völlerei schuldig machen wollte, doch daran hielten sich ohnehin die wenigsten Kirchenmänner. Sein Blick wanderte die Stiegen hinauf. Er fragte sich, wie es wohl im oberen Stock aussehen mochte. Zu gern wäre er durchs ganze Haus gelaufen, um in alle Räume zu schauen, doch das war natürlich nicht möglich.

Hier hatte Runa also all die Jahre gelebt, nachdem sie aus dem Beginenkloster ausgetreten war und Walther sie zu seiner Frau genommen hatte. Johann musste zugeben, dass er sich das Haus weitaus weniger prächtig vorgestellt hatte.

»Ratsnotar Schinkel, was führt Euch zu mir? Ihr seht mich geehrt und überrascht zugleich.«

Johann drehte sich um und sah vor sich einen kleineren Mann mit hängenden Wangen, die ihn stark an einen Hund erinnerten. Dies war er also: Runas und somit auch sein größter Feind – Vater Everard!

Trotz seines freundlichen Ausdrucks strahlte der Kirchenmann etwas Bedrohliches aus. Johann war gewarnt. Mit diesem Priester war nicht zu spaßen, das erkannte er gleich. Doch galt es noch genauer zu erfahren, mit wem er es zu tun hatte. Johann musste unbedingt herausfinden, was dieser Mann wusste und dachte. Daher setzte er sein offenherzigstes Gesicht auf und begrüßte den fremden Geistlichen mit dem scheinbar größten Respekt. »Aber, aber, ich bitte Euch«, wiegelte Johann ab, während er sich knapp verbeugte. »Ich fühle mich nicht minder geehrt. Schließlich seid Ihr der kühne Hexenbezwinger, den die Hamburger gerade wie einen Helden verehren.«

»Nicht doch, Ihr schmeichelt mir gar zu sehr, Ratsnotar. Ich habe nur meine Christenpflicht getan.«

»Eure Bescheidenheit lässt Euch in meiner Hochachtung nur noch mehr steigen«, widersprach Johann und bemerkte ein Funkeln in Vater Everards Augen. Sein Plan nahm einen guten Anfang – der Geistliche liebte Schmeicheleien.

»Darf ich Euch auf einen Schluck kräftigen Weins hinaufbitten? Es wäre mir eine Ehre«, lud der kleine Geistliche den Ratsnotar ein, worauf dieser sich abermals verbeugte.

»Wenn Ihr ein wenig Eurer kostbaren Zeit erübrigen könnt, dann nehme ich gerne an.«

Nachdem die lahme Magd einen Krug des guten Weins in die Stube gebracht und in die kostbaren Pingsdorfer Keramikbecher gefüllt hatte, die nur wohlhabende Leute besaßen, war die Zeit der überschwänglichen Begrüßungsworte vorbei.

»Nun, was führt Euch zu mir, Ratsnotar?«

»Nichts Geringeres als der Dank einer ganzen Stadt«, begann Johann breit lächelnd. »Wie Ihr Euch vielleicht denken könnt, spricht mittlerweile jedes Kind in Hamburg von Eurer Tat. Ich wollte dem Mann höchstpersönlich ins Gesicht blicken, der die Hexe Runa von Sandstedt überführt hat. Doch zugegeben, wie vermutlich alle Bürger Hamburgs frage ich mich, wie es Euch gelungen ist, das Weib zu enttarnen.«

Die Männer blickten einander schweigend an. Dann griffen sie gleichzeitig zu ihren Bechern und tranken ein paar Schlucke, ohne die Augen voneinander zu nehmen.

Auch wenn der klein gewachsene Kirchenmann sich bei der Begrüßung noch sichtlich geschmeichelt gefühlt hatte, schien die genauere Nachfrage des mächtigen Ratsnotars sein Misstrauen zu wecken, wie Johann sehr wohl bemerkte. Dieser Vater Everard war weit klüger als vermutet. Er musste sein Vorgehen ändern und versuchen, dessen Misstrauen zu zerstreuen, indem er ein Gefühl männlicher Verbundenheit zwischen ihnen herstellte. Sein Einfallsreichtum war noch lange nicht erschöpft. »Ich weiß, dass Ihr fremd in der Stadt seid, mein Bruder. Trotzdem habt Ihr sicherlich gehört, dass ich neben meiner Arbeit im Rat auch noch Domherr bin?«

»Selbstverständlich.«

»Dann wisst Ihr gewiss auch, dass ich in dieser Tätigkeit unentwegt darum bemüht bin, Satans Machenschaften in dieser Stadt zu bekämpfen. Dennoch ist es mir nicht gelungen, diese schändliche Hexe zu entdecken, und das, obwohl sie genau vor meinen Augen tätig war. Ich gebe zu, dass mein Ehrgefühl darunter leidet. Das versteht Ihr doch, oder?«

»Mein Bruder in Christo, selbst Jesu Jünger haben Judas den

Verräter nicht als einen solchen erkennen können, bevor seine Niedertracht ihn übermannte und er unseren Herrn verriet«, erwiderte Vater Everard salbungsvoll. »Euer Versagen ist also durchaus verzeihlich. Allein Gott ist ohne Fehl, und allein Jesus sieht das Übel, bevor es geschieht – so wie er den Verrat Judas' gesehen und ihn seinen Jüngern vorhergesagt hat.«

»Welch weise Worte, Bruder«, erwiderte Johann, beeindruckt von Everards Schlagfertigkeit.

»Männer wie wir sind bloß dazu da, um so gut zu dienen, wie es unsere unvollkommene Seele eben zulässt. Es ist fast schon eine Sünde, die Unfehlbarkeit Gottes anzustreben, Ratsnotar. Aber das wisst Ihr ja selbst.«

Johann bemerkte sehr wohl, dass Vater Everard versuchte, ihn mit dem Vorwurf des Hochmuts in Verlegenheit zu bringen. Doch das würde er ganz sicher nicht zulassen. Hinter den scheinbar frommen Worten des Geistlichen verbargen sich eine zwiespältige Zunge und heimtückische Berechnung. Während er Johann Glaubensunterweisungen erteilte, schien für Vater Everard selbst das Gelübde der Demut nicht zu gelten. Johann ließ sich nicht anmerken, dass er dem Mann ob seiner Heucheleien am liebsten ins Gesicht gespuckt hätte. Stattdessen sagte er: »Eure Worte sind untadelig. Ich danke Euch, dass Ihr mich an das eigentliche Ziel unserer christlichen Arbeit erinnert habt. Ihr seid unseren Brüdern und Schwestern ein gutes Vorbild.«

Everards aufgesetztes Schamgefühl ließ ihn tatsächlich einen kurzen Moment untertänig blicken. »Euer Dank und Lob ehren mich zutiefst, doch bin ich bloß des wahren Glaubens eifrigster Diener. Wenn ich Euch sonst wie behilflich sein kann, dann lasst es mich nur wissen.«

Die Verlogenheit dieser Worte stieß Johann sauer auf, trotzdem kamen sie ihm gelegen. Er würde dieses falsche Angebot schamlos für seine eigenen Zwecke nutzen. »Erwägt genau, was Ihr mir anbietet, Bruder. Ich könnte es annehmen«, gab er daher zu bedenken und lehnte sich mit verschwörerischem Blick über den Tisch zu Vater Everard herüber. »Auch wenn es möglicherweise etwas verwunderlich klingen mag, ich würde gerne von Euch lernen. Zwar stehe ich als Domherr im Rang weit über Euch, doch meine Talente scheinen den Euren in dieser Sache unterlegen zu sein. Ihr versteht sicher, wie schamvoll diese Erkenntnis für mich ist und wie viel Überwindung mich darum meine folgende Bitte kostet.« Johann setzte sein vertrauenswürdigstes Gesicht auf und fuhr mit schmeichelnder Stimme fort: »Erzählt mir von Eurer Entdeckung. Ich möchte ganz genau wissen, wie Ihr diesem Weibsbild auf die Spur gekommen seid. Vielleicht erkenne ich so meine eigenen Fehler und Versäumnisse bei der Suche nach Hellsichtigen und ihresgleichen.«

Vater Everard faltete die Hände und ließ seine Daumen umeinander kreisen. »Nun, ich bin mir nicht sicher, ob ich Euch so viel Neues erzählen kann. Gott hat mich geführt. Ich war sein Werkzeug und habe bloß getan, was er mir eingegeben hat. Es überrascht mich mindestens ebenso wie Euch, dass er für eine so bedeutende Sache einen so unbedeutenden Mann wie mich erwählt hat. Jemand wie Ihr wäre auf jeden Fall weitaus geeigneter dafür gewesen.«

»Ja, Gottes Wege sind für uns manchmal nur schwer zu ergründen«, gab Johann, verärgert über die selbstverliebten Worte dieses kleinen Landgeistlichen, zurück, die nur davon ablenken sollten, dass er nicht wirklich bereit war, ihm etwas zu erzählen. Doch dann kam ihm eine Idee, wie er des Priesters Zunge lockern könnte. »Mein Bruder, Ihr wisst sehr wohl, ich bin ein einflussreicher Mann. Möglicherweise könnte es sich für Euch lohnen, mir zu berichten; wenn Ihr versteht, was ich meine.«

Das Gesicht seines Gegenübers erhellte sich schlagartig. »Ich muss gestehen, das Gespräch mit Euch wird immer erfreulicher.«

Jäh wurde sich Vater Everard seines gierigen Blickes gewahr und setzte demütig nach: »Natürlich werden weltliche Güter dem steten Wunsch des Erwerbs meines Platzes im Himmelreich immer nachstehen, doch wenn Ihr darauf besteht, mich zu entlohnen, kann ich es Euch wohl kaum abschlagen.«

»So ist es«, schmeichelte Johann weiter. »Wenn Ihr nun so freundlich sein wollt, mir zu erklären, wie Ihr das wahre Gesicht der Hexe erkannt habt, würde mein Dank sicherlich großzügig ausfallen.«

»Nun denn, ehrenwerter Ratsnotar, unter diesen Umständen will ich meine Erfahrungen mit Euch teilen« Vater Everard stützte die Ellbogen auf den Tisch und blickte Johann tief in die Augen. »Ich habe es schon lange geahnt, müsst Ihr wissen. Die Anzeichen waren einfach allzu deutlich. Da war zunächst die übermäßige Schönheit der Hexe, die mich misstrauisch gemacht hat.«

»Wie wahr, wie wahr. Jetzt, da Ihr es erwähnt, fällt es auch mir auf«, antwortete Johann mit gespielter Ruhe. Am liebsten wäre er Vater Everard an die Kehle gesprungen.

»Dann waren da noch ihre Kinder. Der Junge blond wie Vater und Mutter und das Mädchen dunkel, mit braunen Augen. Ist das nicht seltsam? Ich sage Euch, dieses Kind muss in Unzucht mit dem Teufel gezeugt worden sein. Das würde beispielsweise auch erklären, warum die Kleine plötzlich diesen seltsamen Ausschlag an den Armen bekam – Teufelsmale waren das«, spie der Kirchenmann angeekelt aus.

Johann nickte gespielt fassungslos und bekreuzigte sich, um sein Erschaudern glaubhafter erscheinen zu lassen. »Ich sehe, Ihr verfügt über eine gute Beobachtungsgabe.«

»Das war aber noch längst nicht alles. Hinzu kommen noch diese schwarze Katze und die Kräuter, die die Hexe benutzt hat. Lediglich bei der Haarsträhne habe ich – wie soll ich es nennen – etwas nachgeholfen.«

Johann horchte auf. »Wie soll ich das verstehen? Was meint Ihr damit?«

»Ach«, erwiderte Everard schulterzuckend. »Ihr wisst doch selbst, wie der Pöbel ist. Die schlichten Leute sind nicht gewitzt genug, um die Dinge so zu sehen, wie Ihr oder ich sie sehen. Das Volk braucht etwas Greifbares, um überzeugt zu werden. Ausschließlicher Glaube allein genügt da nicht. Darum habe ich die Haare der Hexe rot einfärben lassen.«

»Wie außerordentlich geschickt von Euch! Wer war Euch dabei behilflich?«

»Die Magd des Hauses – Johanna – hat es getan.« Noch bevor Johann Schinkel etwas erwidern konnte, fügte Everard hinzu: »Aber das anschließende Wunder war echt.«

»Das Wunder? Meint Ihr, dass die Stumme plötzlich wieder sprechen konnte?« »Ja genau. Bis zu diesem Tage war noch nie ein Wort über ihre Lippen gedrungen. Gott hat seine Zustimmung eindeutig durch das Weib kundgetan. Wen interessiert da noch mein kleiner Schwindel mit den Haaren? Ich denke, darüber wird der Herr im Himmel schon hinwegsehen. Schließlich war die Verhaftung der Hexe ja in seinem Sinne.«

»Gewiss«, stimmte Johann zu. Auch wenn er durchaus erschrocken darüber war, dass Vater Everard die Haarsträhne hatte rot einfärben lassen, um die Menge zu täuschen, musste er zugeben, dass das Wunder an der Magd tatsächlich schwerer wog. Schon seitdem Willekin Aios ihm davon erzählt hatte, zerbrach er sich darüber den Kopf, doch es war ihm noch immer unbegreiflich. Zu gerne hätte er sich selbst davon überzeugt, dass sie nun sprechen konnte – vor allen Dingen jetzt, da er wusste, dass sie an den Machenschaften des Geistlichen beteiligt gewesen war. »Sagt, wo ist die Magd im Augenblick? Steht sie in Eurem Dienst?«

»Ich hatte vor, sie in meinen Dienst zu stellen, doch sie ist verschwunden.«

»Verschwunden? Was soll das heißen?«

»Sie ist fort. Als hätte sie sich in Luft aufgelöst. Seitdem die Hexe ins Verlies gebracht wurde, ist sie nicht mehr aufgetaucht. Sie ist genauso verschwunden wie der Rest der scheinheiligen Sippe. Einzig die lahme Magd Agnes ist geblieben.«

»Die ganze Sippe ist fort?«, fragte Johann ernsthaft verwundert. Bislang hatte er noch keinen Gedanken daran verschwendet, was mit dem Rest von Runas Familie geschehen war.

»Ja, sie sind allesamt aus der Stadt geflüchtet«, gab Everard in wissendem Ton zurück.

»Geflüchtet? Alle? Das ist ja kaum zu glauben«, stammelte Johann nun sichtlich fassungslos. Er konnte sich nicht erklären, warum die Familie Runa ausgerechnet jetzt allein gelassen haben sollte. Der Ratsnotar war so mit seinen Gedanken beschäftigt, dass er Vater Everards bedeutungsschweres Schweigen zunächst gar nicht bemerkte. Endlich sah er fragend auf. »Warum sagt Ihr denn gar nichts mehr?«

»Es gibt da noch etwas, das Ihr nicht wisst, Ratsnotar«, gestand der Geistliche zögerlich.

»So? Und was?«

Der kleine Kirchenmann schwieg und schien abzuwägen, ob er seinem hochrangigen Gast dieses Geheimnis anvertrauen konnte. Obzwar er schon einiges erzählt hatte, war diese Sache doch weit gewichtiger als eine eingefärbte Haarsträhne.

Johann bemerkte Everards Zweifel und bemühte sich um einen vertrauenerweckenden Ausdruck im Gesicht. »Ihr könnt unbefangen sprechen, mein Bruder. Wollen wir nicht beide die Gottlosigkeit in dieser Stadt bekämpfen? Haben wir nicht ein gemeinsames Ziel, nämlich jene zu bestrafen, die Gottes Wort missachten? Hier und jetzt sind wir unter uns. Niemand kann uns hören, also sagt nur frei heraus, was Euch auf dem Herzen liegt. Um der Liebe Christi willen, erleichtert Eure Seele.«

Nach diesen Worten wurde der Blick des Priesters wieder offener. Augenscheinlich gefiel ihm die Vorstellung, dass der ehrenwerte Ratsnotar und Domherr Johann Schinkel sich mit ihm gleichstellte. »Nun gut, Ihr habt recht. Euch kann ich mich anvertrauen, schließlich eint uns tatsächlich dieselbe Sache. Hier, lest das«, forderte er Johann auf und schob Walthers Brief an Godeke zu ihm hinüber.

Johann versuchte vergeblich, seine Aufregung zu bekämpfen, als er das Pergament vor sich liegen sah. Was hatte das zu bedeuten? Bereits nachdem er die ersten Zeilen überflogen hatte, sah er auf und fragte in ungläubigem Ton: »Sie hatten tatsächlich geplant, schon vor der Verhaftung der Hexe Hamburg zu verlassen?«

»Es sieht ganz so aus.«

»Habt Ihr davon gewusst?«

»Natürlich nicht.«

»Aber wo sind sie alle hin?«

»Das weiß ich auch nicht. Der Brief gibt keinerlei Hinweis darauf.«

Johann ließ sich gegen die Sessellehne fallen und heftete den Blick erneut auf die Zeilen. Das alles kam für ihn so unerwartet, dass es ihm schwerfiel, sich zu konzentrieren. Doch als er den Brief ein zweites Mal durchlas, fiel ihm etwas auf, das anscheinend auch Vater Everard bereits bemerkt hatte. Scheinbar hatte sein Blick ihn verraten, denn der Priester sagte: »Ja, ja, ganz recht. Albert von Holdenstede könnte schon bald wieder in Hamburg auftauchen.«

»Das ist wohl möglich«, pflichtete Johann ihm bei und dachte bei sich, was für ein überaus kluger Zug es von seinem Nuncius gewesen war, dem Grafen das Haus Alberts von Holdenstede anzubieten, um dessen Schuldsumme zu begleichen. »Sagt mir, habt Ihr den erwähnten Brief des Fürsten schon gefunden?«

»Nein, bedauerlicherweise nicht. Dieser Walther von Sandstedt spricht von einem Versteck, welches mir unbekannt ist.«

»Zu schade«, sagte Johann mit ehrlichem Bedauern, stützte das Kinn auf seine Hand und dachte nach. Die Situation hatte sich schlagartig geändert. Eigentlich hatte Johann bloß herausfinden wollen, was genau der fremde Priester Runa vorwarf, und nun gab es da plötzlich diesen geheimnisvollen Brief und das Verschwinden einer ganzen Familie. Johanns Gedanken wirbelten durch seinen Kopf. Was sollte er nun tun? Er hasste es, sich zu verstellen, und zudem war er auch nicht besonders gut darin. Dieses Gespräch forderte wirklich seine ganze Konzentration und all seine spärlichen Verstellungskünste. Kurzerhand entschied er, dass er Walther von Sandstedts Schreiben unbedingt in seinen Besitz bringen musste, bevor der Geistliche es womöglich vernichtete. Im Augenblick war dieses Papier nämlich der einzige Beweis dafür, dass Graf Gerhard II. bereit war, Albert aus dem Einlager zu entlassen. Und so wie es aussah, war Albert der Einzige aus Runas Familie, dessen Aufenthaltsort bekannt war. Also wandte sich Johann mit listigem Blick an Vater Everard. »Wenn mich nicht alles täuscht, würdet Ihr gern verhindern, dass Albert von Holdenstede nach Hamburg zurückkehrt, richtig?«

»Wie kommt Ihr darauf?«, fragte der Geistliche misstrauisch zurück.

»Nun, das ist nicht schwer zu erraten. Ich kann mir vorstellen, dass es sich hier doch ganz behaglich wohnen lässt, nicht wahr?« Während Johann sprach, ließ er seinen Blick durch den Raum schweifen. »Doch wo wollt Ihr bleiben, wenn die Sippe der von Holdenstedes nach und nach zurückkehrt? Ihr würdet dieses Haus mit Sicherheit verlieren, schließlich habt Ihr die Tochter Alberts von Holdenstede ins Verlies gebracht.«

Everard nickte, wenngleich ihm das Verhalten des Ratsnotars Rätsel aufgab. »Bitte verzeiht meine Ungeduld, doch worauf wollt Ihr eigentlich hinaus?«

»Das kann ich Euch sagen: Gebt mir den Brief von Walther von

Sandstedt. Ich werde ihn in meiner Kurie unter Verschluss halten, wo er sicher ist.«

»Sicher wovor?«, fragte Everard argwöhnisch. »Ist er hier nicht ebenso gut aufgehoben wie bei Euch?«

»Wohl kaum. Denkt doch mal nach, Bruder. Es ist Euch nicht gelungen, die Überschreibungsurkunde selbst ausfindig zu machen, richtig?«

»Stimmt genau.«

»Jetzt muss dafür gesorgt werden, dass auch *der Hinweis* darauf nicht in die Hände Godekes von Holdenstede gelangt. Wenn er den Brief seines Schwagers nicht findet, bleibt auch der Brief des Grafen für immer versteckt. Und das bedeutet, dass Albert von Holdenstede im Einlager bleiben muss.« Zufrieden bemerkte Johann, dass der Geistliche Interesse zeigte. »Niemand außer uns beiden darf je von diesen zwei Briefen erfahren«, setzte er daher nach. »Nur dann kann ich mich darum bemühen, dass man Euch dieses verlassene Haus als den gerechten Lohn für Eure Arbeit zuspricht. Ein so tüchtiger Mann wie ihr, der sich der Stadt Hamburg so überaus verdient gemacht hat, sollte doch nicht leer ausgehen, oder? Wie ich schon sagte: Eure Worte sind mir etwas wert.«

Everard begriff. Mit einem boshaften Lächeln entgegnete er: »Ich verstehe, Ihr seid ein Mann des Wortes. Das gefällt mir mindestens ebenso gut wie Euer Vorschlag.« Er legte die Rechte mit gespreizten Fingern auf den Brief, schob ihn zurück zu Johann und sagte: »Er gehört Euch.«

Die Männer leerten ihre Becher und verabschiedeten sich voneinander.

Johann trat auf die Reichenstraße hinaus und rieb sich die Augen. Vergeblich versuchte er, seine wirren Gedanken zu ordnen. Dieser Everard hatte sich zu guter Letzt als redselig erwiesen, doch was würde er mit diesen Informationen anfangen können? Natürlich war er nach wie vor der Überzeugung, dass Runa keine Hexe war. Everards haltlose Beschuldigungen hatten dies nur bestätigt. Dennoch war es unmöglich, mit diesem Wissen einfach zum Bürgermeister zu rennen. Zu recht würde man ihn fragen, warum die angeblich unschuldige Familie dann aus Hamburg geflohen war. Außerdem war da immer noch die unerklärliche Heilung der stummen Magd. Johann war ratlos. In sich gekehrt schritt er in Richtung seiner Kurie, als er auf einmal ein leises Rufen vernahm.

»Pssst. Herr, hier bin ich.«

Johann sah sich um. Hier und da spazierten ein paar Mägde die Straße entlang, und auch das eine oder andere Kind war zu sehen, doch niemand schenkte ihm so recht Beachtung. Plötzlich erblickte er in einer dunklen Nische zwischen zwei schiefen Häusern eine junge Frau. Es war die lahme Magd, die ihn in Vater Everards Haus eingelassen hatte. Hektisch winkte sie nach ihm, damit er auf sie aufmerksam wurde. Verwundert blickte er sie an, dann vergewisserte er sich schnell, dass niemand ihn beobachtete, und verschwand in der engen Häusernische.

»Herr, bitte hört mich an«, flehte die Magd geradezu.

»Sprich«, befahl Johann knapp.

»Ich weiß, es steht mir nicht zu, mich in die Angelegenheiten der Männer zu mischen, aber es war für mich nicht zu überhören, dass Ihr mit Vater Everard über meine Herrin gesprochen habt. Ich wollte nicht lauschen, doch …«

»Schon gut«, fiel Johann ihr ins Wort. Er wollte unbedingt wissen, was sie zu sagen hatte. »Was ist es, das du auf dem Herzen hast? Rede schon, Mädchen.«

»Runa von Sandstedt ist ganz sicher keine Hexe. Bitte, Herr, Ihr müsst mir glauben. Gott ist mein Zeuge.« Geschwind bekreuzigte sie sich. »Ich diene nun schon eine ganze Weile unter ihr, und niemals ist mir etwas Seltsames aufgefallen, das mich an ihrer Gottesfürchtigkeit hätte zweifeln lassen.«

»Das ist gut«, sagte Johann fast enttäuscht darüber, dass die

Magd nichts Augenfälligeres vorzubringen hatte als ihr tiefes Vertrauen in Runa.

»Das ist aber noch nicht alles. Mein eigentliches Anliegen betrifft die zweite Magd des Hauses – Johanna.«

»Ja? Was ist mit ihr?«, fragte Johann nun wieder ganz Ohr.

»Das Wunder war gar keines, Herr. Johanna hatte vorher bereits gesprochen, und zwar mit mir.«

»Was sagst du da?« Johann fasste Agnes vor lauter Aufregung an den Schultern und erschreckte die Magd damit zutiefst. »Heißt das, sie war in Wirklichkeit gar nicht stumm?«

»Ich ... ich weiß es nicht genau, Herr. Alles, was ich sagen kann, ist, dass sie bereits das Wort an mich gerichtet hatte, bevor sie auf dem Kranfest plötzlich zu der Menge sprach. Ich bin nicht klug, doch ich denke, dann ist es doch gar kein Wunder, oder?«

Johanns Hände glitten von den Schultern des Mädchens. »Es ist richtig, dass du mir das gesagt hast. Wer weiß noch davon?«

»Niemand.«

»Auch nicht Vater Everard?«

»Nein.«

»In Ordnung. Du darfst niemandem davon erzählen, hast du mich verstanden?«

Agnes nickte mit scheuem Blick. Dann nahm sie ein letztes Mal all ihren Mut zusammen und fragte: »Herr, glaubt auch Ihr, dass Runa von Sandstedt eine Hexe ist?«

Johann sah die Magd an. Er wusste, dass er damit Gefahr lief, seine wahren Gefühle für Runa zu verraten, doch auf eine merkwürdige Art und Weise vertraute er dem Mädchen. »Nein. Das glaube ich nicht. Doch es wird schwer sein, ihre Unschuld zu beweisen.«

»Ich werde für Euch beten.«

»Hab Dank, Mädchen.«

»Agnes«, sagte die Magd. »Mein Name ist Agnes.«

Johann nickte ihr zu und wandte sich zum Gehen, doch als er schon fast aus der Nische getreten war, drehte er sich noch einmal um und fragte: »Was genau hat die Magd Johanna zu dir gesagt?«

Agnes errötete schlagartig und senkte den Blick. Sie hatte so sehr gehofft, der Ratsnotar würde ihr diese Frage ersparen. Kurz erwog sie ihn anzulügen, doch sie brachte es nicht übers Herz – schließlich war er ein Mann der Kirche. Darum gestand sie mit leiser Stimme: »Sie sagte: *Verzeih mir, Agnes, aber ich konnte nicht anders. Ich liebe dich.*«

Johann kniff die Augen zusammen. Dawischen bildete sich eine tiefe Falte. Er hatte mit vielem gerechnet, doch nicht damit.

»Bitte verlangt jetzt nicht von mir, dass ich das erkläre, Herr. Ich kann es nämlich nicht. Ihr müsst mir glauben, es beschämt mich bereits genug, Euch davon zu erzählen.«

Johann sah ihr an, dass sie die Wahrheit sprach, darum sagte er nur: »Ich danke dir, Agnes. Leb wohl.«

»Hast du ihn auch gut gefesselt?«, fragte Johannes seine Stiefmutter mit einem misstrauischen Unterton.

»Herrgott noch mal, ja, ich habe Godeke gefesselt. Willst du das jetzt Tag für Tag bis in alle Ewigkeit fragen? Er ist doch noch immer bewusstlos«, gab Luburgis ungehalten zurück und warf einen letzten Blick auf ihren zweiten Stiefsohn, um den sie sich sichtlich sorgte. Godeke war bereits seit Tagen ohnmächtig. Er hatte weder getrunken noch gegessen, doch wenigstens blutete seine Kopfwunde nicht mehr. Obwohl sich Luburgis wünschte, dass er endlich die Augen aufschlug, fürchtete sie sich gleichzeitig davor. Was würde er sagen, wenn er erkannte, dass es seine Stiefmutter und sein Bruder waren, die ihn gefangen hielten? Sie wollte nicht, dass er sie dafür hasste, deshalb hatte sie die Knoten um seine Gelenke auch nicht allzu fest zugezogen.

Johannes wiederum hatte weit weniger Mitleid mit Godeke.

Er machte kein Hehl daraus, wie sehr er seinen Bruder verachtete. »Wenn es nach mir ginge, dann könnte dieser Verräter gerne für immer bewusstlos bleiben, Mutter«, sagte er boshaft und eifersüchtig zugleich.

»Los jetzt«, drängte Bodo ungeduldig, bevor Luburgis etwas erwidern konnte. »Wir haben heute viel zu tun.«

Nachdem die Tür der Holzhütte hinter ihnen zugefallen war, sah Thiderich zu Godeke hinüber. Seit über drei Tagen hatte er nun auf eine solche Gelegenheit gewartet, jetzt konnte er kaum glauben, dass dieser Moment gekommen war. Alle drei waren weg, und er war mit Godeke allein. Diesen Augenblick durfte er nicht ungenutzt verstreichen lassen.

Anders als Godeke waren Thiderich nicht nur die Hände gefesselt worden, sondern auch die Füße, und das so eng, dass er sich kaum rühren konnte. Er versuchte daher gar nicht erst, sich selbst zu befreien, sondern rief stattdessen: »Godeke, Godeke, wach auf. Ich bin's, Thiderich.«

Der Angesprochene reagierte nicht. Mit geschlossenen Augen lag er still auf der Seite, die Arme nach hinten gefesselt.

»Godeke, nun beweg dich schon«, drängte Thiderich. »Wach auf! Sie sind alle fort, aber wir haben sicher nicht viel Zeit.« Er hielt inne und starrte gebannt auf seinen Freund. Hatte er sich etwa doch geirrt? War es möglicherweise reines Wunschdenken gewesen, dass er vor zwei Tagen das erste Mal ein Flackern von Godekes Augenlidern bemerkt hatte? Er hoffte inbrünstig, dass sein Verstand ihm keinen Streich gespielt hatte. Gerade überlegte er, ob er es schaffen konnte, sich zu Godeke hinüberzurollen, als sein Freund endlich die Augen aufschlug und ihn mit klarem Blick anschaute.

»Sind sie tatsächlich alle weg?«, fragte er mit rauer Stimme.

»Bei allen Heiligen, du lebst tatsächlich! Ich habe mich also doch nicht getäuscht, als ich dachte, dass du deine Ohnmacht nur vorspielst.«

»Tut mir leid, dass du länger als nötig um mich bangen musstest, Thiderich. Doch ich wollte nicht Gefahr laufen, dass sie bemerken, dass ich längst wieder bei Bewusstsein bin. So habe ich uns einen nützlichen Vorteil verschafft.«

»Was meinst du damit?«

»Das wirst du gleich sehen!« Godeke begann an seinen Fesseln zu zerren. Wie erwartet hatte Luburgis die Seile nur leicht um seine Gelenke gelegt. Nach wenigen Augenblicken hatte er sich befreit und hob triumphierend die Hände. »Vielen Dank für die lockeren Knoten, Stiefmutter.«

Thiderich entfuhr ein ungläubiger Laut. »Ha, ich fasse es nicht. Du bist frei!« Nach der langen Zeit seiner Gefangenschaft war auch seine Freiheit nun erstmals zum Greifen nahe. Während Godeke zu ihm geeilt kam, um auch ihn loszubinden, fragte Thiderich: »Kannst du mir vielleicht erklären, wie du ausgerechnet an diesen verlassenen Ort gekommen bist? Was um alles auf der Welt ist passiert?«

»Sie haben mir im Wald aufgelauert und mich dann überwältigt. Der Schlag dieses Hünen hätte mir fast den Kopf abgerissen. Mehr weiß ich auch nicht.«

»Bei mir war es ähnlich. Nur haben sie bei mir wahrlich reiche Beute gemacht. Als ich aufwachte, waren Alberts Münzen für Graf Gerhard II. fort. Gott allein weiß, wo das Geld jetzt ist, aber ich werde es dem Grafen erklären, und mit etwas Glück wird nun alles wieder gut.«

Godeke wusste gar nicht, wo er anfangen sollte, seinem Freund zu erklären, wie gewaltig er sich irrte. Er entschied, nicht lange drum herumzureden. Es blieb keine Zeit für schonende Worte. »Da muss ich dich wohl enttäuschen«, sagte er schlicht. »Nachdem du verschwunden warst, nahm der Hamburger Rat an, ihr würdet weiter Geschäfte mit den Schauenburgern machen, obwohl dies jüngst verboten wurde. Man verwies Albert daraufhin des Rats. Graf Gerhard II. wiederum fühlte sich von Albert um seinen Anteil betrogen und schickte ihn ins Einlager auf die Riepenburg. Kurze Zeit später löste Hereward von Rokesberghe die Verlobung mit Margareta, und Runa wurde von Vater Everard bezichtigt, eine Hexe zu sein, woraufhin man sie ins Verlies warf. Ich befürchte, es bedarf ein wenig mehr als etwas Glück, damit alles wieder gut wird, mein Freund.«

Thiderich war so fassungslos, dass er kein Wort herausbrachte. Es war ihm unmöglich zu sagen, welcher der Sätze ihn am meisten erschüttert hatte. Vieles, auf das er bislang keine Antwort gehabt hatte, machte plötzlich auf grauenvolle Weise einen Sinn. Von den unzähligen Dingen, die ihm im Kopf herumschwirrten, war der erste Satz, der seinen Mund verließ: »Das Wunder auf der Trostbrücke … Jetzt verstehe ich.«

Godeke blickte erstaunt von Thiderichs Fesseln auf. »Woher weißt du davon? Du warst doch hier in Gefangenschaft.«

»Johannes hat Luburgis und Bodo davon berichtet.«

»Aber Johannes war doch auch hier im Wald?«

»Nein, das war er nicht. Er lebte schon seit Langem in der Stadt. All die Wochen über war er dir sogar weit näher als mir, Godeke: Dein Zwillingsbruder Johannes ist die Magd deiner Schwester – Johanna!«

»Was sagst du da?« Godeke war wie vor den Kopf gestoßen. »Das ist unmöglich. Johanna ist eine Frau. Sie ist ein Bauernmädchen. Du musst dich irren …«

»Leider nicht.«

»Aber ich hätte ihn doch erkennen müssen! Er ist immerhin mein Zwillingsbruder. Wie konnte ich nur so blind sein!« Langsam verstand Godeke. »Deshalb hat er so getan, als wäre er stumm! Wir hätten ihn an seiner Stimme erkannt. Das alles war ein ausgeklügelter Plan, um …«

»… um sich in die Familie einzuschleichen und Rache an Runa, Ragnhild, Albert und dir zu nehmen«, ergänzte Thiderich.

»Du lieber Gott, wie konnte es nur so weit kommen?«, stieß Godeke erschüttert aus und vergaß einen Augenblick, sich weiter den Fesseln seines Freundes zu widmen.

»Wo ist meine Frau, und wo sind meine Kinder?«, fragte Thiderich tonlos und nicht minder erschüttert.

»Sie sind zusammen mit Oda in deinem Haus auf der Grimm-Insel. Dort sind sie in Sicherheit. Meine Mutter, Margareta und Marga sind bei Hildegard von Horborg in Eppendorf.« Er riss sich zusammen und fingerte weiter an den Stricken, die immer noch nicht nachgeben wollten.

Thiderich atmete auf, doch seine Erleichterung darüber, dass es Ava und den Kindern gut ging, wurde von quälenden Fragen überschattet. Noch bevor er den Mund öffnen konnte, um eine weitere Frage zu stellen, fielen plötzlich seine Fesseln ab.

»Geschafft!«, stieß Godeke hervor und sprang auf die Füße. »Los, lass uns keine Zeit verlieren. Wir müssen hier weg, bevor sie wiederkommen.« Auffordernd reichte er seinem Freund die Hand, um ihm aufzuhelfen, doch dieser sah ihn bloß verbittert an.

»Wenn wir jetzt gehen, Godeke, dann kommen sie ungeschoren davon.«

»Ja, das ist wahr, aber dafür sind wir am Leben. Willst du sie etwa bitten, mit uns zu kommen, damit sie von einem Richter ihre gerechte Strafe entgegennehmen können?«

Thiderich achtete nicht auf den spöttischen Unterton seines Freundes. Mit unversöhnlicher Stimme sagte er: »Ich werde sie nicht entkommen lassen, Godeke. Mein Entschluss steht fest: Ich bleibe hier, um mich an ihnen für all das zu rächen, was sie uns angetan haben.«

»Das ist doch nicht dein Ernst! Was willst du allein schon gegen meinen verrückten Zwillingsbruder und den Riesen ausrichten, geschwächt von den Wochen deiner Gefangenschaft? Das ist doch Irrsinn!«

»Dann wirst du mir wohl helfen müssen.«

Godeke zögerte. Hin- und hergerissen zwischen dem Drang, Runa zu helfen und Thiderich beizustehen, blickte er zur Tür. Zu zweit konnten sie es vielleicht schaffen, ihre Feinde zu überwältigen. Nach dem, was er heute über Johannes erfahren hatte, war ihm eines klar geworden: Sein Bruder war zu allem fähig. Gebot man ihm nicht Einhalt, würde er erst ruhen, wenn er sie alle vernichtet hatte. Schließlich hatte Godeke seine Entscheidung gefällt. »Ich hoffe wirklich, du hast einen guten Plan, Thiderich.«

6

»Singt«, forderte Margarete von Dänemark Walther auf und zwinkerte gleichzeitig ihrem Gemahl zu, der ihr dankbar zulächelte.

Walther tat, was die Gräfin verlangte, und stimmte ein leises Lied an. Er wusste, dass das Paar sich zu unterhalten wünschte und seinem Gesang bloß nebenbei lauschen wollte.

»Ich muss schon sagen, Ihr gebt einen besseren Wundarzt ab als alle Heiler des Hofes zusammen«, lobte Johann II. von Kiel seine Frau. »Der Gesang dieses Spielmanns vermag es wie nichts sonst, mir Linderung zu verschaffen. Ich glaube, ich möchte nie wieder darauf verzichten.«

»Dankt mir nicht, mein Gemahl. Euer Wohlbefinden ist mir stets Belohnung genug«, erwiderte sie aufrichtig und winkte einen Diener heran, damit er ihnen beiden Wein einschenkte. Kurz darauf schickte sie ihn und das übrige Gesinde aus der Kammer. »Bitte geht. Alle. Bis auf Euch, Spielmann.«

Walther war nun mit dem Grafenpaar allein in deren Schlafgemach. Es war nicht das erste Mal – ganz im Gegenteil: Seit seiner Ankunft hatte er jeden Abend hier für sie gesungen. Er wusste also, was sie von ihm erwarteten: ein leises Lautenspiel, lieblichen Gesang und galante Zurückhaltung.

Johann II. und Margarete von Dänemark waren keine übermäßig aufmerksamen Zuhörer, doch sie wussten des Spielmanns Kunst sehr zu schätzen und würdigten jedes seiner Lieder zumindest mit einem kurzen Nicken. Walther war damit zufrieden. Alles hatte sich gut entwickelt, seitdem er vor über einer Woche in Kiel angekommen war, und das, obwohl er gleich zu Anfang eine schwere Prüfung hatte bestehen müssen.

Noch am Abend seiner Ankunft wurde er aufgefordert, in Gegenwart des gesamten Hofes zu singen. Alle schienen in jenem Moment die Luft anzuhalten. Der Graf selbst ließ während des gesamten Liedes den achtsamen Blick seines verbliebenen Auges auf dem neuen Spielmann ruhen.

Walther hatte jeden Grund, aufgeregt zu sein. Nicht umsonst hatten die Bewohner des Hofes ihn zunächst freundlich, doch gleichzeitig zurückhaltend aufgenommen. Vor ihm waren schon einige Spielleute, Huren, Geistliche und Heilkundige des Landes bei dem Versuch gescheitert, den Grafen aufzuheitern. Walther jedoch war fest entschlossen, dieses Schicksal nicht zu teilen – er wollte bleiben, und zwar für immer! Wohin sonst hätte er auch gehen sollen? Es gab kein anderes Zuhause mehr für ihn. Zu seiner Familie in Hamburg konnte er nicht zurück, nein, das war ausgeschlossen, und darum sang er an jenem Abend mit all der Kraft eines Hoffnungslosen und mit all dem Herzschmerz, den seine unerwiderte Liebe zu Runa hinterlassen hatte. Diese Gefühle ermöglichten es ihm, die nötige Lieblichkeit in seine Stimme zu legen, welche den Grafen schließlich überzeugte.

Nachdem Walther geendet hatte, waren des Grafen Mundwinkel langsam nach oben gegangen. Er hatte angefangen zu lachen und zu klatschen und Walthers Stimme mit den schmeichelhaftesten Vergleichen zu loben. Von da an war klar gewesen, dass Walther bleiben konnte. Sein Gesang sollte tatsächlich die Wende bringen, denn er war es gewesen, der dem bei den Kielern einst so beliebten Grafen den Frohsinn zurückgebracht hatte.

Sein neuer Stand als höfischer Spielmann war für Walther ein Segen, bedeutete er doch, dass er nahezu Tag und Nacht seiner größten Leidenschaft frönen konnte. Inzwischen war er so geübt, dass ihm selbst schwere Stücke mühelos gelangen. Morgens spielte er der Gräfin in ihrer Kemenate vor, mittags brachte er dem Gesinde in der Küche ein Ständchen zur Belustigung, und des Abends im Schlafgemach des Grafenpaars gab er erneut sein Können zum Besten. Der heutige Abend bildete keine Ausnahme. Mit geschickten Fingern entlockte er seiner Laute die schönsten Melodien und sang dazu, während das Gespräch der Eheleute seinen Lauf nahm.

»Heute kam ein Bote aus Hamburg«, berichtete der Graf seiner Frau.

»So? Ich hoffe, es gibt erfreuliche Nachrichten und keine betrüblichen.«

»Das wird sich noch zeigen, meine Teuerste. Er brachte mir ein Schreiben des Hamburger Ratsnotars Johann Schinkel, in dem dieser sein Kommen ankündigt.«

Die Gräfin machte ein nachdenkliches Gesicht. »Nun, der Grund für diesen Besuch ist leicht zu erraten.«

»Ja, die Hamburger wollen, dass ich mit meinem Vetter Frieden schließe. Sie haben Angst, zwischen uns könnte eine Fehde ausbrechen, die sie teuer zu stehen käme.« Nach diesen Worten wandte er sich von der Gräfin ab, um nachzudenken. In sich gekehrt lehnte der Graf sich zurück und schaute eine Weile zu Walther hinüber. Selbst jetzt, da ihn das Kommen des Ratsnotars beschäftigte, konnte er sich an dem wunderbaren Gesang des Spielmanns erfreuen. Seine Stimme hatte etwas Beruhigendes an sich. Johann II. genoss die Gegenwart des begabten Sängers über alle Maßen.

Walther spürte die Augen des Grafen auf sich ruhen. Obwohl dieser so gut wie nie direkt das Wort an ihn richtete, schien er ihm zu vertrauen, denn die abendlichen Unterhaltungen zwischen den Eheleuten waren stets von höchster Wichtigkeit. Heute jedoch wünschte sich Walther, er hätte nichts von dem Gespräch mitbekommen. Nur mit Mühe konnte er sich zwingen weiterzusingen.

Johann Schinkel, der Mann, dessentwegen er Hamburg verlassen hatte, würde zur Burg kommen! Reichte es nicht, dass ihn die Liebe seiner Frau zu ebenjenem Mann aus seinem Zuhause vertrieben hatte? Würde dieser Fluch denn niemals enden? Wann hörten die Dämonen seiner Vergangenheit endlich auf, ihn zu quälen?

Endlich riss Johann II. seinen Blick von Walther los. Seine Versonnenheit war Entschlossenheit gewichen. »Johann Schinkel wird den weiten Weg hierher umsonst gemacht haben, wenn er vorhat, mich zu bitten, in eine Versöhnung mit Gerhard II. einzuwilligen. Mein Vetter müsste schon auf den Knien von Plön nach Kiel gekrochen kommen, damit ich ihn überhaupt anhöre.«

Margarete von Dänemark nickte betrübt. Obwohl sie es insgeheim gehofft hatte, hatte sie keine andere Reaktion von ihrem Mann erwartet. Mit sanften Bewegungen strich sie über ihren bereits leicht gewölbten Leib. Das Kind in ihr ließ sie offenbar noch friedliebender werden, als sie es ohnehin bereits war. Sie konnte das Anliegen der Hamburger gut verstehen. Auch sie verlangte es nach Frieden, doch dies war der falsche Zeitpunkt, um mit ihrem Gemahl darüber zu sprechen. Daher entschied sie, zunächst einmal abzuwarten, was der Ratsnotar für Kunde brachte. Sie hoffte innig, dass er ein Zeichen der Versöhnung von Gerhard II. bei sich trug, ansonsten war eine Fehde kaum noch aufzuhalten. »Vertraut bei Eurer Entscheidung auf Gott, mein Gemahl. Er wird Euch den rechten Weg weisen und im Falle einer Fehde das Recht über das Unrecht siegen lassen.«

Es vergingen Stunden, bevor etwas geschah. Godeke und Thiderich nutzten die Zeit, um sich ausführlich von den Ereignissen der letzten Wochen zu erzählen. Mit jedem ihrer Worte wuchs die Wut in ihnen beiden – Wut auf Johannes, Wut auf Bodo und Wut auf Luburgis, die versucht hatten, ihnen alles zu nehmen, was ihnen lieb und teuer war, und das auch noch mit Erfolg.

Als es nichts mehr zu berichten gab und die Freunde bereits eine ganze Weile schweigend nebeneinander gesessen hatten, hörten sie plötzlich Stimmen. Entschlossen umfasste Godeke sein Messer und Thiderich einen Holzknüppel, welche sie hinter ihren Rücken versteckt hielten, dann kehrten sie an ihre alten Plätze zurück. Ihr Plan war riskant, doch er bot ihnen die einzige Möglichkeit, alle drei auf einmal zu überwältigen. Godeke und Thiderich waren bereit, bis zum Äußersten zu gehen; ja, sie waren sogar bereit, für die Ehre und Sicherheit ihrer Lieben zu sterben!

Luburgis betrat die Hütte als Erste, dann folgte Bodo und schließlich Johannes.

Als Luburgis' Blick auf Godeke fiel, schlug sie entzückt die Hände zusammen. »Godeke, mein Sohn, du bist erwacht!«, rief sie freudig und setzte sich schon in Bewegung, um zu ihm zu eilen, doch Johannes war schneller und stellte sich ihr in den Weg.

»Bist du denn von Sinnen, Mutter? Nimm dich gefälligst zusammen! Godeke ist nicht mehr länger dein Sohn, sondern unser Feind.«

»Da sind wir uns ja ausnahmsweise mal einig, Bruder«, gab Godeke hasserfüllt zurück.

»Halt's Maul, sonst werde ich es dir stopfen«, drohte Bodo bösartig in Godekes Richtung.

»Halt *du* gefälligst das Maul«, herrschte Johannes Bodo plötzlich an. »Ich bestimme hier, wer zu reden und wer zu schweigen hat.«

Hasserfüllt funkelten die beiden Männer einander an.

»Ach ja? Vielleicht sollten wir nach draußen gehen und das ein für alle Mal klären«, schlug Bodo kampfeslustig vor und hieb dabei die rechte Faust in die flache Linke.

»Aufhören!«, befahl Luburgis mit Nachdruck und trat zwischen die Männer. »Wann werden eure Streitereien bloß endlich ein Ende finden? Ihr könnt doch nicht für alle Zeit so weitermachen und euch benehmen wie zwei wild gewordene Köter.«

Ohne auf die Worte seiner Mutter zu achten, stierte Johannes den Hünen voller Zorn an. Er hatte genug. Der plumpe Kerl war ihm schon vom ersten Tag an ein Dorn im Auge gewesen. Bloß weil er ihn nur selten zu Gesicht bekommen hatte und Luburgis auf seine Hilfe angewiesen war, hatte er Bodos Gegenwart ertragen. Nun aber, da er selbst wieder in der Hütte wohnte, konnte er einen zweiten Mann unter seinem Dach nicht länger dulden. Er war der Herr in diesem Haus – so klein es auch sein mochte. Abfällig sagte er deshalb: »Ich habe nichts draußen mit dir zu klären. Verschwinde, du Hundsfott. Dies hier ist meine Hütte, und du hast hier ab heute nichts mehr verloren.«

»Johannes!«, warf Luburgis sichtlich erschrocken ein. »Das … das kannst du doch nicht machen. Wir … wir brauchen Bodo. Darüber haben wir doch schon gesprochen!«

Plötzlich lachte Thiderich so laut auf, dass alle Köpfe zu ihm herumfuhren. Es belustigte ihn ungemein, wie ihm das Schicksal in die Hände spielte. »Es ist wahrlich erbärmlich, wie du um Bodo kämpfst, Luburgis«, sagte er abfällig. »Meinst du wirklich, es ist dir nicht bereits deutlich anzusehen, warum du ihn wirklich in deiner Nähe behalten willst?«

Luburgis wurde blass. »Schweig gefälligst«, stieß sie so schrill aus, dass selbst Johannes sie erstaunt musterte.

Doch Thiderich schwieg nicht. Sein Gesicht wurde ernst, und seine Hände umfassten den Knüppel hinter seinem Rücken noch fester als zuvor. »Ja, jetzt fürchtest du, dass ich dein kleines Geheimnis preisgebe, nicht wahr?«

Blitzschnell schoss die geächtete Ratsherrnfrau auf Thiderich zu und schrie außer sich vor Zorn: »Du sollst still sein, habe ich gesagt!« Dann schlug sie ihn so heftig ins Gesicht, dass sein Kopf grob zur Seite geschleudert wurde. Seine Lippe platzte auf und begann zu bluten, doch sein überlegenes Lächeln blieb.

Noch bevor seine Stiefmutter weitere Schläge austeilen konnte, packte Johannes sie am Arm und riss sie herum. »Wovon redet er?«, knurrte er bedrohlich leise.

Doch es war Thiderich, der Johannes an Luburgis' Stelle Antwort gab. Herausfordernd spuckte er ihm sein Blut vor die Füße, dann lüftete er das Geheimnis, welches Bodo und Luburgis all die Wochen gehütet hatten. »Ich rede davon, dass deine Stiefmutter und der Hüne sich miteinander vergnügt haben, während du als Weib verkleidet in der Stadt rumliefst. Bei jeder Gelegenheit haben sie es direkt vor meinen Augen getrieben. Manchmal hat er ihre Röcke sogar mehrfach am Tag gelüpft, um sie wie ein Kaninchen zu besteigen. Sie haben dich verspottet, Johannes, und du hast es nicht einmal gemerkt.« Wieder begann Thiderich schallend zu lachen. Das Gefühl, Rache an seinen Feinden zu nehmen, indem er sie gegeneinander aussspielte, enschädigte ihn für all die durchstandene Pein.

Johannes' Blick wurde finster. Er musste seine Stiefmutter nicht erst nach der Wahrheit fragen – er hatte es ohnehin die ganze Zeit über geahnt. Ohne Vorwarnung holte er mit der freien Hand aus und schlug ihr damit so heftig ins Gesicht, dass ihr Körper eine halbe Drehung vollführte und erst dann zu Boden ging.

In diesem Moment sprangen Thiderich und Godeke mit wildem Geschrei vom Boden auf und griffen Johannes und Bodo völlig unvermittelt an. Ihre Gegner erstarrten ob der Verblüffung darüber, dass die vermeintlich Gefesselten plötzlich frei waren, was ihnen einen ersten Vorteil verschaffte.

Godeke stürzte sich auf Bodo und hieb ihm sein Messer in die Schulter. Es war kein tiefer Stich, doch der Hüne brüllte wütend auf. Leider schmälerte die Wunde seine Kräfte nicht im Geringsten. Noch im gleichen Moment packte der Verletzte seinen Angreifer am Wams und schleuderte ihn mühelos auf den hölzernen Tisch, der mit einem lauten Krachen in der Mitte zerbrach. Dabei bohrte sich ein Holzsplint so unglücklich in Godekes Bein, dass er eine tiefe Wunde davontrug. Er schrie vor Schmerz, doch es blieb ihm keine Zeit, seiner Verletzung Beachtung zu schenken. Mit zusammengebissenen Zähnen zog er das Holz aus seinem Fleisch und schnellte danach sofort wieder auf die Füße – bereit für Bodos nächsten Angriff.

Thiderich hatte sich währenddessen auf den ebenso überraschten Johannes gestürzt. Seinen Knüppel mit beiden Händen gepackt, holte er weit aus und traf sein Gegenüber am Oberschenkel. Zu seinem Bedauern war Johannes jedoch weit zäher, als er aussah. Bloß ein dumpfes Stöhnen entfuhr ihm, während er kurzzeitig einknickte, dann fing er sich wieder und ging wutschnaubend auf seinen Gegner los. Die Hände zu Krallen geformt, trieb er seine Finger tief in dessen Fleisch. Thiderich spürte, wie Johannes' Nägel blutige Striemen an seinen Armen hinterließen und brüllte auf. Erst mit einer geschickten Drehung gelang es ihm, sich zu befreien, dann versetzte er seinem Gegenüber einen Faustschlag ins Gesicht. Johannes taumelte zurück und stützte sich an einer Wand ab, um nicht zu fallen. Bebend vor Schmerz und Zorn spuckte er darauf Blut und einen Schneidezahn aus. Thiderich wollte den Moment nutzen, um ihn erneut anzugreifen, doch Johannes hatte sich bereits wieder gefasst und kam ihm zuvor. Rasend vor Wut griff er nach Thiderichs Haaren und begann wie verrückt daran zu reißen. Sein Opfer ließ nichts unversucht, sich aus Johannes' Griff zu lösen. Schließlich gelang es ihm, seinem Gegner einen Ellenbogenhieb in die Rippen zu versetzen. Johannes krümmte sich und kassierte gleich noch einen kurzen, aber leider nicht sehr kräftigen Haken. Doch so schnell ließ sich Godekes ungleicher Zwillingsbruder nicht kleinkriegen. Mit einem Satz sprang er auf seines Feindes Rücken und begann, ihn mit einem Arm zu würgen. Thiderich hatte alle Mühe, sich gegen einen Mann zu wehren, der kämpfte wie ein wild gewordenes Weib. Schon lange hatte er seinen Knüppel weggeworfen, um die Hände frei zu haben. Beide

Männer schenkten sich nichts. Das hier war ein Kampf auf Leben und Tod.

Bodo und Godeke umkreisten einander unterdessen in der Hoffnung, einem von ihnen würde eine Unachtsamkeit unterlaufen. Die Beine leicht gebeugt, die Arme zum Angriff erhoben und den Körper in Lauerstellung ließen sie sich nicht aus den Augen, als plötzlich etwas Unerwartetes geschah.

Luburgis war wieder zu Bewusstsein gekommen und stürzte nun ungehalten auf Bodo zu. Wie von Sinnen griff sie nach einem seiner baumdicken Arme und versuchte ihn daran fortzuzerren. »Bodo, ich bitte dich, lass Godeke gehen. Tu ihm nichts!«, rief sie immer wieder flehentlich. Doch so heftig sie auch an ihm zog, der Hüne rührte sich nicht von der Stelle. Bodo war kräftig, und er war wütend. Mit einer einzigen Bewegung entledigte er sich der lästigen Luburgis und schleuderte sie direkt gegen Thiderichs Rücken. Dieser wurde von dem unerwarteten Aufprall so überrascht, dass er den Halt verlor und zusammen mit Luburgis zu Boden ging.

Johannes nutzte die Gelegenheit, packte Thiderichs Hals und drückte mit aller Kraft zu, bis dieser kaum mehr Luft bekam. Grinsend, mit irrem Blick und blutverschmiertem Gesicht stierte Johannes auf sein Opfer herunter, das vergeblich versuchte, die Hände um seinen Hals zu lösen. Thiderich lief rot an und begann verzweifelt zu röcheln. Johannes drückte noch fester, bis seine hassverzerrte Miene fast ebenso rot war wie das Antlitz seines Opfers.

Luburgis rappelte sich wieder auf. Verstört sah sie von Johannes zu Godeke und wieder zu Johannes. Sie schien nicht glauben können, was hier gerade geschah. Wie von Sinnen schrie und flehte sie, die Männer mögen aufhören, doch keiner der vier schenkte ihr auch nur die geringste Beachtung. Schließlich griff sie in ihrer Not nach einem Schemel.

Godeke hatte Bodo kurz zuvor angegriffen, nun trugen sie

einen Faustkampf aus. Zunächst hatte Bodo in seiner unbändigen Wut unzählige Schläge ins Leere ausgeteilt, während Godeke, das Messer in der Rechten fest auf den Feind gerichtet, einzig damit beschäftigt war, Bodos harten Fäusten auszuweichen. Er wusste, dass ein einziger Treffer des Hünen ihn stürzen konnte. Doch nur wenig später waren die Männer fest ineinander verkeilt. Es war ein Kampf zwischen zwei höchst ungleichen Männern, nur weil einer der beiden mehr Kraft und der andere das bessere Vorgehen besaß, währte er noch immer.

Luburgis wusste plötzlich, was sie zu tun hatte. Ihr Herz hatte entschieden. Bodo war zwar ihr Gespiele, doch Godeke war ihr Sohn, den sie über alles liebte. Und so holte sie aus und zerschlug das hölzerne Gestühl mit aller Kraft auf Bodos Kopf.

Erstaunt riss der Hüne die Augen auf, dann krümmte er sich schmerzerfüllt zusammen.

Dieser kurze Moment genügte Godeke. Mit einem Ruck befreite er seine Messerhand aus Bodos Griff. Er zögerte nicht und legte all seine verbliebene Kraft in seine Rechte. Dann stieß er das Messer in den Hals seines Feindes. Sofort schoss ein dicker roter Strahl aus der Wunde, der im Gleichtakt mit Bodos Herzschlag sprudelte.

Luburgis schrie auf, als ihr Geliebter zu Boden ging. Die Hände vor den Mund gepresst blickte sie fassungslos auf die immer größer werdende Blutlache und den darin liegenden, zuckenden Bodo. Es ging zu Ende mit ihm.

Godeke wusste, dass er sich um ihn nicht mehr zu scheren brauchte. Sofort waren seine Gedanken bei seinem Freund. Er musste Thiderich, der von der langen Gefangenschaft ohnehin geschwächt war, unbedingt zu Hilfe eilen. Und so schnellte er herum, doch was er sah, raubte ihm fast den Atem.

Johannes hatte die Hände um den Hals seines Opfers gelegt und presste gnadenlos zu. Thiderich war dunkelrot angelaufen, und seine Zunge trat weit aus seinem Mund hervor. Entgegen des rastlosen, wutgestärkten Johannes zeigte sich der Körper des am Boden Liegenden eigenartig schlaff. Thiderich hatte längst aufgehört, sich zu wehren, seine Arme und Beine lagen regungslos am Boden.

Godeke stieß einen wütenden Schrei aus, nahm Anlauf und rammte seinen Bruder so heftig mit der Schulter, dass dieser sich mit ihm zusammen überschlug. Gleich darauf waren die Zwillinge in einen erbitterten Zweikampf verwickelt. Heftige Fausthiebe wurden ausgeteilt und eingesteckt, zurück blieben blutige Platzwunden und blaue Flecke auf den Leibern der Männer. Alles, was sich in ihrer Reichweite befand, wurde als Waffe eingesetzt. Sie kannten kein Erbarmen, und es stand außer Frage, dass sie einander töten wollten.

Wieder stand Luburgis vor einer Entscheidung, wieder hörte sie auf die Stimme ihres Herzens. Einer plötzlichen Eingebung folgend warf sie sich zwischen die Männer, um sie wenigstens für kurze Zeit auseinander und zur Besinnung zu bringen. Dabei entging ihr, dass Godeke gerade in diesem Moment sein zuvor verloren gegangenes Messer erneut zu greifen bekam und es auf seinen Bruder richtete. Laut schreiend rannte sie direkt hinein, dann wurde es schlagartig still in der Hütte.

Erst als ihre Schreie plötzlich erstarben, sahen die Brüder, dass die Klinge bis zum Heft in Luburgis' Leib steckte. Starr vor Schreck hielten sie inne und stierten ihre Stiefmutter an.

Luburgis schaute ungläubig an sich herunter, dann zog sie langsam das Messer aus ihrem Bauch und ließ es fallen. Beide Hände auf die offene Wunde gepresst sackte sie vor ihren Stiefsöhnen auf die Knie. Dunkelrotes Blut sprudelte hervor und hinterließ eine breite Spur auf ihrem Kleid.

»Großer Gott, was haben wir nur getan?«, entfuhr es Godeke entsetzt. Auch wenn Luburgis ein verdorbenes Wesen besaß und sie seinen Eltern in der Vergangenheit nichts als Böses gewollt hatte, war er sich sicher, dass sie ihn aufrichtig geliebt hatte. Niemals hätte er sie töten wollen! Ein letztes Mal sah er in ihr von Conrad entstelltes Gesicht. Luburgis erwiderte seinen Blick. In ihren Augen war eine Mischung aus Liebe, Verblüffung und Schmerz zu erkennen.

Schon wollte er die Arme ausstrecken, um sie aufzufangen, da griff Johannes nach dem blutigen Messer und sagte abfällig: »Du bist schwach, Godeke. Trotz deines stärkeren Körpers hast du nie meinen unbeugsamen Willen besessen. Und jetzt wirst du sehen, was ich mit denen mache, die mich hintergehen.« Entschlossen setzte er die Klinge an Luburgis' Hals und durchschnitt ihr damit die Kehle. Luburgis gab ein gurgelndes Geräusch von sich, dann kippte sie schlaff nach vorne.

Nun richtete Johannes das Messer drohend auf seinen fassungslosen Bruder. Obwohl er schwankte, war ihm seine Entschlossenheit deutlich anzumerken. Einige Atemzüge lang starrten die ungleichen Brüder einander bloß an, doch anstatt jetzt auch Godeke zu richten, schritt Johannes auf einmal rückwärts in Richtung der Tür. »Wehe, du folgst mir, Godeke«, warnte er seinen Zwilling. »Wenn wir uns noch einmal begegnen, dann töte ich dich genauso wie Mutter.« Nach diesen Worten drehte er sich um und humpelte rasch aus der Hütte in den Wald.

Es war vorbei. Godeke überlegte, ihm nachzulaufen, ihn zu überwältigen und anschließend zu töten für all das, was er getan hatte, doch er wusste, dass sein verletztes Bein ihn nicht mehr lange tragen würde. Wohl aus ebendem Grund hatte auch Johannes die Flucht angetreten. Seine Wunden ließen keine weiteren Kampfeshandlungen mehr zu. Godeke sank auf die Knie. Seine Verletzungen waren zahlreich. Er hatte Mühe, nicht ohnmächtig zu werden. Blut tropfte von seiner Nase und Speichel von seinem Kinn. Die Schwellungen in seinem Gesicht schienen mit jedem seiner flachen

Atemzüge größer zu werden. In seinen Ohren rauschte es, und ihm wurde schwarz vor Augen. Er wusste, dass er viel Blut verloren hatte, und aus der Wunde an seinem Bein floss es noch immer.

Plötzlich fiel sein Blick auf Thiderich, der reglos am Boden lag, und er gab sich einen Ruck. Mit letzter Kraft kroch er zu seinem Freund hinüber. »Thiderich, Thiderich«, flüsterte er, doch seine Worte erreichten den am Boden Liegenden nicht. Godeke umfasste die Schultern seines Freundes und schüttelte sie mühevoll. »Thiderich, sprich mit mir. Sag nur ein einziges Wort«, flehte er schließlich mit tränenerstickter Stimme, doch er bekam auch dieses Mal keine Antwort. »Nein, nein, nein! Wach auf! Öffne die Augen!«, rief er verzweifelt, aber es war vergebens.

Thiderichs regloses, bläulich verfärbtes Gesicht hatte Godeke längst verraten, was er nicht wahrhaben wollte. Weinend brach er über dem schlaffen Körper seines Freundes zusammen und zog ihn an seine Brust. Thiderich war tot.

Stunden vergingen, ehe Godeke die Kraft fand, sich vom Boden zu erheben. Da er zu schwach war, ein Grab für Luburgis auszuheben, drehte er sie lediglich auf den Rücken und faltete ihre Hände. Zwischen ihre Finger steckte er ein Kreuz aus zwei kleinen Stöcken. Dann schloss er ihre Augen für immer und sprach ein kurzes Gebet, in dem er Gott bat, sie von ihren Sünden freizusprechen. Ansonsten konnte er nichts für sie tun. Es gab keinen Weihrauch, kein geweihtes Wasser, keine Absolution durch einen Geistlichen. Doch er, er verzieh ihr in diesem Moment all das Schlimme, das sie angerichtet hatte – er konnte nicht anders, auch wenn sie es nicht verdient hatte.

Den toten Bodo hingegen ließ er achtlos liegen. Diesem Scheusal geschah es recht, im ewigen Feuer der Hölle zu schmoren.

Unter Auferbietung seiner letzten Kräfte schleifte Godeke seinen verschiedenen Freund vor die Hütte, dann brach er erschöpft zusammen. Wieder kämpfte er mit den Tränen, die stumme Zeugen seiner Trauer, aber ebenso seiner Verzweiflung waren. Wie sollte er seinen Freund nur durch den Wald bis nach Hamburg tragen? Er wusste, dass er das nicht schaffen konnte, doch ihm fehlte auch die Kraft dazu, ein angemessenes Grab für ihn auszuheben. Die einzige schauerliche Möglichkeit, die ihm noch blieb, war, seinen Freund den Tieren des Waldes zum Fraß zu überlassen. Nein, schwor sich Godeke, das würde nicht passieren. Eher würde er hier an seiner Seite bleiben, bis Thiderich zu Erde und Staub zerfallen war.

»Ich werde dich nicht zurücklassen, mein Freund. Das verspreche ich dir«, flüsterte er dem Toten zu, legte die Hände auf dessen Brust und schloss die Augen. Er konnte einfach nicht begreifen, dass er Thiderich nicht hatte retten können. Noch vor wenigen Stunden hatten sie miteinander gesprochen, und nun zeugten der fehlende Herzschlag und die dunklen Male an seinem Hals von der unfassbaren Wahrheit.

Eine ganze Weile ließ Godeke die Hände auf Thiderichs Brust in der Hoffnung, doch noch ein Lebenszeichen zu verspüren. Vielleicht war ja alles nur ein böser Traum! Doch es war kein Traum, es war die entsetzliche Wirklichkeit.

Als er die Augen nach einiger Zeit wieder öffnete, war ein leichter Nebel im Wald aufgezogen. Er hatte etwas Tröstliches und brachte eine geheimnisvolle Stille mit sich, indem er alles in ein schleierhaftes Weiß tauchte. Godeke wurde ruhiger, und genauso unerwartet, wie der Nebel gekommen war, kamen auch die Worte seines Gebets. Flehentlich bat er den Herrgott im Himmel um Hilfe, auf dass es ihm gelinge, Thiderich zu seiner Frau und seinen Kindern zu bringen. Er hatte sein Gebet gerade beendet, als etwas im Nebel seine Aufmerksamkeit erregte.

Schemenhaft zunächst, dann etwas deutlicher und dennoch fast geräuschlos kam es direkt auf ihn zu. Die gemächlichen Bewegungen hatten nichts Bedrohliches, viel eher etwas Unwirkliches. Erst nachdem Godeke sich die geschwollenen Augen gewischt hatte, erkannte er, dass es sich um ein Pferd handelte. Eine Stute. Mit selbstverständlicher Ruhe schritt sie durch die Bäume auf die beiden Männer zu. Um ihren Hals hing lose ein abgerissenes Seil. Reglos verharrte Godeke. Woher kam das Pferd, und warum war es hier? Hatte Gott seine Gebete erhört und es ihm geschickt? Er wusste keine Antwort auf diese Frage, und im Grunde war es auch unwichtig. Das Pferd kam näher, und mit jedem seiner Schritte erschien es Godeke vertrauter. Als es endlich vor ihm stand, hatte er Gewissheit: Es war Millie – Thiderichs Stute –, und es war deutlich zu sehen, dass sie in den letzten Wochen nicht weniger gelitten hatte als Thiderich selbst.

Millie senkte den Kopf zu ihrem einstigen Reiter und fuhr behutsam mit den Nüstern über sein Haar. Immer wieder blies sie kurze Luftstöße aus, doch ihr Herr regte sich nicht. Daraufhin trat sie näher heran und drängte ihre Nase unter seine Schulter, stieß ihn leicht an und gab ein leises Wiehern von sich, fast so, als wollte sie ihn zum Aufsitzen auffordern. Als Thiderich auch darauf nicht reagierte, richtete sie ihren gutmütigen Blick auf Godeke und schaute ihn fragend an.

Angesichts dieser rührenden Zuneigungsbekundung drohte Godeke erneut von seinen Gefühlen überwältigt zu werden. Liebevoll strich er Millie über Mähne und Hals, dann forderte er sie auf, Abschied von Thiderich zu nehmen. »Sag ihm Lebewohl, treue Millie. Er wird nur noch ein letztes Mal auf dir reiten.« Godeke wusste, wie sehr sein Freund dieses Pferd geliebt hatte. Sanft fuhr er mit der Hand über die leicht bebenden Nüstern der Stute und legte seine Wange an ihre Stirn.

Gott hatte ihn in dieser Stunde der tiefsten Trauer nicht verlassen, denn er hatte ihm Millie geschickt. Godeke war sich sicher, dass die Stute den Toten für ihn nach Hamburg tragen würde.

Dorthin, wo seine Frau und seine Kinder ihn in geweihter Erde zu Grabe tragen konnten.

»Ich kann es einfach nicht glauben«, stieß die dicke Magd laut aus und stemmte die fleischigen Arme in die Hüften, während die anderen Mägde und Bediensteten der Burg von ihren dicht gedrängten Plätzen auf den groben Holzbänken zu ihr schauten. »Ich kann einfach nicht glauben, dass dieser fremde Spielmann hier dem Grafen tatsächlich seinen Frohsinn zurückgebracht hat.« Während sie sprach, stieß sie Walther freundschaftlich den Ellenbogen in die Seite. »Habt Ihr es auch bemerkt? Heute wurden die Speisen doch tatsächlich auf den silbernen Platten serviert, und der Graf hat sogar befohlen, die silbernen Kerzenhalter wieder aufzustellen – genau vor ihm stand einer –, obwohl er sich darin spiegelte. Ich denke, die trübseligen Zeiten auf der Burg sind endlich vorbei.« Damit erhob sie ihren Holzbecher und sprach mit lauter Stimme: »Wir alle müssen Walther dankbar sein, und darum lasst uns auf ihn trinken!«

»Ja, genau!«

»Auf den Spielmann!«

»Ja, auf Walther!«

Von überall her zeigten sich freudestrahlende Gesichter, in denen ernst gemeinte Erleichterung über das Ende einer grämlichen Zeit abzulesen war, und es ertönten fröhliche Zurufe in Walthers Richtung. Jeder Einzelne wollte ein Wort des Dankes loswerden oder den Becher mit ihm erheben.

Walther war überwältigt von so viel Anerkennung; tat er doch nur, was er sowieso am allerliebsten tat.

Die Erkenntlichkeit der Burgbewohner zeigte deutlich, wie sehr sie alle unter der Verstimmung des Grafen gelitten hatten. Seit der Spielmann bei ihnen weilte, war das Leben für sie alle wieder fröhlicher geworden. Niemand wollte ihn mehr missen – und Walther wollte nicht mehr gehen.

Noch vor wenigen Tagen hätte er es niemals für möglich gehalten, dass das Gefühl von Heimat so austauschbar war. Zunächst war ihm die fremde Hansestadt mit ihrer trutzigen Burganlage im Osten unwirtlich vorgekommen, dann aber, nach nicht einmal zwei Wochen in Kiel, schien es ihm hier fast besser zu gehen als all die Jahre zuvor in Hamburg. Endlich fühlte er sich frei von der alles überschattenden Pein, eine Gemahlin an seiner Seite zu wissen, die einen anderen liebte. Er spürte die Erleichterung, als hätte er einen Sack voll Steine abgeworfen, und diese Erkenntnis erschreckte Walther zutiefst. Doch wallten in ihm noch weitere Gefühle auf, für die er sich wahrlich schämte.

Nachdem Albert, Thiderich und er vor einundzwanzig Jahren aus Friesland nach Hamburg gekommen waren, war er wie von selbst zu Alberts Nuncius geworden. Walther konnte lesen und schreiben, und Albert vertraute ihm. Es war ein kluger Zug gewesen, und eigentlich hätte er seinem Freund für alle Zeit dankbar sein müssen. Schließlich gab Albert ihm eine Möglichkeit, die er als einfacher Junge aus einem friesischen Dorf sonst niemals gehabt hätte. Doch stattdessen hatte sich über die Jahre ein Gefühl der Unzufriedenheit in Walther breitgemacht. Auch wenn es ihm niemals nach Macht gedürstet hatte, war es ihm irgendwann ungerecht erschienen, dass Albert und Thiderich jeden Tag das tun durften, was ihr Herz erfreute. Sie liebten ihre immer erfolgreicher werdenden Handelsgeschäfte; Walther hingegen wollte nicht die Bücher führen, er wollte dichten und singen.

Dieser Wunsch war über die Jahre schier übermächtig geworden, und auch deshalb hatte er das Angebot der Gräfin Margarete von Dänemark nicht abschlagen können. Nun fühlte er sich schuldig Albert und Thiderich gegenüber und mochte gar nicht daran denken, wie enttäuscht sie sein würden, wenn sie erst erfuhren, dass er für immer fort war, doch seine Freude darüber, endlich singen und dichten zu können, tröstete ihn.

Bald schon, dessen war er sich sicher, würde auch das letzte Gefühl der Reue verschwunden sein. Hier auf der Burg vergaß man schnell, denn das Leben hinter den dicken Mauern war ein anderes. Kaum jemand kannte ihn hier, und keinen der Diener, Pagen, Knappen, Ritter, Handwerker, keine der Mägde und Damen scherte es, woher er kam. Walther genoss es, ein Mann ohne Vergangenheit zu sein. Seine Herkunft war nicht von Interesse, da es auf einer Burg durchaus üblich war, dass Fremde von irgendwoher kamen und irgendwohin gingen.

Er wollte Runa für immer aus seinen Gedanken verbannen, und das sollte ihm hier, am nördlichsten Flecken, den er hatte finden können, an der direkten Grenze zu Wagrien und Dänemark, am Ende des unwegsamen Geländes Limes Saxoniae aus vergangenen Zeiten, doch sicher gelingen.

Zum zweiten Mal in seinem Leben würde er von vorne anfangen. Von nun an war er nicht mehr der Nuncius Alberts von Holdenstede, auch nicht der Fremde aus Friesland oder der Mann einer Ratsherrntochter – von nun an war er Walther der Spielmann!

»Sing uns etwas, Walther!«, forderten einige Stimmen aus der fröhlichen Runde des Burggesindes.

»O bitte, habt Erbarmen«, erwiderte Walther lachend. »Ich habe heute schon mindestens so viele Lieder gesungen wie es Mäuse auf der gesamten Burg gibt. Gönnt mir eine Pause.«

»Pah, den Grafen singst du vor, aber deinen Freunden nicht«, empörte sich eine kecke Magd mit auffallend grünen Augen gespielt. »Vielleicht solltest du dir vorstellen, ich wäre die Gräfin«, scherzte sie weiter und legte sich einen schmutzigen Lumpen wie einen Schleier über den Kopf. Dann stand sie auf und schritt erhobenen Hauptes vor ihm auf und ab.

Das Burggesinde lachte grölend, und einige verbeugten sich vor der Magd, als wäre sie tatsächlich Margarete von Dänemark.

Auch Walther stimmte in das Gelächter mit ein. Schließlich gab er seinen Widerstand auf, kniete sich mit einem Bein galant vor die Magd und ergriff ihre Hand. Dann stimmte er eine selbst erdachte Minne an.

Ich wandere über Stock und Stein
Von morgens früh bis abends spät
Um ein letztes Mal bei ihr zu sein
Obwohl der Sturm mir entgegenweht.

Ganz gleich, was ich noch werde wagen
Ob Kampf gegen Ritter und Recken
Alles werde ich ertragen
Jeden für sie niederstrecken.

Wenn wir vereint sind unter Linden
Unsere Seelen erfüllt mit Glück
Dort wollen wir den Frieden finden
Und kehren niemals mehr zurück.

Dieser Darbietung folgte eine weitere und dann noch eine und noch eine. Sie alle konnten nicht genug bekommen von des neuen Spielmanns Künsten, und Walther gab ihrem Drängen gerne nach. Die Lachenden und Tanzenden ließen erst Gnade walten, als Walthers Stimme zu versagen drohte.

Später dann, die Nacht war schon hereingebrochen, bemerkte Walther, dass ihn plötzlich etwas am Ärmel zupfte. Verwundert drehte er sich um. Vor ihm stand ein kleiner, schmutziger Junge mit triefender Nase. Wortlos hielt er Walther ein Stück Pergament entgegen. Nachdem er es übergeben hatte, flitzte er flink wie ein Wiesel wieder davon. Verwundert blickte Walther ihm nach und musterte dann die ordentlich geschwungene Handschrift auf dem Papier. Sie kam von einem geübten Schreiber, das war sofort zu erkennen, und noch bevor Walther den Namen und das Anliegen des Verfassers gelesen hatte, wusste er auch schon Bescheid.

Also doch, dachte er bei sich. Seit zwei Tagen hatte er vermutet, dass es dazu kommen würde. Es war nur eine Frage der Zeit gewesen. Walther war bereit für das, was nun folgen sollte; die Frage war nur, ob der Schreiber dieses Briefes es auch war.

Um nicht aufzufallen, riss er noch ein paar derbe Witze mit dem Burggesinde und leerte seinen Becher. Dann entschuldigte er sich mit der Ausrede, müde vom Singen zu sein und seine Stimme für den nächsten Tag schonen zu müssen.

In Wahrheit aber verließ er das Wirtschaftsgebäude, in dem sich die Dienerschaft des Abends aufhielt, hastete über den Hof, vorbei an dem Brunnen und dem Palas, der Kemenate für die Frauen und dem Bergfried bis hin zum Gästehaus. Nur wenig später hatte er sein Ziel erreicht. Als er vor der gewünschten Türe stand, streckte er, ohne zu zögern, den Arm aus und hämmerte mit der geballten Faust fest entschlossen gegen das massive Holz mit den schmiedeeisernen, verzierten Angeln.

»Kommt herein«, ertönte es von drinnen. Walther trat ein und sah Schinkel vor dem Kamin stehen. Die Kammer war warm und verschwenderisch hell erleuchtet von unzähligen Kerzen. Die kostbaren Möbel ließen darauf schließen, dass hier stets nur Gäste von Stand und Namen wohnten – Johann Schinkel war selbstverständlich ein solcher Gast.

»Habt Dank für Euer Kommen«, begann der Ratsnotar weit höflicher, als er von Standes her musste. Ganz offensichtlich wollte er Walthers Wohlwollen heraufbeschwören.

»Ich danke Euch für die Einladung«, antwortete Walther ebenso höflich und deutete eine Verbeugung an.

»Wollt Ihr Euch nicht setzen?«

»Wenn Ihr nichts dagegen habt, würde ich es vorziehen, stehen zu bleiben.«.

»Leider muss ich sagen, dass ich es tatsächlich für besser hielte, wenn Ihr Euch setzen würdet. Glaubt mir, meine unerfreuliche Kunde verlangt danach.«

»Was soll das für eine Kunde sein, die Ihr mir bringt? Ich denke, wir zwei wissen ganz genau, dass uns nur eine einzige Sache verbindet und die …«

»Ich bitte Euch inständig, setzt Euch«, wiederholte Johann Schinkel auffallend geduldig.

Walther wurde mulmig zumute. Zwar wusste er nicht, was genau der Ratsnotar von ihm wollte, doch er ahnte natürlich, dass es etwas mit Runa zu tun haben musste. Auch wenn er seinem Rivalen am liebsten widersprochen hätte, bloß um ihm zu zeigen, dass er noch immer selbst entschied, ob er stehen oder sitzen mochte, tat er, was Johann Schinkel ihm riet.

»Wein?«

»Nein, danke«, lehnte Walther brüsk ab.

»Ich werde einen nehmen, auch wenn Ihr nicht mit mir trinken wollt«, entschied Johann Schinkel, schenkte sich ein und setzte sich Walther schweren Herzens gegenüber. Eine Zeit lang blickten die beiden Männer in die tanzenden Flammen des Kaminfeuers, dann ergriff der Ratsnotar das Wort: »Ihr habt allen Grund mich zu hassen, Nuncius.«

»Spielmann!«

»Was sagt Ihr?«

»Ich bin nun Spielmann und kein Nuncius mehr.«

»Nun denn, wenn Ihr es so wollt«, gab Johann zurück, jedoch nicht ohne sich entsprechend zu wundern. Wer wollte schon lieber ein unehrenhafter Spielmann sein, wenn er doch eigentlich ein ehrenhafter Nuncius war? Johann sammelte sich und fuhr fort: »Eines kann ich Euch versichern: Ich habe lange überlegt, wie ich dieses Gespräch beginnen soll. Und wisst Ihr was? Mir ist kein guter Anfang eingefallen.« Der Ratsnotar blickte Walther direkt an, hob kurz die Hände und ließ sie dann wieder in den Schoß fallen. »Darum habe ich mich dazu entschieden, die Dinge direkt beim Namen zu nennen.«

Walther wurde heiß und kalt zugleich. Auch er hatte sich seit der Ankunft des Ratsnotars auf der Burg überlegt, wie ihr erstes Treffen wohl verlaufen würde. Kein einziges Mal in all den Jahren hatten die Männer offen über ihre ungewollte Verbindung zueinander gesprochen – die Tatsachen waren einfach zu unerhört. Sollte sich das heute wirklich ändern? »Nun, ich bin sehr gespannt«, gestand Walther.

»Wir beide lieben dieselbe Frau«, begann Johann Schinkel.

»Ja«, pflichtete ihm Walther bei und fügte ungehaltener, als er beabsichtigt hatte, hinzu: »Jedoch mit dem kleinen Unterschied, dass es mir als ihrem Gemahl wohl gestattet ist und Euch nicht.«

»Ihr habt recht, Nu… Spielmann«, gab der Ratsnotar unvermittelt zu. »Sogar aus zweierlei Gründen sind meine Gefühle Runa gegenüber unerhört: Zum einen ist sie Euer angetrautes Eheweib, und zum anderen bin ich ein Geistlicher, dem jegliche Fleischeslust untersagt ist. Und dennoch – ich konnte mich all die Jahre einfach nicht dagegen erwehren, zu fühlen, was ich fühle. Ich wünschte sehr, es wäre anders, doch das ist es nicht. Ich liebe Runa nach wie vor und werde sie wohl immer lieben.«

»Habt Ihr mich tatsächlich deshalb rufen lassen?«, blaffte Walther ihn nun wütend an. »Hofft Ihr etwa auf meine Vergebung? Oder wollt Ihr meinen Platz einnehmen, jetzt, da ich fort bin? Ich sage Euch, darauf könnt Ihr lange warten, Ratsnotar.«

»Nein, deshalb bin ich nicht gekommen.«

»Warum dann? Was erlaubt Ihr Euch eigentlich? Mein Weib und meine Kinder habe ich Euretwegen verlassen, weil Runa Euch nicht vergessen konnte, und nun sitzt Ihr hier vor mir und wollt mit mir darüber plaudern, wie sehr Ihr mein Weib begehrt? Ihr seid ja noch schamloser als ich dachte! Dieses Gespräch ist für mich beendet!« Walther spie seine Worte förmlich aus und erhob sich.

»Setzt Euch wieder!«, fuhr Johann ihn barsch an. »Glaubt mir, unsere Unterredung ist noch lange nicht beendet, und sie wird, zu meinem größten Bedauern, noch viel unangenehmer werden, als sie es jetzt schon ist.«

»Was wollt Ihr damit sagen? Wollt Ihr mir etwa drohen?«, brauste Walther auf.

»Herrgott noch mal, nun macht doch nicht alles noch schwieriger, als es ohnehin schon ist. Ich habe Euch rufen lassen, weil sich seit Eurem Verschwinden schreckliche Dinge in Hamburg zugetragen haben, die Runa betreffen.«

Walther ließ sich tatsächlich zurück in seinen Sessel fallen. Es war seltsam, den Namen seiner Frau aus dem Munde eines anderen Mannes zu hören. Unter anderen Umständen hätte Johann Schinkel niemals gewagt, sie so zu nennen, und Walther spürte, dass das, was nun folgen würde, furchtbar sein musste.

»Runa ist im Verlies. Sie wurde auf dem Kranfest von Vater Everard angeprangert, eine Hexe zu sein. Sobald ihr Kind geboren ist, wird sie peinlich befragt werden, und zu meinem größten Missbehagen wurde ich dazu erwählt, das Verhör zu führen.«

Walther rang einen Moment lang sichtlich um seine Fassung. »Was sagt Ihr da?«, fragte er schließlich tonlos. »Wieso? Ich meine, wann ist all das passiert? Runa sollte doch längst mit den Frauen fort sein. Und wie habt Ihr mich überhaupt gefunden?«

»Bitte erwartet nicht zu viele Antworten von mir. Auch ich habe noch immer Fragen«, gestand Johann Schinkel dem bestürzten Spielmann. »Ich habe Euren Brief, welchen Ihr in Eurem Haus für Euren Schwager hinterlegt habt, in meiner Kurie versteckt. Durch einiges Geschick konnte ich ihn Vater Evcrard entreißen, bevor er ihn womöglich vernichtet hätte. In diesem Brief erwähntet Ihr zwar Euer Verschwinden, jedoch nicht, wo genau Ihr seid. Dass ich Euch hier gefunden habe, ist also entweder göttliche Fügung oder Zufall. Nennt es, wie Ihr wollt.«

Walthers Kopf schwirrte. Er hatte so viele Fragen und war so entsetzt, dass es ihm schwerfiel, den Worten des Ratsnotars zu folgen.

»Wie es aussieht, ist es Runa gar nicht erst gelungen, bis zu dem Pferdewagen vorzudringen, der sie alle aus der Stadt bringen sollte. Stattdessen ist sie Vater Everard an der Trostbrücke in die Arme gelaufen. Zu diesem Zeitpunkt wart Ihr offenbar schon nicht mehr in der Stadt.«

Stocksteif saß Walther auf seinem Sessel, schüttelte den Kopf und fuhr sich mit beiden Händen über die Stirn. Die Erkenntnis, so unsagbar falsch gehandelt zu haben, presste ihm schier die Luft aus den Lungen. Er hatte Runa alleingelassen. Sie den Fängen seines grausamen Ziehvaters ausgeliefert. Everard musste das alles von langer Hand geplant haben, und er hatte nichts davon gemerkt. Völlig unvermittelt sprang Walther auf und sagte entschlossen: »Ich muss zu ihr! Noch heute werde ich zurück nach Hamburg reisen und mit dem Bürgermeister reden. Er wird wissen, dass die Anschuldigungen gegen Runa haltlos sind.«

»Wartet!«, rief Johann Schinkel ihm nach; erstaunt darüber, wie schnell der eben noch schreckstarre Walther von seinem Sessel aufgeschnellt war. »Das ist zwecklos. Ihr könnt Euch Eure Worte beim Bürgermeister sparen. Ich habe bereits mit ihm gesprochen. Bitte setzt Euch wieder, und hört mich bis zum Ende an.«

Walther wollte sich zunächst weigern, ein weiteres Mal auf die Forderung des Ratsnotars einzugehen, dann jedoch kam er tatsächlich zurück und setzte sich wieder. Johann Schinkel begann ihm von der stummen Magd Johanna zu erzählen, die durch ein Wunder sprechen konnte, und ließ auch Agnes' Worte nicht unerwähnt. Dann gab er das Gespräch wieder, welches er mit Vater

Everard vor seiner Abreise nach Kiel geführt hatte, und berichtete ihm von Willekin Aios' Besuch in seiner Kurie. Der Ratsnotar schloss seinen Bericht mit den Worten: »Vater Everard genießt momentan überaus großes Ansehen in Hamburg. Ihr würdet nichts gegen ihn ausrichten können, und auch für Runa könnt Ihr derzeit nichts tun. Everard hat zu viel gegen sie in der Hand – sei es nun wahr oder unwahr. Das Beste ist, wenn Ihr bleibt, wo Ihr seid, und überlasst alles mir.«

»Aber was verlangt Ihr da?«, protestierte Walther verständnislos. »Ich kann doch nicht einfach in Kiel bleiben und Abend für Abend vor mich hin singen, als wäre nichts geschehen.«

»Das solltet Ihr aber. Ich sage es ungern, doch dieser Fall erfordert mächtigere Männer als Euch. Zudem müsstet Ihr wohl erst einmal erklären, warum Ihr nicht in Hamburg weiltet, als Eure Frau festgenommen wurde. Euer Verhalten ist bedauerlicherweise überaus verdächtig. Fast scheint es so, als wäret Ihr ebenfalls von der Schuld Eurer Frau überzeugt.«

»Das ist doch lächerlich«, stieß Walther wütend aus.

»So?«, fragte Johann Schinkel spitz. »Und wie genau wollt Ihr vorgehen? Wollt Ihr den Hamburgern erklären, dass Ihr Euer Weib verlassen habt, da es unzüchtige Gedanken einen anderen Mann betreffend hegt, der noch dazu ein Geistlicher ist? Ich sage Euch, was dann passiert: Man würde ihr Unzucht unterstellen und vielleicht sogar, dass sie sich meiner Gefühle durch Zauberkräfte bemächtigt hat. Dann wäre Runa erst recht des Todes.«

Sosehr es Walther auch widerstrebte – er musste dem Ratsnotar recht geben. »Also, was schlagt Ihr vor?«

»Sagt mir, wo Ihr den Brief des Grafen Gerhard II. versteckt habt, der bezeugt, dass Albert von Holdenstede im Tausch mit seinem Haus aus dem Einlager freigelassen wird. Ich habe keine große Hoffnung, aber vielleicht kann er als ihr Vater und ehemaliges Ratsmitglied etwas ausrichten.«

Walther horchte auf. Obwohl der Ratsnotar den Brief schon eingangs erwähnt hatte, fiel ihm erst jetzt etwas auf. Zutiefst verwundert fragte er: »Hat Godeke von Holdenstede diesen Brief denn noch nicht an sich genommen?«

»Godeke von Holdenstede ist verschwunden.«

Walther stieß ein ungläubiges Lachen aus. »Verschwunden? Heilige Mutter Gottes, auch das noch! Ich fasse es nicht!«

»Hört zu«, versuchte Johann Schinkel Walther zu beschwichtigen. »Ich wünschte, ich könnte Euch etwas Erfreulicheres berichten, doch das kann ich nicht. Ich weiß derzeit keinen besseren Rat, obwohl die Zeit drängt. Albert von Holdenstede scheint mir unsere letzte Möglichkeit zu sein. Er würde von den Ratsherren angehört werden. Selbst jetzt, da er in Ungnade gefallen ist, zählt sein Wort noch immer mehr als das Eure. Wenn es mir gelingt, ihn bis zum St. Veitsmarkt freizubekommen, sehen wir weiter. An diesem Tage versammeln sich alle hohen Herren auf dem Kunzenhof. Hier können wir vielleicht etwas für Runa tun – das heißt, wenn ihr Kind bis dahin nicht schon geboren ist.«

Walther hatte wahrlich Mühe zu begreifen. Es musste doch irgendetwas geben, das er tun konnte – doch es gab tatsächlich nichts. Die Beweise gegen Runa waren einfach zu erdrückend. Vielleicht behielt der Ratsnotar recht, und Albert konnte noch etwas ausrichten. Er entschied sich, seinem Rivalen dieses eine Mal zu trauen. »Der Brief ist unter einer der Dielen im ersten Schlafgemach versteckt. Sie ist bloß lose aufgelegt, man erkennt sie sofort, doch zunächst muss man eine Truhe zur Seite schieben, die darauf steht.«

»Gut, ich werde jemanden schicken, der das Pergament zur Riepenburg bringt. Danach können wir nur hoffen, dass Albert von Holdenstede den Brief früh genug erhält und es schafft, Runas Schicksal zu beeinflussen.«

Walther nickte betrübt. »Ich danke Euch, Ratsnotar.«

Johann senkte kurz den Kopf, um ihn wissen zu lassen, dass er seine Worte zu schätzen wusste. Dann fügte er mit belegter Stimme hinzu: »Wenn es tatsächlich zum Schlimmsten kommt, werde ich alles tun, um sie nicht leiden zu lassen.«

Darauf gab es nichts mehr zu sagen. Die Männer sahen einander einen Augenblick bestürzt an, dann erhoben sie sich und schritten gemeinsam zur Tür.

Walther hatte die Hand bereits am Türblatt, doch er ließ sie wieder sinken. Langsam drehte er sich zum Ratsnotar um. »Auch ich habe Euch noch etwas zu sagen. Möglicherweise wäre es Runa nicht recht, dass ich es tue, aber die Umstände haben sich geändert.«

Johann blickte Walther mit gerunzelter Stirn an. »Ja?«

»Die eben erfahrenen Neuigkeiten geben mir zwar berechtigten Grund zum Zweifel, doch wenn Godeke es tatsächlich geschafft hat, unseren Plan auszuführen, dann sind die Frauen der Familie mit meinen Kindern Freyja und Thymmo in Eppendorf bei der Ratsherrnfrau Hildegard von Horborg.«

»Habt Dank für Euer Vertrauen. Ich werde mich persönlich von ihrem Wohlbefinden überzeugen und es Runa wissen lassen. Gewiss gibt es ihr Kraft, wenn sie ihre Kinder in Sicherheit wähnt.«

»Das ist aber noch nicht alles.« Walther rang mit sich. So viele Jahre hatte er dieses Geheimnis schon gehütet, sollte er es nun tatsächlich preisgeben?

»Was gibt es noch, das Ihr mir sagen wollt?«, drängte Johann, der sehr wohl bemerkte, dass Walther nicht ganz sicher war, ob er sprechen oder schweigen sollte.

Walther hatte sich entschieden und holte tief Luft, um sich zu wappnen. Dann sprach er mit fester Stimme: »Runa war bereits schwanger, als ich sie zum Weibe nahm. Es gibt keinen Zweifel daran, dass Thymmo nicht mein leiblicher Sohn ist.«

»Was meint Ihr damit?«

»Er ist der Eure!«

Johann taumelte zurück. Es war ihm, als hätte Walther ihm eine Ohrfeige verpasst. Ein ungläubiger Laut entfuhr seinem Mund, während er mit einer Hand an einer sarggroßen Truhe Halt suchte. »Großer Gott und Heilige Maria im Himmel! Das … ich … kann das wirklich wahr sein?«

»Ja, es ist wahr. Ihr habt einen Sohn. Vielleicht gibt es nun noch einen Grund mehr für Euch, Runa zu retten. Gott möge Euch beistehen. Ich werde für Euch beten.«

Damit verließ Walther die Kammer und begab sich direkt in die dunkle, kalte Burgkapelle. Ihr Inneres wurde allein vom silbrigen Mondschein erhellt, der durch die schmalen, unverglasten Fensterluken fiel. Vor dem Altar sank er zunächst auf die Knie und betrachtete eine Weile das hölzerne Kreuz vor ihm, dann legte er sich bäuchlings auf die nackten Steine, breitete die Arme aus und presste seine Stirn auf den Boden. In dieser Haltung allertiefster Demut sprach er bis zum Morgengrauen Gebete für Runa.

7

Klack… klack… klack…. Willekin Aios versuchte das immerwährende Geräusch zu überhören, welches Johannes vom Berge pausenlos erzeugte. »… und darum brauchen wir erfahrenere Kranführer. Das ist nun schon der dritte Unfall seit dem Kranfest! Wir sollten Männer aus Utrecht, Antwerpen oder Brügge holen, wo es derartige Kräne bereits gibt.«

Klack… klack… klack….

Mit einem Gesicht, das mehr sagte als hundert Worte, drehte sich Henric Longhe zu seinem Sitznachbarn um. »Müssen wir tatsächlich darauf warten, dass Euer Fürspann durch den Tisch fällt, da Ihr es geschafft habt, ein Loch damit hineinzuklopfen?«, fuhr der hitzköpfige Kaufmann den in sich gekehrten Johannes vom Berge plötzlich an.

Der Angesprochene brauchte einen Moment, um zu verstehen. »Was sagt Ihr?«

»Euer Fürspann. Wäre es Euch möglich, ihn nicht fortwährend auf den Tisch zu schlagen? Es gibt in diesem Gehege tatsächlich Männer, die am Geschehen in der Stadt interessiert sind.«

Heiteres Gelächter ertönte, da niemandem der spöttische Unterton entgangen war.

Johannes war sein Verhalten tatsächlich nicht aufgefallen, zu sehr beschäftigten ihn seine eigenen Gedanken. Nun nach Henric Longhes höhnischer Bemerkung errötete er ungewollt. Eigentlich wäre es sein gutes Recht gewesen, den Kaufmann ob seiner Frechheit zur Rede zu stellen – schließlich besaß er selbst ein weit höheres Ansehen in der Stadt als Henric Longhe –, doch schon im nächsten Moment fuhr Willekin Aios fort.

»Habt Dank, Henric«, sagte der Bürgermeister ebenfalls belustigt. »Nun weiß ich auch wieder, was ich eigentlich sagen wollte.« Er wandte seinen Kopf in die andere Richtung und richtete das Wort an Olric Amedas. »Kann ich Euch damit betrauen, entsprechende Briefe an die jeweiligen Stadtherren zu überbringen? Eure Schiffe laufen doch noch diese Woche Richtung Flandern aus, und je schneller wir erfahrene Männer zum Führen unseres Krans bekommen können, desto besser.«

»Ich werde mich persönlich darum kümmern«, versicherte der Angesprochene offenbar geehrt.

»Gut, dann lasst uns später gemeinsam die Ratsschreiberei aufsuchen, wo wir die Briefe anfertigen lassen werden.«

Ein zustimmendes Nicken des Ratmanns beendete diesen Teil der Sitzung.

Willekin Aios sammelte kurz seine Gedanken und holte dann ein Papier hervor, welches sich in einem Schubfach an der Unterseite des Tischs befand. »Ich habe einen Brief von unserem Ratsnotar Johann Schinkel aus Kiel erhalten, meine Herren. Leider ist es keine erfreuliche Kunde, die ich nun zu berichten verpflichtet bin. Graf Johann II. hat jedwede Bitte um eine Versöhnung mit Graf Gerhard II. abgelehnt. Allein die Nachfrage soll ihn schon über alle Maßen erbost haben. Schinkel schreibt, die Genesung des Grafen habe diesen offensichtlich nicht wie gehofft milde gestimmt, weshalb es für ihn in Kiel nichts mehr zu tun gebe. Bei Eintreffen dieses Briefs befinde er sich darum schon wieder auf der Heimreise nach Hamburg.« Willekin blickte müde auf und fügte hinzu: »Nun, meine Herren, ich glaube, es ist überflüssig zu erwähnen, dass eine Fehde zwischen den gräflichen Vettern wohl kaum mehr abzuwehren ist. Wir müssen also damit rechnen, dass es am diesjährigen St. Veitsmarkt stürmisch zugehen wird. Wie jedes Jahr werden sich die Grafen an diesem Tag auf dem Kunzenhof versammeln, um nicht zuletzt über die Belange der Stadt zu reden.« Der Bürgermeister fuhr sich mit der Hand über den Bart. Er versuchte erst gar nicht zu verbergen, dass ihm das diesjährige Zusammentreffen der zerstrittenen Vettern Kopfzerbrechen bereitete.

»Wenn wir eine kostspielige Fehde zwischen den Grafen schon nicht abwenden können, dann sollten wir die Zusammenkunft wenigstens dazu nutzen, um uns ein für alle Mal gegen das Einsetzen der zwei weiteren Vögte zu wehren«, warf Reyner von Wunsdorp ein.

Seine Worte sprachen vielen Anwesenden aus dem Herzen – auch wenn die Lösung dieses Problems nun in noch weitere Ferne gerückt war als zuvor. Lärmender Tumult brach aus, als alle Ratsherren gleichzeitig ihre Meinung kundtaten. Die Niederlage Johann Schinkels trug ein Übriges zu ihrem Unmut bei, hatten sie doch all ihre Hoffnungen in das Geschick ihres Ratsnotars gelegt.

»Ich bin dafür, dass wir deutlicher werden«, forderte Bertram von Hemechude. »Die Zeit des Flehens und Bittens ist vorüber!«

»Genau, keine Worte der Unentschlossenheit mehr! Wir brauchen Taten!«, entschied Folpert Krempe.

»Wir müssen den Grafen die Macht des Rates so unverkennbar aufzeigen, dass sie gezwungen sind, von ihren Plänen abzusehen«, forderte Hartwic von Erteneborg kämpferisch.

»Meine Herren«, begann der Bürgermeister beschwichtigend. »Ihr sprecht mir wahrlich aus der Seele. Wir müssen deutlicher werden, und genau aus diesem Grunde habe ich einen Entschluss gefasst, den ich Euch heute mitteilen möchte. Johann Schinkel wird die Hexe peinlich befragen, sobald sie ihr Kind zur Welt gebracht hat. Er ist die Brücke zwischen Domkapitel und Rat. Wenn wir zusammenhalten, wird der gräfliche Vogt spüren, wie wertlos seine Anwesenheit in der Stadt ist.«

»Ein geschickter Zug von Euch.«

»Großartig!«

»Sehr gut!«, schallte es aus den Mündern der nickenden Ratsherren.

Auch wenn sie bislang keine Ahnung von den Plänen ihres Bürgermeisters gehabt hatten und es nicht üblich war, dass dieser derart gewichtige Dinge alleine entschied, vertrauten die Männer Willekin Aios und bekundeten ihr Einverständnis.

Johannes vom Berge hatte sich bis jetzt nicht an der Debatte beteiligt, doch dieser Moment schien ihm geeignet zu verkünden, was er sich soeben zurechtgelegt hatte. Der Gedanke hatte ihn getroffen wie ein Blitz. Schon jetzt wusste er, dass dieser Vorschlag die Lösung des Problems darstellte. Erneut nahm er seinen Fürspann zur Hand, den er stets bei sich trug, seit er ihn auf der Wiese vor Bornhöved gefunden hatte. Dann begann er abermals, damit auf den Holztisch zu klopfen. Es dauerte nicht lange, bis er die Aufmerksamkeit der Männer gewonnen hatte. Um seinen Worten mehr Kraft zu verleihen, erhob er sich und stützte sich mit beiden Händen auf den Tisch.

Die Runde der Ratsmänner war klein an diesem Tage, da einige Mitglieder des sitzenden Rats auf Reisen waren. Bevor er zu sprechen begann, sah er jedem Einzelnen von ihnen in die Augen. »Worte! Das sind doch alles nur leere Worte!« Langsam hob er eine Hand und ballte sie zur Faust. »Wir müssen unmissverständlich unseren Willen kundtun und Stärke zeigen!« Dann verließ er seinen Platz und ging geschwind zu den großen, bunt bemalten Fenstern. Mit einem Ruck zog er die schweren grünen Vorhänge beiseite, auf dass das Licht durchs Glas fiel und ein farbenprächtiges Muster auf die Tonfliesen zeichnete. Mit dem Finger wies er hinaus und sagte: »Dort draußen ist das, was uns stark macht: die Bürger Hamburgs! Ihrem Drängen werden sich die Fürsten nicht entziehen können. Hören wir auf zu reden und zeigen den Grafen, wie wenig wir die zusätzlichen Vögte benötigen, indem wir im Sinne des Volkes entscheiden. Sein Jubel ist das, was wir brauchen!«

»Was meint Ihr damit, vom Berge?«, fragte Olric Amedas interessiert.

»Ich meine, wir verbrennen die Hexe Runa von Sandstedt gleich am Tage des St. Veitsmarkts, vor den Augen der Grafen und im Beisein der Hamburger! Das ist es doch, was die Menge will. Die Bürger wollen keine langen Prozesse vor dem Vogtgericht und schon gar keine Prozesse vor dem Ratsgericht, auf das sie noch viel weniger Einfluss haben. Sie wollen, dass die Obrigkeit für ihren Schutz sorgt!« Die Wirkung seiner Worte war genau so, wie er sie sich gewünscht hatte. Einen Moment herrschte Stille im Gehege. Auf den Gesichtern der Männer zeichnete sich eine Mischung aus Entsetzen und zaghafter Zustimmung ab.

Der Bürgermeister blinzelte ins grelle Sonnenlicht und schirmte mit seiner Hand seine empfindlichen Augen ab. Natürlich erlebte er es häufiger, dass es während der Ratssitzungen zu hitzigen Verlautbarungen kam, doch ging es dabei eher selten um eine solch drastische Forderung. Er fühlte sich als Erster dazu berufen, etwas auf die Worte Johannes' vom Berge zu erwidern. »Das erscheint mir doch etwas vorschnell. Wir haben die Frau bisher nicht einmal angehört. Noch bekommt jeder Christenmann und jede Christenfrau in Hamburg ein ordentliches Verhör. Bis dahin ist es wohl kaum angebracht, über eine Verbrennung zu sprechen.«

»Ich bitte Euch«, winkte Johannes entrüstet ab. »Der Fall ist doch offensichtlich, und auch das Volk ist von ihrer Schuld überzeugt, das war auf dem Kranfest nicht zu übersehen. Wäre sie wirklich unschuldig, würde Gott dann zulassen, dass sie gerichtet wird? Ihr glaubt doch nicht wirklich, dass Runa von Sandstedt *keine* Hexe ist, oder?«

»Ich glaube das, was das Gericht entscheidet oder ein Verhör hervorbringt«, antwortete Willekin Aios entschlossen.

»Runa von Sandstedt wurde der Verwendung von Kräutern und Salben überführt – von einem Mann Gottes! Stellt Ihr Euch etwa über das allsehende Auge des Allmächtigen, werter Bürgermeister?«, fragte Johannes mit herausfordernder Stimme.

Willekin Aios spürte, dass ihm die Situation entglitt. Johannes vom Berge war ein überaus gewitzter Redner. Dass er nun Willekins Gottesfürchtigkeit anging, war eine gerissene List, doch die Geduld des Bürgermeisters kam damit zu einem jähen Ende. »Was ist nur in Euch gefahren, vom Berge? Seit wann erdreistet Ihr Euch, derartige Vorwürfe gegen mich zu erheben?«

»Bei allem Respekt, Bürgermeister«, begann Johannes nun mit etwas versöhnlicherer Stimme. »Das Einzige, was ich Euch vorwerfe, ist, zu zögerlich zu sein. Wir verschenken eine einmalige Gelegenheit, den Grafen zu zeigen, wie eigenständig und unnachgiebig der Rat über Recht und Unrecht in der Stadt entscheidet. Im Ordeelbook steht doch ganz deutlich, wie wir mit Frauen wie Runa von Sandstedt verfahren. Wozu also warten?« Johannes vom Berge begann ohne Mühe die entsprechende Stelle aus dem Hamburger Stadtrecht zu zitieren. »Welcher Christenmann oder -frau, der ungläubig ist oder mit Zauberei umgeht oder mit Giftmischerei und auf frischer Tat ergriffen wird, die soll man auf dem Scheiterhaufen verbrennen. Und so soll man auch tun mit einem Verräter.«

Der Bürgermeister konnte nicht abstreiten, dass Johannes vom Berge die richtige Stelle des Ordeelbooks zitiert hatte und dass es nach dieser Verordnung tatsächlich außer Frage stand, was sie zu tun hatten. Auch war deutlich zu spüren, dass die anderen Ratsherren Johannes' Vorschlag, die Strafe der vermeintlichen Hexe vorzuziehen, zumindest in Erwägung zogen. Doch Aios war nicht wohl dabei. Es war kein Geheimnis, dass Johannes vom Berge und

Albert von Holdenstede erbitterte Feinde waren. Er konnte sich des Gefühls nicht erwehren, dass das Verhalten des Kaufmanns etwas damit zu tun hatte. Schon als Thiderich Schifkneht plötzlich nach Plön verschwunden und kurz darauf der Brief aufgetaucht war, welcher das Ziel seiner Reise verriet, hatte Albert einen Verdacht gegen Johannes vom Berge gehegt, und nun ging es um Alberts Tochter. Der Fall roch Willekin verdächtig nach alter Feindschaft, doch er hatte keinerlei Beweise dafür.

Plötzlich ertönte die Stimme von Folpert Krempe. »Ich stimme zu, dass die Grafen dieser Tage, da sie auf die Münzen der reichen Bürger angewiesen sind, die Stimme der Hamburger nicht verwerfen können. Vielleicht sollten wir tatsächlich tun, was Johannes vom Berge vorschlägt.«

»Dieses Vorgehen wäre absolut unüblich«, gab Willekin Aios zu bedenken. Alles in ihm sträubte sich dagegen, die Tochter Alberts von Holdenstede dem Feuer zu übergeben, nur um die Macht des Rates aufzuzeigen.

»Unübliche Umstände verlangen mitunter nach unüblichen Mitteln«, warf Hartwic von Erteneborg ein. »Ich gebe zu, dass eine sofortige Verbrennung zwar überaus gewagt, in diesem Falle jedoch durchaus gerechtfertigt wäre.«

Einen kurzen Moment schienen alle Herren gleichzeitig zu reden. Noch war nicht auszumachen, wie viele Gegner und wie viele Befürworter der Vorschlag von Johannes vom Berge hatte, als Henric Longhe die Arme hob, um sich Gehör zu verschaffen. »Was wäre, wenn wir diesen Fall bei einer außerordentlichen Bursprake besprechen würden?«, schlug er vor. »Wir könnten am Tage vor dem St. Veitsmarkt eine einberufen, so bekämen die Hamburger die Möglichkeit, selbst zu entscheiden, ob die Hexe dann dort verbrannt werden soll oder nicht.«

»Eine gute Idee«, stimmte Folpert Krempe zu, womit er manch einem der Versammelten aus dem Herzen sprach.

Die Bürgerversammlung! Das schien für die meisten der Männer ein geeigneter Mittelweg zu sein. Immer mehr zustimmende Rufe ertönten, dann begannen die ersten Ratsherren, ihre Billigung durch das übliche Klopfen auf den Tisch kundzutun.

Der Bürgermeister brauchte nicht mal eine Abstimmung vorzuschlagen, zu seinem Entsetzen waren fast alle Ratsmänner dafür, Runa von Sandstedt dem Urteil der zornigen unteren Stände zu überlassen. Gebieterisch hob er kurz die Hand, um die Männer zur Ruhe zu bringen, und sagte: »Meine Herren, ich sehe, dieser Vorschlag trifft auf allgemeine Zustimmung – drum sei er beschlossene Sache. Doch ganz gleich, was der Tag der Bursprake bringen wird, wir werden mit der Vollstreckung der Strafe warten, bis die Dame Runa ihr Kind geboren hat. Ich sage außerdem deutlich, dass ich ein Gerichtsurteil vorgezogen hätte.« Dann richtete er das Wort an Johannes vom Berge. Wie gerne hätte er dem eitlen Kerl seinen Hochmut mit passenden Worten ausgetrieben! »Wenn Ihr auch diesen Vorgang beschleunigen wollt, vom Berge, dann müsst Ihr wohl ins Verlies gehen und die Dame bitten, sich mit ihrer Geburt etwas zu beeilen.«

Das Gespräch mit Graf Johann II. war anders verlaufen, als er es geplant hatte. Freundlich wurde er auf der Burg empfangen und übermäßig gut bewirtet, doch als er in die Halle vor den Grafen geführt wurde, sagte schon dessen Blick, was er zu erwarten hatte. Johann Schinkel war sich von Anfang an darüber bewusst gewesen, wie gering seine Erfolgsaussichten waren, doch mit einer derart entschiedenen Ablehnung seiner Bitte hatte er nicht gerechnet.

Johann II. war ganz anders als sein blinder, jähzorniger Bruder Gerhard II. Er blieb stets höflich und beherrscht, doch seine Freundlichkeit täuschte nicht darüber hinweg, dass er jeden Versuch des Ratsnotars, ihn von einer Versöhnung zu überzeugen, strikt ablehnte.

Es war zwecklos, und darum hatte sich Johann Schinkel nach einem letzten Gruß an Walther auf den Weg zurück nach Hamburg gemacht. Er kam ungewöhnlich schnell voran – zu schnell in Anbetracht dessen, was ihn in seiner Heimat erwartete. Johann wünschte fast, er würde sein Ziel niemals erreichen, wohl auch deshalb, weil er Runa in Sicherheit wähnte, solange er auf Reisen weilte.

Von diesem Gedanken beherrscht legte er eine Rast in der Stadt Segeberg ein. Schon von Weitem sah er die mächtige Siegesburg, die hoch oben auf dem Kalkberg thronte. Sie war die Heimat von Graf Adolf V. und seiner Gemahlin Euphemia von Pommern.

Johann selbst fand Obhut bei den Augustiner-Chorherren, die er immer zu besuchen pflegte, wenn er in der Nähe war. In ihrem Kloster wollte er seine rastlosen Gedanken ordnen, bevor er am nächsten Morgen weiterritt, doch die Nacht wurde lang. Er fand einfach keine Ruhe und wälzte sich auf seiner kargen Bettstatt hin und her. Immerzu holten ihn die jüngsten Ereignisse aus seinem allzu leichten Schlaf, sodass er irgendwann bloß noch mit offenen Augen dalag und auf das Morgengrauen wartete.

Niemals hätte Johann sich träumen lassen, dass ihn etwas Weltliches derart aus der Ruhe bringen konnte. Walthers Worte hatten das geschafft. *So* also fühlte es sich an, Vater zu sein. Er hatte tatsächlich einen Sohn! Viel zu viele Jahre hatte er nichts davon gewusst, und nun sollte die Mutter seines Kindes sterben. Diese Prüfung war die härteste, die Gott ihm jemals auferlegt hatte. Johann hatte berechtigte Angst davor, daran zu scheitern. Das erste Mal in seinem Leben als Domherr zweifelte er an seinem Glauben. Konnte es tatsächlich einen Gott geben, der so grausam zu ihm war? Johann wusste nicht, was er tun sollte. Er konnte sich niemandem anvertrauen, ohne Runa, Thymmo oder sich selbst in Gefahr zu bringen. Doch ohne Hilfe war Runa verloren.

Noch vor dem ersten Sonnenstrahl trieb es ihn aus dem Bett.

Er nahm seine Halskette mit dem großen Kreuz daran ab und lehnte es an die Wand seiner nackten Zelle. Dann kniete er davor nieder und betete inbrünstiger denn je. Er betete das Paternoster, das Ave-Maria, alle Stundengebete, ja, er sagte sogar ganze Seiten der Bibel auf, doch es wollte ihm kein einziger eigener Gedanke über die Lippen dringen. Johann wusste nicht, worum genau er Gott bitten sollte. Was wollte er? Wünschte er sich, er hätte nie von der Existenz seines Sohnes erfahren, oder wünschte er sich, er könne ihn kennenlernen? Thymmo war die Ausgeburt seiner schwersten Sünde und somit ein Mensch, den er ein Leben lang meiden, wenn nicht gar verabscheuen sollte. Warum aber empfand er schon jetzt diese unbändige Liebe für ihn? Johann war ratlos, und so verließ er das Kloster schon früh, holte sein Pferd und ritt weiter gen Süden.

Je näher er Hamburg kam, desto stärker wurde seine innere Zerrissenheit. Er konnte fast körperlich spüren, wie die Weggabelung näher kam; und dann war sie plötzlich da.

Er zügelte sein Pferd und hielt inne. Unbewegt verweilte er einige Augenblicke. Aus einem kurzen Moment wurde eine ganze Weile, und aus einer Weile wurde eine Stunde. Irgendwann hatte Johann jedes Zeitgefühl verloren. Froh darüber, dass ihn niemand sah, stand er einfach nur da und starrte auf die beiden sich zweigenden Pfade.

Wie lächerlich: Er, der große Ratsnotar und Domherr von Hamburg, zitterte vor der Begegnung mit einem kleinen Jungen und konnte sich deshalb nicht entscheiden, ob er rechts oder links abbiegen sollte. Sein Pferd hatte schon vor einiger Zeit begonnen, ungeduldig mit dem Huf im Sand zu scharren und zu schnauben, als sich Johann endlich einen Ruck gab. Entschlossen stieß er dem Rappen die Fersen in die Seiten, worauf dieser lospreschte und im vollen Galopp den rechten Weg einschlug. Vielleicht war es die Angst, wieder umzudrehen, die ihn bis nach Eppendorf im Galopp reiten ließ, doch als er das Kirchspiel erreichte, waren er und sein Pferd nass vor Schweiß.

Mit klopfendem Herzen steuerte er den Hof der ehemaligen Ratsherrnfrau Hildegard von Horborg an. Als die Gebäude in Sichtweite kamen, schwang er sich aus dem Sattel und ging zu Fuß den eichengesäumten Weg entlang auf das ordentliche Wohnhaus zu.

»Herr«, ertönte es plötzlich neben ihm zwischen den Bäumen. Johann drehte sich herum und sah eine Magd, die eine kleine Schar schnatternder Gänse vor sich hertrieb. Sie knickste tief und fragte: »Was ist Euer Begehr?«

»Finde ich Domina Hildegard hier?«

»Gewiss, Herr. Bitte folgt mir.«

Die Magd führte ihn auf den Hof bis zu dem großzügigen Wohnhaus und bedeutete ihm, hier zu warten. »Ich werde jemanden schicken, der Euch das Pferd abnimmt, Herr«, erklärte sie und verschwand im Haus.

Nur wenig später erschien tatsächlich wie aus dem Nichts ein Junge, der ihm ungefragt die Zügel aus der Hand nahm und sein Pferd wegführte. Kopfschüttelnd schaute Johann dem Burschen nach. Irgendwie kam es ihm so vor, als würde man ihn hier bereits erwarten.

»Kommt doch herein, Ratsnotar«, ertönte da Hildegard von Horborgs Stimme, die Johann zur Tür blicken ließ.

»Domina Hildegard, wie erfreulich, Euch nach so vielen Jahren wohlauf zu sehen.«

»Meine Freude, Euch hier zu sehen, ist ganz sicher nicht geringer«, schmeichelte die Ratsherrnfrau gekonnt und führte ihn hinein. »Doch könnten die Umstände unseres Treffens erfreulicher sein.« Nachdem sie ihm selbst einen Becher heißen Würzwein eingeschenkt hatte, fügte sie hinzu: »Ich denke, wir zwei wissen sehr wohl, warum Ihr hier seid. Ihr müsst also gar nicht erst so tun, als würdet Ihr mir einen Besuch abstatten, um Euch nach meinem Befinden zu erkundigen.«

»Die Einsamkeit auf dem Land hat Eurer direkten Zunge scheinbar nicht geschadet. Nun ja, es ist tatsächlich auch in meinem Sinne, gleich zur Sache zu kommen. Ich hatte gehofft, die Familie der Dame Runa von Sandstedt hier zu finden.«

»Ich bin erstaunt, dass Ihr uns so schnell gefunden habt, und ich gebe zu, dass ich neugierig bin. Nun, wo Ihr schon da seid und alles Weitere wohl unabwendbar ist, seid doch so liebenswürdig, mir zu sagen, wie Ihr von dieser – ich nenne es mal Heimlichkeit – erfahren habt?«

Johann war verwirrt. Offensichtlich wussten weit mehr Frauen und Männer von dieser prekären Sache, als er ahnte. Kurzerhand beschloss er daher, ehrlich zu sein. »Ich habe es auch erst vor wenigen Tagen erfahren, und ich muss gestehen, dass es mich mehr als beschämt, mit Euch darüber zu sprechen.«

»Ach, ich bitte Euch«, wehrte Hildegard brüsk ab. »Ihr sagt, es beschämt Euch? Sagt mir lieber, was Ihr nun mit Eurem Wissen zu tun gedenkt.«

»Leider habe ich darauf noch keine rechte Antwort gefunden, Domina Hildegard.«

»Ihr wisst es nicht? Ja, aber …«

»Bitte, lasst mich nicht länger warten. Ist er da?«

»Er?«

»Thymmo, mein Sohn.«

»Euer *was* …?«

»Mein …« Der Ratsnotar stutzte.

In diesem Moment kam Ragnhild aus einer Nische geschossen. »Nicht doch!« Sie hatte das Unglück nahen sehen und eingreifen wollen, um Schlimmeres zu verhindern, doch sie kam zu spät. Die Worte waren bereits heraus.

Fassungslos blickte Hildegard von Horborg zwischen Ragnhild

und dem Ratsnotar hin und her. »Ihr seid der Vater von Thymmo? Deshalb seid Ihr hier? Nicht wegen Ragnhild oder wegen Margareta?«

Johann war nicht weniger verwirrt als Hildegard. Hatte er eben noch geglaubt, ein Geheimnis mit ihr zu teilen, stellte sich nun heraus, dass er stattdessen seines preisgegeben hatte. Doch noch bevor er recht wusste, wie ihm geschah, richtete Ragnhild das Wort an ihn.

»Hat Runa es Euch selbst erzählt?«, fragte sie mit einem eindringlichen, doch gleichzeitig einfühlsamen Ton.

»Du wusstest davon?«, fragte Hildegard ihre Freundin ungläubig.

»Ja, Runa hat es mir vor einiger Zeit gestanden. Doch nicht nur ich war eingeweiht, auch Walther weiß es.«

»Walther? Heilige Mutter Gottes …« Hildegard klappte die Kinnlade herunter. Die sonst so beherrschte Ratsherrnfrau rang sichtlich nach Atem und fächelte sich Luft mit der Handfläche zu.

»Das ist richtig. Walther von Sandstedt wusste es, und er war es auch, der mir vor einigen Tagen auf der Burg Kiel davon erzählte.«

»Auf der Burg Kiel?«, riefen Ragnhild und Hildegard wie aus einem Munde. »Das ist unmöglich!«, schloss Ragnhild dann. »Er sollte doch in Hamburg sein, zusammen mit Godeke. Sie wollten Runa beistehen …«

»Es tut mir leid, Euch das mitteilen zu müssen, Domina Ragnhild«, sagte Johann widerstrebend und fragte sich, ob diese Frau nicht schon genug hatte leiden müssen, »aber weder der eine noch der andere weilt in Hamburg. Godeke scheint sogar gänzlich verschwunden zu sein.«

»Großer Gott!«, rief Ragnhild erschrocken und schlug die Hände vor den Mund. Kopfschüttelnd kämpfte sie mit den Tränen und versuchte zu verstehen, was Johann ihr eben mitgeteilt hatte, doch es gelang ihr nicht, auch nur einen klaren Gedanken zu fassen.

Johann holte währenddessen Walthers Brief hervor und legte ihn auf den Tisch, damit ihn die Frauen lasen. Er wünschte sich, es hätte eine schonendere Möglichkeit gegeben, ihnen die Wahrheit beizubringen, doch die gab es nicht. Lange saßen sie zu dritt zusammen und sprachen über Runa, über die Ereignisse in der Stadt und vor allem über Thymmo und Walther. So unbegreiflich es zunächst auch schien, dass er seine Familie verlassen hatte – keine der drei Anwesenden konnte ihm angesichts der Tatsachen jetzt noch einen Vorwurf machen.

Erst als es nichts mehr zu sagen gab, ging Ragnhild in den hinteren Teil des Hauses, wo die Kinder friedlich neben Marga und Margareta schliefen. Sanft weckte sie Thymmo auf und führte ihn zu Johann Schinkel an den warmen Kamin, wo Vater und Sohn eine erste Unterhaltung führten.

Für Thymmo war der Mann bloß ein freundlicher Geistlicher, der mit großem Interesse über das Schnitzen von Hölzern und über das Entenjagen sprach, doch für Johann war dieser Moment einer der eindringlichsten seines ganzen Lebens.

Leise verließen Ragnhild und Hildegard den Raum. Sie hatten sich darauf geeinigt, dem Jungen die Wahrheit zu verschweigen. Der Fünfjährige sollte nicht wissen, dass er unehelich gezeugt wurde, dass Walther nicht sein Vater war und dass Runa vielleicht nicht mehr lange zu leben hatte. Wenigstens für diesen einen Abend sollten Johann und Thymmo sich unbeschwert gegenüberstehen.

Das hatte sich der Ratsnotar gewünscht. Schließlich würde womöglich er selbst es sein, der dem Leben von Thymmos Mutter ein Ende setzte – und dann würde der Junge ihn hassen.

Der Auftrag war einer seiner einfacheren gewesen. Am Vortag hatte er die Magd Agnes aufgesucht und in die Pläne des Ratsnotars eingeweiht, woraufhin sie sofort bereit gewesen war, ihm zu helfen. Schnell und leise war er mit ihrer Hilfe in das Haus in der Reichenstraße eingedrungen und hatte trotz der nächtlichen Finsternis zielstrebig die Stiegen zum oberen Stockwerk erklommen. Innerlich gewappnet gegen einen Kampf war es ihm ein Leichtes gewesen, den Kirchenmann zu überwältigen. Nachdem er Vater Everard gefesselt, die Truhe verrückt und das Schreiben des Grafen Gerhard II. unter der Diele hervorgeholt hatte, hatte er Agnes auf deren eigenen Wunsch die Hände gefesselt, damit kein Verdacht auf sie fiel.

Unbemerkt wie ein Schatten und schnell wie der Wind hatte er daraufhin die Stadt verlassen und war nun nach Südosten unterwegs zur Riepenburg. Jedem anderen Mann wäre es möglicherweise schwergefallen, seinen Weg in der nächtlichen Düsternis zu finden, doch er war kein Anfänger. Das Mondlicht reichte ihm aus, um der zuvor abgerittenen Strecke zu folgen und nicht versehentlich in den südlichsten Ausläufer des schwer zu durchdringenden Wald- und Sumpfgebietes des früheren Limes Saxoniae zu gelangen. Karl der Große hatte diese Grenzlinie einst festgelegt, um die Sachsen von den Abodriten zu trennen, heute hatte dieses Gebiet seine Bedeutung nahezu verloren. Geübt nahm der Reiter die richtigen Abzweigungen, durchquerte Bäche und ritt über Brücken, ließ die wenigen Kirchenorte hinter sich und erreichte schließlich sein Ziel.

Vor der Burg saß er ab und führte sein Pferd hinter sich her. Sein Gang war steif vom Reiten, aber zielstrebig. Der auszuführende Befehl duldete keine weitere Verzögerung. Am Tor der Burg brauchte es nur wenige Worte, damit die Wachen ihn einließen. Gleich darauf führte man ihn zu Albert von Holdenstede, der zusammen mit Jons auf dem Burghof ein Pferd begutachtete.

»Albert von Holdenstede?«

»Wer seid Ihr?«, fragte dieser misstrauisch.

»Das ist nicht weiter von Belang. Ich habe ein Schreiben für

Euch«, antwortete der Bote und reichte Albert das Pergament. »Nehmt es, und ich verschwinde wieder.«

»Ich kann Euch nicht entlohnen.«

»Das müsst Ihr nicht. Johann Schinkel hat es bereits getan.«

Nun war Alberts Verwirrung vollkommen. Was hatte der Ratsnotar mit diesem Schreiben zu tun? Verdutzt nahm er es entgegen, dann sah er zu, wie der Fremde aufs Pferd stieg und von dannen galoppierte. Eine Staubwolke wirbelte hinter ihm her. Albert brach das wächserne Siegel und las das erste der beiden Papiere. Es stammte aus Kiel, und es war tatsächlich von Johann Schinkel. Albert erkannte die Schrift, die er im Rathaus so oft vor Augen gehabt hatte, sofort. Sein Blick flog nur so über das Papier, und je länger er las, desto weniger konnte er glauben, was dort stand. Hastig nahm er den anderen Brief zur Hand. Sogleich bemerkte er, dass der Brief unter Beachtung der geltenden Regeln der *Ars dictaminis*, der Kunst des Schreibens, verfasst worden war, die einen bestimmten Aufbau verlangte. Der Brief stammte also eindeutig von einem erlauchten Absender, und tatsächlich: Es handelte sich um eine Überschreibungsurkunde von Gerhard II. aus Plön.

Albert las beide Briefe bestimmt ein Dutzend Mal, studierte Zeile für Zeile und geriet dabei immer mehr aus der Fassung. Seine anfängliche Verwirrung wich schon bald einem zermürbenden Wechsel aus Angst, Verzweiflung und Wut. Er hatte gedacht, es könne nicht mehr schlimmer kommen, doch nun wurde er qualvoll eines Besseren belehrt.

Runa, Walther, Godeke, Ragnhild! Seine Familie war in alle Winde zerstreut, verschollen oder gefangen. Sein Haus hatte er verloren und als zweifelhaften Ausgleich seine nunmehr wertlose Freiheit wiedergewonnen.

Wenn dieser Brief ihn nicht zum Narren hielt, konnte er unverzüglich gehen. Das Tor stand sogar noch offen. Albert hätte bloß einen Fuß vor den anderen setzen müssen, und doch verharrte er reglos auf der Stelle.

Zu Recht fiel es ihm schwer, den Inhalt der Briefe zu begreifen – zu unfassbar erschien ihm die Tatsache, dass es sein altes Leben so nicht mehr gab. In ihm kämpfte David gegen Goliath – die Hoffnung, dass all das Grauen ein Irrtum war, gegen die Gewissheit der Wahrheit. Doch welche Beweise hatte er schon für die Echtheit der Schreiben? Womöglich handelte es sich um eine Falle, und seine Mörder warteten schon hinter dem nächsten Baum, allzeit bereit, ihn mit einer Axt in Stücke zu hacken. Er musste nachdenken, und er benötigte dringend Rat.

Als in dem Augenblick Eccard Ribe hinter ihm erschien, war Albert das erste Mal aufrichtig dankbar für seine Gesellschaft.

8

»Heilige Maria und heiliger Joseph, schenke unserem Spielmann Frohsinn, auf dass er uns wieder mit heiteren Liedern erfreut!«

Walther unterbrach seinen Gesang abrupt und schaute Margarete von Dänemark an, als wäre sie gerade erst überraschend in die Kemenate gekommen.

In Wahrheit aber saß die Gräfin schon seit geraumer Zeit mit einer Stickerei vor dem Spielmann, ebenso wie all die fein gekleideten Damen, die sie stets auf dem Fuße begleiteten.

»Verzeiht, Herrin. Gefällt Euch mein Gesang heute nicht?«, fragte er verdutzt.

»Es ist nicht Euer Gesang, Spielmann. Es ist die Wahl Eurer Lieder und Dichtungen. Sie sind traurig und machen mich schwermütig. Wo ist Eure Heiterkeit, mit der Ihr uns sonst so erfreut?«

Walther war nicht überrascht über diese Frage. Er hatte es kommen sehen und es doch nicht ändern können. Seit Johann Schinkel ihm die grauenhaften Nachrichten aus Hamburg überbracht hatte, wollte ihm nichts Fröhliches mehr über die Lippen dringen. Jede noch so minnigliche Dichtung klang seither düster und schwer. Es war ihm zwar kurzzeitig gelungen, die Sorge um Runa aus seinem Kopf zu verbannen, doch nun, da er sie in so großer Gefahr wusste, schweiften seine Gedanken immer wieder zu ihr ab – auch beim Singen.

Walther blickte in die erwartungsvollen Augen der Frauen. Er verbeugte sich knapp und sagte: »Bitte verzeiht mir, Herrin. Ich werde Euch die Heiterkeit bringen, nach der Ihr verlangt. Habt Ihr einen Wunsch? Soll ich vielleicht die Laute holen?«

»Nein«, gab die Gräfin schlicht zurück.

»Was kann ich dann tun? Ich beherrsche auch die Flöte. Sie klingt beschwingt und ist ...«

»Ich würde es vorziehen zu erfahren, was es ist, das Euch so traurig dreinschauen lässt«, fiel sie ihm ins Wort.

Walther schwieg. Er schaute Margarete an, dann die übrigen Frauen, eine nach der anderen, und schließlich wieder die Gräfin. Er konnte unmöglich hier und jetzt, vor all diesen Frauen, die Wahrheit sagen.

Margarete folgte seinem Blick und verstand. Sie hätte ihn mit Leichtigkeit dazu zwingen können, zu sprechen, doch das wollte sie nicht. Stattdessen bat sie ihre Damen: »Lasst uns allein.«

Die Frauen erhoben sich sofort, legten alles beiseite, was sie soeben noch in den Händen gehalten hatten, und verließen eine nach der anderen wortlos die Kemenate.

»Nun, Spielmann, wir sind allein. Jetzt könnt Ihr sprechen. Ich wünsche zu wissen, was Euch bekümmert. Ihr seid bislang meines Gemahls bestes Heilmittel und Quell seiner wiederkehrenden Freude gewesen. Wenn Ihr Eure Fähigkeiten plötzlich einbüßt, dann kann das schwerwiegende Folgen haben. Ich verlange deshalb, dass Ihr mir die Wahrheit sagt.«

Walther wusste, dass er ihr nicht ausweichen konnte. Immer wieder trat er von einem Fuß auf den anderen und setzte zum Sprechen an, doch es war so viel schwerer, die richtigen Worte zu finden, als er gedacht hatte. Sollte er ihr sagen, sein Weib sei eine Hexe, die dem Tod bereits näher stand als dem Leben?

»Ich höre nichts«, sagte die Gräfin geduldig. »Ist Euer Laster etwa so schlimm, dass Ihr es meinen Ohren in meinem Zustand nicht zumuten wollt?«

Margaretas Stimme klang so sanft, dass Walther tatsächlich einen Moment überlegte, ob sie die Wahrheit verkraften würde.

»Nein … ich meine doch …«, stammelte Walter verunsichert, »… ich meine … vielleicht.«

Sie runzelte die Stirn. »Ich werde nicht schlau aus dem, was Ihr sagt. Habt Ihr nun eine schlimme Sünde begangen, die Euch bedrückt, oder nicht? Ich schätze es gar nicht, wenn mein Gesinde sich frevelhaft verhält. Solltet Ihr wirklich gesündigt haben, so verlange ich von Euch die sofortige Beichte und eine entsprechende Buße.«

»Nein, Herrin. Ich habe keine Sünde begangen, das versichere ich Euch«, antwortete Walther wahrheitsgemäß.

»Das beruhigt mich außerordentlich, Spielmann. Und es macht vieles einfacher. Da ich jetzt weiß, dass es keine Sünde ist, die auf Euch lastet, will ich Euch Euer Geheimnis lassen und nicht weiter in Euch dringen. Ich hoffe, Ihr findet Euren Frohmut bald wieder. Vielleicht tragen ja meine folgenden Worte dazu bei, denn ich habe mich jüngst entschieden, meinen Dank für Eure Dienste auszudrücken, indem ich Euch einen Wunsch gewähre.«

»Einen Wunsch?«, wiederholte Walther ungläubig.

»Ja, richtig, einen Wunsch. Gibt es etwas, das Ihr Euch wünscht, Walther von Sandstedt? Wenn es in meiner Macht liegt, will ich es mit Freuden erfüllen, um Euch meine Anerkennung aufzuzeigen.«

»Das ist überaus großzügig von Euch. Und, ja, es gibt tatsächlich etwas, das ich begehre, Gräfin. Lasst mich gehen!«

»Was sagt Ihr da?«, entfuhr es Margareta von Dänemark fassungslos. »Das ist unmöglich! Ich werde Euch nicht gehen lassen«, bestimmte sie in jenem festen Ton, mit dem sie auch ihre Damen hinausgeschickt hatte. »Warum im Namen Christi wollt Ihr die Burg verlassen?«

»Ich muss nach Hamburg, Herrin. Es geht um eine Frau – genau genommen um *meine* Frau.«

»Um Eure Frau? Ihr habt ein Weib, das in Hamburg lebt? Was

ist mit ihr?« Margarete war sichtlich aufgewühlt, und als sie nicht schnell genug Antwort bekam, herrschte sie ihn ungeduldig an: »Schluss jetzt mit Eurer Zögerlichkeit! Sagt sofort die Wahrheit, Spielmann!«

Walther gab augenblicklich jeden Widerstand auf und gestand: »Sie ist im Verlies, Herrin.«

»Im Verlies? Um Himmels willen, warum? Was wird ihr vorgeworfen?«

»Sie wird der Hexerei beschuldigt.«

Margarete von Dänemark hielt einen Moment inne und senkte den Blick. Mit dieser Antwort hatte sie wahrlich nicht gerechnet. Gedankenverloren nestelte sie an den verworrenen Fäden ihrer Stickerei. Schließlich fragte sie: »Und, ist sie eine Hexe?«

»Nein, Runa ist keine Hexe!«

Wieder folgte ein nervenzerrendes Schweigen, welches die Gräfin erst nach einer ganzen Weile beendete. »Sagt mir noch eine letzte Sache: Warum habt Ihr sie dort zurückgelassen?«

»Herrin, ich weiß, diese Bitte steht mir nicht zu, aber ich flehe Euch an, zwingt mich nicht, diese Frage zu beantworten. Das, was damals war, ist vergangen. Alles, was ich heute weiß, ist, dass ich versuchen muss, sie zu befreien. Ich habe keine Ahnung wie, doch ich muss es einfach versuchen. Mit all meiner Kraft. Darum lasst mich bitte gehen.«

»Nun gut«, schloss die Gräfin mit so ernstem Gesicht, dass sich kleine Falten um ihren Mund bildeten. »Ich werde Euch nicht zwingen, mir die Geschichte Eurer Frau jetzt zu erzählen, aber auf dem Weg nach Hamburg, da werdet Ihr mir ausführlich berichten.«

»Was meint Ihr damit, Gräfin?«

»Ich halte mein Wort – immer! Und da ich versprochen habe, Euch einen Wunsch zu erfüllen, werde ich Euch nach Hamburg ziehen lassen; zusammen mit dem gräflichen Gefolge. Ich werde meinen Gemahl davon überzeugen, Euch zum diesjährigen St. Veitsmarkt in Hamburg mitzunehmen. Dann könnt Ihr Eure Angelegenheiten regeln und ich mein Versprechen einlösen. Gott stehe Euch und Eurem Weibe bei!«

»Marquardus, sagt mir, wie viele Leute stehen am Rande der Straßen, um mich zu begrüßen? Es ist so still hier.« Graf Gerhard II. wandte immer wieder seinen Kopf nach links und rechts und ließ seine geisterhaft weißlich getrübten Augen umherschweifen. Obwohl er kaum mehr erkennen konnte als das Licht der Sonne und den Schatten der Nacht, hatte sein Blick etwas Stechendes.

Der Ritter kannte seinen Herrn und wusste nur zu genau um die Folgen der Wahrheit. An den Straßen standen lediglich diejenigen, die sich nicht mit irgendeiner Arbeit entschuldigen konnten: Bettler, neugierige Kinder und Alte. Jedermann sonst hatte sich offenbar nur zu gern davongeschlichen, um sich vor der Huldigung des ungeliebten Grafen zu drücken. »Sie sind alle da, mein Fürst, und alle schauen sie ehrfürchtig drein. Vielleicht ist es Eure neue Rüstung, die sie sprachlos macht. Ihr seht stattlich und furchteinflößend zugleich darin aus.«

»Ha, dieses Bauernpack!«, rief Gerhard II. mit einem verächtlichen Lachen. »Es ist wahrlich kein Wunder, dass es beim Anblick solch kostbarer Schmiedekunst verstummt.« Selbstherrlich strich sich der Blinde bei diesen Worten über sein engmaschiges Kettenhemd.

»Wie wahr, mein Fürst«, pflichtete der Ritter seinem Herrn bei und neigte den Kopf.

Plötzlich hielt der Graf seinen Rappen an, auf dass sein gesamtes Gefolge rumpelnd zum Stehen kam, und verlangte wie aus dem Nichts: »Bringt mich in die Reichenstraße, Marquardus. Ich will das Haus betrachten, welches ich im Tausch gegen die Freilassung des Kaufmanns Albert von Holdenstede erhalten habe.«

»Wie Ihr wünscht«, antwortete der Ritter und wunderte sich wie immer darüber, dass sein blinder Herr davon sprach, etwas *betrachten* zu wollen.

Der lange Tross aus unzähligen Tieren, Wagen und Menschen schlängelte sich schwerfällig durch die Straßen und hinterließ eine mächtige Staubwolke, die sich braun und grau über alles und jeden legte, den sie passierten. Dann waren sie da.

»Hier ist es.«

»Beschreibt es mir. Wie sieht es aus?«

Marquardus musterte das Kaufmannshaus. Dieses Mal musste er nichts hinzuerfinden, um seinen Herrn milde zu stimmen, denn das Haus war prächtig genug. »Nun, es ist ein stattlicher Bau aus Stein mit zwei Stockwerken und Lagerräumen im Keller. Links neben dem Eingang befindet sich eine Einfahrt, durch die es wohl zum Innenhof geht. Wollt Ihr hineingehen, Herr?«

»Nein, ich werde später wiederkehren. Sorgt dafür, dass das Haus recht bald im Hamburger Erbebuch als das meine vermerkt wird.«

»Ich werde gleich morgen die Ratsschreiberei aufsuchen.«

»Gut, jetzt bringt mich zum Kunzenhof. Mal sehen, ob mein törichter Vetter Johann II. schon da ist oder ob er gar die Begegnung mit mir scheut und den diesjährigen St. Veitsmarkt verstreichen lässt.«

Das Gefolge wollte sich gerade wieder in Bewegung setzen, als Marquardus plötzlich etwas entdeckte. Es war nur eine kleine Regung an einer schmalen Fensterluke – und doch hatte er sie bemerkt. Mit befehlsgewohnter Stimme gab er zwei der gräflichen Wachen seine Anweisung, während er mit dem Finger auf die Luke zeigte. »Bringt den Kerl sofort zu mir, der sich in dem Haus versteckt.«

Die beiden Wachen gehorchten sofort und kamen nach nur wenigen Augenblicken mit dem zeternden Vater Everard am Kragen heraus.

»Wer seid Ihr?«, fragte Marquardus den Geistlichen streng.

»Ich bin ein Priester, Herr. Mein Name ist Vater Everard«, verriet der nun am Boden kniende Mann mit einer sichtlich gespielten Unschuldsmiene.

»Was macht Ihr im Haus meines Herrn? Dies ist der Besitz von Graf Gerhard II. von Holstein-Plön.«

»Bitte verzeiht, mein Herr. Ich wollte gewiss nichts Unrechtes tun. Ich hatte keine Ahnung, dass sich dieses Haus jetzt in gräflichem Besitz befindet. Habt Erbarmen«, bat Everard mit unterwürfigem Blick. »Ihr müsst wissen, edler Ritter, dass dieses Haus einst von einem Verräter und seiner ketzerischen Sippschaft bewohnt wurde.« Nun richtete er das Wort direkt an Gerhard II. »Ich bin nur ein einfacher Mann und nicht wie Ihr ein Fürst edlen Geblüts. Bitte vergebt mir, wenn ich Euch erzürnt habe, aber ich dachte mir, es könne nicht schaden, das Haus mit geweihtem Wasser und ein paar Gebeten zu segnen. Das allein ist der Grund, warum ich auf Eurem Grundstück weile.«

Everard schlug die Augen nieder. Er zitterte vor Angst, dass sein Schwindel enttarnt wurde. In Wahrheit hielt er sich in Alberts Haus auf, weil man ihn in Walthers Haus überfallen, geschlagen, gefesselt und bestohlen hatte, sodass er dort seither vor Angst kein Auge mehr zutat. Zu seinem Leidwesen konnte er sich niemandem anvertrauen, da sonst herausgekommen wäre, dass er versucht hatte, den Brief des Grafen zu unterschlagen, um Albert für immer im Einlager schmoren zu sehen.

Marquardus musterte den Geistlichen mit der ekelhaft kriecherischen Miene eindringlich. Er misstraute ihm vom ersten Augenblick an. »Warum habt Ihr ein blaues Auge, und warum tragt Ihr einen Verband um Eure Hand?«

»Ach, das ist nichts, Herr. Meine ungeschickten Finger eignen sich offenbar besser zum Beten und Segnen als für die häusliche Arbeit. Doch inzwischen dient mir eine Magd.«

Der Ritter glaubte kein Wort von dem Geschwätz des Priesters. Niemals rührten diese Verletzungen von irgendwelcher Hausarbeit her. Eher sahen sie nach einer handfesten Prügelei aus – was allerdings so gar nicht zu einem Geistlichen passen wollte. Am liebsten hätte Marquardus ihn einfach verscheucht, doch Gerhard II. hatte offenbar andere Pläne.

»Habt recht herzlichen Dank, Vater«, sagte der Graf in einem nicht zu deutenden Ton in die Richtung Everards, der nun untertänigst die Augen niederschlug und fromm die Hände vor der Brust faltete. »Da Ihr schon dabei seid, so großzügig mit Segenssprüchen um Euch zu werfen, könnt Ihr uns doch gleich auf den Kunzenhof begleiten. Einen Geistlichen an meiner Seite kann ich bei der kurz bevorstehenden Zusammenkunft mit meinen missgünstigen Vettern wahrlich gut gebrauchen. Ihr habt doch nichts dagegen, Priester?«

Everard verstand zunächst nicht, doch dann wurde der Graf deutlicher.

Das Gesicht des Fürsten nahm mit einem Mal einen versteinerten und unnachgiebigen Ausdruck an, und seine Worte klangen eher nach einer Gefangennahme denn nach einer Einladung. »Nehmt ihn mit!«

Noch ehe sich's Vater Everard versah, gab Marquardus den Wachen ein Zeichen, auf dass die Männer ihren unfreiwilligen Gast mit grimmigen Blicken zum Mitkommen aufforderten.

9

Obwohl der Platz vor dem Rathaus schon über und über mit den Bürgern Hamburgs gefüllt war, strömten immer weitere Männer und Frauen hinzu. Sie kamen über die Trostbrücke, von der Zollenbrücke über den Hafen und vom Ness aus, bis sie bereits weit vor den offenen Fenstern des Rathauses anhalten mussten, da ein näheres Herankommen durch die dicht gedrängten Körper unmöglich war.

Es regnete leicht, doch es war windstill, sodass die feinen Tröpfchen senkrecht nach unten fielen. Aus dem kotgetränkten Boden stieg ein schier unerträglicher Gestank auf, der sich in der feuchten Luft mit den Ausdünstungen der ungewaschenen Leiber mischte. Normalerweise scheuten die Hamburger Regen. Viele besaßen nur ein einziges Kleid, und niemandem gefiel es, nass durch den Tag zu gehen. Heute jedoch hätte kein noch so schlechtes Wetter die Bürger davon abhalten können, zum Rathaus zu kommen, denn heute war der Tag der Bursprake!

Männer und Frauen aus allen Schichten kamen zu der Bürgerversammlung, dabei war es offenbar unerheblich, ob sie an der Staatsführung interessiert waren oder gerade einmal die Namen der beiden Bürgermeister kannten. Möglicherweise war es das Gefühl, die Geschicke der Stadt selbst als einfacher Mann mitentscheiden zu können, vielleicht aber auch die bloße Neugier.

Zweimal im Jahr fand eine solche Bursprake statt – am Tage Thomae Apostoli am einundzwanzigsten Dezember und an Cathedra Petri am zweiundzwanzigsten Februar. Außerordentliche Burspraken wie die heutige wurden nur selten einberufen. Ursprünglich diente sie der Verlesung der Vorschriften, welche die Stadtbewohner einzuhalten hatten, doch mit den Jahren wurde sie immer mehr zu einer Versammlung, bei der die Hamburger ihre Widersprüche einlegen und ihre Wünsche äußern konnten – und das taten sie gnadenlos.

Johann Schinkel fühlte sich elend an diesem Tag. Fast war ihm, als hätte ihn das Fieber überkommen. Doch es war keine Krankheit, die ihn schüttelte, es war die Angst vor der Blutrünstigkeit des Volkes. Zusammengesunken hockte er auf seinem Platz im Gehege, während alle anderen Herren des sitzenden und des alten Rates schon erwartungsvoll an den Fenstern standen und auf die herannahenden Bürger herabblickten.

Erst gestern, nach seiner Ankunft in Hamburg, hatte man Johann über den ratsherrlichen Beschluss informiert, der während seiner Reise nach Kiel gefällt worden war. Seine tiefe Erschrockenheit darüber, dass man über Runas Schicksal mittels einer Bursprake zu entscheiden beliebte, hatte er gerade noch so lange verbergen können, bis er aus dem Rathaus heraus und zurück in seiner Kurie war. Dann aber war es um seine Beherrschung geschehen gewesen, und er hatte eine Ewigkeit an seinem Schreibtisch gesessen, das Gesicht in den Händen vergraben. Johann wollte nichts hören, nichts sehen, nichts wissen. Irgendwann erkundigte sich Jacob nach seiner Reise, doch als er keine Antwort erhielt, spürte er, dass sein Herr Ruhe brauchte, und schloss leise die Tür. Das alles war zu viel für einen Mann, schloss Johann verzagt. Gerade hatte er seinen Sohn kennengelernt, und nun sollte er dafür sorgen, dass dieser zu einem Halbwaisen wurde. Wie konnte er dem Kind so etwas antun? Thymmo war ein Junge, wie ihn sich ein Vater nur wünschen konnte: aufgeweckt, höflich und klug in seinen Worten. Es hatte keinen Sinn, es zu leugnen: Johann hatte ihn sofort in sein Herz geschlossen. Als er sich am Morgen nach ihrer Begegnung auf dem Hof Hildegards von Horborg von ihm hatte trennen müssen, war ein so heftiger Abschiedsschmerz über ihn gekommen, wie er ihn bisher nur von seinen Zusammenkünften mit Runa kannte. Dieser Schmerz bestätigte noch einmal das, was ohnehin außer Frage stand: Thymmo war sein eigen Fleisch und Blut!

»Schinkel, nun kommt schon her, oder wollt Ihr die Bursprake etwa von dort aus erleben?« Willekin Aios winkte Johann unwirsch herbei. Nur schwerfällig erhob sich dieser vom Ratsgestühl und trat neben den Bürgermeister ans geöffnete Fenster. Von hier aus konnte er weit über die Häupter der Versammelten schauen, die erwartungsvoll zu den hohen Herren der Stadt hinaufblickten. Es war ein wahrlich erstaunlicher Anblick – Hamburg schien täglich mehr Bürger zu bekommen.

Neben ihnen, an einem anderen Fenster, stand Graf Gerhard II. mit seinen Brüdern Adolf VI. und Heinrich I., umringt von ihren Gefolgsleuten. Wiederum daneben hatten sich die übrigen Ratsherren an den Fenstern eingefunden.

Obwohl der St. Veitsmarkt kurz bevorstand, waren die anderen beiden der fünf regierenden Schauenburger Grafen, Johann II. und Adolf V., noch nicht in der Stadt eingetroffen.

Es war demnach fraglich, ob die Bursprake als Machtdemonstration der Stadt und gleichzeitig als Demonstration der Überflüssigkeit zweier weiterer Vögte seine wahre Wirkung auch erfüllte, doch zumindest Gerhard II. und seine Brüder waren der Einladung zur Bürgerversammlung gefolgt. Alles Weitere würde sich zeigen.

Vor den Fenstern der Ratsherren und Fürsten wurde angeregt geredet und debattiert. Die Themen, die auf der Bursprake besprochen werden sollten, waren schon lange an der Wand des Rathauses angeschlagen worden, und so wusste jedermann schon seit

Tagen, worum es auf dieser Versammlung gehen sollte. Diejenigen, die lesen konnten, erzählten es denen, die sich auf diese Kunst nicht verstanden, auf dass sich die Kunde in der Stadt verbreitete. Leider hatte diese Art der mündlichen Überlieferung den Nachteil, dass die Mitteilungen nicht selten immer mehr verfälscht wurden. Aus einer Hexe wurden so leicht drei und aus Giftmischerei womöglich gar Beischlaf mit dem Teufel höchstpersönlich. Doch das war nicht weiter von Belang. Klar war nur: Das Böse zog den Pöbel an wie die Scheiße die Fliegen. Allein das Wort »Hexe« hatte ausgereicht, um so viele herzulocken wie selten zuvor.

Schließlich gab Willekin Aios ein Handzeichen, auf dass die Münder der vielen Hamburger nach und nach verstummten. Als endlich Ruhe eingekehrt war, nickte er einem Ratssekretär zu, der nun ein Papier vor die Augen hob und sein Wort an die Menge richtete.

»Gute Bürger der Stadt Hamburg …« Seine Worte prasselten nur so auf die Versammelten herab, doch kaum einer schenkte den immer gleichen Bestimmungen des Rates an die Bürger, welche den unvermeidlichen Pflichtteil der Zusammenkunft bildeten, Beachtung. Hin und wieder machte der Sekretär eine kurze Pause, um möglichen Widerspruch vonseiten der Bürger abzuwarten, doch heute hätte es an ein Wunder gegrenzt, wenn einer der Männer oder Frauen etwas dazwischengerufen hätte. Die Hamburger, denen die Bestimmungen wohl bekannt waren, wollten möglichst schnell zu dem Teil kommen, der ihr wahres Interesse geweckt hatte – die Hexe!

Endlich war es so weit.

»Der Rat der Stadt Hamburg bittet euch nun, über das Schicksal der Dame Runa von Sandstedt zu entscheiden, die wegen der Anschuldigung, eine Hexe zu sein, im Verlies der Stadt sitzt«, verkündete der Sekretär.

Nach dieser Aufforderung trat der Schmiedemeister Curland

vor. Er gehörte dem Weisenrat der Wittigesten an, welcher die Interessen der Bürger vertrat, die sich nicht in den Rat wählen lassen konnten. Schon Tage zuvor hatten die Hamburger zu ihm und den übrigen Wittigesten kommen können, um von ihren Erfahrungen mit der vermeintlichen Hexe zu berichten und so über ihr Schicksal mitzuentscheiden. Nun war es an Curland, die gesammelten Bürgerentscheide dem Rat vorzutragen.

Johann sah hinunter und trat dabei gefährlich nahe an das offene Rathausfenster heran. Gebannt verfolgte er, wie der beleibte Schmiedemeister aus der Menge trat. Des Ratsnotars Finger legten sich fahrig um die Fensterkante und umkrallten sie so fest, dass es aussah, als wollte er ein Stück herausbrechen. Nun also würde sich Runas Schicksal entscheiden. Johann Schinkel hätte sich am liebsten übergeben.

»Ehrenwerter Rat, ehrenwerter Bürgermeister und ehrenwerte Stadtherren. Wir, die Wittigesten, verkünden im Namen der Bürger Hamburgs, dass die Dame Runa sich in der Vergangenheit mehrfach auffällig verhalten haben soll. So soll sie zum Beispiel von Zeit zu Zeit dem Gottesdienst ferngeblieben sein. Außerdem hat die Dame Alheid Salsnak bemerkt, dass es jedes Mal, wenn die Dame Runa zugegen war, auffällig heiß wurde – genau so, wie es wohl in Gegenwart des Höllenfeuers sein muss.«

Ein erschrockenes Murmeln ging durch die Menge, und einige der Hamburgerinnen warfen sich ungläubige Blicke zu. Konnte das wirklich wahr sein? Eine derart mächtige Hexe – inmitten von Christenmenschen?

»Margareta Cruse, welche wie die Beschuldigte in der Reichenstraße wohnt, berichtet zudem, sie habe im Hause der Dame Runa seltsame Geräusche gehört, ein Singen und ein Kreischen.«

Wieder ging ein gedrückter Aufschrei durch die Menge. Die Bürger bekreuzigten sich, um das Übel von sich fernzuhalten.

»Des Weiteren sind da noch die schweren Vorwürfe des tapferen

Vater Everard, der die Dame selbst bei Zaubereien und sogar bei der Verwandlung ihrer Haarfarbe ertappt haben will und der ihrer schwarzen Katze – der Botin der Hölle – eigenhändig den Garaus gemacht hat.«

Graf Gerhard II. hatte eigentlich nur mit einem Ohr zugehört, was Meister Curland erzählte, doch nun wurde er plötzlich hellhörig. Mit einer kaum wahrnehmbaren Geste winkte er Marquardus herbei und fragte ihn: »Ist das nicht der Pfaffe, den wir aus meinem Haus gezerrt haben?«

»Ja, ganz recht, mein Fürst.«

Meister Curland kam zum Ende seiner Rede. »Auch wenn es ein paar wenige Stimmen gab, die sich für das tugendhafte Verhalten der Dame Runa ausgesprochen haben, blieben sie in der Unterzahl. Man beachte auch, dass nach der Festnahme der vermeintlichen Hexe fast die gesamte Sippe derer von Holdenstede aus der Stadt verschwunden ist. Das alles ist äußerst verdächtig. Die Bürger haben daher befunden, dass die Dame Runa tatsächlich eine Hexe ist, welche den Tod durch den Scheiterhaufen verdient.«

Nach dieser Verkündung reckten viele der Versammelten zustimmend ihre Fäuste in die Höhe und brüllten so laut, dass das Klagen und Weinen der fünf Frauen gänzlich übertönt wurde, die sich für Runa ausgesprochen hatten. Sie hatten nichts weiter tun können, als abzuwarten, nachdem sie bei Meister Curland gewesen waren, um ihn davon zu überzeugen, dass ihre Freundin, Herrin und Schwägerin keine Hexe war. Schon da hatten sie gespürt, dass sie mit dieser Meinung so gut wie allein dastanden. Jetzt war das Schlimmstmögliche eingetreten, und Ava, Oda, Agnes, Agatha und Kethe ließen ihren Tränen freien Lauf.

Der Ratssekretär sah zu Willekin Aios hinüber, um den Befehl des Bürgermeisters entgegenzunehmen.

Keiner der beiden bemerkte, dass Johann Schinkel das Herz bis zum Halse schlug. *Nein, bitte nicht. Herr im Himmel, verschone sie, nimm mich an ihrer statt, und ich will mich sogleich aus diesem Fenster stürzen*, beschwor er Gott, doch all sein Flehen war umsonst.

Der Bürgermeister nickte dem Sekretär zu, worauf dieser unbeirrt seines Amtes waltete. Der nach oben gerichtete Daumen des Mannes unterstrich die Worte, die den Willen des Bürgermeisters kundtaten.

»Die Stadt Hamburg hat entschieden, dass dem Ratschlag der Wittigesten entsprochen wird. Die Hexe soll ihr Ende im Feuer finden, sobald sie niedergekommen ist. Gott sei ihrer armen Seele gnädig.«

Runas Tod auf dem Scheiterhaufen war nun beschlossene Sache und wurde mit lautem Jubel von den Bürgern aufgenommen. Nur einen Moment danach – so, als wäre gar nichts Schlimmes passiert – wurde die Bursprake mit den immer gleichen Worten beendet: »*Wi danket iuw, dat gi sin herekommen!*«

So schnell, wie die Hamburger eben auf den Platz geströmt waren, so schnell hatten sie ihn auch wieder verlassen. Runas Schicksal würde kaum einen von ihnen um den Schlaf bringen. Die Hamburger waren flink mit ihren Urteilen, wenn es um Hexen ging, das war schon immer so gewesen. Hexen brachten nichts als Unheil und mussten vernichtet werden, und eine Hinrichtung stellte ein unterhaltsames Spektakel dar, das sich kein Mann, keine Frau und kein Kind entgehen ließ.

Johann Schinkel musste sich zusammenreißen, den so gedankenlosen, selbstgerechten Richtern der Mutter seines Kindes nicht etwas Unchristliches hinterherzubrüllen. Er hatte geahnt, dass es so kommen würde, und doch traf ihn das Urteil hart. Wie versteinert starrte er auf die Straße hinunter, als ihm eine Hand auf die Schulter gelegt wurde.

»Was ist mit Euch? Warum starrt Ihr so finster vor Euch hin?« Es war der Bürgermeister, der den Ratsnotar mit gerunzelter Stirn musterte. »Kann es wirklich sein, dass Ihr Euch noch immer grämt, weil nicht Ihr die Hexe enttarnt habt?«

Johann erwiderte nichts.

»Ich sage Euch etwas, Johann«, begann der Bürgermeister nun leise und in vertraulichem Ton. »Quält Euch nicht, mein Freund. Wir sind bloß Menschen. Allein Gott ist ohne Tadel. Niemand zweifelt an Eurer Arbeit.«

»Ich … danke Euch«, stotterte Johann. »Ihr habt recht, es … es peinigt mich.«

Wieder schlug Aios dem Ratsnotar auf die Schulter. »Ihr seht blass aus. Ich denke, was Euch fehlt, ist ein guter Schluck Wein und ein ordentliches Mahl. So wie ich Euch kenne, habt Ihr als Buße für Euer vermeintliches Versagen sicher schon tagelang gefastet. Versteht mich nicht falsch, ich bewundere Eure Willenskraft, und ich will mich auch nicht über Eure Wünsche hinwegsetzen, doch was nützt der Stadt ein geschwächter Ratsnotar? Wir brauchen Euch. Und nun kommt.«

Als sich die Männer gerade von dem offenen Fenster entfernen wollten, hörten sie plötzlich jemanden rufen.

»Halt! Bürgermeister, haltet ein!«

Beide Männer drehten sich gleichzeitig um und schauten aus dem Fenster. Es war ein kleiner Junge, der mit seiner piepsigen Stimme gerufen hatte.

»Was willst du von mir?«, fragte der Bürgermeister erstaunt.

»Der Verlieswärter schickt mich. Die Hexe schreit. Er glaubt, sie bekommt ihr Kind.«

Einen Augenblick fragten sich alle, die die Worte des Jungen gehört hatten, ob dies wirklich ein bloßer Zufall sein konnte. Gerade eben war das Schicksal der Hexe besiegelt worden, und in just diesem Moment bekam sie tatsächlich ihr Kind?

Auch Johannes vom Berge stand wie alle anderen der Electi, Assumpti und der Extramanentes noch immer am Fenster. Für ihn war dieser Tag ein glanzvoller, der nur noch von der Nachricht über Runas Niederkunft gekrönt werden konnte. Schließlich wäre es dann mit der letzten noch in der Stadt weilenden von Holdenstede aus und vorbei. Von seiner guten Laune getrieben rief er dem Jungen grinsend entgegen: »Und was soll unser werter Bürgermeister jetzt tun? Ich hoffe doch sehr, dass der Wachmann nicht verlangt, dass einer von uns Herren die Hebamme ersetzt.«

Augenblicklich setzte ein dröhnendes Gelächter unter den Männern ein.

Ratlos blickte der kleine Junge zu ihnen hinauf. Seinem Blick war zu entnehmen, dass er sich fragte, was er jetzt tun sollte.

Einzig und allein Johann Schinkel konnte nicht mitlachen. Ganz im Gegenteil: Die Nachricht über Runas Niederkunft ließ sein Herz nur noch schwerer werden, und die derben Witze des Johannes vom Berge hinterließen einen schalen Geschmack auf seiner Zunge. Doch dieses Mal würde er nicht schweigen. Er konnte einfach nicht mehr. Mit schmalen Lippen presste er zwischen zusammengebissenen Zähnen hervor: »Bürgermeister, im Namen Gottes, schickt jemanden!«

»Was meint Ihr?«, fragte Willekin Aios und wischte sich eine Lachträne aus dem Augenwinkel.

»Ich meine, es wäre nicht recht, das Ungeborene womöglich sterben zu lassen. Die Dame Runa mag vielleicht eine Hexe sein, doch das Kind in ihr ist immer noch ein unschuldiges Geschöpf Gottes, dessen Diener ich bin!«

Der Bürgermeister verstand nicht recht oder wollte nicht verstehen, was Johann meinte. Versonnen sagte er: »Selbstverständlich wird nach der Geburt ein Priester kommen, um das Kind zu taufen! Ihr haltet mich doch nicht etwa für so unsittlich, mein Freund?«

»Das meine ich nicht«, stieß Johann nun ungehalten hervor. »Sie braucht eine Wehmutter, die sie …«

Johannes vom Berge fuhr Johann unvermittelt grob dazwischen. »Unsinn! Das Weib ist eine Hexe und hat es nicht verdient, dass man ihr hilft. Soll sie sich doch das Ende der Geburt herbeizaubern.«

Wieder fingen die Männer schallend an zu lachen. Johanns Bitte verhallte ungehört.

Im nächsten Moment kam Graf Gerhard II. auf ihn und Willekin Aios zu und forderte die Männer auf, ihm beim Mahl Gesellschaft zu leisten. Johann blieb keine andere Wahl, als die Einladung anzunehmen. So verließ er das Fenster und kehrte dem kleinen Jungen den Rücken zu, der für Runa die letzte Möglichkeit auf Hilfe gewesen war. Nun würde niemand kommen, um ihr bei der Geburt beizustehen.

Der Junge war verwirrt. Warum lachten die Männer, anstatt ihm zu sagen, welche Antwort er dem Wärter überbringen sollte? Mit hängendem Kopf machte er sich auf den Rückweg und kickte mutlos ein paar kleine Steine vor sich her. Er bemerkte nicht, dass ihm zwei Gestalten folgten.

Als er in eine kleine, nahezu menschenleere Straße unweit des Verlieses einbog, kamen zwei Frauen herbeigelaufen. Sie kamen ihm bekannt vor. Ja, beide hatten eben neben ihm gestanden und mit rot geweinten Augen zu Willekin Aios und Johannes vom Berge aufgeschaut.

»He du, Bursche. Warte!«, riefen sie mit leisen Stimmen.

Er gehorchte und blieb stehen. Fragend blickte er zu den Frauen hoch. »Was wollt ihr von mir?«

Ava und Oda lockten ihn in eine kleine Häusernische. »Komm mit, dann sagen wir es dir«, versprach Ava, beflügelt von der Möglichkeit, die sich so unerwartet durch den Jungen aufgetan hatte. Geschwind zog sie eine glänzende Münze aus ihrer Rockfalte und hielt sie dem Jungen vor die Nase. »Ich bin mir sicher, dass du noch niemals eine solche Münze besessen hast, richtig?

Wenn du sie haben willst, musst du mir nur einen einzigen Gefallen tun.«

Der Junge bekam glänzende Augen. Das funkelnde Geldstück befand sich so nah vor seinem Gesicht, dass er kurz zu schielen begann. Wie von selbst hob sich seine schmutzige Hand, um danach zu greifen, doch Ava war schneller und zog die Münze wieder an sich.

»Noch nicht. Zuerst musst du tun, was ich verlange.«

»Und was verlangt Ihr?«

»Du sollst dem Wärter sagen, der Bürgermeister hätte mich geschickt, damit ich der Hexe bei ihrer Niederkunft beistehe.«

Der Bursche sah Ava durchdringend an. Er schien zu überlegen. »Aber das hat der Bürgermeister doch gar nicht gesagt!«

»Schscht! Das ist ganz gleich. Machst du es oder nicht? Wenn ich im Verlies bin, bekommst du die Münze und verschwindest.«

Der Kleine nickte.

»Gut«, sagte Ava. Dann wandte sie sich an Oda und trug ihr auf: »Lauf, so schnell du kannst, zu Kethe. Sie soll zum Verlies kommen. Und sie soll etwas mitbringen … etwas, das Runa und das Ungeborene gebrauchen können. Verstehst du …?« Ihre Worte klangen verschwörerisch, wollte sie doch nicht laut aussprechen, dass sie damit Kräuter und schmerzlindernde Salben meinte, doch Oda verstand auch so. »Ich werde dafür sorgen, dass man euch einlässt. Und jetzt geh, schnell.«

Es hatte wahrlich nicht viel Überredungskunst gebraucht, den Wächter davon zu überzeugen, zunächst Ava und später auch Oda und Kethe ins Verlies zu lassen. Man konnte ihm deutlich ansehen, dass ihn das stundenlange Schreien der Niederkommenden fast um den Verstand gebracht hatte.

Tatsächlich hatte er erst dann den kleinen Jungen um Hilfe geschickt, als er es nicht mehr ausgehalten hatte.

Runa lag zu dieser Zeit schon eine Ewigkeit vollkommen hilflos in den Wehen und schrie aus Leibeskräften, um sich Erleichterung von dem grausamen Schmerz zu verschaffen, der sie zu zerreißen drohte. Langsam wurden ihre Schreie schwächer, und als Ava kam, war sie schon so entkräftet, dass sie kaum mehr eine Regung zeigte.

Erst Kethe erkannte, dass das Ungeborene sich nicht gedreht hatte und mit den Füßen zuerst kommen würde. Eine solche Geburt war für Mutter und Kind äußerst gefährlich und überaus peinigend, zudem hatten sie weder heißes Wasser noch Leinentücher, um Runas Wehen mit Umschlägen zu unterstützen.

Alles, was sie tun konnten, war, ihrer Freundin die Hand zu halten, ihr beim Atmen zu helfen, Gebete zu sprechen und zu versuchen, ihr mit Kethes verbotenen Heilmitteln etwas Linderung zu verschaffen.

Die Nacht wurde lang und qualvoll. Nichts vermochte Runa zu helfen. Sosehr sie auch nachzuhelfen versuchten – das Kind wollte und wollte nicht kommen. Nacheinander drückten die Frauen mit verschränkten Armen auf den oberen Teil von Runas Bauch, griffen in sie hinein in der Hoffnung, das Kind vielleicht zu fassen zu bekommen, und brachten sie immer wieder in andere Positionen. Doch nichts geschah. Obwohl die Wehen nach wie vor regelmäßig kamen, blieb das Kind, wo es war. Als der Morgen langsam dämmerte, war Runa kaum mehr ansprechbar. Die Frauen konnten nicht sagen, ob das Ungeborene überhaupt noch lebte.

Die Erschöpfung wirkte sich auf jede der Freundinnen anders aus. Oda und Ava weinten leise vor sich hin, während Kethe sich in hingebungsvoller Ruhe hinter die Gebärende setzte und deren Kopf auf ihren Schoß bettete. Hoffnungsvoll und verzweifelt zugleich schaute die Begine auf Runas runden Bauch. Er war bereits blau und grün vom vielen Drücken und Quetschen und das Stroh zwischen ihren Beinen blutverschmiert.

Plötzlich pochte es laut an die Verliestür. »He, ihr da drinnen! Was ist los? Seid ihr endlich fertig, oder was tut ihr Weiber da?« Der Wachmann wollte streng klingen, doch es gelang ihm nicht. Zu groß war seine Angst, die anderen Frauen könnten ebenfalls Hexen sein und in der Zelle ihr Unwesen treiben. Nie im Leben wäre er einfach hereingekommen. Er traute sich noch nicht einmal, durch die schmale Luke in der Tür zu schauen, schließlich ging die Rede, man könne allein durch den Anblick einer Hexe sein Augenlicht verlieren.

Die Frauen schauten sich an. Keine wusste, was sie erwidern sollte. Dann fasste sich Oda ein Herz, trat an die Tür und erklärte: »Das Kind ist noch nicht geboren.«

»Wie lange dauert es denn noch?«

»Das kann ich nicht sagen. Die Geburt ist schwer.«

Der Wächter schwieg. Nur das Klirren seiner Schlüssel und das Scharren seiner Füße waren zu vernehmen. »Hört zu, ich weiß, dass ihr gelogen habt«, sagte er einen Augenblick später. Seine Stimme klang gehetzt. »Der Bürgermeister hat euch gar nicht geschickt. Nur weil ich die Schreie der Hexe nicht mehr ausgehalten habe, habe ich euch eingelassen. Aber in einer Stunde ist Wachwechsel. Ihr müsst vorher verschwinden – egal, ob das Balg dann da ist oder nicht. Habt ihr verstanden?«

»Ja«, erwiderte Oda matt. »Habt Dank!« Sie wandte sich zu den anderen Frauen um und starrte auf Runa, die nach vielen Stunden endlich mal wieder die Augen geöffnet hatte.

»Ich … ich versuche es … noch einmal«, stöhnte sie mit letzter Kraft und rappelte sich ein wenig auf.

Kethe packte sie unter den Schultern, und Ava und Oda setzten sich wieder in Position. Sie alle wussten, dass dies ihre letzte Möglichkeit war. Sollten sie jetzt scheitern, würden sie Runa einfach liegen lassen müssen, was ihren sicheren Tod bedeutete. Sie mussten es einfach schaffen!

Als Runa eine ihrer nun selten gewordenen Wehen überkam, setzten alle Frauen letzte ungeahnte Kräfte frei. Nicht nur Runa schrie, sondern auch die übrigen drei Frauen. Wieder und wieder pressten und atmeten sie gemeinsam, und immer wieder schrien sie voller Wut und Entschlossenheit, was die Niederkommende schließlich zu schier Unmöglichem befähigte.

Dem Wärter vor der Tür wurde angst und bange. Was ging dort drinnen vor sich? Noch nie zuvor hatte er solche furchteinflößenden Schreie gehört. Entschlossen pochte er mit der Faust gegen die Tür. »Die Zeit ist um! Kommt jetzt raus! Sofort!«

In genau diesem Moment fiel das Kind in Avas Arme.

10

»Seid Ihr Euch wirklich sicher, dass Ihr mich auf der Reise nach Hamburg begleiten wollt? Mir wäre sehr viel wohler, wenn Ihr auf der Burg bliebet.« Graf Johann II. führte die schwangere Margarete an seinem Arm hinunter zum Burghof, wo schon sein mächtiges Gefolge bereitstand.

»Sorgt Euch nicht um mich, mein Liebster. Mir ging es noch nie besser. Außerdem habe ich ja meine Damen bei mir. Sollte unser Kind sich tatsächlich entschließen, so viele Wochen zu früh auf die Welt zu kommen, so bin ich bereit.«

Johann entging die Ironie in ihrer Stimme nicht – er verstand, dass sie ihn damit nur beruhigen wollte. »Nun gut, wenn Ihr es wünscht«, gab der Graf schließlich nach und half seiner Gemahlin in den Pferdewagen. »Dann bleibt mir wohl nur noch, Euch zu fragen, ob es etwas gibt, das Euch die Reise erleichtern würde.«

Auf genau diese Frage hatte Margarete gehofft, und sie würde dieses Angebot schamlos ausnutzen. »Es gibt tatsächlich etwas, das mein Herz erfreuen würde, mein Gemahl«, sprach sie mit ihrer lieblichsten Stimme. »Lasst unseren Spielmann mit mir reisen. Dann können meine Ohren den bezaubernden Klängen seiner Laute lauschen anstatt dem Gebrüll Eurer Männer.«

Der Graf schaute seine Gemahlin zweifelnd an, die bereits in das prachtvolle und weich gepolsterte Gefährt gestiegen war und nun zu der glaslosen Fensterluke hinausschaute. »Der Spielmann und Ihr allein in einem Pferdewagen?«

Margarete lachte hell auf. »Schiebt Eure Zweifel hinfort, mein Liebster. Jedermann wird ihn spielen hören, und soweit ich weiß, braucht man dafür beide Hände. Nicht einmal ein Priester wird das bestreiten können.«

Auch Johann II. lachte nun. »Da muss ich Euch recht geben. Nun gut, ich werde nach ihm schicken lassen. Habt eine angenehme Reise.«

Nur wenige Augenblicke später klopfte es an den Wagenschlag.

»Kommt herein, Spielmann.« Aus Walthers Blick sprach so große Erleichterung, dass die Gräfin aussprach, was sie dachte: »Habt Ihr tatsächlich angenommen, ich würde mein Versprechen nicht halten? Ich pflege stets zu meinem Wort zu stehen.«

Walther war es peinlich, dass sie ihn durchschaut hatte, doch die Last, die von ihm abgefallen war, als man ihn zum gräflichen Gefährt rief, war einfach zu groß gewesen. Schon seit dem Morgen hatte er an einem der Fenster gestanden und auf den Burghof gestarrt. Seine Hoffnung, tatsächlich noch nach Hamburg reisen zu können, war mit jedem Moment, den man ihn nicht hinzugebeten hatte, geschwunden. Doch jetzt saß er hier, in dem behaglichen Pferdewagen der Gräfin, und war auf dem Weg zu Runa. Endlich!

»Spielt mir etwas auf der Laute«, forderte ihn die Gräfin auf.

»Möchtet Ihr, dass ich dazu singe?«

»Nein, Ihr wisst, was ich wünsche. Jetzt, da ich mein Versprechen gehalten habe, solltet Ihr das Eure einlösen. Erzählt mir von Eurer Frau. Aber sprecht leise, sodass nur ich Euch hören kann.«

Walther wunderte sich nicht über den Wunsch Margaretes. Er verstand sofort, dass dies die einzige Möglichkeit für sie war, ungestört mit ihm zu reden und ihn gleichzeitig nach Hamburg zu bringen. Was für eine kluge Frau!

Seine Finger begannen eine Melodie zu spielen, die er so gut kannte, dass er sie wohl auch im Schlaf hätte spielen können. Die ganze Nacht über hatte er überlegt, was genau er der Gräfin erzählen wollte und was nicht. Am Morgen dann war er sich sicher gewesen. Walther hätte nur zu gern ausgespart, dass sein Weib nicht als Jungfrau in die Ehe gegangen war und natürlich auch dass er Thymmo nicht sein eigen Fleisch und Blut nennen konnte, doch leider stellten ebendiese Tatsachen den Kern seiner Geschichte dar: Weil Runa seit jeher einen anderen Mann liebte und dieser Liebe nicht entsagen konnte, war er aus Hamburg geflohen.

Zögernd zunächst, dann immer flüssiger und mit fester Stimme fing er an zu erzählen – von Anfang bis Ende. Einzig den Namen eines Mannes ließ er unerwähnt – den von Johann Schinkel. Die Verbindung zu dem Hamburger Ratsnotar war für alle Beteiligten einfach zu prekär, außerdem klang die Geschichte einer Liebschaft zwischen einer ehemaligen Begine und einem Domherrn schlichtweg so unglaublich, dass Walther Gefahr laufen würde, von der Gräfin als Lügner bezeichnet zu werden. Sein Vorhaben war auch so schon riskant genug, denn Margarete missbilligte jedes unchristliche Tun aufs Schärfste.

Als er endlich verstummte, waren die Klänge der Musik eine Weile das Einzige, was im Inneren des Wagens ertönte. Versonnen schaute Walther auf seine Finger, die wie von selbst an den Saiten seiner Laute zupften. Die blonden Haare fielen ihm tief in die Stirn, seine Augen hielt er geschlossen. Wie immer, wenn er sich ganz in der Musik verlor, wiegte er den Körper im Gleichklang mit der Musik leicht hin und her.

Margarete schaute dem Spielmann zu. Sie hatte zwar mit einer tragischen Liebesgeschichte gerechnet, doch Walthers Worte gingen ihr sehr zu Herzen. Sie konnte beide gut verstehen – Runa genau wie Walther. Frauen konnten ihren wahren Gefühlen so gut wie niemals folgen und mussten stets tun, was die Männer um sie herum von ihnen verlangten. Wer konnte es den wenigen Mutigen unter ihnen da verdenken, dass sie sich von der Liebe übermannen ließen und etwas wagten? Insgeheim hegte Margarete sogar

Bewunderung für jene Frauen – auch wenn das Verhalten dieser Runa unzüchtig und somit unchristlich war. Doch der Spielmann verdiente ebenfalls ihre Anerkennung. Er hatte seine Frau mit der Hochzeit vor dem sicheren Tod gerettet und dem unehelichen Kind in ihrem Leib ein Heim gegeben. Dass seine Nächstenliebe und Geduld seiner Frau gegenüber jedoch nicht grenzenlos waren, konnte Margarete gut nachvollziehen. Es war kein Wunder, dass er sie schließlich verlassen hatte. Margaretes Aufforderung, nach Kiel zu kommen, war in der Tat eine willkommene Gelegenheit gewesen, dem leidvollen Leben den Rücken zu kehren.

Umso mehr ergriff sie jetzt die Rückkehr des schönen Spielmannes. Wie unendlich groß musste seine Liebe zu der vermeintlichen Hexe sein, wenn er sich ungeachtet aller Schmach aufmachte, sie zu retten! Die Gräfin war hin- und hergerissen. Wenn sie jetzt entscheiden müsste, wem von beiden sie ihren Segen geben würde, hätte sie nicht sagen können, wer ihn mehr verdiente. In der Hoffnung, noch etwas mehr zu erfahren, um sich ein klareres Bild machen zu können, bat sie: »Sagt mir, wer ist der Mann, der die Liebe Eurer Frau gestohlen hat?«

Walther schaute nicht auf. Im ersten Moment war es schwer zu sagen, ob er ihre Frage überhaupt gehört hatte. Dann jedoch antwortete er ruhig, aber bestimmt: »Es ist ein Mann, dessen Namen ich Euch nicht nennen werde, Gräfin.« Als Margarete ihn ob dieser Ungehörigkeit mit einem erstaunten Blick bedachte, fügte er hinzu: »Glaubt mir, wenn es irgendein Bauernlümmel wäre, hätte ich ihn wahrscheinlich schon längst am nächsten Baum aufgeknüpft.«

Die Gräfin verstand und drängte Walther nicht weiter, den Namen des offenbar hochwohlgeborenen Mannes preiszugeben. Den Rest der Fahrt über schwiegen sie.

Der Tross kam nur langsam voran. Zu viele Menschen und zu viele Tiere bedeuteten immer, dass ständig wegen irgendetwas angehalten werden musste, sei es wegen eines geborstenen Wagenrads oder eines Pferdes, das ein Hufeisen verloren hatte.

Gegen Mittag passierten sie die Schlachtwiese von Bornhöved und verließen kurz darauf die Ländereien von Johann II. Spät am Abend dann erreichten sie endlich Segeberg. Hier, auf der brüderlichen Siegesburg von Adolf V., erwartete die gräfliche Gefolgschaft, herzlich willkommen geheißen zu werden.

Walther hatte noch niemals in seinem Leben eine so mächtige Festung gesehen. Die Siegesburg war eine der wenigen Höhenburgen des Landes, da es hier schlicht und einfach an geeigneten Erhebungen fehlte. Ihre Lage auf dem Kalkberg ließ sie nur noch gewaltiger erscheinen, als sie in Wirklichkeit schon war. Während des Anstiegs zur Burg öffnete Margarete die Vorhänge, damit sie und Walther den atemberaubenden Ausblick auf das Land zu ihren Füßen genießen konnten. Friedlich schmiegten sich die Häuser um den Berg, weit erstreckten sich die Felder und Wälder dahinter. Ein feiner Regen benetzte alles um sie herum und setzte den Geruch der feuchten Blätter, Wiesen und Äcker frei. Walther war noch niemals so hoch oben gewesen. Fasziniert sagte er: »Das sehen also die Vögel, wenn sie über uns hinwegschweben.«

Margarete schaute zu ihrem Spielmann hinüber, der verträumt ins dämmrige Abendlicht blickte. Selten hatte sie in der Vergangenheit Männer wie ihn getroffen. Erschienen die Getreuen ihres Gemahls stets rau, kampfbereit und machthungrig, haftete Walther etwas Feinfühliges, fast Verletzliches an, was ihm etwas Anziehendes verlieh. Welche Frau wünschte sich nicht einen Mann wie ihn? Gleich nachdem ihr dieser Gedanke durch den Kopf geschossen war, schämte sie sich. Sie war eine verheiratete Frau und dazu eine Gräfin. Sie sollte keinen Gefallen an Männern des fahrenden Volkes finden.

Mit großem Gepolter und Geklapper fuhr Johanns Gefolge in den Burghof ein, wo sie von Graf Adolf V. und seiner Gemahlin Euphemia begrüßt wurden.

»Bruder, sei mir willkommen. Dem Herrn sei Dank, dass ihr alle gesund und wohl zu uns gelangt seid.« Während er sprach, umklammerte er die Schulter seines Gastes mit fester Hand.

Johann II. erwiderte diese Geste und sagte: »Auch ich bin hocherfreut, dich zu sehen, Bruder. Aber meine Kehle ist trocken, und meine Kleider sind nass. Andersherum wäre es mir weitaus lieber.«

Lachend versprach Adolf V.: »Das werden wir gleich ändern«, und legte den Arm um seines Bruders Schultern.

Euphemia lächelte warmherzig und schloss Margarete fest in die Arme. »Geliebte Schwägerin, Ihr werdet schöner und schöner mit jedem Tag Eures erfreulichen Zustandes. Doch Ihr müsst sehr erschöpft sein. Kommt, ich bringe Euch in Euer Gemach, wo Ihr Euch ausruhen könnt.«

»Habt Dank, meine Liebe. Die Reise war in der Tat beschwerlich für mich. Doch erzählt, wie ist es Euch seit dem Winter ergangen? Die Tage fliegen nur so dahin, nicht wahr?« Ins Gespräch vertieft schritten die Gräfinnen gemächlich Arm in Arm über den Burghof.

Die Grafen und ihre Ritter waren schon längst im Hauptturm verschwunden, da drehte sich Margarete noch einmal um. »Spielmann!«

Walther hielt inne. »Gräfin?«

»Heute werden Eure Dienste nicht mehr benötigt. Aber morgen wünsche ich Eure Begleitung erneut.«

Walther verbeugte sich tief vor den Damen und sagte: »Ich sehe dem morgigen Tag mit Freude entgegen. Nichts könnte schöner für mich sein, als Euch mit meinen Liedern zu erfreuen.«

Margarete lächelte, obwohl sie das eigentlich gar nicht wollte. Diese allzu blumige Umschreibung wählte er nur, weil sie sich in Gesellschaft befand, und dennoch genoss die Gräfin seine Worte. Sie neigte noch einmal den Kopf und ließ sich dann von ihrer Schwägerin von dannen führen.

Walther war nicht betrübt, weil sein Spiel heute nicht mehr gefordert wurde. Er hatte natürlich schon geahnt, dass Adolf V. einen eigenen Spielmann auf der Burg beherbergte. Insgeheim war er sogar dankbar dafür, denn nach dem stundenlangen Lautenspiel fühlten sich seine Hände fast taub an. Dennoch freute er sich bereits jetzt darauf, der Gräfin morgen erneut Gesellschaft zu leisten. Zum einen mochte er Margarete aufrichtig, und zum anderen war es weitaus angenehmer, in einem Pferdewagen zu reisen, denn zu Fuß zu gehen. Als alle Grafen, Ritter und Damen in die Halle verschwunden waren, um sich an den dort aufgetischten Speisen gütlich zu tun, ging Walther zu den anderen Gefolgsleuten, die mit den Räumlichkeiten des Burggesindes vorliebnehmen mussten.

Es wurde eine kurze Nacht. Schon früh am nächsten Morgen zogen sie alle gemeinsam weiter in Richtung Hamburg, wo die beiden Grafen in Kürze an der jährlichen St.-Veitsmarkts-Versammlung auf dem Kunzenhof teilzunehmen wünschten.

Die Weiterreise verlief wie am Vortag. Das Wetter war ähnlich feucht, die Wege ähnlich matschig. Erst kurz bevor die einsetzende Dämmerung das letzte Tageslicht verdrängte, erreichten sie ein großzügiges Gehöft an der Bille, welches Adolf V. gehörte. Der Weg dorthin hatte sie an den Stadtmauern Hamburgs vorbeigeführt, welche sie aber mit Absicht hinter sich gelassen hatten. Natürlich wäre es für die Grafen weitaus behaglicher gewesen, in der Stadt zu nächtigen, doch ihr Handeln hatte schlichte Gründe: Sie waren eitel!

Kein Graf wollte wie ein Bittsteller vor den verschlossenen Stadttoren stehen und den Nachtwächter bitten, ihm zu öffnen, zumal des Nachts kaum ein Hamburger Bürger an der Straße gestanden hätte, um ihn laut jubelnd zu begrüßen. Ein solch schmählicher Auftritt konnte leicht verhindert werden, wenn man kurz vor den Toren nächtigte, um dann in der Frühe gebührend Einzug zu halten.

Walther kamen die Stunden bis zum Morgen schier unendlich vor. Der Gedanke, sich so nah bei Runa zu wissen und doch nicht zu ihr zu können, hielt ihn die ganze Nacht hindurch wach. Als der Wagen der Gräfin im Morgengrauen endlich durch das Steintor fuhr, bemerkte selbst diese seine Anspannung.

Walthers besorgter Blick und sein fehlerhaftes Lautenspiel waren ihr Grund genug für ein paar ermutigende Worte. »Ihr könnt nun aufhören zu spielen und Euch für das, was vor Euch liegt, wappnen.«

Erstaunt nahm Walther die Finger von den Saiten; schließlich galt sein Spiel ja nicht nur dem Vergnügen, sondern auch der Schicklichkeit. »Seid Ihr sicher?«

»Ja, lasst es gut sein. Gleich erreichen wir den Kunzenhof, und ich habe Euch vorher noch etwas mitzuteilen.«

Walther legte sein Instrument beiseite und horchte gespannt.

»Ich kann Euch leider nichts versprechen, denn mein Einfluss auf die Herren ist als Frau nur begrenzt. Doch seid gewiss, dass ich alles in meiner Macht Stehende tun werde, um Euch zu helfen.«

»Das ist mehr, als ich je erwartet habe, Gräfin«, sagte Walther ehrlich und legte seine Rechte aufs Herz. »Ihr wart immer überaus freundlich zu mir. Das Wissen darum, dass es nichts gibt, womit ich das vergelten kann, ist mir eine Qual.«

»Sprecht nicht vorschnell. Es gibt etwas«, ließ Margarete ihn wissen.

»Dann sagt es mir, und ich werde es tun.«

Der Wagen rumpelte schon die Altstädter Fuhlentwiete hinab, welche den gräflichen Kunzenhof in der Mitte durchschnitt. Margarete wusste, dass ihr nicht mehr viel Zeit blieb, um den Wunsch zu äußern, welchen sie auf dem Herzen hatte. Nach dieser Reise würde es vielleicht keine Gelegenheit mehr geben, mit Walther allein zu sprechen. Darum gab sie sich einen Ruck und sagte: »Ich möchte Euch um etwas bitten, was Euch vielleicht im ersten Moment unmöglich erscheint, doch ich habe meine Gründe.« Margarete schaute ein letztes Mal hinaus. Vor ihrem Fenster erschien nun der prächtige Bau des Kunzenhofs. Die Dienerschaft stand schon parat, die ersten Männer stiegen bereits von ihren Pferden. Schnell und bevor sie es sich anders überlegte, sprach Margarete aus, was sie allein für richtig hielt, folgte der Stimme ihres Herzens – genau wie Runa es getan hatte. »Sollte Eure Gemahlin gerettet werden«, sagte sie entschlossen, »wünsche ich, dass Ihr sie zurücknehmt und ihr verzeiht, was sie Unverzeihliches getan hat. Wenn Ihr meint, dass Ihr es nicht ihretwegen tun könnt, dann tut es für mich. Versprecht es mir!«

Walther schüttelte den Kopf und öffnete schon den Mund, um etwas zu erwidern, doch die Gräfin hob gebieterisch ihre Hand und brachte ihn damit zum Schweigen.

»Still, sagt nichts. Ich weiß, was ich da verlange. Es scheint Euch heute vielleicht unmöglich, doch ich weiß, dass es richtig ist. Niemals habe ich einen Mann gesehen, der so viel Liebe für eine Frau in sich trägt wie Ihr für Euer Weib, Walther. Lasst diese Liebe nicht sterben. Gebt mir Euer Versprechen!«

Er zögerte noch immer. Der Pferdewagen kam ruckartig zum Stehen.

Margarete sah Walter abwartend an.

Diesem stand vor Anspannung mittlerweile der Schweiß auf der Stirn. Er wusste, dass sie nun aussteigen mussten, doch noch war er Margarete eine Antwort schuldig. »Gräfin, ich werde jetzt die Tür öffnen. Ihr solltet jetzt …«

»Ihr rührt Euch erst, wenn ich es sage. Und nun gebt mir Euer Versprechen!«

Walther atmete hörbar aus. Er konnte wahrlich nicht umhin, Margarete von Dänemark für ihre Stärke zu bewundern. »Ihr habt mein Wort, Gräfin.«

Nach dieser Zusicherung zeigte sie endlich auf die Tür und bat ihn: »Helft mir aussteigen. Unsere Unterhaltung ist beendet.«

Walther öffnete ihr den Wagenschlag und half ihr den Tritt hinunter. Jede Verbundenheit zwischen ihnen war augenblicklich verschwunden – Margarete war wieder die Königstochter und er der Spielmann. Sie hatte viel gewagt mit ihrer vertraulichen Unterredung, während der sie erkannt hatte, wie einzigartig und wertvoll die Liebe zu seiner Frau war. Trotz ihrer Gottesfürchtigkeit wollte sie, dass er Runa vergab, wenn sie denn überlebte. Seine Achtung vor ihr war noch mehr gewachsen, zumal sich sein bisheriger Eindruck bestätigt hatte: Die Gräfin war eine überaus gescheite Frau.

»Muss ich mein Gesinde erst auf Knien darum bitten, oder ist es einer dieser faulen Ratten auch so möglich, die verfluchten Fenster zu öffnen? Ich ersticke hier drinnen!« Graf Gerhard II. zerrte wütend an seinem engen Ausschnitt. Alle Gesichter der im Saal Versammelten glänzten vor Schweiß, genau wie das des Grafen.

Die jährliche Zusammenkunft anlässlich des St. Veitsmarkts im Kunzenhof hatte noch nicht einmal begonnen, doch die Halle der Schauenburger Grafen war schon gut gefüllt. Es war der fünfzehnte August, und im Gegensatz zum gestrigen Bursprakentag brannte die Sonne heiß vom Himmel. Kein Lüftchen regte sich. Es war schwül.

Sofort eilte einer der unzähligen Diener herbei, um dem Wunsch des blinden Grafen Folge zu leisten. Er lief zum Anfang der Halle, wo er auf einen hölzernen Fußtritt stieg und mit geübtem Griff das erste einer ganzen Reihe schwerer Fenster entriegelte und aufschob. Von seiner erhöhten Position aus überblickte er die Köpfe der vermögenden Hamburger, welche zu der heutigen Versammlung geladen waren – eine bunte, geschäftige Mischung aus Kauf- und Ratsmännern in Begleitung ihrer Frauen, welche sich eifrig miteinander unterhielten. Am Rand, nahe des Eingangs, standen die weniger einflussreichen Hamburger, weiter gen Saalmitte die wohlhabenderen Familien. Die Wand ihnen gegenüber war mit prachtvollen Sesseln gesäumt, welche auf einer hölzernen Anhöhe thronten. Man hatte Vorkehrungen getroffen, damit die sich gegenseitig hassenden Grafen nicht zu dicht beieinander saßen – so war die rechte Seite für die Brüder Gerhard II., Adolf VI. und Heinrich I. gedacht und die linke Seite für dessen Vetter Johann II. und Adolf V. In der Mitte sollten der Bürgermeister und der Ratsnotar sitzen, die wie jedes Jahr auch heute wieder die Führung der Versammlung übernehmen würden. Noch waren alle Sessel unbesetzt; die Grafen zogen es bislang vor zu stehen.

»Marquardus!«, rief Gerhard II. auffordernd, auf dass sein treuer Gefolgsmann mit seinem Ohr nahe an den Mund seines Fürsten trat. »Kann es tatsächlich sein, dass meine verbitterten Vetter dieses Jahr nicht zur St.-Veitsmarkts-Versammlung erscheinen? Ich mag ja blind sein, aber ihre Abwesenheit ist mir dennoch nicht entgangen.«

»Sie werden kommen, mein Herr. Soeben hat mich die Nachricht eines meiner Boten erreicht. Graf Johann II. und Graf Adolf V. haben bereits Einzug durch die Tore der Stadt gehalten. Sie fahren direkt auf den Kunzenhof zu. Adolf ist allein, und Johann befindet sich in Begleitung von Gräfin Margarete.«

»Was sagt Ihr da? Er bringt sein schwangeres Weib mit zur Versammlung?« Verwundert schüttelte Graf Gerhard den Kopf. Ihm selbst würde es niemals in den Sinn kommen, seine Gemahlin irgendwohin mitzunehmen. Nachdem die schwedische Prinzessin Ingeborg dem Grafen vor acht Jahren das vierte Kind geboren hatte, sah man sie nur noch selten. Fast war es so, als hätte sie ihren Dienst erfüllt und sei ihm nun gleichgültig. Und in der Tat: Weder seine eigene Frau noch die seines Vetters beschäftigten ihn weiter. Die Gedanken Gerhards II. galten längst jemand anderem.

»Wo ist Dominus Johannes vom Berge, und wo ist dieser Hexenfänger – Vater Everard?«, fragte er in Marquardus' Richtung.

»Sofort, mein Herr«, antwortete der Ritter und winkte den ersten der beiden Genannten sogleich herbei.

»Ich grüße Euch, mein Fürst«, sprach Johannes ehrerbietig und verbeugte sich tief. Wie alle anderen im Saal schwitzte auch er so stark, dass ihm der Schweiß nur so von den Schläfen rann.

»Seid ebenso gegrüßt, Dominus«, antwortete Gerhard II. »Ist es nicht erstaunlich, was das Wetter für Spielchen treibt?«

Johannes lachte verschlagen und fächelte sich mit der Handfläche Luft zu. »Ihr sagt es. Gestern noch wollte es nicht aufhören zu regnen und heute diese Hitze. Wenn Ihr meine Kühnheit verzeiht, wage ich gar zu behaupten, Gott ist der heutigen Hexenverbrennung wohlgesinnt. Das Holz ist staubtrocken. Die Ungläubige wird im Nu in Flammen aufgehen.«

»Verzeiht mir *meine* Kühnheit, Dominus«, erwiderte der Graf mit unbewegtem Gesicht, »aber mir scheint, es kann Euch gar nicht schnell genug gehen damit. Mir wurde zugetragen, es sei Eure Idee gewesen, die Hexe durch das Volk aburteilen zu lassen, anstatt sie durch meinen Vogt vor Gericht einem ordentlichen Verfahren zu unterstellen. Bin ich da wohl unterrichtet?«

Johannes wurde starr vor Schreck. Wäre er aufgrund der Hitze nicht sowieso schon rot angelaufen, hätte seine Gesichtsfarbe sicher verraten, dass er es mit der Angst zu tun bekam. So wie der Graf seine Worte betonte, klang es tatsächlich danach, als hätte er dessen Amtmann, den Vogt, übergehen wollen. »Nun … das stimmt … der Vorschlag kam von mir. Ich war der Ansicht, ein so eindeutiger Fall bedürfe Eures viel beschäftigten Amtmannes nicht …«

»Marquardus! Wo ist dieser Geistliche?«, fiel Gerhard II. Johannes ins Wort.

»Er steht direkt neben Euch, mein Fürst. Zu Eurer Linken.«

Ruckartig drehte sich Gerhard II. nach links und schaute Everard an. »Warum sagt Ihr nichts, Mann?«

»Bitte verzeiht mir. Ich wollte Euch nicht unterbrechen. Womit kann ich Euch dienen?«

»Ich habe eine Frage an Euch. Berichtigt mich, wenn ich falsch liege, aber wart Ihr es nicht, der mein Haus so überaus selbstlos mit gesegnetem Wasser benetzte, um mich vor dem Zauber dieser Runa von Sandstedt zu beschützen?«

»Ja, so ist es.«

»Nun, mir scheint, ich bin umgeben von Männern, die entweder sehr an meinem Wohlergehen interessiert sind oder aber eigene Interessen vertreten, von denen ich noch nichts weiß.«

Der Graf ließ seinen toten Blick über Johannes' Gesicht und wieder zurück zu dem von Vater Everard wandern. Beiden war es unmöglich, des Grafen Stimmung zu deuten, was ein unangenehmes Schweigen zur Folge hatte.

Plötzlich, als wäre nichts gewesen, fragte Gerhard II. Johannes in heiterem Ton: »Wie zufrieden seid Ihr eigentlich mit Euren jüngst erworbenen Mühlen in Schiffbek, vom Berge?«

Johannes starrte ihn verblüfft an. Es dauerte einen Moment, bis er sich gesammelt hatte. Der Graf änderte seine Stimmung so sprunghaft wie der Herrgott dieser Tage das Wetter. Er war nicht dumm und hatte bemerkt, dass er sich auf dünnem Eis bewegte. Der Graf misstraute ihm ebenso wie Vater Everard. Ab jetzt würde er seine Worte mit äußerstem Bedacht wählen. »Überaus zufrieden. Habt Dank, mein Fürst. Dieses Geschäft mit Euch war wie jedes vorige ein Gewinn für mich. Ich hoffe doch sehr, dass Ihr das ebenso seht.« Johannes vom Berge log, ohne eine Miene zu verziehen. Er wusste natürlich, dass er viel zu viel für die Mühlen bezahlt hatte, aber das war für ihn nicht von Belang gewesen. Ohne einen eigenen Brakteat zu zahlen, hatte er mit ihrem Erwerb seine Besitztümer vergrößern können und zusätzlich den Zorn des Grafen auf Albert von Holdenstede geschürt, indem er ihn glauben gemacht hatte, der Nuncius des Kaufmanns wäre mit dem gräflichen Anteil seines Holzhandels auf und davon gegangen.

Der Graf nickte kaum erkennbar und sagte lächelnd: »Gewiss doch. Die Geschäfte mit Euch sind mir ebenso dienlich gewesen. Aber nicht nur Eure Münzen waren für mich lohnend, ebenso sehr war es Euer Hinweis auf den Verrat des Kaufmanns Albert von Holdenstede.«

»Es war mir eine Freude, Euch damit behilflich zu sein, mein Fürst, doch ich bin mir sicher, dass Eure Gefolgsleute das auch ohne mich aufgedeckt hätten. Ich verdiene kein Lob für die Erfüllung meiner Pflicht«, säuselte Johannes so süß, dass es ihn fast selbst ekelte.

»Eure Bescheidenheit ehrt Euch zwar, vom Berge, doch tatsächlich wurde der Verräter nur aufgrund Eurer Aussage ins Einlager gebracht, und nur dadurch ist mir jetzt zum Tausch gegen seine Freiheit sein Haus in der Reichenstraße zugefallen. Ihr habt also allen Grund, meinen Dank anzunehmen. Doch nun entschuldigt mich bitte, werte Herren.« Gerhard II. wandte sich nach rechts, wo er seinen Ritter vermutete, und bedeutete Marquardus wieder einmal, näher zu treten. »Diese Hitze ist ja kaum auszuhalten. Bringt mich sofort zu meinem Sessel, und reicht mir etwas Kühles zu trinken, bevor ich hier umkippe wie ein Novize bei der Laudes.«

Der Ritter konnte sich nur schwer ein Grinsen verkneifen, hatte der Graf mit einem kleinen, dünnen Novizen, der vor Hunger und Schlafmangel beim Morgengebet ohnmächtig wurde, so gar nichts gemein. Doch er tat umgehend, worum sein Herr ihn bat.

Johannes sah, wie der Graf mit dem Ritter von dannen schritt, und wischte sich den Schweiß von der Stirn. Diese Unterhaltung hatte ihn wohl ein Jahr seines Lebens gekostet, so sehr hatte sie ihn angestrengt. Dem dringenden Wunsch folgend, sich zurückziehen zu können, um seine Gedanken zu ordnen, drehte er sich um und lief geradewegs in die Arme seines Weibes. Bevor er auch nur ein Wort sagen konnte, fasste Heseke auch schon im Flüsterton zusammen, wofür er selbst sicher noch einige Augenblicke gebraucht hätte.

»Albert ist aus dem Einlager entlassen worden? Warum wusstest du nichts davon? Nun ist es sicher nur noch eine Frage der Zeit, bis er wieder in Hamburg auftaucht. Du musst sofort…«

»Still, Weib. Kannst du dich nicht ein einziges Mal zurückhalten?«, flüsterte Johannes aufgebracht. »Dies ist nun wirklich nicht der richtige Ort für solche Gespräche. Außerdem hast du keinen Grund, dich zu grämen. Albert kann uns nicht mehr gefährlich werden. Seine Sippe ist zerschlagen, sein Geld verloren und sein Haus an den Grafen vergeben. Er ist schon so gut wie tot.«

»Dominus«, rief Gerhard II. plötzlich über die Schulter zurück. »Setzt Euch heute zu mir. Und bringt auch den Geistlichen mit.«

»Mit dem größten Vergnügen, mein Fürst«, log Johannes und folgte dem Blinden unwillig, um den Sessel neben ihm zu besetzen. Auch wenn es eigentlich eine Ehre war, um die ihn sicher viele Männer im Saal beneideten, kam Johannes dem Angebot nur äußerst ungern nach. Schließlich hatte ihn die eben geführte Unterhaltung zu äußerster Vorsicht gemahnt.

Die Grafenbrüder Adolf VI. und Heinrich I. nahmen nun ebenfalls Platz, genau wie Johann Schinkel und Willekin Aios. Es hatte sich herumgesprochen, dass die noch fehlenden Grafen soeben auf dem Kunzenhof eingetroffen waren. Die Versammlung würde in wenigen Minuten beginnen.

Gerade als die hohen Herren ihre Sessel eingenommen hatten, ging auch schon ein Raunen durch die Menge, die sich unvermittelt teilte und eine Gasse freigab. Die Spieler hoben die lang gestreckten Trompeten in die Höhe, sodass sich die Banner, auf denen das Schauenburger Wappen zu sehen war, an ihren Hälsen entrollten. Laut ertönten die Fanfaren.

Ein Diener trat vor und verkündete, was alle längst wussten: »Der Graf Johann II. von Holstein-Kiel mit seiner Gemahlin Margarete von Dänemark und Graf Adolf V. von Holstein-Segeberg.«

Mit hocherhobenen Häuptern schritten die Adeligen durch die freigegebene Gasse. Ein jeder, den sie passierten, verbeugte sich tief und erhob sich erst dann wieder, nachdem auch das letzte Stück Tuch von Margaretes überlangem Kleid an ihnen vorbeigeschleift war.

Ungefähr zwei Mannslängen vor den Füßen des blinden Grafen blieben sie stehen. Niemand sagte ein Wort. Das Schweigen dehnte sich weiter und weiter, bis es nach einiger Zeit schier unerträglich wurde vor Anspannung. Weder Gerhard II. noch seine Brüder noch dessen Vettern brachten das erste Grußwort über die Lippen.

Schließlich begann Gerhard II. hämisch zu grinsen. Als Marquardus seinem Herrn wie gewohnt ins Ohr flüstern wollte, wer dort vor ihm stand, hob dieser geschwind die Hand, um ihn zum Schweigen zu bringen. In selbstgefälligem Ton sprach er in die Richtung der gerade Eingetretenen: »Vielleicht ist es Euch entgangen, ihr geheimnisvollen Unbekannten, aber ich bin blind. Wenn Ihr also einen angemessenen Gruß austauschen wollt, dann müsstet Ihr Euch schon zu erkennen geben.«

Johann II. stieg die Zornesröte ins Gesicht. Es war einfach allzu offensichtlich, was sein Vetter mit dieser List erreichen wollte. Der Hass zwischen den Grafen konnte kaum größer sein, was sich auch in Johanns Antwort widerspiegelte. »Ist das etwa der Grund, warum Eure Hofnarren mir galanterweise nur ein Augenlicht genommen haben? Damit wenigstens einer von uns noch erkennt, wenn der Feind vor ihm steht? Wie überaus weise von Euch.«

Nach diesen Worten schnellte Gerhard II. blitzartig von seinem Sessel hoch, die Hand auf dem Heft seiner Klinge, die trotz seiner Blindheit noch immer gefährlich war. »Ihr wagt es, mich öffentlich eines Anschlages zu bezichtigen?«

Johann II. tat es ihm gleich und trat einen Schritt vor, bis die Männer nur noch eine Mannslänge voneinander trennte.

Augenblicklich stürzten die Gefolgsleute der zerstrittenen Grafen nach vorne – bereit, ihren jeweiligen Herrn zu verteidigen. Ein Ruck ging durch die umstehende Menge, begleitet von den spitzen Schreien der Frauen, die erschrocken die Hände vor die Münder pressten.

Mit zornbebender Stimme rief Gerhard II.: »Sprecht es ruhig aus, Vetter, es wäre mir ein Vergnügen, diese Sache gleich hier zu klären!«

»Sofort aufhören!«, verlangte Willekin Aios laut und stellte sich mit ernster Miene und beschwichtigend erhobenen Händen zwischen die Grafen. »Streicht umgehend die Waffen, ich werde nicht zulassen, dass diese St.-Veitsmarkts-Versammlung in einem Blutbad endet.«

Gerhard II. stand noch immer unbewegt da, und auch Johann II. ließ seinen Vetter nicht aus den Augen, doch schließlich gebot er seiner Gefolgschaft Einhalt. Sein Vetter tat es ihm nach.

Endlich setzten sich Johann II., Margarete, Adolf V. und dessen Männer in Bewegung und steuerten die noch unbesetzte linke Ecke mit den für sie bereitstehenden Sesseln an.

Auch Gerhard II. ließ sich mit grimmigem Blick auf seinen Platz fallen.

Willekin Aios atmete sichtlich auf und verkündete: »Die Sitzung beginnt in wenigen Augenblicken. Ratsbote, schließt die Tür.«

Die Stimmung war angespannt. Noch immer herrschte Stille im Saal, durchbrochen nur von dem knarzenden Geräusch der schweren Flügeltür, die nun geschlossen wurde.

Johannes vom Berge war bei dem Anblick der hünenartigen und kampfbereiten Ritter sichtlich in seinem Sessel zusammengesunken. Voller Unruhe und mit angehaltenem Atem wischte er sich abermals den Schweiß vom Gesicht. Es hatte etwas äußerst Beunruhigendes, inmitten von schwer bewaffneten und zudem verfeindeten Rittern zu sitzen. Wie immer, wenn er angespannt war, holte er auch jetzt seinen Fürspann aus der Tasche und fingerte daran herum. Irgendwie hatte diese Mantelspange etwas Beruhigendes an sich – vielleicht nahm er sie deshalb so häufig zur Hand.

Willekin Aios versuchte sich zu konzentrieren. Auch er war überaus beunruhigt – schließlich fand nicht jeden Tag eine Sitzung mit allen fünf Grafen statt, und schließlich wurde nicht jeden Tag eine Hexe verbrannt. Wenn er allerdings gewusst hätte, was ihn heute noch alles erwartete, hätte er sein Amt in diesem Moment wahrscheinlich mit Freuden niedergelegt.

11

Godeke irrte nun bereits seit zwei Tagen durch den Wald. Da er bewusstlos gewesen war, als man ihn in die Hütte gebracht hatte, war es ihm unmöglich zu bestimmen, in welcher Richtung Hamburg lag. Doch so wenig Erfolg versprechend seine vagen Vermutungen auch waren, es gab für ihn nur eine Möglichkeit: Er musste weitergehen!

Und so schlug er sich durch das Dickicht des Waldes, immer in der Hoffnung, einen Weg zu finden oder einen Reisenden zu treffen, bei dem er sich erkundigen konnte. Millie trottete stets hinter ihm her, den toten Thiderich auf dem Rücken. Die ersten Stunden hatte Godeke noch den abgerissenen Strick um ihren Hals mit seiner Rechten umklammert, doch schon bald war ihm klar geworden, dass Millie ihm auch so folgen würde, egal, wohin er ging. Sie wollte offenbar ebenso wenig allein sein wie er.

Nach weiteren Stunden erfolglosen Herumirrens begann Godekes Hoffnung zu schwinden. Würde er je aus dem Wald herausfinden und seinen Freund unter geweihte Erde bringen können? Nach einiger Zeit geschah, was geschehen musste: Der Leichnam auf Millies Rücken fing an, süßlich zu riechen. Um den Gedanken an seinen verwesenden Freund zu verdrängen, flüchtete sich Godeke in Erinnerungen.

Er dachte daran, wie er den achtzehn Jahre älteren Thiderich kennengelernt hatte: Vor über zwanzig Jahren hatte seine Mutter Ragnhild Thiderichs Oheim, dem Smutje Heyno, den Auftrag erteilt, Albert von Holdenstede in Friesland aufzuspüren, nachdem man ihn zuvor für tot erklärt hatte. Heyno hatte seinen Neffen geschickt, dem es tatsächlich gelungen war, Godekes Vater zu finden. Auf ihrer Rückreise wurden Albert und Thiderich Freunde, und sie brachten sogar noch einen weiteren Freund mit – Walther. Die unzähligen Geschichten dieser gefahrenvollen Reise waren von den drei Männern während ebenso unzähliger durchzechter Nächte wieder und wieder vorgetragen worden. Thiderich, Albert und Walther waren seit jener Zeit unzertrennlich, und daran hatte sich bis heute nichts geändert.

Oft war Godeke sogar deswegen neidisch gewesen, schließlich war er Alberts Sohn und sollte in seiner Gunst ganz oben stehen! Hier und heute jedoch, da er Walther und seinem Vater bald würde erklären müssen, auf welch schändliche Weise Thiderichs Leben ein Ende genommen hatte, schämte er sich seiner kindischen Missgunst.

Mindestens zwei Stunden hatte er seinen Gedanken nachgehangen, als sich völlig unvermittelt ein Weg vor ihm auftat. Godeke war zunächst gewillt, an ein Trugbild zu glauben, als er auch schon auf der festgedrückten Erde des Pfades stand. Jeder Zweifel war ausgeschlossen. Wagenräder und zahlreiche Füße hatten sich tief in den Erdboden gedrückt; wie es aussah, war der Weg vor Kurzem noch befahren worden.

Übermütig schlug er die Hände zusammen und schickte vor Erleichterung ein Gebet gen Himmel. »Herr, ich danke dir! Danke, dass du meine Füße gelenkt hast, danke für deine Güte und Gnade. Ich werde der Katharinen-Kirche Kerzen spenden – so viele, wie ich mir leisten kann –, das verspreche ich.« Neuen Mutes schritt Godeke voran. Fast hatte er sich schon mit dem Gedanken abgefunden, seinen Freund im Wald verscharren zu müssen, bevor dieser ganz zerfiel, doch nun wusste er, dass er Hamburg noch rechtzeitig erreichen würde.

Nur einen Tag später lag die Stadt tatsächlich vor ihm. Die Nässe des gestrigen Tages, gepaart mit der Hitze des heutigen, hatte die Verwesung des Leichnams noch einmal vorangetrieben. Scharen von Fliegen umschwirrten Männer und Pferd, und der kaum auszuhaltende Gestank verursachte Godeke Kopfschmerzen.

Erschöpft, blutverschmiert und stinkend, wie er war, hielt er auf das Millerntor zu. Millie trottete müde hinter ihm her. Ihre trockenen Hufe klapperten hohl auf dem harten Boden. Godeke hatte keine Ahnung, was er dem Torwächter erzählen sollte, damit dieser ihn nicht einfach festnahm – schließlich war er der Sohn eines Geächteten, der eine abgemagerte Stute mit einer stinkenden Leiche darauf bei sich führte. Er hätte es dem Mann wahrlich nicht verübeln können. Zwar hatte er versucht, sich eine Erklärung zurechtzulegen, doch es war ihm schlicht nichts eingefallen. Seine Glieder schmerzten, sein Magen war wie ausgehöhlt, und er konnte nur noch einen Gedanken fassen: Ich muss durch dieses Tor gelangen!

Mit jedem Schritt, den er sich der Stadtmauer näherte, erwartete er, von dem Gebrüll des Wachhabenden oder gar einem Warnschuss aufgehalten zu werden, doch nichts dergleichen geschah. Ohne aufzublicken, passierte Godeke den steinernen Bogen. Laute Schnarchgeräusche drangen an sein Ohr. Gott musste ihm wahrhaftig zur Seite stehen, so viel Glück konnte einfach kein Zufall sein!

Schnell ließ er das Heilige-Geist-Hospital und das Millerntor hinter sich und bog in den Rödingsmarkt ein. Er steuerte auf den Hopfenmarkt zu, schritt über die Brücke, welche die Neue Burg und die Katharinenstraße miteinander verband, und hielt vor der Katharinen-Kirche an.

Hier bedeutete er Millie stehen zu bleiben, da er nichts fand, woran er sie hätte anbinden können. Dankbar klopfte er ihr auf den schweißnassen Hals. »Das hast du gut gemacht, altes

Mädchen. Du warst deinem Herrn ein tüchtiges Pferd.« Millie schnaubte gutmütig. Sie war sichtlich erschöpft. Godeke kämpfte erneut gegen seine Trauer an. Ein letztes Mal legte er bewusst die Hand auf den Körper seines Freundes, natürlich verspürte er keinen Herzschlag.

Er gab sich einen Ruck. Unbeirrt ob der fragenden Blicke und des verwunderten Getuschels der in der Nähe stehenden Hamburger hob Godeke den Toten von Millies Rücken und schulterte ihn. Dann stapfte er schweren Schrittes die Stufen zur Katharinen-Kirche hinauf, stieß die Tür auf und hielt auf den Altar zu, vor dem ein Priester kniete.

Der Geistliche hörte auf zu beten, erhob sich und blinzelte gegen das einfallende Sonnenlicht. Dann fragte er mit lauter Stimme: »Wer ist da?«

Godeke kam wortlos näher und schob sich an dem Kirchenmann vorbei zum Altar, wo er den Freund behutsam ablegte. Schlaff fielen Thiderichs Arme an den Seiten herab. Jetzt erst widmete er sich dem verwunderten Pfarrvikar. »Dies hier ist Thiderich Schifkneht, ein Bürger Hamburgs. Er ist gewaltsam zu Tode gekommen, doch ein reisender Geistlicher hat ihm die Beichte abnehmen können, noch bevor er starb. Ich bitte Euch, nehmt seinen Körper an Euch und gewährt ihm ein christliches Grab in der geweihten Erde seines Kirchspiels. Ich werde die Totenwache übernehmen, sobald ich der Witwe seinen Ring übergeben habe.«

Der Pfarrvikar nickte dem Fremden zu und machte sich sogleich daran, die Hände des Toten zu falten, wobei er fast unmerklich die Nase über den süßlichen Leichengeruch rümpfte.

Godeke hingegen war wie betäubt. Schweigend drehte er sich um und durchschritt geräuschvoll das Langhaus. Nachdem er tagelang auf dem weichen Waldboden gelaufen war, kam ihm der Widerhall seiner Stiefel unnatürlich laut vor. Ja, er hatte gelogen, als er behauptet hatte, Thiderich habe seine Sünden vor seinem

Tod noch beichten können, und es hatte ihn keinerlei Überwindung gekostet. Godeke nahm diese Sünde gern auf sich, um seinem Freund zu einer angemessenen Beerdigung zu verhelfen. Er war bereit, dafür etliche Kerzen mehr zu spenden als jene, die er Gott schon im Wald versprochen hatte. Als er aus dem kühlen, schattigen Inneren der Kirche trat, blinzelte er genauso ins grelle Sonnenlicht wie eben noch der Priester. Kurz verweilte er auf der obersten Stufe des Kircheneingangs. Er hatte es geschafft. Er hatte sein Versprechen Thiderich gegenüber gehalten und ihn nach Hamburg zurückgebracht, was seine Pein ein wenig linderte. Nun musste er noch einen weiteren schweren Gang antreten – den Gang zu Ava, Thiderichs Frau.

Zu Anfang seines Einlagers hätte Albert es niemals für möglich gehalten, dass ihm der junge Ritter einst ein guter Berater und enger Vertrauter werden könnte. Es war nicht zu leugnen, dass ihm diese Vertrautheit gerade sehr gelegen kam.

Albert blickte verstohlen zur Seite, wo Eccard Ribe ritt. Die Erinnerung an den Tag, da ihm der fremde Bote die beiden Briefe des Ratsnotars gebracht hatte, war noch überaus lebendig. Starr vor Entsetzen ob ihres furchtbaren Inhalts, war es Albert nicht gelungen zu entscheiden, was er als Nächstes tun sollte. Glücklicherweise war nur wenige Augenblicke später Eccard Ribe hinter ihm erschienen, worauf er sich ihm dankbar anvertraut hatte.

Ganz plötzlich dann hatte die Sorge um seine Familie Albert übermannt, und er war in den Stall gestürzt, um trotz der Proteste von Jons Alyss zu satteln.

Der Ritter hatte all seine Überredungskünste aufwenden müssen, um Albert davon abzuhalten, geradewegs nach Hamburg zu galoppieren und alles nur noch schlimmer zu machen. Der eben noch Gefangene war plötzlich zu seinem Gast geworden, den er zwar noch mit Bitten, aber nicht mehr mit Befehlen beeinflussen konnte. »Nun denkt doch erst einmal nach, bevor Ihr losreitet. Was wollt Ihr denn bewirken – ganz allein und ohne Verbündete?«, hatte er versucht, auf den aufgebrachten Albert einzuwirken.

»Das muss Euch nicht kümmern, Ritter. Geht mir aus dem Weg. Ich habe mich entschieden, nach Hamburg zu reiten, und genau das werde ich jetzt tun«, war seine abweisende Antwort gewesen. »Ich danke Euch für Euren Rat, doch jetzt brauche ich keine Ratschläge, sondern ein Pferd!«

Eccard Ribe hatte ihm daraufhin den Weg verstellt. »Das werde ich nicht zulassen, mein Freund. Ihr stürzt Euch ins Unglück. Ich verspreche Euch ein Pferd, wenn Ihr Euch bereit erklärt, nicht überstürzt loszureiten, sondern noch zu warten.«

»Warum sollte ich das tun?«, hatte Albert gefragt. »Nennt mir auch nur einen vernünftigen Grund dafür!«

»Ganz einfach«, hatte Ribe erwidert. »Weil Ihr noch immer ein Mann ohne jede Ehre seid – ein entmachteter Ratsherr. Was könnt Ihr alleine schon ausrichten? Niemand wird Euch anhören. Eure Familie ist zerstreut, gefangen genommen oder verschollen. Ich hingegen könnte Euch von großem Nutzen sein, aber nicht jetzt sofort. Wir sollten warten, bis sich die Schauenburger im Kunzenhof eingefunden haben.«

Albert hatte einen Augenblick verständnislos gezögert, dann war er tatsächlich der eindringlichen Bitte des Ritters gefolgt und mit ihm in die Burg zurückgekehrt, wo er sich anhörte, was dieser ihm vorzuschlagen hatte.

Nun, am Tage der St.-Veitsmarkts-Versammlung, befanden sich die beiden Männer endlich auf dem Weg nach Hamburg.

Als sie durch das Steintor ritten, sprach Eccard die ersten Worte seit Stunden. »Es ist so weit. Hier trennen sich unsere Wege.« Kurz darauf hielt er sein Pferd neben dem Kunzenhof an und saß ab. »Wir sehen uns später. Verhaltet Euch ruhig und unauffällig, so wie wir es abgesprochen haben.«

»Gewiss«, antwortete Albert, und bevor der Ritter im gräflichen Hof verschwand, fügte er hinzu: »Danke, mein Freund.«

Eccard nickte und trat dann seinen Weg in den Kunzenhof an. Hierhin konnte Albert ihm nicht folgen, da ausgeschlossene Ratsherrn auf der St.-Veitsmarkts-Versammlung nicht willkommen waren. Albert ritt auf Alyss Richtung Süden, links vorbei am Dom. Dann bog er nach rechts in die Reichenstraße ein, um ein letztes Mal das Haus in Augenschein zu nehmen, das nun nicht länger das seine war. Schon von Weitem konnte er erkennen, dass zwei gräfliche Wachen neben dem Eingang standen – ein schmerzhafter Anblick. Kurz dachte er daran, wie er dieses Haus auf den Fundamenten seines abgebrannten Elternhauses errichtet hatte – nun war es den Händen der Familie entrissen worden. Diese Tatsache musste er annehmen. Ohne großes Aufsehen bei den Wachhabenden zu erregen, ritt Albert an ihnen vorbei bis zu den Brotschrangen. Er überquerte die Zollenbrücke und steuerte direkt auf Thiderichs Haus auf der Grimm-Insel zu. Dieses Haus war eines der wenigen Zufluchtsorte in Hamburg, die ihm noch geblieben waren. Zwar galt Thiderich selbst weiterhin als verschollen, doch Ava und Oda hielten sich seines Wissens noch immer hier auf. Albert betete, dass es den beiden Frauen gut ergangen war, denn sie waren die Letzten, die ihm laut des Briefs von Johann Schinkel in Hamburg geblieben waren.

Ohne zu klopfen, öffnete er die Tür zum Hause seines Freundes und trat ein. Er kannte es so gut wie sein eigenes und bewegte sich darum auch vollkommen selbstverständlich. Ohne nachzudenken, legte er seinen Mantel ab und rief: »Ava, Oda, seid ihr da?«

Albert vernahm Schritte hinter sich und drehte sich lächelnd um in der Gewissheit, eines der beiden vertrauten Frauengesichter vor sich zu sehen. Doch wer tatsächlich dort stand, war Walther. Einen Moment lang war Albert sprachlos.

Walther ergriff als Erster das Wort. »Willkommen zurück, alter Freund«, begrüßte er ihn mit unsicherer Stimme.

Albert überwand seine Verwunderung rasch. Er hatte nicht vor, es seinem Gegenüber leicht zu machen. Zwar hatte der Nuncius ihm durch seine kluge Verhandlung mit Gerhard II. die Freiheit geschenkt, doch sein Verrat wog weit schwerer. Abwägend musterte er Walther und fragte mit mühsam beherrschtem Zorn: »Bin ich das wirklich? Dein Freund? Handeln Freunde tatsächlich so wie du?« Unweigerlich kamen ihm die Zeilen des Ratsnotars in den Sinn, Walther weile auf der Burg Kiel im Dienste Johanns II. Albert hatte in diesem Moment so unbändige Wut verspürt, dass er fast froh gewesen war, seinen Schwiegersohn in jenem Moment nicht vor Augen zu haben.

»Ich kann das alles erklären, Albert. Wenn du mich nur lässt.«

Ohne auf Walthers Bitte einzugehen, fragte Albert: »Sag mir nur eines: Warum? Was war dir so zuwider, dass du es im Kreise deiner Freunde und deiner Familie nicht mehr ausgehalten hast?«

»So einfach ist das nicht, Albert …«

»Ach nein? Wie ist es dann? Ich sage dir, wie es für mich ist: Du bist in den Dienst des Grafen Johann II. getreten und bist Thiderich und mir damit in den Rücken gefallen. Oder ist dir etwa entgangen, dass wir seit dem Tage der Eiderneuerung dessen Bruder, Graf Gerhard II., verpflichtet sind? Hättest du als mein Nuncius dir nicht wenigstens einen neuen Herrn aussuchen können, der nicht gerade der Erzfeind des meinen ist?«

»Albert, hör auf damit. Du verstehst nichts. Ich wollte niem …«

In diesem Moment flog die Tür auf. Die beiden Männer hielten abrupt inne und blickten auf die verwahrlost aussehende Gestalt, die nun die Diele betrat. Zunächst wollten Albert und Walther ihren Augen nicht trauen, doch dann stürmte Albert vor und schloss den Neuankömmling voller Inbrunst in die Arme. Die Erleichterung war ihm deutlich anzuhören, als er rief: »Mein Sohn! Dem Himmel sei Dank!« Erst nachdem er ihn scheinbar ewig ans Herz gedrückt hatte, gab er ihn wieder frei und fragte: »Herrgott, wo bist du nur gewesen, Godeke?«

In Godekes Gesicht spiegelten sich Trauer und Erschöpfung wider. Noch deutlich waren darin Spuren eines Kampfes auszumachen. »Vater …!« Er wusste, dass er nun von Thiderich berichten musste, doch die Worte fielen ihm unendlich schwer. In diesem Augenblick fiel sein Blick auf Walther. »Du …?« Vorwurfsvoll fragte er: »Warum warst du nicht am Pferdewagen, mit dem wir die Frauen am Tage des Kranfestes nach Eppendorf bringen wollten?«

Ohne Walther zu Wort kommen zu lassen, erwiderte Albert an seiner statt: »Diese Frage kann ich dir auch beantworten. Unser *Freund* hier hat sich just an diesem Tage nach Kiel aufgemacht, um fortan am Hofe Graf Johanns II. als Spielmann zu dienen. Er hat also nicht nur seine Familie im Stich gelassen, sondern sich auch noch dem ärgsten Feind Graf Gerhards II. verpflichtet und uns damit aufs Schändlichste hintergangen.«

Walther schüttelte den Kopf und hob abwehrend die Hände. Er hatte gewusst, dass es schwierig werden würde, sein Verhalten vor seinen Freunden zu rechtfertigen, vor allem da sein Ziehvater seinen Brief an Godeke abgefangen hatte und dieser noch gar nichts von dem Schreiben wusste. »Hört mir zu«, versuchte er daher zu beschwichtigen, »es ist alles etwas anders, als es aussieht. Lasst mich euch erklären, was geschehen ist.« Doch seine Worte bewirkten nur, dass die Situation vollends außer Kontrolle geriet.

»Was hast du getan?«, stieß Godeke feindselig hervor, dessen Fassungslosigkeit über den Verrat seines Freundes unversehens in blanken Hass umschlug. Ehe Walther sich's versah, stürzte er sich auf ihn und verpasste ihm eine Reihe von Fausthieben.

Albert war genauso überrascht über Godekes Angriff wie Walther. Dieser hatte bereits einige kräftige Schläge einstecken müssen, als es dem Vater endlich gelang, seinen um sich schlagenden Sohn von seinem einstigen Nuncius fortzuzerren. »Godeke, hör sofort auf! Komm zu dir!«, donnerte Albert in der Hoffnung, ihn zur Vernunft zu bringen.

Doch Godeke war außer sich. »Du Bastard! Du Hundsfott! Aufhängen müsste man dich, du Verräter!«

Walther wollte nun seinerseits auf Godeke losgehen, doch Albert war schneller. Flink stellte er sich zwischen die Männer und packte sie beide am Kragen. Nur mit aller Macht gelang es ihm, sie auseinanderzuhalten, was sie allerdings nicht davon abhielt, sich weiter zu beschimpfen.

»Du wagst es, mich einen Verräter zu nennen? Gerade du?«, schrie Walther mit hochrotem Gesicht. »Als du vor sieben Jahren bei uns angekrochen kamst, hast du doch einfach nur in den Holzhandel einsteigen müssen, den Albert, Thiderich und ich bereits aufgebaut hatten. Hätte man Conrad nicht gehenkt und Luburgis nicht vertrieben, wärst du vermutlich nie mehr zurückgekehrt und hättest weiterhin mit diesen Verrätern gemeinsame Sache gemacht.«

»Nimm das sofort zurück, du friesischer Bastard!«, brüllte Godeke aus voller Kehle. »Wer bist du schon, dass du es wagst, mir so etwas zu sagen? Es war *mein* Vater, der dich von einem Nichts zu einem Nuncius gemacht hat! Zeige gefälligst mehr Dankbarkeit, du Großmaul!«

»Mehr Dankbarkeit? Dass ich nicht lache! Ich scheiße auf die Stellung als Nuncius! Thiderich, du und Albert werdet immer vermögender und einflussreicher, während ich nichts weiter bleibe als ein einfacher Schreiberling! Aber damit ist jetzt Schluss! Ich werde nie wieder ein Kaufmannsbuch für euch drei führen! Nie wieder!«

Nach diesen Worten riss sich der wutschnaubende Godeke aus dem Griff seines Vaters los und stieß Walther am Kragen gepackt mit dem Rücken gegen eine Wand. »Wag es ja nicht noch einmal, Thiderichs Namen in dein dreckiges Maul zu nehmen. Während du selbstsüchtiger Bastard am Hofe in Kiel von Freundschaft,

Liebe und Ritterlichkeit gesungen hast, ist unser Freund getötet worden! Thiderich ist tot! Und dein eigenes Weib sitzt im Verlies! Sag noch einen Ton, und ich werde dir deine verdammte Zunge herausreißen, damit du nie wieder eine deiner verlogenen Minnen singen wirst!«

Ein Ruck ging durch Albert. Getroffen von Godekes Worten wich er schwankend zurück und drehte den Männern den Rücken zu. Die Nachricht von Thiderichs Tod war zu viel für ihn. Seine Knie versagten ihm den Dienst, haltsuchend stützte er sich an einer Wand ab. Sein Blick fiel auf eine Truhe. Er taumelte darauf zu und ließ sich schwer niederfallen.

Plötzlich wurde es still in der Diele. Bloß das Keuchen der beiden Widersacher war noch zu vernehmen. Godeke ließ die Arme sinken.

Walther glitt an der Wand herunter und setzte sich, den Rücken noch immer an der Wand, auf den Boden. Schweigend wischte er sich mit der Hand das Blut von der aufgeplatzten Lippe.

»Wie ist er gestorben?«, fragte Albert mit rauer Stimme.

»Er wurde erdrosselt. Ich konnte ihm nicht helfen. Er starb gleich neben mir in dieser verdammten Hütte im Wald, in der er seit Wochen gefangen war.« Noch immer fassungslos strich er sich die Haare aus dem Gesicht und legte den Kopf in den Nacken. Er wollte hier nicht heulen wie ein Weib, doch die Tränen ließen sich nicht ganz unterdrücken. Seine Erinnerungen waren einfach noch zu lebendig.

»Wo ist er jetzt?«, fragte Walther tonlos.

»In der Katharinen-Kirche. Ich habe ihn dem Pfarrvikar übergeben, damit er ihn schnell bestattet. Er ist nicht mehr sehr …«, Godeke hielt inne und änderte seine Worte kurzfristig, um nichts Respektloses über seinen toten Freund zu sagen. »Man sollte ihn nicht mehr anschauen. Er ist schon seit einiger Zeit tot.«

Gerade wollte Albert fragen, wer seinen Freund ermordet hatte, da ging abermals die Tür auf. Herein kamen Oda und Ava mit ihren beiden Kindern. Als die Frauen die Männer erblickten, stießen sie einen spitzen Schrei der Überraschung und der Freude aus, während sich die Kinder verstört an die Röcke ihrer Mutter klammerten.

Oda fiel Godeke stürmisch um den Hals. Die sonst so sittsame Frau vergaß beim Anblick ihres vermissten Gemahls jede Zurückhaltung. »Du bist zurück! Du bist endlich zurück! Wo um Himmels willen bist du gewesen?«

Godeke legte einen Arm um die schmale Taille seiner Frau und gab sich einen Moment ihrer ungestümen Begrüßung hin, dann jedoch schob er sie sanft beiseite und wendete sich Ava zu, die ihren Kindern soeben aufgetragen hatte, in die Kammer der Amme zu gehen.

Mit großen Augen schaute sie Godeke an. Sie schien zu ahnen, was er ihr sagen wollte. »Wo ist Thiderich?«, fragte sie schließlich. Ihre Stimme war nicht mehr als ein Flüstern.

»Es tut mir so leid, Ava.« Es waren keine weiteren Worte nötig, um ihr die schreckliche Nachricht vom Tod ihres Gemahls zu überbringen. Godeke übergab ihr seinen Ring und eine kleine Muschel, die ähnlich geschwungen wie ein Schneckenhaus war, jedoch länger und mit einem spitzen Ende. Thiderich hatte sie stets bei sich getragen, seitdem er sie vor zwanzig Jahren in Friesland aufgesammelt hatte. Ava wusste das – genau wie alle anderen Anwesenden. »Er ist in der Katharinen-Kirche. Ich werde die Totenwache übernehmen, wenn du es wünschst.«

Die schöne Ava ließ den Ring in ihre hohle Handfläche fallen, starrte ihn einen Moment an und schloss dann die Augen. »Nein, das mache ich«, hauchte sie, bevor sie Thiderichs Ring mit den Fingern umschloss und ihre Lippen darauf presste. Unter ihren dichten Wimpern quollen Tränen hervor. Unfähig, nach den Umständen seines Todes zu fragen, stand sie einfach nur da und weinte.

»Aber natürlich«, stimmte Godeke ihr mit sanfter Stimme zu. »Doch zuvor wäre es sicher ratsam, wenn Oda dich hinaufbegleiten würde. Du solltest der Amme Bescheid geben und dich etwas ausruhen, damit du die Nacht durchstehst.«

In diesem Moment schluchzte Oda laut auf. »Nein, wir können jetzt nicht ruhen. Wen kümmert eine Nacht auf Knien in der Kälte, mein Liebster, wenn es für Runa keine Nacht mehr geben wird?«

Walther fuhr herum und starrte Oda erschrocken an. »Was redest du da? Runa soll von Johann Schinkel verhört werden. Erst dann wird über ihre Schuld und ihr Schicksal entschieden.«

»Ja, so sollte es eigentlich sein. Doch es hat eine Wende gegeben«, antwortete die Verzweifelte mit bebender Stimme. »Es wurde eine Bursprake einberufen, auf der Runa von den Hamburgern für schuldig befunden wurde. Das Urteil soll noch heute vollstreckt werden, man will sie auf dem Scheiterhaufen brennen sehen.«

»Was?«, stieß Albert aus und sprang auf die Füße.

»Nein, das darf einfach nicht sein! Wann genau soll die Hinrichtung stattfinden?«, fragte Walther drängend. Als Oda nicht gleich antwortete, stürmte er auf sie zu und packte sie grob an den Schultern. »Wann?«

»Nach der Versammlung«, schluchzte diese und vergrub ihr Gesicht in den Händen.

Walther drehte sich zu Godeke und Albert um, die ebenso erschrocken waren wie er. Er versuchte, einen klaren Gedanken zu fassen, doch seine Angst um Runa war übermächtig. Mit beiden Händen fuhr er sich durch die Haare. Dann begann er, in der Diele auf und ab zu stapfen, und blieb schließlich mit dem Gesicht zur Wand stehen. Völlig unvermittelt stieß er ein so wütendes Gebrüll aus, dass die Frauen zusammenzuckten, und trat voller Wucht zweimal gegen die Truhe, auf der Albert eben noch gesessen hatte. Seine Gedanken rasten. Er hatte Runa alleingelassen, und nun sollte sie sterben. Wenn das tatsächlich geschah, würde er sich nie verzeihen können, und auch von Albert und Godeke wäre keine Vergebung zu erwarten, das wusste Walther. Doch wie sollte er ihren Tod jetzt noch verhindern? Plötzlich schämte er sich so sehr, dass er es nicht über sich brachte, sich umzudrehen und den beiden in die Augen zu sehen. Konnte es wirklich sein, dass er alles falsch gemacht hatte?

»Ich verstehe das nicht«, sagte Godeke verzweifelt. »Warum ist es nicht bei einem Verhör geblieben? Wieso eine Bursprake?«

»So wie es aussieht, haben wir das wohl Johannes vom Berge zu verdanken«, antwortete seine Frau. »Wie ich hörte, hat er bei der letzten Ratssitzung vorgeschlagen, Runa vor den Augen der Grafen zu verbrennen, um diesen die Macht des Rates darzulegen. Man erzählt sich, er habe damit die Überflüssigkeit des gräflichen Vogtes für die Stadt aufzeigen wollen. Da aber einige wenige Ratsherren und der Bürgermeister dagegen waren, einigte man sich auf eine Bursprake.« Oda versuchte stark zu sein, doch ihr zitterndes Kinn verriet, wie sehr sie um Fassung kämpfte. Nach diesen Worten ging sie zu Ava hinüber, die wie betäubt vor Kummer bei ihnen stand.

»Johannes vom Berge also, ich habe es geahnt…«, spie Albert verächtlich aus und verzog angewidert das Gesicht. »Wir müssen sofort handeln.« Auch ihm fiel es angesichts der überwältigenden Neuigkeiten schwer, einen klaren Gedanken zu fassen, doch was er mit Sicherheit wusste, war, dass ihnen nicht mehr viel Zeit blieb, um Runa zu Hilfe zu eilen. »Kommt. Wir müssen zum Kunzenhof.«

»Vater, was hast du vor? Du bist kein Ratsherr mehr, vergiss das nicht.«

»Danke, dass du mich daran erinnerst, Sohn«, erwiderte Albert bitter, fügte aber gleich in drängendem Ton hinzu: »Dennoch bin ich mir sicher, dass alles besser ist als hier noch länger herumzustehen und sich gegenseitig die Gesichter zu zerschlagen.« Damit packte er Godeke und Walther roh bei den Armen und zerrte sie mit sich. »Kommt jetzt, ich erkläre euch alles auf dem Weg.«

Die Männer liefen die Pelzerstraße entlang Richtung Berg. Währenddessen berichtete Albert ihnen von seiner Unterredung mit Eccard Ribe. »Während meines Einlagers hat mir der Ritter erzählt, er habe ein Gespräch belauscht, in dem Johannes vom Berge mit Graf Gerhard II. über das spurlose Verschwinden Thiderichs mitsamt der Münzen gesprochen hat.«

»Und? Ich verstehe nicht ganz, was du damit sagen willst«, gab Walther unverblümt zu.

»Zu dieser Zeit konnte Johannes vom Berge noch gar nicht wissen, dass Thiderich verschwunden war. Niemand außer uns wusste von seiner Reise nach Plön. Vor allem aber konnte er nicht wissen, dass Thiderich die Münzen des Grafen bei sich trug.«

»Du meinst, Johannes vom Berge hat etwas mit Thiderichs Entführung zu tun?«, fragte Walther erstaunt.

»Ja. Ich erinnere mich noch genau daran, dass Johannes an einer bestimmten Ratssitzung nicht teilnehmen konnte, da er auf Reisen war. Während genau dieser Ratssitzung trug Willekin Aios den Inhalt eines Briefs vor, der ihm zuvor im Geheimen zugespielt worden war. Dieses Schreiben hatte Thiderichs Reise zum Gegenstand, welche letztlich zu meinem Ausschluss aus dem Rat führte. Es passt alles wunderbar zusammen. Durch seine Abwesenheit wurde jeder Verdacht von Johannes vom Berge genommen, aber in Wahrheit befand er sich bereits auf dem Weg nach Plön zu Gerhard II., wo er dem Grafen Gift ins Ohr träufelte. Noch am selben Tage wurde Eccard Ribe mit meinem Einlager betraut.«

»Wenn Johannes vom Berge also für den Überfall auf Thiderich verantwortlich ist«, schlussfolgerte Godeke, »dann müssen Luburgis und er gemeinsame Sache gemacht haben. Schließlich wurden

Thiderich und später auch ich von Bodo überfallen und in der Hütte von Luburgis gefangen gehalten.«

»Von Bodo, dem Boten?«, fragte Walther entrüstet, der den Hünen noch aus der Zeit kannte, da er mit Albert und Thiderich durch Friesland gereist war.

»Ja, genau von dem Bodo, der euch in Friesland an den Hals wollte!«

»Aber weder Luburgis noch Bodo sind je wieder in Hamburg aufgetaucht«, gab Walther zu bedenken. »Wie können sie dann mit Johannes vom Berge im Bunde sein?«

»Ganz einfach«, antwortete Godeke. »Sie hatten eine andere Verbindung in die Stadt. Und ich weiß auch, welche – Heseke!«

»Heseke! Warum bin ich nicht früher darauf gekommen?«, fragte sich Albert fassungslos. »Also ist Thiderichs Entführung im Auftrag von Johannes erfolgt, der nichts anderes im Sinn hatte, als mir zu schaden! Thiderich sollte verschwinden und mit ihm die gräflichen Münzen!«

»Ganz genau. Heseke hat alle wichtigen Nachrichten zu Luburgis getragen, und Bodo hat die Drecksarbeit erledigt.«

»Großer Gott, jetzt wird mir alles klar!« Albert war bestürzt über so viel Skrupellosigkeit, doch eine Sache war ihm noch immer ein Rätsel. »Woher wussten Heseke, Luburgis und Bodo von all den Dingen, die ausschließlich Walther, Thiderich, dich und mich betrafen? Wer hat ihnen verraten, dass Thiderich mit den Münzen auf dem Weg nach Plön war?«

»Glaubt mir, das wollt ihr gar nicht wissen«, sagte Godeke mit plötzlicher Schwermut.

Albert und Walther schauten ihn fragend an, dann stellten sie sich ihm nahezu gleichzeitig in den Weg und riefen wie aus einem Munde: »Wer?«

»Vater …«, begann Godeke kopfschüttelnd. »Auch ich konnte es zunächst nicht glauben.«

»Wer?«, fragte Albert ein zweites Mal.

»Es war Johanna.«

»Wie bitte? Die stumme Magd?«

»Ja, nur dass die stumme Magd in Wahrheit mein Bruder und dein Sohn Johannes ist!«

»Nein!« Albert war sichtlich erschüttert. »Sag, dass das nicht wahr ist, Sohn! Das kann einfach nicht sein. Ich hätte ihn doch erkannt! Mein eigen Fleisch und Blut.«

»Vater, gräm dich nicht. Auch ich habe ihn nicht erkannt. Seine Verstellung war tadellos. Deswegen hat Johannes Stummheit vorgetäuscht: Seine Stimme hätte ihn verraten.«

Abrupt blieb Albert stehen. »Dann war das Wunder auf der Trostbrücke gar keines!«

»Der Kater!«, rief Walther plötzlich. Die Männer starrten ihn verwirrt an. »Der Kater hasste Johanna vom ersten Tag an! Wir hätten es ahnen müssen, sonst galt sein Abscheu doch ausschließlich Männern. Großer Gott, der Feind lebte direkt in unserem Haus. Nicht auszudenken, was Johannes noch alles belauscht hat!«

In diesem Moment erreichten sie die höchste Stelle der Stadt, den Berg, und verstummten. Ihre Blicke fielen auf das spitz aufgetürmte Gehölz mit dem massiven Pfahl in der Mitte. Hier also sollte Runa dem Feuer der Hölle übergeben werden.

Beim Anblick des Scheiterhaufens kam Walther unvermittelt das Gespräch zwischen ihm und Johann Schinkel auf der Burg Kiel ins Gedächtnis, bei dem ihm der Ratsnotar von den Geschehnissen am Tage des Kranfestes berichtet hatte. Auch von seiner Unterredung mit Vater Everard hatte er Walther erzählt und von Agnes' verstohlenen Worten danach. Alles fügte sich mehr und mehr zusammen. »Everard und Johanna! Sie haben zusammengearbeitet.«

Albert und Godeke schauten Walther fragend an, doch der starrte mit zusammengekniffenen Augen ins Leere, bemüht, seine Gedankenfetzen zusammenzusetzen.

»Johann Schinkel hat mir auf der Burg Kiel von einem Gespräch zwischen ihm und Everard erzählt, in dem mein Zichvater zugab, die rote Strähne, welche ihm als Beweis für Runas Hexenkünste diente, mit Johannas Hilfe eingefärbt zu haben. Wenn die Magd ihm dabei geholfen hat, warum nicht auch bei den anderen vermeintlichen Beweisen? Die Salbe, Poppo, das Wunder auf dem Kranfest – Johanna und er hatten alles genauestens geplant. Nichts passierte zufällig.«

Mit großen Schritten eilten die drei Männer die Steinstraße entlang. Sie hatten den Kunzenhof schon fast erreicht, doch noch immer wussten sie nicht recht, was sie tun sollten, um Runas Schicksal abzuwenden.

»Tja, damit wäre die Liste unserer Todfeinde wohl komplett«, schloss Godeke gespielt belustigt. »Aber das wird uns nichts nützen, denn man wird uns nicht glauben. Wir haben keinerlei Beweise. Außerdem bin ich mir sicher, dass man uns nicht gerade mit Trompeten empfängt, wenn wir gleich an die Tür des Kunzenhofs klopfen.«

»Dann müssen wir dieses Mal wohl zu anderen Mitteln greifen«, sagte Albert fest entschlossen und musterte die beiden Wachen, welche den Eingang des Grafenhofs bewachten.

»Was meinst du damit?«, fragte Walther Unheil witternd.

Ohne den Blick von den Männern zu nehmen, denen sie sich unaufhaltsam näherten, fragte Albert leise: »Habt ihr eure Messer dabei?«

»Ja, aber was soll das heißen, Vater? Was hast du vor …?«

»Bist du jetzt verrückt geworden?«, flüsterte Walther aufgeregt, der genau zu wissen glaubte, was sein Schwiegervater vorhatte.

Doch Albert ließ sich nicht beirren. »Godeke, du nimmst den linken und Walther den rechten. Lasst nur Blut fließen, wenn es nicht anders geht.«

»Was? Bleib stehen! Das ist doch Irrsinn …!« Walther wollte Albert noch aufhalten, doch da befahl dieser schon mit lauter, unnachgiebiger Stimme: »Jetzt!«

In diesem Moment schossen Walther und Godeke vorwärts. Die Wachen hatten die drei Männer zwar kommen sehen, doch auf einen Kampf waren sie nicht vorbereitet.

Godeke streckte seinen Gegner mit zwei gezielten Faustschlägen nieder.

Walther hingegen rangelte mit seinem Mann wie ein Mädchen. Als Nuncius war er das Kämpfen nicht gewohnt und als Spielmann erst recht nicht. Godeke musste ihm zu Hilfe eilen, um auch ihn außer Gefecht zu setzen. Doch der Wachhabende kam schneller wieder zu sich, als den beiden lieb war, und ging auf Walther los. Dieser versuchte sich zu wehren – doch ohne Erfolg.

Erst als Godeke erneut eingriff und dem Mann einen gezielten Schlag aufs Kinn versetzte, fiel er endlich in Ohnmacht. »War das jetzt wirklich so schwer?«, fragte er spöttisch, da er dem Nuncius immer noch zürnte.

Albert hatte einem der Bewusstlosen inzwischen die Schlüssel abgenommen und verschaffte ihnen Zutritt zum Kunzenhof.

Die drei Männer eilten durch den nun freien Hofeingang zum steinernen Haupthaus hinüber und zwängten sich wie Diebe durch einen schmalen Spalt der mächtigen Eingangstür. Dann liefen sie einen hell erleuchteten Gang entlang, bis sie vor der großen Flügeltür des Saals standen.

Bevor sie sie öffneten, fragte Godeke: »Vater, was ist dein Plan?«

»Ich habe keinen«, antwortete Albert wahrheitsgemäß. Dann drückte er die schwere Tür auf.

»…darum sei es beschlossen, dass Vater Everard zum Dank für seine kühnen Dienste an der Stadt das Haus des Walther von Sandstedt und dessen Gemahlin, der Hexe Runa von Sandstedt, erhalten soll.« Willekin Aios versuchte laut zu sprechen, was ihm mühelos gelang. Seine sonore Stimme sollte auch noch im hintersten Winkel des Saales zu vernehmen sein.

Plötzlich wurde mit einem lauten Quietschen die Tür geöffnet. Sämtliche Köpfe im Saal fuhren herum. Niemand wurde mehr erwartet. Wer also mochte so dreist sein, die Versammlung zu unterbrechen?

»Halt, Bürgermeister!«, ertönte es da von der Tür.

Willekin Aios verschluckte das Wort, welches ihm gerade auf der Zunge gelegen hatte, und sah, wie sich vor ihm eine Gasse öffnete. Hindurch kamen Albert von Holdenstede, sein Sohn Godeke und sein Nuncius Walther von Sandstedt, dessen Haus er gerade an Vater Everard übergeben hatte.

Eiligen Schritts kamen die drei Männer näher und blieben vor den prunkvollen Sesseln der Grafen, des Ratsnotars, Vater Everards, Johannes' vom Berge und seiner Wenigkeit stehen.

Niemand sagte etwas, bloß Eccard Ribe, der ganz in der Nähe stand, zischelte Albert etwas zu, das ungefähr so klang wie: »Versteht Ihr etwa das darunter, wenn ich sage, *verhaltet Euch ruhig und unauffällig*?«

Noch bevor Albert zu einer Antwort ansetzen konnte, ergriff Willekin Aios das Wort. »Albert von Holdenstede, muss ich Euch tatsächlich daran erinnern, dass Ihr ein verstoßenes Ratsmitglied seid und darum nicht zur St.-Veitsmarkts-Versammlung kommen dürft? Wie seid Ihr überhaupt hier hereingekommen?«

»Nein, Ihr müsst mich nicht an meinen Ausschluss aus dem Rat erinnern, Bürgermeister«, entgegnete Albert, der den letzten Teil von Willekin Aios' Frage geflissentlich überging. Es wäre sicherlich kein guter Gesprächsanfang gewesen zuzugeben, zwei Männer der Grafschaft niedergemacht zu haben. »Doch haben sich die Umstände, die dazu geführt haben, als die Machenschaften eines Verräters herausgestellt und können von mir darum nicht mehr anerkannt werden.«

Sofort erhob sich aufgeregtes Gemurmel unter den Anwesenden. Alberts Behauptung war an Kühnheit kaum zu überbieten, ebenso sein ungebetenes Erscheinen.

Johann Schinkel war wohl der Einzige im Saal, der nicht überrascht war, schließlich hatte er Albert in seinem Schreiben mehr oder weniger dazu aufgefordert, nach Hamburg zu kommen. Wenn er ehrlich war, hatte er bereits ungeduldig auf ihn gewartet. Morgen wäre es für Runa zu spät; es gab nur noch diese eine Gelegenheit, für sie zu kämpfen. Gerade wollte sich der Ratsnotar erheben, als ein anderer Mann von seinem Sessel aufsprang.

Johannes vom Berge zeigte mit dem Finger in die Menge und schrie aus vollem Halse: »Verräter!«

Graf Gerhard II., der direkt neben Johannes saß, erschrak nicht minder als alle anderen um ihn herum. »Herrgott noch mal, was ist denn in Euch gefahren, vom Berge?«, donnerte er wütend.

»Dort drüben steht Walther von Sandstedt – der Nuncius des Euch abtrünnig gewordenen Albert von Holdenstede.«

Gerhard II. richtete seine weißlich getrübten Augen wie so häufig zielsicher in die Menge.

Nun sprang Graf Johann II. von seinem Sessel auf und fuhr Johannes vom Berge barsch an. »Was erlaubt Ihr Euch? Das ist mein Spielmann und kein Verräter.«

»Euer *was*?«, fragte der blinde Graf entrüstet. Dann gab er seinen Gefolgsleuten ein Zeichen und sagte: »Nehmt ihn fest!«

Blitzschnell packten zwei der Ritter den vollkommen überraschten Walther an den Armen und wollten ihn gerade zu Gerhard II. schleifen, als sich zum zweiten Male auf dieser Versammlung die Ritter Johanns II. gegen die von Gerhard II. stellten. Die Hände auf den Knäufen ihrer Schwerter starrten sie einander kampfeslustig an.

»Gebt augenblicklich meinen Gefolgsmann frei, Vetter, ansonsten wird Blut fließen!«, rief Johann II. drohend.

»Ihr meint wohl *meinen* Gefolgsmann, Vetter«, gab Gerhard II. seelenruhig zurück. »Wie es aussieht, hat dieser Mann sich bei Euch als Spielmann ausgegeben, doch in Wahrheit ist er der Nuncius eines Mannes, der mich um mein Geld betrogen hat.« Dann richtete er sein Wort direkt an Walther. »Ihr wart es doch, der mir den Tauschhandel zwischen der Freiheit Alberts von Holdenstede und seinem Kaufmannshaus vorgeschlagen hat, oder?«

»Das ist richtig«, antwortete Walther. »Aber es stimmt nicht, dass ich Euer Gefolgsmann bin. Ich habe Euch gegenüber keinen Eid geleistet.«

»Unsinn«, beschied ihn Gerhard II. barsch. »Alle von Holdenstedes mitsamt ihrer Sippe und ihren Bürgen sind seit dem Tage der Eiderneuerung nach dem Tod meines Vaters allein mir verpflichtet. Das gilt auch für jene, die ein Weib der von Holdenstedes geheiratet haben – so wie Ihr. Dass Ihr Euch in den Dienst meines Vetters habt stellen lassen, macht Euch und die Euren unweigerlich zu meinem Feind.« Der blinde Graf beugte sich in seinem Sessel vor und senkte bedrohlich die Stimme. »Solltet Ihr meinem Vetter tatsächlich nichts von unserer Bindung zueinander erzählt haben, macht Euch das gleichzeitig auch zu seinem Feind. Ihr seid nicht zu beneiden, Nuncius.«

»Genug jetzt, lasst meinen Spielmann sprechen«, befahl Johann II. Dann wandte er sich fordernd an Walther: »Sagt mir die Wahrheit. Seid Ihr tatsächlich der Nuncius eines Verräters?«

Walther sah zuerst in die Augen der Gräfin Margarete, die sichtlich bestürzt wirkte, und dann zu ihrem Gemahl. Als er die Fassungslosigkeit in Graf Johanns Augen sah, wurde ihm auf der Stelle das Herz schwer. Am liebsten hätte er alles geleugnet, doch das hätte die Lage nur verschlimmert. Ungewollt hatte er Johann II. noch tiefer in die Fehde hineingezogen. »Ja, es stimmt«, erklärte er daher, um eine feste Stimme bemüht. »Ich bin der Nuncius von Albert von Holdenstede, welcher wegen Nichtbegleichung seines Anteils ins Einlager auf die Riepenburg geschickt wurde.«

In diesem Moment brach ein Tumult im Saal aus. Einzig Willekin Aios war es zu verdanken, dass die Ritter der Grafen nicht tatsächlich aufeinander losgingen. Beherzt sprang der Bürgermeister auf seinen Sessel, stieß mit puterrot angelaufenem Gesicht einen schrillen Pfiff aus und brüllte über die Köpfe der Männer hinweg: »Aufhören, sofort aufhören! Dies ist eine ordentliche Versammlung. Wer kämpfen will, soll das woanders tun. Habt ihr Ritter denn gar keinen Respekt? Sofort auseinander!«

Tatsächlich hielten die grimmigen Kerle inne und kehrten zurück auf die Seite ihres jeweiligen Herrn, und auch Johannes vom Berge nahm wieder Platz.

Willekin Aios war erleichtert. Auch wenn er die Versammlung leitete, befand er sich doch immer noch auf dem Besitz der Grafen, denen die Ritter eigentlich unterstellt waren.

»Ich habe etwas zu sagen«, erklang plötzlich eine liebliche Frauenstimme. Es war die der Gräfin Margarete. Schwerfällig erhob sich die eigentlich schlanke Frau und hielt sich dabei den deutlich angewachsenen Bauch. Mit dem unverwechselbaren Gang einer Schwangeren machte sie ein paar Schritte in die Richtung Gerhards II. »Ich war es, die den Nuncius dazu aufgefordert hat, nach Kiel zu kommen, um die Genesung meines Gemahls voranzutreiben. Es entzog sich meiner Kenntnis, dass er Euch verpflichtet ist; dieser Fehler ist daher mir anzulasten. Lasst den Spielmann gehen. Er ist unschuldig, oder hätte er etwa der Tochter König Christophs I., Gemahlin von Graf Johann II., einen Wunsch abschlagen sollen?« Dieser Spielzug war überaus geschickt, machte Margarete Gerhard II. mit ihren Worten doch unmissverständlich klar, dass sie in der Blutsfolge höher stand als er.

Gerhards trübe Augen blickten ohne jede Regung in Margaretes Richtung. Es war nicht auszumachen, was er dachte, doch er deutete im Sitzen eine spöttische Verbeugung an und sagte: »Gräfin, wie mir scheint, wäre das alles nicht passiert, wenn sich Weiber aus den Angelegenheiten der Männer raushalten würden. Mag Euch das eine Lehre sein.«

Margarete erwiderte nichts. Sie wusste, dass er sie derart provozieren musste, um sein Gesicht nicht zu verlieren. Eine nervenzerreißende Pause später befahl er tatsächlich: »Lasst ihn frei.«

Erleichtert gesellte sich Walther wieder zu Albert und Godeke, während Margarete langsam zu ihrem Sessel zurückschritt. Sie ignorierte den Blick ihres Gemahls.

Auch Walther sah seine Freunde nicht an. Albert und Godeke aber hatten die Worte der Gräfin, die den vermeintlichen Verrat ihres Freundes in ein anderes Licht gerückt hatten, sehr wohl vernommen. Einer Gräfin und Königstochter schlug man nur schwerlich einen Wunsch ab.

Willekin Aios hatte angesichts der sich rasant verändernden Umstände sichtlich Mühe, die Leitung der Versammlung zurückzugewinnen. Doch bevor er sich wieder dem eigentlichen Ablauf widmen konnte, galt es zunächst einmal, die ungebetenen Gäste hinauszuschaffen, auch wenn er den einstigen Ratsherrn nicht unnötig beschämen wollte. »Nun zu Euch, Albert von Holdenstede«, sagte er daher mit freundlicher, aber fester Stimme. »Wie Ihr wisst, muss ich Euch leider auffordern, die Versammlung zu verlassen. Macht die Lage bitte nicht noch unangenehmer für alle, als sie es jetzt schon ist.«

»Es tut mir leid, Bürgermeister, aber ich glaube, dass nicht Albert von Holdenstede die Lage unangenehm machen wird, sondern ich. Zumindest für einen Mann unter uns.« Johann Schinkel hatte sich erhoben. Sofort brach neue Unruhe unter den Anwesenden aus.

Der Bürgermeister hätte schreien können vor Verzweiflung. Wollte denn heute gar nichts nach Plan verlaufen? »Was gibt es denn jetzt noch, Ratsnotar? Hat das nicht Zeit bis später?«, fragte er weit ungehaltener, als er eigentlich beabsichtigt hatte.

Doch Johann Schinkel ließ sich von dem ungeduldigen Ton des Bürgermeisters nicht beirren. Dies war sein Moment, und er würde ihn nicht ungenutzt verstreichen lassen. »Nein, das hat es nicht. Ich kann nämlich nicht zulassen, dass Ihr das Haus des Walther von Sandstedt einem Geistlichen überlasst, der in Wahrheit ein Betrüger ist.«

Nun erreichte das Durcheinander im Saal einen neuen Höhepunkt. Alle schienen mit einem Mal gleichzeitig zu reden, doch Vater Everard schrie am lautesten.

»Ihr wagt es, mich einen Betrüger zu nennen? Wovon redet Ihr, Mann?«

»Ihr wisst genau, wovon ich rede!«, wetterte Johann Schinkel zurück und wandte sich dann an die Menge. »Am Tag nach dem Kranfest führte ich eine überaus interessante Unterhaltung mit Vater Everard, bei der er zugab, sich der Hilfe der Magd Johanna bedient zu haben, um die angebliche Hexe zu überführen. Die Magd Johanna ist es gewesen, die die Haarsträhne rot eingefärbt hat, und sie war es auch, an der Gott später das vermeintliche Wunder vollführte. Ist das nicht ein seltsamer Zufall?«

»Das beweist gar nichts. Gottes Wege sind unergründlich«, warf Everard erbost ein.

»Lügen dagegen nicht! Dieses Wunder war keines, das kann ich beweisen! Die zweite Magd des Hauses hat mir versichert, dass die Magd Johanna bereits vorher gesprochen hat.«

Die Verwirrung der Anwesenden wurde immer größer. Wem sollten sie Glauben schenken? Ihrem neuerdings so verehrten Hexenbezwinger oder ihrem ehrenwerten Ratsherrn?

»Blasphemie!«, brüllte Vater Everard und fuchtelte wild mit den Armen. »Ihr lügt!«

»So? Wenn es denn eine Lüge ist, dann erklärt mir, warum Ihr mir folgenden Brief ausgehändigt habt, damit ich ihn unter Verschluss halte?« Johann winkte Albert herbei und verlangte von ihm die Pergamente. »Der Brief enthält einen Hinweis auf das Versteck eines zweiten Briefes, den Ihr nicht habt auffinden können, da Ihr den Ort nicht kanntet. Mir ist es gelungen, in den Besitz dieses Schreibens zu gelangen, worin steht, dass Albert von Holdenstede sein Kaufmannshaus gegen seine Freilassung aus dem Einlager tauscht. Ihr wolltet verhindern, dass dieses Schreiben in die falschen Hände kommt – oder besser gesagt: in die richtigen Hände. Albert von Holdenstedes Verschwinden kam Euch genauso entgegen wie das der Runa von Sandstedt. Euch interessierte einzig und allein der Besitz des Familienerbes, welches Euch als Ziehvater von Walther von Sandstedt und einzig verbliebenem Familienmitglied zugefallen wäre.«

Albert, der bislang geschwiegen hatte, nutzte Johann Schinkels Redepause, um vorzutreten und spontan zu verkünden: »Leider ist Vater Everard nicht der einzige Betrüger hier im Saal. Es gibt noch jemanden, der sich auf meine Kosten zu bereichern versucht hat.« Alberts Blick glitt über die Köpfe der Grafen hinweg zu seinem ärgsten Feind. »Johannes vom Berge!«

Der Beschuldigte schnappte nach Luft und rief empört: »Was für eine unglaubliche Unterstellung! So etwas muss ich mir nicht von einem Mann sagen lassen, der seinen Grafen um dessen rechtmäßige Anteile bringt. *Ihr* seid der Betrüger!«, donnerte er und zeigte mit vor Wut zitterndem Finger auf Albert. »Ihr wollt bloß von Euren frevelhaften Taten ablenken! Hätte ich Graf Gerhard II. nicht mitgeteilt, dass Euer Handelspartner Thiderich Schifkneht mit seinen Münzen auf und davon ist, dann wäret Ihr mit Eurem Verrat womöglich noch durchgekommen. Ihr wollt Euch bloß an mir rächen …!«

Albert lachte plötzlich laut auf. Johannes vom Berge hatte ihm mit seinen Worten genau in die Hände gespielt. Hochzufrieden wandte er sich an seinen Erzfeind: »Wenn Eure Beweggründe tatsächlich so edel waren, dann sagt mir doch, woher Ihr bei Eurem Plön-Besuch bereits wusstet, dass Thiderich mit den Münzen verschwunden war? Als Ihr Graf Gerhard II. davon berichtetet, konntet Ihr es doch noch gar nicht wissen – es sei denn, Ihr selbst tragt die Schuld an Thiderich Schifknehts Verschwinden!«

Augenblicklich wurde es totenstill im Saal. Einige der Anwesenden versuchten nachzuvollziehen, wann genau Johannes vom Berge nach Plön aufgebrochen war und ob Alberts Behauptungen stimmen konnten. Andere wiederum schauten bloß gespannt zwischen den Männern hin und her.

Johannes vom Berge war blass geworden. Mühsam beherrscht presste er die Kiefer zusammen und knirschte dabei ungewollt mit den Zähnen. Dann lehnte er sich sichtlich angespannt in seinem Sessel zurück und versuchte, einen gelassenen Eindruck zu machen. »Wie gesagt, von Euch muss ich mir ganz sicher keine Belehrungen anhören. Ihr seid ein ehrloser Mann, ein aus dem Rat Ausgeschlossener. Eure Worte haben kein Gewicht.«

»Vielleicht haben die Worte eines Ritters mehr Gewicht«, ließ sich da Eccard Ribe laut und deutlich vernehmen und trat unter den erstaunten Augen der Hamburger vor. »Ich habe das Gespräch zwischen meinem Herrn und Euch damals mit angehört, in dessen Verlauf die Schiffbeker Mühlen in Euren Besitz gefallen sind. Ihr habt Albert von Holdenstede und Thiderich Schifkneht ganz klar beschuldigt, an Graf Gerhard II. Verrat begangen zu haben, und seid somit als ein schändlicher Lügner enttarnt!«

»Ein Lügner und ein Mörder«, platzte jetzt Godeke heraus. »Ihr habt Thiderich auf seiner Reise nach Plön überfallen lassen und die Münzen an Euch genommen. Wochenlang habt Ihr ihn in einer Hütte im Wald versteckt gehalten, und erst als Eure Handlanger auch mich gefangen genommen haben, kam ans Tageslicht, was für ein Spiel Ihr treibt. Thiderich Schifkneht habt Ihr zwar auf dem Gewissen, doch ich konnte mich befreien, und nun werde ich dafür sorgen, dass Euch die gerechte Strafe zuteil wird.«

Johannes vom Berge starrte Godeke hasserfüllt an. »So, so. Eine Hütte im Wald, sagt Ihr? Dann erklärt den hohen Herren hier im Saal mal, wie ich all diese grausamen Verbrechen, deren Ihr mich hier bezichtigt, gleichzeitig habe ausführen können, wenn ich doch die ganze Zeit über in Hamburg oder Plön gewesen sein soll?«

»Pah!«, rief Godeke verächtlich. »Ihr selbst habt Euch die Hände natürlich nicht schmutzig gemacht. Stattdessen waren es Euer Weib Heseke, das Weib des toten Conrad von Holdenstede, Luburgis, der Bote Bodo und die Magd Johanna. Letztere hat für Euch die Belange meiner Familie ausgekundschaftet, genau wie Vater Everard.«

»Und warum sollte eine einfache Magd das tun?«, fragte Johannes vom Berge und schaute in die Runde. »Was für einen Grund hätte ein solches Weib, sich in derartige Gefahr zu begeben?«

Im Saal ertönten zustimmende Rufe.

»Das wisst Ihr genauso gut wie ich!«, schleuderte Godeke Johannes vom Berge entgegen. »Aus Rache! Aus Rache an ihrer Familie oder vielmehr: an *seiner* Familie! Die Magd Johanna war in Wahrheit mein Zwillingsbruder Johannes – verkleidet als Frau. Um sich nicht mit seiner männlichen Stimme zu verraten, musste er sich als stumm ausgeben, und das hat er auch getan – bis zum Tage des Kranfestes. Das Wunder auf der Trostbrücke war nichts als Bestandteil eines niederträchtigen Plans! Mein Bruder hat alles getan, um Runa, mich und meine Eltern zu stürzen, und er hat es fast geschafft.«

Johann Schinkel klappte die Kinnlade herunter. Blitzartig schossen ihm die Worte der Magd Agnes in den Kopf. Johanna habe bereits vorher gesprochen, hatte sie ihm erzählt. *Verzeih mir, Agnes, aber ich konnte nicht anders. Ich liebe dich* waren ihre Worte gewesen. Nun machte alles einen Sinn. Johanna war ein Mann!

Noch immer versuchte Johannes vom Berge, die Beschuldigungen mit gespielter Gelassenheit abzuwiegeln. »Wo sind Eure Beweise? Wo ist diese Magd, die angeblich ein Mann ist?«

Aller Augen richteten sich erwartungsvoll auf Godeke, gespannt, ob er den geforderten Beweis erbringen konnte.

»Ja, wo ist diese Magd jetzt?«, fragte nun auch der Bürgermeister.

»Es hat einen Kampf in der Hütte gegeben, bei dem Bodo, Luburgis und auch Thiderich ums Leben gekommen sind. Johannes ist geflohen.«

»Ha, da haben wir es!«, rief Johannes vom Berge und lachte spöttisch. »Nichts als leere Worte!«

Die Menge im Saal geriet nun erneut außer sich. Einwürfe, Fragen, Zustimmungen und Gegenstimmen schwollen an zu ohrenbetäubendem Lärm.

Willekin Aios versuchte, sich trotz allem zu konzentrieren. Jäh kam ihm der geheime Brief in den Sinn, der unvermittelt auf seiner Schwelle gelegen hatte. Dieser Brief hatte Albert von Holdenstede so schwer belastet, dass er aus dem Rat ausgeschlossen worden war. Kurz zuvor hatte Johannes vom Berge Albert vorgeworfen, die Grafen mit seinen Zahlungen zu unterstützen. Irgendwas wollte hier einfach nicht zusammenpassen. Willekin Aios schritt zwischen die streitenden Männer und blickte Johannes vom Berge durchdringend an. »Warum habt Ihr die Mühlen in Schiffbek gekauft? Wart nicht Ihr es, der Albert von Holdenstede vorgeworfen hat, die Grafschaft mit Münzen aus seinem Holzhandel zu stärken? Was hat Euch zu Eurem Sinneswandel bewogen?«

Gerhard II. richtete seinen trüben Blick, der mit einem Mal etwas Bedrohliches bekam, auf Johannes vom Berge. »Das würde ich jetzt auch gerne wissen«, sagte er mit grimmiger Stimme.

»Kann es vielleicht sein«, setzte Willekin Aios nach, »dass Ihr den Grafen Gerhard II. nur deshalb so freigiebig mit Euren Münzen unterstützt habt, da es gar nicht die Euren gewesen sind?«

Wieder wurden Fragen der Umstehenden laut. Was für eine empörende Unterstellung, und das aus dem Munde von Willekin Aios, der dafür bekannt war, ein besonders gerechter Mann zu sein! Nun war es um des Ratsherrn Beherrschung geschehen. Auf seinem Gesicht zeichnete sich Furcht ab. Er wusste nicht, an wen er sich zuerst wenden sollte, entschied sich dann aber für den Grafen. »Mein Fürst, niemals würde ich Euren Wünschen zuwiderhandeln. Es wird sich alles aufklären. Das Geschäft mit den Mühlen war für mich äußerst erfreulich, und ich …«

»Haltet den Mund«, fiel ihm der Graf unwirsch ins Wort. Dann richtete er die trüben Augen auf Godeke und fragte: »Habt Ihr Beweise für das, was Ihr sagt? Wo ist dieser Thiderich jetzt?«

»Ich habe ihn aus der Hütte im Wald in die Katharinen-Kirche gebracht, wo er noch heute bestattet werden soll.«

»Findet Ihr diese Hütte wieder?«

»Ja, ich denke schon.«

»Dann muss jemand ausgesandt werden, um sich von ihrer Existenz zu überzeugen. Sollte es wirklich so sein, wie Ihr sagt, muss ich wohl davon ausgehen, dass man mir meine eigenen Mühlen mit meinem eigenen Anteil abgekauft hat.« Er wandte sich an Johannes. »Und sollte dem tatsächlich so sein, dann gnade Euch Gott, ihr …«

»Was sehe ich da?«, rief Johann II. in diesem Moment fassungslos und deutete auf die Hand des Johannes vom Berge.

Dieser wusste langsam nicht mehr, wie ihm geschah, und schaute verwirrt zwischen den Grafen hin und her. Dann senkte er zögernd den Blick und öffnete die Finger, fast so, als wäre es nicht seine eigene Hand. Zum Vorschein kam sein geliebter Fürspann.

»Wärt Ihr vielleicht so gütig, deutlicher zu werden«, brummte der blinde Graf, ungehalten über die Unterbrechung, in Richtung seines verhassten Vetters. »Ich kann nicht sehen, was Ihr meint!«

»In diesem Falle nur allzu gerne, Vetter. Ich rede von dem Fürspann in der Hand Eures betrügerischen Kaufmanns.«

»Was soll mit diesem verdammten Ding sein?«, fragte Johannes vom Berge verständnislos.

»Das wüsste ich gerne von Euch«, gab Johann II. zurück. »Dieser Fürspann gehörte meinem Großvater, Adolf IV., Graf von Schauenburg. Er gilt seit seinem Tod als verschollen. Ich wüsste also zu gern, woher Ihr ihn habt.«

»Ich habe ihn gefunden. Auf einer Wiese …«, erklärte Johannes, ohne zu erwähnen, dass mit besagter Wiese das Schlachtfeld von Bornhöved gemeint war.

»Auf einer Wiese?«, fragte Johann II. spöttisch. »Ihr habt den edelsteinbesetzten goldenen Fürspann meines Großvaters auf einer Wiese gefunden? Wollt Ihr mich zum Narren halten?«

So wie Johann II. seine Worte wiederholte, klangen sie tatsächlich über alle Maßen lächerlich. »Nein, ganz sicher nicht, und ja, ich habe ihn tatsächlich auf einer Wiese gefunden«, stammelte Johannes vom Berge. »Seid Ihr Euch ganz sicher, dass es sich um ein und denselben Fürspann handelt?«

Der Graf fuhr herum und wies mit dem ausgestreckten Arm zur Wand. »Dreht Euch um, Dieb, dann seht Ihr das Gemälde meines Großvaters hinter Euch. An seinem Hals ist deutlich ebenjener Fürspann zu erkennen, den Ihr in den Händen haltet.«

Nun wurde Gerhard II. das Hin und Her zu viel. Fordernd streckte er die Hand aus und befahl: »Gebt ihn mir. Sofort! Ich will mich von seiner Echtheit überzeugen.«

»Bitte, tut das«, sagte Johann II. und gab einem seiner Ritter ein Zeichen, auf dass dieser Johann vom Berge die Mantelspange abnahm und sie Gerhard II. in die Handfläche legte. »Überzeugt Euch selbst. Ich habe wahrlich keinen Grund, Euch bei der Überführung eines Mannes zu helfen, der Euch geschadet hat. Aber hierbei geht es auch um meinen Ahnen.«

Aufmerksam betastete der Blinde jedes noch so winzige Detail des kleeblattförmigen Fürspanns. Sein Blick wurde immer ernster und sein Gesicht immer steinerner. Endlich übergab er die Mantelspange Marquardus und stand auf. »Wachen!«, donnerte er. »Nehmt diesen Mann sofort fest! Er hat Eigentum der Grafschaft gestohlen.«

Der sich heftig sträubende Johannes vom Berge wurde von zwei Rittern an den Armen gepackt und aus seinem Sessel gezerrt. Als sie ihn gerade aus dem Saal schleifen wollten, hielt Willekin Aios die Männer auf.

»Haltet ein!«, rief er in gebieterischem Ton.

»Was ist denn noch?«, fragte Gerhard II. den Bürgermeister. »Bei allem Respekt, Aios. Dies sind meine Männer. Nur ich erteile ihnen Befehle.«

»Ich weiß«, gab der kleine Mann mit der dunklen Stimme zurück. »Doch unter den gegebenen Umständen nehme ich mir die Freiheit heraus, Euren Männern zu sagen, dass sie Vater Everard gleich mitnehmen sollen.«

»Was?«, brauste der Geistliche auf. »Das könnt Ihr doch nicht machen.«

»Warum nicht?«, fragte Gerhard II. mit einem boshaften Lächeln und gab seinen Männern einen Wink. Sofort ergriffen diese neben dem Ratsmann auch noch den Geistlichen und führten beide unter einiger Gegenwehr und heftigen Protesten hinaus.

Der Saal war in Aufruhr, und es dauerte eine ganze Weile, bis wieder Ruhe einkehrte.

Willekin Aios ging zurück zu seinem Sessel und setzte sich wieder. Johann Schinkel und die Grafen taten es ihm nach. Langsam ließ der Bürgermeister die Arme auf die gepolsterten Lehnen sinken und umfasste die geschwungenen Enden mit seinen Fingern. Dann lehnte er sich mit dem Rücken an das weiche Tuch und atmete tief durch. Der Tag war anders verlaufen, als er es sich vorgestellt hatte, aber trotz allem machte sich ein wohltuendes Gefühl der Zufriedenheit in ihm breit. Tief im Innern hatte er immer an Alberts Unschuld geglaubt. Endlich konnte er sagen, was ihm schon seit langer Zeit auf den Lippen lag: »Albert von Holdenstede, hiermit ist alle Schmach und Schande von Euch genommen. Ihr seid ab heute wieder Mitglied des ehrenwerten Rates im Kreis der Assumpti. Eure Tochter wird ebenfalls von ihrer Schuld freigesprochen und kann gehen, wohin es ihr beliebt. Keinem Mitglied Eurer Sippe darf mehr Übles nachgesagt werden, das die Ereignisse betrifft, welche mit Johannes vom Berge oder Vater Everard zusammenhängen. Johannes vom Berge wird aus dem Rat ausgeschlossen, und Heseke vom Berge verliert den Titel der Domina. Über ihrer beider Schicksal wird ein Gericht entscheiden.«

Nach diesen Worten brach ein großer Jubel aus. Albert, Godeke und Walther wurden beglückwünscht und umarmt. Doch sosehr sie die Geschehnisse auch überwältigten – eines war für sie alle am wichtigsten: Runa war frei! Endlich würde sie aus dem Verlies entlassen werden! Sie sollte dort nicht einen Moment länger ausharren müssen als nötig.

»Ich danke Euch«, sagte Albert gerührt zu Willekin Aios und legte seine Hand aufs Herz. »Doch habt Verständnis – ich muss jetzt gehen.«

»Ja, geht und holt Eure Tochter aus dem Verlies, *Ratsherr*«, sagte der Bürgermeister mit der Betonung auf dem letzten Wort.

Albert, Walther und Godeke eilten, so schnell sie konnten, zum Verlies, wo ihnen der Wächter prompt den Weg versperrte. Einen solchen Fehler wie in jener Nacht, als er Ava, Oda und Kethe zu Runa gelassen hatte, würde er ganz bestimmt kein zweites Mal machen. »Was wünscht Ihr Herren?«, fragte er daher mit fester Stimme.

Walther trat vor. »Lass uns rein. Wir kommen auf Befehl des Bürgermeisters, um die Dame Runa von Sandstedt zu befreien.«

Der Wächter lachte kurz auf. Er dachte gar nicht daran, zur Seite zu gehen. »Das kann ja jeder behaupten!«, erwiderte er frech, ohne zu ahnen, was für ein gewaltiger Fehler das war.

Die Geduld des sonst so friedfertigen Nuncius und Spielmanns war am Ende. Er holte kurzerhand aus und verpasste dem Mann einen Kinnhaken – so wie es Godeke ihm kürzlich vorgemacht hatte. Der Wächter sackte ohnmächtig zusammen. »Du hattest recht, Godeke, es ist gar nicht so schwer«, stellte er, selbst ein wenig überrascht, fest, stieg über den Körper hinweg und nahm den Ring mit den Schlüsseln an sich.

Zelle für Zelle gingen die Männer ab, bis sie in einem der moderigen, stinkenden Löcher endlich der zusammengesunkenen Gestalt Runas gewahr wurden.

Walther stürmte hinein und rief ihren Namen. »Runa!« Seine Frau rührte sich nicht, selbst als Walther sie in seine Arme schloss, blieb ihr Körper ohne jede Reaktion. Für einen winzigen Augenblick dachte er, sie wäre tot. »Nein, nein, nein! Ich bin's, Runa!«, rief er noch einmal. »Komm zu dir! Ich werde dich hier rausbringen. Das alles ist nun vorbei. So sag doch etwas!« Behutsam nahm er ihr Gesicht in seine Hände. Endlich öffnete sie die Augen. »Großer Gott und alle Heiligen, du lebst!«, entfuhr es Walther erleichtert.

»Schnell, wir müssen sie von hier wegschaffen«, drängte Godeke mit einem fassungslosen Blick auf die unwirtliche Umgebung, die seine Schwester viel zu lange hatte ertragen müssen.

Walther hob sie hoch und trug sie aus dem Verlies.

Bald darauf erreichten sie ihr Haus in der Reichenstraße, aus dem ihnen die vor Glück und Erleichterung weinende Agnes entgegenhumpelte. Es dauerte nicht lange, da war die Kunde über Alberts Wiederaufnahme in den Rat und Runas Freilassung bis in den letzten Winkel der Stadt vorgedrungen.

Es war nicht nötig, nach Ava und Oda oder Runas Freundin

Kethe Mugghele schicken zu lassen, die drei kamen bereits in das Haus der Reichenstraße geeilt, um sich um die geschwächte Schwägerin und Freundin zu kümmern.

Runa wurde gewaschen, neu eingekleidet und bekam etwas Warmes zu essen, doch noch war sie zu schwach, um über das Erlebte zu sprechen. Am Abend ließ man die Männer das erste Mal zu ihr.

»Meine Tochter, du bist wieder bei uns«, sagte Albert, der sich an Runas Bettstatt setzte und ihr zärtlich über die Stirn strich. »Jetzt wird alles gut.«

»Ich bin so froh, dass es dir scheinbar ein wenig besser geht«, gestand Godeke und nahm ihre Hand.

Runa lächelte müde. Sie war sehr blass, und ihre Augen lagen tief in den Höhlen. Es würde noch eine Weile dauern, bis sie sich vollständig von den Strapazen erholt hätte, doch welcher Ort eignete sich besser für eine Genesung als ihr eigenes Heim?

Jetzt betrat auch Walther die Kammer.

Albert gab den Platz an Runas Bett frei, damit sein Schwiegersohn ihn einnehmen konnte. »Wir kommen später noch einmal und schauen nach dir.« Dann waren sie auch schon verschwunden.

Die Eheleute waren allein in der Kammer.

Langsam setzte sich Walther auf die Bettkante. Sie berührten einander nicht, redeten nicht, sahen sich im Überschwang ihrer widerstreitenden Gefühle einfach nur in die Augen. In ihnen kämpften Freude und Trauer, Liebe und Leid.

Runa musste an ihre letzte Begegnung mit Johann Schinkel im Verlies denken. Augenblicklich verspürte sie ein so heftiges Brennen in ihrem Herzen, dass ihr die Tränen in die Augen traten. Vor ihr saß nicht Johann, sondern Walther – ihr Gemahl –, den sie trotz allem auf gewisse Weise liebte. Runa wollte Walther eine gute Frau sein, er verdiente es, doch die Sehnsucht nach ihrem Geliebten schnürte ihr nahezu die Luft ab. Sie würde endlich lernen müssen, ohne ihn zu leben.

Walther hob seine Hand und wischte ihr mit dem Daumen die Tränen von den Wangen. Sein Gesicht blieb unbewegt, doch innerlich fühlte er sich völlig zerrissen. Während der Zeit auf der Burg Kiel hatte er versucht, seine Gefühle in seinem Herzen einzuschließen, um nicht wieder davon übermannt zu werden. In diesem Moment aber erwiesen sich all seine Bemühungen als vergebens. Worte aus der Bibel fielen ihm ein: *Was denn Gott zusammengefüget hat, soll der Mensch nicht scheiden.* Walther fragte sich, ob Gott nicht auch irren konnte. Waren sie wirklich füreinander bestimmt? Oder war Runa ihm bestimmt, doch er nicht Runa?

Das bedeutungsschwere Schweigen der Eheleute wurde plötzlich durch kräftiges Geschrei gestört. Es war das Schreien eines Kindes, welches Kethe Mugghele in die Kammer trug.

Walther stand langsam auf und ging zögerlich auf die beiden zu. Wie aus weiter Ferne drang Runas Stimme zu ihm: »Du hast einen Sohn, Walther von Sandstedt!« Ungelenk nahm er das kleine, schreiende Bündel entgegen und starrte auf das rote Gesichtchen. Er hatte einen Sohn, einen eigenen Sohn!

»Wie soll er heißen?«, fragte Kethe mit einem Lächeln. »Das arme Kind hat noch immer keinen Namen.«

Walther schaute zu Runa, die ihm zunickte und ihn so wissen ließ, dass er einen Namen auswählen sollte. Es war ihm ein Leichtes, den Jungen zu benennen – gab es doch nur einen Namen, der ihm wieder und wieder durch den Kopf ging.

Nur mit Mühe gelang es ihm, seine aufsteigenden Tränen zu unterdrücken. Mit gepresster Stimme sprach er: »Ich nenne ihn Thido, nach dem besten Freund, den ich jemals hatte.«

EPILOG

Während die Grafen die eigentliche St.-Veitsmarkts-Versammlung am heutigen Tage nachholten, da die jüngsten Ereignisse die ursprünglich geplanten Themen verdrängt hatten, machten sich Godeke und Albert gleich am nächsten Tag auf nach Eppendorf. Walther blieb bei Runa. Kethe, Ava, die Amme ihrer Kinder und Oda kümmerten sich um Thido.

Als Vater und Sohn den Hof von Hildegard von Horborg erreichten, wurden all ihre Erwartungen an die anstehende Wiedersehensfreude weit übertroffen. Die Überraschung und die Freude über ihr unvermitteltes Erscheinen waren groß, ebenso groß wie der Schreck über die schockierenden Ereignisse der letzten Tage, die noch nicht bis Eppendorf vorgedrungen waren. Während Godeke und Albert berichteten, weinten die Frauen ohne Unterlass. Sie weinten vor Erleichterung, vor Freude, doch vor allem weinten sie um Thiderich.

Am nächsten Morgen brachen sie alle gemeinsam auf nach Hamburg. Nun war es Hildegard, die weinte. Waren die Umstände des Besuchs auch furchtbar gewesen, hatte sie die Gesellschaft von Ragnhild, Marga, Margareta, Freyja und Thymmo sehr genossen. Sie würde sie vermissen, und wer konnte schon sagen, wann sie sich das nächste Mal in die Arme schließen konnten?

Während der langsamen Fahrt durch den Wald saßen Albert und Ragnhild als Einzige in dem prächtigen Pferdewagen, den Willckin Aios ihnen zu diesem Zwecke überlassen hatte. Freyja und

Thymmo hatten entschieden, bei ihrem Oheim auf dem Kutschbock zu sitzen, und Marga und Margareta wollten ein kleines Stück nebenherlaufen, um sich die Beine zu vertreten. Die Sonne schien warm vom Himmel, und die Vögel zwitscherten lieblich.

Albert hatte seinen Arm um Ragnhild gelegt, die ihren Kopf in seinen Schoß gebettet hatte. Hier im Wald, fernab von jedem Sittenwächter, nahm Ragnhild ihre Haube ab, sodass Albert mit seinen Fingern durch ihre immer grauer werdenden Haare fahren konnte.

»Albert«, begann Ragnhild das Gespräch, welches ihr schon so lange auf der Seele brannte.

»Was ist, meine Liebste?«

»Ich muss dir etwas gestehen.«

»Gestehen? Das klingt ja so, als hättest du Geheimnisse vor mir.«

»Ja, vielleicht habe ich eines«, erwiderte Ragnhild lachend. »Aber ich werde es jetzt mit dir teilen.«

»Nur zu, ich bin gespannt. Du bist doch nicht etwa schwanger?«, neckte er seine Frau, welche mit dreiundvierzig Jahren ganz sicher kein Kind mehr empfangen konnte.

»Sehr komisch, du Gaukler«, antwortete Ragnhild und bemerkte im selben Moment, wie sehr sie die Späße ihres Gemahls vermisst hatte. »Das, was ich dir sagen möchte, ist mir ernst.«

»Was ist es?«

»Versprichst du mir, dass du mich zuerst zu Ende anhören wirst, bevor du dich dazu äußerst?«

»Ja, wenn du willst, verspreche ich es.«

»Also gut, ich möchte nicht mehr in unser Kaufmannshaus zurückkehren. Ich weiß, das klingt für dich vielleicht verrückt, aber das habe ich mir nach unserer Ankunft in Eppendorf geschworen. Uns allen ist in der Reichenstraße so viel Leid widerfahren. So viele grausame Momente mussten wir durchstehen. Ich kann dort nicht mehr wohnen.«

Albert fasste Ragnhild bei den Schultern und zwang sie sanft, sich ihm gegenüberzusetzen. »Ragnhild, ich verstehe, dass das, was du erlebt hast, schlimm ist, aber wo willst du denn hin? Wie stellst du dir das vor?«

»Ich weiß es nicht, Liebster«, erwiderte sie und senkte den Blick. »Alles, was ich weiß, ist, dass ich in Zukunft mit Freuden in Armut leben werde, wenn ich dafür dich und meine Lieben in Sicherheit weiß. Ich bin zu alt, um mich mit missgünstigen Geistlichen oder hinterhältigen Ratsherren zu umgeben.«

Albert zog seine Frau wieder in die Arme. Er ertrug es kaum, den Schmerz in ihren Augen zu sehen. Wie recht sie doch mit ihren Worten hatte! »Tja, wenn du es wünscht, dann muss ich mir wohl etwas einfallen lassen. Da passt es ja ganz hervorragend, dass Graf Gerhard II. offenbar gar nicht daran denkt, mir mein Haus zurückzugeben, welches er im Tausch gegen meine Freiheit bekommen hat.«

Ragnhild lächelte. »Ja, das passt ganz hervorragend!«

Als es am späten Mittag allzu heiß draußen wurde, kletterten auch die Kinder, Marga und Margareta ins Wageninnere. Nur kurze Zeit später passierten sie das Dorf Odersfelde und erreichten am frühen Abend Hamburg, wo ihnen sogleich die überwältigenden Nachrichten der zweiten St.-Veitsmarkts-Versammlung zugetragen wurden.

Die Grafen hatten tatsächlich beschlossen, auf das Einsetzen zweier weiterer Vögte zu verzichten. Sowohl die Bursprake als auch das kluge Vorgehen von Willekin Aios und Johann Schinkel am gestrigen Tage hatte ihnen die Macht Hamburgs deutlich aufgezeigt. Noch am selben Abend verließen die Schauenburger mitsamt ihrem Gefolge die Stadt.

Walther hatte keine Gelegenheit mehr gehabt, sich bei Margarete von Dänemark zu bedanken, doch er war sich sicher, dass er sie eines Tages wiedersehen würde. Er hatte sein Wort gehalten und sich mit Runa versöhnt. Die vergangene Nacht war tränenreich für sie gewesen, doch als der Morgen graute, hatten sie einen Weg gefunden, der ihnen eine Zukunft versprach.

Runa hatte ihrem Gemahl zusichern müssen, Johann Schinkel ein für alle Mal aus ihrem Leben zu verbannen – wenn sie ihn auch niemals aus ihrem Herzen würde verbannen können. Damit es auch Walther gelingen konnte, die Liebe seiner Frau zu dem Ratsnotar zu vergessen, würde Thymmo gehen müssen. Es gab keinen anderen Weg. Gleich morgen würde Walther ihn zu Johann Schinkel bringen, wo der Junge fortan in der Domschule unter der Aufsicht seines wahren Vaters erzogen werden würde – auch wenn es Runa fast das Herz brach.

Nach der Rückkehr der Familie aus Eppendorf waren alle das erste Mal seit langer Zeit wieder an einem Tisch vereint. Auch wenn es jeder ahnte, so sprach es doch niemand aus: Für unbestimmte Zeit würden sie das letzte Mal in dieser Runde zusammensitzen. Es war ungewiss, wie lange sich Walthers Haus noch im Besitz der Familie befinden würde, denn die Frist zur Rückzahlung von Margaretas Brautgabe lief in dreieinhalb Monaten ab. Sollten sie Hereward von Rokesberghe bis Michaelis nicht auszahlen können, würde ihnen nicht anderes übrig bleiben, als sich auch von diesem Haus zu trennen. Doch daran wollte derzeit niemand denken. Heute sollte die Wiedersehensfreude überwiegen, die ihnen allen trotz der schmerzlichen Ereignisse ein kleines Lächeln aufs Gesicht zauberte.

Natürlich bot Runas und Walthers Stube keinen Tisch, der groß genug für sie beide, Albert, Ragnhild, Godeke, Oda, Ava mit ihren Kindern, Marga, Margareta, Agnes, Freyja, Thymmo und Eccard Ribe war, doch sie rückten gern ein wenig zusammen. Noch bevor das Mahl begann, gedachten sie alle ihres toten Freundes Thiderich und hoben ihm zu Ehren ihren Becher.

Bereits gestern hatte ein Priester Thido getauft und den beiden

Paten, Albert und Godeke, den Schwur abgenommen, sich für immer um ihn zu kümmern. Nichts war ihnen leichter gefallen.

»Auf Thiderich!«

»Und auf Thido, der seinem Namen und dem meines toten Gemahls alle Ehre machen wird«, sagte Ava und legte dem Kind Thiderichs Muschel in die Krippe.

»Auf Thido!«

Trotz ihrer tiefen Trauer um ihren Freund wurde es ein vergnügliches Mahl. Die Familie war wieder zusammen, und sie hatte einen neuen Freund hinzugewonnen.

»Eccard, wie lange hast du vor, in Hamburg zu bleiben? Wir alle hoffen doch, dass du nicht allzu schnell abreisen musst. Auch wenn das Haus mittlerweile eng geworden ist, bist du uns mehr als willkommen«, sagte Walther freundlich.

»Das weiß ich zu schätzen, doch ich werde mich schon morgen auf den Weg machen müssen. Es riecht geradezu nach einer Fehde zwischen den Grafen, und ich habe mich noch nicht entschieden, für welche Seite ich kämpfen werde.« Sein letzter Satz war begleitet von einem vielsagenden Augenzwinkern.

Albert wusste, dass der Ritter schon seit Längerem mit der Treue zu seinem wankelmütigen Herrn haderte. Eine Fehde bot immer eine willkommende Möglichkeit für einen Überlauf. »Nun gut, tue, was immer du tun musst, guter Freund«, sagte Albert und fügte grinsend hinzu: »Nur schade, dass du dann das Gerichtsverfahren unseres gemeinsamen Feindes Johannes' vom Berge verpasst.«

»Das werde ich gerade noch verkraften«, winkte Eccard ab. »Ich sehe viel zu viel Blut fließen und sehne mich nach der Ruhe und dem Frieden auf meiner Burg, bevor die Schlacht mich wiederhat.«

»Das verstehe ich gut. Wir alle werden für deine gesunde Rückkehr beten. Wenn du aber so gut kämpfst, wie du Schach spielst, dann müssen wir uns um dich keine Sorgen machen.«

Eccard brach in lautes Gelächter aus und stieß Albert in die Seite, dessen Stolz offenbar darunter gelitten hatte, dass es ihm bis heute nicht gelungen war, auch nur ein einziges Spiel gegen den Ritter zu gewinnen. »Wir werden noch viele Partien gemeinsam spielen, und eines Tages wirst du der Sieger sein, Albert. Aber bis dahin ist noch Zeit.« Der Ritter griff nach einem Stück Fleisch und fragte mit vollem Mund: »Sage mir lieber, was du als Nächstes zu tun gedenkst. Willst du wieder in den Holzhandel einsteigen und dich im Rat verdient machen?«

»Hmm…«, brummte Albert anstelle einer Antwort. Seine Augen wanderten zu Ragnhild. »Ich glaube eher nicht…«

Eccard folgte Alberts Blick und erwiderte mit einem schiefen Grinsen: »Umso besser, mein Freund.«

»Was meinst du damit?«

»Ich weiß zwar, dass du das Leben auf einer Burg nicht sonderlich schätzt, doch umso mehr schätze ich dich. Ich könnte wohl noch einen Truchsess gebrauchen.«

Ein Lächeln trat auf die Gesichter von Ragnhild und Albert, die einander nach wie vor wortlos anschauten.

»Es ist einsam dort«, sagte Albert schließlich zu seiner Frau.

»Das macht mir nichts.«

»Die Burg ist dunkel und im Winter sicher zugig.«

»Es gibt Kamine und Talglichter.«

»Keine Nachbarn, nur das Gesinde, ein paar Ritter, Wachen, Knappen, Pagen…«

»Klingt wunderbar!«

»Dann sei es beschlossen«, entschied Albert und reichte Eccard Ribe die Hand, um seine Worte zu besiegeln.

Der Ritter hob freudig seinen Becher, und alle taten es ihm nach. Nun fehlte ihm nur noch eines zu seinem Glück. Verstohlen wanderte sein Blick zu der schönen Margareta. Ihre Wege hatten sich heute zum ersten Mal gekreuzt, doch schon jetzt konnte

Eccard seine Augen nicht mehr von ihr lassen. Mit einem verschwörerischen Lächeln lehnte er sich zu Albert hinüber, legte ihm die Hand auf die Schulter und flüsterte ihm zu: »Schäme dich, dass du mir bis heute nichts von der Schönheit deiner Tochter erzählt hast, Truchsess.«

Albert schaute zuerst verwundert zu Eccard Ribe und dann unmerklich zu Margareta. Seine sonst so schüchterne Tochter hatte den Blick des Ritters erwidert, nur um sogleich darauf beschämt und mit hochroten Wangen auf ihren Schoß zu sehen. Er lächelte ob ihrer Unbeholfenheit, ebenso wie Ragnhild, die ihrem Gemahl ein nahezu unsichtbares Zeichen gab. Behutsam nahm Albert die zarte Hand seiner Tochter und legte sie in die von Eccard Ribe. Dann fragte er seinen Freund verschmitzt: »Meint Ihr tatsächlich, Eure Burg ist groß genug für zwei von-Holdenstede-Frauen, Ritter?«

NACHWORT UND DANK

Das Hamburg des 13. Jahrhunderts war im Gegensatz zu dem Hamburg, welches wir heute kennen, zunächst einmal eines – klein! Seine Stadtgrenzen reichten im Norden gerade mal bis zum Jungfernstieg, im Osten ungefähr bis zum Hauptbahnhof, im Süden bis zum äußersten Rande der Cremon-Insel und im Westen bis kurz hinter den Rödingsmarkt. Innerhalb dieses Bereichs lebten zur Zeit des Romans ungefähr fünftausend Menschen, und einige von ihnen trugen entscheidend dazu bei, dass Hamburg zu dem wurde, was es heute ist.

Das Fürstenhaus der Schauenburger war, neben dem Rat und dem Klerus, die zweite der drei großen Mächte, die zur Zeit des anfänglichen Spätmittelalters in Hamburg herrschten. In diesem Roman gebe ich einen Abriss ihres Wirkens; dabei finden vorwiegend dessen Mitglieder Johann II. der Einäugige und Gerhard II. der Blinde Erwähnung.

Gerhard II. trug gewiss den Beinamen »der Blinde«. Wie blind er jedoch genau war, kann ich nicht sagen. In meinem Buch wird er häufig als »der Erstgeborene« bezeichnet, dabei war er das eigentlich nicht. Sein Bruder Johann, der Kanonikus von Hamburg war und ein Jahr vor ihm geboren wurde, war zur Zeit meines Buchs schon verstorben. Der Einfachheit halber machte ich Gerhard II. deshalb zum »Erstgeborenen«.

Die Geschichte um das durch den Wurf eines Hühnerknöchelchens eingebüßte Auge des Grafen Johann II. ist überliefert, und somit auch sein Beiname »der Einäugige«. Den Rahmen der Eiderneuerung nach dem Tode Gerhards I. habe ich mir dazu ausgedacht, obwohl ich Quellen gefunden habe, die die Existenz eines Huldigungseids (iuramentum fidelitatis) der Hamburger Bürger den Grafen gegenüber zu früherer Zeit beweisen.

Der Tod Gerhards I. ganz zu Anfang des Romans hat sich tatsächlich am 21. Dezember des Jahres 1290 zugetragen. Ebenso ist es wahr, dass dessen Söhne danach die geerbte Itzehoer Linie zunächst gemeinsam neben der Kieler Line von Johann II. und der Segeberger Linie von Adolf V. regierten. Dass es zu einem Zerwürfnis zwischen Gerhard II. und seinem Vetter Johann II. kam, nach dem Letzterer sein Augenlicht einbüßte, ist meiner Fantasie entsprungen.

Den St. Veitsmarkt (oder auch St. Vitusmarkt beziehungsweise St. Vitimarkt, wie er in manchen Quellen genannt wird) hat es tatsächlich am Tage des Märtyrers Vitus, den 15. Juni, in Hamburg gegeben. Abgehalten wurde er auf dem Platz des damaligen Pferdemarktes, wo man heute den Gerhard-Hauptmann-Platz findet. Neben dem Jahrmarkt an Mariä Himmelfahrt am 15. August gehörte auch der St. Veitsmarkt zu den verliehenen Freiheiten, die der Stadt von den Schauenburger Grafen durch den Freibrief Adolfs III. im Jahre 1189 bewilligt wurden. Am Ende des Buchs spielt der St. Veitsmarkt eine wichtige Rolle, da ich unterstelle, dass sich die Schauenburger Grafen an diesem Tage in der Stadt am Kunzenhof versammelten, was ich allerdings nicht zweifelsfrei beweisen kann.

Der gräfliche Kunzenhof dagegen ist historisch belegt – zum Beispiel in der Schenkungsurkunde eines Grundstücks für den Beginenkonvent von 1255, welche besagt, dass die Blauen Schwestern ein Stück des gräflichen Obstgartens zur Erweiterung ihres Konvents erhalten.

Der *curia domini Cuntzonis* bestand aus vierzehn Häusern und dreiundzwanzig Buden an der Steinstraße. Das Haupthaus soll von einem Graben umgeben worden sein, und die abschüssige Altstädter Fuhlentwiete führte tatsächlich mitten hindurch. Das genaue Aussehen des Kunzenhofs allerdings – vor allem das Innere – ist meine Erfindung.

Neben den Schauenburger Grafen spielt auch der Hamburger Rat eine entscheidende Rolle in meinem Buch. Im auslaufenden 13. Jahrhundert gewann er nachweislich immer mehr an Macht. Belegt sind die im Buch genannten Verkäufe der beiden Mühlen durch die Schauenburger sowie die Übertragung der Einnahmen des Zollhauses an den Rat. Der im gesamten Buch erwähnte Kampf gegen den drohenden Einsatz dreier Vögte nach der Landesteilung sollte den unaufhörlichen Streit der zwei Mächte verdeutlichen. Ob sich dieser Machtkampf wirklich genau so zugetragen hat, ist fraglich.

Jedoch fand ich mit dem vom Rat aufgestellten Kostenbericht von 1285, der von mehreren Vögten berichtet, eine Quelle, die mich auf jene Idee brachte, die zerstrittenen Grafen wollten nach der Landesteilung jeder einen eigenen Vogt in Hamburg einsetzen.

Zweifelsfrei bewiesen ist hingegen, dass das Erwerben von gräflichen Ländereien und Besitzungen durch einzelne Bürger Hamburgs maßgeblich zum stetigen Machtverlust der Schauenburger beitrug, die durch zahlreiche Kriege mit aufständischen Adeligen immer stärker auf die monetäre Hilfe Hamburgs angewiesen waren. Obwohl im Ordeelbook, dem ersten Hamburger Stadtrecht von 1270, geschrieben stand, dass kein Mann das Gut der Grafen innerhalb der Stadtgrenzen kaufen oder zu Pfand nehmen durfte, taten die Bürger es dennoch. Im neuen Stadtrecht von 1301 stand dieser Artikel nicht mehr – was ich für meine Zwecke verwende: Johannes vom Berge macht auf einer Ratssitzung darauf aufmerksam, dass sich Hamburg schon längst von den Grafen hätte abspalten können, wenn nicht weiterhin Besitzungen der Grafen gekauft werden würden. Das darauf von mir verhängte Verbot wird Albert zum Verhängnis.

Hamburgs altes Rathaus – das Eimbecksche Haus – wird gleich zu Anfang des Romans durch ein neues am Hafen ersetzt. Es stimmt, dass die Bauarbeiten im Jahre 1290 begannen, doch ist es natürlich etwas unrealistisch, dass das mächtige Gebäude nur ein Jahr später schon so gut wie fertig war. Ich habe die Bauarbeiten etwas »vorangetrieben«, damit der Rat schon in den neuen Gemäuern tagen konnte.

Das Aussehen des Rathauses von außen und von innen sowie das des Geheges entsprechen historischen Quellen. Auch bei der Beschreibung der damaligen Aufteilung der Ratsherren in die Extramanentes des alten Rates und die Electi und Assumpti des sitzenden Rates habe ich mich an historische Quellen gehalten. Allerdings habe ich mir die Freiheit genommen, den Verlauf der Ratssitzungen selbst zu bestimmen, da vorhandene Quellen sich auf Beschreibungen späteren Datums beziehen. Das rhythmische Klopfen auf den Tisch als Zeichen der Zustimmung empfand ich genauso zeitgemäß wie den von mir frei erfundenen aufgerichteten oder nach unten zeigenden Daumen des Ratssekretärs am Tage der Bursprake.

Die Hamburger Burspraken waren zu späterer Zeit auf Pergamentrollen verfasste Ratsverfügungen, die es bereits seit Mitte oder Anfang des 13. Jahrhunderts gegeben hat, wie sich unter anderem aus dem Ordeelbook von 1270 entnehmen lässt. Anfänglich jedoch verstand man unter der Bursprake eine jährlich zweimal, jeweils am Tage Thomae Apostoli am 21. Dezember und an Cathedra Petri am 22. Februar, abgehaltene Bürgerversammlung vor dem Rathaus. Hier wurden diejenigen Vorschriften und Bestimmungen bekannt gemacht, die die Bürger der Stadt zu beachten hatten. Allerdings gab es nachgewiesenermaßen je nach Bedarf auch außerordentlich abgehaltene Burspraken, zum Beispiel im Sommer. Diesen Umstand machte ich mir zunutze, als ich die Bursprake einen Tag vor dem St. Veitsmarkt in meinen Roman einfließen ließ.

Den von mir erwähnten Schlusssatz »Wi danket iuw, dat gi sin herekomen« hat es genau so gegeben. Manche Quellen berichten davon, dass der Bürgermeister selbst den Bursprakentext verlas, andere wiederum behaupten, dass er ihn von einem Sekretär verlesen lies, so wie ich es in meinem Buch habe geschehen lassen. Das Anschlagen der zu verlesenden Texte am Rathaus allerdings scheint bewiesen, denn es wird Bezug genommen auf »disse tafele, de up deme radhuse hanget«.

Viele meiner Protagonisten sind historisch verbürgt. Alle Ratsherren und Ratsherrnfrauen hat es gegen Ende des 13. Jahrhunderts in Hamburg gegeben. Die genaue Amtszeit des Bürgermeisters Willekin Aios ist ebenso historischen Quellen entnommen wie die des Ratsnotars Johann Schinkel, die des Domdekans Gottschalk von Travemünde und die aller Grafen. Auch andere, nur kurz erwähnte Personen sind der Vergangenheit entsprungen, wie der Münzer Nanno von Ochsenwärder, alle genannten Ritter, die Nachbarn Cruse und die Salsnaks, Ava von Staden sowie ihr Vater und Bruder und der Schmied Curland.

Einzig bei Johannes vom Berge habe ich die Geschichte etwas verändert. In Wahrheit ist er nicht, wie zum Ende meines Buchs, vor Gericht gestellt worden, weil er des Betrugs bezichtigt wurde. Er war einer der vermögendsten Männer Hamburgs, wenn nicht sogar der vermögendste der ganzen Stadt. Alle seine im Buch aufgezählten Besitzungen waren vorliegend die seinen gewesen.

Eccard Ribe gehörte sicher der Rittersfamilie Ribe an, welche unter anderem die Riepenburg besaß, von der heute nur noch die Aufschüttungen zu sehen sind, auf denen die Fundamente standen. Allerdings kann ich nicht beweisen, dass er wirklich in den Diensten Gerhards II. stand.

Der Name der Riepenburg kommt von Hermann Ribe, Eccards Vater, der die Burg 1289 in Besitz genommen hat und auch wirklich Truchsess von Albert II. von Sachsen-Lauenburg war. Alles, was ich über Hermann Ribe sowie den Tod von Peter Ribe und dessen Auswirkungen geschrieben habe, ist ebenso wahr wie das Aussehen ihres Wappens, das der Burg sowie die Existenz der dazugehörigen Riepenburger Mühle. Auch stimmt es, dass Graf Gerhard II. im Jahre 1291 als Schlichter zwischen Hermann Ribe und Lübeck diente, auf dessen Verhandlung zehn Burgen geschleift wurden, worunter auch Ribes Burg Wehningen war.

Was die Ritter Scarpenbergh angeht, so kann ich versichern, dass sie wohl überaus gefürchtete Raubritter gewesen sind, doch habe ich mir einige Freiheiten bezüglich ihrer Herrschaftszugehörigkeit genommen. Mitte des 13. Jahrhunderts dienten einige Scarpenberghs unter Johann I. und Gerhard I., später jedoch, genau genommen im Jahre 1312, zog Graf Gerhard II. gegen ihre Burg Linau und war somit ein Feind der Scarpenberghs. Dass mein Buch in jener Zwischenzeit spielt, nutzte ich für meine Zwecke und machte den historisch verbürgten Marquardus zu einem Gefolgsmann Gerhard II. Die erwähnten Überfälle der Placker auf Hamburger Kaufleute zu jener Zeit entsprechen allerdings der Wahrheit.

Das Einlager, welches Albert abbüßen musste, war eine seit dem 12. Jahrhundert bekannte Methode, Adelige oder zumindest bürgerliche säumige Schuldner zur Zahlung zu zwingen. Dabei begab sich der Schuldner oder sein Bürge an einen bestimmten Ort, wo er verweilen musste, bis die ausstehende Summe gezahlt wurde. Eigentlich verhielt es sich so, dass der Schuldner durch das Einlager gezwungen war, schnell zu zahlen, da er für seinen Aufenthalt oder den des Bürgen selbst aufzukommen hatte. Ich habe dieses Detail etwas verändert und Eccard Ribe für Albert zahlen lassen, da der grausame Graf Gerhard II. seinen verletzten Gefolgsmann damit bestrafen und sich zudem für die Taten von dessen Vater Hermann Ribe rächen wollte.

Viele weitere im Roman erwähnte Details entsprechen der Wahrheit. So ist es zum Beispiel wirklich üblich gewesen, Sprachschüler nach Nowgorod zu entsenden, wie Hereward von Rokesberghe es in meinem Buch tut. Das östlichste der vier Kontore war eine der Niederlassungen hansischer Kaufleute im Ausland.

Auch den damaligen Holzhandel mit Friesland, welcher Albert im Roman zu einem reichen Mann macht, hat es gegeben. Seinen Erfolg begründe ich auf einer wahren Begebenheit, denn im Hamburgischen Urkundenbuch steht geschrieben, dass die Schauenburger Grafen nach dem großen Brand von 1284 ihren Vögten nachweislich die Lieferung von Holz für den dringend benötigten Wiederaufbau der Stadt untersagten.

Ebenso ist das Vorhandensein einer Fronerei am Berg bewiesen, die noch bis zum zweiten großen Brand im Jahre 1842 südlich der Kirche St. Petri stand, und auch die Existenz des Woltboten-Hauses ist durch das Stadtrecht von 1497 belegt.

Die Beschreibung der Gegend um Bornhöved mit seinen Schlachtfeld-Gemarkungen und die Beschreibung der Schlacht selbst sind genauso überliefert wie die kurz erwähnte, im Jahre 1291 stattgefundene Auslagerung der Rentenbücher aus den Erbebüchern, die Johann Schinkel auf einer der Ratssitzungen vorstellt.

Adolf V. besaß tatsächlich das Gebiet an der Bille, wo die Grafen einen Tag vor dem St. Veitsmarkt auf einem Gut übernachten, und auch das Vorhandensein des ersten Hamburger Tretkrans am Hafen ist für das Jahr 1291 belegt.

Doch sosehr ich mich bemüht habe, historisch korrekt zu sein, gibt es dennoch ein paar Kleinigkeiten, die ich noch richtigstellen möchte.

So wie im Buch erwähnt, waren Gottesurteile in der Tat seit dem Jahre 1257 nach Beschwerden der Bürger in Hamburg verboten. Stattdessen habe ich mich der peinlichen Befragung bedient, die es laut dem Lexikon des Mittelalters im Jahre 1290 zugegeben nur selten in Deutschland gegeben hat. Sie stellt die erste Stufe der Folter dar. Doch auch wenn diese erst zu späterer Zeit in Deutschland gängig wurde, gibt es Nachweise für ihre Anwendung im 13. Jahrhundert. Die päpstliche Bulle Ad Extirpanda von 1252 von Papst Innozenz IV., die sich mit dem Vorgehen gegen Ketzer beschäftigt, sowie die Abhandlung des Franziskaners David von Augsburg »Über die Inquisition gegen die Häretiker« und das Lexikon des kirchlichen und weltlichen Rechts des Franziskaners Johannes von Erfurt von 1275 beweisen, dass die Erforschung der Wahrheit durch Folter durchaus schon zu dieser Zeit in Deutschland gelehrt wurde.

Es entspricht der Wahrheit, dass Schwangere wie Runa bis zur Geburt nicht gefoltert wurden, doch es ist nicht unbedingt korrekt, dass die Folter für Runas Vergehen angemessen gewesen wäre. Im Ordeelbook von 1270 steht lediglich geschrieben, dass Zauberei und Giftmischerei mit dem Scheiterhaufen bestraft werden soll, die peinliche Befragung jedoch wird dort mit keinem Wort erwähnt. Diesen Teil habe ich frei dazu erfunden, um so die Grausamkeit deutlicher zu machen, die Johann durchleben muss, da er die Folter an seiner Geliebten selbst befehligen soll.

Ähnlich verhält es sich mit dem Begriff der Hexe, den ich verwende, obwohl dieser erst ab dem anfänglichen 15. Jahrhundert üblich wurde.

Außerdem bediente ich mich einiger Bibelzitate, die so zur Zeit meines Romans nicht gewesen sein können. Erst durch Martin Luther wurde die Bibel im ersten Drittel des 16. Jahrhunderts aus dem Lateinischen übersetzt, was heißt, dass es zur Zeit meines Buchs sehr wahrscheinlich kein einziges Exemplar auf Mittelniederdeutsch gegeben haben kann. Da ich den genauen Wortlaut der Bibelstellen also nicht wiedergeben kann, zitierte ich aktuelle Verse.

Mein Dank geht an erster Stelle an meinen Mann Andrew Tan, der mich von Anfang an unterstützt und motiviert hat und niemals aufgehört hat, an mich und meine Bücher zu glauben. Ganz besonders danke ich auch meiner geliebten Zwillingsschwester Lara Jelinski, der dieses Buch gewidmet ist. Ein dritter Dank geht an Anna-Lisa Hollerbach von Blanvalet, die mich auf meinem Weg immer professionell und freundschaftlich zugleich unterstützt hat. Danke auch an meine Lektorin Kristina Lake-Zapp für ihre Leidenschaft bei der Arbeit mit meinem Roman und an Melanie Winkler von Thalia, für meine wunderbare erste Lesung im Café Meinke, die ich sicherlich niemals vergessen werde.

»Ein wunderbar atmosphärisch dichter Mittelalterkrimi mit einer hinreißenden Heldin!«

MDR

448 Seiten. ISBN 978-3-442-37669-8

Alyss' Neffe Tilo und der Geschäftspartner und Freund des Hauses, John of Lynne, wurden auf der Überfahrt über die Nordsee von Vitalienbrüdern entführt. Bang fragt Alyss sich, ob sie sich aus eigener Kraft aus den Fesseln der Piraten befreien können. Und auch in Köln droht schreckliche Gefahr: Ein Mann mit Wolfsmaske schleicht durch die Gassen und stellt Frauen nach. Eines Tages schleppt sich die junge Inse schwer verletzt vor Alyss' Hof. Mit letzter Kraft haucht sie noch: »Ketzer …«

Neues vom eigenwilligsten Ermittler des Mittelalters: dem sturschädeligen Lübecker Rungholt.

ca. 420 Seiten. ISBN 978-3-442-37647-6

Viele verachten ihn, ein jeder fürchtet ihn: den Bankier d'Alighieri, der jedes Geheimnis der Lübecker Händler kennt. Ausgerechnet dieser undurchsichtige Mann bittet Rungholt nach ihm gestohlenen Schuldscheinen zu suchen. Eine einfache Bitte, denkt Rungholt, ein simpler Diebstahl. Bis die eigenartigen Todesfälle beginnen und klar wird, dass eigentlich eine kostbare Seekarte gestohlen wurde. Doch da ist Rungholt bereits in einen kühnen tödlichen Plan verstrickt und steht einem Gegner gegenüber, so gewitzt wie er – aber viel gefährlicher ...

Lesen Sie mehr unter: **www.blanvalet.de**